ullstein

Das Buch

ıichen Abu Dun und Andrej haben nach vielen Jahren ɹigkeit und Verfolgung endlich einen Ort der Zuflucht ge- ıalta ist für sie zur neuen Heimat geworden, in der Abu ar eine Familie gründet. Doch wir schreiben das Jahr 1565 – ıstliche Abendland wird nach wie vor vom Osmanischen bedroht. Jean Parisot de la Valette, der Großmeister des Johan- ordens, erteilt Andrej und seinem Freund einen lebensgefähr- en Auftrag, der sie in die Höhle des Löwen führt – nach Konstan- ıopel. Mit knapper Not entkommen die Gefährten dem Feind, .och sie kehren mit verheerenden Nachrichten zurück: Die über- mächtige türkische Flotte bereitet einen Angriff auf Malta vor, der das Ende von Ruhe und Frieden nicht nur für die Bewohner der Insel, sondern auch für die beiden Unsterblichen bedeuten kann. Denn die Gegner der Ordensritter sind nicht nur zahlenmäßig weit überlegen, sondern mit einem mächtigen Vampyr im Bunde ...

Der Autor

Wolfgang Hohlbein, 1953 in Weimar geboren, zählt zu Deutschlands erfolgreichsten Autoren phantastischer Unterhaltung. Seine Bücher haben inzwischen eine Gesamtauflage von über acht Millionen erreicht.

Von Wolfgang Hohlbein sind in unserem Hause bereits erschienen:

Die Chronik der Unsterblichen 1. Am Abgrund
Die Chronik der Unsterblichen 2. Der Vampyr
Die Chronik der Unsterblichen 3. Der Todesstoß
Die Chronik der Unsterblichen 4. Der Untergang
Die Chronik der Unsterblichen 5. Die Wiederkehr
Die Chronik der Unsterblichen 6. Die Blutgräfin
Die Chronik der Unsterblichen 7. Der Gejagte
Die Chronik der Unsterblichen 8. Die Verfluchten
Nemesis – Band 1: Die Zeit vor Mitternacht
Nemesis – Band 2: Geisterstunde
Nemesis – Band 3: Alptraumzeit
Nemesis – Band 4: In dunkelster Nacht
Nemesis – Band 5: Die Stunde des Wolfs
Nemesis – Band 6: Morgengrauen
Das Blut der Templer
Das Blut der Templer II

Wolfgang Hohlbein

Der Gejagte

Die Chronik der Unsterblichen 7

Roman

Ullstein

Besuchen Sie uns im Internet:
www.ullstein-taschenbuch.de

Umwelthinweis:
Dieses Buch wurde auf chlor- und säurefreiem Papier gedruckt.

Ungekürzte Ausgabe im Ullstein Taschenbuch
1. Auflage April 2006
5. Auflage 2008

Umschlaggestaltung: HildenDesign, München
(nach einer Vorlage von Büro Hamburg)
Titelabbildung: © Joe Cornish/digitalvision zefa
Druck und Bindearbeiten: CPI – Ebner & Spiegel, Ulm
Printed in Germany
ISBN 978-3-548-26392-2

3. April 1565, auf dem ersten Hof des neuen Serails in Konstantinopel, zur Stunde des abendlichen Gebetes

Der Tod war ihm schon oft begegnet. In jeder nur denkbaren Form und in einer Anzahl von Formen, die sich die meisten Menschen nicht einmal vorstellen konnten und es wahrscheinlich auch nicht wollten. Seine Nähe war ihm so vertraut wie die eines heraufziehenden Unwetters, das man schon spürt, lange bevor sich Wolken am Himmel zeigen und das erste Wetterleuchten den Horizont auflodern lässt. Manchmal glich es eher dem Zittern der Erde unter dem Wüten einer Lawine, die erbarmungslos alles hinwegfegt, was sich ihr in den Weg stellt. Mitunter kam der Tod leise und fast verstohlen und überraschend oft in der Gestalt eines vertrauten alten Freundes, an dem nichts Erschreckendes war.

Noch an diesem Tag würde er zu ihm kommen.

Er wusste nur noch nicht, wie.

Häufig warnte ihn eine dunkle Ahnung, dass sich ihm der Schnitter Tod näherte. Das war eine der sonderbaren Fähigkeiten, die ihm geschenkt worden waren und von denen er bis zum heutigen Tage nicht wusste, ob sie nun Segen oder Fluch oder beides zugleich bedeuteten. Mit jedem Schritt, den sie auf den Kuppelbau auf der anderen Seite des Hofes zugingen, wurde diese Ahnung mehr und mehr zur Gewissheit.

Dazu kam vielleicht auch ein wenig Angst. Er hatte keinen Grund, den Tod zu *fürchten* – dazu war er ihm schon zu oft begegnet. Aber er war ein Mensch aus Fleisch und Blut und er fürchtete sehr wohl Schmerzen und Leid, die er in überreichem Maße kannte. Entgegen den Worten vieler vermeintlich tapferer Männer waren diese treuen Begleiter des Todes Gefährten, an die er sich niemals gewöhnen konnte. Es hatte eine Zeit gegeben, da hatte er Männer verachtet, die sich damit brüsteten, dass sie weder Folter noch Tod fürchteten und körperlichem Schmerz ins Gesicht lachten. Die meisten von ihnen waren schreiend und wimmernd gestorben. Mittlerweile wusste er es besser. Erst wer den Tod am eigenen Leib erfahren hatte, konnte mit Gewissheit sagen, wie er sich im Angesicht des Sensenmannes verhalten hatte. Nur gab es nicht allzu viele Menschen, die in der Lage waren, von ihren Erlebnissen zu berichten.

Nicht viele, die so waren wie er.

Auch wenn er noch nicht wusste, dass er in weniger als einer Stunde vom Speer eines Janitscharen durchbohrt werden würde, spürte er seinen alten und unwillkommenen Freund nahen und fragte sich, wie es wohl diesmal sein würde – schnell und gnädig oder langsam und so qualvoll, dass er sich wünschen würde, endgültig sterben zu dürfen, nur, damit es vorbei war?

Andrej verscheuchte den Gedanken und tastete noch einmal nach dem falschen Bart, den er mit Zedernharz auf seine Oberlippe geklebt hatte. Er fühlte sich gut an. Andrej hatte sich lange und überaus misstrauisch in einem Stück spiegelnden Metalls betrachtet, um sich davon zu überzeugen, dass er auch so gut aussah, wie er sich anfühlte. Zusammen mit seiner Haut, die in langen Jahren unter der erbarmungslos sengenden Mittelmeersonne fast so dunkel geworden war wie die eines Muselmanen, und dem kleinen goldenen Ohrring, den er sich in das linke Ohrläppchen gesteckt hatte, gab er einen ganz passablen Türken ab. Er trug die kostbaren Seidengewänder eines hohen Beamten am Hofe des Sultans. Hinzu kam, dass er nicht nur gelernt hatte, wie ein Türke zu *sprechen,* sondern sich auch wie ein solcher zu *bewegen* – ein Unterschied, den viele Menschen wahrscheinlich nicht einmal bemerkt hätten, der aber bedeutsamer sein konnte als Schuhe, Kleidung und ein falscher Bart.

Nein, versuchte er sich selbst zu beruhigen, die Verkleidung war perfekt.

Dennoch würde ihr Unternehmen scheitern. Seine Maskerade war ebenso falsch wie die des hünenhaften nubischen Leibwächters, der einen Schritt hinter ihm ging. Er war nicht

Mustafa Ibn Said – niemand Geringeres als der Stellvertreter des Großwesirs –, sondern Andrej Delãny, ein Spitzel in Diensten Jean Parisot de la Valettes, des Großmeisters der Johanniter.

Früher einmal war Andrej ein freier Mensch gewesen, jemand, der es empört abgelehnt hätte, in die Dienste eines Mannes zu treten, der unter dem Kreuz der Christenheit focht, und erst recht, sich als Spitzel und Verräter in das Lager des Feindes einzuschleichen. Aber das war in einem anderen Land gewesen, einer anderen Zeit, einem anderen Krieg und einem anderen Leben. In nicht allzu ferner Zukunft würde er seinen Namen und auch sein Leben wieder ändern müssen, ein neues Leben beginnen und in einem weiteren Krieg kämpfen, der nur einen anderen Namen hatte und unter einer anderen Fahne ausgetragen wurde, aber im Grunde immer derselbe war. Vielleicht war das die einzige wirkliche Konstante in seinem Leben, das nun schon so lange währte.

Das, und ...

»Das klappt nie«, flüsterte Abu Dun, sein vermeintlicher Leibwächter. Im ersten Moment begriff Andrej den Sinn dieser Worte gar nicht, aber im nächsten empfand er ein flüchtiges, doch überaus warmes Gefühl von Dankbarkeit, dass Abu Dun ihn aus seinen Grübeleien in die Wirklichkeit zurückgeholt hatte. Eine Wirklichkeit, die kompliziert genug war, um seine gesamte Aufmerksamkeit zu beanspruchen. Ganz Unrecht hatte Abu Dun mit seinen Zweifeln nicht. Man brauchte das schwer bewachte Tor zum Zeughaus nur anzusehen, um zu wissen, dass sie geradewegs in die Höhle des Löwen marschierten.

Der mächtige Kuppelbau, der vor ihnen aufragte, war früher einmal eine christliche Kirche gewesen, die Hagia Eirene, aber von den Insignien des christlichen Glaubens war ebenso wenig geblieben wie von der andächtigen Stille, die einstmals dort geherrscht haben musste. Der Platz wimmelte von Menschen, von denen wohl die allerwenigsten friedlichen Gedanken nachhingen, denn die Stadt bereitete sich auf eine weitere Invasion vor, und das ehemalige Gotteshaus diente nun als Waffenlager des neuen Sultanspalastes von Konstantinopel. Allein dass sie das Tor des Reiches unbehelligt passiert hatten, das zum ersten der vier Höfe des Sultanspalastes führte, in dem sich die Hagia Eirene befand, grenzte für Andrej an ein Wunder.

Dazu kam seine Vorahnung, die mittlerweile zur Gewissheit geworden war.

»Vermutlich nicht«, flüsterte Andrej zurück. »Wenigstens nicht, wenn du weiter dreinschaust wie ein Kaninchen, das einer Schlange begegnet. Dann wird nämlich auf deinem Grabstein stehen, dass du an deinem ängstlichen Gesichtsausdruck gestorben bist.«

Er sah seinen vermeintlichen Leibwächter bei diesen Worten nicht an. Trotz des scherzhaften Tons, den er angeschlagen hatte, um Abu Dun aufzuheitern, war seine Stimme wenig mehr als ein Flüstern. Denn der Mann, der zu sein er vorgab, würde niemals im Plauderton – und schon gar nicht lachend – mit einem Sklaven sprechen, sondern ihm höchstens einen Befehl oder einen Tadel erteilen.

Unglückseligerweise musste er zugeben, dass der Nubier Recht hatte. Aber es gab kein Zurück. Sie waren zu weit gegangen, um einen Rückzieher zu machen. Wenn es schon galt, in selbstmörderischer Weise ihr Leben aufs Spiel zu setzen, dann konnten sie die Sache auch richtig anpacken. Also würde er wie geplant im Zeughaus des Palastes als falscher Hofbeamter im Namen des Sultans die Herausgabe der Listen zur Vervollständigung der Bestückung der Flotte verlangen. Am Nachmittag hatte sich Andrej noch für den Plan begeistern können, mittlerweile hielt er ihn nicht mehr für ganz so gelungen.

Seine Hand tastete nach dem reich verzierten Griff des Krummsäbels, den er anstelle des gewohnten Damaszenerschwertes am Gürtel trug, und zog sich dann eilig wieder zurück. Er musste besser auf sich Acht geben. Gerade solche Kleinigkeiten brachten nur zu oft selbst einen perfekt ersonnenen Plan zum Scheitern. Der Mann, den er darstellte, trug diese Waffe nur zur Zierde, nicht zur Verteidigung. Andrej beschleunigte seine Schritte und widerstand mit großer Mühe der Versuchung, sich verstohlen auf dem großen Platz umzusehen.

Sie wurden nicht aufgehalten. Niemand sprach sie an. Die wenigen Menschen, die ihren Weg unmittelbar kreuzten, traten hastig mit gesenktem Blick beiseite, da sie in ihm den hochrangigen Beamten zu erkennen glaubten, der noch kurz zuvor der rechtmäßige Besitzer der Kleider und der Waffe gewesen war, die Andrej nun trug.

Andrej hoffte, dass man die Leiche nicht so bald finden würde.

Am Eingang des ehemaligen Gotteshauses wurden sie aufgehalten und nach ihrem Begehr gefragt. Andrej beantwortete die Fragen des dunkelhäutigen Wächters, der ihn und vor allem Abu Dun mit unverhohlenem Misstrauen musterte, in genau dem überheblichen Ton, den der Soldat von einem Mann seiner Position erwartete. Sein Türkisch war nicht so perfekt, wie es ihm lieb gewesen wäre. Er sprach mit einem leichten, aber unüberhörbaren Akzent, von dem er befürchtet hatte, er könne ihn verraten. Doch zumindest *diese* Sorge war in dem Moment von ihm abgefallen, in dem sie an Land gegangen waren. Konstantinopel befand sich zwar fest in türkischer Hand, aber es herrschte ein wahrhaft babylonisches Sprachengewirr. Wahrscheinlich fiel man eher auf, wenn man die Sprache der Besatzer einwandfrei sprach.

Obgleich es Andrej gelang, den Mann auf genau die Art einzuschüchtern, die er beabsichtigt hatte, erfüllte dieser seine Aufgabe mit großer Gewissenhaftigkeit. Sie wurden angewiesen, am Tor zu warten und sich nicht von der Stelle zu rühren. Noch während sich der Wächter umwandte und mit schnellen Schritten davoneilte, nahm ein Dutzend Krieger unauffällig rings um sie herum Aufstellung. Andrej hatte mit nichts anderem gerechnet, denn das Gebäude, in das sie einzudringen versuchten, spielte bei der bevorstehenden Invasion eine entscheidende Rolle – vielleicht die wichtigste überhaupt.

Im Gegensatz zu vielen anderen machte Andrej nicht den Fehler, seinen Feind zu unterschätzen. Immerhin beherrschte das Osmanische Reich einen Großteil der Welt und versuchte nun mit nicht wenig Erfolg, auch noch den Rest zu unterjochen. Auch wenn es unter den Rittern und Adligen Europas als schick galt, die Muselmanen mit Verachtung zu betrachten und als Barbaren und Heiden zu bezeichnen, wusste Andrej aus eigener, leidvoller Erfahrung, dass eher das Gegenteil der Fall war. Dummköpfe eroberten keine Weltreiche.

Obwohl der Nubier in respektvollem Abstand hinter ihm Aufstellung genommen hatte, konnte Andrej dessen Unbehagen fast riechen. Das beunruhigte ihn. Normalerweise war es eher Abu Dun, der dazu neigte, unkalkulierbare Risiken einzugehen, während Andrej sich mehr in der Rolle des Warners und vorsichtigen Taktierers sah.

Langsam drehte er sich um und ließ seinen Blick scheinbar gelangweilt über den weiten, von brodelndem Leben erfüllten Hof schweifen. Sein Gefühl hatte ihn nicht getrogen: Abu Dun stand stocksteif und mit erstarrtem Gesicht hinter ihm. Auf seiner Stirn glänzte Schweiß und seine Faust hatte sich ein wenig zu fest um den Schwertgriff in seinem Gürtel geschlossen. Er benahm sich auffällig, fand Andrej. Die Männer, die sie umgaben, waren keine Dummköpfe. Hinter dem Respekt, mit dem sie den hohen Gast behandelten, verbarg sich die Aufmerksamkeit von Soldaten, die zu den besten gehörten. Der Großwesir ließ eines der wichtigsten Gebäude Konstantinopels nicht von Dilettanten bewachen.

Es wird alles gut, versuchte er Abu Dun mit Blicken zu signalisieren. *Entspann dich!*

Natürlich erreichte er damit eher das Gegenteil. Und er

konnte Abu Dun mit jedem Herzschlag, der verstrich, ohne dass die Wache zurückkam und sie einließ, besser verstehen. Er hätte auf seinen Gefährten hören sollen. Er hätte auf seine innere Stimme hören sollen, die vor Empörung aufgeschrien hatte, als de la Valette ihm auftrug, in der Höhle des Löwen zu spionieren. Andrej war Krieger, kein Spion. Er verachtete Spione, und er hasste Verräter.

Es war nicht so, als seien sie nicht gewarnt worden.

Ihr Unternehmen hatte von Anfang an unter keinem guten Stern gestanden. Wären sie nicht durch einen Sturm auf ihrer Reise aufgehalten worden, so hätten sie sich diese Maskerade sparen können. Erst einen Tag zuvor, viel später als geplant, hatten sie Konstantinopel erreicht und waren mit ihrem Fischerboot im Kontoskalion-Hafen im Süden der riesigen Stadt vor Anker gegangen, sechs Tage zu spät! Die Flotte des Sultans war bereits am 28. März vom Bosporus her in das Goldene Horn eingelaufen, und man hatte längst damit begonnen, die Schiffe zu beladen.

Heute Morgen waren sie in der lang gezogenen Bucht gewesen, um sich die Flotte anzusehen.

Nein, verbesserte sich Andrej in Gedanken, nicht die Flotte. Eher – die Katastrophe.

Andrej war von dem, was er gesehen hatte, viel zu schockiert gewesen, um auf den Gedanken zu kommen, die Schiffe zu zählen. Aber Abu Dun hatte es getan und sich später natürlich nicht den Spaß nehmen lassen, seinem Gefährten genüsslich vorzurechnen, was sie erblickt hatten: Einhundertdreißig Rudergaleeren, dreißig Galeassen, die allein jeweils *eintausend* Mann transportieren konnten, und die elf größten Handelsschiffe, die sie jemals gesehen hatten, lagen dort vor Anker. Ganz zu schweigen von einer Vielzahl kleinerer Boote, die die Flotte begleiten würden.

Und doch war es weder die Zahl der Schiffe noch die der Soldaten, die darüber entscheiden würde, ob Malta, der letzte

Rückzugsposten der Johanniter, in diesem Sommer erobert werden würde. Der Großmeister hatte Andrej und Abu Dun geschickt, um einen Blick in die Zukunft zu werfen. Genauer gesagt: Auf das Ausmaß an Gefahr und Zerstörung, das diese Zukunft für seinen Orden bereithielt.

Die Johanniter hätten keine Spitzel schicken müssen, um sich einen Überblick über die Größe der feindlichen Flotte oder des gegnerischen Heeres zu verschaffen. De la Valette verachtete Spionage und Verrat im Grunde seines Herzens ebenso sehr wie Andrej. Aber es gab Gerüchte. Gerüchte von neuen, vernichtenden Schusswaffen, die den Türken zur Verfügung standen. Deren Kugeln das Gewicht von fünf Männern hatten und die somit in der Lage sein sollten, selbst die gewaltigsten Mauern einer Festung zu durchschlagen. Gerüchte, die in letzter Zeit zahlreicher und beunruhigender – und vor allem glaubhafter – geworden waren, und die nicht nur Jean Parisot de la Valette, dem Großmeister der Johanniter, schlaflose Nächte bereiteten. Gab es diese neuen Geschütze wirklich, und konnten die Türken sie in ausreichender Zahl herbeischaffen, dann war es nur noch eine Frage der Zeit, bis die Bollwerke der Ordensfestung auf Malta in Trümmern liegen würden. De la Valette hatte Andrej nach Konstantinopel geschickt – nein, verbesserte sich Andrej in Gedanken: Er hatte ihn *gebeten*, sich mit eigenen Augen zu überzeugen.

Das war nun geschehen, und Andrej würde keine guten Nachrichten nach Malta zurückbringen …

Die meisten Geschütze waren bereits verladen gewesen, aber Andrej hatte dennoch etliche gesehen, die gewaltig und mehr als zehn Tonnen schwer waren. Es gab nicht vieles auf der Welt, was ihm Angst machte, aber diese monströsen Ungeheuer aus Bronze, Eisen und Holz gehörten eindeutig dazu.

Ihre Geduld wurde auf eine harte Probe gestellt. Vermutlich vergingen in Wahrheit nicht mehr als drei oder vier Minuten, bis die Wache zurückkam, aber Andrej kam es vor wie drei oder vier *Ewigkeiten*. Dennoch drehte er sich betont langsam herum und sah dem Wachtposten und dessen Begleiter mit einer genau berechneten Mischung aus Ungeduld und mühsam zurückgehaltenem Zorn entgegen. Abu Dun begann unruhig von einem Fuß auf den anderen zu treten. Andrej schickte ein Stoßgebet zum Himmel, dass ihr Verhalten nicht zu auffällig war. Mit einer selbstbewussten Bewegung ließ er die rechte Hand auf den Schwertgriff an seinem Gürtel sinken und trat dem Neuankömmling entgegen.

Der Fremde schien von seiner Geste nicht sonderlich beeindruckt zu sein. Sein dunkles, von einem pedantisch ausrasierten Bart und sehr aufmerksamen, fast schwarzen Augen beherrschtes Gesicht zeigte nicht die geringste Regung, als er vor Andrej stehen blieb und zuerst ihn, dann den fast zwei Meter großen, schwarzgesichtigen Koloss mit einem raschen Blick musterte – einem Blick, in dem sehr wenig Respekt, aber dafür ein umso größeres Maß an Misstrauen zu erkennen war.

»Wer seid Ihr?«, fragte er knapp.

Andrej nahm die Hand vom Schwert und stellte sich mit einer graziösen Geste vor: »Ich bin Yussuf Ibn Sair.« Ein Name, den er sich in eben diesem Augenblick ausgedacht hatte, und von dem er hoffte, dass er hinlänglich überzeugend klang. »Ich bin im Auftrag des Großwesirs hier. Ich soll die Fracht- und Bestückungslisten der Flotte einsehen. Hat man Euch nicht informiert?«

»Davon ist mir nichts bekannt«, antwortete sein Gegenüber. Er klang keineswegs beeindruckt, sondern eher noch misstrauischer als zuvor. »Die Kopien der Listen sind doch schon gestern …«

»Eben wegen dieser Kopien bin ich hier«, fiel ihm Andrej ins Wort. »Es gab gewisse … Differenzen.«

»Das ist nicht möglich«, antwortete der Offizier überzeugt. »Wir haben über jedes Stück Buch geführt. Der Fehler muss andernorts passiert sein.«

»Und um genau das festzustellen, sind wir hier«, antwortete Andrej ungeduldig. »Also führt uns hinein.«

»Das werde ich nicht tun«, sagte der Türke. »Ich habe strengsten Befehl, niemanden hereinzulassen, der sich nicht ausweisen kann.«

»Vielleicht sollten wir gemeinsam zum Großwesir gehen und diese Frage erörtern«, entgegnete Andrej lächelnd. »Ich bin sicher, er wird Euren Diensteifer honorieren.« Er ließ eine Sekunde verstreichen und registrierte zufrieden, wie die Selbstsicherheit seines Gegenübers zusehends zerbröckelte. Dann hob er die linke Hand und zog mit der rechten den schweren goldenen Siegelring ab, den er am Mittelfinger trug.

»Ich weiß nicht, ob ...«, begann sein Gegenüber. Andrej unterbrach ihn abermals, indem er ihm den Siegelring hinhielt.

»Das wird Euch überzeugen«, sagte er. »Ich nehme an, Ihr kennt diesen Ring?« *Wenn nicht, dann sind wir jetzt so gut wie tot*, fügte er in Gedanken hinzu. Dieser Siegelring war ihre einzige Hoffnung – und eine Fälschung. Allerdings eine perfekte Fälschung, nach Angaben eines gefangenen türkischen Admirals von einem jüdischen Goldschmied in Toledo gefertigt. Andrej war nicht besonders wohl dabei, seine letzte Trumpfkarte jetzt schon auszuspielen. Er hatte vorgehabt, sie für den Notfall aufzuheben, aber er hatte wohl keine Wahl.

Der Mann nahm den Ring entgegen und betrachtete ihn eingehender, als Andrej lieb war. Schließlich gab er ihn zurück und deutete ein Achselzucken an. »Ich bin sicher, der Fehler liegt nicht bei uns«, sagte er in gekränktem Ton. »Aber Ihr könnt Euch gerne selbst davon überzeugen.«

Sie verbrachten eine lange Weile im Inneren des Gebäudes, und Andrejs Bestürzung wuchs beständig. Der Beamte, in dessen Obhut sie der Offizier übergab, erwies sich als äußerst kooperativ und händigte Andrej gehorsam jedes Schriftstück und jede Liste aus, nach der er verlangte. Andrej musste sich mit immer größerer Anstrengung beherrschen, um sich sein Entsetzen nicht allzu deutlich anmerken zu lassen. De la Valette hatte Schlimmes befürchtet, als er ihn dorthin geschickt hatte, aber die Lage war nicht schlimm. Sie war verheerend.

»Was ist denn los mit dir?«, flüsterte Abu Dun an seinem Ohr, als sie sich schließlich umwandten und den Rückweg antraten. Seine Stimme war kaum mehr als ein Wispern, aber Andrej fuhr erschrocken zusammen und sah sich um, als hätte er Angst, dass die Worte überall in dem großen, zum Lagerhaus umfunktionierten Raum gehört worden wären. Immerhin waren sie nicht allein. Auch vor der Tür zum Seitenschiff, in der die Schreibstube des Zeugmeisters untergebracht war, lungerte eine Wache herum, die ihre Aufgabe allerdings wesentlich weniger gewissenhaft versah als die Männer draußen am Tor.

Überall rings um sie herum waren Männer mit unterschiedlichen Aufgaben beschäftigt. Allem Anschein nach bestanden diese zumeist darin, Kisten und Ballen von rechts nach links und wieder zurück zu schleppen und den einen Stapel durch den anderen zu ersetzen. Natürlich war Andrej klar, dass das, was wie ein chaotisches Durcheinander schien, in Wirklichkeit ein präziser Arbeitsablauf nach einem wohl durchdachten Plan war. Auch das vermeintliche Sprachengewirr, das in dem ehemaligen Gotteshaus herrschte, war eine geordnete Folge von Befehlen und Kommandos, die Dutzende von Männern mit der Effizienz einer großen Maschine arbeiten ließ. Einer Maschine, die längst ins Rollen gekommen war und Malta samt allen, die darauf lebten, am Ende zermalmen musste ...

»Sieht man es mir so deutlich an?«, murmelte er mit unbewegtem Gesicht, ohne sich zu Abu Dun herumzudrehen.

»Nein«, antwortete der Nubier. »*Man* nicht. Aber ich. Schlechte Nachrichten?«

»Mehr als schlecht«, erwiderte Andrej. »Ich habe mir die

Bestückungslisten zeigen lassen.« Er atmete hörbar aus. »Wenn sie stimmen, dann ist genug Feuerkraft auf dem Weg nach Malta, um die Insel für immer von der Landkarte verschwinden zu lassen. Wir müssen sofort zurück.«

»Um was zu tun?«, fragte Abu Dun.

Wenn ich das wüsste, dachte Andrej niedergeschlagen. »Beten wäre eine gute Idee.« Jedenfalls für jemanden, der an die Kraft des Gebetes glaubte.

»Wir könnten vielleicht ...«, begann Abu Dun, aber diesmal unterbrach ihn Andrej mit einer angedeuteten Geste und einem gezischten: »Jetzt nicht!«

Sie näherten sich dem Ausgang. Nach der Stunde, die sie im Halbdunkel des Zeughauses verbracht hatten, erschien ihm das Sonnenlicht, das über dem Vorplatz lag, unnatürlich grell, sodass er blinzeln musste und die Männer rechts und links der Tür nur als verschwommene Schatten erkennen konnte. Dennoch spürte er, dass ihn zumindest *einer* dieser Schatten anstarrte, und er hatte auch eine ziemlich konkrete Vorstellung davon, um wen es sich handelte. Sein Herz begann zu pochen. Er musste an sich halten, um seine Schritte nicht zu sehr zu beschleunigen, damit nicht auch noch der Letzte merkte, dass sie aus der ehemaligen Kathedrale *flohen.* Verdammt, was war nur mit ihm los?

Aber das Wunder geschah. Sie wurden weder angesprochen noch auf irgendeine andere Art zurückgehalten, verließen unbehelligt das Arsenal und passierten auch das Tor des Reiches. Sie hatten den Vorplatz der Hagia Sophia schon fast vollständig überquert, als sie hinter sich Hufschlag hörten. Es war nur ein Geräusch in einem ganzen Chor verschiedenster Laute, und doch war etwas Besonderes daran. Ein Gefühl von Endgültigkeit breitete sich in Andrej aus, das er nur zu gut kannte. Er blieb stehen, warf Abu Dun einen warnenden Blick zu und drehte sich langsam um.

Ein einzelner Reiter sprengte hinter ihnen durch das Tor.

Im ersten Moment war Andrej irritiert, dann erkannte er ihn – es war der Offizier, der sie vorhin so misstrauisch kontrolliert hatte. Noch klammerte sich Andrej an den Gedanken, dass dessen Erscheinen einen ganz banalen Grund haben könnte, etwa den, dass der Dienst des Mannes endete und er in die Stadt ritt, um sich zu amüsieren. Aber natürlich war das nicht der Fall.

»Was …?«, begann Abu Dun, wurde aber erneut von Andrej mit einer Geste zum Schweigen gebracht.

»Still!«, sagte er. »Überlass mir das Reden … Und wenn irgendetwas passiert, dann rette dich«, fügte er nach einer winzigen Pause hinzu. »Kümmere dich nicht um mich. Wir treffen uns am Hafen. Wenn ich bis Sonnenaufgang nicht da bin, segelst du allein los. Umgekehrt gilt dasselbe. Die Nachricht ist zu wichtig. Der Großmeister muss erfahren, dass eine gewaltige Flotte auf dem Weg nach Malta ist. Sag ihm, dass sie genug Kanonen an Bord haben, um …«

Er brach ab, als er Abu Duns Blick registrierte. Der Nubier machte sich nicht die Mühe zu antworten. Andrej glaubte in seinen Augen allenfalls so etwas wie leise Verwunderung über seine Worte zu erkennen. Andrejs Vorschlag war vielleicht vernünftig, aber der Nubier wusste so gut wie er, dass keiner von ihnen den anderen je im Stich lassen würde – und schon gar nicht, um den Orden der Johanniter zu retten. Abu Dun war jedoch klug genug, nichts zu sagen.

Andrej drehte sich mit einem Ruck wieder herum, als er spürte, dass sich der Reiter ihnen auf Hörweite genähert hatte. Der Mann schwang sich mit einem Satz aus dem Sattel, noch bevor sein Pferd richtig zum Stehen gekommen war. Das Tier scheute unwillig und entfernte sich ein paar Schritte, während der Offizier herausfordernd auf Andrej und Abu Dun zuschritt. Sein Gesicht zeigte keine Regung, aber seine rechte Hand lag gewiss nicht zufällig auf dem Griff seiner Waffe. Sein Blick streifte Abu Dun. In seinen Augen sah Andrej gehörigen

Respekt, aber den empfand jeder, der dem annähernd zwei Meter großen nubischen Koloss gegenüberstand.

»Auf ein Wort, Herr!«, rief der Offizier. Der Ton in seiner Stimme strafte seine respektvollen Worte Lügen.

»Was gibt es denn noch?«, fragte Andrej. »Wenn es um die Papiere geht, so kann ich Euch beruhigen. Der Fehler liegt ganz offensichtlich nicht bei Euch. Das werde ich auch dem Sultan berichten.«

»Dem Sultan?«

Andrej hätte sich am liebsten selbst geohrfeigt. Aber der Fehler war gemacht und ließ sich nicht mehr zurücknehmen.

»Der Sultan ist auf einem Fest des Großwesirs in der Stadt und wünscht dort Einsicht in die Unterlagen zu nehmen«, sagte er. Eine Behauptung, die selbst in seinen Ohren nach nichts anderem klang als nach dem, was sie war: eine Ausrede, und nicht einmal eine besonders originelle.

Das Stirnrunzeln des Offiziers vertiefte sich. Er kam einen halben Schritt näher und bewegte sich zugleich ein Stück zur Seite. Er musterte Abu Dun und Andrej auf eine Art, die sie beide nur zu gut kannten. Der Ausdruck in seinem Blick war nicht mehr bloßes Misstrauen, sondern das Abwägen eines Kriegers, der seinen Gegner einzuschätzen versucht. Seine Hand hatte sich fester um seine Waffe geschlossen. Andrej sah, wie er unauffällig sein Gewicht verlagerte. Offensichtlich war er noch unschlüssig, was er tun sollte, was angesichts des schwarzgesichtigen Riesen hinter Andrej auch verständlich war.

Dennoch suchte Andrej vergebens nach einer Spur von Furcht auf dem Gesicht des Mannes. Vielleicht war er unsicher, welcher der beiden Männer vor ihm der gefährlichere war. Sollte er sich auf den äußeren Anschein verlassen und sich auf den vermeintlichen Leibwächter konzentrieren, dann würde er eine tödliche Überraschung erleben.

»Nun, Yussuf Ibn Sair«, sagte er, »das war doch Euer Name, nicht wahr?«

Andrej nickte und der Muselman setzte neu an: »Ich habe vorhin einen meiner Männer zum Palast geschickt, der aber ein vollkommener Idiot zu sein scheint. Er kann sich nicht einmal einen einfachen Namen merken. Stellt Euch vor, er behauptet, ein Mann Eures Namens sei dort gar nicht bekannt.«

Plötzlich begriff Andrej. Der Mann war nicht unschlüssig. Und er hatte auch keine Angst. Er versuchte lediglich, Zeit zu schinden. Es war nicht besonders schwer, sich vorzustellen, warum.

»Wie Ihr selbst sagt«, antwortete Andrej gelassen, »der Mann scheint unfähig zu sein. Ihr solltet ihn auspeitschen lassen.«

»Sicher«, antwortete der Offizier. »Aber stellt Euch vor, im Palast weiß auch niemand etwas von einer Überprüfung der Ladelisten.«

»Was wollt Ihr damit sagen?«, fragte Andrej scharf.

»Oh, ich glaube, das wisst Ihr genau«, sagte der Muselman ruhig. Ebenso ruhig, aber mit einer Bewegung, die große Entschlossenheit verriet, zog er seinen Krummsäbel, senkte die Spitze der Waffe aber sofort wieder. »Mir ist nicht daran gelegen, mit Euch oder Eurem Begleiter zu kämpfen. Bevor Ihr etwas tut, was mich dazu zwingt, seht Euch um.«

Andrej dachte nicht daran, den Mann auch nur eine Sekunde aus den Augen zu lassen, aber das war auch nicht nötig. Die Bewegung, die er aus den Augenwinkeln registrierte, war eindeutig. Sowohl von rechts als auch von links eilten Männer auf sie zu. Er hatte den Offizier unterschätzt, musste er sich eingestehen. Offensichtlich hatte dieser seine Männer schon unauffällig auf dem Platz verteilt, noch bevor sie das Arsenal verlassen hatten.

»Ihr wisst, dass Ihr Euch gerade um Euren Hals redet?«

Die Frage war völlig sinnlos – nichts als der verzweifelte Versuch, das Unausweichliche noch ein paar Augenblicke hinauszuzögern.

»Das mag sein, Herr«, antwortete der Offizier. »Trotzdem bitte ich Euch, mir ohne Widerstand zu folgen. Sollten sich Eure Angaben als richtig erweisen, werde ich den Mann, der mich falsch informiert hat, töten lassen und mich in aller Form bei Euch entschuldigen.«

Und wenn nicht, dann wartet der Foltermeister des Sultans auf uns, dachte Andrej bitter. Dennoch zog er die Hand unauffällig vom Schwert zurück. Er hätte den Mann so schnell töten können, dass er nicht einmal begriffen hätte, was geschah. Aber sie hatten es mit mindestens einem Dutzend Gegnern zu tun – ganz davon abgesehen, dass der Vorplatz von Menschen nur so wimmelte. Wenn auch nur ein einziger der muselmanischen Krieger das Wort ›Spion‹ aussprach, würde die Menge Abu Dun und ihn in Stücke reißen. Vielleicht standen ihre Chancen besser, wenn sie sich gefangen nehmen ließen und später einen Fluchtversuch unternahmen. Die Gefängnisse des Serails waren berüchtigt, aber sowohl Andrej als auch sein vermeintlicher Leibwächter hatten für ihre Bewacher die eine oder andere Überraschung auf Lager.

Es war Abu Dun, der die Katastrophe auslöste.

Er zog seine Waffe, aber der Offizier reagierte schneller, als Andrej erwartet hatte, und stieß seine Klinge in Abu Duns Richtung.

Allerdings war er nicht schneller als Andrej.

Dessen Hand bewegte sich rascher, als das menschliche Auge wahrnehmen konnte. Er verschwendete keine Zeit damit, seine eigene Klinge zu ziehen, sondern trat nach dem Krummsäbel des Offiziers und schmetterte ihn nur einen Augenblick, bevor sich dessen Spitze in Abu Duns Körper bohren konnte, zur Seite. Gleich darauf vollführte er eine halbe Körperdrehung, und sein linker Fuß traf den Muselmanen mit der Wucht eines Hammerschlages unter dem Kinn. Der Offizier stolperte mit einem schmerzerfüllten Grunzen zurück, ließ seinen Säbel fallen und brach in einer langsamen Bewegung in die Knie. Andrej führte die begonnene Drehung zu Ende und riss Abu Dun dabei mit sich.

Schlagartig brach rings um sie herum die Hölle los. Alarmrufe gellten auf. Die Menschen in ihrer unmittelbaren Nähe versuchten hastig, sich in Sicherheit zu bringen, während die herbeieilenden Soldaten ihre Waffen zogen.

Andrej wirbelte Abu Dun herum, bevor dieser auf die Idee kommen konnte, den Helden zu spielen, und stieß ihn so grob vor sich her, dass dieser um ein Haar das Gleichgewicht verloren hätte. Andrejs Hand hinterließ einen schmierigen Blutfleck auf Abu Duns Schulter, denn das Schwert des Muselmanen hatte sein Fleisch bis auf die Knochen aufgerissen. Die Wunde blutete heftig und schmerzte unerträglich. Trotzdem ließ er Abu Dun nicht los, sondern ergriff ihn noch fester und stieß ihn auf das Pferd des Muselmanen zu. Das Tier scheute, versuchte nach ihm zu beißen und wäre zweifellos einfach davongesprengt, wäre es nicht in der aufgewühlten Menschenmenge eingekeilt gewesen.

Mit seinem Verhalten rettete dieses Pferd ihnen am Ende sogar das Leben.

Andrej wich den zuschnappenden Zähnen aus, packte die Zügel und riss den Kopf des Tiers mit solcher Gewalt herum, dass der Hengst gequält aufschrie und mit den Hinterläufen austrat. Seine wirbelnden Hufe trafen zwei, drei Männer und fegten sie von den Füßen. Daraufhin brach rings um sie herum Panik aus. Die Menschen versuchten in blinder Todesangst ihr nacktes Leben zu retten und stoben in alle Richtungen davon. Einige der heranstürmenden Soldaten wurden einfach niedergetrampelt. Auch die anderen kamen nicht mehr schnell genug voran. Die beiden Gefährten hatten einen winzigen Vorsprung, und das musste reichen.

Andrej schwang sich in den Sattel, zerrte den völlig verstörten Abu Dun zu sich herauf auf den Rücken des Tiers, das unter dem gewaltigen Gewicht des Nubiers fast in die Knie ging, und zog das Pferd herum. Es scheute und weigerte sich, dem unbekannten Herrn zu gehorchen, aber Andrej brach seinen Willen mit blanker Gewalt. Das Pferd schrie vor Schmerz auf, als die Trense in das empfindliche Fleisch in seinem Maul schnitt, warf den Kopf zurück, drehte sich aber gehorsam auf der Stelle und sprengte los. Die sie umgebenden Menschen stoben auseinander, um nicht umgerissen zu werden. Einige Männer stürzten und brachten weitere zu Fall. Dann tat sich eine Gasse in der Menge auf, durch die Andrej das Pferd lenkte.

Die Panik der Menge diktierte ihren Fluchtweg, aber zu ihrem Glück führte dieser vom Waffenarsenal weg, und das allein zählte.

Andrej rammte dem Tier erbarmungslos die Absätze in die Flanken und beugte sich gleichzeitig tiefer über seinen Hals. Etwas traf ihn in die Seite und explodierte in einer Wolke aus feurigem Schmerz, der sich von seinem Knie bis in die Rippen hinaufzog. Er spürte, wie warmes, klebriges Blut an seinem Bein hinablief. Metall blitzte. Ein Schwert hieb nach ihnen und verfehlte sein Gesicht nur um Haaresbreite. Dann war plötzlich das Schlimmste vorbei. Rings um sie herum flüchteten noch immer Menschen in heller Aufregung, aber die Menge war nicht mehr so dicht und das Pferd gewann an Tempo.

Andrej hielt auf eine der großen Straßen zu, die vom Platz fortführten, und zwang das Tier so brutal um die Biegung, dass es erneut protestierend aufschrie und um ein Haar gestürzt wäre. Hinter ihm keuchte Abu Dun vor Schreck auf, vielleicht auch vor Schmerz. Andrej wusste nicht einmal, ob sein Freund vielleicht ebenfalls verwundet worden war, aber ihm blieb keine Zeit, nach ihm zu sehen. Es war noch nicht vorbei.

Auch die Straße vor ihnen war voller Menschen, die erschrocken und verwirrt stehen blieben, als sie das Pferd mit den zwei ungleichen Reitern auf sich zugaloppieren sahen. Einige versuchten, zur Seite zu springen, aber die meisten blieben einfach stehen. Ein Mann starrte ihnen sogar mit einem Ausdruck grimmigen Trotzes entgegen. Anstatt zur Seite zu gehen, versperrte er ihnen mit einem demonstrativen Schritt den Weg.

Andrej schluckte einen Fluch hinunter, riss das Pferd herum und preschte geduckt durch ein niedriges Tor auf einen von Säulengängen umschlossenen Hof, aus dem kein Weg hinausführte. Mit einem weiteren Fluch (diesmal in seiner Muttersprache, was ihn wohl endgültig verraten hätte, wäre jemand in der Nähe gewesen, um ihn zu hören) riss er das Pferd erneut herum, fiel mehr von dessen Rücken, als dass er abstieg, und konnte gerade noch zugreifen, als Abu Dun nun tatsächlich aus dem Sattel fiel. Das Pferd machte einen Satz zur Seite und raste mit einem protestierenden Wiehern davon. Schwer atmend sah Andrej sich um.

Sie befanden sich im Vorhof einer verfallenen Basilika, die zwar mitten in der Stadt liegen mochte, aber den Eindruck machte, als sei sie seit Menschengedenken verlassen. Etliche der riesigen Säulen, die das Dach stützten, waren zerborsten. Unkraut und ungehindert wucherndes Buschwerk hatten längst angefangen, das Terrain zurückzuerobern, das ihnen der Mensch abgetrotzt hatte.

»Was war denn das?«, fuhr ihn Abu Dun an. »Seit wann laufen wir davon?«

Im ersten Moment verstand Andrej nicht, was Abu Dun meinte. Dann breitete sich ein Ausdruck der Fassungslosigkeit auf seinem Gesicht aus. »Vielleicht, seit ich zu dem Entschluss gekommen bin, noch ein bisschen länger leben zu wollen«, antwortete er. »Möchtest du dich mit der gesamten türkischen Armee anlegen?« Er machte eine auffordernde Geste. »Nur zu! Ich glaube, sie läuft gerade draußen zusammen und sucht nach uns.«

»Was nicht geschehen wäre, wenn du auf mich gehört hättest«, knurrte Abu Dun.

Mit dieser Bemerkung hatte der Nubier Recht, sie kam aber zum denkbar ungünstigsten Zeitpunkt. Abu Dun hatte schon beim Anblick der Flotte argumentiert, dass sie mehr als genug gesehen hätten und sich lieber auf den Rückweg machen sollten, solange sie es noch konnten. Es war zweifellos ein Fehler gewesen, nicht auf ihn zu hören, aber es nutzte nichts, über begangene Fehler zu jammern.

Für einen kurzen Augenblick befanden sie sich in Sicherheit, aber das konnte nicht lange währen. Die Soldaten mussten längst zur Verfolgung ausgeströmt sein, und draußen auf der Straße hatten unzählige Menschen gesehen, durch welches Tor sie geritten waren. In Kürze würde es dort von Verfolgern nur so wimmeln. Abu Dun würde seinen Kampf bekommen. Eher, als ihm lieb war.

Andrej sah sich gehetzt um. Er spielte mit dem Gedanken, die zusammengesunkene Mauer zu seiner Rechten als Leiter zu benutzen, um auf das Dach und von dort aus auf eines der benachbarten Gebäude zu gelangen, verwarf diese Idee aber sofort wieder. Von den höher gelegenen Mauern und Türmen der Hagia Sophia aus wären sie dort oben leicht zu entdecken. Und sie durften sich auf keinen Kampf einlassen. Sie brauchten ein Versteck!

Hastig setzte er sich in Bewegung, kletterte über einen Schuttberg hinweg und erblickte eine offen stehende Tür, die in das Dunkel der verlassenen Basilika hineinführte. Abu Dun wie ein willenloses Kind hinter sich herzerrend, stürmte er hindurch und prallte schmerzhaft gegen eine Wand. Nachdem sich seine Augen an das Halbdunkel gewöhnt hatten, erkannte Andrej, dass sie vom Regen in die Traufe geraten waren. Im blassen Dämmerlicht sah man deutlich die Fußabdrücke, die sie in der fingerdicken Staubschicht auf dem Boden hinterlassen hatten!

Aber es war zu spät, um umzukehren. Der Hof hinter ihnen füllte sich mit schweren, stampfenden Schritten, die von einem Chor aufgeregt durcheinander rufender Stimmen und dem Klirren von Metall begleitet wurden. Ihre Verfolger waren da.

Andrej wandte sich nach rechts, zerrte Abu Dun weiter mit sich und stürmte so schnell durch den staubbedeckten Gang, wie er es in der herrschenden Dunkelheit wagte. Sie erreichten eine Kreuzung, wandten sich aufs Geratewohl nach links und erblickten eine Treppe, die in noch tiefere Finsternis hinabführte. Sie rasten, immer zwei Stufen auf einmal nehmend, hinunter, wobei Andrejs verletztes Bein mit grellen Schmerzen, die in immer rascherer Folge durch seinen Körper pulsierten, protestierte. Er ignorierte die Pein und bemühte sich, noch schneller zu laufen.

Als er daraufhin das Gleichgewicht verlor, ließ er notgedrungen Abu Duns Hand los und stürzte, sich immer wieder überschlagend, kopfüber die Treppe hinab. Er hörte Abu Duns erschrockenen Aufschrei und hatte gerade noch Zeit, daran zu denken, dass ihre Verfolger nun endgültig wussten, wo sie nach ihnen suchen mussten, falls sie die Fußspuren im Staub bisher übersehen haben sollten. Dann prallte er mit fürchterlicher Wucht gegen ein Hindernis. Für einen Moment versank die Welt in einem schwarzen Strudel, der sich auf dem Grund seiner Gedanken auftat. Alles wurde unwirklich und leicht.

Wie durch ein Wunder verlor er nicht das Bewusstsein. Nachdem er die Augen geschlossen und in sich hineingelauscht hatte, stellte er fest, dass ein zweites, beinahe noch größeres Wunder geschehen war: Er hatte sich keine nennenswerte Verletzung zugezogen. Ihm tat alles weh, aber er konnte sich bewegen und spürte, wie sein Körper bereits damit begann, das verwundete Bein zu heilen. Unter normalen Umständen wäre die Wunde binnen einiger Minuten verheilt gewesen, aber er konnte seinem Körper die Energie, die er für die Regeneration brauchte, nicht geben. Nicht jetzt.

Umständlich richtete er sich auf, ignorierte Abu Dun, der besorgt an ihm herumtastete, und versuchte, sich in der Dunkelheit zu orientieren. Selbst seinen Augen, die, ebenso wie die des Nubiers, ungleich schärfer waren als die eines gewöhnlichen Menschen, fiel es schwer, die nahezu vollkommene Finsternis zu durchdringen. Immerhin war das ein winziger Vorteil für sie. Ihre Verfolger würden dort unten buchstäblich blind sein. Aber sie waren nicht mehr weit. Über ihnen waren die Stimmen und Schritte der Männer lauter geworden. Sie waren ihnen auf der Spur.

Die Treppe endete vor einer nur knapp anderthalb Meter hohen, uralten Tür, die schräg in rostigen Angeln hing. Das Schloss schien schon vor einem halben Menschenalter herausgefallen zu sein, doch jemand hatte es für nötig gehalten, die Tür mit einer schweren Eisenkette zu versehen, die mit einem großen Vorhängeschloss gesichert war. Was immer sich dahinter befand, schien von enormem Wert zu sein.

Oder ausgesprochen gefährlich.

Andrej jedenfalls hatte vor, es herauszufinden. Er schob Abu Dun mit dem linken Arm aus dem Weg und wieder zwei Stufen weit die Treppe hinauf und ließ seine Waffe mit aller Gewalt auf die Kette herabsausen.

Das rostige Eisen zerbarst wie Glas. Auch Andrejs Schwert brach dicht über dem Griff ab, aber die Kette rasselte wie eine Ankerkette zu Boden – mit einem Lärm, der noch auf der anderen Seite der Stadt zu hören sein musste, dachte Andrej erschrocken. Die Tür sprang auf, als sich Andrej mit der Schulter dagegen warf.

Um ein Haar wäre dies seine letzte Bewegung gewesen.

Die Treppe setzte sich unmittelbar hinter der Tür fort. Die oberste Stufe war nicht mehr vorhanden und der Rest der Treppe führte in deutlich steilerem Winkel als zuvor weiter nach unten. Sie schien in einem gewölbten, niedrigen Gang zu enden, aus dem graues Zwielicht heraufsickerte. Was er sah, waren die kläglichen Überreste von Tageslicht, das irgendwo in weiter Entfernung seinen Weg unter die Erde gefunden hatte. Dort unten musste es einen Ausgang geben.

Er dirigierte Abu Dun mit sanfter Gewalt durch die Tür und war kurz versucht, die Kette von innen wieder vorzulegen, verwarf diesen Gedanken aber gleich wieder. Die Spur, die sie hinterlassen hatten, war nicht zu übersehen, und wie stabil die Kette war, hatte er gerade selbst feststellen können. Ihre Verfolger würden weniger Zeit brauchen, um die Tür aufzubrechen, als er, um sie zu verriegeln. Andrej zog sie zu, so gut er konnte, und stürmte dann dicht hinter Abu Dun die ausgetretenen Steinstufen hinab.

Die Treppe war lang. Der Gang, den sie schließlich erreichten, musste sich tief unter den Kellergewölben der Häuser befinden, womöglich unter den Fundamenten der Stadt selbst. Er war so niedrig, dass selbst Andrej, der im Gegensatz zu Abu Dun kein Riese war, nur gebückt gehen konnte. Der Boden klebte vor Schmutz. Die Luft roch modrig und war von alles durchdringender Feuchtigkeit getränkt. Hinter ihnen wurden wieder Stimmen laut. Waren ihre Verfolger schon auf der Treppe?

Andrej beschleunigte seine Schritte und stieß Abu Dun, dessen Zögerlichkeit er nicht verstand, schließlich einfach vor sich her, bis sie das Ende des Gangs erreicht hatten und der Nubier so abrupt stehen blieb, dass Andrej auf ihn prallte. Abu Dun gelang es zwar, das Gleichgewicht nicht zu verlieren, aber er stolperte ungeschickt einen Schritt zur Seite. Auch Andrej prallte zurück und stieß mit dem Rücken gegen die Wand neben der Tür. Er registrierte es kaum.

Der Anblick, der sich ihm bot, verschlug ihm die Sprache.

Das Licht, das sie heruntergelockt hatte, sickerte durch Dutzende schmaler Schlitze, die sich hoch unter der Decke eines gewaltigen Kuppelsaals befanden, dessen Abmessungen sie nur ahnen konnten. Getragen wurde diese Decke von mehr als mannsdicken steinernen Säulen, die sich in mehreren Reihen nebeneinander erhoben. Es mussten Hunderte sein.

»Das ... ist unglaublich«, murmelte Abu Dun. »Von so etwas habe ich noch nie gehört.«

Die Akustik dieses sonderbaren Raums verzerrte seine Stimme zu einem gespenstischen Flüstern, aber Andrej konnte das Zittern darin nur zu gut hören. Auch er hatte etwas Derartiges noch niemals zuvor zu Gesicht bekommen. Der Raum erfüllte ihn mit dem Gefühl, klein und bedeutungslos zu sein. Gewiss hatte er schon in größeren Räumen gestanden, aber noch niemals in einem unterirdischen Raum, der die Abmessungen einer kleinen Burg hatte.

Dann hörte er das Plätschern von Wasser. Plötzlich wusste er, wo sie waren.

»Die Zisternen«, sagte er. »Das müssen die Zisternen sein.«

»Zisternen?«, wiederholte Abu Dun in zweifelndem Ton.

Andrej stieß sich von der Wand ab und trat ganz dicht an den Rand des schmalen Simses heran, der die gewaltige Wasserfläche begrenzte, die er nun erkennen konnte. Seine Augen gewöhnten sich allmählich an das blasse graue Licht, das wie leuchtender Staub in keilförmigen Streifen durch die wattige Dunkelheit vor ihnen schnitt. Wenn man längere Zeit auf das Muster aus Hell und Dunkel blickte, wurde einem schwindlig – es war ein perfektes Versteck. Selbst Andrej hatte Mühe, dort unten etwas zu erkennen. Für ihre Verfolger – selbst wenn sie Fackeln oder Lampen mitgebracht haben sollten – musste es nahezu unmöglich sein.

Aufmerksam ließ er seinen Blick nach rechts und links schweifen und entdeckte nach kurzem Suchen genau das, worauf er gehofft hatte: Nicht weit von ihrem Standort entfernt führten drei schmale gemauerte Stufen zur Wasseroberfläche hinab. Ein schmales, mittels einer rostigen Kette an einem eisernen Ring an der Wand befestigtes Boot lag da. Um ihr Glück perfekt zu machen, lagen im Heck des Bootes zwei lange Stangen, mit denen man es von der Stelle staken konnte.

»Dorthin!«

Ohne Abu Duns fragende Blicke zu beachten, stürmte er los, stieg in das Boot und balancierte mit weit ausgestreckten Armen zum Heck, um sich nach einer der Stangen zu bücken. Der Nachen schwankte bedrohlich, als auch Abu Dun hineinstieg. Sein gewaltiges Körpergewicht war fast zu viel für den altersschwachen Kahn. Das leise Klirren von Metall verriet Andrej, dass es Abu Dun gelungen war, die Kette zu lösen. Er ergriff eine der Stangen und ließ sie ins Wasser hinab. Als das Ende der Stange endlich den Grund berührte, musste sich Andrej vorbeugen, um sie überhaupt noch halten zu können. Das Wasser musste an die vier Meter tief sein.

»Sie kommen«, sagte Abu Dun überflüssigerweise. Mit einem Satz, der das Boot abermals bedrohlich ins Schwanken brachte, war er neben Andrej, ergriff die zweite Stange und rammte sie mit solcher Kraft nach unten, dass das Wasser hoch aufspritzte.

Abu Dun hatte Recht. Ihre Verfolger schienen bereits unmittelbar hinter ihnen zu sein – oder war es nur die verwirrende Akustik des unterirdischen Gewölbes?

Mit aller Kraft stemmten sich Andrej und Abu Dun gegen die Stangen. Das kleine Boot zitterte wie ein störrischer Esel und rührte sich nicht von der Stelle, als würde es von einer unsichtbaren Kraft gehalten. Dann aber kam es mit einem solchen Ruck frei, dass Andrej beinahe kopfüber ins Wasser gefallen wäre. Während er sich vorsichtig wieder aufrichtete, begann sich das Boot schwerfällig auf der Stelle zu drehen, bis der Bug genau auf den Gang, durch den sie heruntergekommen waren, deutete. Andrej stellte mit vorsichtiger Erleichterung fest, dass von den sie verfolgenden Türken noch nichts zu sehen war. Aber ihre stampfenden Schritte waren nahe, zu nahe.

»Wieso Zisterne?«, fragte Abu Dun. »So eine große Zisterne gibt es nicht.« Er keuchte vor Anstrengung, aber seine Neugier – oder sein Unglaube – waren mindestens so groß wie seine Angst. Andrej konnte diese Reaktion durchaus verstehen. Auch ihm verschlug die Größe dieses unterirdischen Saals schier den Atem.

»Hier schon«, antwortete er. »Ich habe davon gehört, es aber, ehrlich gesagt, selbst nicht geglaubt.« Er schüttelte den Kopf und stemmte sich dann ebenfalls gegen den Staken. »Jedenfalls nicht, dass sie *so* groß sind.«

»Sie?«, wiederholte Abu Dun zweifelnd.

»Es sind mehrere«, bestätigte Andrej. Er sparte es sich, Abu Dun darüber aufzuklären, dass mehrere in diesem Fall vierzig bedeutete.

Er machte eine Kopfbewegung in das Dunkel zwischen den Säulen hinein. »Angeblich sind sie durch unterirdische Kanäle miteinander verbunden. Wenn wir einen davon finden, sind wir gerettet. Vollkommen unmöglich, dass sie uns dort aufspüren!«

Als hätte ein boshaftes Schicksal nur auf dieses Stichwort gewartet, stürmten in diesem Moment die ersten Verfolger in das Gewölbe. Andrej machte einen erschrockenen Satz, als er die dunklen Uniformen ihrer Verfolger erkannte. Es waren nicht einfache Soldaten wie die, mit denen sie es auf dem Vorplatz zu tun gehabt hatten, sondern Janitscharen – die Elitetruppen des Sultans.

»Schneller!«, keuchte er.

Abu Dun stemmte sich mit noch größerer Kraft gegen die Stange, um das Boot von der Stelle zu bekommen. Hinter ihnen sausten die Janitscharen heran. Etwas krachte. Ein heller, peitschender, geradezu bösartiger Laut. Das Geräusch hallte in dem unterirdischen Gewölbe wider wie ein Kanonenschuss. Im gleichen Augenblick streifte ein heißer Luftzug Andrejs Gesicht. Aus der Säule unmittelbar vor ihnen schlugen Funken. Etwas heulte auf und schlug mit einem hellen Platschen ins Wasser.

Andrej wandte den Kopf und sah, dass der Janitschar, der auf sie geschossen hatte, auf ein Knie herabgesunken und damit beschäftigt war, seine Hakenbüchse hastig neu zu laden. Er fasste neuen Mut. Dieser Soldat schien der Einzige zu sein, der mit einer Feuerwaffe ausgerüstet war. Seine Kameraden trugen Schwerter, Schilde und Speere. Nicht dass Andrej diesen Waffen keinen Respekt entgegenbrachte – erst recht nicht in den Händen solch hervorragend ausgebildeter Krieger – aber Feuerwaffen flößten ihm eine Heidenangst ein. Er fürchtete sie nicht, er hasste sie regelrecht. Sie widersprachen seinem Sinn für Gerechtigkeit und Anstand. Ein Mann konnte damit über hundert Schritte Distanz hinweg getötet werden, ohne dass er auch nur ahnte, woher der Schuss kam, oder er eine Chance hatte, ihm auszuweichen. Sollte ihn irgendwann einmal der Tod endgültig ereilen, dann, so vermutete er, würde es durch Schießpulver geschehen.

Wie um ihn eines Besseren zu belehren, schleuderte einer der Janitscharen jetzt seinen Speer. Die Waffe überwand die Distanz, die das Boot schon vom Sims trennte, fast ebenso schnell wie zuvor die Kugel, aber mit deutlich mehr Zielgenauigkeit. Andrej versuchte erst gar nicht, ihr auszuweichen, sondern drehte nur im letzten Moment den Oberkörper und schlug den Speer mit der bloßen Hand beiseite. Das Ergebnis war eine weitere, bis auf den Knochen reichende Schnittwunde, aus der das Blut spritzte. Andrej wankte, fiel stöhnend auf die Knie und presste die verwundete Hand gegen die Brust. Vor Schmerz wurde ihm übel. Ein zweiter Speer raste heran und klatschte eine Handbreit neben dem Boot ins Wasser. Andrej registrierte wie durch einen erstickenden, dunkelroten Nebel hindurch, wie sich drei der Janitscharen ohne zu zögern ins Wasser warfen und mit erschreckendem Geschick und großer Schnelligkeit auf sie zuzuschwimmen begannen.

Er kippte nach vorn, fing seinen Sturz mit der unversehrten Hand ab und versuchte, Schmerz und Übelkeit zurückzudrängen und sich auf seine verwundete Hand zu konzentrieren. Die Blutung ließ bereits nach. Sein einzigartiger Organismus hatte schon damit begonnen, den Schaden zu reparieren. Andrej wusste, dass es kaum eine Stunde dauern würde, bis von dem Schnitt nicht einmal mehr eine Narbe zu sehen sein würde. Aber sie hatten keine Stunde. Sie hatten nicht einmal eine Minute. Er musste seinen Körper zwingen, die Heilung zu beschleunigen. Dafür würde er später einen hohen Preis zahlen müssen, aber das spielte jetzt keine Rolle.

Neben ihm zog Abu Dun mit einem Mal die Stange ins Boot zurück, wodurch sich ihre ohnehin erbärmliche Geschwindigkeit noch weiter verringerte, ließ sich auf die Knie sinken und wartete, bis die beiden schwimmenden Soldaten das Boot fast erreicht hatten. Dann griff er mit beiden Händen zu, packte sie bei den Helmen und zog sie, anscheinend ohne die geringste Mühe, aus dem Wasser heraus, um sie kraftvoll mit den Köpfen aneinander zu schlagen. Einer der Männer erschlaffte augenblicklich in seiner Hand. Der andere stieß einen gurgelnden Schrei aus und begann zu zappeln. Abu Dun ließ die beiden wieder los – ein Fischer, der mit seiner Beute nicht zufrieden war und sie ins Wasser zurückwarf – und griff erneut nach seiner Stange. Die beiden Krieger gingen unter, während ein weiterer Speer herangeflogen kam, eine Handbreit neben dem Nubier den Rand des Bootes traf und Splitter aus dem Holz riss.

Währenddessen konzentrierte sich Andrej mit aller Macht auf seine verletzte Hand. Ein nagender Schmerz pulsierte in ihr. Zugleich aber spürte er, wie der Blutstrom endgültig versiegte und sich zerschnittenes Fleisch und zerfetzte Haut wieder zusammenzufügen begannen. Schließlich hörte der Schmerz schlagartig auf. Seine Hand war vorerst noch taub und nutzlos, aber er lief wenigstens nicht mehr Gefahr, zu viel Blut zu verlieren.

Als er sich aufrichtete, hatte Abu Dun die Stange bereits wieder ergriffen und stemmte sich mit seiner ganzen Kraft dagegen, um das Boot in Fahrt zu bringen. Zwei Janitscharen hatten ihren Wagemut schon mit dem Leben bezahlt, aber annähernd ein halbes Dutzend weiterer Männer war ihrem Beispiel gefolgt und näherte sich ihnen rasend schnell. Ein kurzer Blick zurück zum Ufer zeigte Andrej auch, dass der Janitschar mit der Hakenbüchse seine Waffe wieder geladen hatte.

Andrej war noch niemals von einer Kugel getroffen worden. Er wusste nicht, was sie ihm antun würde. Wahrscheinlich nichts Schlimmeres als ein Schwert, ein Speer oder eine der zahlreichen anderen Waffen, mit denen er im Laufe seines langen, kriegerischen Lebens Bekanntschaft gemacht hatte. Möglicherweise war die unvernünftige Angst, die er vor allen Schusswaffen empfand, bloß die Reaktion auf eine Ahnung. Sagte man nicht, dass manche Menschen wussten, auf welche Art sie zu Tode kommen würden?

Mit einem Kopfschütteln verdrängte er diese bedrückenden Gedanken, zog die Stange aus dem Wasser und schlug sie einem der heranschwimmenden Janitscharen so wuchtig an den Schädel, dass der Mann lautlos versank. Ein anderer beging den Fehler, nach der Stange greifen zu wollen, um sie Andrej aus den Fingern zu reißen. Andrej stieß zu und drückte den völlig überraschten Krieger kurzerhand unter Wasser. Als das zappelnde Gewicht am Ende der Stange aufhörte, sich zu wehren, half Andrej Abu Dun dabei, das Boot weiterzustaken. Noch zwei oder drei kräftige Stöße mit den Stangen, und das Boot war in dem Gewirr aus steinernen Säulen und Schatten verschwunden. Keiner der Janitscharen würde es wagen, ihnen so weit zu folgen. Das Wasser war eiskalt. Selbst ein geübter Schwimmer würde es nur kurze Zeit darin aushalten. Allmählich begann er wieder Hoffnung zu schöpfen. Sie hatten es tatsächlich geschafft! Sie waren ...

Ein dumpfer Schlag traf Andrej zwischen den Schulterblättern. Blitzartig verließen ihn seine Kräfte. Die Stange entglitt seinen Händen und klatschte ins Wasser. Andrej sank langsam auf die Knie und kippte zur Seite. Warmes Blut lief seine Brust herab und tränkte die kostbaren Seidengewänder mit schwerer, dunkler Nässe, während Andrej verständnislos auf die drei Finger lange, rasiermesserscharfe Zunge aus Stahl starrte, die aus seiner Brust ragte. Er hatte sich getäuscht. Er spürte weder Schmerzen noch Furcht, nur Empörung darüber, dass er sich so geirrt haben sollte. Es war keine Feuerwaffe, die ihn tötete. Es war ein Speer. Ein einfacher Speer, den einer der zurückgebliebenen Janitscharen mit unglaublicher Treffsicherheit über die große Entfernung hinweg geschleudert hatte.

»Andrej?«, keuchte Abu Dun. »Andrej, was ist? Bei Allah!« Die beiden letzten Worte hatte er geschrien.

Aber das hörte Andrej schon nicht mehr.

4. April, Kontoskalion, Hafen von Konstantinopel, kurz nach Sonnenaufgang

Er wusste nicht, ob Stunden, Jahre oder Ewigkeiten vergangen waren, in denen er durch eine Unendlichkeit aus Leid und Hoffnungslosigkeit geglitten war; körperlos über einem Abgrund schwebend, der weder Anfang noch Ende hatte.

Noch während er die Augen öffnete und in das Halbdunkel blinzelte, das ihn umgab wie die vertraute Wärme des Mutterleibes ein neugeborenes Kind, wurde ihm klar, dass er der letzten Grenze diesmal so nahe gewesen war wie selten zuvor. Vielleicht hatte er sie sogar zum ersten Mal wirklich überschritten, statt sie nur zu berühren, und gesehen, was sich dahinter befand, statt es nur zu ahnen.

Der Gedanke erfüllte ihn mit eisigem Entsetzen. Wenn das, was er gesehen hatte, der Tod war, dann existierte die Hölle wirklich, aber sie bestand nicht aus Feuer und es gab dort auch keine Teufel, die die armen Seelen der Sünder quälten. Dort gab es nichts als eine endlose Leere, in der man mit seinem Schmerz und seinem Kummer allein war.

Doch vielleicht war es auch nur eine Fiebervision gewesen.

Andrej klammerte sich mit aller Macht an diesen Gedanken. Sein Körper war so schwer verwundet worden wie selten zuvor. Auch wenn er schon unzählige Wunden überstanden hatte, die gewöhnliche Menschen das Leben gekostet hätten, war er nicht wirklich unsterblich. Er hatte all seine Energie und seine übermenschlichen Kräfte aufbieten müssen, um die schweren Verletzungen und den großen Blutverlust zu überwinden. War es da ein Wunder, dass ihn sein Geist mit Halluzinationen und bösen Trugbildern narrte?

Das war die Erklärung. So *musste* es einfach sein – alles andere wäre zu entsetzlich und hätte die Grundfesten all dessen erschüttert, woran er je geglaubt hatte. Es war unmöglich, dass auf der anderen Seite nur dieser entsetzliche Abgrund aus Einsamkeit und Leere wartete.

Andrej schob den Gedanken mit einiger Mühe von sich und konzentrierte sich mit noch mehr Mühe auf seine augenblickliche Situation. Das beigefarbene Licht, das ihn umgab, war nicht gleichmäßig, sondern von unterschiedlicher Tonung und Intensität. Der Boden, auf dem er lag, bewegte sich sacht hin und her. Er registrierte ein Durcheinander unterschiedlicher gedämpfter Geräusche, die ihm verrieten, dass er sich am Wasser befinden musste. Vermutlich eher auf dem Wasser, wenn er den schwankenden Untergrund in Betracht zog.

Seine Gedanken bewegten sich so träge, als wäre er betrunken. Er wusste weder wo er war noch wie er dorthin gekommen war, wenn er auch ein paar Mal aus seiner Ohnmacht zurück in einen Dämmerzustand geglitten war, in dem er seine

Umgebung schemenhaft wahrgenommen hatte. Sie waren lange durch das uralte Kanalsystem gefahren, das sich unter den Fundamenten Konstantinopels erstreckte, aber er konnte nicht sagen, ob die Fahrt Stunden oder vielleicht auch Tage gedauert hatte. Er erinnerte sich an Kälte und Dunkelheit, die sich mit der noch tieferen Dunkelheit und der grausameren Kälte in seinen Gedanken zu verbinden trachteten. Abu Dun hatte ihn schließlich aus dem Boot gehoben und zurück ans Tageslicht getragen. Aber wie sie in den Hafen und gar auf das Boot gekommen waren, wusste er nicht.

Andrej bewegte sich vorsichtig. Es ging besser, als er befürchtet hatte, aber er empfand immer noch einen leichten Schmerz im Rücken. Ein Gefühl dumpfer Betäubung hatte die gesamte untere Hälfte seines Körpers ergriffen. Ein neuer, entsetzlicher Gedanke stieg in ihm auf: Was, wenn eine der Verletzungen, die er seinem Körper immer wieder zumutete, einmal nicht mehr vollständig ausheilte? Was, wenn er eines Tages entstellt sein Dasein fristen musste – zu einem jämmerlichen Leben verurteilt, das Jahrhunderte, wenn nicht gar Jahrtausende währen würde?

Er verscheuchte auch diesen Gedanken – ein weiteres Kapitel in dem dicker werdenden Buch seiner Ängste –, öffnete die Augen und hob vorsichtig die rechte Hand, um nach der Decke, die über seinem Gesicht lag, zu greifen. Seine über rauen Stoff tastenden Fingerspitzen verrieten ihm, dass er in nasses, verwittertes Segeltuch eingehüllt war. Jemand hatte ihn mit einer Plane zugedeckt; vielleicht, weil man ihn für tot hielt. Aber wer?

Es gab nur eine Möglichkeit, die Antwort herauszufinden.

Andrej griff auch mit der anderen Hand nach oben und versuchte, die Plane behutsam zur Seite zu ziehen. Offensichtlich stellte er sich dabei nicht besonders geschickt an, denn schon im nächsten Moment erhielt er einen derben Stoß in die Seite und eine leise Stimme warnte ihn:

»Nicht so auffällig! Rühr dich nicht! Ich komme gleich zu dir.«

Er war nicht sicher – es war schwer, eine Stimme zu erkennen, die in gehetztem Flüsterton sprach – aber er *glaubte* zumindest, sie als die Abu Duns ausgemacht zu haben. Also ließ er sich zurücksinken und fasste sich in Geduld. Schließlich hörte er Schritte auf den hallenden Planken. Dann fiel ein Schatten über die Plane und der Stoff wurde zurückgeschlagen. Das Gesicht, das darüber zum Vorschein kam, wirkte übernächtigt und bleich, obwohl es pechschwarz war, die Augen waren blutunterlaufen und von einer Mischung aus Sorge und vorsichtiger Erleichterung erfüllt. Es war Abu Dun.

»Also doch«, stöhnte Andrej. »Na ja, irgendwann musste das ja passieren.«

Abu Dun zog die Augenbrauen zusammen. »Was?«

»Ich bin in der Hölle, oder?«

»Bis jetzt noch nicht, aber bald, wenn du noch lauter sprichst«, sagte Abu Dun. Er senkte die Stimme noch weiter. »Ein Mann, der mit dem Tod ringt, hat wohl kaum eine so kräftige Stimme, meinst du nicht auch?« Er grinste flüchtig, wurde augenblicklich wieder ernst und sprach laut weiter: »Bleib ganz ruhig liegen. Versuch nicht zu reden. Ich hole dir Wasser.«

Andrej begriff. Die Worte galten offensichtlich nicht ihm, sondern anderen Zuhörern. Wenn sie sich auf dem Boot befanden, auf dem sie Konstantinopel erreicht hatten, dann waren noch drei weitere Männer an Bord – einfache Fischer, deren Dienste sie eine knappe Tagesreise entfernt in Anspruch genommen hatten, und die nicht wussten, wer sie wirklich waren. Wenn sie es wussten, dann hatte der Beutel mit Goldstücken, den Andrej ihnen gegeben hatte, ihre Neugier ebenso nachhaltig gestillt, wie er ihr Misstrauen besänftigt hatte. Gewissenlose Männer, die ihr Volk und ihre Überzeugung für eine Hand voll Münzen verkauften, und die Andrej normalerweise zutiefst verachtet hätte, ohne die ein Unternehmen wie das ihre aber nicht möglich gewesen wäre.

Abu Dun hatte richtig gehandelt, als er sich verstellt hatte. Die Männer mochten ihr Land und ihre Herrscher für Gold verraten, aber sie würden nicht tatenlos zusehen, wie ein tödlich Verwundeter aufstand und herumspazierte, als sei nichts geschehen. Er musste sich in Geduld fassen.

Der Gefährte ließ die Plane wieder fallen, entfernte sich lautstark trampelnd und kam ebenso lärmend wieder zurück. Diesmal schlug er die Plane weiter zur Seite, bevor er sich auf die Knie fallen ließ und Andrejs Kopf mit der Linken anhob, während er mit der anderen Hand einen Wasserschlauch an seine Lippen führte. Sein besorgter Gesichtsausdruck galt dabei aber vermutlich weit mehr der Frage, ob Andrej seine Rolle als Sterbenskranker überzeugend genug spielen würde, als seinem Gesundheitszustand.

Das grelle Sonnenlicht, das dabei ohne Vorwarnung in Andrejs Augen stach, nahm ihm diese Sorge ab. Andrej senkte gequält die Lider, verzog das Gesicht schmerzerfüllt und stieß hörbar die Luft zwischen den Zähnen aus.

Der erste Wassertropfen hatte kaum seine Lippen benetzt, da spürte er, wie entsetzlich durstig er war. Er trank mit großen, gierigen Schlucken, bis ihm Abu Dun den Schlauch schließlich wegzog und ihn wieder niederdrückte.

»Nicht so viel auf einmal«, sagte Abu Dun laut. Er legte den Schlauch aus der Hand, schlug das Segeltuch noch weiter zurück und griff hinter sich. Umständlich breitete er einen Berg hastig improvisierten Verbandszeugs vor sich aus. Dann beugte er sich tief über Andrej und begann, sich an seiner Brust zu schaffen zu machen.

Andrej sah an sich herab und stellte fest, dass von seinen ehedem kostbaren Seidengewändern nicht viel mehr als blutgetränkte Fetzen übrig geblieben waren. Darunter befand sich ein dicker, alles andere als sachkundig angelegter Verband, der ihm ein sonderbar missgestaltetes Aussehen verlieh. Abu Dun entfernte den Verband, warf ihn kurzerhand über Bord, damit keiner der anderen sah, dass der Stoff keinerlei Blutspuren aufwies, und legte ihm einen neuen, ebenso missglückten Verband an. Während er das tat, saß er so, dass er Andrej mit seinen breiten Schultern vor den neugierigen Blicken der anderen abschirmte.

»Sobald wir allein sind, wirst du mir eine Menge Fragen beantworten müssen«, sagte Andrej leise.

Abu Dun grinste nur und antwortete laut: »Du hast mehr Glück als Verstand gehabt. Der Speer hat dein Herz um Haaresbreite verfehlt. Aber werde jetzt nicht leichtsinnig. Beweg dich möglichst wenig. Der Blutverlust hat dich geschwächt.«

Auch diese Worte galten nicht Andrej, sondern den anderen, obwohl sie mehr Wahrheit enthielten, als Andrej lieb war. Er *fühlte* sich schwach, und der Speer hatte sein Herz tatsächlich nur um Weniges verfehlt. So eine rasiermesserscharfe Klinge war durchaus in der Lage, selbst ihn zu töten.

Während Abu Dun ihn verband, hatte Andrej Gelegenheit, sich umzusehen und sich einen Überblick über seine Lage zu verschaffen.

Sie hatten in der Tat mehr Glück als Verstand gehabt. Statt in den Folterkellern des Sultans war er nicht nur in Freiheit aufgewacht, sondern tatsächlich auf dem Boot, das sie nach Konstantinopel gebracht hatte. Der Hafen lag friedlich vor ihnen. Es herrschte geschäftiges Treiben, aber es waren nicht mehr Wachen als üblich zu erblicken. Rechts und links des kleinen Bootes bewegte sich ein Dutzend Schiffe träge auf den Wellen. Es waren auch Kriegsschiffe darunter, aber niemand schien sich sonderlich für ihr Boot zu interessieren.

»Wie spät ist es?«, fragte Andrej leise.

»Die Kette wird gleich herabgelassen«, antwortete Abu Dun ebenso verhalten. »In einer Stunde sind wir hier weg. Wahrscheinlich eher.«

Er machte eine Kopfbewegung in die entsprechende Richtung. Der Hafen war zur Seeseite hin durch eine gewaltige Kaimauer geschützt, an deren Ende sich ein wuchtiger Festungsturm erhob. Von dort erstreckte sich quer über die Hafeneinfahrt eine eiserne Kette aus armdicken Gliedern, stabil genug, selbst dem Angriff eines Kriegsschiffes standzuhalten. Diese Kette, die jeden Tag bei Sonnenuntergang gehoben und bei Sonnenaufgang wieder auf den Grund des Hafenbeckens herabgesenkt wurde, hing eine knappe Armeslänge über der Wasseroberfläche.

Nicht einmal das niedrige Fischerboot, in dem sie sich befanden, hätte darunter hindurchschlüpfen können. Wenigstens nicht, ohne die Aufmerksamkeit der Wachen zu erregen, die hinter den Zinnen des Turms standen und nur auf einen Vorwand warteten, das tägliche Einerlei mit ein paar gezielten Salven aus ihren Kanonen unterbrechen zu können …

Andrej stemmte sich unsicher in die Höhe, ließ sich aber nach einem warnenden Blick Abu Duns wieder auf Hände und Knie herabsinken und kroch auf die Bordwand zu. Seine Schwäche war nicht nur geschauspielert, wie er mit einem Gefühl leisen Erschreckens feststellte. Alles unterhalb der Stelle, an der der Speer des Janitscharen seine Brust durchschlagen hatte, fühlte sich taub und sonderbar kalt an. Möglicherweise würde es noch Tage dauern, bis er sich vollkommen von seiner Verletzung erholt hatte. Und dabei konnte er nur hoffen, dass er überhaupt wieder vollständig genesen würde.

Andrej ließ sich mit einem schweren Seufzen gegen die niedrige Bordwand sinken und verdrehte den Hals, um zwischen den gewaltigen Kriegsschiffen hindurch einen Blick zur Hafenausfahrt werfen zu können. Viel konnte er nicht erkennen, aber in diesem Moment wehte der helle Klang einer kupfernen Glocke über das Wasser heran – das Signal zur Freigabe der Hafenausfahrt.

Doch es verging noch eine geraume Weile, bis sich das Boot endlich in Bewegung setzen konnte. Obwohl es vernünftiger gewesen wäre, zuerst den kleineren und wendigeren Booten der Fischer und Händler das Verlassen des Hafens zu gestatten, hatten Kriegsschiffe in diesen Tagen Priorität. Sie mussten sich in Geduld fassen, bis die schwerfälligen Galeeren ihre Ruder ins Wasser getaucht und sich langsam in Bewegung gesetzt hatten.

Andrejs Blick blieb an einer Galeasse hängen, die einen guten Teil des Hafenbeckens für sich allein beanspruchte; einem jener gewaltigen Kriegsschiffe, die das Rückgrat der türkischen Flotte bildeten. Bis sich dieser Koloss in Bewegung gesetzt und die Ausfahrt passiert hatte, konnte noch eine gute halbe Stunde vergehen, schätzte er.

Nachdem alle Nachzügler der Kriegsflotte den Hafen verlassen hatten, waren endlich auch sie an der Reihe. Einer der drei Schmuggler, denen sie ihr Leben anvertraut hatten, setzte das Segel. Das Boot löste sich von seinem Liegeplatz und begann sich der Hafenausfahrt zu nähern.

Andrejs Herz schlug schneller. Er musste die Finger fest um das raue Holz der Bordwand schlingen, um ihr Zittern zu verbergen. Es fiel ihm schwer zu glauben, dass sie es tatsächlich geschafft haben sollten. Wieso suchte man sie nicht? Wieso war nicht die gesamte Stadt und vor allem der Hafen abgeriegelt? Wieso wimmelte es nicht überall von Soldaten, die jedes Schiff und jedes Haus durchkämmten?

Vielleicht, weil niemand von dem Vorfall von gestern wusste, flüsterte eine Stimme hinter seiner Stirn. Vielleicht hatten es sowohl der Zeugmeister als auch die Soldaten, denen sie mit Mühe und Not entkommen waren, vorgezogen, den Zwischenfall anders darzustellen, als er sich tatsächlich abgespielt hatte. Zwei verdächtig aussehende Fremde, die sich der Kontrolle entzogen hatten und nach einer kurzen Verfolgungsjagd spurlos verschwunden waren – so etwas geschah in dieser

Stadt wahrscheinlich jeden Tag (mit Ausnahme des *Entkommens*, vermutete Andrej).

Aber ein Spion, der in das Hauptarsenal hinein- und mit den kompletten Munitions- und Ausrüstungslisten der Invasionsflotte unter dem Arm wieder herausspazierte ... Unvorstellbar, dass der Offizier den Vorfall wahrheitsgemäß gemeldet hatte. Es wäre wohl sein Todesurteil gewesen, sowie das aller an der erfolglosen Verfolgungsjagd Beteiligten. Das musste die Erklärung sein.

Das vage Gefühl, angestarrt zu werden, ließ Andrej den Kopf drehen und in das Gesicht eines der Schmuggler blicken. Ein finsteres, von einer hässlichen Narbe entstelltes Gesicht mit winzigen, boshaften Augen, die ihn voller Misstrauen musterten, aber rasch wegsahen, als sie seinem Blick begegneten. Andrej dachte an das kleine, schnelle Boot, das sie nicht allzu weit entfernt in einer winzigen Bucht versteckt hatten, und auf das sie umsteigen würden, um so schnell wie möglich nach Malta zurückzukehren. Er war froh, nicht den gesamten Rückweg in der Gesellschaft dieser Männer bewältigen zu müssen. Sie waren ihm zuwider. Es war ein Fehler gewesen, sich mit ihnen einzulassen.

Abu Duns Gedanken schienen sich auf ähnlichen Bahnen zu bewegen. Er nickte Andrej fast unmerklich zu und stieß wie zufällig mit dem Fuß gegen ein Stück scheinbar achtlos liegen gelassenen Segeltuchs, sodass Andrej erkennen konnte, was sich darunter verbarg: eine klobige Hakenbüchse. Eine Waffe der gleichen Art, mit der der Janitschar am Tag zuvor auf ihn geschossen hatte. Andrej runzelte die Stirn. Nicht nur er verabscheute Feuerwaffen zutiefst, er bezweifelte, dass Abu Dun diese Waffe berühren würde.

Einer der Schmuggler wandte sich mit herrischen Worten an Abu Dun. Andrej verstand den Dialekt nicht, den er sprach, aber die Antwort des Nubiers war scharf und bestimmt, woraufhin der Mann in noch schärferem Ton antwortete. Die beiden anderen stellten ihre Arbeit ein und sahen Abu Dun und seinen Gegenspieler erwartungsvoll an. Spannung lag in der Luft. Im Gegensatz zu den meisten Menschen schienen sich die drei von der Körpergröße und dem riesigen Schwert des Nubiers nicht einschüchtern zu lassen.

»Was ist los?«, erkundigte sich Andrej.

»Sie wollen mehr Geld«, antwortete Abu Dun, ohne den Blick vom Gesicht seines Gegenübers zu wenden. »Anscheinend ahnen sie, dass etwas nicht stimmt. Sie wollen das Doppelte der vereinbarten Summe.«

»Versprich es ihnen.«

»Niemals«, sagte Abu Dun grimmig. »Sie sind gierig. Wenn ich jetzt nachgebe, wollen sie noch mehr und …«

»Versprich es ihnen«, beharrte Andrej. »Ich will hier so schnell wie möglich weg.«

Er warf einen nervösen Blick zu der Galeasse hinüber. Das mächtige Kriegsschiff löste sich träge wie ein aus tiefem Schlaf erwachender Wal von der Kaimauer. Die zahllosen Ruder tauchten mit einem weithin schallenden Geräusch ins Wasser. Der Bug des Schiffes mit dem bedrohlichen Rammsporn schien direkt auf das kleine Fischerboot zu deuten, was Andrej wie ein böses Omen vorkam. Rasch überschlug er die Zeit, die der Koloss brauchen würde, um die Hafenausfahrt zu erreichen. Er kam zu einem beruhigenden Ergebnis: Die Galeasse würde ihren Kurs nicht kreuzen. Andrej wusste zwar, wie schnell diese scheinbar schwerfälligen Schiffe sein konnten, wenn sie erst einmal in Fahrt gekommen waren, aber sie brauchten Zeit, um ihre Maximalgeschwindigkeit zu erreichen.

»Wie du meinst«, grollte Abu Dun. »Aber es ist ein Fehler.« Er fügte einige übellaunig klingende Worte in der Sprache der Schmuggler hinzu, woraufhin sich der Mann mit einem zufriedenen Grunzen umwandte und auch seine beiden Kameraden ihre Tätigkeit wieder aufnahmen. Andrej richtete sich in eine etwas bequemere Position auf. Sein Leib und seine Beine begannen nun zu kribbeln, als ob die Blutzirkulation ganz allmählich wieder in Gang kommen würde.

Unerträglich langsam steuerten sie auf die Ausfahrt zu. Andrejs Blick wanderte wiederholt zu der Galeasse, die durch ihre schiere Größe schon beunruhigend wirkte. Aber er musterte auch immer wieder den zurückliegenden Hafen – und fuhr wie unter einem Hieb zusammen.

Jemand näherte sich ihnen!

Nicht irgendjemand. Ein Wesen wie er. Ein Unsterblicher.

Andrej richtete sich kerzengerade auf, ohne auch nur einen Gedanken daran zu verschwenden, dass einem Schwerverletzten eine solche Bewegung kaum möglich gewesen wäre. Sein Herz begann zu hämmern. Sein Blick irrte suchend über das Gewirr aus Häusern, Lagerschuppen und bunten Zeltplanen, das die Kaimauer säumte. Er konnte die Nähe anderer Unsterblicher spüren, so wie sie ihrerseits die seine. Aber selten hatte er die Präsenz eines anderen Wanderers durch die Zeiten so deutlich gefühlt. Wer immer dieser Unsterbliche war (er brachte es nicht fertig, das Wort *Vampyr* zu verwenden, mit dem die meisten anderen Menschen Wesen wie Abu Dun und ihn bezeichneten), musste unglaublich alt und mächtig sein. Andrejs Hände und Knie begannen zu zittern.

Eine Bewegung zu seiner Rechten erregte seine Aufmerksamkeit. Andrej sah genauer hin und erblickte eine prächtige Sänfte, die, begleitet von einem guten Dutzend Janitscharen und mehreren prachtvoll gekleideten Offizieren, durch das Hafentor getragen wurde. Sie kam schnell voran. Ungewöhnlich schnell. Die vier muskulösen Sklaven, deren ebenholzschwarze, nackte Oberkörper in der Morgensonne glänzten, bewegten sich im Laufschritt, was die Sänfte trotz aller Vorsicht heftig hin und her schaukeln ließ.

»Da hat es aber jemand ziemlich eilig«, murmelte Abu Dun. Auch er hatte die Sänfte bemerkt und sah nun stirnrunzelnd auf Andrej herab. Sein Grinsen war erloschen. Er musste die Präsenz eines anderen Unsterblichen ebenso deutlich spüren wie Andrej.

»Was …?«

»Nicht jetzt«, sagte Andrej hastig. Er machte eine Kopfbewegung in die Richtung der drei anderen Männer. »Sie sollen sich beeilen!«

Abu Dun verschwendete keine weitere Zeit mit überflüssigen Fragen, sondern wandte sich in befehlendem Ton an die Seeleute, die zwar mürrisch, aber gehorsam an die Arbeit gingen. Sie näherten sich der Hafenausfahrt nun noch schneller.

Unglückseligerweise nicht schnell genug. Die Sänfte hatte zwar einen deutlich längeren Weg zurückzulegen, bewegte sich aber über festen Boden, und die berittenen Janitscharen scheuchten rücksichtslos jeden beiseite, der im Wege stand. Als das Boot auf die Hafenausfahrt zuglitt, hatte die Sänfte das Ende des Kais bereits erreicht und angehalten. Sie waren jetzt nahe genug, um Andrej die Gesichter der Männer unter den weißen Turbanen erkennen zu lassen.

»Was geht da vor?«, murmelte Abu Dun. Seine Augen waren zu schmalen, misstrauischen Schlitzen geworden. Der rote Samtvorhang, der das Innere der Sänfte verhüllte, wurde beiseite gezogen und ein in weiße Seide gehüllter Arm sichtbar. Eine schmale Hand wies mit einer Geste auf Andrej und das Boot herüber, an deren Bedeutung es keinen Zweifel geben konnte.

»*Verdammt!*«, keuchte Abu Dun.

Andrej hätte es kaum treffender ausdrücken können. Die harmlose Geste ließ die Soldaten auseinander sprengen wie eine Schar Hühner. Alles ging unglaublich schnell: Mehr als ein halbes Dutzend Janitscharen hielt mit einem Mal wie durch Zauberei klobige Hakenbüchsen in den Händen, die sie schon vorher geladen und schussbereit gemacht haben mussten, und noch bevor die ersten Schüsse fielen und sich weiße

Rauchwölkchen vor den Gesichtern der Männer zu kräuseln begannen, wurden etliche Speere und sogar Messer in ihre Richtung geschleudert.

Keines der Wurfgeschosse kam auch nur in ihre Nähe, aber dicht vor der Bordwand spritzte das Wasser auf. Etwas fuhr mit einem dumpfen Geräusch nur Zentimeter neben Andrejs Hand in die Reling und riss Splitter aus dem Holz. Abu Dun ließ sich hastig auf die Knie fallen, und auch die drei Schmuggler duckten sich entsetzt und begannen, lautstark zu lamentieren und zu schreien. Keine der Bleikugeln richtete nennenswerten Schaden an, aber sie befanden sich eindeutig in Schussweite, und Andrej war sicher, dass die zweite Salve besser gezielt sein würde.

»Fahrt!«, brüllte er. »Schneller!«

Niemand an Bord rührte sich, aber einer der Offiziere am Ufer riss sein Pferd herum und sprengte den Weg zurück, den er gekommen war. Ein anderer hob beide Arme und begann ausholend zu gestikulieren. Andrej hatte eine ziemlich konkrete Vorstellung davon, was diese Zeichen bedeuteten.

»Fahrt!«, schrie er noch einmal. »Worauf wartet ihr? Sie ziehen die Kette wieder hoch!«

Die Schmuggler bewegten sich nicht. Sie hockten zusammengekauert im Boot – prachtvolle Zielscheiben für die nächste Salve, dachte Andrej verächtlich. Einer der Schmuggler schrie etwas, worauf Abu Dun mit sich überschlagender Stimme antwortete und drohend die Hand zur Faust ballte.

»Sie weigern sich weiterzufahren«, keuchte er. »Sie sagen, dass sie uns ausliefern müssen.«

Andrej hatte nichts anderes erwartet. Mit so etwas musste man bei Männern wie diesen rechnen.

»Ich werde einem von ihnen den Kopf abreißen, das wird die anderen schon zur Vernunft bringen«, grollte Abu Dun und stemmte sich in die Höhe, als ob er seine Ankündigung auf der Stelle in die Tat umsetzen wollte.

Andrej hielt ihn mit einer raschen Handbewegung zurück. »Sag ihnen die Wahrheit«, forderte er seinen Freund auf.

Abu Dun riss ungläubig die Augen auf. »Wie?«

»Sag ihnen, dass wir christliche Spione sind und dass der Sultan persönlich nach uns suchen lässt«, bestätigte Andrej. »Und dass wir, sollte man uns ergreifen, behaupten werden, sie wären unsere Komplizen und von Anfang an in alles eingeweiht gewesen.«

Abu Dun blinzelte verblüfft. Es war nicht nötig, diese Worte zu übersetzen. Die Schmuggler starrten Andrej einen Herzschlag lang hasserfüllt an. Dann sprangen sie auf und machten sich hastig wieder an die Arbeit.

Offensichtlich hatten sie von Anfang an jedes Wort verstanden, das Andrej und der Nubier gewechselt hatten, aber auch das überraschte Andrej nicht mehr. Sie würden die drei Männer töten müssen, dachte er bedrückt. Sie hatten keine andere Wahl.

Der einzelne Reiter hatte mittlerweile sein Ziel erreicht, den Punkt an der Kaimauer, der der Galeasse am nächsten war. Mit einem brutalen Ruck brachte er sein Pferd zum Stehen, richtete sich im Sattel auf und bildete mit den Händen einen Trichter, um dem Steuermann des mächtigen Kriegsschiffes etwas zuzuschreien. Das Wasser schäumte auf, als die Ruderer ihren Takt änderten und das große Schiff beizudrehen begann. Der tödliche Rammsporn deutete nun direkt auf ihr Boot. Die Galeasse beschleunigte auf geradezu unheimliche Weise.

»Schneller!«, schrie Andrej. »Im Namen Gottes ... *schneller!*«

Wieder krachten die Gewehre der Janitscharen. Auch diese Salve verfehlte ihr Ziel, aber etliche Kugeln fetzten Holzsplitter aus dem Deck. Das Segel hatte plötzlich ein faustgroßes Loch, nur eine Handbreit neben dem Kopf eines der Schmuggler. Der Mann begann zu jammern, als hätte die Kugel ihn getroffen, zerrte aber gleichzeitig wie besessen an Tauen und Seilen. Andrej spürte, wie das Boot abermals an Geschwindigkeit gewann. Sie schossen der Hafenausfahrt entgegen.

Doch auch die Galeasse wurde immer schneller. Sie bot einen albtraumartigen Anblick: Die Ruder bewegten sich in einem sonderbar wellenförmigen Takt, was dem Schiff das Aussehen eines riesigen Käfers verlieh, der auf zahllosen starren Beinen übers Wasser lief.

Abu Dun fluchte, riss die Hakenbüchse unter der Plane hervor und schoss, ohne länger als einen Herzschlag lang gezielt zu haben. Was glaubt er, damit erreichen zu können?, dachte Andrej verwirrt. Bildete er sich etwa ein, diesen Koloss von Kriegsschiff mit einer *Gewehrkugel* versenken zu können?

Dann sah er etwas, das ihm noch viel unglaublicher erschien als das bizarre Wendemanöver der Galeasse: Der Steuermann des Kriegsschiffes bäumte sich auf und sank dann über seinem Ruder zusammen. Abu Dun hatte keineswegs blindlings und aus reiner Panik gefeuert, wie Andrej angenommen hatte. Er war ein ausgezeichneter Schütze!

»Du hast mir dringend ein paar Fragen zu beantworten, mein Freund«, murmelte er.

Abu Dun grinste breit. »Gerne, mein Freund. Ich hoffe inständig, dass wir noch Gelegenheit dazu haben werden.«

Vielleicht hatten sie ja tatsächlich eine Chance, dachte Andrej verzweifelt. Die Janitscharen schossen nach wie vor in unregelmäßigen Abständen, aber das Fischerboot wurde immer schneller, und die Kugeln klatschten hinter ihnen ins Wasser. So sehr die Galeasse auch an Tempo zunahm, sie holte das kleine Boot nicht ein.

Kaum hatte Andrej neue Hoffnung geschöpft, erblickte er eine weitere, vielleicht noch größere Gefahr.

Ganz wie er vorausgesehen hatte, begann sich die schwere Kette wieder aus dem Wasser zu heben. Trotz ihrer enormen

Größe und des unvorstellbaren Gewichts dauerte es nicht lange, bis an den Seiten der Ausfahrt die rostigen Glieder aus dem Wasser auftauchten. Noch einige Augenblicke und sie säßen endgültig in der Falle. Aber auch die Schmuggler hatten die neuerliche Gefahr bemerkt. Andrejs Drohung schien gefruchtet zu haben. Sie taten instinktiv das einzig Richtige: Der Bug des Bootes schwenkte herum, sodass sie Kurs auf die Mitte der Ausfahrt nahmen, die Stelle, an der die Kette noch am weitesten im Wasser hing.

Es war ein Wettrennen gegen die Zeit, das sie um Haaresbreite gewannen. Plötzlich war die Hafenausfahrt nicht mehr vor, sondern neben ihnen. Etwas schrammte mit einem hässlichen Geräusch unter dem Rumpf des Bootes entlang. Das Boot schien sich aufzubäumen und sich aus dem Wasser heben zu wollen. Dann legte es sich auf die Seite, rumpelte mit einem grauenhaften Laut über das unter Wasser verborgene Hindernis und fiel mit einem lautstarken Platscher wieder ins Wasser zurück. Der Ruck riss Andrej, Abu Dun und auch einen der Schmuggler von den Füßen, aber sie hatten es geschafft! Hinter ihnen, zum Greifen nahe, stieg die gewaltige Kette weiter aus dem Wasser.

Und dahinter wiederum raste die Galeasse heran.

Nicht nur Andrej sah die Katastrophe kommen. Auch an Bord der Galeasse brach panische Aktivität aus, während die Männer versuchten, den Kurs des Schiffes im letzten Moment zu ändern oder sein Tempo zu verringern. Die Ruder bewegten sich hektisch und der Rammsporn begann träge nach links zu schwenken.

Doch es nutzte nichts.

Die Galeasse prallte mit einem unheimlichen Knirschen und Knacken gegen die Kette. Holz splitterte. Metall kreischte und barst. Die Ruder kamen vollends aus dem Takt und zersplitterten wie trockenes Schilf, in das der Sturm fährt. Welche Szenen sich auf den Ruderbänken dahinter abspielen mochten, wagte sich Andrej nicht einmal vorzustellen. Das, was er von außen sah, war entsetzlich genug.

Menschen wurden über Bord geschleudert und stürzten schreiend und mit verzweifelnd wedelnden Armen ins Wasser. Dann legte sich das gesamte gewaltige Kriegsschiff auf die Seite. Einer der Masten zerbrach. Das Segel breitete sich wie ein übergroßes Leichentuch auf dem Deck aus. Schließlich richtete sich das Schiff zitternd wieder auf und begann davonzutreiben.

»Großer Gott!«, stammelte Andrej.

»Ein Schiff weniger, um das wir uns sorgen müssen«, sagte Abu Dun, der die Sache ein wenig praktischer sah. Er grinste Andrej breit an, wandte sich zu den Schmugglern um und rief ein paar Worte in ihrer Sprache.

Vom Turm neben der Hafenausfahrt her drang ein dumpfer Knall an ihr Ohr. Dann erschallte ein lauter werdendes Heulen und Kreischen. Andrej wandte erschrocken den Kopf und sah eine weiße Rauchwolke über den Zinnen aufsteigen. Im nächsten Augenblick spritzte zwanzig Meter vor dem Bug des Bootes eine gewaltige Säule aus Schaum und Wasser in die Höhe. Noch bevor sich das hochgewirbelte Wasser wie klatschender Regen über das Deck ergoss, feuerte bereits eine zweite Kanone vom Turm aus auf sie.

Der Schuss ging ebenfalls fehl, aber die Schmuggler begannen immer hektischer mit Segel und Rudern zu hantieren. Die Soldaten dort auf dem Turm waren möglicherweise Anfänger. Andrej kannte die Treffsicherheit osmanischer Kanoniere. Die erste Salve diente für gewöhnlich nur dem Zweck, sich einzuschießen.

Wie um seine schlimmsten Befürchtungen zu übertreffen, feuerte eine weitere Kanone. Die Kugel schlug unmittelbar neben dem Bug ins Wasser und hätte das winzige Boot um ein Haar kentern lassen. Andrej klammerte sich mit verzweifelter Kraft an die Bordwand. Durch einen Nebel aus hochspritzendem Schaum und stiebender Gischt sah er, wie das Segel unvermittelt verschwand. Der Mast war nur noch ein zerfetzter Stumpf, rot verfärbt vom Blut des unglückseligen Mannes, der eben noch davor gestanden hatte. Abu Dun schrie etwas, was im Chaos unterging, und rannte mit wirbelnden Armen auf Andrej zu. Dann trafen gleich drei Kanonenkugeln gleichzeitig das winzige Boot und rissen es in Stücke.

»Gut so! Raus damit! Nur keine Hemmungen. Lass alles raus!«

Abu Dun übergab sich zum wahrscheinlich zwanzigsten Mal. Es kostete Andrej einiges an Überwindung, seinen Ekel zu unterdrücken, während er Abu Duns Oberkörper und Kopf stützte. Der Magen des Nubiers musste längst leer sein, aber er würgte immer noch bittere Galle und Salzwasser hervor, in so unglaublichen Mengen, als hätte er versucht, das Meer leer zu trinken, anstatt darin zu schwimmen. Er schien nicht verletzt zu sein, abgesehen von ein paar harmlosen Kratzern und Schrammen, aber er war ertrunken – und Andrej wusste aus eigener leidvoller Erfahrung, was für ein grausamer Tod das war.

Die Explosion, die das Boot zerfetzt hatte, hatte ihn meterweit durch die Luft geschleudert. Er hatte das Bewusstsein verloren und war sofort untergegangen. Andrej hatte ihn an die Wasseroberfläche gezogen und verbissen zu schwimmen begonnen.

Sie hatten Glück gehabt und eine zerborstene Planke gefunden, an die sie sich klammern konnten. Noch größeres Glück ließ sie in eine Strömung geraten, die sie zwar vom Hafen wegtrieb, aber in weitem Bogen wieder zurück in die Nähe der Küste.

Dennoch hätte kein sterblicher Mensch auch nur den Hauch einer Chance gehabt, das rettende Ufer zu erreichen.

Es waren einzig Andrejs und Abu Duns übermenschliche Kräfte und ihr nie versiegender Lebensfunke gewesen, der sie gerettet hatte.

Und Glück, dachte Andrej.

Eine unendlich große Portion Glück. Nicht auszudenken, wenn die Strömung sie auf das offene Meer hinausgetrieben hätte ... Die Vorstellung jagte ihm einen eisigen Schauer über den Rücken. Als Unsterbliche hätten sie nicht einmal auf einen schnellen, gnädigen Tod hoffen können, sondern hätten vielleicht wochenlang hilflos auf dem Meer treiben müssen.

Ja, sie *hatten* Glück gehabt. Aber dieser Gedanke stimmte ihn nicht froh. In letzter Zeit kam es zu oft vor, dass sie nur durch reines Glück davonkamen.

Abu Dun übergab sich ein letztes Mal, brachte es dabei fertig, Andrejs rechte Hand zu erwischen, befreite sich schließlich mit einer umständlichen Bewegung aus seinen Armen und richtete sich keuchend auf. »Danke«, murmelte er, während er sich mit dem Handrücken über den Mund fuhr.

Andrej brummte eine Antwort, warf Abu Dun einen schrägen Blick zu und wischte seine Hand an verdorrtem Gras ab. Er stand auf, ging zum Ufer zurück und wusch sich ausgiebig die Hände im kalten Salzwasser, als ob er in den zurückliegenden Stunden noch nicht genug davon bekommen hätte.

Als er zu Abu Dun zurückkam, hatte dieser sich bereits wieder erholt, saß aber noch mit weit nach vorne hängenden Schultern zitternd da. Sein Gesicht war schlaff und bleich; die Lippen blau angelaufen und aufgerissen vom Salzwasser. Er hatte den Turban abgenommen und strich sich mit der linken Hand immer wieder über den kahl rasierten Schädel.

»Alles in Ordnung?«, fragte Andrej.

»Ich lebe noch«, stellte Abu Dun fest, während er sich weiter aufrichtete und sich dann ächzend mit dem Unterarm über den Mund fuhr, um anschließend angeekelt die Lippen zu verziehen. »Und das habe ich wahrscheinlich nur dir zu verdanken … Allerdings«, fügte er nach einer Pause in nachdenklichem Ton hinzu, »habe ich es auch nur dir zu verdanken, dass ich überhaupt in diese Situation gekommen bin.«

»Dann sind wir ja quitt«, antwortete Andrej. Er war nicht sicher, was er von Abu Duns Worten halten sollte. Der Nubier grinste zwar, aber es war kein besonders freundliches Grinsen. Er sah noch einen Moment nachdenklich auf den Gefährten hinab, dann deutete er ein Achselzucken an und ließ sich neben ihm ins Gras sinken. Es war hart und schon halb verdorrt, obwohl der Sommer noch nicht einmal richtig begonnen hatte.

Sie befanden sich in einer der zahllosen kleinen Buchten, die die Küste in diesem Teil des Landes säumten. Das dürre Gras, das fast bis ans Meer heran wuchs und selbst dem beharrlichen Ansturm des Salzwassers trotzte, ging wenige Schritte hinter ihnen in eine karge Fels- und Geröllebene über, die ihrerseits bald darauf an einer zwölf Meter hohen Steilwand endete. Ein perfektes Versteck. Selbst wenn die Türken nach ihnen gesucht hätten, hätten sie kaum eine Chance gehabt, sie dort aufzuspüren.

Aber sie suchten erst gar nicht nach ihnen.

Andrej hob den Kopf und sah noch einmal aufs Meer hinaus, als ob er sich von der Richtigkeit dieser Behauptung noch einmal überzeugen müsste. In der Ferne war Konstantinopel zu erkennen. Wenn man genau hinsah, erblickte man Schiffe, die auf dem Wasser davor trieben. Eine Stunde nachdem ihr Boot gesunken war, hatten zwei Kriegsschiffe das Meer an der entsprechenden Stelle nach Überlebenden abgesucht, aber da hatte sie die rettende Strömung längst meilenweit fortgetragen. Andrej glaubte nicht, dass die Männer an Bord der Schiffe ihre Aufgabe mit sonderlichem Eifer erfüllt hatten. Schließlich waren sie Zeuge geworden, wie das winzige Fischerboot regelrecht pulverisiert worden war, sodass man alle, die sich an Bord aufgehalten hatten, unweigerlich für tot halten musste.

»Hast du eine Ahnung, wo unser Boot ist?«, fragte Abu Dun nach einer Weile.

Andrej schüttelte zuerst den Kopf und deutete dann nach Norden. »Irgendwo dort. Wahrscheinlich nicht weit weg, ein paar Meilen vielleicht.«

»Und wie kommen wir dorthin?«, wollte Abu Dun wissen. Andrej hätte eine Menge für die Antwort auf diese Frage gegeben. Er hatte keine Ahnung, wo sich ihr Boot befand. Sie hatten das kleine, schnelle Schiff in einer Bucht versteckt, die große Ähnlichkeit mit ihrem jetzigen Aufenthaltsort hatte, zum Meer hin aber durch eine Anzahl hoher Riffe geschützt war, sodass niemand das Boot entdecken würde, selbst wenn er in unmittelbarer Nähe vorbeifuhr. Sie hätten sich nicht auf die verfluchten Schmuggler verlassen sollen, und darauf, dass die den Rückweg schon finden würden.

Schließlich hob er die Schultern und sagte: »Schwimmen, nehme ich an.«

»Sehr komisch«, nörgelte Abu Dun. »Wenn ich noch einmal ins Wasser muss, wachsen mir Schwimmhäute zwischen Fingern und Zehen.«

»Ich dachte, du wärst früher Seefahrer gewesen«, gab Andrej zurück.

»Ganz recht.« Abu Dun nickte grimmig, griff nach dem schwarzen Stoff seines Turbans, den er neben sich abgelegt hatte, und wrang ihn demonstrativ aus. »Seemann, nicht Fisch.«

Andrej lachte leise, ließ sich zurücksinken und schloss die Augen. Das warme Sonnenlicht, das sein Gesicht streichelte, begann ihn schläfrig zu machen. Warum auch nicht? Sie waren in dieser Bucht so sicher, wie sie es im Osmanischen Reich nur sein konnten. Wenn die Türken sie dort tatsächlich aufspürten, spielte es keine Rolle, ob sie sie im Schlaf überraschten oder nicht. So wenig, wie es eine Rolle spielte, ob sie eine Stunde früher oder später nach Malta zurückkehrten.

Doch statt der Verlockung und der vermeintlichen Stimme der Vernunft nachzugeben, fragte er, ohne die Augen zu öffnen: »Was war los mit dir, Abu Dun?«

»Los?«, gab der Nubier zurück, als hätte er nicht verstanden.

»Stell dich nicht dumm, Sklavenhändler«, murmelte Andrej. »Du weißt ganz genau, was ich meine. Vorhin, in der Stadt. Was war los?«

Wieder verging eine geraume Weile, bevor Abu Dun antwortete. Als er es tat, sprach er mit leiser, fast tonloser Stimme. »Manchmal frage ich mich, warum wir das alles tun«, murmelte er.

Andrej öffnete nun doch die Augen und setzte sich behutsam wieder auf, um Abu Dun anzusehen. »Wie?«

»Wozu das alles, Andrej?«, wiederholte Abu Dun. Er blickte ihn an, aber sein Blick glitt auf eine Art über Andrejs Gesicht, die diesem einen eiskalten Schauer über den Rücken laufen ließ. »Die Gestalt am Hafen«, fuhr er fort. »Der Mann in der Sänfte – er hat uns erkannt.«

»Das war unschwer zu übersehen«, bestätigte Andrej. »Um ehrlich zu sein – ich hatte nicht wirklich damit gerechnet, dass unsere Maskerade überhaupt so lange vorhält.«

Abu Dun schüttelte den Kopf. »Das meine ich nicht, und das weißt du auch ganz genau«, sagte er in deutlich schärferem Tonfall, in dem zugleich aber auch Resignation mitschwang, als wisse er schon im Voraus, wie sinnlos seine Worte sein würden. »Es war einer von uns.«

Andrej schwieg. Was hätte er auch sagen sollen, ohne sich lächerlich zu machen? Abu Dun hatte die wahre Natur des Mannes, der in der verhüllten Sänfte saß, ebenso deutlich gespürt wie er. »Und?«, fragte er schließlich widerwillig, beinahe trotzig.

»Du weißt, was das bedeutet«, antwortete Abu Dun. »Sie haben uns gefunden.«

»Woher willst du das wissen?«, gab Andrej zurück. »Es kann reiner Zufall gewesen sein. Er hat unsere Nähe gespürt, so wie wir die seine.«

»Und er hatte nichts Besseres zu tun, als uns an die Türken zu verraten und damit Gefahr zu laufen, dass wir gefangen genommen werden?« Abu Dun schüttelte noch einmal heftig den Kopf. »Red keinen Unsinn, Hexenmeister. Was glaubst du, würde passieren, wenn uns die Türken verhören und herausfinden, was wir *wirklich* sind?«

»Sie würden uns töten, vermute ich«, antwortete Andrej.

»Und ihn gleich mit«, bestätigte Abu Dun. »Es kann nicht in seinem Interesse gewesen sein, dass man uns gefangen nimmt. Ganz im Gegenteil. Ich an seiner Stelle hätte Allah auf Knien angefleht, uns entkommen zu lassen.«

»Oder uns in Stücke zu schießen«, fügte Andrej hinzu. Er runzelte die Stirn. »Worauf willst du hinaus?«

»Es gibt nur eine einzige Erklärung«, antwortete Abu Dun. »Die Türken wissen, wer er ist. *Was* er ist.«

Andrej schwieg. Er hätte die Worte des Nubiers gern widerlegt, wusste aber nicht, wie. Dennoch weigerte er sich beharrlich, auch nur die *Möglichkeit* in Betracht zu ziehen, dass Abu Dun Recht haben könnte.

»Das ist doch Unsinn«, sagte er. Seine Stimme klang selbst in seinen eigenen Ohren nicht überzeugend. »Keiner unserer Art würde seine Tarnung aufgeben.«

»Es sei denn, er hätte keine Wahl«, beharrte Abu Dun, »oder einen außergewöhnlich wichtigen Grund.«

Abu Dun ließ sich zurücksinken, verschränkte die Hände hinter dem Kopf und starrte eine geschlagene Minute lang ohne zu blinzeln direkt in die Sonne hinauf, die als greller Feuerball am Himmel über ihnen stand. Andrej wusste, dass dies unweigerlich zum Verlust des Augenlichts führte. Als der Nubier endlich die Lider schloss und die Hände wieder hinter dem Kopf hervornahm, war er blind. Nur dass sich seine Augen im Gegensatz zu denen eines normalen Sterblichen binnen kürzester Zeit wieder regenerieren würden.

Abu Dun tat so etwas nicht zum ersten Mal. Immer wieder nahm er Wunden unnötig in Kauf oder fügte sich sogar selbst Verletzungen zu, fast so, als wolle er nach all der Zeit noch immer ausprobieren, wozu sein Körper imstande war. Andrej verstand nicht, was sein Gefährte mit diesem Verhalten bezweckte. Nicht nur, dass es leichtsinnig und überflüssig war. Er kannte den Nubier lange genug, um zu wissen, dass dieser kein Vergnügen an Schmerzen empfand.

»Sie haben uns gefunden«, sagte Abu Dun schließlich noch einmal.

Diesmal widersprach Andrej nicht. Welchen Sinn hätte es auch gehabt? Er wusste nur zu gut, dass der Nubier Recht hatte. Abu Dun und er befanden sich auf der Flucht. Nicht nur vor den Truppen des Sultans; sie wurden auch von der Inquisition verfolgt. Darüber hinaus hatten sie immer wieder erleben müssen, wie gewöhnliche sterbliche Menschen unweigerlich zu ihren Feinden wurden, sobald sie erfuhren, wer sie wirklich waren. Vor allem aber waren sie auf der Flucht vor Geschöpfen ihrer eigenen Art. Dies war einer der Gründe, weshalb sie niemals lange an einem Ort blieben und sich normalerweise von allen Menschen fern hielten.

Andrej galt selbst unter den Rittern von Malta, die wenig Wert auf Freundschaft und Intimität legten, als Eigenbrötler. Dasselbe galt für Abu Dun, der nicht in der Festung, sondern in einem kleinen Haus an der Steilküste unweit davon lebte und die Menschen mied, so gut er konnte. Sie führten dieses unstete Leben seit vielen Jahrzehnten. Dabei waren die drei Jahre, die sie inzwischen auf Malta verbracht hatten, die ruhigste und friedlichste Zeit gewesen, an die er sich erinnern konnte. Aber vielleicht war das nun vorbei.

Eine Mischung aus Trauer und Zorn auf das Schicksal, das sie beide zu einem Leben als ruhelose Wanderer und Gejagte verdammt hatte, überkam Andrej. Es war lange her, dass er mit eigener Hand eine ganze Sippe seines Volkes ausgelöscht hatte. Seither lebte er das Leben eines Verfluchten. Vampyre vergaben nie. Abu Dun und er waren Ausgestoßene unter Ausgestoßenen, zwei Männer, die sich nicht nur vor den Menschen, sondern auch vor ihren eigenen Brüdern und Schwestern verstecken mussten. Hatte er am Anfang noch gehofft, dass die Jagd auf sie irgendwann einmal ein Ende haben würde, so hatte er doch mittlerweile eingesehen, dass diese Hoffnung trügerisch war. Vampyre waren unsterblich und ihr Gedächtnis währte ewig.

»Wahrscheinlich hast du Recht«, sagte er mehr an sich selbst gewandt als an den anderen. »Aber vielleicht hält er uns ja auch für tot.«

»Sicher.« Abu Dun lachte rau. »Und vielleicht begibt sich der Papst im nächsten Sommer auf eine Pilgerfahrt nach Mekka.« Er bedachte Andrej mit einem mitleidigen Blick. »Sie wissen jetzt, dass wir noch leben, Andrej. Und sie werden uns finden. Es ist nicht besonders schwer, sich auszurechnen, woher die beiden Spione gekommen sind.«

»Was genau willst du damit sagen?«, fragte Andrej schließlich.

»Dass die fetten Jahre vorüber sind«, antwortete Abu Dun mit einem säuerlichen Grinsen. »Wir sollten Malta verlassen.«

»Kann schon sein«, erwiderte Andrej. Er stand auf. »Aber um es zu verlassen, müssen wir es erst einmal erreichen«, fuhr er mit veränderter Stimme fort. »Komm. Suchen wir das Schiff. Wir haben noch einen weiten Weg vor uns. Zeit genug, um über alles zu sprechen.«

Nach zwei Wochen auf See erschien ihnen der Anblick der Felsenküste, die in der schon tief stehenden Nachmittagssonne schimmerte wie zerschrammtes Eis, wie ein Paradies inmitten der endlosen Wasserwüste des *Mare Mediterraneum*. Es war nicht ihre raue Schönheit, die die Insel seit Menschengedenken zu einer verlockenden Beute für die verschiedensten Völker gemacht hatte, sondern ihre strategische Lage, aber daran dachten Andrej und Abu Dun nicht, als ihre derzeitige Heimat Malta endlich in Sicht kam.

Die schmutzig weißen und dunkel goldfarbenen Felsen, die die Bucht einrahmten und zu einer natürlichen Festung werden ließen, wie sie kein Baumeister perfekter hätte ersinnen können, boten nur der zähesten Vegetation Lebensraum. Der Großteil des kärglichen Grüns, das in Felsspalten und Nischen dennoch Fuß gefasst hatte, war den Menschen zum Opfer gefallen, wie fast überall, wo Mensch und Natur aufeinander trafen und Anspruch auf das gleiche Stück Lebensraum erhoben. Ein leichter Dunst lag über den Dächern der Stadt wie eine Glocke – hochgewirbelter Staub und Rauch, der aus den Kaminen der Häuser drang. Obwohl der Wind landeinwärts blies und das Schiff mit straff geblähtem Segel auf den Hafen zujagte, glaubte Andrej den Gestank wahrzunehmen, der mit diesem klebrigen Dunst einherging.

Doch das war ihm gleich. Nach vierzehn Tagen auf den Brettern eines winzigen Fischerbootes hätte er die frische Seeluft und das saubere Wasser gegen die Kloake einer Stadt wie Rom eingetauscht, nur um endlich wieder festen Boden betreten zu können, der nicht unentwegt hin und her schwankte und sich immer genau in die Richtung zu neigen schien, mit der man am wenigsten rechnete und die dem Magen die größte Unbill bereitete. Die zurückliegenden zwei Wochen waren ihm wie zwei Jahre vorgekommen. Nicht nur, weil es an Bord des Schiffes so gut wie nichts zu tun gab und er mehr als einmal das Gefühl gehabt hatte, vor lauter Langeweile sterben zu müssen. Nein, er war nicht für das Meer geboren. In seinen Adern floss eindeutig Blut, kein Salzwasser. Bei dem Nubier schien das anders zu sein.

»Du siehst erleichtert aus«, sagte Abu Dun, der neben ihm stand und mit dem großen Segel hantierte, um das Boot auf Kurs zu halten – und das mit einem Geschick, um das Andrej ihn insgeheim beneidete. Selbst nach all den Jahren, die sie nun zusammen waren, dachte Andrej spöttisch, war der Nubier immer noch für eine Überraschung gut.

»Das bin ich auch«, gestand er mit einem sehnsüchtigen Blick auf das nur langsam näher kommende Land. »Jetzt sag mir nicht, dass du dich nicht auch freust, deine Familie wiederzusehen.«

»Selbstverständlich freue ich mich«, erwiderte Abu Dun in beleidigtem Ton. »Welcher Mann täte das nicht? Vor allem nach dem, was wir erlebt haben.« Er zurrte ächzend einen Knoten in dem verwirrenden Durcheinander aus Tauen und Seilen fest, mit dem er sich in der zurückliegenden halben Stunde beschäftigt hatte, begutachtete kurz und kritisch sein Werk und nickte dann, bevor er fortfuhr: »Du solltest auch heiraten, Andrej. Eine Familie gibt einem Mann immer einen guten Grund, nach Hause zu kommen.«

Andrej tat ihm zwar den Gefallen zu nicken, aber er hatte sich wohl doch nicht so gut in der Gewalt, wie er geglaubt hatte, denn Abu Dun hielt kurz in seinem Tun inne und sah ihn fast erschrocken an. Dann zuckte er mit den breiten Schultern und fuhr damit fort, Knoten zu entwirren.

Obwohl sie in den vergangenen Wochen nichts anderes zu tun gehabt hatten, als sich zu unterhalten, hatten sie dieses Thema tunlichst vermieden. Wenn es nach Andrej gegangen wäre, so hätte sich daran auch nichts geändert. Sicher, der Nubier kam nach Hause. Aber nur, um dieses Zuhause wieder zu verlassen – und diesmal nicht für ein paar Wochen oder Monate, sondern für immer.

Er schob den Gedanken von sich und drehte sich mit einer unmissverständlichen Bewegung weg, um seinen Blick über die Hafenbucht schweifen zu lassen und sich auf das vor ihm

Liegende zu konzentrieren: einen Kampf, der auf seine Weise ebenso schwer und bedeutungsvoll sein würde wie der, den sie in Konstantinopel ausgetragen hatten.

Umschlossen von goldfarbenen Felsen, war die Bucht unverwechselbar. Kein anderer Hafen im Mittelmeer glich der letzten Zuflucht der Johanniter. Mittlerweile war dieses kleine Stückchen Felsen und Erde inmitten des Meeres zu so etwas wie einer Heimat für Abu Dun und ihn geworden.

Als Andrej drei Jahre zuvor zum ersten Mal dorthin gekommen war, war er ein Suchender gewesen. Heimatlos, getrieben von seinem Fluch und der Sorge, eines Tages so zu enden wie Frederic, sein einstiger Ziehsohn, der zu einer durch und durch bösen Kreatur geworden war.

Der Rückblick ließ ein dünnes, bitteres Lächeln auf seinen Lippen erscheinen. Es hatte eine Zeit gegeben, da hatte er sich eingebildet, er könne seinen Erinnerungen entkommen. Nachdem er Transsylvanien verlassen hatte, jenes Land, in dem er so viel gefunden und noch mehr wieder verloren hatte, hatte es eine Zeit gegeben, in der er den Tod regelrecht gesucht hatte. Abu Dun und er hatten sich verschiedenen Heeren angeschlossen, sich als Söldner verdingt oder freiwillige Milizen geführt. Kein Kampf war ihnen zu aussichtslos erschienen, kein Feind zu gefährlich, keine Gefahr zu groß. Es hatte langer, endlos langer Jahre bedurft, ihn aus diesem selbstzerstörerischen Blutrausch aufzuwecken. Er konnte nicht davonlaufen. Nicht vor dem, was geschehen war, und schon gar nicht vor sich selbst.

Mittlerweile war ihm Malta zu einer neuen Heimat geworden. Abu Dun hatte dort sogar etwas gefunden, was er selbst wahrscheinlich am allerwenigsten erwartet hätte: eine Familie. Wann immer er an Bord eines Schiffes in den felsengesäumten Hafen zurückkehrte, überkam ihn das beruhigende Gefühl, dass dies der Ort war, an den er gehörte.

Sein Blick glitt zum Fort St. Elmo an der Einfahrt zum großen Hafen. Der Bau der Befestigungsanlage hatte sichtbare Fortschritte gemacht. Das hätte ihm eigentlich ein Gefühl der Sicherheit geben sollen, hätte er nicht zwei Wochen vorher die gewaltige Flotte gesehen, die die Türken zusammengezogen hatten, um diese Insel zu erobern. St. Elmo war ein nahezu uneinnehmbares Bollwerk, vor allem, nachdem die Festungsanlagen noch einmal verstärkt worden waren, aber es war ein ungleicher Kampf. Wie lange würde das kleine Fort mit seinen angeschrägten Festungswällen einem ernsthaften Angriff der gewaltigen türkischen Flotte standhalten? Eine Frage, auf die sie vielleicht nur allzu bald eine Antwort bekommen würden.

Das Boot legte sich ein wenig schräg. Salzwasser spritzte in schaumigen Flocken über die niedrige Reling, als Abu Dun sein Gefährt schwungvoll auf den endgültigen Kurs zur Anlegestelle brachte. Andrej hatte das Gefühl, dass das Schiffchen dazu keiner Hilfe bedurfte – das Segel zerrte am Mast, als gäbe es sich alle Mühe, ihn aus den Planken herauszureißen. Das ganze Boot ächzte und zitterte, als könne es die Heimkehr ebenso wenig erwarten wie seine Passagiere. Das Land flog ihnen regelrecht entgegen.

Wie zwei verkrüppelte, knochige Finger reckten sich die kleinen Halbinseln Senglea und Birġu in das Becken des großen Hafens. Zwischen ihnen lag eine schmale Bucht mit der Werft, die die Basis der schlanken, schnellen Galeeren war, mit deren Hilfe die Johanniter über das Mittelmeer wachten und deren Schnelligkeit vielleicht alles war, was noch zwischen ihnen und einer bitteren Niederlage stand.

Der Geruch von Teer und frisch geschlagenem Holz lag in der Luft, aber auch der Gestank nach faulendem Fisch, Rauch, Urin und Kot, Schweiß und Blut, der jedem dieser Meeresfalken anhaftete. Denn deren tödliche Geschwindigkeit im Kampf beruhte zum größten Teil auf der Kraft von zwei- bis dreihundert Sklaven, die an die Ruderbänke gekettet wurden, sobald man eines der Schiffe zum Auslaufen bereitmachte.

Andrej lief ein eisiger Schauer über den Rücken, als er sich vorzustellen versuchte, welche Hölle inmitten einer tobenden Seeschlacht unter Deck herrschen musste …

Nein! Er schüttelte diesen Gedanken ab. Andrej wusste, dass es wenig Sinn hatte, sich zu fragen, warum das Schicksal so grausam zu manchen Menschen war und zu anderen so großmütig.

Das Fischerboot suchte sich einen Weg zwischen drei Ehrfurcht gebietenden Galeeren hindurch, die dort ankerten, und steuerte den Kai an, an dem bereits einige Boote vertäut waren.

Andrej sah ein letztes Mal prüfend an sich herab. Er trug die eng geschnittenen Hosen eines Edelmannes. Sein kostbares, perlengeschmücktes Wams war unter dem weiten Waffenrock verborgen, dessen weißes Tatzenkreuz auf rotem Grund ihn als Ritter des Johanniterordens auswies. Es war ein Gewand, dessen Anblick stets die gleiche Reaktion hervorrief, selbst unter den einfachen Bewohnern Maltas: Eine Mischung aus Furcht und sachtem Spott – symbolisierte es doch zu gleichen Teilen die eiserne Faust Gottes und einen Zeitgeist, der schon seit einem Menschenalter überholt sein sollte. Überall sonst auf der Welt waren Waffenröcke wie diese längst aus der Mode gekommen, und das aus gutem Grund. Doch für den Orden waren sie ein Ehrenkleid, das seine Mitglieder als die letzten wahren Kreuzritter auswies. Die letzten, die noch davon träumten, eines Tages das Heilige Land den Heiden, die sich auf Gottes Grund und Boden eingenistet hatten, wegzunehmen, es seinen rechtmäßigen Besitzern zurückzugeben und von neuem das Banner der Christenheit über den Dächern Jerusalems aufzupflanzen.

Andrej selbst glaubte nicht daran. Er lächelte bitter. Dies war gewiss nicht *sein* Traum, sondern bloß das, was er seit drei Jahren immer und immer wieder hörte: die nicht enden wollende Litanei, mit der sich die Johanniter selbst zu bestärken versuchten und an der sie vielleicht nur deshalb so stur festhielten, um damit ihre Furcht zu überspielen. Dabei war das hehre Ziel der letzten Verteidiger des wahren Glaubens ferner denn je. Wahrscheinlich würden sie ihm auch niemals näher kommen, als sie es in diesem Augenblick waren.

Außerdem kämpfte er in diesem sinnlosen Krieg schon zu lange, um nicht zu wissen, dass es in Wahrheit nicht um den Glauben oder gar um Gott ging, sondern um etwas, worum die Menschen schon seit Urzeiten kämpften: Macht. Gott scherte sich seiner Meinung nach einen Dreck darum, wessen Fahne über den Dächern Jerusalems wehte und in welcher Sprache die Menschen in ihren Tempeln beteten.

Andrej verließ das Boot, um ohne Abschied die steilen Stufen zur Ordensfestung St. Angelo hinaufzueilen. Der Orden hatte das Antlitz des einstigen Fischerdorfes in den letzten dreißig Jahren sehr verändert. Noch gab es die kleinen, würfelförmigen Häuser mit ihren flachen Dächern, auf denen sich ein Großteil des Familienlebens abspielte. Doch sie wirkten mittlerweile fast wie Fremdkörper – das letzte Überbleibsel einer unangemessenen Normalität inmitten einer Stadt, die sich seit Jahrzehnten auf den Angriff der Osmanen vorbereitete. Längst waren die gewundenen Gässchen von einst geraden, planvoll angelegten Straßen gewichen. Die halb verfallene Stadtmauer hatte einer lückenlosen, mehr als dreizehntausend Schritt messenden Verteidigungsanlage Platz gemacht. Prächtig erhoben sich die Häuser der acht ›Zungen‹ oder Ordensprovinzen zwischen den Fischerhütten, gesäumt von Arsenalen, Kasernen und dem Hospital.

Neben der Ordenskirche waren etliche kleinere Kapellen entstanden, Orte der Stille und der Zuflucht auf diesem Felsen, der Tag und Nacht vom Schritt der geharnischten Ordenskrieger widerhallte. Das Fort war durch einen Wallgraben mit Zugbrücke von Birġu getrennt. Es besaß zwei rundum laufende Galerien, von denen aus seine Geschütze die ganze

Bucht beherrschten. Eine Festung Gottes mit scharfen Zähnen und Klauen, von deren Zinnen aus aufmerksame Augen auf das Meer hinaussahen.

Andrej fragte sich, wie es sein mochte, das Leben eines ganz normalen Fischers oder Bauern an einem Ort wie diesem zu führen, den kleinen Verrichtungen des Alltages nachzugehen und dabei die Vorboten von Tod und Zerstörung in jeder Sekunde vor Augen zu haben. Wahrscheinlich hatten sie sich daran gewöhnt. Die meisten Menschen, die dort lebten, waren in diese Welt hineingeboren worden und kannten keine andere. Vielleicht waren Abu Dun und er – zumindest im Moment noch – die einzigen Menschen auf Malta, die wussten, dass der große Sturm, auf den sie seit dreißig Jahren warteten und von dem jeder insgeheim annahm, dass er auch noch weitere dreißig Jahre auf sich warten lassen würde, nun endgültig heraufzog. Es würden auch diesmal wieder vor allem die Unbeteiligten und Unschuldigen sein, die am meisten unter dem Krieg leiden würden. Er gönnte den Menschen die letzten Tage in Ruhe und Frieden, die ihnen noch blieben.

Andrej bewegte sich schnell und mit der selbstverständlichen Zielsicherheit eines Mannes, der seinen Weg auch mit verbundenen Augen gefunden hätte. Sein Ziel war der Kapitelsaal des Ordens, der im Herzen der Befestigungen von St. Angelo lag. Dort würde er auf den Großmeister treffen, der ihn vermutlich schon voller Ungeduld erwartete. Ohne jeden Zweifel hatte man La Valette seine Ankunft längst gemeldet.

Ein Ritter, der trotz der brütenden Hitze Kettenhemd und volle Rüstung trug – vermutlich der Kommandant der Torwache –, machte eine Bewegung, um Andrej den Einlass zu verwehren, doch dann erkannte er ihn und grüßte nicht nur respektvoll, sondern trat hastig zur Seite. Auch die Pikeniere hinter dem Torgewölbe beeilten sich, ihm aus dem Weg zu gehen. Andrej erwiderte den Gruß des Ritters mit einem knappen Kopfnicken und ging rasch weiter, ohne sich noch einmal zu den Männern umzudrehen, aber er konnte spüren, wie sie besorgte Blicke austauschten und tuschelnd die Köpfe zusammensteckten. Jedermann wusste, wer er war und woher er in diesem Augenblick kam. Alle fieberten den Neuigkeiten entgegen, die er mitbrachte, wenn auch gewiss nicht voller Vorfreude.

Er überquerte den schattigen kleinen Innenhof hinter dem Tor und hielt mit energischen Schritten auf das niedrige, von Spitzbögen überwölbte Portal auf der gegenüberliegenden Seite zu. Das eisenbeschlagene Tor wurde aufgerissen. Offensichtlich hatte man die Ankunft des Bootes tatsächlich bereits gemeldet.

Er nickte der Torwache kurz zu, einem jungen blonden Burschen mit noch fast kindlichem Gesicht und Augen, die die mühsam zurückgehaltene Unsicherheit ihres Besitzers nicht verhehlen konnten, und eilte weiter den schmalen Gang entlang.

Im Inneren der Festung war es angenehm kühl. Die massiven goldbraunen Felsblöcke reflektierten die Hitze und hielten die gewölbten Gänge angenehm temperiert, während draußen die Festungsmauern in der Frühlingssonne glühten, obwohl die heißeste Zeit des Tages bereits vorüber war. Eine breite Treppe führte vorbei an mit Trophäen geschmückten Wänden hinauf zum Kapitelsaal, dem Zentrum der Festung.

Vor den Eichentüren des Saales war eine Anzahl Ritter in prächtigen Gewändern versammelt, dazu kamen einige Geistliche und etwas schlichter gekleidete Männer. Es war das *Sacrum Konsilium*, der Oberste Rat: die Piliers, die den Rittern der acht Ordensprovinzen vorstanden, der Bischof des Ordens, der Prior der Konventskirche, die Großkreuzinhaber und einige hohe Verwaltungsbeamte – kurz gesagt, jeder, der auf Malta Rang und Namen hatte. Erfahrene Männer, abgehärtet im jahrelangen Dienst auf den Galeeren und auf diesem felsigen Eiland. Männer, die dieses erbarmungslose Leben freiwillig auf sich nahmen, ja, als Privileg betrachteten und die häufig jedwede Freude oder Annehmlichkeit für sündig hielten.

Zwar hatten sich selbst die Hartnäckigsten unter ihnen dem veränderten Zeitgeist widerwillig gebeugt, aber Andrej wusste, dass nicht wenige dieser Männer noch immer anders dachten. Es waren harte Männer – hart gegen sich selbst, aber auch gegen andere. Bei der Vorstellung, dass sie es waren, die gemeinsam mit dem Großmeister über die Geschicke des Ordens – und damit über die der gesamten Insel – entschieden, lief Andrej ein eisiges Frösteln über den Rücken. Flüchtig fragte er sich, warum Abu Dun und er überhaupt zurückgekommen waren. Aber natürlich kannte er die Antwort.

Anscheinend hatte er sich nicht so gut in der Gewalt, wie er geglaubt hatte, denn die Freude auf den Gesichtern der Versammelten hielt sich sichtlich in Grenzen. Nur wenige schenkten ihm ein angedeutetes Kopfnicken. Die meisten maßen ihn mit abfälligen, wenn nicht offen feindseligen Blicken. Andrej wusste nur zu gut, wie unbeliebt er bei den Mitgliedern des Rats war. Sie sahen in ihm einen Protegé des Großmeisters, einen Ritter von zweifelhafter Herkunft mit noch zweifelhafterem Stammbaum, der in nur wenigen Jahren einen atemberaubenden Aufstieg innerhalb der Hierarchie des Ordens gemacht hatte. Er hatte den Eindruck, dass nicht wenige der *Verteidiger des wahren Glaubens* den Neid aus der Liste der sieben Todsünden gestrichen hatten.

Vor ihm tat sich eine Gasse zwischen den Würdenträgern auf, schnell, aber dennoch eine Winzigkeit zu langsam, um wirklich respektvoll zu wirken. Nur unmittelbar vor der Tür zum Kapitelsaal selbst blieb einer der Ritter stehen und blickte Andrej trotzig entgegen. Er trug einen Kürass, den das Tatzenkreuz des Ordens schmückte. Seine Kleider waren abgewetzt, die Federn an seinem breitkrempigen Hut vom Winde zerzaust. Die tiefen Kerben auf dem Korb seines Rapiers verrieten, dass die Waffe an seiner Seite mehr als nur ritterlicher Schmuck war. Der stämmige Bursche mit seinem Stiernacken, dem breiten Gesicht, das von einem struppigen schwarzen Bart eingefasst war, in dem sich bereits die ersten grauen Strähnen zeigten, und mit den stechenden dunklen Augen, die so leblos schienen wie polierte Glaskugeln, war Mathurin Lescat de Romegas, der berühmteste unter den Kapitänen des Ordens und zugleich Kommandant der kleinen, aber schlagkräftigen Johanniter-Flotte.

»Der Großmeister erwartet dich«, knurrte der Seemann, ohne sich mit etwas so Überflüssigem wie einer Begrüßung oder gar der Frage nach Andrejs Befinden aufzuhalten. »Er will allein mit dir sprechen.«

Ihn zu duzen und ihm damit die Anrede zu verweigern, die einem Ritter zustand, war eine unverhohlene Beleidigung, die Andrej aber geflissentlich überhörte.

Nur sehr wenige Männer dort waren seine Freunde, aber Romegas gehörte zu Andrejs ärgsten Widersachern in der Ritterschaft. Der Kapitän hatte trotz seiner adligen Herkunft als einfacher Matrose angefangen und sich sein Kapitänspatent verdient. Seinen legendären Ruf hatte er sich über viele Jahre hinweg erworben, in denen er zahllose Male sein Leben und das seiner Männer für den Orden aufs Spiel gesetzt hatte. In gewisser Weise konnte Andrej den Ärger des Mannes sogar verstehen. In seinen Augen musste er, Andrej, all das symbolisieren, was dieser aus tiefstem Herzen verabscheute. Immerhin machte Romegas keinen Hehl aus seinen wahren Gefühlen. Andrej konnte ihn respektieren, ihn verstehen. Aber das bedeutete nicht zwangsläufig, dass er ihn auch mochte.

Ohne ihn eines weiteren Blickes zu würdigen, ging Andrej an dem Kapitän vorbei, öffnete die Tür und betrat den Kapitelsaal.

Es war ein Schritt in eine völlig andere Welt. Breite Bahnen aus goldenem Licht schienen durch die schmalen Seitenfenster in die Finsternis des weiten Saales. Es roch nach Staub, nach Waffenöl und ganz leicht nach kaltem Weihrauch. Von der Decke hingen Dutzende zerfetzter, dunkelfleckiger Banner herab. Fahnen, die der Orden in seiner langen Geschichte zahlloser Schlachten und Eroberungen erbeutet hatte. Die letzten Zeugnisse von Siegen, die nur noch Archivare kannten. Von Schlachten im glühenden Sand der syrischen Wüste, in den Bergen des Libanon und auf den Hochebenen des Jordantales. Zeugen erbitterter Seegefechte und endloser Belagerungen, Ehrenbanner, Geschenke von Königen und Kaisern, deren Reiche längst zerfallen waren und deren kalte Knochen in prunkvollen Sarkophagen in den Kathedralen Europas ebenso faulten und zerfielen wie die derer, die sie selbst in den Tod geschickt hatten.

An den Wänden standen schartige und zerschlagene Rüstungen, deren einziger Schmuck Rost und das Blut, mit dem einst Geschichte geschrieben wurde, waren.

Dort wurde auch das Schwert des Großmeisters Jean de Villiers aufbewahrt, der bei der Verteidigung von Akkon schwer verwundet worden war. Ihm war im Jahre 1291 die traurige Aufgabe zugefallen, die Johanniter aus dem Heiligen Land ins Exil zu führen. Seit jenem Tag war der Orden ununterbrochen auf dem Rückzug – langsam, widerwillig, aber unaufhaltsam. Malta war die letzte Bastion, die ihm noch geblieben war, die letzte Festung des Ritterordens und zugleich auch das letzte Bollwerk des christlichen Abendlandes.

Andrej fragte sich, ob das möglicherweise der eigentliche Grund für seine Anwesenheit auf Malta war. In gewissem Sinne waren diese Burg und alle, die in ihr lebten, Teil einer anderen, längst untergegangenen Welt. So wie auch Abu Dun und er selbst.

Seine Schritte wurden langsamer. Schließlich blieb er stehen und sah sich im Halbdunkel des weitläufigen Raumes um, als wäre er das erste Mal dort. Wann immer Andrej diesen Saal betrat, ergriff ihn ein Gefühl der Ehrfurcht, das er sich selbst nicht erklären konnte, denn der Geist dieses Raumes widersprach allem, woran er glaubte. Vielleicht erinnerte dieser Saal ihn an sich selbst. Das Jetzt hatte keine Bedeutung. Alles, was dort zählte, war das Gestern und die Vergangenheit – oder das, was die Erinnerung daraus machte. Im Herzen der Ordensfestung schien die jahrhundertealte Geschichte lebendig und gegenwärtig zu sein, fast, als wäre die Zeit nicht nur stehen geblieben, sondern liefe auf geheimnisvolle Weise rückwärts.

Manchmal, wenn er allein zwischen mottenzerfressenen Bannern und rostigen Waffen stand, konnte er das Lärmen ferner Schlachten hören, gellende Todesschreie, das Wiehern verwundeter Pferde und die rauen Stimmen der Ordensoberen, die ihre Ritter in die Schlacht führten, das Klirren von Stahl und den schrecklichen Laut, mit dem Metall auf lebendiges Fleisch traf.

Aber da war noch mehr.

Macht …

»Welche Nachrichten bringt Ihr, Chevalier de Delãny?«

Andrej fuhr erschrocken zusammen, als er die Stimme des alten Mannes hörte, der im Zwielicht nur als ein Schattenriss am Ende der langen Tafel zu erkennen war, die die Mitte des Kapitelsaales einnahm. Er hatte es längst aufgegeben, dem Großmeister des Johanniterordens erklären zu wollen, dass er kein Chevalier war, sondern einfach nur Andrej Delãny, und dass man seinen Namen für gewöhnlich auch nicht französisch aussprach. Welche Rolle spielte es schon?

Der Johanniter hatte sich so laut- und reglos verhalten, dass Andrej seine Anwesenheit nicht bemerkt hatte, obwohl er doch wusste, dass er dort auf ihn wartete. Eigentlich war er immer dort, als wäre er selbst schon zu einem Teil der eingefrorenen Erinnerungen geworden, die diesen Raum ausfüllten.

Andrej fragte sich, wie lange ihn La Valette schon beobachtete und was er in seinem Gesicht gelesen hatte. Er hatte keinen Beweis dafür, ja, niemals auch nur einen Hinweis darauf erhalten – und trotzdem war er beinahe sicher, dass La Valette sein Geheimnis kannte.

Er nickte respektvoll und trat näher an den Tisch mit seinen zahlreichen hochlehnigen Eichenstühlen heran, die mit rissigem Leder bezogen waren und das rote Tatzenkreuz des Ordens trugen. Erst als er mehr als die halbe Strecke zurückgelegt hatte, sah er auch den zweiten, kaum weniger alten Mann, der, über ein Pergament gebeugt, neben dem Großmeister stand: Sir Oliver Starkey, den Sekretär des Großmeisters und der letzte noch lebende Ritter der einst so mächtigen Ordensprovinz England. Er hatte ein gütiges, weltoffenes Gesicht, dem eine gewisse Härte anhaftete, das aber trotzdem gerne lachte. In seinen Augen spiegelte sich eine kompromisslose Lebensbejahung, obwohl es von ihm hieß, dass er monatelang in den Kerkern Heinrich VIII. gefoltert worden sei, weil er sich geweigert hatte, den Namen des Papstes zu verfluchen, dem Ritterorden abzuschwören und der anglikanischen Kirche beizutreten. Andrej begrüßte auch ihn mit einem respektvollen – und etwas wärmeren – Nicken, bevor er sich wieder dem Großmeister zuwandte.

Jean Parisot de la Valette, der Großmeister des *Ritterordens des Hospitals vom heiligen Johannes zu Jerusalem*, war ein Mann gänzlich anderer Art. Ein schlohweißer, leicht gelockter Spitzbart umrahmte sein schmales, fast schon asketisch wirkendes Gesicht. Seine hohe Stirn war von einer tiefen Falte über der Nasenwurzel gefurcht, was ihm zusammen mit den schmalen Lippen und den stets ärgerlich zusammengezogenen Augen einen verbissenen, manchmal fast mürrischen Ausdruck verlieh. Von der Sonne und den Stürmen des Mittelmeeres gegerbt, war seine Haut von dunkler und gesunder Farbe und seine aufmerksamen grauen Augen hätten eher ins Antlitz eines jugendlichen Ritters gepasst als in das eines siebzigjährigen Mannes. La Valette hielt sich stets kerzengerade und obwohl er von eher schmalem Wuchs war, strahlte er eine Kraft aus, die alle anderen in seiner Gegenwart in ihren Bann schlug.

Er vermied jeglichen Pomp und Luxus, der mit seinem Amt hätte verbunden sein können. Meist sah man ihn nur mit einer einfachen Hose und einem alten, abgewetzten Wams bekleidet. Wer es nicht besser wusste, hätte ihn für einen einfachen Soldaten halten können. Nur wenn bedeutende Gäste empfangen wurden, fand man an seiner Tafel ein üppigeres Mahl als auf dem Tisch eines Fischers oder Bauern.

Der Großmeister galt als ehrgeizig, energisch, stur und unbeugsam. Manche nannten ihn sogar skrupellos. Ganz sicher war er erbarmungslos, wenn ein Ordensangehöriger oder Untergebener auch nur das geringste Anzeichen von Faulheit oder gar Feigheit zeigte. Doch nie verlangte er von seinen Rittern ein Risiko, das er nicht selbst einzugehen bereit gewesen wäre.

La Valette diente dem Orden nun schon seit mehr als fünfzig Jahren. Er hatte alle wichtigen Ämter bekleidet, bevor er zum Großmeister gewählt wurde. Er war sogar ein Jahr lang Rudersklave auf einer türkischen Kriegsgaleere gewesen, nachdem sein eigenes Schiff von Piraten gekapert worden war. Es war die einzige Niederlage gewesen, die La Valette jemals hatte hinnehmen müssen. Es hieß, er habe damals gekämpft, bis er ohnmächtig zusammengebrochen sei, weil er so viele Wunden davongetragen hatte, dass der schiere Blutverlust das bewerkstelligte, was der Übermacht der Piraten nicht gelungen war. Andrej glaubte diese Geschichte spätestens seit dem Moment, in dem er La Valette zum ersten Mal begegnet war. Wer schwer verletzt ein Jahr als Galeerensklave überlebte, der musste schier übermenschliche Willenskraft haben. Selbst ein gesunder, kräftiger Mann schaffte es angesichts der unbarmherzigen Zustände an Bord oft nicht, so lange am Leben zu bleiben. La Valette hatte es geschafft, weil er den festen Willen und die innere Stärke besaß.

Es war diese Geschichte gewesen, die Andrej veranlasst hatte, sich dem Orden anzuschließen. Trotz seines beharrlichen Festhaltens an einer Vergangenheit, die nie wiederkommen würde, trotz seiner Unbeugsamkeit und seines religiösen Eifers, war La Valette in seinem tiefsten Innern ein Seelenverwandter. Ein sterblicher Mensch zwar, kein Unsterblicher wie Abu Dun und Andrej, aber dennoch verband sie mehr als die meisten anderen Menschen. Andrej zweifelte nicht daran, dass auch andere die Aura unbeugsamen Willens und uralter Macht spürten, die diesen Ehrfurcht einflößenden Mann umgab.

Auch der Großmeister musste gespürt haben, wer vor ihm stand. Wie sonst wäre es zu erklären gewesen, dass er Andrej von Anfang an gegen die Widerstände nahezu aller anderen Ordensritter verteidigt und gefördert hatte? Nur mit seiner Hilfe allein war Andrej in weniger als drei Jahren in den Rang eines Galeerenkapitäns aufgestiegen – eine Position, die ihm Zugang zu allen Archiven des Ordens gewährte.

Seinem eigentlichen Ziel jedoch war Andrej in all diesen Jahren nicht näher gekommen. Er hatte gehofft, eines Tages auf einen Menschen zu treffen, der sein Geheimnis nicht nur kannte und teilte, sondern der vor allem *wusste*, warum sich Gott oder das Schicksal mit einer Hand voll Menschen einen so bösen Scherz erlaubt hatten, aber er hatte niemals den Mut aufgebracht, den Großmeister offen darauf anzusprechen. Was auch immer La Valette bezüglich Andrejs Geheimnis ahnte oder vermutete – sie hatten eine Art stillschweigendes Abkommen getroffen, an das sich beide hielten, obwohl Andrej dies oft bedauerte.

»Chevalier de Delãny – Euer Bericht!«

Die Stimme La Valettes, die schon leicht ungeduldig klang, schreckte Andrej aus seinen Grübeleien hoch. Er streifte seinen schweren ledernen Handschuh ab und zog die mit eingetrocknetem Blut verschmierte Pergamentrolle aus dem weiten Ärmel seines Hemdes. Er musste sich beherrschen, um sie nicht schwungvoll auf die Tischplatte vor La Valette zu werfen, sondern sie stattdessen mit einer ehrerbietigen Geste abzulegen und sich dann rasch – rückwärts gehend und mit leicht gesenktem Kopf – zwei Schritte zu entfernen. Als er das Haupt wieder hob, begegnete er Starkeys Blick. Zumindest der Engländer schien wohl zu spüren, wie es wirklich in Andrej aussah, denn er hatte alle Mühe, ein breites Grinsen zu unterdrücken.

»Was bringt Ihr?«

»Eine Aufstellung der türkischen Flotte«, antwortete Andrej, »sowie ihrer Besatzung und der Waffen, die sie geladen haben. Ganz, wie Ihr es befohlen habt.«

»Ihr habt sie gesehen?«

»Diese Liste stammt aus dem Zeughaus des Palastes in Konstantinopel.«

La Valette blickte kurz und leicht überrascht auf, während sein Sekretär das Pergament auseinander rollte. »Aus dem Zeughaus des Palastes?« Er klang fast ein wenig ungläubig. Dann lächelte er. »Das wird Euren Widersachern in den Reihen des Ordens bitter aufstoßen, wenn es sich herumspricht.«

Wofür du zweifellos sorgen wirst, dachte Andrej. Laut sagte er: »Wohl kaum so bitter wie dem Sultan selbst.«

Der Großmeister und sein Sekretär grinsten verschwörerisch. Für einen Herzschlag lang sahen sie eher wie große Jungen aus, die sich über einen gelungenen Streich freuten, als wie die würdigen alten Männer, die den Ritterorden in seine vielleicht bedeutendste Schlacht führen sollten. Doch als La Valette die Liste studierte, begann sein Lächeln zunehmend zu gefrieren. Er hatte sich zu gut in der Gewalt, um sich seinen Schrecken deutlicher anmerken zu lassen, aber Andrej glaubte zu spüren, wie die Zuversicht des alten Mannes zerbröckelte.

»Ihr … Ihr seid sicher, dass diese Liste korrekt ist?«, vergewisserte sich La Valette. Es war eine rhetorische Frage. Er *wusste*, dass die Zahlen auf dem eng beschriebenen Blatt vor ihm echt waren.

»Sie haben *vierzigtausend* Soldaten aufgeboten«, murmelte er schließlich.

Starkey trat ein wenig dichter an ihn heran und stellte sich auf die Zehenspitzen, um über seine Schulter hinweg ebenfalls einen Blick auf das Blatt werfen zu können. Seine Augen weiteten sich unmerklich. Er warf Andrej einen flehentlichen Blick zu, den dieser aber nur mit einem angedeuteten, stummen Kopfnicken beantworten konnte.

»Allein mehr als sechstausend Janitscharen … Gott stehe uns bei. Stimmen diese Zahlen wirklich?« La Valettes Stimme wurde eine Spur schriller und er begann immer schneller vorzulesen. »Achtzigtausend Kanonenkugeln? Fünfundzwanzigtausend Zentner Pulver für die Arkebusen und noch einmal fünfzehntausend Zentner Pulver für die Kanonen?« Er hob mit einem Ruck den Kopf. »Das kann nicht stimmen!«

»Und dazu kommen …«, begann Starkey. Der Großmeister ließ das Pergament mit einem Ruck sinken und warf seinem Sekretär einen Blick zu, der jeden anderen zu Eis hätte erstarren lassen.

»Ich kann durchaus selbst lesen«, sagte er scharf.

Starkey lächelte entschuldigend und trat hastig wieder einen Schritt zurück. La Valette blickte erneut auf das Pergament, das ihn mit solcher Besorgnis erfüllte, schüttelte den Kopf und sah dann wieder zu Andrej hoch.

»Wie es scheint, hat der Sultan eine Menge Respekt vor uns. Delãny, Ihr seid ganz sicher, dass die Türken nicht nach Kreta oder Sizilien wollen? Ich meine … Das hier …« Er strich glättend mit der Hand über das Pergament und schüttelte wieder den Kopf. »David gegen Goliath. Nur dass dieser Goliath mit einer Kanone, die Kugeln von zweihundert Pfund Gewicht verschießt, auf den Jungen mit der Steinschleuder zielt.«

»Sie sind auf dem Weg hierher«, entgegnete Andrej leise, aber sehr bestimmt. »Daran gibt es gar keinen Zweifel. Die Befehle des Sultans sind eindeutig. Die Flottenliste, die ich mitgebracht habe, war für den Sultan selbst bestimmt. Ich kenne ihn nicht, aber ich habe viel über ihn gehört. Er wird nicht dulden, dass ihm eine Hand voll Christen auf einem Felsen irgendwo im Meer noch länger Widerstand leistet. Er kann es sich auch nicht leisten, dass die Schiffe, die ihm die Schätze Afrikas bringen sollen, immer wieder von uns aufgebracht und geplündert werden.«

La Valette sah ihn mit schräg gehaltenem Kopf an, als überlege er, ob sich hinter Andrejs Worten ein verkappter Vorwurf verbarg.

Starkey räusperte sich gekünstelt. »Ich glaube, ich weiß, was der Chevalier meint«, sagte er. »Der Umstand ist der, dass *wir*, die wir so wenige sind, es wagen, *ihn* herauszufordern, der so viel mächtiger ist. Er muss sich fragen, wer ihn als Nächster herausfordern wird, wenn er nicht einmal einen so unbedeutenden Gegner wie uns besiegen kann.«

Er wandte sich direkt an La Valette. »Muss ich Euch daran erinnern, dass er seinen eigenen Sohn hat töten lassen, nur auf einen bloßen Verdacht hin? Er ist ein alter Mann. Er denkt die Gedanken alter Männer. In seinem Hirn gären Wahnvorstellungen von Intrigen und Revolten. Er ...«

»Erzählt mir nichts von den Gedanken alter Männer«, unterbrach ihn La Valette kühl.

Für einige Augenblicke senkte sich ein unangenehmes Schweigen auf den Saal mit seinen verblichenen Trophäen herab. Dann fuhr Starkey mit leiser Stimme fort: »Suleiman, Sultan der Osmanen, Allahs Stellvertreter auf Erden, Herr der

Herren dieser Welt, Herrscher über Menschen, Könige, Gläubige und Ungläubige, König der Könige, Kaiser des Ostens und Westens, Gebieter der großmächtigen Khane, Fürst und Herr unter glücklichen Sternen, majestätischer Cäsar, Siegel des Sieges, Zuflucht aller Menschen auf der ganzen Welt, Schatten des Allmächtigen, der Frieden auf Erden spendet.« Er seufzte so tief, als hätte er soeben ein schweres Gewicht eine steile Treppe hinauftragen müssen, und setzte einen dazu passenden Gesichtsausdruck auf. »Was für ein Titel, in der Tat. Ganz davon abgesehen, dass eine Audienz bei ihm endlos dauern muss und seine Schreiber vermutlich die Hälfte des Staatshaushaltes aufwenden, um die Tinte zu bezahlen, die nötig ist, um die korrekte Anrede zu schreiben – ich glaube, ich könnte nicht mehr gut schlafen, wenn ich eine solche Last mit mir herumtragen müsste.«

»Dann sollten wir uns nach Kräften bemühen, seine Last nicht noch schwerer werden zu lassen, und ihm nicht dazu verhelfen, sich auch *Bezwinger des Johanniterordens* und *Herrscher von Malta* nennen zu müssen.« La Valette stieß ein trockenes Lachen aus, wurde aber gleich wieder sehr ernst. »Wie viele Truppen haben wir auf Malta?«

Der Sekretär kramte kurz in den Papieren, die vor ihm auf dem Tisch lagen, verglich ein paar Pergamente mit Zahlenkolonnen und strich sich dabei mit seinem Gänsekiel nachdenklich übers Kinn. Er sah aus, als benutze er ihn, um darauf herumzukauen, wenn er nicht damit schrieb. Sein Gesicht nahm langsam einen besorgten Ausdruck an, obwohl Andrej sicher war, dass er die Zahlen, die ihm die Pergamente verrieten, schon vorher genauestens im Kopf gehabt hatte.

»Zurzeit befinden sich exakt fünfhunderteinundvierzig Ritter und Waffenknechte auf der Insel«, antwortete er. »Die Kapitäne der Ordenshäuser und die anderen Kleriker habe ich nicht mitgerechnet. Außerdem verfügen wir über fünfhundert Galeerensklaven und tausend weitere Sklaven als Arbeitskräfte. Wenn wir die Magazine plündern, können wir drei- bis viertausend Malteser bewaffnen.«

»Bauern und Fischer?«, fragte La Valette zweifelnd.

Starkey hob die Schultern. »Sie sind natürlich keine Soldaten, aber sie wissen, dass sie von den Muselmanen keine Gnade zu erwarten haben, und werden kämpfen. Wenn schon nicht aus Treue zu uns, dann aus Furcht, und ...«

»Zahlen, Sir Starkey, ich wollte nur ein paar Zahlen von Euch hören, keinen philosophischen Vortrag«, unterbrach ihn La Valette seufzend.

Starkey runzelte beleidigt die Stirn und fuhr in verändertem Ton und mit einem vorwurfsvollen Blick in seine Richtung fort: »Und dann sind da noch diverse Zusagen über Hilfstruppen. Der Papst will uns unterstützen und auch die Städte Genua und Venedig. Dann der spanische Vizekönig auf Sizilien. Er hat uns versprochen, in Kürze tausend Soldaten zu schicken und bis zum Sommer mit einem spanischen Entsatzheer von fünfundzwanzigtausend Mann zu Hilfe zu kommen. Wir müssten nur noch ein paar Wochen aushalten, und ...«

»Verzeiht, Sir«, unterbrach ihn Andrej leise, aber in einem Ton, der Starkey mitten im Satz abbrechen und erschrocken zu ihm aufsehen ließ. »Ich fürchte, wir haben keine Wochen mehr. Um ehrlich zu sein, ich war nicht einmal sicher, dass ich noch rechtzeitig hier eintreffe, um Euch zu warnen. Die Flotte ist gleichzeitig mit uns ausgelaufen.«

»Eine Flotte schwerfälliger Galeeren und noch schwerfälligerer Galeassen«, widersprach Starkey, »ist viel langsamer als Euer kleines Segelboot.«

»Langsamer, ja«, sagte Andrej. »Viel langsamer, nein.«

»Dann müssen wir uns eben beeilen«, polterte Starkey. »Wir müssen Boten losschicken, die unsere so genannten Verbündeten an ihr Wort erinnern. Noch heute! Der Vizekönig ...«

»... ist weit weg«, fiel ihm La Valette ins Wort. Er klang

müde, und die Bewegung, mit der er den Kopf schüttelte, sah noch müder aus. »Nein. Delãny hat Recht. Uns bleibt nicht mehr genug Zeit, um auf Hilfe zu warten, und ich kann nicht alle Hoffnungen des Ordens auf Versprechen gründen, die vermutlich ohnehin in dem Glauben abgegeben worden sind, dass sie nie eingelöst werden müssen.«

»Immerhin gehört der Sohn des Vizekönigs zu den Rittern hier auf der Insel«, gab Starkey zu bedenken. Er sprach in gereiztem Ton, als empfände er es als persönliche Schmach, dass sein Vorschlag kein Gehör fand. »Uns im Stich zu lassen hieße, auch ihn im Stich zu lassen.«

»Vielleicht mag uns sein Versprechen nutzen, um den Fischern und Bauern Mut zu machen, wenn die Türken vor unseren Mauern erscheinen«, sagte La Valette. »Bis es so weit ist, sollten wir jede Stunde nutzen, um die Befestigungen zu verstärken. Außerdem sollen an alle Komtureien Briefe abgesandt werden. Wir brauchen jeden Mann, der noch zu uns durchkommt, jedes Pulverhorn und jede Musketenkugel.« Er dachte einen Moment angestrengt nach und wandte sich dann mit energischer und kräftiger Stimme an Andrej. »Chevalier de Delãny, holt die anderen Mitglieder des Rates herein. Wir wollen gemeinsam planen, wie wir den Türken trotzen können.«

Es war unmöglich, dachte Andrej, und La Valette wusste das. Trotzdem nickte er ergeben. Er hütete sich, laut zu widersprechen – schon gar nicht in Starkeys Gegenwart. Wenn man den alten Großmeister ansah, dann mochte man tatsächlich glauben, dass er von seinen eigenen Worten überzeugt war. Aber wie konnte eine Hand voll Ritter und ein paar Fischer und Bauern ohne Kampferfahrung gegen die Übermacht des Osmanischen Reiches bestehen? Es war unmöglich.

Sie hatten keine Chance und jeder dort im Raum wusste das.

22. April 1565, abends. Abu Duns Haus, auf den Klippen von Birgu

Die Sonne hatte das Meer im Westen noch nicht berührt, aber die Schatten waren schon länger geworden und schienen das kleine Haus hoch über den Klippen von allen Seiten zu bestürmen. Wenn man nur lange genug hinsah, begann man Bewegung zu erkennen, wo keine war – als werfe die Zukunft bereits ihre Schatten voraus. Abgesehen vom gleichmäßigen Rauschen der Wellen, die sich am Fuße der Klippe brachen, war es fast vollkommen still – der Wind wehte vom Meer her und trug alle Laute mit sich ins Landesinnere. Es herrschte eine sonderbare Stimmung.

»Es wird eine große Schlacht geben, nicht wahr?«

Andrej schrak aus seinen Gedanken hoch und blinzelte im ersten Moment verständnislos ins Gesicht des vielleicht fünfzehnjährigen dunkelhaarigen Jungen, der auf der anderen Seite des Tisches saß und ihn erwartungsvoll anblickte. Und das wohl schon eine ganze Weile. Wie lange saß er jetzt schon so da und starrte ins Leere? Zu lange, offensichtlich.

»Was hast du gesagt?«, fragte er. Er sah aus den Augenwinkeln, wie Abu Dun unverschämt zu grinsen begann, verbat es sich aber selbst, in die Richtung des Nubiers zu sehen.

»Ich habe gesagt, dass es eine große Schlacht geben wird«, wiederholte Pedro. »Schon bald.« In seiner Stimme klang eine unangemessene Begeisterung mit, die Andrej einen kalten Schauer über den Rücken laufen ließ.

»Wer sagt das?«, fragte er.

»Alle«, antwortete Pedro. »Jeder weiß, dass die Türken kommen.«

Andrej warf Abu Dun einen raschen, nicht besonders freundlichen Blick zu. Aber der Nubier reagierte darauf nur mit einem angedeuteten Kopfschütteln, und Andrej las in seinen Augen, dass er die Wahrheit sagte. Er hätte sich auch kaum denken können, dass Abu Dun die erstbeste Gelegenheit nach seiner Heimkehr nutzen würde, um seinen Ziehsohn mit schlimmen Neuigkeiten in Todesangst zu versetzen. Der Nubier liebte den Jungen, als wäre er sein eigenes Kind.

»Ach, alle sagen das«, bemerkte er schließlich. »Weißt du ... es ist so eine Sache mit dem, was *alle* sagen. Wenn man genauer hinhört oder nachfragt, dann stellt sich nur zu oft heraus, dass es am Ende *niemand* gesagt hat.«

»Aber es ist doch eine große Flotte ...«

»Genug jetzt!« Julias Stimme war nicht besonders laut oder scharf, aber sie verriet jene besondere Art von Autorität, wie sie nur Müttern oder seit Jahrzehnten verheirateten Ehefrauen zu Eigen ist und der sich niemand zu widersetzen wagt.

Pedro verstummte prompt und senkte hastig den Blick, während Abu Dun erschrocken aufsprang und ihr dabei half, den schweren gusseisernen Topf auf den Tisch zu stellen, den sie von der Feuerstelle gehoben hatte. Andrej wusste nicht, was er enthielt, aber was immer es war, es duftete köstlich. Nicht zum ersten Mal fragte er sich, ob Abu Dun sich der verwitweten Schönheit nicht hauptsächlich wegen ihrer Kochkünste angenommen hatte.

»Wartet«, sagte er rasch. »Ich helfe euch.« Er wollte aufspringen, aber Julia schüttelte so energisch den Kopf, dass er mitten in der Bewegung innehielt und sich wieder zurücksinken ließ.

»Nichts da«, sagte sie bestimmt. »Ihr seid unser Gast, hoher Herr. Bei uns ist es nicht üblich, dass man Freunde zum Essen einlädt und sie dann arbeiten lässt. Außerdem ist der Topf nicht schwer. Wenigstens nicht für einen kräftigen Burschen, der eigentlich Zeit genug hatte, um sich zu erholen«, fügte sie mit einem bezeichnenden Blick in Abu Duns Richtung hinzu. Der nubische Riese grinste, war aber klug genug, nicht darauf zu antworten, sondern wuchtete den schweren Topf mit nur einer Hand in die Mitte des Tisches und ließ sich dann mit einem übertrieben erschöpften Seufzer wieder zurück auf den Stuhl sinken, der unter seinem Gewicht hörbar ächzte, während Julia Teller und Besteck verteilte, die von schlichter, aber guter Qualität waren – wie überhaupt alles in diesem Haus.

Andrej war überrascht gewesen, als er nun zum ersten Mal in das kleine Haus gekommen war, in dem Abu Dun mit seiner Familie lebte. Die zwei Wochen, die sie auf dem winzigen Boot zusammen verbracht hatten, mit keiner anderen Gesellschaft als sich selbst, dem Ozean und dem stets gleichen Horizont, hatten Abu Dun mehr als genug Gelegenheit gegeben, ihn zu sich einzuladen, und Andrej mehr als genug Gelegenheit, diese Einladungen höflich, aber bestimmt abzulehnen. Er kannte Julia und ihren Sohn. Immerhin lebte Abu Dun mittlerweile seit mehr als einem Jahr mit den beiden zusammen, und es blieb nicht aus, dass sie sich dann und wann einmal begegneten. Bisher aber hatte er Abu Duns Einladungen, ihn bei sich in seinem neuen Zuhause zu besuchen, beharrlich abgelehnt.

Er wusste, dass die junge Witwe ohnehin schon mehr als genug darunter zu leiden hatte, dass sie mit dem riesigen Nubier zusammenlebte. Abu Dun hatte sicherlich mehr als einmal unter Beweis gestellt, welcher Seite seine Sympathien galten, und es gab niemanden auf Malta – nicht einmal unter den Johannitern, die keinen Hehl aus ihrer Abneigung gegen ihn machten –, der ihm fehlende Loyalität unterstellt hätte. Dennoch blieb er Muselman – wenn auch einer, von dem jeder wusste, dass er den Türken den Tod geschworen hatte – und damit Todfeind eines jeden aufrechten Christen.

Die Einwohner von Birġu hatten es zu Andrejs Überraschung akzeptiert, dass sich Julia nach dem Tod ihres Mannes mit dem Nubier zusammengetan hatte. Aber Andrej wollte dieses empfindliche Gleichgewicht nicht noch zusätzlich damit belasten, dass er, ein Johanniter und somit Angehöriger einer Gruppe, die von den ursprünglichen Bewohnern Maltas trotz der Zeit, die inzwischen vergangen war, noch immer als Besatzungsmacht angesehen und wegen ihrer Arroganz gehasst wurde, dort ein und aus ging. Deswegen hatte er sowohl dieses Haus als auch diesen Teil der Stadt stets gemieden. Dass der Nubier überhaupt so dicht vor den Toren des letzten Bollwerkes der Christenheit geduldet wurde, grenzte an ein Wunder und war zu einem Gutteil Andrejs Fürsprache und Protektion zu verdanken, in erster Linie aber der schützenden Hand, die La Valette unsichtbar über ihn hielt und deren Schatten sich somit auch auf den Nubier erstreckte.

Wenigstens hatte er sich bisher immer eingeredet, dass Rücksichtnahme der Grund dafür war, Abu Duns Heim zu meiden. Doch während er dasaß und mit einem dünnen Lächeln auf den Lippen das Familienidyll um sich herum betrachtete – etwas, wofür er in früheren Zeiten höchstens Verachtung übrig gehabt hätte –, gestand er sich ein, dass es noch einen anderen Grund gegeben hatte. Vielleicht war es der wahre Grund.

So befremdlich ihm der Anblick des riesigen, schwarzhäutigen Nubiers an der Seite der zerbrechlich und verwundbar aussehenden Frau auch vorkommen mochte, Andrej begriff, dass Abu Dun dort etwas gefunden hatte, was ihm selbst vielleicht für immer verwehrt bleiben würde. Eine Familie.

Das Haus war weder groß noch besonders komfortabel. Julia war eine hübsche Frau, aber davon gab es viele. Pedro war ein netter Junge, aber nicht besonders helle im Kopf. Er neigte, wie fast alle Knaben seines Alters, zur Aufsässigkeit. Vielleicht war es gerade das, die Ruhe und der Frieden, die dieser Normalität innewohnten, was Abu Dun, ohne es zu wissen, immer gesucht hatte.

Jedenfalls war Andrej froh, gekommen zu sein.

Julias Haus, das aus dem weichen, goldfarbenen Stein Maltas gebaut war, unterschied sich so sehr von den kalten, abweisenden Gewölben der Johanniter-Burg, wie man es sich nur vorstellen konnte. Das kleine Haus war, wie fast alle Wohnhäuser der Insel, unverputzt und hatte nur ein einziges Stockwerk. Es lag in einer engen Gasse, in der überall geflickte Netze und Wäscheleinen hingen und in der gesalzener Fisch in der Sonne zum Trocknen ausgelegt war. Kinder spielten, während ihre Mütter auf sie Acht gaben und derweil den neuesten Klatsch und Tratsch austauschten. Es war eine Straße voller Lebenslust und Heiterkeit, trotz des Unrates, der überall das steil ansteigende Kopfsteinpflaster bedeckte, und des Geruchs nach altem Fisch, der ständig in der Luft lag.

Das Haus hatte nur zwei Kammern. Die gute Stube, in der auch die Gäste empfangen wurden, und eine weitere Kammer, die – zumindest den Abmessungen des Gebäudes nach zu schließen – kaum groß genug sein konnte, um ausreichend Platz für die Schlafstätten seiner drei Bewohner bieten zu können. Trotz dieser Bescheidenheit wirkte das Haus keineswegs ärmlich. Es war vielleicht kleiner als der unbedeutendste Raum der gewaltigen Burg, aber es war etwas, was dieses Bollwerk niemals sein konnte: ein Heim.

An einer Wand hing eine große Muskete mit Stützgabel, die Waffe Franciscos, Julias verstorbenen Mannes. Dazu gehörten ein Ladestock und ein kleines Ledersäckchen mit Pulver. Andrej hatte kein Wort darüber verloren, die Waffe aber eine geraume Weile nachdenklich angestarrt. Abu Dun hatte mit ebensolchem Schweigen, aber einem kaum verhohlenen Grinsen reagiert. Das Vorhandensein einer solchen Waffe im Hause eines Fischers hatte Andrej überrascht. Die Frage, ob Francisco seine Fische eigentlich mit dem Netz gefangen oder geschossen hatte, hatte ihm auf der Zunge gelegen, aber er hatte sie sich verkniffen, als er Abu Duns Blick begegnete. Er nahm an, dass die Muskete das letzte Erinnerungsstück war, das Julia von ihrem Mann hatte, den das Schicksal so vieler Fischer ereilt hatte: Er war eines Morgens mit seinem Boot hinaus aufs Meer gefahren und nie zurückgekommen.

Andrej sprach kurz ihre Reise nach Konstantinopel an, doch Abu Dun reagierte sonderbar einsilbig und ausweichend.

Das unterschied ihn von den meisten Männern, die Andrej kannte. Seine Sorge, seine Familie unnötig in Angst und Schrecken zu versetzen, war größer als sein zweifellos vorhandenes Bedürfnis, mit seinen Abenteuern zu prahlen.

Eine andere Wand wurde von einem schlichten Holzregal beherrscht, auf dem einige angeschlagene Teller und Schüsseln und zu Andrejs nicht geringer Überraschung eine Anzahl Bücher standen. Er verlor auch darüber kein Wort, nahm sich aber vor, sich bei passender Gelegenheit noch einmal ausgiebig mit Abu Dun zu unterhalten. Vielleicht war es doch kein Zufall gewesen, dass der Nubier sich ausgerechnet Julia und ihren Sohn zu seiner neuen Familie erkoren hatte.

Andrej schob den Gedanken von sich. Er war nicht gekommen, um über Abu Dun nachzudenken, sondern, weil er es versprochen hatte und weil sich etwas in ihm nach einem kleinen bisschen Normalität sehnte. Andrej verspürte urplötzlich Neid auf seinen Freund und schämte sich dafür.

Julia nahm Platz, faltete die Hände über dem Tisch und sprach mit geschlossenen Augen ein kurzes Tischgebet, an dem auch Pedro und Andrej teilnahmen. Abu Duns Hände lagen flach nebeneinander auf der Tischplatte und seine Lippen bewegten sich nicht, aber er respektierte den Glauben seiner Frau und versuchte nicht, sie davon abzubringen; so wie Julia ihrerseits nie ein Wort darüber verlor, dass Abu Dun einer anderen Religion angehörte.

Nachdem sie geendet hatte, warf Julia Andrej einen sonderbar scheuen Blick zu, den er erst nach kurzem Nachdenken verstand. Für Pedro und die meisten anderen in dieser Stadt war er zuallererst Ritter und Soldat. Julia hingegen sah vermutlich eher so etwas wie einen Geistlichen in ihm. Da La Valette ihn vor allem wegen seiner unübertroffenen Fähigkeiten als Schwertkämpfer aufgenommen und auch schon oft genug als solchen eingesetzt hatte, fühlte sich Andrej im Grunde noch immer als das, was er zeit seines Lebens gewesen war: als Krieger und Söldner. Manchmal vergaß er, dass er das Gewand eines Johanniters trug und dass diese Ritter zuerst einmal Mönche waren und dann Soldaten. Auch wenn der eine oder andere unter ihnen das manchmal anders zu sehen schien. Julias scheue Blicke irritierten ihn und er fragte sich, was Abu Dun ihr wohl über ihn erzählt hatte. Vielleicht fürchtete sie, in seinen Augen nicht lange oder nicht inbrünstig genug gebetet zu haben. Andrej konnte nur mit Mühe ein Lächeln unterdrücken, als er sich vorzustellen versuchte, was Julia sagen würde, wenn sie wüsste, wer er wirklich war. Und vor allem, *was*.

»Greift zu«, sagte Abu Dun in das unbehaglich werdende Schweigen hinein. Er wies auf den Topf in der Mitte des Tisches und fügte mit einem Grinsen, das sein strahlend weißes Gebiss aufblitzen ließ, hinzu: »Lass es dir schmecken. Es gibt Fischsuppe, wie immer, wenn wir hohen Besuch erwarten. Du weißt ja, da kommt alles rein, was den Tag über auf dem Markt in der Sonne gelegen hat und irgendwie unverkäuflich war.«

Andrej lachte leise und Julia fügte in übertrieben bissigem Ton hinzu: »Dann hätte ich dich wohl mit in den Topf stecken müssen, altes Schandmaul.« Sie wandte sich in entschuldigendem Ton an Andrej: »Der Fisch ist frisch. Pedro hat ihn erst vor zwei Stunden gefangen.«

»Daran hatte ich auch nicht gezweifelt«, sagte Andrej und zog übertrieben schnüffelnd die Luft ein. »Es riecht köstlich.«

Er drehte sich zu Pedro um. »Du hast diesen Fisch gefangen?«

»Wie fast jeden Tag«, antwortete Pedro, wobei er den Stolz in seiner Stimme nicht ganz unterdrücken konnte. Seine Augen leuchteten. »Ich fange schon seit Jahren unten am Hafen Fische. Und im Sommer werde ich das erste Mal mit den anderen hinausfahren.«

Andrej nickte zwar anerkennend, zuckte aber insgeheim zusammen und hoffte nur, dass man ihm sein Erschrecken nicht allzu deutlich ansah. Es würde keinen weiteren Sommer geben. Nicht für Pedro, nicht für seine Mutter, für niemanden auf der Insel.

Darüber hinaus war er über die Worte des Jungen erstaunt. Pedro war fünfzehn Jahre alt und noch dazu groß und kräftig für sein Alter. Andere Knaben fuhren schon seit Jahren mit ihren Vätern hinaus, um die schwere und gefährliche Arbeit auf hoher See zu erlernen. Er hütete sich allerdings, eine diesbezügliche Frage zu stellen, schon, um Pedro nicht in Verlegenheit zu bringen. Doch Julias Reaktion auf diese Ankündigung lieferte ihm die Antwort.

»Das kommt nicht in Frage«, sagte sie, nicht einmal streng, aber in einem Ton, der trotz aller Freundlichkeit keinen Widerspruch zuließ. »Du wirst einen anständigen Beruf erlernen.«

Pedro zog ein beleidigtes Gesicht und beugte sich über seinen Teller, murmelte aber: »Fischer *ist* ein anständiger Beruf. Fast alle hier leben davon.«

»Ja«, antwortete Julia scharf. »Und deshalb müssen sie auch jeden Morgen hinausfahren und ihr Leben aufs Spiel setzen, nicht wahr?«

Es war Pedro anzusehen, dass er erneut zu einem Widerspruch ansetzte. Dann aber überlegte er es sich und beugte sich noch tiefer über seinen Teller. Julia bedachte ihn mit einem drohenden Blick, in dem zugleich aber auch ein so tiefer Kummer und Schmerz mitschwangen, dass Andrej ein kurzes, eisiges Frösteln verspürte. Sooft er die junge Frau auf dem Markt oder am Hafen getroffen hatte, war sie stets fröhlich und guter Laune gewesen. Er konnte sich kaum erinnern, sie irgendwann einmal anders als lachend erlebt zu haben, vor allem in Abu Duns Gesellschaft. Aber das war nur die eine Julia. Es gab noch eine andere, ernstere, die den Tod ihres Mannes noch lange nicht verwunden hatte und es vielleicht auch niemals tun würde.

»Am Ende wirst du tagsüber aufs Meer hinausfahren, und wenn Gott ein Wunder geschehen und dich lebend zurückkommen lässt, schindest du dich des Nachts noch in einer Ölmühle oder auf dem Feld, um etwas dazuzuverdienen«, fügte Julia hinzu. Ihre Worte hatten wohl scharf klingen sollen, aber sie hörten sich eher resigniert an – bitter.

»Ernährt das Fischerhandwerk denn seinen Mann nicht mehr?«, fragte Andrej überrascht. Abu Dun warf ihm einen zornigen Blick zu, der ihm bedeutete, endlich zu schweigen oder zumindest das Thema zu wechseln, aber Julia beantwortete die Frage.

»Wir haben kein eigenes Boot, Herr. Das Meer hat es zusammen mit Pedros Vater verschlungen.«

Andrej sah den Nubier überrascht an. Abu Dun und er waren niemals reiche Männer gewesen. Geld hatte sie stets nur insofern interessiert, als seine Bedeutung mit der Zeit, die verging, zu wachsen schien. Seit der Nubier – nicht unbedingt freiwillig – sein Leben als Sklavenhändler und Pirat aufgegeben hatte und gemeinsam mit ihm durch die Welt zog, hatten sie selten mehr als ein paar Münzen in ihren schmalen Beuteln gehabt und auch nicht mehr gebraucht. Dennoch wusste er, dass es für Abu Dun ein Leichtes gewesen wäre, Julia und ihrem Sohn zu einem neuen Schiff zu verhelfen. Obwohl er die Frage nicht laut aussprach, musste Abu Dun sie deutlich in seinen Augen gelesen haben, denn er schüttelte den Kopf. Der Blick, den er flüchtig in Julias Richtung warf, bevor er sich wieder an ihn wandte, sprach Bände. »Weiber!«, sagte er leise. »Ich habe es aufgegeben zu zählen, wie oft ich ihr angeboten habe, mich um ein neues Fischerboot zu kümmern.«

»Und?«, wunderte sich Andrej. Fragend sah er die junge Frau an.

»Sie will es nicht«, antwortete Abu Dun an Julias Stelle. Seine Stimme klang zornig, aber zugleich auch resigniert. »Vielleicht kannst du ihr ja ins Gewissen reden. Immer wenn ich auf das Thema komme, versteht sie plötzlich meine Sprache nicht mehr.«

Julias Augen lachten, aber ihr Gesicht blieb ernst. »Nein«, sagte sie ruhig, aber wieder im gleichen Tonfall, in dem sie zuvor mit Pedro gesprochen hatte – einem, der keinen Widerspruch duldete. »Du hast schon genug für uns getan, schwarzer Mann.«

Wieder blitzte Abu Duns Raubtiergebiss strahlend weiß auf. Andrej hatte erlebt, wie Abu Dun Männern, die ihn als *schwarzen Mann* bezeichnet hatten, allein für diese Worte den Kiefer gebrochen hatte. Aus Julias Mund schien er sie als Liebkosung zu betrachten.

»Aber er könnte doch ...«, begann Pedro und verstummte sofort wieder, als ihn ein eisiger Blick aus den Augen seiner Mutter traf, die unvermittelt den größten Teil ihrer Freundlichkeit verloren zu haben schienen. Dennoch raffte der Junge all seinen Mut zusammen und setzte erneut an: »Wir könnten es doch bezahlen. Vater hat mir eine Menge über das Fischen beigebracht und ich bin alt genug. Ein paar gute Fänge, und in zwei oder drei Jahren ...«

»Nein«, unterbrach ihn Julia erneut. Sie schüttelte heftig den Kopf. Ihre Stimme wurde leiser, sank zu einem tonlosen Flüstern herab.

Andrej hatte das Gefühl, dass es plötzlich kälter wurde.

»Ich will es nicht«, fuhr sie fort. »Nicht geschenkt, nicht geliehen, nicht einmal, wenn das Meer unser eigenes Boot wieder zurückgäbe. Ich habe schon die eine Hälfte meiner Familie an die See verloren. Ich will nicht, dass sie auch noch die andere Hälfte bekommt.« Sie machte eine abschließende Geste. »Und jetzt genug von diesem Thema.«

Unbehagliches Schweigen machte sich in dem kleinen Raum breit. Pedro warf seiner Mutter noch einen trotzigen

Blick zu, senkte dann aber stumm den Kopf und begann seine Suppe zu löffeln. Auch Abu Dun schien nicht zu wissen, wohin er seine Augen richten sollte. Schließlich räusperte sich Julia und fragte mit einem wenig überzeugenden Lächeln: »Schmeckt Euch die Suppe nicht, Herr?«

Andrej griff erschrocken nach seinem Löffel und beeilte sich, den Kopf zu schütteln. »Im Gegenteil«, versicherte er, obwohl Julia so gut wie er wusste, dass er noch nicht einmal davon probiert hatte. »Aber vergesst den *Herrn*, Julia. Mein Name ist Andrej. Ich bin kein Edelmann.«

»Aber Ihr ... *du*«, verbesserte sich Pedro rasch, »trägst die Kleider eines Ritters.«

»Irgendwie bin ich wohl auch einer«, seufzte Andrej. »Aber andererseits auch wieder nicht. Jedenfalls nicht«, fuhr er nach einem hörbaren Einatmen und in verändertem Ton fort, »solange ich hier bin. Im Haus eines Freundes sollten Ränge nicht zählen und Kleider noch viel weniger.«

Ein seltsamer Ausdruck trat in Julias Augen, aber sie schluckte die Frage herunter, die ihr sichtlich auf der Zunge lag, und begann ebenfalls zu essen.

Andrej fragte sich, was Abu Dun ihr und ihrem Sohn über ihr früheres Leben erzählt haben mochte. Nicht viel, vermutete er, ebenso wie der Nubier ihm nicht viel von seiner neuen Familie und dem Leben, das sie miteinander führten, erzählte. In den drei Jahren, die sie auf Malta weilten, hatten sie sich immer seltener gesehen.

Während einer Spanne, die ein Vielfaches eines normalen Menschenlebens zählte, hatten sie nahezu jede Minute miteinander verbracht und waren selten länger als einige Tage voneinander getrennt gewesen, sodass Abu Dun zu einem ganz selbstverständlichen Teil seines Lebens geworden war. Mit seinem Eintritt in den Johanniter-Orden hatte sich das geändert. La Valette hatte – widerwillig und nur, weil Andrej dies zur Bedingung gemacht hatte – zugestimmt, den *Mohren*, wie er ihn nannte, auf seiner Insel zu dulden, allerdings nicht in einer der Ordensfestungen.

Andrej mutmaßte, dass der Nubier sich der jungen Witwe und ihres Sohnes am Anfang aus Mitleid angenommen hatte; vielleicht auch aus Trotz. Doch was immer es gewesen sein mochte – ein einziger Blick in die Gesichter der beiden reichte als Beweis, dass mehr daraus geworden war. Erneut verspürte er ein Gefühl, das er bisher so nicht gekannt hatte und von dem er sich verbissen weigerte zuzugeben, dass es nichts anderes als Eifersucht war. Er gönnte Abu Dun das kleine Glück, das er gefunden hatte, von Herzen, aber es zu sehen, machte es umso schwerer, es zu ertragen.

Sie aßen schweigend zu Ende. Nach der Fischsuppe gab es selbst gebackenes Brot und frisches Obst. Schließlich trug Julia eine Süßspeise auf, von der Andrej nicht wusste, was sie enthielt, die aber so köstlich schmeckte, dass er sich gleich zweimal Nachschlag geben ließ.

Sie sprachen über dies und das. Vor allem Pedro wurde nicht müde, ihn nach ihren Abenteuern während der Reise nach Konstantinopel auszufragen, was Andrej anfangs genoss, ihn aber mehr und mehr in Verlegenheit zu bringen begann. Es war nicht nur, dass er vieles von dem, was sie erlebt und gesehen hatten, nicht erzählen *durfte* – noch mehr *konnte* er nicht erzählen, ohne mehr von alldem preiszugeben, was Abu Dun offensichtlich vor seiner Familie geheim hielt. Schließlich – es begann schon zu dunkeln – schob er seinen geleerten Teller von sich und stand auf.

»Es ist spät geworden«, sagte er. »Zeit zu gehen.«

»Aber es ist doch noch früh!«, protestierte Pedro enttäuscht. »Die Sonne ist gerade erst untergegangen! Und es ist ein so schöner Abend!«

Andrej lächelte flüchtig. »Man soll dann gehen, wenn es am schönsten ist«, sagte er.

»Warum?«, fragte Pedro verständnislos.

»Weil es besser ist, eine schöne Erinnerung mitzunehmen, als zu warten, bis der Gastgeber froh ist, dass man geht«, antwortete Andrej mit übertrieben ernstem Gesichtsausdruck und einem angedeuteten Augenzwinkern. Er trat einen Schritt vom Tisch zurück und wandte sich wie beiläufig an Abu Dun. »Begleitest du mich noch ein kleines Stück?«

Der Nubier stand wortlos auf. Auch Julia wollte sich erheben, hielt aber mitten in der Bewegung inne und ließ sich wieder auf ihren Stuhl sinken, als Abu Dun ihr ein kaum merkliches Kopfschütteln zukommen ließ.

»Aber Herr!«, flehte Pedro. »Andrej!«

Julias Miene verfinsterte sich, doch Andrej wollte nicht, dass der Abend mit einem Missklang endete. Begütigend hob er die Hand. »Ich mache dir einen Vorschlag«, sagte er, »vorausgesetzt, deine Mutter hat nichts dagegen.«

Julia sah ihn aufmerksam und fragend an. Auch Abu Dun legte den Kopf auf die Seite. Seine Augen wurden schmal.

Andrej deutete auf die Muskete, die an der Wand hing. »War das die Waffe deines Vaters?«, fragte er. Pedro nickte, und Andrej fuhr nach einem kurzen, fragenden Blick in Julias Richtung fort: »Willst du lernen, damit zu schießen?«

Die Augen des Jungen leuchteten auf. »Natürlich!«

»Dann sei morgen früh bei Sonnenaufgang auf dem Hügelkamm, südöstlich von hier«, sagte Andrej. »Der Großmeister hat mich gebeten, die Freiwilligen aus dem Dorf ein wenig im Musketenschießen zu drillen. Wenn du willst und wenn deine Mutter es erlaubt, kannst du dabei sein.«

»Darf ich?«, wandte sich Pedro aufgeregt an seine Mutter. »Bitte!«

Julias Blick verdüsterte sich. Jegliche Sympathie, die Andrej noch bei seiner Ankunft darin gelesen hatte, war nun daraus verschwunden und hatte einer Bitterkeit Platz gemacht, die er sich nicht erklären konnte, die ihm aber unzweifelhaft bewies, dass er schon wieder einen Fehler begangen hatte. Schließlich nickte sie, doch die Bewegung war abgehackt und widerwillig und machte deutlich, was sie tatsächlich von seinem Vorschlag hielt.

»Dann sehen wir uns morgen früh«, sagte er. Rasch trat er endgültig vom Tisch zurück und verließ das Haus. Abu Dun folgte ihm. Andrej legte die ersten Schritte in scharfem Tempo zurück, bevor er langsamer wurde, um dem Nubier Gelegenheit zu geben, zu ihm aufzuschließen, ohne zu rennen.

Noch war es hell, aber in den schmalen Straßen des kleinen Fischerdorfes waren die ersten Vorboten der Nacht bereits eingetroffen. Die Farben begannen zu verblassen und es war spürbar kälter geworden, sodass Andrej seinen Mantel enger um die Schultern zog.

»Wenn du es darauf angelegt hast, es dir mit Julia zu verderben, Hexenmeister«, sagte Abu Dun, nachdem er einige Schritte weit schweigend neben ihm hergegangen war und vergebens darauf gewartet hatte, dass Andrej von sich aus das Wort ergriff, »dann ist es dir gelungen.«

»Das wollte ich nicht«, antwortete Andrej. »Ich wollte dem Jungen nur eine Freude machen. Was ist so schlimm daran? Schließlich hat das Gewehr seinem Vater gehört.«

»Und Julia hat es seit dem Tag gehasst, an dem er es ins Haus brachte«, erwiderte Abu Dun. »Sie hat es als Andenken behalten, nicht, damit ihr Sohn das Schießen lernt.« Er ging einige Schritte schweigend neben Andrej her und fuhr dann mit leicht veränderter Stimme fort: »Glaubst du, dass das wirklich nötig ist?«

»Dass Kinder lernen, mit Waffen umzugehen?« Andrej schüttelte heftig den Kopf. »Gewiss nicht.«

Er blieb stehen. Während er sich zu dem Nubier umdrehte, ließ er seinen Blick verstohlen über die Fassaden der Häuser zu beiden Seiten der schmalen Straße schweifen. Nirgends war ein Mensch zu sehen. Trotz der hereinbrechenden Dämmerung brannte hinter keinem Fenster ein Licht. Das einzige Geräusch, das er hörte, war der Wind. Die Straße schien wie ausgestorben. Andrejs scharfe Sinne verrieten ihm, dass das in gewisser Weise sogar stimmte. Die meisten Häuser in ihrer unmittelbaren Nähe waren leer, ihre Bewohner entweder noch unten bei ihren Schiffen oder bei der Arbeit auf den Feldern. »Du hast es ihnen noch nicht gesagt, habe ich Recht?«, fragte er.

Einen Moment lang gab Abu Dun vor, nicht zu wissen, was Andrej meinte. »Was?«

»Was geschehen wird«, antwortete Andrej. »Was du mir selbst gesagt hast, vor zwei Wochen, in Konstantinopel. Dass wir fortmüssen.«

Abu Dun schwieg. Sein Gesichtsausdruck veränderte sich.

»Ich habe dich nie gefragt, warum du dich mit dieser Frau eingelassen hast, Abu Dun«, sagte Andrej, als ihm klar wurde, dass der Nubier nichts sagen würde. »Aber ich glaube, ich kenne den Grund jetzt.«

»So?«, fragte Abu Dun kühl.

Andrej nickte. Er streckte die Hand aus, wie um seinen Freund am Arm zu ergreifen, führte die Bewegung aber nicht zu Ende, sondern schüttelte nur traurig den Kopf. »Du bist es ihnen schuldig, Abu Dun«, sagte er. »Wenn schon nicht Julia, dann dem Jungen. Du musst sie warnen. Du musst ihnen sagen, dass wir gehen werden.«

»Werden wir das denn?«, fragte Abu Dun.

»Du willst hier bleiben?«, vergewisserte sich Andrej. »Du weißt, was passieren wird. Vielleicht schon in ein paar Tagen.«

»Ich kann sie nicht zurücklassen«, sagte Abu Dun. »Und Julia wird nicht fortgehen. Das hier ist ihre Heimat. Sie ist hier geboren und es gibt keinen Ort, wohin sie gehen könnte.«

»Dann nimm sie mit«, sagte Andrej. »Noch ist es nicht zu spät. Du kannst ...« Er stockte und setzte dann neu an: »*Wir* können Malta noch heute verlassen. Noch in dieser Nacht.«

»Wie stellst du dir das vor?«, fragte Abu Dun. »Wir haben kein Schiff, und ich fürchte, weder ich noch Julia und Pedro können über das Wasser wandeln wie euer Heiland.«

Andrej blieb ernst. »Dann werden wir eines stehlen«, sagte er und fügte mit einem spöttischen Verziehen der Lippen hinzu: »Auch wenn ein solch schändliches Verbrechen zweifellos lange auf deiner Seele lasten wird.«

»Und wohin sollen wir gehen?«, fragte Abu Dun. Er erwartete keine Antwort auf seine Frage, denn er schnitt Andrej mit einem harschen Kopfschütteln das Wort ab und fuhr ohne Pause fort: »Ich habe bereits mit ihr darüber gesprochen, Andrej. Schon vor unserer Reise nach Konstantinopel. Und ich kenne Julia. Sie wird ihre Heimat nicht verlassen. Und selbst wenn – welches Leben könnte ich ihr und dem Jungen schon bieten? Soll sie die restlichen Jahre ihres Lebens an unserer Seite auf der Flucht verbringen?«

»Aber sie *hätte* wenigstens noch einige Jahre«, widersprach Andrej, obwohl er längst wusste, wie sinnlos jedes weitere Wort war. »Malta wird fallen, Abu Dun, das weißt du.«

»Die Burg deiner Ordensbrüder vielleicht«, antwortete Abu Dun. »Diese Stadt …« Er hob die Schultern. »Sie ist von keinerlei strategischem Wert und es würde den Truppen des Sultans keinen Nutzen bringen, sie zu schleifen und ihre Einwohner zu töten.« Er sah Andrej in die Augen. »Wenn es gut für deinen Seelenfrieden ist, Hexenmeister, dann verspreche ich dir, noch einmal mit Julia darüber zu reden, aber ich kenne ihre Antwort bereits. Mach dir keine Sorgen. Ich werde sie und den Jungen ins Innere der Insel bringen, sollte die Lage wirklich gefährlich werden. Ich passe schon auf sie auf.« Sein Gesicht nahm einen nachdenklichen Ausdruck an. »Aber wenn wir schon einmal dabei sind: Wirst du hier bleiben?«

Andrej antwortete nicht darauf. Ganz einfach, weil er die Antwort selbst noch nicht kannte.

23. April 1565, später Morgen auf einem Hügelkamm südöstlich von Birğu

Missmutig blickte Andrej zum Himmel hinauf. Zumindest auf sein Pech konnte er sich blind verlassen. Es war ein windiger Morgen und über dem Meer ballten sich dunkle Wolken zusammen, die ihm klar machten, dass der Tag noch unangenehmer weitergehen würde, als er ohnehin schon begonnen hatte. In längstens einer Stunde würde es anfangen zu regnen, und seine feinen Sinne verrieten ihm, dass aus diesem Regen mit großer Wahrscheinlichkeit spätestens bis zur Mittagsstunde eines der schweren Gewitter werden würde, die die Küste Maltas zu dieser Jahreszeit regelmäßig heimsuchten. Das ideale Wetter, um diesen Grünschnäbeln das Schießen beizubringen, dachte er griesgrämig. Warum hatte er sich bloß darauf eingelassen? Und das ganz freiwillig ... La Valette hatte ihn *gebeten*, diesen Drill abzuhalten, es ihm aber keineswegs befohlen.

Er sah zu den Männern hinüber, die in einer unordentlichen Reihe vor ihm angetreten waren. Es waren zum größten Teil gedrungene Gestalten mit wettergegerbten Gesichtern und kräftigen Händen. Fischer, Schmuggler und Bauern, aus denen nun in wenigen Tagen Soldaten werden sollten. Barfüßig, mit abgerissenen Kleidern, mit Kopftüchern oder Strohhüten, ging ihnen jegliche militärische Erscheinung ab. Die meisten starrten ihn trotzig an, einige sogar hasserfüllt. Auch wenn er am Abend zuvor Pedro gegenüber dasselbe Wort benutzt hatte, dessen sich La Valette ihm gegenüber bedient hatte – Freiwillige –, so bezweifelte Andrej, ob man auch nur einen einzigen von ihnen gefragt hatte, ob er an dieser Schießübung teilnehmen wollte.

Andrej war über seine Truppen noch weit weniger glücklich als über die schwarzen Regenwolken, die sich einem düsteren Omen gleich über dem Meer zusammenzogen. Er hatte genügend Erfahrung im Umgang mit Männern wie ihnen, um zu wissen, dass das, was er tat, im Grunde ein schwerer Fehler war. Auf solche Männer war nicht nur kein Verlass, wenn es ernst wurde, sie stellten sich nur zu oft ganz im Gegenteil als Gefahr heraus.

Lässig auf die schweren Musketen gestützt, die ihnen Andrej und die beiden Soldaten in seiner Begleitung ausgehändigt hatten, starrten sie ihn respektlos und aufsässig an, begierig darauf, dass er einen Fehler beging. Es war gut, Abu Dun und Pedro unter diesem Haufen zu wissen; auch wenn der eine ein Muselman war, dem vermutlich jeder zweite Mann aus der *Freiwilligen-Armee* versehentlich in den Rücken schießen würde, wenn er die Gelegenheit dazu bekam, und der andere kaum mehr als ein Knabe.

Ein leises Donnergrollen rollte vom Meer heran. Andrej nutzte den Moment, in dem die meisten Männer ihre gemurmelten Gespräche unterbrachen und erschrocken hochsahen, um das Wort zu ergreifen.

»Wer von euch schon einmal eine Pulverwaffe abgefeuert hat, tritt einen Schritt vor.«

Pedro machte stolz einen großen Schritt nach vorne und strahlte ihn an. Andrej hatte ihm keine Waffe gegeben, doch er hatte die Büchse seines Vaters mitgebracht. Außer ihm meldete sich niemand.

»Zählen auch Faustrohre?«, wollte ein blonder Kerl mit lockigem Bart und schlechten Zähnen wissen.

»Alles, was Funken sprüht und Lärm macht«, entgegnete Andrej.

Einige der Männer grinsten schief. Hier und da entstand eine kurze Diskussion, dann traten weitere sieben oder acht Männer vor. Mindestens die Hälfte von ihnen sah aus, als wüssten sie nicht einmal genau, an welchem Ende man ein Gewehr anfasst. Abu Dun rührte sich nicht von der Stelle, obwohl Andrej wusste, dass er ein ausgezeichneter Schütze war.

Dasselbe galt auch für ihn selbst. Dass er Feuerwaffen ebenso verabscheute wie der nubische Riese, bedeutete nicht, dass er damit nicht umgehen konnte.

»Gut«, erklärte er mit einem breiten, betont zufriedenen Lächeln. »So wie es aussieht, werde ich wohl heute Abend um ein paar Goldmünzen reicher sein.«

»Was meint Ihr damit?«, fragte der Blonde mit den schlechten Zähnen, der sich offensichtlich als Wortführer der kleinen Gruppe fühlte.

»Nun, die meisten meiner Brüder waren der Meinung, dass ihr ein Haufen unfähiger Feiglinge seid und eure Händel nur mit Fäusten und allenfalls Messern auszutragen versteht. Einer meinte sogar, dass ich eher den Fischen das Fliegen beibringen würde, als euch das Schießen. Ich habe mir erlaubt, gegen sie zu wetten.«

»Warum ist Euer ... Bruder dann nicht selbst gekommen, um sich davon zu überzeugen, wie gut wir mit Fäusten oder Messern umzugehen verstehen?«, fragte der Blonde lauernd. Etliche seiner Begleiter murrten zustimmend. Einer ließ demonstrativ seine Muskete in den Staub fallen, drehte sich um und ging. Einen Moment lang überlegte Andrej, ihn zurückzurufen, entschied sich aber dann dagegen. Nicht aus Angst, dass der Mann nicht gehorchen würde. Sorgen bereitete ihm eher der Gedanke, *dass* er es täte. Es war ihm lieber, die Männer liefen jetzt davon als später, wenn es tatsächlich zum Kampf kam.

»Und warum kämpfen Eure Brüder ihren Kampf nicht selbst?«, fuhr der Blonde fort. Möglicherweise legte er Andrejs Reaktion als Schwäche aus oder er war einfach nur dumm.

»Das werden sie tun, keine Sorge«, antwortete Andrej ruhig. »Ich zwinge keinen von euch, hier zu bleiben. Unser Großmeister war lediglich der Meinung, ihr würdet es vorziehen, euch verteidigen zu können, statt mit leeren Händen dazustehen, wenn die Flotte des Sultans eintrifft.«

»Stimmt es eigentlich, dass der Sultan gegen Euch Ritter in den Krieg zieht, weil Ihr ein Handelsschiff gekapert habt, das dem obersten Eunuchen und den Damen des Harems gehörte?«, fuhr der Blonde fort. Andrej korrigierte seine Einschätzung. Er *war* dumm.

Gelassen zuckte er mit den Schultern. »Gerüchte.« Natürlich wusste er es besser. Andrej selbst hatte eine der drei Galeeren befehligt, die das große Kauffahrtsschiff, das sich auf dem Rückweg von Venedig befand, aufgebracht hatten. Die Beute, die sie dabei gemacht hatten, hatte alles in den Schatten gestellt, was er bislang gesehen hatte. Was sie damals nicht wussten, war, dass der oberste Eunuch des Sultans und fast alle bedeutenden Haremsdamen Anteile an diesen Waren gekauft hatten, um von den Gewinnen zu profitieren, die in Konstantinopel damit zu erwirtschaften waren. Ihr Zorn hatte sicherlich keinen geringen Anteil an der Entscheidung des Sultans gehabt, Malta endlich anzugreifen.

»Da habe ich etwas anderes gehört«, fuhr der Blonde fort. Er sah sich nach Zustimmung heischend um. »Hat einer von euch auch nur einen Silberpfennig von der Beute der edlen Ritter zu Gesicht bekommen?«

Andrej fing einen besorgten Blick aus Abu Duns Augen auf. Der nubische Hüne stand in der zweiten Reihe und begann sich nun mit zufällig wirkenden Bewegungen dem Blonden zu nähern.

»Die Türken kommen also, weil unsere feinen Ritter im Grunde nichts anderes als Piraten sind«, fuhr der Blonde in herausforderndem Ton fort. »Nun sagt uns einmal, Chevalier, warum sollten wir auch nur einen einzigen Musketenschuss abgeben, um Euch und Eure Brüder zu verteidigen? Was haben wir mit der Sache zu tun?«

Andrej wollte antworten, doch Abu Dun kam ihm zuvor. Er war mittlerweile direkt hinter dem Blondschopf angelangt.

»Nichts«, sagte er.

Der Blonde fuhr erschrocken herum und prallte dann noch erschrockener einen halben Schritt zurück, als er den zwei Meter großen Koloss mit dem nachtschwarzen Gesicht unversehens über sich aufragen sah.

Abu Dun fuhr lächelnd und in unverändert beiläufigem Ton fort: »Abgesehen davon, dass sich die Türken vielleicht für eure Frauen und Töchter interessieren könnten, wenn sie schon einmal auf der Insel sind. Ach ja – diejenigen von euch, die nicht allzu krumm gewachsen sind, werden sich vielleicht als Galeerensklaven wiederfinden. Ein paar von den Älteren erinnern sich sicher noch, dass die Türken und die Piraten aus Tunis und Algier früher fast jedes Jahr nach Malta gekommen sind, um sich mit Sklaven einzudecken. Ich bin nicht sonderlich in der Geschichte eures jämmerlichen Inselchens bewandert, doch ich meine mich erinnern zu können, dass das so langsam aufgehört hat, seit die Johanniter ihr Banner auf diesem kahl gefressenen Felsen aufgepflanzt haben.«

Der Blonde wich weiter zurück. Dann gab er sich einen sichtbaren Ruck und straffte herausfordernd die Schultern. Wäre Abu Dun nicht fast doppelt so groß und viermal so schwer gewesen wie er, hätte es sogar überzeugend wirken können.

»Was mischst du dich ein, Mohr?«, fragte er. »Woher wissen wir überhaupt, dass du kein Spion bist, den sie uns wie eine Laus in den Pelz gesetzt haben?«

Andrej dankte Gott im Stillen dafür, dass Abu Dun in den letzten Jahren merklich ruhiger geworden war. Ein oder zwei Jahrzehnte zuvor hätte er dem Mann allein für diese Worte das Genick gebrochen. Der Nubier kam jedoch gar nicht dazu, etwas zu sagen, denn in diesem Moment trat Pedro zuerst an seine Seite und dann ostentativ direkt zwischen ihn und den Blonden.

»*Ich* weiß, dass er auf unserer Seite steht«, sagte er.

»Ach?«, fragte der Blonde böse. »Und woher, mein Junge?«

Er grinste breit. »Ich frage mich eher, womit er mehr Zeit verbringt: auf unserer Seite zu stehen oder auf deiner Mutter zu liegen?«

Abu Duns bisher unerschütterliches Lächeln erlosch schlagartig und Andrej spürte, wie die Stimmung im Bruchteil eines Augenblickes umschlug. Pedro reagierte jedoch ganz anders, als er erwartet hatte. Rasch hob er die linke Hand, um Abu Dun zurückzuhalten, und sah dem Blonden ruhig und mit großem Ernst in die Augen.

»Ich verbürge mich für ihn«, sagte er. »Und meine Mutter tut es auch. Ihr alle kennt sie, so wie ihr meinen Vater gekannt habt. Ihr wisst, dass sie sich niemals mit einem Mann einlassen würde, der es nicht ehrlich mit ihr meint.«

»Ja, das stimmt«, sagte der Blonde spöttisch. Er sah kurz über die Schulter zu Andrej zurück. »So wie sie sich auch niemals mit einem *Ritter* einlassen würde.«

»Abu Dun hat Recht mit dem, was er über die Türken sagt«, beharrte Pedro. »Und ihr alle wisst das, genau wie ich.«

»Was weißt du schon von den Türken?«, wollte der Blonde wissen. »Du bist ja noch ein halbes Kind.«

»Ich bin alt genug, um mich daran zu erinnern, was geschehen ist, als die Türken das letzte Mal nach Malta kamen«, antwortete Pedro. »Sie haben die Schwester meines Vaters verschleppt und ihren Mann zum Krüppel geprügelt. Ich warte schon lange darauf, es ihnen heimzuzahlen.« Er schlug mit der flachen Hand auf den Kugelbeutel an seinem Gürtel, den er ebenso wie die Waffe seines Vaters von zu Hause mitgebracht hatte. »Ihr habt meinen Vater gekannt und ihr kennt mich. Uns liegt nichts an Silber und Schätzen, aber was unsere Schulden angeht ...« Er schlug erneut auf das kleine Leinensäckchen. »... die zahlen wir zurück. Und zwar in Blei.« Er deutete auf Andrej. »Vielleicht habt ihr Recht und die Ritter sind arrogant. Wenn die Türken wieder fort sind, dann werde ich mir mit Freuden zusammen mit euch das Maul über sie zerreißen und euch helfen, sie zu betrügen, wenn ihr sie mit Fisch beliefert, so gut ich kann. Aber jetzt brauchen wir sie. Sie haben eine feste Mauer um unser Dorf gebaut und Kanonen hierher gebracht. Sie haben Waffen für jeden von uns in ihren Arsenalen und genügend Pulver, dass selbst der Leibhaftige in der Hölle uns hören wird, wenn wir einmal mit dem Schießen angefangen haben. Am wichtigsten aber ist, dass sie wissen, wie man die Türken besiegt. Ihr alle habt gesehen, wie viele Schiffe des Sultans sie in den letzten Jahren als Beute in den Hafen geschleppt haben und wie selten eine von ihren Galeeren nicht wiedergekommen ist. Deshalb werde ich tun, was dieser Ritter sagt. Wollt ihr euch weiter feige vor den Türken verstecken oder wollt ihr um eure Freiheit und euer Leben kämpfen? Wenn du nicht genug Mumm dazu hast, Gregorio, dann nimm dein Boot und bring dich in Sicherheit, bis alles vorbei ist!«

»Du nennst mich einen Feigling?« Die Hand des Blonden fuhr zu seinem Gürtel, aus dem der abgewetzte Holzgriff eines Messers ragte. »Wenn du kein Kind wärst, dann ...«

»Genug jetzt!«, sagte Andrej scharf. »Dieser Junge hat Recht. Wer von euch gehen will, der soll es tun. Jetzt.«

Der Blonde starrte Pedro noch einen nicht enden wollenden Moment lang aus Augen an, in denen die blanke Mordlust loderte. Was ihn davon abhielt, diesem Gefühl nachzugeben, war mit Sicherheit nicht der Umstand, dass Pedro ein Knabe und somit kein Gegner für ihn war, sondern einzig Abu Dun, der mit lässig vor der Brust verschränkten Armen hinter dem Jungen stand. Schließlich drehte der Aufwiegler sich widerwillig um und funkelte Andrej trotzig an. »Wir sind keine Feiglinge«, sagte er. »Wenn Ihr kein Ritter wärt ...«

»Lasst Euch nicht von meinem Mantel oder meinem Rang abhalten«, sagte Andrej freundlich. Er machte eine entsprechende Bewegung zu den beiden Johannitern hinter sich. »Wenn du mich herausfordern willst – nur zu. Diese Männer werden weder eingreifen noch wird dir irgendetwas geschehen, falls du mich verletzt oder gar besiegst. Aber dazu musst du erst einmal mit mir kämpfen.« Er spürte, dass der andere ihn nicht angreifen würde. Gregorios Aufsässigkeit und Zorn waren in Wahrheit nichts anderes als Angst. Der Mann hatte sich mit seinen vorwitzigen Worten in eine Situation hineinmanövriert, aus der er nun nicht mehr hinauskonnte, ohne das Gesicht zu verlieren oder auch den einen oder anderen Körperteil. Was sollte er tun? Sich an einem Jungen vergreifen, der ihm nicht gewachsen war, oder sich einem Mann stellen, gegen den er nicht die Spur einer Chance hatte, obwohl er ein gutes Stück größer und auch muskulöser als Andrej war? Andrej begriff, dass er sich gerade einen Feind gemacht hatte. Nicht dass es darauf noch ankäme.

Er trat einen Schritt zurück, hob die Arme und fuhr mit erhobener Stimme an die übrigen Männer gewandt fort: »Als ich euch vorhin gefragt habe, wer schon einmal eine Pulverwaffe abgefeuert hat, habe ich ganz vergessen nachzufragen, wer dabei auch sein Ziel getroffen hat.«

Einen halben Atemzug lang blieb es vollkommen still. Dann begann jemand leise zu lachen und Andrej konnte spüren, wie sich die Spannung auflöste. Selbst der Blonde lächelte schief, ließ die Schultern ein wenig sinken und trat wieder zurück – und wie durch Zufall auch ein paar Schritte zur Seite, sodass er nun nicht mehr unmittelbar vor Abu Dun stand. Andrej warf Abu Dun einen flüchtigen Blick zu, der ihm bedeutete, auf Pedro zu achten, bevor er sich wieder an die übrigen Männer wandte. Die wenigen Schützen, die sich zuvor gemeldet hatten, traten noch einmal einen Schritt vor. Einige ihrer Kameraden sparten jedoch nicht mit spöttischen Bemerkungen über ihre Treffsicherheit.

»Seht ihr die Männer dort auf den Schanzen beim Stadttor?« Er deutete auf die fernen Befestigungsanlagen. Entlang der Wälle funkelten polierte Waffen und Rüstungen im blassen Sonnenlicht. Auf Befehl des Großmeisters hin waren seit diesem Morgen die Wachen am Tor verdreifacht worden, was die Männer aus dem Dorf aber noch nicht wissen konnten.

»Dort drüben stehen etliche meiner Brüder, um euch bei den Schießübungen zu beobachten und mir mein Geld aus der Tasche zu ziehen, falls mein Vertrauen in euch zu groß gewesen sein sollte. Sie sind fest davon überzeugt, dass hier nur ein Haufen Bauerntölpel steht. Warum beweist ihr ihnen nicht das Gegenteil?«

Niemand rührte sich. Andrej trat auf Pedro zu, nahm ihm die Waffe aus der Hand und betrachtete sie eingehend. »Ein gutes Stück Handarbeit«, lobte er. »Mit einem spanischen Schnapphahnschloss ... Aber schießt diese Muskete weiter, nur weil du einen Feuerstein statt einer Lunte benutzt, um das Pulver auf der Pfanne zu zünden?«

Pedro sah ihn verständnislos an. Andrej reichte ihm die Waffe zurück und fuhr mit etwas lauterer Stimme fort: »Diese Waffe vermag einen ungeschützten Mann auf hundert Schritte zu töten und auf fünfzig durchschlägt sie jeden Harnisch. Aber bei einer Belagerung kommt es auf jeden Schuss Pulver an. Geht uns das Pulver aus, nutzen euch die Musketen weniger als eure Fäuste oder eure Messer. Schießt auf keinen Feind, der weiter als dreißig Schritte von euch entfernt steht, und schießt nur, wenn ihr auch sicher seid zu treffen. Unsere Feinde werden euch jede Gelegenheit dazu geben. Sie werden sich in Massen vor den Mauern tummeln und jedem, der einen Blick über die Zinnen riskiert, den Kopf wegschießen wollen. Wann immer ihr also selbst schießen wollt, haltet zunächst einen Helm oder Hut über die Zinnen. Denkt euch etwas aus, was die Scharfschützen dazu verleitet, ihre Musketen abzufeuern. Wenn das geschehen ist, habt ihr ungefähr fünfzig Herzschläge Zeit, eure Waffe auf die Mauer zu legen, euch ein Ziel zu suchen und zu feuern. Inzwischen werden die Janitscharen nachgeladen haben, und wehe dem, der sich dann noch in Reichweite ihrer Musketen befindet.«

»Janitscharen?«, fragte einer der Männer.

»Die Elitetruppen des Sultans«, antwortete Andrej. »Soviel ich weiß, wird er etliche Tausend von ihnen mitbringen und es gibt manche unter ihnen, die schon von Kindesbeinen an im Umgang mit Musketen gedrillt worden sind. Unterschätzt sie also nicht. Das ist einer der Fehler, die man im Allgemeinen nur einmal begeht.«

Seine Worte hatten ihre Wirkung nicht verfehlt. Das Gelächter war verstummt, das Grinsen von den Gesichtern verschwunden. Die Männer wirkten plötzlich bedrückt. Aber genau das hatte Andrej erreichen wollen. Krieg war kein Spiel. Sie sollten Angst haben. Angst war vielleicht der beste Verbündete, wenn es darum ging, zu überleben.

»Ich werde nun für alle einmal zeigen, wie man mit einer Muskete umgeht«, fuhr er fort, während er seine eigene Waffe zur Hand nahm. »Leider haben wir für unsere Übungen nur drei Schuss pro Mann, mehr hat man mir in der Pulvermühle nicht ausgehändigt. Es muss also reichen, um das Schießen zu lernen. Alle die, die im Umgang mit Feuerwaffen schon Erfahrung haben, werden nur einen Schuss abgeben, damit die anderen mehr Pulver zur Verfügung haben.«

Andrej griff nach dem breiten Leder-Bandelier, das er über der Brust trug, und löste eine der schon vorbereiteten Pulverladungen, die daran hingen. Musketenpulver war in ein Kupferröhrchen abgefüllt und mit einem Lederüberzug versehen worden.

»Das hier«, erklärte er, während er das Röhrchen in die Höhe hob und am ausgestreckten Arm schwenkte, sodass jeder es sehen konnte, »nennt man einen Apostel. In einer Feldschlacht kann er euch das Leben retten, weil ihr mit seiner Hilfe schneller schießen könnt. Die Pulvermenge darin entspricht zwei Drittel des Gewichtes einer Kugel. Tut ihr mehr Pulver in den Lauf, lauft ihr Gefahr, dass euch die Waffe in den Händen explodiert, wenn ihr sie abschießt. Nehmt ihr weniger, wird die Kugel schon nach kurzem Flug zu Boden fallen oder keine Wirkung mehr haben, wenn sie trifft.«

Er zog den Korkpfropfen mit den Zähnen von dem Kupferröhrchen, stützte den Kolben der Muskete gegen seinen linken Fuß und schüttete das Pulver in den Lauf. Mit der Rechten griff er nach dem Kugelbeutel an seinem Gürtel, nahm eine der Bleikugeln heraus und ließ sie in den Lauf fallen. Es folgte ein kleiner, gefetteter Stofffetzen, der dazu diente, die Ladung abzudichten, damit der Schuss nicht im Rohr verpuffte oder die Kugel etwa bei einer unvorsichtigen Bewegung wieder herausrollte. Schließlich zog er den hölzernen Ladestock aus seiner Halterung unter der Muskete, um mit einem energischen Stoß Kugel und Abdichtung bis zur Pulverladung am Grunde des Rohres zu treiben. Andrej zog den Ladestock zurück und schob ihn wieder unter das Rohr. Er stützte die schwere Waffe auf die einbeinige Musketengabel und hielt sie nur mit der Linken, während seine Rechte zum Gürtel fuhr, um seine Zündkrautflasche loszuhaken, ein kleines Fläschchen aus getriebenem Blech, das besonders fein gemahlenes Pulver enthielt. Er füllte ein wenig davon in die Pfanne über dem Zündloch der Muskete, dann ließ er die Feder im Deckel der Zündkrautflasche zurückschnappen und hängte sie wieder an seinen Gürtel. Der ganze an sich recht komplizierte Vorgang hatte nur wenige Augenblicke in Anspruch genommen.

»Da wir keine Schnappschlösser an unseren Musketen haben wie unser Freund Pedro hier, müssen wir uns wohl als Männer mit Feuer erweisen.«

Einige der Männer grinsten.

»Damit meine ich das Stückchen Lunte, was hier baumelt.« Andrej schlug sich auf ein rußgeschwärztes, mit Bohrlöchern durchsetztes Stückchen Kupferrohr, das an seinem Gürtel hing. Am oberen Ende des Rohres saß ein breiter Klappdeckel, der ein wenig an die Zinndeckel von Bierhumpen erinnerte. Andrej nahm das Rohr vom Gürtel, führte es an die Lippen und blies durch die Luftlöcher. Im Inneren des Rohres glühte ein Funke auf.

»Hier drinnen befindet sich ein dickes Stück langsam brennender Lunte. Wenn sie verlischt, könnt ihr eure Musketen allenfalls noch als Keulen benutzen. Diese Lunte blast ihr an, damit sie tüchtig glüht, und klemmt sie dann hier an diesem Hebel ein.«

Er prüfte, ob die Zündlunte in der Öse am schlangenförmig gewundenen Schlaghahn der Muskete festsaß.

»Nun erst ist die Waffe schussbereit.«

Er schwenkte seine Muskete auf der Gabel in Richtung einer verfallenen Bruchsteinmauer, auf deren Kamm er zuvor einige sorgsam ausgewählte Steine platziert hatte. Andrej kniff die Augen zusammen und peilte über das Rohr sein Ziel an. Als er abdrückte, ließ eine Metallfeder den Schlaghahn mit der glimmenden Lunte in die Pulverpfanne schnappen. Ein Funkenregen stob auf und brannte sich in seine Wange, als das feine Pulver aufloderte und die Treibladung im Rohr zündete. Weißer Rauch schoss mit einem dumpfen Krachen aus dem Lauf der Waffe und ihr Kolben versetzte ihm einen harten Schlag gegen die Schulter. Von der Mauer her war ein scharfer Knall zu hören. Steinsplitter surrten davon.

Andrej hustete, richtete sich hastig wieder auf und rieb sich die Tränen fort, die ihm der beißende Pulverrauch in die Augen getrieben hatte. Hinter ihm erklang vereinzelt schadenfrohes Gelächter.

»Immerhin hat unser tapferer Ritter die Mauer getroffen«, erklang die Stimme des Blonden.

Andrej hob resignierend die Schultern. »Ich bin kein besonders guter Schütze«, log er. »Eigentlich ziehe ich es vor, mit nichts als einem Schwert in der Hand in die Schlacht zu reiten.« Er drehte sich wieder zu den Männern herum und lächelte. »Das ist das Privileg des Adels, wisst ihr? Nach der Schlacht liegen wir Privilegierten nur leider oft in Haufen tot vor den Reihen der Musketiere. Wenn die Türken versuchen, unsere Mauern zu stürmen, werden sie in solchen Massen kommen, dass sie euch wie eine lebendige Mauer erscheinen werden. Sogar ich werde dann treffen. Und jetzt habt ihr Gelegenheit, es besser zu machen. Der Großmeister zahlt ein Silberstück als Prämie für jeden, der es schafft, mit seinem ersten Schuss einen der Steine von der Mauer zu holen. Denkt an die Männer, die am Tor stehen und auf eine Vorstellung von Bauerntölpeln warten.«

Er gab den Männern, die behauptet hatten, bereits Übung im Umgang mit Feuerwaffen zu haben, einen entsprechenden Wink, hob dann aber noch einmal die Hand, als der Erste sein Gewehr anlegen wollte.

»Enttäuscht mich nicht, oder ich werde diese Insel als armer Mann verlassen. Wenn ihr mir helft, die Wette zu gewinnen, werde ich das Geld meiner Ordensbrüder heute Abend mit großem Vergnügen zusammen mit euch im Gasthaus unten im Dorf ausgeben. Und nun beginnt.«

Während die Männer mit ihren Ladestöcken zu hantieren begannen und sich dabei so ungeschickt anstellten, dass Andrej sich auf die Zunge beißen musste, um nichts zu sagen, trat Abu Dun wie zufällig an seine Seite. »Ich schätze, du hast absichtlich daneben geschossen«, flüsterte er.

»Vielleicht«, antwortete Andrej achselzuckend. »Vielleicht habe ich aber auch auf die Mauer gezielt.«

Von den angeblich erfahreneren Schützen schafften es vier, auf Anhieb einen der Steine auf der Mauer zu treffen, einer von ihnen war Pedro. Wie versprochen, entließ Andrej diese Männer daraufhin aus der Schießübung und widmete sich ganz den anderen, die noch niemals eine Feuerwaffe in den Händen gehalten hatten. Bis sie ihr weniges Pulver verschossen hatten, gelang es nur Gregorio, einen Stein zu treffen. Andrej hätte ohne zu zögern einen Monatssold darauf verwettet, dass das purer Zufall gewesen war. Aber immerhin hatte der Großteil der Männer wenigstens die *Mauer* getroffen.

Wie sich zeigte, waren die Fischer und Bauersleute mit dem Ergebnis ihrer Übung jedoch sehr zufrieden. Sie grinsten einander mit pulververschmierten Gesichtern an, als sie die schweren Waffen auf den Schultern zum Tor zurücktrugen und dabei mit ihrer Geschicklichkeit prahlten. Andrej bestärkte sie noch in ihrem Übermut, auch wenn er wusste, wie unbegründet er war. Es spielte keine Rolle, ob sie nun den Stein, die Mauer oder auch nur irgendetwas in der ungefähren Richtung ihres Zieles getroffen hatten. Bei dem, was ihnen bevorstand, war es nicht nötig, ein guter Schütze zu sein.

17. Mai 1565, zur Mittagsstunde, in der Bucht vor dem Fischerdorf Birġu

Das Licht der Mittagssonne brach sich auf dem spiegelnden Wasser der Bucht und verwandelte das dunkle Blau des Mittelmeeres in einen Teppich aus aufblitzenden und wieder verlöschenden Sternen aus purem Gold und Silber, dessen Glanz in den Augen schmerzte. Das Meer lag ruhig da. Die Dünung schlug ganz sacht gegen die Bordwand der schlanken Galeere, sodass man sich schon darauf konzentrieren musste, um überhaupt zu spüren, dass sich das Schiff bewegte.

Ein sonderbarer Geruch schien vom Wasser aufzusteigen: Neben dem typischen Aroma des Salzwassers roch es auch nach etwas Warmem und Lebendigem. Vielleicht war es einfach nur der Geruch von faulendem Tang – so fein, dass ihn die Sinne eines normalen Menschen nicht wahrgenommen hätten. Vielleicht war es aber auch die Vorahnung kommenden Schreckens, die Andrej mit Sinnen wahrnahm, die selbst ihm noch immer nicht ganz erklärlich und deshalb manchmal unheimlich waren.

Sein Blick tastete langsam über den schlanken Rumpf des Schiffes, blieb an seinem Bug hängen, löste sich davon und glitt über die Bucht bis zu dem steil aufragenden Felsen an der gegenüberliegenden Seite. Etliche Meter über der Wasserlinie markierte eine breite, wie mit einem Lineal gezogene Linie den Höchststand der Flut, von der sich der Meeresspiegel nun so weit entfernt hatte, wie es überhaupt ging. Der Moment war gekommen. Er hatte so lange gezögert, wie er nur konnte, aber jetzt hatte das Wasser unwiderruflich seinen Tiefststand erreicht und es war an der Zeit. Er musste gehen.

Dennoch rührte er sich nicht. Es war verrückt – schließlich war es nur ein Schiff, ein lebloses Ding aus Holz und eisernen Nägeln. Trotzdem hatte er das Gefühl, Abschied von einem sterbenden Freund zu nehmen. Seine Beine schienen sich zu weigern, den Befehlen seines Verstandes zu gehorchen. Obwohl ihm die Männer ringsum immer unruhigere Blicke zuwarfen, stand er weiter wie angewurzelt auf dem Achterdeck der *St. Gabriel* und sah in Gedanken noch einmal all die Schlachten an sich vorüberziehen, in denen er von dort oben aus das Kommando über das Schiff geführt hatte. Noch einmal sah er Freunde und Kameraden sterbend auf die Planken sinken und den beißenden Pulverhauch der beiden schweren Kanonen im Vorderkastell der Galeere über das Deck wehen, hörte er den monotonen Schlag der Trommeln, mit denen tief im Rumpf des Schiffes der Takt für die Ruderer vorgegeben wurde. Jeweils zu fünft waren die Männer an die mit Schaffell bezogenen Ruderbänke gekettet gewesen, ein Beißholz an einem groben Hanfstrick um den Hals. Wie oft mochten sie ihn verflucht haben, wenn er befahl, den Ruderschlag noch einmal zu erhöhen, um seiner Beute nachzujagen. Wie oft hatten sie wohl zu ihrem Gott gebetet, dass die Galeere in einen Hinterhalt geraten möge und sie endlich von ihren Ketten befreit würden oder ihnen zumindest die Gnade eines schnellen Todes zuteil würde, um ihren Qualen ein Ende zu machen.

Seltsam, dachte Andrej. Es war vielleicht nur natürlich, dass er in diesem Moment an all die Schlachten und Kämpfe dachte, die das Schiff und seine Besatzung erlebt hatten. Doch waren es nicht die Bilder der Siege, nicht die Erinnerungen an all die Triumphe, mit denen er heimgekehrt war, die vor seinem geistigen Auge erschienen, sondern eine lange Reihe von Gesichtern – die Gesichter all jener Männer, die unter seinem Kommando ums Leben gekommen waren. Es waren viele. Zu viele. Er versuchte sich damit zu trösten, dass es auf diesem Schiff die geringsten Verluste an Rudersklaven gegeben hatte, seit er das Kommando übernommen hatte, aber das bittere Gefühl blieb. Letzten Endes war er der Kapitän dieses Schiffes gewesen und es war sein Name, den unzählige Männer mit ihrem letzten Atemzug verflucht hatten.

Aus der Bilge erklang das dumpfe Klopfen eines Hammers. Es war so weit. Sie hatten es getan. Andrejs Finger schlossen sich um das Holz der fein geschnitzten Reling, während er sich vorbeugte und seinen Blick zum unwiderruflich allerletzten Mal über das Deck der Galeere schweifen ließ. Jeder Zoll des Schiffes war ihm so vertraut wie sein eigener Körper. Jeder Fußbreit Reling, jedes Stück Holz, jedes Tau und jede Handspanne Segeltuch waren getränkt mit Erinnerungen und es waren längst nicht nur die an überstandene Schrecken. Er hatte aufgehört zu zählen, in wie viele Schlachten er das Schiff geführt, wie viele Siege die *St. Gabriel* unter seinem Kommando errungen, wie vielen Stürmen sie getrotzt hatte.

Von ihrem reich verzierten Bug, über dem der zornige Erzengel Gabriel seine goldenen Flügel spannte und mit herausfordernd vorgestrecktem Schwert den Feinden der Christenheit drohte, bis hin zur Kajüte des Kapitäns mit ihren Bleiglasfenstern, die über die drückende Enge, die an Bord herrschte, hinwegtäuschen sollten, maß das stolze Schiff mehr als hundertfünfzig Fuß. Wenn ihnen der Wind günstig gesonnen war, halfen zwei schlanke Masten mit Lateinersegeln, die Ruderer zu entlasten.

Meist hatten sie zu zweit entlang der Handelsrouten des Mittelmeeres gejagt, manchmal jedoch waren sie auch wie Löwen in Rudeln aufgebrochen, zu viert oder noch mehr nebeneinander, und dann hatte es nichts und niemanden gegeben, der ihnen zu widerstehen vermochte, wenn Hunderte von Riemen das Wasser zu schäumender Gischt aufpeitschten und die Trommeln tief im Bauch des Schiffes in immer schnellerem Takt zum Spurt antrieben.

Über dreihundert Mann hatten sich seinem Kommando gefügt, wenn das Schiff voll besetzt war. Segelmacher, Zimmerleute, Lotsen, spanische Söldner, die als Musketenschützen dienten, der genuesische Rudergänger und natürlich der Barbier, der nach der Schlacht sein Geschäft als Wundarzt versah und mit seinem scharfen Messer je nach Bedarf nicht nur Haare, sondern auch schon einmal Gliedmaßen abtrennte, in die sich der Wundbrand eingenistet hatte. Dann gab es noch den Geschützmeister, der mit seinen Männern das Kommando auf dem Vorderkastell mit den beiden schweren Bronzekanonen geführt hatte, und siebzig Soldaten, zusammengewürfelt aus allen Ländern der Christenheit und angeführt von Novizen der verschiedenen Ordensprovinzen, die ihr Pflichtjahr auf See abzuleisten hatten. So viele junge Männer, wie eine kleine Stadt aufzubieten vermochte, waren auf diesen Planken zusammengepfercht gewesen, hatten zusammen gelitten und gelacht, gemeinsam ihre Toten beweint und ihre Triumphe gefeiert. Bis ans Ende seiner Tage würde keiner von ihnen den Namen der *St. Gabriel* vergessen und dasselbe galt auch für ihn.

Ein trauriges Lächeln machte sich auf Andrejs Lippen breit, ohne dass er sich dessen bewusst wurde. Er fragte sich, was all diese Männer wohl sagen würden, wenn sie gewusst hätten, wie groß die Ähnlichkeit zwischen diesem Schiff und seinem Kapitän wirklich war. Genau wie Andrej war die *St. Gabriel* ein Jäger, der ruhelos durch die Einsamkeit der Ozeane pflügte und stets auf der Suche nach Beute war; ein Vampyr der Meere, der aus dem Verborgenen zuschlug und seine Opfer ihrer Lebenskraft beraubte.

Aus dem Rumpf des Schiffes drang ein weiterer einzelner Hammerschlag herauf und in das Echo dieses Lautes hinein sagte eine Stimme hinter ihm: »Herr, wir müssen von Bord.«

Andrej schüttelte die Erinnerungen mühsam ab, löste die Hände von der Reling und drehte sich zu dem weißhaarigen Seemann um, der zwei Schritte unter ihm stand und mit in den Nacken gelegtem Kopf zu ihm heraufblinzelte. Er musste die Augen zu schmalen Schlitzen zusammenpressen, um nicht von der Sonne geblendet zu werden, die in Andrejs Rücken stand. Seine Stimme klang rau; die Stimmbänder von Jahrzehnten zerstört, in denen er gegen das Brüllen des Windes und das Dröhnen der Trommeln hatte anschreien müssen. Dennoch glaubte Andrej, etwas darin zu vernehmen, was er noch nie zuvor gehört hatte.

»Ja«, sagte er knapp. Er straffte die Schultern, blinzelte noch einmal, und die Bilder der Vergangenheit fielen endgültig von ihm ab. Er stellte sich widerwillig dem Anblick, den die *St. Gabriel* nun bot. Die Mannschaft hatte das Schiff zu seiner letzten Fahrt noch einmal geschrubbt und herausgeputzt wie eine Braut am Abend ihrer Hochzeit, aber es war eine verstümmelte Braut, der man fast alles genommen hatte, was sie begehrenswert machte. Die Masten waren entfernt worden, Ruder und Ruderkästen abgebaut; auch die beiden schweren Kanonen, die golden schimmernden Todesboten, waren verschwunden – alles, was nicht niet- und nagelfest war, hatte man von Bord gebracht. Die *St. Gabriel* war kaum mehr als ein Skelett.

Andrej spürte eine ungewohnte Bewegung in den Planken

unter seinen Füßen. Die dicken Halteseile, die von der Galeere zum Ufer liefen, spannten sich mit einem peitschenden Knall, und wie zur Antwort war aus der Bilge ganz leise ein gluckerndes Geräusch zu hören, ein Laut wie das Röcheln eines Sterbenden, dem ein Pfeil in die Brust gedrungen war und der an seinem eigenen Blut ertrank.

»Herr?«, sagte Lupo. »Unsere Arbeit ist getan. Wir müssen jetzt gehen.«

Andrej lächelte traurig. Ja, es war der Abschied von einem Freund. Der Abschied von einem Teil seines Lebens, der vielleicht nicht lange gewährt hatte, ihm aber wichtiger gewesen war, als er bis zu diesem Tag hatte wahrhaben wollen. Es kostete ihn große Kraft, sich erneut zu dem weißhaarigen Segelmacher umzudrehen.

»Geht vor«, sagte er. »Ich komme nach.«

Der alte Mann sah zweifelnd zu ihm hoch. Sein Gesicht war zu einer Grimasse aus Falten und Runzeln verzogen, da er immer noch direkt in die Sonne hinaufblicken musste, und doch meinte Andrej, auf seinen Zügen fast so etwas wie Demut zu erkennen. Einen Moment lang schien er etwas sagen zu wollen, dann aber wandte er sich abrupt um, winkte den beiden Schiffszimmerleuten, die mit ihm aus der Bilge heraufgekommen waren, und kletterte dann geschickt über die Reling in das wartende Ruderboot hinab.

Wieder knirschten die Seile, die das Schiff hielten. Vom Ufer her hallten scharfe Kommandos über das Wasser und die Sklaven an den großen Winden auf den Kais gaben etwas Tau nach. Ein Zittern lief durch das Schiff wie durch den Leib eines sterbenden Riesen, der sich ein allerletztes Mal gegen das Unvermeidliche aufzubäumen versuchte. Das Röcheln aus der Bilge war verstummt und hatte dem schweren Klatschen des immer schneller eindringenden Wassers Platz gemacht.

Andrej spürte, wie sich die feinen Haare in seinem Nacken aufrichteten und er eine Gänsehaut bekam. Er versuchte sich einzureden, dass es Ehrfurcht war, ein letzter Tribut, den er dem sterbenden Freund zollte, aber natürlich wusste er, dass das nicht stimmte. Es war nichts anderes als blanker Zorn. Die *St. Gabriel* zu versenken, das hieß, all jene zu verhöhnen, die ihr Leben für das Schiff gegeben hatten, und ihrem Tod im Nachhinein jeden Sinn zu rauben.

Andrej hatte vergeblich versucht, La Valette von seinem Entschluss abzubringen. Die Flotte der Johanniter bestand aus sieben Galeeren, die *St. Gabriel* mitgerechnet. Zwei davon hatte man nach Norden geschickt, um den Vizekönig von Sizilien an sein Versprechen zu erinnern, in der Stunde der Not Verstärkung zu schicken; beladen mit den Kranken und Alten, die bei der zu erwartenden Belagerung nicht von Nutzen sein würden. Drei weitere Galeeren lagen in der schmalen Hafenbucht zwischen Birg̊u und Senglea vor Anker, wo sie vor den türkischen Geschützen in Sicherheit sein würden, aber für weitere Schiffe war dort kein Platz mehr gewesen. Sie zu bemannen und in einen sicheren christlichen Hafen zu schicken, hätte bedeutet, die ohnehin schon viel zu kleine Besatzung der Inselfestung noch weiter zu schwächen. Deshalb hatte der Ordensmeister entschieden, die beiden übrig gebliebenen Galeeren zu versenken. Es sollte auf eine Art und Weise geschehen, dass man sie später wieder vom Grund der Bucht bergen konnte – falls es ein Später gab, falls Malta die Belagerung überstand und der Ritterorden im nächsten Jahr noch existierte, dachte Andrej bitter. Sie alle wussten, dass nichts davon eintreffen würde. Wenn sich überhaupt jemand die sinnreiche Konstruktion aus Tauen und großen Netzen zunutze machen würde, die unter dem Rumpf des Schiffes angebracht worden war, um es kontrolliert zu versenken und ein Kentern zu verhindern, so würden es Männer sein, die Turbane trugen und dunkle Gesichter hatten, aber Andrej bezweifelte, dass sich die Krieger des Sultans diese Mühe machen würden. Seine Flotte zählte Hunderte von Schiffen, welchen Unterschied machte da eine einzige Galeere, selbst, wenn sie ein Meisterstück der Schiffsbaukunst war wie die *St. Gabriel.*

Wieder senkte sich der Rumpf ein Stück tiefer ins Wasser. Andrej spürte, wie das Holz unter seinen Füßen arbeitete. Die Spanten und Balken knarrten unter dem ungewohnten Druck des Wassers, das im Rumpf immer höher stieg. Er fühlte, wie sich das Schiff kurz auf die Seite legte und dann mit einem trotzigen Ruck wieder aufrichtete.

»*Allahu akbar*!«, hallte ein einzelner schriller Ruf vom Ufer herüber. *Allah ist groß!* Der scharfe Knall einer Peitsche brachte die Stimme zum Schweigen, aber sofort nahm eine andere den Ruf auf, dann noch eine und noch eine, bis ein ganzer Chor triumphierender Schreie auf beiden Seiten der schmalen Bucht ertönte. *Allahu akbar! Allahu akbar!*

Andrej drehte sich langsam um und musste nun ebenfalls die Augen mit der Hand beschatten, um zu erkennen, was sich auf den schmalen Kaimauern abspielte. Unter den moslemischen Sklaven, die die Seilwinden bedienten, war ein kleiner Tumult ausgebrochen. Nichts Bedrohliches, es war kein Aufstand. In der Zeit, in der Andrej auf Malta war, hatten die Sklaven zweimal versucht, sich gegen ihre Unterdrücker zu erheben. Beide Male war dieser Versuch von den Johannitern mit solcher Brutalität und Rücksichtslosigkeit zerschlagen worden, dass keiner der Überlebenden es ein drittes Mal versuchen würde. Es war lediglich ein trotziges Gerangel und lautstarkes Aufbegehren, das die Aufseher rasch mit reichlich ausgeteilten Peitschenhieben und Stockschlägen beendeten. Auf den Festungswällen des Forts St. Angelo marschierten Musketenschützen auf und richteten ihre Waffen drohend auf die Sklaven unten am Ufer, und hinter den Mauern erklang hektischer Hufschlag. Wahrscheinlich war auch die kleine Reiterabteilung der Ritter in Alarmbereitschaft versetzt worden.

Andrej schüttelte den Kopf. Nicht zum ersten Mal fragte er

sich, was er eigentlich dort tat und ob er überhaupt auf der richtigen Seite stand. Und nicht zum ersten Mal gestand er sich ein, dass er die Antwort gar nicht wissen wollte.

Der Tumult am Ufer endete so schnell, wie er begonnen hatte. Blutige Rücken krümmten sich und schwielige Hände griffen erneut nach den groben Seilen.

Ein einzelnes Ruderboot löste sich vom Ufer und glitt der sinkenden Galeere entgegen. Der Anblick erinnerte Andrej an ein anderes, ungleich größeres Schiff, das Kurs auf sie genommen hatte, und es kostete ihn alle Kraft, die Erinnerung zurückzudrängen.

Vielleicht nur, um sich abzulenken, sah er noch einmal zum Ufer. Die Sklaven hatten ihre Arbeit wieder aufgenommen. Das triumphierende Geschrei war verstummt, was die Aufseher allerdings nicht daran hinderte, weiterhin den einen oder anderen Peitschenhieb auszuteilen oder einen der Männer den Knüppel schmecken zu lassen, wenn er ihrer Meinung nach nicht kräftig genug zupackte.

Ein wenig abseits der Seilwinden, eingekeilt in die Menge der Gaffer und Schaulustigen, die sich am Ufer eingefunden hatte, um dem morbiden Schauspiel zu folgen, stand eine einzelne, ganz in Schwarz gekleidete Gestalt. Andrej glaubte Abu Duns Blicke fast körperlich zu spüren. Besorgt fragte er sich, ob der Nubier wusste, was er tat. Sicher war er gekommen, weil er glaubte, es ihm schuldig zu sein, und ein Teil von Andrej empfand auch ein tiefes Gefühl von Dankbarkeit für diese Geste, doch sein Verstand sagte ihm, dass sich Abu Dun damit in extreme Gefahr begab.

Jedermann wusste, wer Abu Dun war: der Muselman, der als Freund eines Ritters gekommen war und sein Schwert in den Dienst der Christenheit gestellt hatte. In Andrejs Augen stand er ein wenig zu dicht bei den Sklaven – und deren Aufsehern. Dass man Abu Dun akzeptiert hatte, bedeutete nicht, dass man ihn schätzte oder respektierte. Die Christen misstrauten ihm, weil er von dunkler Hautfarbe war und dem falschen Glauben anhing. Für die Sklaven war er nichts weiter als ein Verräter. Abu Dun spielte gern mit dem Feuer, doch was er nun tat, ging entschieden zu weit. Andrej nahm sich vor, bei nächster Gelegenheit ein ernstes Wort mit dem Nubier zu reden.

Das Ruderboot hatte die Galeere mittlerweile fast erreicht und wurde langsamer, während die Männer versuchten, sich einen Weg durch das Gewirr kreuz und quer gespannter Taue zu suchen, die das sinkende Schiff in der Balance hielten. Eine einzelne, hoch aufgerichtete Gestalt stand im Bug und versuchte mit gespreizten Beinen die Balance auf dem schwankenden Deck zu halten. Andrejs Stimmung sank schlagartig noch weiter, als er Romegas erkannte. Der Aasgeier war gekommen, um sich mit eigenen Augen vom Erfolg seines Planes zu überzeugen.

»Chevalier Romegas«, sagte er mit ruhiger Stimme und einem Lächeln. »Ihr habt Euch selbst herbemüht, um mich abzuholen? Welche Ehre.«

Romegas' buschige Augenbrauen verschmolzen zu einem einzigen schwarzen Strich. »Kommt verdammt noch mal von diesem Schiff herunter, Delãny, oder ich lasse Euch in Eisen legen!«, schrie er. »Was glaubt Ihr, was Ihr da tut? Wenn Ihr wie ein Kapitän mit Eurem sinkenden Schiff untergehen wollt, dann habt Ihr Euch den falschen Moment dafür ausgesucht!«

Romegas' Zorn überraschte Andrej. Nicht dass sein alter Widersacher jemals guter Laune gewesen wäre, soweit sich Andrej erinnern konnte, aber er hatte fest erwartet, dass er nur aufgetaucht war, um seinen Triumph in vollen Zügen zu genießen. Letzten Endes war es Romegas gewesen, dessen Stimme den Ausschlag bei der Entscheidung gegeben hatte, ausgerechnet die *St. Gabriel* zu versenken, und niemand, vermutlich nicht einmal der Großmeister, hatte auch nur einen

Herzschlag lang daran gezweifelt, *wen* diese Entscheidung treffen sollte. Er hatte erreicht, was er wollte. Indem er Andrejs Schiff auf den Grund der Hafenbucht schickte, hatte er in ihrem niemals offen erklärten Krieg den Sieg davongetragen. Wieso also war er jetzt so zornig?

»Ist Euch eigentlich klar, dass Ihr mit Eurem pathetischen Getue diesem Pack da am Ufer das Gefühl gebt, uns bereits besiegt zu haben?«, fuhr Romegas immer aufgebrachter fort, als Andrej nicht reagierte, sondern nur lässig dastand und ruhig zu ihm heruntersah. »Und ist Euch ferner klar, *Chevalier*, dass Ihr allein die volle Verantwortung für diese Revolte tragt?«

Welche Revolte?, dachte Andrej. Alles, was *er* gesehen hatte, war ein willkommener Anlass für die Aufseher, ihre Peitschen zu schwingen. Er hielt es jedoch für klüger, jede entsprechende Bemerkung hinunterzuschlucken.

Stattdessen ließ er nur noch einmal gerade genug Zeit verstreichen, um Romegas klar zu machen, dass es keineswegs sein befehlender Ton war, dem er gehorchte. Dann trat er von der Reling zurück und ging mit provozierend langsamen Bewegungen zum Deck hinunter. Das Ruderboot legte mit einem scharrenden Laut an. Das Schiff lag mittlerweile so tief im Wasser, dass er fast in das kleine Boot *hinauf*- und nicht hinuntersteigen musste. Selbstverständlich ließ Romegas es sich nicht nehmen, stur an seinem Platz stehen zu bleiben, sodass Andrej gezwungen war, mit einer wenig graziösen Bewegung an ihm vorbeizubalancieren und sich einen freien Platz in dem kleinen Boot zu suchen.

»Euer Verhalten wird noch ein Nachspiel haben, das verspreche ich Euch, Delãny«, zischte Romegas. Einen Moment lang fragte sich Andrej ernsthaft, warum er den Kerl nicht einfach über Bord warf. Und für einen noch kürzeren Moment war er tatsächlich versucht, es zu tun. Keiner der Männer an Bord würde versuchen, ihn zurückzuhalten. Aber dieser Gedanke war kindisch. Es war nicht nötig, dass er sich die Hände an ihm schmutzig machte. Wenn Andrej im Laufe seines langen Lebens etwas gelernt hatte, dann, dass es tatsächlich so etwas wie eine ausgleichende Gerechtigkeit gab. Irgendwann würde Romegas bekommen, was ihm zustand.

Romegas drehte sich halb um und wartete darauf, dass Andrej Platz nahm. Die Männer stießen das Boot mit Hilfe ihrer Riemen vom Rumpf der sinkenden Galeere ab und versuchten zugleich, in dem Gewirr der kreuz und quer gespannten Seile zu wenden, was ein immer heftigeres Schaukeln des kleinen Bootes zur Folge hatte. Romegas musste mühsam um sein Gleichgewicht kämpfen, war aber offensichtlich zu stolz, um sich zu setzen, bevor Andrej es getan hatte. Nur dass der gar nicht daran dachte. Auch sein Gleichgewichtssinn war weitaus besser entwickelt als der eines normalen Menschen – und erst recht als der dieses Kurzbeinigen.

Normalerweise achtete Andrej streng darauf, die Menschen in seiner Umgebung nicht zu deutlich merken zu lassen, wie sehr er ihnen körperlich überlegen war, doch in diesem Fall konnte er der Versuchung nicht widerstehen. Er stand lächelnd da und sah zu, wie sich Romegas mit immer alberner wirkenden Verrenkungen zum Narren machte, bis er es schließlich aufgab und sich mit einem wütenden Laut auf die schmale Sitzbank im Bug des Ruderbootes fallen ließ. Erst dann nahm auch Andrej gelassen Platz. In Romegas' Augen loderte etwas, das über reine Mordlust schon hinausging. Andrej wurde klar, dass er möglicherweise einen Fehler gemacht hatte, aber das war ihm gleichgültig. Er konnte sich Romegas kaum mehr zum Feind machen, als es ohnehin schon der Fall war, und die Männer ringsum amüsierten sich vermutlich im Stillen köstlich über die kleine Szene.

Ein goldenes Blitzen in den Augenwinkeln erregte seine Aufmerksamkeit. Andrej drehte sich halb herum und wurde mit einem Anblick belohnt, der ihm einen eisigen Schauer über den Rücken laufen ließ. Die *St. Gabriel* sank immer rascher. In den wenigen Augenblicken, die seit dem Ablegen des Bootes vergangen waren, hatte das Wasser bereits das Deck überflutet und begann an der Reling emporzusteigen. Romegas hatte Recht gehabt – er hätte keine Minute länger an Bord bleiben dürfen, ohne am Ende tatsächlich noch mit seinem sinkenden Schiff unterzugehen.

Das goldene Funkeln, das er gesehen hatte, war das Blitzen eines verirrten Sonnenstrahles, der sich auf den weit gespannten, mit Blattgold belegten Flügeln des geschnitzten Engels am Bug des Schiffes brach. Gerade als Andrej hinsah, berührten Brust und Beine der Figur das Wasser, und auch wenn er genau wusste, wie unsinnig dieser Gedanke war, war er doch einen Augenblick lang sicher, dass sich die überlebensgroße Figur bewegte. Ihre Flügel schienen sich noch weiter zu spreizen, als versuche sie, sich von ihrem geschnitzten Untergrund loszureißen und in die Luft emporzuschwingen, um dem nassen Grab zu entgehen, das ihre Belohnung für all das werden sollte, was sie jahrelang für die Männer, die unter ihrem Schutz standen, getan hatte.

Aber es war natürlich lediglich ein verwirrendes Wechselspiel zwischen Licht und sprudelndem Wasser, das diesen Eindruck hervorrief, und das offensichtlich nicht nur bei ihm, denn Andrej entgingen keineswegs die verwirrten, teils sogar erschrockenen Blicke, die die Ruderer ringsum miteinander tauschten.

Das Schiff sank immer schneller. Bald ragten nur noch das Achterkastell und ein kleiner Teil des höher gelegenen Bugs aus dem Wasser. Das Letzte, was Andrej von der geschnitzten Figur des heiligen Gabriel sah, war ein goldenes Funkeln, das rasch in die Tiefe sank.

Zurück blieb ein bitteres Gefühl. Die straff gespannten Seile, zwischen denen sich das kleine Ruderboot vorsichtig hindurchmanövrierte, ließen die Galeere behutsam weitersinken, aber es war längst zu spät, den Prozess wieder umzukehren. Die *St. Gabriel* war dahin. Alles, was blieb, war der böse Triumph in Romegas' Augen und das immer noch anhaltende Gefühl, einen Freund verraten zu haben.

Andrej wandte sich mit einem Ruck ab und sah zum näher kommenden Ufer hin. Einige Sklaven kauerten erschöpft auf dem Boden. Sie hatten offensichtlich nicht mehr die Kraft, die großen Winden zu bedienen, die das Schiff auch jetzt noch in der Balance hielten, so lange, bis es auf dem Grund des Hafenbeckens aufgesetzt hatte. Die anderen hatten ihre Arbeit wieder aufgenommen und taten ihr Möglichstes, um den Aufsehern keinen weiteren Grund zu liefern, ihre Peitschen zu schwingen.

Die Männer, die vorhin von der Burg herabgekommen waren, bildeten mittlerweile einen lockeren, aber undurchdringlichen Kordon zwischen den Sklaven und der zusammengelaufenen Menge aus Schaulustigen. Auch die einzelne hoch gewachsene Gestalt in Schwarz war ein Stück näher gekommen. Abu Dun war nicht allein. Andrej entdeckte Julias schwarzes Haar unmittelbar neben ihm. Mit Sicherheit war auch Pedro nicht weit, selbst wenn er ihn gerade nirgendwo sehen konnte.

»Euer Heidenfreund ist gekommen, um Euch zu applaudieren«, sagte Romegas, dem Andrejs Blicke nicht verborgen geblieben waren. Andrej widerstand der Versuchung, sich zu ihm umzudrehen. Er war sicher, dass es ihm dann nicht mehr möglich gewesen wäre, zu schweigen. »Zweifellos genießt er den Anblick, ein christliches Schiff untergehen zu sehen.«

Andrej war klar, dass Romegas es offensichtlich mit aller Macht darauf anlegte, ihn zu einer unbedachten Äußerung oder gar Schlimmerem zu provozieren. Zweifellos hatte er etliche Männer am Ufer postiert, die sie genau beobachteten und La Valette und den anderen über jede Reaktion Andrejs Bericht erstatten würden. Er schwieg beharrlich weiter.

Als das Boot noch vier, fünf Meter von der Kaimauer entfernt war, stand er auf, federte kurz in den Knien und sprang mit einem einzigen kraftvollen Satz auf das höher gelegene Ufer hinauf – eine Bewegung, die bei den Zuschauern mehr als nur flüchtiges Stirnrunzeln oder ein überraschtes Hochziehen der Augenbrauen zur Folge hatte. Ein weiterer Punkt auf der langen Liste von Dingen, die er besser nicht getan hätte. Angefangen von der Entscheidung, überhaupt nach Malta zu kommen.

Die Soldaten, die die Sklaven von den Zuschauern trennten, traten respektvoll beiseite, als Andrej sich, ohne Romegas eines weiteren Blickes zu würdigen, vom Ufer entfernte. Hier und da hörte er erstauntes Raunen. Dennoch senkte jeder, der seinem Blick begegnete, rasch den Kopf oder tat so, als hätte er irgendwo anders etwas äußerst Interessantes entdeckt. Andrej fragte sich, welcher Ausdruck sich wohl gerade auf seinen Zügen spiegeln musste.

Auch die Gaffer wichen vor ihm zurück, als er sich der Menge näherte, nur Abu Dun und Julia blieben stehen. Den Blick der jungen Frau vermochte er nicht zu deuten. Abu Dun aber empfing ihn mit dem breiten Grinsen eines Schuljungen, der gerade dabei zugesehen hatte, wie sein Lehrer in den Schweinetrog gestürzt war.

»Das nenne ich eine Meisterleistung«, sagte er spöttisch.

»Was?«, fragte Andrej.

Abu Dun machte eine Handbewegung auf das Hafenbecken hinaus, während er den anderen Arm mit einer beschützenden Geste um Julias Schulter legte. »Euer stolzestes Schiff zu versenken, ohne dass auch nur ein einziger Schuss gefallen wäre«, antwortete er in unangemessen fröhlichem Ton. »Ihr Christen seid völlig verrückt, hat euch das eigentlich schon mal jemand gesagt? Ihr beginnt damit, euch selbst zu vernichten, bevor auch nur der erste Feind seinen Fuß auf diese Insel gesetzt hat.« Er legte den Kopf zur Seite. »Vielleicht sollte man der Flotte des Sultans eine Nachricht zukommen lassen. Wenn sie noch ein paar Tage länger warten, können sie eine Menge Pulver sparen. Dann gibt es hier nicht mehr viel, worauf es sich zu schießen lohnt.«

»Mit solchen Bemerkungen solltest du besser vorsichtig sein«, gab Andrej leise zurück. »Jedenfalls, solange wir nicht allein sind.«

»Ach ja, ich vergaß«, antwortete Abu Dun und grinste unerschütterlich weiter. »Du hast ja deine Verbündeten aus der Burg mitgebracht, nicht wahr?«

Andrej fragte sich, ob Abu Dun nur gekommen war, um ihm auf die Nerven zu gehen, doch er kam nicht dazu, diese Frage laut auszusprechen, denn in diesem Moment erklangen hinter ihm Schritte. Noch während er sich umdrehte, sah er, wie Abu Duns Lächeln erlosch. Sein ›Verbündeter aus der Burg‹ steuerte mit raschen Schritten auf ihn zu, und auch dessen Gesichtsausdruck verdüsterte sich mit jedem Schritt mehr, den er näher kam.

»Nun, Delãny?«, begann Romegas in höhnischem Ton und laut genug, damit alle ringsum seine Worte hören konnten. »Habt Ihr Euch mit Eurem Mohrenfreund verabredet, um den Untergang der Flotte zu feiern?«

Andrej bedachte ihn mit einem eisigen Blick, hütete sich aber, etwas darauf zu erwidern. Er hatte geglaubt, Romegas sei nur gekommen, um seinen Sieg zu feiern, doch eigentlich hätte er ihn besser kennen und wissen müssen, dass ihm das längst nicht reichte. Er deutete ein Schulterzucken an und wandte sich dann wieder zu Abu Dun und Julia um, wobei er dem Nubier einen beschwörenden Blick zuwarf, nichts zu sagen. La Valette selbst hatte den Befehl erteilt, dass Abu Dun sich außerhalb der eigentlichen Festungsmauern überall auf der Insel frei bewegen könne und wie ein Verbündeter und Freund zu behandeln sei, aber La Valette war weit, und ein Unfall war schnell passiert.

Zu seiner Erleichterung – und Überraschung – war Abu Dun klug genug, sich von dem Johanniter nicht provozieren zu lassen. Er lächelte nur kühl und wandte sich dann mit einem verwirrten Blick an Romegas.

»Ich war ein wenig erstaunt zu sehen, dass Ihr Eure eigenen Schiffe versenkt«, sagte er. »Aber vielleicht verzeiht Ihr einem dummen Mohren seine Unwissenheit. Sicher habt Ihr triftige Gründe für Euer Tun, hoher Herr. Gründe, von denen ein ungebildeter Mann aus der Wüste, wie ich es bin, nichts versteht.«

Der Nubier verbeugte sich bei diesen Worten übertrieben tief und spöttisch vor Romegas. Dass sein schwarzer Mantel dabei auseinander klaffte und den Blick auf das gewaltige Krummschwert freigab, das er darunter trug, war gewiss kein Zufall. Andrej nahm zurück, was er soeben über Abu Duns Umsicht gedacht hatte.

Romegas' Augen wurden noch schmaler. Die Soldaten, die ihn begleiteten, spannten ihre Muskeln an, ein paar Hände näherten sich verstohlen den Waffen. Andrej musste sich nicht einmal umdrehen, um das zu erkennen. Er konnte *hören*, wie sich die Männer hinter ihm zum Kampf bereitmachten. Aber er konnte auch ihre Furcht riechen.

»Lass gut sein, Abu Dun«, sagte er laut. »Auch wenn ich es nicht gerne zugebe – aber in diesem Fall hast du ausnahmsweise einmal Recht. Du verstehst nichts davon.« Er drehte sich langsam zu Romegas um. »Bitte verzeiht meinem Freund«, fuhr er fort, wobei er sich keinerlei Mühe gab, den beißenden Spott in seiner Stimme zu verhehlen, und das Wort *Freund* betonte. »Er ist und bleibt ein ungebildeter Wilder, wie Ihr sicherlich wisst.«

Romegas' Lippen wurden schmal. Seine Hand schloss sich fester um den Griff des schweren Säbels, den er im Gürtel trug, und Andrej konnte ihm ansehen, wie schwer es ihm fiel, die Waffe nicht zu ziehen. Er spürte aber auch, dass er es nicht tun würde. Trotz aller Verschlagenheit war Romegas im Grunde leicht zu durchschauen.

»Gut«, sagte Romegas. »Das ist vielleicht nicht der geeignete Augenblick, um diese Sache zu klären.« Sein Blick löste sich von Andrejs Gesicht, strich kurz und verächtlich über das des Nubiers und suchte dann Julias Blick. »Und es geziemt sich auch nicht, solche Dinge in Gegenwart einer Dame zu besprechen. Auch wenn ich meine Verwunderung darüber, dass sich eine Christin und Mutter mit einem solchen Mann einlässt, nicht verhehlen kann.«

Andrej sah aus den Augenwinkeln, wie Abu Duns Miene gefror. Auch Julia fuhr leicht zusammen und sog hörbar die Luft zwischen den Zähnen ein. Was um alles in der Welt hat dieser Narr Romegas eigentlich vor?, dachte er.

»Ich habe mich nicht mit ihm *eingelassen*«, antwortete Julia kühl. »Abu Dun ist ein Freund. Und was seine barbarische Herkunft angeht, edler Ritter ...« Wie sie die beiden Worte aussprach, kamen sie einer Ohrfeige gleich. »... so habe ich von ihm mehr Güte, Warmherzigkeit und Freundschaft erfahren, als von so manch zivilisiertem Christenmenschen.«

Romegas presste die Kiefer aufeinander. Seine Hand schloss sich fester um das Schwert, und für einen Herzschlag lang war Andrej sich vollkommen sicher, dass er die Waffe nun ziehen und den Tag so beenden würde, wie er es geplant hatte, egal was La Valette oder einer der anderen Ritter dazu sagen mochten. Aber der gefährliche Moment ging vorüber. Schließlich entspannte sich Romegas, zog mit einer demonstrativen Bewegung die Hand vom Schwertgriff zurück und beließ es bei einem verächtlichen Lachen, mit dem er sich umdrehte und erhobenen Hauptes davonmarschierte.

»Ein reizender Mensch«, sagte Abu Dun. »Ist er immer so nett zu dir?«

»Nur wenn er guter Stimmung ist«, antwortete Andrej. Er atmete vorsichtig auf. Er hätte nicht die scharfen Sinne eines

Vampyrs gebraucht, um zu spüren, wie die Spannung, die fast greifbar in der Luft gelegen hatte, langsam wich.

Romegas war nicht allein gegangen. Vier oder fünf Mann aus den Reihen der Soldaten folgten ihm – wie sie vielleicht selbst glaubten – unauffällig. Auch die anderen entspannten sich sichtbar und wandten sich wieder ihrer eigentlichen Tätigkeit zu, nämlich der, mit Argusaugen über die Sklaven zu wachen, die längst nicht mehr die Kraft hatten, gegen sie aufzubegehren.

Trotzdem blieb Andrej auf der Hut. Wenn Abu Dun und er als Unsterbliche einen Meuchelmörder oder einen vermeintlichen Unfall auch nicht so fürchten mussten wie gewöhnliche Menschen, war ihm doch bewusst, dass er an diesem Tag die allgemeine Aufmerksamkeit schon zu sehr auf sich gezogen hatte.

»Warum bist du gekommen?«, wandte er sich in barschem Ton an den Nubier.

Abu Dun sah ihn nicht an, sondern blickte weiter mit nachdenklichem Ausdruck in die Richtung, in der Romegas und seine Begleiter davongegangen waren.

»Dein ritterlicher Freund ist unter den guten Leuten hier nicht besonders beliebt«, sagte er nachdenklich. »Was eigentlich verwunderlich ist. Ich meine ... er gehört zu den wenigen deiner *Brüder*, die man da und dort schon einmal im Dorf sieht. Mir als gläubigem Moslem ist es natürlich verboten, einen solchen Ort aufzusuchen, aber man erzählt sich, dass er öfter unten im Gasthaus gesehen wird.«

»Und?«, fragte Andrej.

Abu Dun hob die Schultern. »Es ist ein langer und gefährlicher Weg durch die dunklen Straßen der Stadt bis zurück zur Burg«, sagte er versonnen. »Selbst für einen Ritter.«

Gegen seinen Willen ertappte sich Andrej dabei, ernsthaft über Abu Duns kaum verhohlenen Vorschlag nachzudenken. Aber trotz allem wünschte er nicht Romegas' Tod. Wäre es so gewesen, wäre der Edelmann schon längst nicht mehr am leben. Nur die wenigsten, die sich seinen aufrichtigen Zorn zugezogen hatten, hatten noch Gelegenheit gehabt, diesen Fehler zu bedauern. Dennoch erfreute er sich einen Moment lang auf kindliche Art an der Vorstellung des Ausdrucks, der auf Romegas' Gesicht erscheinen würde, wenn er begriff, mit wem er es wirklich zu tun hatte. Dann aber schüttelte er den Kopf. »Red keinen Unsinn«, sagte er. »Beantworte lieber meine Frage. Warum bist du hergekommen?«

Abu Dun machte eine ausholende Geste mit der freien Hand. »Aus dem gleichen Grund wie alle anderen hier, edler Ritter«, sagte er spöttisch. »Verzeiht einem dummen Mohren seine Anmaßung, sich unter Euch edle Herrschaften zu mischen.«

»Wir sind gekommen, um mit Euch zu reden, Herr«, sagte Julia rasch. Sie streifte Abu Duns Arm ab und warf ihm einen kurzen, ärgerlichen Blick zu. »Pedro und ich ...« Sie brach ab, suchte nach Worten und setzte dann mit veränderter Stimme neu an. »Euer Freund hat uns klar gemacht, dass es zu gefährlich wäre, hier zu bleiben. Wir verlassen die Stadt noch vor Sonnenuntergang.«

Andrejs Blick wanderte verwirrt zwischen Julias Gesicht und dem des Nubiers hin und her. *Euer* Freund? Er fragte sich, ob das, was Julia Romegas gegenüber behauptet hatte, der Wahrheit entsprach, kam aber zu dem Schluss, dass ihn das nichts anging.

»So?«, fragte er. »Was hat er denn gesagt?«

»Dass es hier in den nächsten Tagen ziemlich unruhig werden wird«, antwortete Abu Dun an Julias Stelle. »Julias verstorbener Mann hatte eine Hütte, oben im Gebirge. Nur vier Wände, ein Dach und ein Brunnen, aber weit genug von der Küste entfernt. Wenn wir ein Stück zusammenrücken, ist sie sogar groß genug für vier.«

Andrej überging das Angebot. Und sei es nur, wie er sich

selbst eingestehen musste, weil es keinen vernünftigen Grund gab, es abzulehnen. Der kleine Zwischenfall eben hatte ihm erneut klar gemacht, wie wenig er den Männern in den roten Mänteln schuldete.

»Ein sehr vernünftiger Entschluss«, lobte er.

»Ich tue es nicht gern«, antwortete Julia. »Das Haus ist alles, was uns noch geblieben ist. Wenn es zerstört wird ...«

»... könntest du auch nichts daran ändern, wenn du hier bleibst«, unterbrach sie Andrej. »So wenig wie Abu Dun oder irgendjemand anderes. Es lohnt nicht, für ein paar Mauersteine und Ziegel dein Leben aufs Spiel zu setzen.«

»Es geht nur um Pedro«, sagte Julia, als hätte sie seine Worte gar nicht gehört. Ihr Blick irrte in die Runde und suchte wahrscheinlich nach dem Jungen, fand ihn aber nicht. »Abu Dun hat mir erzählt, was passiert ist, als er bei Euch zum Musketendrill war.«

»Ihr seid dem Jungen doch nicht böse, dass er die Büchse seines Vaters genommen hat?«

Julia schüttelte heftig den Kopf. »Nein.« Sie lächelte flüchtig. »Ich weiß, dass er schon öfter insgeheim damit geübt hat. Doch Abu Dun hat mir erzählt, was er gesagt hat.«

»Ihr meint diesen dummen Streit mit dem Bauern?« Andrej machte eine wegwerfende Handbewegung. »Das war nichts. Kinderkram.«

»Es geht nicht um den Streit mit Gregorio«, sagte Julia. »Es geht darum, was er gesagt hat.«

»Pedro?« Andrej tauschte einen fragenden Blick mit Abu Dun, bekam aber als einzige Antwort nur ein Schulterzucken. »Euer Sohn ist ein tapferer Junge, Julia, aber dennoch ein Knabe«, sagte er beruhigend. »Niemand nimmt ernst, was er gesagt hat.«

Julias Blick nach zu schließen hätte er kaum etwas Falscheres sagen können.

»*Ich* nehme es ernst«, antwortete sie. »Ich hätte ihn niemals gehen lassen dürfen. Es ist nicht Eure Schuld, Herr. Und auch nicht die Abu Duns. Ich hätte wissen müssen, was passiert. Sein Vater hat diese Muskete nicht mitgebracht, weil sie sich gut an der Wand macht. Francisco war ein guter Mann, aber zugleich auch ein Dummkopf, für den Begriffe wie Stolz und Ehre mehr zählten als sein eigenes Leben.« Sie lachte bitter auf. »Wäre er noch am Leben, dann hättet Ihr ihn nicht bitten müssen, an den Schießübungen teilzunehmen, Herr. Er würde heute schon freiwillig dort oben auf den Mauern stehen und begierig auf den ersten Türken warten, dem er eine Kugel in den Kopf schießen kann. Pedro ist genau wie er. Wenn wir hier bleiben, wird er etwas Dummes tun. Und ich will nicht, dass er sein Leben wegwirft, um ein Stück Felsen im Meer zu verteidigen, das uns nicht einmal gehört.«

»Abu Dun wird auf Euren Sohn Acht geben«, versprach Andrej, »und auch auf Euch. Macht Euch keine Sorgen.«

»Wo du schon einmal davon sprichst – wo ist er überhaupt?«, fragte Abu Dun und sah sich um.

Während ihres Gesprächs hatte sich die Menschenmenge am Ufer zu zerstreuen begonnen. Die Winden hatten ihre Arbeit längst erledigt, die Seile hingen schlaff ins Wasser. Einige Sklaven, misstrauisch bewacht von gut der doppelten Anzahl bewaffneter Soldaten, hatten damit begonnen, die Taue mit großen Äxten zu kappen. Der Rest befand sich schon wieder auf dem Rückweg in die Verliese der Burg. Es gab nichts mehr zu sehen und somit auch nichts, was die Neugierigen und Gaffer hielt. Abgesehen von den Soldaten und Sklaven, bewegten sich ringsum vielleicht noch ein Dutzend Menschen, aber Pedro war nicht unter ihnen.

»Es ist immer dasselbe mit diesem Jungen«, seufzte Julia. »Kaum lässt man ihn auch nur einen Moment aus den Augen, ist er schon verschwunden oder stellt irgendeinen Unsinn an.«

»Ich werde ein ernstes Wort mit ihm reden«, versprach Abu Dun. Julia sah nicht so aus, als könne sie dieses Versprechen sonderlich beruhigen, also fügte der Nubier in zuversichtlichem Ton hinzu: »Wahrscheinlich ist er längst wieder zu Hause und durchsucht deine Speisekammer nach Süßigkeiten.«

»Oder er treibt sich irgendwo herum, wo er nicht sein sollte«, beharrte Julia.

Sie sah wütend aus, aber Andrej glaubte zu spüren, dass dieser Zorn nur aufgesetzt war, um über die Sorge hinwegzutäuschen, die sie in Wahrheit empfand. Er konnte sie gut verstehen. Es waren unruhige Zeiten, in denen man sein Kind nicht gerne allein und unbeaufsichtigt auf den Straßen herumlaufen ließ. Auch wenn er sich hütete, sich auch nur das Geringste anmerken zu lassen, so musste er sich im Nachhinein doch eingestehen, dass Julia vielleicht Recht hatte. In der Stimme des Jungen war etwas gewesen, das ihn hätte alarmieren sollen.

»Ich helfe euch gerne dabei, ihn zu suchen«, sagte er.

»Das wird nicht nötig sein«, antwortete Abu Dun. »Es ist wirklich nicht das erste Mal, dass er sich herumtreibt. Wahrscheinlich ist er längst wieder zu Hause, bis wir dort sind, und lacht sich im Stillen tot über uns.« Er legte Julia die Hand wieder um die Schulter und deutete mit dem freien Arm zur Burg hinauf. »Du solltest lieber zu deinen Ordensbrüdern zurückgehen, bevor dein *Freund* die Gelegenheit beim Schopfe ergreift und allen möglichen Unsinn darüber erzählt, was du mit dem muselmanischen Spion zu bereden hattest.«

Andrej lächelte zwar, aber im Grunde fand er Abu Duns Worte nicht sehr komisch. Nicht nur die politische und militärische Lage auf der Insel war angespannt, sondern auch die Nerven der Ordensbrüder – umso mehr, je höher sie in der Hierarchie des Ordens standen. Romegas würde die Situation zweifellos für sich ausnutzen, und wahrscheinlich tat er gut daran, ihm nicht zu viel Zeit dafür zu lassen. Trotzdem schüttelte er nach kurzem Nachdenken entschieden den Kopf.

»Dann gehe ich wenigstens noch ein Stück mit euch«, sagte er. »Der Weg ist ohnehin derselbe.«

Er konnte Abu Dun ansehen, dass er damit nicht glücklich war, doch diesmal schluckte der Nubier seine Entgegnung herunter, drehte sich schweigend um und ging los.

Julia streifte seinen Arm mit einer wie zufällig wirkenden Bewegung von der Schulter, griff aber gleich wieder nach seiner Hand und hakte sich demonstrativ bei ihm unter. Sie waren nicht allein auf der Kaimauer und Julia konnten die missbilligenden oder auch verächtlichen Blicke, die sie trafen, so wenig verborgen bleiben wie Abu Dun oder Andrej, doch sie warf nur umso stolzer den Kopf in den Nacken.

Vom Kai aus stiegen sie eine steile, in den natürlich gewachsenen Fels der Bucht hineingeschlagene Treppe nach oben, die zu einem schmalen Streifen flachen Landes zwischen der Steilküste und der Burg führte. Bis vor kurzem hatten sich die Ausläufer der Stadt bis dorthin erstreckt. Nun umgaben sie nur noch flache Steinhaufen und ein Gewirr aus verkohlten Balken und Trümmern. Obwohl es zwei Tage her war, dass die Soldaten der Burg auf La Valettes Befehl hin jedes Bauwerk zwischen der Küste und den Festungsmauern niedergerissen hatten, gleich, ob es sich um einen Schuppen, eine Werkstatt oder ein Wohnhaus handelte, lag noch immer ein scharfer Brandgeruch in der Luft. Mochte es auch allen anderen entgehen, so schmeckte Andrej doch immer noch das süßliche Aroma von Blut. Er erkannte an dem Schatten, der über Abu Duns Gesicht huschte, dass er es ebenfalls spürte. Es war menschliches Blut, das dort vergossen worden war – nicht das Blut ihrer Feinde, sondern das der Männer, die verzweifelt versucht hatten, ihre Häuser zu verteidigen. La Valettes Soldaten hatten ihren Widerstand ebenso brutal gebrochen, wie es die Aufseher vorhin bei den Sklaven getan hatten. Andrej wusste nicht, ob es Tote gegeben hatte, doch auf jeden Fall war Blut geflossen, das Blut von Christen, und das durch eben die

Schwerter, die sie doch eigentlich schützen sollten. Vielleicht kam Abu Duns bissige Bemerkung über die Dummheit der Christen der Wahrheit näher, als er, Andrej, sich bisher selbst eingestanden hatte.

»Wir verlassen die Stadt eine Stunde nach Sonnenuntergang«, sagte Abu Dun plötzlich leise, nachdem er sich mit einem raschen Blick nach rechts und links davon überzeugt hatte, dass sich niemand in ihrer Hörweite befand. »Wir können nicht alles mitnehmen, was noch in unserer Speisekammer ist, und bis wir zurückkommen, sind die Vorräte längst verdorben. Deshalb wird Julia heute Abend noch einmal ein Festmahl zubereiten. Ich hoffe doch, du bist unser Gast?«

Andrej zögerte. »Ich weiß nicht, ob ...«

»... es deine Pflichten als Verteidiger des wahren Glaubens zulassen, im Haus eines Heiden zu speisen?«, unterbrach ihn Abu Dun spöttisch. »Verdammt, Andrej, wach auf! Was willst du bei diesen Leuten? Du bist ihnen nichts schuldig. Komm mit uns. In den Bergen sind wir in Sicherheit. Und wenn nicht, dann besorgen wir uns ein Boot und verlassen dieses ungastliche Stück Felsen. Lass sich diese verrückten Ritter und die Truppen des Sultans gegenseitig die Schädel einschlagen. Was haben wir damit zu tun?«

Auf eine völlig widersinnige Art empörten Andrej diese Worte. Er ertappte sich dabei, wie er Abu Dun in scharfem Ton zurechtweisen wollte, doch dann wurde ihm im letzten Moment klar, was er im Begriff stand zu tun. Statt den Nubier anzufahren, erschrak er so heftig über sich selbst, dass sein Herz zu klopfen begann. Mehr als alles, was Abu Dun hätte sagen oder tun können, machte ihm seine eigene Reaktion klar, *wie* Recht der Nubier mit seiner Warnung hatte. Großer Gott, er begann schon zu *denken* wie diese Männer.

»Ich werde kommen«, versprach er. »Und über deinen Vorschlag nachdenken.«

18. Mai, kurz vor Sonnenaufgang im Ordenshaus der Johanniter

Andrej erwachte schlagartig und ohne Erinnerung an seine Träume. Sein Herz jagte. Die schäbigen Laken, auf denen er lag, waren nass von kaltem, säuerlich riechendem Schweiß. Hinter seinen Augen lag ein dumpfer Druck, als hätte er am vergangenen Abend zu viel Wein getrunken. Dazu passte auch der schlechte Geschmack auf seiner Zunge, obwohl er seit Wochen keinen Alkohol mehr angerührt hatte. In seiner kleinen, mönchisch karg eingerichteten Kammer war es so finster, dass selbst er kaum die Hand vor Augen sehen konnte. Er hatte das Gefühl, beobachtet zu werden, obwohl ihm seine scharfen Sinne zweifelsfrei verrieten, dass er allein war.

Müde richtete sich Andrej auf der harten Pritsche auf, die nahezu die gesamte Einrichtung seiner Zelle darstellte, streifte die dünne Decke von den Schultern, unter der er komplett angezogen geschlafen hatte, wie es die Ritter seit Tagen taten, um bei Alarm sofort auf ihre Posten eilen zu können, und wandte sich zu dem kaum handbreiten Fenster hoch oben in der Wand seiner Kammer um. Der Himmel dahinter war noch dunkel. In der Nacht hatte es geregnet; die Wolken hatten sich noch nicht verzogen und verbargen die Sterne. Trotzdem spürte Andrej, dass es nicht mehr lange bis Sonnenaufgang sein konnte. Vielleicht noch eine halbe Stunde, bevor die Dämmerung hereinbrach und eine der zahllosen Glocken des Ordenshauses zum Morgengebet rufen würde.

Dennoch war es wohl das Klügste, sich wieder auszustrecken und diese halbe Stunde zu schlafen. Schlaf war zu einem kostbaren Gut geworden und würde noch wertvoller werden, sobald die türkische Flotte am Horizont auftauchte. Andrej brauchte zwar nicht annähernd so viel Schlaf wie die meisten anderen Männer, aber auch er musste ab und zu schlafen und er hatte in den letzten drei Nächten nicht allzu viel Gelegenheit dazu gehabt. Ein weiterer Irrsinn, der aber zu dem passte, was sich seit ihrer Rückkehr hier abspielte: Statt die Kräfte ihrer Männer zu schonen, ließen La Valette und die anderen Ordensfürsten die Soldaten tagsüber bis zum Umfallen schuften, um die Verteidigungsanlagen auszubessern. Die wenigen kostbaren Stunden, in denen die Sonne nicht erbarmungslos vom Himmel brannte, mussten sie im Gebet verbringen oder wurden von Alarmübungen mitten in der Nacht aus dem Schlaf gerissen und auf ihre Posten gescheucht.

Andrej spürte einen leisen Lufthauch auf dem Gesicht, der ihn jäh aus seinen Gedanken riss. Die Tür zu seiner Kammer musste offen stehen, aber er erinnerte sich ganz deutlich, sie am Abend hinter sich zugezogen zu haben. Hatte er vergessen, den Riegel vorzulegen? Fast ohne sein Zutun tastete seine Hand nach dem Schwert, das er griffbereit neben dem Bett an die Wand gelehnt hatte, aber er führte die Bewegung nicht zu Ende, sondern schüttelte stattdessen mit einem dünnen Lächeln den Kopf. Er war so allein, wie man es inmitten dieser überfüllten Festung nur sein konnte. Anscheinend machte sich der Schlafmangel nun doch bemerkbar. Er begann nervös zu werden.

Was ihn zu der Frage brachte, was ihn geweckt haben mochte. Er war nicht von selbst erwacht, auf jeden Fall nicht ohne Grund. Und er spürte deutlich, dass er nicht wieder einschlafen würde.

Ebenso resigniert wie zornig auf sich selbst, streifte er die Decke endgültig ab, schwang die Beine vom Bett, stützte die Ellbogen auf den Knien ab und verbarg für einen Moment das Gesicht in den Händen. Vielleicht war es sein schlechtes Gewissen, das ihn nicht zur Ruhe kommen ließ. Er hatte sein Versprechen nicht eingehalten. Julia und Abu Dun hatten am vergangenen Abend vergebens auf ihn gewartet.

Andrej versuchte sich einzureden, dass er sein Versprechen nicht hatte halten *können.* Wie er schon unten am Hafen befürchtet hatte, war Romegas schnurstracks zu La Valette marschiert und hatte darauf bestanden, eine Versammlung des Ordensrates einzuberufen, um über Andrejs angeblich verräterisches Benehmen zu urteilen. Zu dessen Glück hatten sich der Großmeister und sein Sekretär auch diesmal hinter ihn gestellt, sodass Andrej allen verleumderischen Behauptungen Romegas' und seiner falschen Zeugen zum Trotz mit einer scharfen Rüge davongekommen war, die vor dem versammelten Rat ausgesprochen wurde. Romegas war so wütend aus dem Raum gstürmt, dass es einer Beleidigung gleichkam. La Valette hatte Andrej hinterher noch einmal zu sich gerufen und ihm unter vier Augen – sechs, um genau zu sein, denn auch Sir Starkey war bei diesem Gespräch anwesend gewesen – nahe gelegt, den Bogen nicht zu überspannen. Aber das war auch schon alles gewesen.

Den Rest des Tages hatte er mit dem zugebracht, was auch die anderen Mitglieder des Ordens, vom höchsten Würdenträger bis hin zum niedrigsten Novizen, seit drei Wochen auf sich nahmen: schweißtreibende Arbeit auf den Schanzen und Wehranlagen, anschließend militärischer Drill und schier endlose Gebete. Es war fast Mitternacht gewesen, bevor er endlich in sein Quartier zurückkehrte.

Aber Andrej war sich auch darüber im Klaren, dass dies nur eine Ausrede war. Hätte er es wirklich gewollt, wäre es ihm ein Leichtes gewesen, für ein, zwei Stunden zu verschwinden, um sich von Abu Dun und seiner Familie zu verabschieden. Die Wahrheit war so einfach wie bitter: Er hatte es nicht *gewollt*. Und er wusste selbst nicht genau, warum. Vielleicht, weil er Angst davor hatte. Angst, Abu Dun in die Augen zu sehen und noch einmal dieselbe Frage zu hören, auf die er am Mittag schon keine Antwort gewusst hatte: *Was bist du diesen Männern schuldig?* Er ...

Das Geräusch war unendlich leise, selbst für seine übermenschlich scharfen Sinne kaum mehr als die Ahnung eines Lautes, doch Andrej fuhr trotzdem blitzartig herum und starrte mit weit aufgerissenen Augen durch die Dunkelheit zu der Stelle, wo er die Tür wusste. Fast im gleichen Augenblick *spürte* er es.

Er war nicht allein. Plötzlich wusste er, was ihn geweckt hatte. Kein Geräusch, keine Erinnerungen, die ihn quälten, und auch nicht sein schlechtes Gewissen. Jemand war dort draußen auf dem Gang, und es war kein Mensch.

Lautlos stand Andrej auf, packte das Damaszenerschwert und gürtete es sich um, während er zur Tür schlich. All seine Sinne waren zum Zerreißen gespannt, sowohl seine menschlichen als auch die des Ungeheuers, das tief verborgen in ihm lauerte und mit einem unhörbaren Knurren bereits wieder an seinen Ketten zu zerren begann. Dort draußen war ein Wesen wie er, ein Geschöpf der Nacht. Es war die ganze Zeit über da gewesen, hatte ihn beobachtet, belauert, und sich vorsichtig immer gerade außerhalb der Grenze gehalten, jenseits derer er seine Anwesenheit bewusst wahrgenommen hätte.

Andrej erreichte die Tür, blieb stehen und legte lauschend das Ohr gegen das raue Holz. Er blendete die Geräusche seines Herzschlages und seines eigenen Blutes aus und konzentrierte sich – aber da war nichts. Wo auch immer der andere sein mochte, sofern er nicht den Trick beherrschte, nicht nur den Atem anzuhalten, sondern auch sein Herz am Schlagen und sein Blut am Fließen zu hindern, lauerte er zumindest nicht auf der anderen Seite der Tür. Trotzdem öffnete Andrej die schwere Holztür unendlich behutsam und zögerte auch dann noch einmal, bevor er mit angehaltenem Atem auf den Gang hinaustrat.

Die Dunkelheit, die ihn umgab, war nicht ganz so vollkommen wie die im Innern seiner Zelle. Zur Linken schwamm ein Fleck trübgrauer Helligkeit, wo der Korridor hinter einer Biegung auf den kleinen Innenhof des Ordenshauses hinausführte. Und unter einer der Türen zur Rechten, die den langen

Gang auf beiden Seiten säumten, drang flackernder Kerzenschein hervor.

Andrej schloss die Augen und lauschte einen Moment, er hörte ein monotones, müdes Murmeln: Einer seiner Ordensbrüder war dumm genug, die wenigen kostbaren Augenblicke, die er hätte schlafen können, im Gebet zu einem Gott zu verbringen, der sich vermutlich einen Dreck um ihr Schicksal scherte.

Nein, er war vollkommen allein. Konnte er sich *so* getäuscht haben?

Andrej dachte ganz ernsthaft über diese Möglichkeit nach und beantwortete die Frage mit einem klaren *Nein*. Er hatte die Gegenwart eines anderen Vampyrs ebenso deutlich gespürt wie bei ihrer Flucht aus dem Hafen von Konstantinopel, als die Sänfte auf der Kaimauer erschienen war.

Dann überlegte er, ob es vielleicht Abu Dun sein konnte, verwarf diesen Gedanken aber ebenso rasch wieder, wie er ihm gekommen war. Er traute Abu Dun ohne weiteres zu, sich unbemerkt in die Festung zu schleichen, aber es hätte keinen Sinn gehabt, wäre sein Freund dann unverrichteter Dinge wieder abgezogen, ohne ihm zu sagen, was er zu sagen hatte.

Andrejs Beunruhigung stieg. Leise zog er das Schwert aus der Scheide, wandte sich nach links, in Richtung des grauen Lichtfleckes, der ihm den Weg zum Hof wies, und ging los.

Irgendwo vor ihm ... war etwas. Keine Bewegung. Kein Laut. Das Ordenshaus lag wie ausgestorben da, nachdem das Murmeln des einsamen Beters hinter ihm verklungen war, und doch spürte er mit jedem Moment deutlicher, dass er nicht allein war.

Andrej erreichte die Abzweigung, lauschte und wandte sich dann mit einer entschlossenen Bewegung nach rechts. Der Korridor führte nach weiteren zehn oder zwölf Schritten auf den kleinen, an allen Seiten ummauerten Innenhof des Ordenshauses hinaus. Für Andrejs scharfe Augen wurden aus verschwommenen Schemen Umrisse, aus kaum erkennbaren Schatten Linien und vertraute Formen. Es gab einen einzelnen, dürren Olivenbaum inmitten eines steinigen Gartens, der schon seit Jahren keine Blätter oder Früchte mehr trug und dessen kahle Äste sich wie eine trotzig geballte Faust in den Himmel reckten.

Auch dort draußen rührte sich nichts, doch Andrej spürte nun überdeutlich die Präsenz eines anderen Unsterblichen. Mit angehaltenem Atem trat er auf den Hof hinaus, geschickt jeden Schatten und jede Deckung ausnutzend. Er lauschte auf das Flüstern in seinem Inneren, anstatt sich auf die kümmerlichen Informationen zu verlassen, die ihm seine Augen lieferten. Ohne ihn zu sehen, ohne ihn sehen zu *müssen*, wusste Andrej, dass der andere auf der gegenüberliegenden Seite des Hofes stand, unsichtbar hinter einer der mannsdicken Säulen des Kreuzganges, der das gemauerte Geviert umgab. Ebenso deutlich, wie er dessen Anwesenheit spürte, konnte er spüren, wie mächtig dieser andere Vampyr war – ein Geschöpf, das ihm mindestens ebenbürtig, wenn nicht überlegen sein musste.

Andrej wurde bewusst, wie töricht er sich benahm. Wenn seine eigenen bescheidenen Kräfte schon ausreichten, sein unsichtbares Gegenüber zu spüren, wie deutlich musste dann erst dem anderen bewusst sein, wo *er* sich befand?

Einen Augenblick lang überlegte er, ob er den anderen einfach anrufen sollte. Bisher war er ganz selbstverständlich davon ausgegangen, dass er gekommen war, um ihn zu töten; so, wie ihm seit einem halben Jahrhundert andere Vampyre nach dem Leben trachteten. Aber vielleicht stimmte das nicht, vielleicht gab es einen anderen Grund für den Vampyr, hierher zu kommen.

Andrej erwog auch diesen Gedanken ernsthaft, verwarf ihn aber gleich wieder. Das war nur Wunschdenken. Er war und blieb ein Verfluchter, ein Mann auf der Flucht vor seinem eigenen Volk.

So leise es ging, schlich er weiter. Ein Schatten bewegte sich auf der anderen Seite des Hofes und verschwand so schnell wieder, wie er aufgetaucht war. Andrej drohte in Panik zu geraten, als ihm die Präsenz des anderen entglitt und er für die Dauer von zwei, drei hämmernden Herzschlägen nicht mehr sagen konnte, wo dieser sich aufhielt. Dann spürte er ihn plötzlich unmittelbar hinter sich!

Andrej fuhr herum und schlug aus der gleichen Bewegung heraus zu. Sein Schwert verwandelte sich in einen silbernen Blitz, der sich schneller bewegte, als das menschliche Auge ihm zu folgen vermochte, mit einer Kraft geführt, die Stahl zerschmettern konnte.

Der andere war schneller.

Das Damaszenerschwert prallte Funken sprühend auf eine Waffe, die mit noch unerbittlicherer Kraft geführt wurde. Die Gewalt des Schlages explodierte als greller Schmerz in seinem Arm und Andrej musste all seine Kraft aufbieten, um die Waffe nicht fallen zu lassen. Er keuchte vor Pein und Überraschung und taumelte zurück, führte aber dennoch zugleich einen geraden Schlag mit dem anderen Arm gegen den Hals der riesigen Gestalt, die hinter ihm aufgetaucht war – die Finger gerade ausgestreckt und versteift, um sie ihm wie eine tödliche Klinge in die Kehle zu rammen.

Seine Hand wurde beiseite geschlagen. Noch während Andrej darum kämpfte, sein Schwert nicht fallen zu lassen und das Gleichgewicht zu behalten, bewegte sich die Klinge seines Gegners blitzartig, zielte nach seinem Schwertarm und traf ihn dicht über dem Handgelenk. Im buchstäblich allerletzten Moment drehte der Angreifer seine Waffe um, sodass sie Andrejs Arm nicht mit der rasiermesserscharfen Schneide, sondern mit der flachen Seite traf. Statt ihm die Hand abzutrennen, prallte sie nur mit grässlicher Wucht auf sein Gelenk und zerschmetterte es.

Diesmal konnte Andrej einen Schmerzensschrei nicht unterdrücken. Ungeschickt brach er in die Knie, ließ die Waffe fallen und umklammerte sein gebrochenes Handgelenk mit der unversehrten Linken. Der Schmerz trieb ihm Tränen in die Augen, aber er war noch längst nicht besiegt. Als der Angreifer sich auf ihn stürzen wollte, ließ er sich nach hinten fallen und zahlte seine Schulden zurück, indem er dem heranstürmenden Riesen mit einem harten Tritt die Kniescheibe zerschmetterte.

Hätte er es mit einem gewöhnlichen Gegner zu tun gehabt, hätte es vielleicht sogar funktioniert. Der andere brüllte vor Wut und Schmerz und fiel zu Boden, als sein gebrochenes Bein unter dem Gewicht seines Körpers nachgab – aber er stürzte geradewegs auf Andrej und es war, als wäre ein enormer Felsbrocken auf ihn gefallen.

Der Kerl musste eine Tonne wiegen. Andrej spürte, wie ihm die Luft aus den Lungen gepresst wurde und mehrere seiner Rippen brachen. Dann tastete eine riesige Hand nach seinem Gesicht, presste seinen Kopf mit erbarmungsloser Kraft gegen den Boden und hielt ihm gleichzeitig Mund und Nase zu. Andrej bäumte sich auf, aber er bekam keine Luft. Er hatte keine Chance. Sein Gegner war doppelt so stark und dreimal so schwer wie er, und Wut und Schmerz verliehen ihm noch zusätzlich Kraft. Andrej spürte, wie seine Kräfte nachließen. Seine Lungen schrien nach Luft, die sie nicht bekamen. Die gewaltige Pranke des anderen drückte seinen Kopf gegen den steinernen Boden, als wolle er ihn zerquetschen.

Die schiere Todesangst gab Andrej die Kraft, sich noch einmal aufzubäumen. Ohne auf den furchtbaren Schmerz zu achten, der in seinem gebrochenen Handgelenk tobte, schob er beide Arme zwischen sich und den Angreifer, mobilisierte all seine Energie und schaffte es tatsächlich, den Riesen ein winziges Stück in die Höhe zu stemmen. Nicht weit genug um freizukommen, aber er konnte zumindest einen keuchenden Atemzug nehmen. Einen einzigen. Dann traf ihn ein so harter

Schlag in den Leib, dass der kostbare Sauerstoff sofort wieder aus seinen Lungen herausgepresst wurde. Die mordgierige Pranke knallte seinen Hinterkopf erneut und noch härter auf den Stein.

»Ich kann das stundenlang machen, Hexenmeister«, sagte eine tiefe, grollende Stimme. »Wir können aber auch aufhören und miteinander reden.«

Andrej riss ungläubig die Augen auf. Sein Kopf schmerzte so sehr, dass er Mühe hatte, das Gesicht über sich zu erkennen – was allerdings auch daran liegen mochte, dass sich dessen Farbe kaum von der des sternenlosen Nachthimmels unterschied.

»Abu ... Dun?«, murmelte er verstört.

Der Nubier zog die Augenbrauen zusammen. »Na, wenigstens erkennst du mich noch«, sagte er kopfschüttelnd. »Ich hatte schon Angst, ich hätte zu hart zugeschlagen und dir das bisschen Verstand, das noch übrig ist, auch noch aus dem Schädel geprügelt.«

Andrej blinzelte die Tränen weg, versuchte zu antworten und konnte es nicht. Abu Dun kniete noch immer auf seiner Brust, quetschte seine Lungen unbarmherzig zusammen und machte es ihm unmöglich zu atmen.

»Nimmst du jetzt Vernunft an oder muss ich dich erst umbringen?«, fuhr Abu Dun fort. »Der Tod soll ja auf manche Menschen eine äußerst beruhigende Wirkung haben.«

Andrej konnte auch darauf nicht antworten, was Abu Dun zweifellos wusste. Dennoch wartete er noch zwei, drei Augenblicke ab, bevor er sich mit einer wuchtigen Bewegung abstieß und aufrichtete. Dass seine Knie sich dabei noch härter in Andrejs Brust bohrten und ihm weitere Rippen brachen, war vermutlich kein Zufall.

Keuchend rang Andrej nach Atem. Obwohl Abu Duns Gewicht nicht mehr auf seiner Brust lastete, bekam er immer noch keine Luft und sein Körper reagierte genauso wie der jedes normalen, sterblichen Menschen: Aus der Atemnot wurde schlagartig Todesangst, die seine Gedanken mit lodernder Panik erfüllte. Nur unter Aufbietung aller Willenskraft gelang es ihm, die Panik niederzukämpfen und sich auf das zu konzentrieren, was zu tun war.

Doch das war gar nicht so leicht. Die Minute, in der er dalag und mit zusammengebissenen Zähnen in sich hineinlauschte, schien eine ganze, höllische Ewigkeit zu währen. Andrej spürte, wie sich gebrochene Knochen zusammenfügten, zerrissenes Gewebe heilte und sich seine geschundenen Lungen wieder mit Sauerstoff füllten. Jeder einzelne Nerv in seinem Körper überflutete ihn mit Wellen aus purem Schmerz.

Früher hatte er einmal geglaubt, sich irgendwann an diesen unheimlichen Heilungsprozess zu gewöhnen und sogar eines Tages den Schmerz ausblenden zu können, aber diese Hoffnung hatte sich als trügerisch erwiesen. Seine Wunden heilten zwar mittlerweile deutlich schneller und er war auch imstande, schwerere Verletzungen zu verkraften als noch einige Jahrzehnte zuvor, aber die Qualen, die er dabei litt, hatten eher zugenommen.

Als es vorbei war, sank er erschöpft zurück und nahm einen einzelnen, schmerzhaften Atemzug. Alles drehte sich um ihn. Abu Duns Gesicht begann mit dem Nachthimmel zu verschmelzen. Er verspürte eine so tiefe Müdigkeit, dass es ihn all seine verbliebene Kraft kostete, ihr nicht nachzugeben und sich in die verlockende Umarmung einer Ohnmacht sinken zu lassen.

»Alles in Ordnung?«, fragte Abu Dun.

Nachdem er gerade mit mehr oder weniger Erfolg versucht hatte, ihn in Stücke zu brechen, war das eine ziemlich überflüssige Frage, dachte Andrej. Trotzdem nickte er, zwang sich, die Augen zu öffnen, und arbeitete sich mühsam in eine halb sitzende Position hoch.

»Sicher«, presste er zwischen zusammengebissenen Zähnen

hervor. »Davon abgesehen, dass mir gerade der Mond auf den Kopf gefallen ist, fühle ich mich gut.«

»Das kann ich gut nachvollziehen«, sagte Abu Dun. »Ein Stück davon hat mein Knie getroffen, weißt du?« Er lachte, aber es klang nicht sehr überzeugend. In seiner Stimme war ein Unterton von Sorge, der Andrej alarmierte.

Er blinzelte aus immer noch tränenverschleierten Augen zu seinem Freund hoch und sah, dass der Nubier sich zwar aufgerichtet hatte, aber nach vorne gebeugt dastand. Seine rechte Hand massierte sein Knie. Andrej erinnerte sich an das Geräusch brechender Knochen, das er gehört hatte, kurz bevor der Himmel auf ihn herabfiel.

»Es tut mir Leid«, sagte er säuerlich. »Das wollte ich nicht.«

»Lügner«, entgegnete Abu Dun.

Andrej schüttelte den Kopf. »Nein, wirklich«, behauptete er. »Ich habe nicht auf dein Knie gezielt. Eigentlich wollte ich etwas höher treffen und ein Stück weiter links.«

Abu Dun verzog die Lippen zu einem freudlosen Grinsen, richtete sich auf und straffte seine breiten Schultern.

»Gut, dass du so schlecht zielst, Hexenmeister«, sagte er. »Hättest du getroffen, wäre anschließend vielleicht Julias heiliger Zorn über dich gekommen.«

Andrej lächelte ebenso knapp, stemmte sich mühsam in die Höhe und bückte sich, um sein Schwert aufzuheben. Sein Handgelenk war mittlerweile verheilt, schmerzte aber immer noch so sehr, dass es ihn zwei Versuche kostete, die Klinge in die lederne Scheide an seinem Gürtel zu schieben. Auch Abu Dun steckte seinen Säbel ein und sah Andrej ebenso missbilligend wie spöttisch zu.

»Du lässt allmählich nach, alter Mann«, sagte er. »Vor fünfzig Jahren wäre es mir nicht gelungen, mich an dich heranzupirschen.«

»Sei froh, dass es so ist«, antwortete Andrej leicht belustigt. »Sonst wärst du jetzt tot.« Er wurde schlagartig ernst. »Was tust du eigentlich hier? Hast du den Verstand verloren? Weißt du, was sie mit dir machen, wenn sie dich hier erwischen?«

»Wir hatten eine Verabredung, Andrej«, erwiderte Abu Dun. »Du bist nicht gekommen.«

Andrej starrte ihn ungläubig an. Hatte Abu Dun endgültig den Verstand verloren? »Und deshalb kommst du hierher? Du bringst dein Leben in Gefahr – und so ganz nebenbei auch meins – weil ich mich nicht von dir *verabschiedet* habe?«

»Pedro ist fort«, sagte Abu Dun.

»Was soll das heißen, fort?«, fragte Andrej verwirrt. »Du meinst, ihr habt ihn nicht gefunden?«

»Wir haben die ganze Stadt abgesucht«, antwortete Abu Dun. »Und jeden gefragt, den er kennt. Julia ist völlig aufgelöst. Man hat den Jungen am Abend oben beim Fort gesehen.«

Beim Fort? Aber was wollte er dort?

»Zusammen mit einer Gruppe freiwilliger Dummköpfe, die sich gar nicht schnell genug melden konnten, um bei der Verteidigung dieser Ruine zu helfen«, fuhr Abu Dun fort. Er schüttelte heftig den Kopf, als Andrej etwas sagen wollte. »Es ist meine Schuld, Andrej. Ich hätte es wissen müssen. Der Junge hatte seit ein paar Tagen von nichts anderem gesprochen, aber ich war zu blind, um die Zeichen richtig zu deuten. Er ist ein Kind, das darauf brennt, Ritter zu spielen.«

»Du sagst es«, antwortete Andrej. Auch er war erschrocken, bemühte sich aber um einen ruhigen, zuversichtlichen Ton. »Er ist noch ein Kind. Sie werden ihn wieder wegschicken.«

»Ein Kind mit einem Messer und dem Gewehr seines Vaters«, beharrte Abu Dun. »Ein Kind, das die ganze Nacht nicht nach Hause gekommen ist. Ich kann zwei und zwei zusammenzählen.«

Andrej überlegte angestrengt. So gerne er Abu Dun auch widersprochen hätte, er konnte es nicht. Und er verstand nur zu gut, was der Nubier gemeint hatte. Schließlich waren sie beide dabei gewesen, als Pedro seine flammende Rede gehalten hatte. Beide hatten sie nicht begriffen, was diese Worte in letzter Konsequenz bedeuteten. Natürlich hatte er Recht – Pedro *war* ein Kind, aber er war ein Knabe auf der Schwelle zum Mann und somit in jenem gefährlichen Alter, in dem Knaben fast wie Männer aussehen und auch manchmal wie solche redeten, ohne es wirklich zu sein.

»Du musst erst einmal von hier verschwinden«, sagte er schließlich, »wenn sie dich erwischen, ist Pedro nicht mehr dein größtes Problem.« Abu Dun wollte widersprechen, doch Andrej brachte ihn mit einer energischen Geste zum Schweigen und deutete auf die Tür, durch die er selbst in den Hof gekommen war. »Ich kümmere mich um alles«, versprach er, »aber das kann ich nicht, wenn ich zusammen mit dir im Verlies in Ketten liege. Romegas und seine Freunde warten nur darauf, dich als Spion aufzuhängen und mich des Hochverrats anzuklagen. Komm jetzt.«

Abu Dun warf ihm noch einen finsteren Blick zu, schien aber einzusehen, dass sein Gefährte Recht hatte, und folgte ihm kommentarlos, als Andrej sich umwandte und mit schnellen Schritten in den Gang hineintrat. Lautlos durchquerten sie das Ordenshaus und näherten sich dem Ausgang. Zu Andrejs Überraschung stand die kleine Pforte in dem großen, mit einem tonnenschweren Balken gesicherten Tor weit offen. Von dem Posten, der normalerweise dort Dienst tat, war weit und breit nichts zu sehen. Er tauschte einen fragend-besorgten Blick mit Abu Dun, auf den er aber nur ein angedeutetes Schulterzucken und ein Grinsen zur Antwort bekam, und zog es vor, nicht weiter nachzuhaken. Abu Dun gefiel sich darin, den groben Klotz und Dummkopf zu spielen – und manchmal konnte er es weiß Gott auch sein –, aber er war niemand, der einen Menschen grundlos tötete. Vermutlich lag der Posten in irgendeinem schlecht einsehbaren Winkel, würde irgendwann aufwachen und sich die gleiche Frage wie Andrej stellen: nämlich, wann ihm eigentlich der Himmel auf den Kopf gefallen war.

Draußen auf der Straße erwartete ihn eine weitere Überraschung. Abu Dun war nicht allein gekommen. Kaum hatten sie das Gebäude verlassen, löste sich eine schlanke, dunkelhaarige Gestalt aus den Schatten.

»Ist er hier?«, fragte Julia aufgeregt. »Hast du ihn gefunden?«

Andrej bedeutete ihr hastig, leiser zu reden.

»Nein«, erwiderte er scharf. »Und das werden wir auch nicht, wenn Ihr nicht still seid.«

Er deutete auf eine schmale Gasse zwischen den Häusern auf der gegenüberliegenden Seite des großen Platzes, an dem das Ordenshaus lag. Julia wollte etwas sagen, doch Abu Dun ergriff sie fast grob beim Arm und führte sie mit so schnellen Schritten über den Platz, dass sie rennen musste und wahrscheinlich gestürzt wäre, hätte er sie nicht zugleich auch festgehalten. Erst als sie die Gasse erreicht hatten und ein halbes Dutzend Schritte tief in den Schutz ihres Schattens hinein zurückgewichen waren, lockerte er seinen Griff. Julia riss ihren Arm los und wich hastig zwei Schritte zurück.

»Erzählt mir genau, was passiert ist«, sagte Andrej, bevor sich der Zorn, den er in ihren Augen las, über Abu Dun ergießen konnte.

»Pedro ist weg«, antwortete sie. »Wir haben überall nach ihm gesucht, aber er ist und bleibt verschwunden. Ein paar Männer sagen, sie hätten ihn oben an der Pforte St. Angelos gesehen. Er hat Franciscos Gewehr mitgenommen.«

»Habt Ihr Euch dort nach ihm erkundigt?«, fragte Andrej.

»Ich war da«, antwortete Julia. Ihre Stimme bebte. Andrej sah ihr an, dass sie nur noch mit Mühe die Tränen zurückhalten konnte. »Sie haben mich nicht hineingelassen. Ich habe die Männer angefleht, aber sie haben mich ausgelacht und weggejagt.«

»Aber niemand hat gesehen, dass er wirklich ins Fort gegangen ist?«, vergewisserte sich Andrej.

»Nein«, sagte Julia.

Abu Dun fügte in kaum weniger besorgtem Ton hinzu: »Wo soll er sonst sein? Wir haben das ganze Dorf abgesucht. Und du hast gehört, was er oben auf dem Hügel gesagt hat.«

Die letzte Bemerkung, fand Andrej, war höchst überflüssig gewesen.

Er warf Abu Dun einen ärgerlichen Blick zu, der ihm bedeutete, schon um Julias willen endlich zu schweigen, und fuhr in besänftigendem Tonfall fort: »Ich werde mich darum kümmern. Wenn der Junge wirklich im Fort ist, dann finde ich ihn, das verspreche ich.«

»Sie werden ihn nicht gehen lassen«, sagte Julia. Ihre Stimme bebte immer heftiger, drohte zu brechen. Es gelang ihr zwar noch, die Tränen zurückzuhalten, aber gewiss nicht mehr lange.

»Das werden sie«, antwortete Andrej mit so viel Überzeugung, wie er nur konnte. »Ob nun mit dem Gewehr seines Vaters oder nicht, er bleibt ein Kind, das bei der Verteidigung bestimmt nicht von großem Nutzen ist. Wenn es sein muss, spreche ich mit dem Großmeister selbst. Aber ihr beide solltet jetzt nach Hause gehen.«

»Du glaubst doch nicht, dass wir jetzt ...«, begann Abu Dun, aber Andrej brachte ihn mit einer herrischen Geste zum Schweigen.

»Genau das glaube ich«, sagte er. »Lauft von mir aus noch einmal durch die Stadt und klopft an jede Tür, aber die Festung überlasst ihr mir. Wenn der Junge dort ist, dann finde ich ihn und bringe ihn zurück. Das verspreche ich.«

Abu Dun wollte auffahren, doch dann zuckte er wie vom Blitz getroffen zusammen und drehte sich hastig um.

Andrej blickte aufmerksam in dieselbe Richtung. Die schmale Straße, in der sie Zuflucht gesucht hatten, führte schräg ansteigend direkt hinauf zum Fort St. Angelo. Für einen Augenblick glaubte er eine Gestalt in den Schatten zu erkennen, die ein Mönchsgewand trug, fast wie die Ordenskapläne. Aber sie war verschwunden, noch bevor er sicher sein konnte. Vielleicht nur ein Geistlicher auf dem Weg zur Morgenmesse in einer der zahlreichen Kapellen der Stadt.

»Geht jetzt«, sagte er. »Ich bringe euch den Jungen zurück. Und ich werde ihm gehörig den Hosenboden stramm ziehen, mein Wort darauf.«

Julia wirkte immer noch nicht überzeugt. Wie konnte sie auch? Es war lange her, dass Andrej eine Familie gehabt hatte, und doch hatte er den Schmerz nicht vergessen, den man verspürt, wenn man sein eigen Fleisch und Blut verliert.

»Andrej hat Recht«, gab Abu Dun widerwillig zu. »Das Beste wird sein, wir teilen uns auf. Andrej sucht im Fort, und ich werde noch einmal durch die Stadt gehen und jeden Stein umdrehen. Aber zuvor bringe ich dich nach Hause.«

Julia schüttelte heftig den Kopf. »Ich kann nicht müßig herumsitzen und die Hände in den Schoß legen ...«

»Und wenn er zurückkommt, während wir alle unterwegs sind und nach ihm suchen?«, unterbrach Abu Dun ihre angsterfüllten Worte. Sein Blick schien noch einmal in die Richtung zu irren, in die der Mönch soeben verschwunden war. Andrej sah dem Gesicht des Nubiers förmlich an, dass er sich eine Frage stellte und diese gleich darauf selbst beantwortete. Er glaubte sogar, die Frage erraten zu können, wenn er sich nur ein wenig anstrengte, aber sie hatten zurzeit wahrlich andere Probleme.

»Ich gebe dir Bescheid, wenn der Junge wieder auftaucht«, sagte Abu Dun. »Und du umgekehrt mir.«

Andrej beließ es bei einem Nicken, drehte sich auf dem Absatz um und entfernte sich rasch, bevor Julia abermals widersprechen konnte. Irgendetwas stimmte nicht. In Abu Duns Blick hatte etwas gelegen, das ihn irritierte. Er war nicht sicher, dass es tatsächlich nur mit Julias verschwundenem Sohn zu tun hatte.

Mit schnellen Schritten ging er die steil ansteigende, mit Kopfstein gepflasterte Straße zum Fort hinauf. Rings um ihn herum begann die Stadt allmählich zu erwachen. Er konnte hören, wie sich die ersten Schläfer in ihren Betten regten, die ersten Stühle scharrten, Holzscheite auf die fast erloschene Glut des Ofens geworfen wurden. Nichts davon war außergewöhnlich, und doch verspürte er eine immer stärker werdende Unruhe, die noch zunahm, je weiter er sich der Festung näherte.

Er hatte die schmale hölzerne Zugbrücke vor dem geschlossenen Tor schon fast erreicht und setzte gerade dazu an, den Wächter dahinter gegebenenfalls mit einem lauten Ruf aus dem Schlaf zu reißen, als er hastige Schritte hinter sich hörte. Er blieb stehen und legte die Hand auf das Schwert, während er sich umdrehte. Im nächsten Moment zog er die Finger wieder zurück und runzelte überrascht die Stirn.

Es war niemand anderes als Abu Dun, der mit weit ausgreifenden Schritten auf ihn zusteuerte. Dabei verursachte er kaum ein Geräusch, das ein gewöhnliches menschliches Ohr wahrgenommen hätte, und in seiner schwarzen Kleidung verschmolz er so perfekt mit der Nacht, dass er auch von den Zinnen des Forts aus vollkommen unsichtbar sein musste. Dennoch verfinsterte sich Andrejs Gesicht, als der Nubier bei ihm ankam.

»Du legst es wohl drauf an, wie?«, murmelte er übellaunig.

»Eine Frage noch, Andrej«, sagte Abu Dun, ohne auf diese Bemerkung einzugehen. »Vorhin, auf dem Hof – wie lange hast du mich da beobachtet, bevor du versucht hast, mir den Kopf abzuschneiden?«

»Beobachtet?« Im ersten Moment wusste Andrej mit dieser Frage nicht viel anzufangen. Dann antwortete er mit einer Bewegung, die irgendwo zwischen einem Kopfschütteln und einem Achselzucken lag: »Nicht lange. Ein paar Atemzüge … vielleicht eine halbe Minute.«

»Gewiss nicht länger?«

»Nein«, antwortete Andrej. »Zum Teufel, was soll das?«

»Und warum bist du überhaupt herausgekommen?«, beharrte Abu Dun.

»Weil *du* rausgegangen bist«, erwiderte Andrej. Er machte eine ärgerliche Geste und warf einen Blick über die Schulter zum Tor zurück. Ihm fiel erst jetzt auf, dass es halb offen stand. Von dem Wächter war weit und breit nichts zu sehen. Hatte er Abu Dun und ihn entdeckt und war bereits unterwegs, um Meldung zu machen, dass sich der Verräter des Nachts mit dem muselmanischen Spion traf?

»Ich?«, vergewisserte sich Abu Dun. »Wie meinst du das?«

»Du warst in meiner Kammer«, antwortete Andrej. »Die Tür war offen, und ich habe deine Nähe gespürt.«

»Glaub mir, Hexenmeister, ich wüsste eine Menge Kammern, in die ich eher einsteigen würde als in deine«, erwiderte Abu Dun mit einem anzüglichen Grinsen, aber in einem so ernsten Tonfall, dass Andrej ihn alarmiert ansah.

»Was soll das heißen?«, fragte er. »Ich bin wach geworden, weil ich deine Nähe gespürt habe.«

»Und ich habe mich an dich herangepirscht, weil du mich auf diesem Innenhof minutenlang belauert hast«, behauptete Abu Dun.

»Das habe ich nicht«, erwiderte Andrej, und Abu Dun fügte mit einem Nicken und in nüchternem Ton hinzu: »So wenig, wie ich in deiner Nähe war.«

»Aber, wenn du es nicht warst«, murmelte Andrej, »und ich nicht draußen bei dir auf dem Hof …«

»… wer war es dann?«, führte Abu Dun den Satz zu Ende.

Andrej starrte ihn an. Plötzlich fielen ihm tausend Kleinigkeiten ein, die ihm in den vergangenen Tagen aufgefallen waren, die er aber nicht richtig gedeutet hatte; hundert Fragen, die er sich nicht gestellt hatte, weil er ganz selbstverständlich davon ausgegangen war, dass es nur Abu Dun hatte sein können, dessen Präsenz er spürte.

»Er ist hier«, sagte Abu Dun.

Es vergingen endlose Sekunden, in denen sich Andrej weigerte zu verstehen, was Abu Dun meinte. Es war unmöglich. Niemand konnte sie hier aufgespürt haben. Auch wenn alle Vampyre der Welt gemeinsam Jagd auf sie machten, sie würden sie nie an diesem Ort vermuten! Für den in einer schon fast vergessenen Vergangenheit stecken gebliebenen Ritterorden symbolisierten Abu Dun und er alles, was diese Männer fürchteten, hassten und verachteten. Malta war der letzte Ort, an dem man einen Vampyr vermuten würde. Aus keinem anderen Grund waren sie dorthin gekommen.

»Wenn du Recht hast, warum lebe ich dann noch?«, murmelte er, nur, um seinem Gefühl von Hilflosigkeit Ausdruck zu verleihen, das sich wie lähmendes Gift in ihm ausbreitete. Ein Teil von ihm weigerte sich immer noch, es zu glauben.

»Vielleicht habe ich ihn gestört«, antwortete Abu Dun. »Vielleicht hatte er auch gar nicht den Auftrag, dich zu töten. Ich schlage vor, wir suchen ihn und bitten ihn in aller Höflichkeit, uns diese Frage zu beantworten.«

Andrej sah zum Fort zurück. Das offen stehende Tor erschien ihm plötzlich gar nicht mehr so harmlos. Vielleicht gab es für die Abwesenheit des Wächters eine völlig andere, schlimmere Erklärung als die, die ihm gerade eingefallen war.

»Das Tor im Ordenshaus stand offen«, fuhr er fort. »Und der Wächter war nicht auf seinem Posten.«

»Deine Brüder werden allmählich nachlässig.«

Andrej blieb ernst. »Du hast ihn also nicht ausgeschaltet?«

Abu Dun schüttelte heftig den Kopf und sah ihn mit einem gekränkten Ausdruck an. »Würde ich so etwas tun?«

Andrej ging nicht auf den scherzhaften Ton des Nubiers ein, sondern überlegte angestrengt. Hinter seiner Stirn wirbelten die Gedanken nur so durcheinander. Wenn es überhaupt etwas Vernünftiges gab, was sie in diesem Moment tun konnten, dann war es wohl, auf der Stelle kehrtzumachen und die Insel zu verlassen, so schnell sie konnten. Er hatte immer gewusst, dass ihr Versteckspiel nicht ewig gut gehen konnte. Irgendwann mussten ihn die anderen aufspüren, aber sie hätten sich wahrlich keinen schlechteren Zeitpunkt dafür aussuchen können. Schweren Herzens kam er zu einem Entschluss.

»Geh zurück zu Julia«, sagte er. »Richte ihr aus, dass ich den Jungen suche und zu euch komme, so bald ich kann. Und bereite alles für eine schnelle Flucht vor. Am besten versuchst du, ein Boot zu stehlen.«

Abu Dun rührte sich nicht. »Du willst allein dort hinein?«, fragte er. »Du weißt, dass er dort ist.«

»Ich habe nicht vor, den Helden zu spielen«, antwortete Andrej unwillig. »Ich suche Pedro und komme zu euch, noch ehe die Sonne aufgeht.«

»Du wirst tot sein, noch ehe die Sonne aufgeht, und wir auch«, sagte Abu Dun grimmig. »Du hast doch seine Kraft gespürt, oder etwa nicht? Ich jedenfalls habe es. Und sie hat mir eine Höllenangst eingejagt.«

Andrej schwieg. Natürlich hatte Abu Dun Recht. Wenn es sich tatsächlich um denselben Vampyr handelte, dessen Präsenz sie schon im Hafen von Konstantinopel gespürt hatten, dann war er ihm nicht gewachsen. Andrej wusste, wie stark er selber war, doch er war sich auch seiner Grenzen bewusst. Nach dem, was er in Konstantinopel und vorhin in seiner Zelle gespürt hatte, war er nicht einmal sicher, dass Abu Duns und seine Kräfte ausreichten, diesen Gegner zu überwinden. Dennoch schüttelte er nur noch einmal den Kopf.

»Wenn sie dich dort sehen, werden sie dich auf der Stelle töten«, sagte er. »Und mich vermutlich auch.«

»Ein Grund mehr, mitzukommen«, sagte Abu Dun. »Jemand muss doch auf dich aufpassen.«

»Ich meine es ernst«, beharrte Andrej. »Sie werden …«

»Niemand wird mich sehen«, unterbrach Abu Dun ihn. »Hast du schon vergessen, dass mein Name Abu Dun lautet, der Vater der Schatten?«

»Und ich dachte immer, es hieße ›Vater des Todes‹?«, gab Andrej zurück.

Abu Dun grinste. »Das Arabische ist eine wundervoll vielseitige Sprache, Hexenmeister. Seine Worte bedeuten immer genau das, was gerade am nützlichsten ist.« Er wurde schlagartig sehr ernst. »Keine Angst. Ich habe nicht vor, irgendetwas Dummes zu tun. Wir holen Pedro und verschwinden, bevor sie überhaupt gemerkt haben, dass wir da sind.«

Andrej gab auf. Nicht nur, weil er spürte, wie wenig Aussicht er hatte, Abu Dun von seinem Vorhaben abzubringen – er war vor allem froh, nicht allein gehen zu müssen. »Also gut«, sagte er. »Aber sei um Himmels willen vorsichtig.«

»Versprochen«, grinste Abu Dun. »Ich bleibe immer hinter dir. Und wenn jemand kommt, verstecke ich mich einfach hinter deinem breiten Kreuz.«

Auch die kleine Kammer, die in das gemauerte Gewölbe hinter dem Tor eingelassen war, war leer. Andrej wäre nicht weiter erstaunt gewesen, den zweiten Posten, der dort normalerweise auf einem unbequemen dreibeinigen Schemel saß und im Wechsel mit seinem Kameraden draußen Wache hielt, nach den Strapazen der zurückliegenden Tage schlafend vorzufinden. Doch der Raum war verwaist.

Hinter ihm sog Abu Dun hörbar die Luft durch die Nase ein. »Blut«, sagte er leise.

Andrej gebot ihm mit einer hastigen Geste zu schweigen und sah sich rasch um. Er wusste, dass Abu Dun Recht hatte. Das süßliche Aroma lag nur schwach in der Luft, aber es war da. Hier war Blut geflossen, vor wenigen Minuten erst, schätzte er.

Andrej zog lautlos sein Schwert, während er aus dem niedrigen Alkoven zurücktrat und sich neben Abu Dun wieder aufrichtete. Er brauchte die Waffe nicht. Der fast dreißig Fuß lange, gemauerte Torgang war vollkommen leer. Die beiden Wachen, die dort Dienst getan hatten, waren nicht da und würden auch nie zurückkommen. Das einzige andere Lebewesen, dessen Nähe er spürte, war Abu Dun. Dennoch beruhigte ihn das vertraute Gewicht der Waffe in der rechten Hand, als sie sich dem jenseitigen Ende des Tunnels näherten.

Das massive Fallgitter, das das Ende des Ganges abschloss, war nur halb heraufgezogen, sodass sich Abu Dun darunter hindurchbücken musste. Andrej bedeutete ihm zurückzubleiben und trat als Erster in den engen Innenhof hinter dem Tor hinaus. Auch dort war niemand zu sehen. Es herrschte vollkommene Stille. Das Einzige, was Andrej hörte, waren die schleppenden Schritte eines müden Wächters, der oben auf den Wehrgängen patrouillierte, weit genug entfernt, um keine Gefahr darzustellen. Dennoch schüttelte er besorgt den Kopf, nachdem er in den Himmel hinaufgeblickt hatte. In dem samtenen, fast sternenlosen Schwarz über ihnen war ein erster, blassgrauer Schimmer aufgetaucht.

»Das gefällt mir nicht«, flüsterte er. »Vielleicht solltest du doch besser wieder gehen.«

»Warum?« Abu Dun trat mit einem demonstrativen Schritt neben ihn und sah ebenfalls nach oben. »Hast du Angst, es könnte anfangen zu regnen?«

»Die Sonne geht bald auf«, antwortete Andrej unbeirrt. »Es wird nicht mehr lange dauern, bis die Glocke zum Morgengebet ruft.«

»Und ich habe vergessen, meinen Gebetsteppich mitzubringen«, sagte Abu Dun betrübt. »Ich weiß deine Sorge um mein Seelenheil zu schätzen, mein Freund, aber Allah wird mir vergeben, wenn ich mich einmal nicht gen Mekka verneige.«

»Vielleicht wird dein Kopf ja in Richtung Mekka rollen, wenn die Glocke meine Ordensbrüder aus dem Schlaf reißt und sie dich hier finden«, gab Andrej ruhig zurück. »Sei vernünftig, Abu Dun. Wenn die Besatzung des Forts erwacht, hast du keine Chance mehr, unentdeckt zu bleiben.«

Abu Dun überlegte kurz und stieß Andrej in die Seite. »Ein Grund mehr, uns zu beeilen«, sagte er. »Weißt du, wohin die Rekruten gebracht werden?«

Andrej deutete mit einer Kopfbewegung auf eine schmale Tür auf der gegenüberliegenden Seite des winzigen Innenhofes, die mit eisernen Nägeln beschlagen und mit einem schweren Riegel gesichert war. Für gewöhnlich stand auch dort Tag und Nacht ein Posten, für den Fall, dass einer der *Freiwilligen* seinen Entschluss im Nachhinein bedauerte.

»Worauf warten wir dann noch?«, fragte Abu Dun. Er machte ein grimmiges Gesicht und marschierte los, blieb aber schon nach dem ersten Schritt wieder stehen und drehte mit einem Ruck den Kopf. Diesmal spürte Andrej es im selben Moment – der Vampyr!

Der Hof blieb leer. Es war weder etwas zu sehen noch zu hören, doch sie spürten die Gegenwart eines anderen ihrer Art so überdeutlich, als stünde er unmittelbar vor ihnen. Andrej schauderte, als ihm bewusst wurde, welch unvorstellbar große Macht sich dort auf der anderen Seite des Hofes verbarg. Die bloße Nähe dieses Wesens schien ihm den Atem abzuschnüren und jeden Gedanken, sich mit ihm messen zu wollen, lächerlich zu machen.

Abu Dun schien es kaum anders zu ergehen, denn er war ebenso wie Andrej mitten in der Bewegung erstarrt. Vielleicht zum ersten Mal überhaupt, seit Andrej den riesigen Nubier kannte, sah er so etwas wie Unsicherheit, ja, möglicherweise sogar Furcht auf dessen Gesicht, wenn auch nur für einen Moment. Dann straffte er mit einer entschlossenen Bewegung die Schultern und warf Andrej einen grimmigen Blick zu.

»Du holst Pedro«, sagte er. »Ich kümmere mich *darum*.«

»Sicher«, erwiderte Andrej spöttisch. »Und wenn du hinterher noch etwas Zeit hast, kannst du ja der türkischen Flotte entgegenschwimmen und sie versenken.«

Abu Dun maß ihn zwar mit einem finsteren Blick, aber er sagte nichts mehr, und es hätte nicht Andrejs übermenschlich scharfer Augen bedurft, um ihm anzusehen, wie froh er im Grunde war, dass Andrej ihn nicht beim Wort genommen hatte.

Nebeneinander huschten sie lautlos über den Hof, liefen das halbe Dutzend Stufen zum Eingang des großen, schmucklosen Hauptgebäudes hoch und blieben dicht vor der Tür stehen, um zu lauschen. Auch diese Tür stand offen, wieder fehlte der Wachtposten, der sich dort aufhalten sollte. Dafür roch Andrej umso deutlicher dessen Blut.

Abu Dun zog seinen Krummsäbel, warf seinem Gefährten ein aufforderndes Nicken zu und huschte lautlos wie ein Schatten durch die offen stehende Tür. Gleich darauf hörte Andrej einen Fluch und das Geräusch eines schweren Sturzes. Alle Vorsicht aufgebend, stürmte er hinter dem Nubier her und wäre um ein Haar über das gleiche Hindernis gestolpert, das seinen Freund zu Fall gebracht hatte. Es war der Leichnam eines der beiden Posten, die dort Wache gehalten hatten. Noch während Andrej mit einem wenig eleganten Stolperschritt sein Gleichgewicht wiederfand, wurde er auch des zweiten Toten gewahr, der in sonderbar verrenkter Haltung auf den unteren Stufen der breiten Treppe lag, die in das Obergeschoss hinaufführte.

Die Männer waren offensichtlich so schnell gestorben, dass ihnen nicht einmal mehr Zeit für einen Alarmruf geblieben war. Dem Mann, über den Abu Dun gefallen war, hatte jemand die Kehle herausgerissen. Er lag in einer Blutlache auf dem Rücken und starrte aus weit aufgerissenen, leeren Augen ins Nichts. Auf seinem Gesicht spiegelte sich ein Ausdruck vollkommener Fassungslosigkeit. Was immer ihn getroffen hatte, es war so schnell passiert, dass ihm nicht einmal mehr Zeit geblieben war zu verstehen, was geschah.

Während Abu Dun, immer noch leise vor sich hin fluchend, wieder auf die Füße kam, wandte sich Andrej dem zweiten Mann zu. Er lag in einer so sonderbar verrenkten Haltung auf den steinernen Treppenstufen, dass es im ersten Moment fast zum Lachen reizte. Dann begriff Andrej, was der Grund für seine befremdliche Position war: Etwas – jemand – hatte den Mann gepackt und mit solcher Kraft quer durch den zwanzig Schritt messenden Raum geschleudert, dass er auf den Stufen der Treppe zerschmetterte. Selbst Abu Duns Kräfte, dachte Andrej schaudernd, reichten nicht aus, um so etwas zu vollbringen.

Dann fiel ihm noch etwas auf. Der Mann lag mit dem Gesicht nach unten auf den Stufen, sodass er ihn nicht erkennen konnte. Dennoch erschien ihm etwas an seiner Gestalt auf unheimliche Weise vertraut. Langsam ließ sich Andrej neben dem Leichnam auf die Knie sinken, streckte den Arm aus und drehte ihn auf den Rücken. Ein entsetzter Laut kam über seine Lippen, als er in das zerschmetterte Gesicht des Toten blickte.

»Was ist?«, fragte Abu Dun alarmiert.

»Ich kenne diesen Mann«, antwortete Andrej.

»Das will ich meinen«, sagte Abu Dun in leicht verwirrtem Tonfall. »Immerhin tragt ihr dieselbe Uniform.«

Andrej schüttelte heftig den Kopf und stand auf. »Ich habe ihn erst vor ein paar Stunden gesehen«, erwiderte er. »Er gehört zu La Valettes Leibwache.« Plötzlich durchfuhr ihn ein neuer, eisiger Schrecken. »Oh nein! Er wollte das Fort besichtigen, um sich selbst einen Eindruck vom Fortschritt der Bauarbeiten zu verschaffen!«

»Euer Obermufti ist hier?«, fragte Abu Dun mit einem Grinsen, aber in bestürztem Tonfall.

»Er muss dort oben sein.« Andrej stürmte los und flog regelrecht die Treppe hinauf. Abu Dun rief ihm etwas nach, was er nicht verstand, und folgte ihm dann kaum weniger schnell.

Oben auf dem Absatz angelangt, stieß er auf den nächsten Toten, ebenfalls einen Mann aus der persönlichen Leibwache des Großmeisters. Diesem Ritter war immerhin noch Zeit geblieben, sein Schwert zu ziehen, wenn auch offensichtlich nicht, es zu benutzen. Die Waffe lag zerbrochen auf dem Boden neben ihm, auf der Klinge war kein Blut zu sehen.

Andrej setzte mit einem gewaltigen Sprung über ihn hinweg, wandte sich nach rechts und stürmte in den langen Korridor, an dessen Ende das großzügige Gemach lag, in dem für gewöhnlich der Kommandant der Festung residierte. Die Fackeln, die dort Tag und Nacht brennen sollten, um den Gang zu beleuchten, waren erloschen, aber der intensive Blutgeruch wies ihnen den Weg. Andrej sprang über einen weiteren Toten, der mit ausgebreiteten Armen und gebrochenem Genick im Weg lag. Die beiden letzten Männer aus La Valettes Leibwache fanden sie unmittelbar vor der großen, geschlossenen Doppeltür, die ins Schlafgemach des Kommandanten führte. Auch sie waren auf grauenhafte Weise verstümmelt worden. Wer immer sie umgebracht hatte, hatte sich die Zeit genommen, eine schreckliche Visitenkarte zu hinterlassen.

Durch das Holz der geschlossenen Tür drangen Schreie, dann ein dumpfes Poltern und Krachen, das Geräusch von zersplitterndem Holz und ein Wimmern.

Andrej beschleunigte seine Schritte, warf sich mit aller Macht gegen die Tür und taumelte mit einem unterdrückten Keuchen zurück, als das massive Holz seinem Ansturm vollkommen unbeeindruckt standhielt. Der Riegel musste von innen vorgelegt sein.

Nur einen halben Atemzug später prallte Abu Dun in vollem Lauf gegen die Tür. Dieser Ansturm nubischer Muskeln und geballter Wut war selbst für den massiven Balken zu viel. Der Riegel zerbarst mit einem peitschenden Knall, die beiden

Türhälften flogen auf, und Abu Dun stolperte mit wirbelnden Armen in das dahinter liegende Zimmer, auf dem Fuß gefolgt von Andrej.

Der Anblick, der sich ihnen bot, hätte geradewegs aus einem Albtraum stammen können. Das Zimmer war von einem flackernden Kaminfeuer und einem guten Dutzend Kerzen in rötlich tanzendes Licht getaucht, das es in einen Ausschnitt der Hölle zu verwandeln schien. La Valette war zu Boden gestürzt und lag mit schmerzverzerrtem Gesicht und wirrem Haar so dicht vor dem Kamin, dass die Flammen bereits gierig nach dem Saum seines einfachen Nachtgewandes leckten. Nur zwei Schritte von ihm entfernt stand Starkey, der zu jeder anderen Zeit einen lächerlichen Anblick geboten hätte, denn auch er trug nur ein knöchellanges Hemd, dazu aber eine weiße Nachtmütze, an deren Zipfel eine Troddel aus Wolle befestigt war, die bis auf seine Brust hinabbaumelte. Um so beeindruckender war dafür das gewaltige Breitschwert, das der alte Mann mit beiden Händen schwang.

Im ersten Moment konnte Andrej nicht einmal erkennen, wonach er schlug. Alles, was er sah, war ein verzerrter, tanzender Schatten, der ihm nicht menschlich erschien und irgendwo zwischen Starkey und La Valette aufflackerte. Er wich Starkeys ebenso wütenden wie verzweifelten Schwerthieben weniger aus, als dass die Klinge durch ihn hindurchglitt, ohne ihn verletzen zu können. Aber er musste das ... *Ding* auch nicht erkennen, um zu wissen, wen er vor sich hatte.

Es war der Vampyr.

Abu Dun brüllte auf, als hätte man ihm einen glühenden Dolch in die Brust gestoßen, durchquerte mit einem einzigen gewaltigen Satz den Raum und prallte gegen den Schemen. Was Starkeys Schwerthieben nicht gelungen war, das vollbrachte der Nubier. Aus dem Schatten wurde ein Umriss, in dem Andrej die Gestalt in der Mönchskutte wieder zu erkennen glaubte, die sie vor wenigen Minuten unten auf der Straße gesehen hatten. Dann geschah etwas, was er für schlichtweg unmöglich gehalten hatte: Abu Dun versuchte, seinen zwei Köpfe kleineren Gegner zu packen und von seinen Opfern wegzureißen, doch stattdessen machte der Vampyr eine fast gleichgültige Armbewegung, und Abu Dun wurde mit solcher Wucht gegen den schweren Eichentisch in der Mitte des Raumes geschleudert, dass das massive Möbelstück unter seinem Aufprall zerbrach und er zu Boden fiel.

Noch während der Nubier stürzte, war auch Andrej herbeigeeilt. Er hatte einen flüchtigen Eindruck eines schmalen, blassen Gesichtes, das von einem dünnen Oberlippenbart und grausamen Augen beherrscht wurde, doch er beging nicht denselben Fehler wie Abu Dun, die Kraft dieser Gestalt falsch einzuschätzen. Von allen Menschen auf der Welt wusste er vielleicht am besten, wie unvorstellbar stark Abu Dun war. Jemand, der seinen Gefährten so beiläufig zu Boden schleuderte, würde ihn, Andrej, in Stücke brechen, ohne sich dabei im Geringsten anzustrengen. Statt nach ihm zu greifen, führte Andrej einen blitzschnellen Schwerthieb nach seinem Hals, warf sich mitten in der Bewegung herum und riss die Klinge in einem rasanten Halbkreis nach unten, als sich der andere wie erwartet unter dem Hieb hinwegduckte und so auszuweichen versuchte. Stoff und Fleisch zerrissen mit einem hellen, seidigen Laut, und warmes Blut schoss in einer Fontäne über Andrejs Schwert und Hand und besudelte seinen Arm bis zum Schultergelenk hinauf.

Das Ergebnis war allerdings ein völlig anderes, als er erwartet hatte. Andrej hatte nicht damit gerechnet, seinen Gegner mit einem einzigen Hieb ausschalten zu können. Dazu war dieser Vampyr einfach zu stark und zu schnell. Aber er hatte ihn getroffen, und Andrej wusste am besten, dass auch Geschöpfe seines Volkes nicht vor Schmerz gefeit waren und *Zeit* brauchten, um eine so schwere Verletzung zu verkraften.

Zumindest hatte er das bis zu diesem Augenblick geglaubt.

Der Vampyr zeigte sich von der schrecklichen Verwundung, die Andrejs Schwert ihm zugefügt hatte, vollkommen unbeeindruckt. Sein braunes Büßergewand klaffte genauso auseinander wie Haut, Fleisch und Muskeln darunter. Die rasiermesserscharfe Klinge des Damaszenerschwertes hatte ihn von der Brust bis zum rechten Bein hinab aufgeschlitzt, doch sein Gesicht zuckte nicht einmal vor Schmerz. Mit einer so schnellen Drehung, dass Andrej ihr kaum folgen konnte, wirbelte er herum, schlug ihm mit dem Handrücken so wuchtig auf den Unterarm, dass Andrej mit einem Schrei das Schwert fallen ließ, und stieß ihm die andere Hand vor die Brust. Andrej wurde quer durch den Raum geschleudert, prallte dicht neben der Tür gegen die Wand und brach in die Knie. Wie durch ein Wunder hatte ihm der Schlag keine Knochen gebrochen, aber er bekam keine Luft mehr und alle Kraft schien aus seinem Körper gewichen zu sein.

Wie aus weiter Entfernung registrierte er, dass sich Abu Dun fluchend aufrappelte, während sich der Vampyr erneut seinen beiden eigentlichen Opfern zuwandte. Er wollte dem Nubier eine Warnung zuschreien, aber er hatte keine Luft dafür übrig. Hilflos musste er zusehen, wie sich Abu Dun ein zweites Mal auf seinen Gegner warf und ihn diesmal mit beiden Armen umschlang. Alle Schnelligkeit nutzte dem Vampyr jetzt nichts. Abu Duns gewaltige Arme schlossen sich wie die Backen einer riesigen stählernen Falle um den schmalen Oberkörper des Fremden und drückten zu.

Es war derselbe mörderische Griff, mit dem auch ihre Freundschaft vor so langer Zeit begonnen hatte. Andrej hatte ihn niemals danach gefragt, aber er wusste, dass der Nubier auf diese Weise zahllosen Männern das Kreuz gebrochen hatte, als er noch sein altes Leben als Sklavenhändler und Pirat geführt hatte. Schon als sterblicher Mensch war der Nubier doppelt so stark gewesen wie jeder andere Mann, dem Andrej jemals begegnet war. Mittlerweile hatten sich seine Kräfte verzehnfacht; Schmerz und Wut taten ein Übriges. Andrej hörte, wie die Wirbelsäule des Vampyrs brach und seine Rippen zersplitterten, als Abu Dun seine gewaltigen Kräfte entfesselte, um ihn zu zermalmen.

Das gelang ihm auch. Aber es nutzte nichts.

Der Vampyr warf den Kopf mit einem Knurren in den Nacken, das sich eher wütend als schmerzerfüllt anhörte. Die Kapuze seines Mönchsgewandes rutschte herunter. Darunter kam ein kahler, von heftig pulsierenden blauen Adern, die wie ein Spinnennetz aussahen, überzogener Schädel zum Vorschein, den er Abu Dun mit aller Kraft ins Gesicht rammte. Der Nubier keuchte. Blut spritzte aus seinem Mund, und er würgte, aber er löste seinen Griff nicht, sondern drückte nur noch heftiger zu, als hätte er sich vorgenommen, sein Opfer in zwei Teile zu zerquetschen. Der Vampyr stieß den Kopf noch einmal nach hinten und traf Abu Duns Gesicht erneut.

Dann zog er plötzlich die Knie an den Leib, stieß sich mit den Füßen vom Kaminsims ab und katapultierte Abu Dun und sich selbst auf diese Weise gemeinsam nach hinten, und das mit solcher Wucht, dass sie durch das gesamte Zimmer flogen und gegen die Wand auf der anderen Seite prallten.

Abu Dun stieß mit einem keuchenden Laut die Luft aus. Sein Griff lockerte sich, und der Vampyr sprengte mit einem letzten zornigen Knurren seine Umarmung, fiel auf die Knie und kam mit einer geschmeidigen Bewegung wieder auf die Füße.

Inzwischen war auch Andrej endlich wieder auf den Beinen und empfing das Ungetüm mit einem Fußtritt, der es abermals zu Boden schleuderte und diesmal hilflos auf den Rücken fallen ließ.

Sofort versuchte er, sich hochzustemmen, doch seine Bewegung war nicht mehr ganz so kraftvoll und geschmeidig. Vielleicht kannten ja auch die Kräfte dieses Geschöpfes Grenzen.

Andrejs Schwert lag unerreichbar auf der anderen Seite des

Raumes, aber er riss seinen Dolch aus dem Gürtel, warf sich mit einem Schrei auf seinen Gegner und führte einen geraden, wuchtigen Stich nach dessen Herz. Dies war eine der wenigen Möglichkeiten, einen Vampyr zu töten.

Der andere schien die Gefahr zu spüren und reagierte blitzartig, indem er seinen Arm in die Höhe riss und die Hand zwischen sich und die tödliche Klinge brachte, aber auch Andrej gebot über gewaltige Kraft. Ohne dass er einen Widerstand spürte, glitt der Dolch durch die schmale, an die Klaue eines Raubvogels erinnernde Hand des Vampyrs, riss den Arm zurück und fand mit tödlicher Präzision den Weg zwischen seinen Rippen hindurch zum Herzen.

Der Vampyr bäumte sich auf. Sein Schrei verriet Todesangst. Blut sprudelte aus seinem Mund, und Andrej sah, wie das Geflecht fingerdicker, blauer Adern unter seiner Kopfhaut immer heftiger pulsierte. Noch einmal begehrte der Vampyr mit aller Gewalt auf und versuchte seinen Gegner von sich wegzustoßen. Seine freie Hand tastete nach Andrejs Gesicht, die schartigen, messerscharfen Fingernägel zerrissen seine Haut und versuchten, seine Augen zu finden. Andrej warf den Kopf zurück, ignorierte den Schmerz und stürzte sich noch einmal mit seinem ganzen Körpergewicht auf den Dolch. Die Klinge glitt tiefer ins Herz des Vampyrs, und Andrej drehte das Messer mit einem einzigen harten Ruck in der Wunde um. Der Vampyr brüllte, dann wurden seine Augen glasig. *Etwas* erlosch. Die furchtbare, atemabschnürende Präsenz, die Andrej gespürt hatte, war von einem Augenblick auf den anderen verschwunden, doch dafür spürte er jetzt etwas anderes, ebenso Machtvolles und Böses.

Der Vampyr in ihm kreischte vor Gier, zerrte mit aller Kraft an seinen unsichtbaren Ketten und begann zu heulen und zu toben. Er spürte die Lebenskraft des getöteten Vampyrs, den unvorstellbar tiefen Quell von Energie und reinem Leben, das dieser seinen Opfern im Laufe zahlloser Jahrhunderte gestohlen hatte. Alles in Andrej schrie danach, sich diese Kraft anzueignen, um auf diese Weise noch mächtiger zu werden.

Aber Andrej musste der Versuchung widerstehen. Er begann am ganzen Leib zu zittern. Er *brauchte* diese Kraft. Er *musste* sie haben. Es war die Natur seines Volkes, der Grund für ihre Unsterblichkeit, sich die Lebenskraft anderer anzueignen und der eigenen hinzuzufügen, und es fiel ihm mit jedem Atemzug schwerer, seiner Begierde zu widerstehen. Er war ein Verdurstender in der Wüste, der am Ufer eines kristallklaren Sees angelangt war und sich selbst verbot, davon zu trinken. Langsam, unendlich mühevoll, kämpfte er die Gier nieder und zog seine unsichtbar tastenden Hände von dem sprudelnden Quell der Lebenskraft zurück, der so dicht und so verlockend vor ihm lag.

»Andrej?«, murmelte Abu Dun verstört. Er war neben ihm auf die Knie gesunken und sah abwechselnd Andrej und den toten Vampyr an. Andrej spürte auch sein Begehren, den dunklen, geflügelten Teil in Abu Dun, der ebenso wie er nach diesem kostbaren Schatz gierte, der nun ungenutzt für alle Zeiten vergehen würde.

Hastig schüttelte er den Kopf. »Nein«, sagte er. »Tu es nicht.«

Abu Duns Blick flackerte. Andrej konnte ihm ansehen, dass er denselben entsetzlichen Kampf durchmachte wie er selbst, doch Abu Dun wusste ebenfalls, was geschehen würde, wenn sie der Verlockung nachgaben und das Leben des Vampyrs in sich aufsogen. Es wäre nicht das erste Mal, dass auf diese Weise der Besiegte am Schluss doch noch zum Sieger wurde. Dieses uralte, durch und durch bösartige Ungeheuer, das sterbend vor ihnen lag, war zu mächtig; sein Geist würde ihre Gedanken und ihre Seelen vergiften. Es würde nicht lange dauern und das Ungeheuer wäre neu geboren, in seinem oder in Abu Duns Körper.

»Nein«, sagte er noch einmal. »Tu es nicht.«

Abu Dun fuhr sich nervös mit dem Handrücken über die blutenden Lippen. Sein Blick flackerte immer unsteter, und seine Hände begannen zu zittern. Aber schließlich – widerwillig, gegen einen furchtbaren unsichtbaren Widerstand ankämpfend – nickte auch er und richtete sich mit einem tiefen Seufzen wieder auf. »Was für eine Verschwendung«, murmelte er.

Und dann war es endgültig vorbei. Andrej glaubte zu hören, wie ein lautloser, unvorstellbar wütender Schrei durch seinen Kopf gellte, aber die Stimme verebbte, verlor rasch an Kraft und verstummte schließlich endgültig. Vor ihnen lag jetzt nur noch ein lebloser, ausgemergelter Körper, aus dessen linker Hand der Griff des Dolches ragte.

Andrej ließ ihn, wo er war, stand mühsam auf und atmete tief ein. In ihm heulte das Ungeheuer, zerrte vergeblich an seinen Fesseln und brüllte lautlos seine Wut darüber hinaus, um die schon sicher geglaubte Beute betrogen worden zu sein. Ein Teil von ihm empfand nichts als Bedauern, all diese Kraft verschwendet zu haben. Von allen Vampyren, die Andrej jemals getötet hatte, war dieser der mächtigste. Er war mächtiger gewesen als Abu Dun und er zusammen. Andrej zweifelte keinen Moment daran, dass sie ihn ohne eine gute Portion Glück nicht besiegt hätten. Hätte er diese Kraft seiner eigenen hinzugefügt, wäre er möglicherweise vollkommen unbesiegbar geworden. Die Jahrzehnte der ruhelosen Flucht hätten ein Ende gehabt.

Aber vielleicht wäre er dann jetzt schon nicht mehr er selbst.

Mit hängenden Schultern drehte sich Andrej um und sah zu La Valette und Starkey hin. La Valette war ein Stück vom Kamin weggekrochen und hatte sich in eine halb sitzende Position an der Wand aufgerichtet, gegen die er müde Hinterkopf und Schultern sinken ließ. Starkey war neben ihm in die Hocke gegangen und kümmerte sich um seinen Großmeister.

Von draußen waren Schreie zu hören, hastige Schritte, die näher kamen. Irgendwo auf der anderen Seite der Burg begann eine Glocke zu schlagen, doch es war nicht das Läuten, das zum Morgengebet rief, sondern ein hektisches, schrilles Gebimmel.

»Seid Ihr verletzt, Herr?«, fragte Andrej. Seine Stimme klang in seinen eigenen Ohren wie die eines Fremden. Müde und alt.

La Valette starrte ihn aus leeren Augen an. Andrej war nicht sicher, ob er seine Frage überhaupt verstanden hatte. Er verspürte eine tiefe Sorge um den alten Mann, die ihn selbst überraschte. Der Ordensmeister der Johanniter hatte ihm und Abu Dun Zuflucht gewährt, wofür er sich ihm zu Dank verpflichtet fühlte, aber er hatte seine Schulden im Lauf der vergangenen Jahre mehr als zurückgezahlt. La Valette war sicher nicht sein Freund.

»Also doch«, murmelte der Großmeister nach einer Weile leise, mehr zu sich selbst als an Andrej oder Starkey gewandt.

»Was?«, fragte Andrej alarmiert. Er tauschte einen raschen Blick mit Abu Dun. Auch das Gesicht des Nubiers zeigte Beunruhigung.

La Valette streckte eine zitternde Hand aus, und sein Sekretär griff rasch nach seinem Arm und half ihm auf die Füße. Der Großmeister zitterte am ganzen Leib. Sein Gesicht war leichenblass, und als er sich, schwer auf Starkeys Arm gestützt, zu einem der wenigen stehen gebliebenen Stühle schleppte, sah Andrej, dass der Saum seines Nachtgewandes angekohlt war.

»Ich hoffe, Euch ist nichts geschehen«, sagte er noch einmal. »Wie es aussieht, sind wir gerade noch im richtigen Moment gekommen.«

Er bekam auch darauf keine Antwort. La Valette maß ihn nur mit einem fassungslosen, aber auch nachdenklichen Blick, sah dann kurz zu Abu Dun herüber und ließ sich schließlich schwer auf den Stuhl sinken, zu dem Starkey ihn geführt hatte.

»Ich danke Euch, Chevalier de Delãny«, sagte er schließlich, »oder wie immer Ihr auch heißen mögt.«

Andrej zog fragend die Augenbrauen zusammen. Er schwieg, aber er konnte spüren, wie sich Abu Dun hinter ihm bereitmachte. Auf Starkeys Gesicht war ein sonderbarer, fast lauernder Ausdruck erschienen.

Draußen auf dem Gang näherten sich immer schneller werdende schwere Schritte und die keuchenden Atemzüge mehrerer Männer. Andrej widerstand der Versuchung, einen raschen Blick zur Tür zu werfen, aber er wusste, dass ihnen nicht mehr viel Zeit blieb, um zu verschwinden. Dennoch wandte er sich mit einem fragenden Blick an La Valette. »Wovon sprecht Ihr, wenn ich fragen darf?«

La Valette kam nicht dazu zu antworten. Hinter Andrej ertönte ein leises, scharrendes Geräusch. Abu Dun fuhr mit einer schlangengleichen Bewegung herum und riss seinen Säbel aus der Scheide. Auch Andrej wirbelte auf dem Absatz herum und wurde mit einem ganz und gar unglaublichen Anblick belohnt: Der Vampyr war nicht tot. Taumelnd, die linke Hand, aus der noch immer der Dolchgriff ragte, in einer wie beschützend aussehenden Geste gegen das Herz gepresst, stemmte er sich in die Höhe. Der Anblick war so grotesk, dass Andrej für einen Moment einfach nicht begriff, was er da sah. Auch Abu Dun stand mit offenem Mund und aufgerissenen Augen da und starrte die hagere Gestalt in der zerfetzten Mönchskutte einfach nur an.

Als sie ihre Überraschung endlich überwunden hatten, war es zu spät. Mit einem wütenden Knurren griff der Vampyr nach dem Dolch, riss ihn aus seiner Brust und schleuderte ihn in Andrejs Richtung. Die Waffe verfehlte ihn nur knapp und zerbrach an der Wand hinter ihm, doch Andrej musste ihr ausweichen und die winzige Zeitspanne, die er dadurch verlor, reichte dem Vampyr. Er schien sich abermals in einen Schatten zu verwandeln. Abu Dun versuchte sich auf ihn zu stürzen, um ihn erneut mit den Armen zu umschlingen, wie er es gerade schon einmal getan hatte. Aber diesmal tauchte das Ungetüm blitzartig unter seinen zupackenden Händen weg, versetzte dem Nubier einen Stoß, der diesen ungeschickt zwei Schritte zur Seite taumeln und auf die Knie herabfallen ließ, und bewegte sich blitzartig zum Fenster. Das kostbare Bleiglas zerbarst mit einem Knall, der in dem Raum wie ein Kanonenschuss widerhallte, und der unheimliche Fremde flog mit weit ausgebreiteten Armen in einem Regen von Glassplittern hinaus.

Abu Dun und Andrej eilten sofort ans Fenster und wurden Zeuge, wie die Gestalt gut dreißig Fuß unter ihnen auf dem harten Stein des gepflasterten Hofes aufschlug, mit einer Rolle wieder auf die Beine kam und einen Lidschlag später mit den Schatten der allmählich verblassenden Nacht verschmolz.

Abu Dun setzte ohne nachzudenken an, ihm auf demselben Wege zu folgen, aber Andrej hielt ihn mit einer raschen Bewegung zurück und schüttelte erschrocken den Kopf. Abu Dun verstand. Noch bestand die Möglichkeit, dass La Valette und sein Sekretär nicht wussten, wer sie wirklich waren, aber diese Chance war unwiderruflich dahin, wenn auch Abu Dun kurzerhand aus dem Fenster sprang und man ihn nicht anschließend mit gebrochenen Knochen unten auf dem Hof liegend fand.

Als sich Andrej vom Fenster abwandte, stürmten Romegas und ein halbes Dutzend mit Musketen und Degen bewaffneter Männer in den Raum.

»Halt!«, schrie Romegas. »Rührt Euch nicht, Ihr verdammter Verräter!« Er stellte sich direkt vor Andrej auf und zielte mit seinem Degen auf dessen Gesicht. Seine Männer begannen sich rasch im Raum zu verteilen. Zwei von ihnen nahmen in schützender Haltung vor La Valette und Starkey Aufstellung, die übrigen brachten ihre Musketen in Anschlag und zielten damit auf Andrej und Abu Dun.

»Ich wusste es«, sagte Romegas. Seine Stimme zitterte. »Ich habe Euch keine Sekunde getraut und ich hatte Recht damit. Ist Euch etwas geschehen, Herr?« Die letzte Frage galt La Valette, ohne dass er Andrej dabei auch nur den Bruchteil einer Sekunde aus den Augen ließ. Hinter ihm stürmten noch mehr Männer herein.

»Ruft Euer Hündchen zurück, Ritter«, sagte Abu Dun in freundlichem Ton – ebenso wie Romegas an den Großmeister gewandt und ebenso, ohne sein Gegenüber aus den Augen zu lassen. »Oder ich reiße es in Stücke.«

Romegas sog scharf die Luft ein. Er drehte sich um und zielte nun auf Abu Duns breite Brust. Andrej konnte trotz des flackernden roten Lichtes sehen, wie sein Gesicht alle Farbe verlor. »Du verdammter Spion!«, sagte er. »Dafür wirst du …«

»Senkt die Waffe, Chevalier Romegas«, sagte La Valette. »Die Situation ist nicht so, wie es den Anschein hat.«

Romegas sah verwirrt zu seinem Großmeister hin, hob jedoch drohend den Degen, als Abu Dun sich bewegte. »Aber …«

»Es hat einen Anschlag auf das Leben des Großmeisters gegeben«, sagte Andrej. »Abu Dun und ich konnten ihn gerade noch im letzten Augenblick vereiteln.«

Romegas war nun vollends verunsichert. Sein Blick irrte hilflos zwischen Abu Dun und Andrej hin und her, dann wandte er sich verwirrt zu La Valette um.

»Ist das wahr?«, stieß er hervor.

An La Valettes Stelle antwortete Starkey. »Delãny sagt die Wahrheit. Es hat einen Mordversuch gegeben.« Sein Gesicht verdüsterte sich. »Also steht nicht hier herum und macht Euch wichtig, Chevalier, sondern sucht den feigen Attentäter. Er ist schwer verletzt entflohen. Er kann noch nicht weit gekommen sein.«

Was das anging, hätte ihm Andrej die eine oder andere unangenehme Wahrheit sagen können, aber er verzichtete darauf und genoss stattdessen lieber den Ausdruck absoluter Hilflosigkeit, der sich nun auf Romegas' Zügen breit machte.

»Aber ...«, begann Romegas.

»Hast du nicht gehört, Hündchen, was dein Herr gesagt hat?«, unterbrach ihn Abu Dun höhnisch. »Geh und such den Mann, der es ganz allein geschafft hat, deine ach so tapferen Wachen zu überwinden und hier einzudringen.«

Romegas starrte ihn hasserfüllt an, dann fuhr er auf dem Absatz herum und stürmte hinaus. Andrej hörte ihn draußen auf dem Gang Kommandos brüllen, während er sich mit schnellen Schritten entfernte. Die meisten seiner Männer folgten ihm, einige aber blieben unter der Tür stehen, offensichtlich unschlüssig, was sie tun sollten.

»Geht«, sagte Starkey. »Es besteht keine Gefahr. Ihr könnt uns allein lassen. Und schließt die Tür hinter euch.«

Die Männer gehorchten. Starkey wartete, bis sie allein waren, und trat dann, ohne etwas zu sagen, an das zerbrochene Fenster, um hinauszusehen. Von draußen drang immer noch das schrille Gebimmel der Alarmglocke herein, und ein Windstoß fuhr ins Zimmer und wirbelte einige Papiere durcheinander, nun, wo es das schützende Glas nicht mehr gab. Der Engländer wandte ihnen den Rücken zu, während er auf den Hof hinuntersah, doch Andrej konnte sich den Ausdruck auf seinem Gesicht dennoch lebhaft vorstellen. Er suchte nach etwas, das es dort unten nicht gab.

»Wir danken Euch, Chevalier Delãny«, sagte Starkey, nachdem er sich endlich wieder umgedreht und erst ihn und dann den Nubier mit einem langen Blick gemustert hatte. »Und auch Euch, Abu Dun ... das war doch Euer Name?«

Abu Dun nickte und Starkey fuhr nach einer weiteren, bedeutungsschweren Pause fort: »Ohne Euch wären wir jetzt wohl tot oder Schlimmeres. Ihr hättet wirklich keinen Augenblick später kommen dürfen.«

Zu diesem Schluss war Andrej auch schon gekommen.

Aber etwas an diesem Gedanken störte ihn. Sie alle hatten gesehen, wie unvorstellbar schnell der Fremde sich bewegte. Selbst wenn er das Zimmer nur kurz vor ihnen betreten hätte, hätte er mehr als genug Zeit gehabt, La Valette und den Engländer zu töten. Und ihr Gegner war auch kein Mann von der Art, die es liebten, mit ihren Opfern zu spielen, bevor sie sie umbrachten. Warum aber sonst hatte er sich so viel Zeit gelassen? War es möglich, dass er ganz bewusst gewartet hatte, bis Abu Dun und er dort waren? Und wenn ja, warum?

Andrej nahm Starkeys ehrlich gemeinten Dank mit einem stummen Nicken an. »Darf ich eine Frage stellen?«

»Wenn Ihr uns zuvor eine Frage beantwortet, ja«, sagte La Valette. Er saß noch immer vornübergebeugt auf seinem Stuhl, mit hängenden Schultern und am ganzen Leib zitternd. Sein Gesicht war grau, aber Andrej war sicher, dass es nicht die Folgen des Sturzes waren, die dem Großmeister zu schaffen machten. »Was tut Ihr hier? Euer Platz ist im Ordenshaus, Delãny, und Eurem Freund wurde es zwar gestattet, sich auf der Insel aufzuhalten, aber nicht hier.«

Andrej gelangte nach kurzem Überlegen zu dem Schluss, dass ihnen in diesem Moment mit der Wahrheit vermutlich am besten gedient war. »Abu Dun ist auf der Suche nach jemandem«, sagte er und erläuterte mit knappen Worten, was mit Pedro geschehen war und weshalb er sich widerwillig dazu bereit erklärt hatte, Abu Dun Zutritt zum Fort zu verschaffen – wobei er natürlich *nur* von Pedro erzählte und kein Wort darüber verlor, dass sie die Anwesenheit eines Vampyrs gespürt hatten. »Das Tor stand offen. Der Wächter war nicht auf seinem Posten und als wir den Hof erreichten, glaubte ich einen Schrei zu hören. Und da ich wusste, dass Ihr die heutige Nacht hier verbringen würdet, haben wir nachgesehen.«

»Keinen Augenblick zu früh«, sagte Starkey. Er tauschte wieder einen jener sonderbaren Blicke mit La Valette, die Andrej immer unerklärlicher wurden, wenn er auch sicher war, dass sie eine Bedeutung haben mussten. »Also haben wir unser Leben dem Übermut eines Knaben und dem Ungehorsam eines Heiden zu verdanken«, sagte La Valette kopfschüttelnd. Er lächelte bei diesen Worten, klang aber nicht amüsiert. »Nun, ich glaube, in diesem speziellen Fall können wir darauf verzichten, den Muselmanen für seinen Ungehorsam zu bestrafen, oder was meint Ihr, mein lieber Freund?«

Die Frage galt Starkey, der mit einem flüchtigen Lächeln und einem Augenzwinkern in Andrejs Richtung darauf reagierte und hinzufügte: »Ich werde in den Gesetzbüchern nachschlagen und nach einer Regel suchen, die es uns erlaubt, eine Ausnahme zu machen. Und sollte eine solche nicht existieren, erfinde ich sie eben. Darüber hinaus werde ich gleich nach dem Morgengebet Anweisung geben, den Knaben zu suchen und ihn nach Hause zu schicken.« Er schüttelte den Kopf. »Was ich vermutlich auch ohne Eure Heldentat getan hätte, Abu Dun, hätte ich davon gewusst. Uns steht ein Krieg bevor. Kein Kinderspiel.«

»Und nun zu Eurer Frage, Chevalier«, sagte La Valette. »Wie lautet sie?«

Andrej bedauerte schon beinahe, diese Bitte geäußert zu haben. Gerade nach dem, was Starkey gesagt hatte – und vor allem nach der *Art*, wie er es gesagt hatte – wäre es vielleicht besser gewesen, dieses Thema nicht anzusprechen. Aber nun war es zu spät.

»Was habt Ihr gemeint«, fragte er, »als Ihr vorhin ›Also doch‹ sagtet?«

La Valette schwieg einen Moment und auch Starkey zog missbilligend die linke Augenbraue hoch, deutete aber schließlich ein Achselzucken an und antwortete anstelle des Großmeisters. »Also war es doch eine Lüge«, sagte er.

»Eine Lüge?«

Der weißhaarige Engländer tauschte einen fragenden Blick mit La Valette und antwortete erst, nachdem dieser ihm mit einem Nicken sein Einverständnis signalisiert hatte. »Vor zwei Tagen erhielten wir eine Botschaft des Sultans«, sagte er. »Sie war mit seinem Siegel beglaubigt und vertraulich an den Großmeister persönlich gerichtet. Es ging bei dieser Botschaft um Euch, Delãny, und Euren großen Freund hier.«

»Um uns?«, fragte Andrej ungläubig. »Was soll das heißen?«

»Nun«, antwortete Starkey leise und ohne ihn anzusehen, »sowohl der Großmeister als auch ich hatten von Anfang an unsere Zweifel, was den Inhalt dieser ominösen Nachricht anging, doch es gab gewisse Hinweise und unbeantwortete Fragen, die es uns angeraten erscheinen ließen, die Angelegenheit nicht gleich mit Euch selbst zu erörtern. Wie mir scheint, habt Ihr mächtige Feinde.«

»So einige zehntausend«, sagte Abu Dun und deutete auf das Meer, das durch das zerschlagene Fenster zu sehen war. »Sie sind auf dem Weg hierher.«

Starkeys Augen glitzerten belustigt, aber er blieb ernst. »In dieser Nachricht«, fuhr er fort, »warnt uns der Sultan vor Euch.«

»Vor uns?«, fragte Andrej ungläubig. Er lachte leise. »Mit allem Respekt – ich bezweifle, dass der Sultan Abu Dun oder mich persönlich kennt oder auch nur von uns gehört hat. Doch selbst, wenn es so wäre, warum sollte er Euch vor uns warnen? Ausgerechnet Euch, seine Feinde?«

»Genau das haben wir uns auch gefragt«, antwortete Starkey. »Nun, in dieser äußerst blumig abgefassten Botschaft«, wieder lächelte er knapp, »... sie umfasst im Übrigen drei Seiten, von denen die erste allein dafür benötigt wurde, alle Ehrentitel des Sultans aufzulisten – heißt es, dass der Sultan uns und unseren Orden zwar als seine Erzfeinde betrachtet und keine Gnade walten lassen wird, sollten wir die Insel nicht kampflos übergeben, er sich aber dennoch entschlossen hätte, uns zu warnen, denn trotz aller Unterschiede glaubten wir an denselben Gott und fürchteten denselben Teufel.«

»Teufel?«, vergewisserte sich Andrej.

»Er hat ein anderes Wort benutzt«, erwiderte Starkey. »Daimon, glaube ich.«

»Das bedeutet so viel wie Dämon«, sagte Abu Dun.

»In diesem Brief also heißt es, Ihr seid Dämonen, die uns töten und unsere Seelen rauben wollten. Außerdem schreibt er, Schwerter und Musketenkugeln könnten Euch nichts anhaben und der einzige Weg, Euch zu vernichten, sei, Euch bei lebendigem Leibe auf dem Scheiterhaufen zu verbrennen.« Wieder schüttelte er den Kopf, doch das Lächeln, das dabei auf seinem Gesicht erschien, war wenig überzeugend. »Natürlich haben wir nichts davon für bare Münze genommen. So mancher mag uns für altmodisch halten, aber die Zeiten, in denen wir glaubten, der Teufel persönlich wandele in Gestalt eines abtrünnigen Ritters und eines riesigen Mohren unter uns und versuche, unsere Seelen auszusaugen, sind vorbei.«

»Vielleicht waren wir mit diesem Schluss ein wenig voreilig«, fügte La Valette hinzu. Sein Blick verharrte für einen Moment auf der Stelle, an der der Vampyr gelegen hatte, und irrte dann zu dem zerbrochenen Fenster. »Was im Namen des Herrn war das?«

»Ein Attentäter«, antwortete Andrej. »Vermutlich von demselben Mann ausgesandt, der Euch diesen Brief geschickt hat.«

»Ein Attentäter?«, wiederholte La Valette. »Ich habe nie einen Mann gesehen, der sich so schnell bewegt. Er hat all unsere Wachen überwältigt, und Ihr habt ihm Euren Dolch in die Brust gestoßen, ohne ihn zu töten! Kein Mensch wäre in der Lage, so etwas zu vollbringen!«

»Vielleicht habe ich ihn nicht richtig getroffen«, antwortete Andrej und hoffte, dass der zerknirschte Ton, den er dabei in seine Stimme legte, einigermaßen überzeugend klang. »Man sagt, der Sultan verfüge über eine Gruppe besonders gut ausgebildeter Attentäter. Männer, die von Kindesbeinen an darauf trainiert werden, einen einzigen Auftrag auszuführen: Mord. Es heißt, sie könnten sich lautlos und schnell wie die Schatten bewegen und sich in einen Zustand versetzen, in dem sie weder Schmerz noch Erschöpfung spüren.«

»Sicher«, antwortete Starkey spöttisch. »Und einmal im Monat verwandeln sie sich in Wölfe und heulen den Mond an, nicht wahr?«

»Ihr solltet mit Eurem Spott vielleicht etwas weniger großzügig umgehen, lieber Freund«, sagte La Valette. »Was wir gesehen haben, lässt sich nicht mehr mit Eurer geliebten *Logik* erklären.« Er deutete fast anklagend auf die Stelle, an der der Vampyr gelegen hatte. »Was immer diese Kreatur war – sie war kein Mensch.« Er wandte sich wieder an Andrej. »Ich will ehrlich zu Euch sein, Chevalier. Ich war nicht sicher, ob in diesem Brief nicht zumindest teilweise die Wahrheit stand. Nicht, dass ich Euch tatsächlich für einen Dämon gehalten hätte …«

»… aber sehr wohl für einen gedungenen Mörder, den der Sultan schon vor Jahren hierher geschickt hat, um Euer Vertrauen zu erschleichen«, führte Andrej den Satz zu Ende. Er war nicht verletzt oder gekränkt. Er an La Valettes Stelle wäre womöglich zu demselben Schluss gelangt.

»Aber wenn es so wäre, warum sollte er uns dann einen Brief schicken, um uns vor Euch zu warnen?«, wollte Starkey wissen.

»Um Zwietracht zu säen, Unruhe und Furcht«, antwortete Andrej. »Er ist wohl nicht davon ausgegangen, dass Ihr diesen Brief für Euch behaltet. Und selbst wenn, hätte man ihn zweifellos nach Eurem Tod gefunden, und der Anschlag hätte Erfolg gehabt. Ihr solltet vorsichtig sein, solange der Meuchelmörder nicht gefasst ist.«

Starkey setzte zu einer Antwort an, doch in diesem Moment wurde die Tür aufgestoßen und ein Soldat stolperte herein.

»Was fällt dir ein?«, fuhr Starkey ihn an. »Ich habe befohlen, dass man uns allein ...«

»Sie kommen!«, stieß der junge Ritter keuchend hervor. Er musste in der schweren Rüstung so schnell gerannt sein, wie er nur konnte, denn sein Gesicht glänzte vor Schweiß, und er zitterte am ganzen Leib. »Die türkische Flotte! Das ganze Meer ist voller Schiffe!«

Die Alarmglocke war verstummt. Im Osten begann sich der Horizont über dem Meer zu verfärben, als Andrej zusammen mit Starkey und dem Großmeister auf dem höchsten Turm der Festung ankam. Das vielleicht dreißig Schritte messende Rund war voller Männer, die sich aufgeregt um einen einzelnen Ritter drängten, der mit einem Fernrohr den Horizont absuchte. Andrej registrierte mit einem Gefühl leichter Überraschung, dass er den Mann kannte – es war Pepe di Ruvu, sein ehemaliger Geschützmeister von der *St. Gabriel.* Romegas' Abneigung gegen die erfolgreichste Galeere, über die die Johanniterflotte verfügt hatte, hielt ihn offensichtlich nicht davon ab, Männer aus ihrer ehemaligen Besatzung in seinen Dienst zu nehmen.

Die Soldaten machten Andrej und seinen beiden hochrangigen Begleitern ehrfürchtig Platz, sodass sie an die Seite des ehemaligen Seemannes treten konnten.

»Und?«, fragte Andrej.

Der kleine Neapolitaner setzte das Rohr ab und drehte sich um. Ein überraschter, aber auch ehrlich erfreuter Ausdruck erschien auf seinem Gesicht, als er Andrej erkannte.

Er war ein Mann, der es mit den Ordensregeln nicht immer genau genommen hatte, dem Andrej aber jederzeit blind sein Leben anvertraut hätte. Mit seinem sorgfältig gestutzten Spitzbart, dem schmalen Gesicht und den schelmisch funkelnden Augen war es ihm stets leicht gefallen, bei Frauen Eindruck zu machen. Und die Tatsache, dass er als Johanniter geschworen hatte, sich den fleischlichen Gelüsten zu enthalten und das Leben eines Mönchs zu führen, schien ihn für die eine oder andere Frau eher noch interessanter gemacht zu haben. Andrej wusste, wie oft sein Geschützmeister gegen die Gelübde verstoßen hatte, wenn er in fremden Häfen um Landgang bat, aber Pepe war nicht nur ein exzellenter Kanonier, sondern auch ein Mann, der bei den einfachen Soldaten an Bord überaus beliebt gewesen war, weil ihm die Arroganz und Selbstherrlichkeit fehlten, die die meisten anderen Ordensritter auszeichneten. Seine Männer wären für ihn jederzeit durch die Hölle gegangen, und für den Kommandanten eines Kriegsschiffes war ein solcher Offizier hundertmal mehr wert als ein fanatischer Ritter, der vielleicht die Bibel auswendig aufsagen konnte, den seine Männer aber hassten.

»Andrej?« Pepe schüttelte mit einem dünnen Lächeln den Kopf. »Was frage ich? Wenn es irgendwo Ärger gibt, dann bist du ja immer als Erster zur Stelle.« Er reichte Andrej das Fernrohr. »Ostnordost. Noch kann man sie sehen, aber du solltest dich beeilen. Sobald der erste Morgennebel aufzieht, sind sie verschwunden.«

Offensichtlich hatte er die beiden hochrangigen Ritter, die in Andrejs Begleitung gekommen waren, gar nicht bemerkt. Andrej machte ihn nicht auf sein Versäumnis aufmerksam, sondern hielt das Fernrohr in die bezeichnete Richtung und stellte es scharf. Es war noch zu dunkel, um die Schiffe selbst erkennen zu können. Doch er sah Lichter. Hunderte und Aberhunderte von Lichtern, als wären die Sterne vom Himmel gestürzt und trieben nun mit der Strömung auf die Küste Maltas zu. Positionslichter, dachte er, verräterisch und gefährlich, aber auch unumgänglich, um einen größeren Flottenverband bei Nacht zu manövrieren und Kollisionen zu vermeiden. Aber es waren so viele.

»Wie weit sind sie noch entfernt?«

»Schwer zu sagen, bei der Dunkelheit«, antwortete Pepe. Er dachte nach und hob dann die Schultern. »Vielleicht fünfzehn Meilen, vielleicht etwas weniger.«

»So nahe?«, fragte Starkey, der unmittelbar hinter Andrej stand, erschrocken. »Das würde ja heißen, sie sind nahe genug ...«

»... um ohne Probleme noch vor der Mittagsstunde im Hafen vor Anker zu gehen – oder auch mit der Beschießung des Forts beginnen zu können, sollten wir ihnen das nicht gestatten«, fiel ihm Pepe ins Wort, brach dann aber mit einem erschrockenen Keuchen ab und riss die Augen auf, als er sich umdrehte und sah, wen er da unterbrochen hatte. Als er den weißhaarigen Mann neben Starkey erkannte, wurde er noch blasser.

Andrej reichte das Rohr an Starkey weiter und schüttelte beruhigend den Kopf. »So schnell wird es nicht dazu kommen«, sagte er. »Der Sultan wird auf jeden Fall zuerst einmal einen Unterhändler schicken, um unsere Kapitulation zu fordern. Ich an seiner Stelle würde mir einen sicheren Ankerplatz außerhalb der Reichweite unserer Geschütze suchen, um die Truppen und meine schweren Kanonen an Land zu bringen.«

Pepe zog es vor, in Anwesenheit der beiden hohen Würdenträger des Ordens seine Meinung für sich zu behalten. La Valette starrte nur mit versteinerter Miene dorthin, wo die Nacht die näher kommende türkische Flotte verbarg.

»Wir sollten den Hafen evakuieren«, fuhr Andrej nach einer Weile fort. »Die meisten Bewohner sind schon fort, aber nicht alle. Sie werden zuerst St. Elmo unter Feuer nehmen.« Er wartete vergebens auf eine Antwort und wandte sich dann direkt an La Valette. »Wenn Ihr erlaubt, kümmere ich mich um die Evakuierung.«

Der Großmeister schien seine Worte gar nicht gehört zu haben. Er streckte fordernd die Hand aus, und Starkey gab ihm das Fernrohr. Ruhig richtete er das Glas auf den Horizont und blickte eine geraume Weile schweigend hindurch.

»Euer Kanonier hat Recht, Chevalier Delãny«, sagte er, ohne das Fernrohr abzusetzen, in beiläufigem Tonfall. »Sie sind noch gut fünfzehn Meilen entfernt, vielleicht sogar mehr, und die Strömung ist gegen sie. Uns bleibt noch Zeit genug für das Morgengebet. Lasst den Menschen in ihren Häusern unten in der Stadt noch den Rest dieser Nacht Ruhe. Es ist vielleicht das letzte Mal, dass sie in Frieden aufwachen können.«

Andrej hütete sich, seine Bitte zu wiederholen. Vielleicht hätte er es getan, wären La Valette und er allein gewesen, aber er wusste, dass der Großmeister in Anwesenheit so vieler anderer niemals auch nur die geringste Auflehnung gegen seine Autorität durchgehen lassen würde. Er hatte seine Bitte vorgebracht und La Valette hatte geantwortet, indem er sie ignorierte. Nichts, was er jetzt noch sagte, würde die Lage verändern.

»Ruft alle Kommandanten und Offiziere zusammen«, sagte La Valette, nachdem er das Rohr abgesetzt und an seinen eigentlichen Besitzer zurückgegeben hatte. »Mir scheint, der Tanz kann beginnen.«

Zwei Männer, die in seiner unmittelbaren Nähe gestanden hatten, eilten davon, um den Befehl des Großmeisters auszuführen. Auch Andrej wollte sich umdrehen und gehen. Es gab für ihn dort oben nichts mehr zu tun, und ihm rannte die Zeit davon. Abu Dun war auf Starkeys Anraten hin unten in La Valettes Gemach zurückgeblieben – ein kluger Entschluss, wie Andrej im Nachhinein anerkennen musste, denn nach der schlechten Nachricht, die sie gerade gehört hatten, war der Anblick eines riesigen schwarzen Mannes mit einem Turban vermutlich das Letzte, was die Männer brauchten. Er musste sich beeilen, um Abu Dun aus dem Fort zu schaffen, bevor dessen gesamte Besatzung auf den Beinen war.

»Bleibt, Delãny«, sagte Starkey.

Andrej hatte sich schon halb herumgedreht, machte jetzt jedoch mitten in der Bewegung kehrt und sah den Engländer überrascht, aber auch ein wenig verärgert an. »Da wäre noch etwas, was ich besser vor Sonnenaufgang ...«

»Um Euren Freund kümmert man sich bereits, keine Sorge«, unterbrach ihn Starkey. Die Freundlichkeit, die er Andrej früher stets entgegengebracht hatte, war verschwunden. Er fragte sich, ob er sich vielleicht doch in diesem Mann getäuscht hatte.

»Herr?«, fragte er.

La Valette sah nicht in seine Richtung, aber er machte eine kaum wahrnehmbare Geste mit der linken Hand, die vermutlich jedem anderen auf dem Turm entging, nur Andrej nicht. Starkey fuhr im selben, unerwartet kühlen Ton fort: »Chevalier Romegas und seine Männer suchen immer noch nach dem Attentäter. Ich möchte, dass Ihr sie dabei unterstützt.«

»Was kann ein einzelner Mann erreichen, was hundert nicht schaffen?«, fragte Andrej und hätte sich am liebsten selbst für diese Worte geohrfeigt, als er sah, wie La Valette nun doch kurz den Kopf drehte und seinem Sekretär einen bezeichnenden Blick zuwarf.

»Hättet Ihr mir diese Frage vor einer halben Stunde gestellt, hätte ich sie mit ›Nichts‹ beantwortet«, antwortete Starkey. »Aber jetzt ...« Er zuckte mit den Schultern. »Ich bezweifle, ob Romegas und all seine Soldaten so viel ausrichten können wie Ihr. Zumindest *wisst* Ihr offensichtlich mehr über diese besonderen Männer des Sultans. Ihr werdet ihm helfen. Durchkämmt das ganze Fort, und wenn das nicht reicht, die ganze Stadt. Bis wir wissen, was die Türken tun und wo sie angreifen werden, könnt Ihr Euch so viele Männer nehmen, wie Ihr braucht. Ich will diesen ... *Dämon* haben.«

19. Mai 1565, später Nachmittag im Kapitelsaal des Johanniterordens im Fort St. Angelo

»Nein, nein und nochmals nein!«, fluchte La Valette und ließ seine geballte Faust mit einer Wucht auf die Tischplatte krachen, die nicht nur Andrej diesem gebeugten, schmalen Mann nicht zugetraut hätte. »Ich kann keinen einzigen Mann entbehren. Wir werden gewiss keine weiteren Verstärkungen nach Mdina schicken! Und auch sonst nirgendwo hin!«

Andrej konnte sich nicht erinnern, den Großmeister jemals so aufgebracht erlebt zu haben. Auch Sir Oliver Starkey, der sonst immer schweigend über seinen Papieren brütete und selten an einem Gespräch teilnahm, hob nun den Kopf und runzelte überrascht die Stirn.

»Ich muss Euch doch nicht an Eure Pflichten als Lehnsherr …«, setzte der hagere Ritter an, der vor einer Stunde gekommen war und als Gesandter des maltesischen Adels vorsprach, brach aber dann ab und biss sich auf die Unterlippe, anstatt seine Rede zu Ende zu führen, als ihn ein eisiger Blick aus La Valettes Augen traf.

»Meine Pflichten?«, fragte La Valette in schneidendem Ton. »Dies ist wohl eher der Moment, in dem ich den Adel an meine *Rechte* erinnern sollte! Ich könnte jeden waffenfähigen Mann dazu aufrufen, sich hier in der Festung einzufinden! Ich habe durchaus das Recht dazu, falls Ihr es vergessen haben solltet! Und wenn Eure Herren mich für undankbar halten, dann mögen sie sich in Erinnerung rufen, mit wessen Geld die Stadtmauern von Mdina erneuert worden sind und mit wessen Geld sich der Adel dieser Insel die Taschen gefüllt hat! Bevor wir hergekommen sind, hat es mancherorts Hühnerställe gegeben, die besser befestigt waren als Eure so genannte Hauptstadt!«

Sein Gegenüber antwortete immer noch nicht, aber er stand nun nicht mehr stocksteif vor La Valettes Tisch, sondern begann unbehaglich von einem Bein auf das andere zu treten und die Hände zu kneten. Er trug kostbare, wenn auch leicht abgetragene Gewänder: eine eng anliegende Hose, ein geschlitztes Wams mit Silberstickerei und Perlen, dazu einen kurzen Reitumhang und einen breitkrempigen Hut mit auffallendem Federschmuck. Nicht unbedingt die passende Kleidung, dachte Andrej belustigt, um in einer Situation wie dieser vor einem Mann wie La Valette zu erscheinen und *Forderungen* zu stellen.

»Aber …«, versuchte er es noch einmal.

La Valette unterbrach ihn sofort in noch schärferem Ton. »Ihr dürft jetzt gehen, Chevalier. Richtet Euren Herren meine Empfehlung aus.«

»Und das ist Euer letztes Wort?«, fragte der Ritter.

Der Großmeister musterte ihn mit derselben Begeisterung, mit der er einen alten Fisch betrachtet hätte, den ein Händler am Hafen feilbot. »Nun, vielleicht nicht ganz«, sagte er. »Vielleicht sollte ich erwähnen, dass ich noch heute einen Brief an den Vizekönig schreiben werde. Selbstverständlich werde ich darin auch unser Gespräch erwähnen. Wie Ihr vielleicht wisst, hat er zugesagt, spanische Soldaten zur Verstärkung zu schicken. Selbst wenn wir bis dahin gefallen sein sollten, wird ihm gewiss zu Ohren kommen, ob es während der Kämpfe im Lager der Christen zu Verrat oder Untreue gekommen ist. Ich muss Euch nicht erklären, Chevalier, wie Don Garcia und mehr noch unsere verehrte Majestät, der König von Spanien, zu Männern steht, die mit Ketzern oder – schlimmer noch – mit Osmanen gemeinsame Sache machen.«

Der Ritter wurde bei jedem Wort, das er hörte, blasser. Sein rechtes Augenlid begann zu zucken. »Es gibt keinen Grund, von Verrat zu sprechen«, verteidigte er sich. Seine Stimme bekam einen leicht hysterischen Unterton. »Gerade von Malta war immer …«

»Ihr dürft jetzt gehen«, wiederholte La Valette kalt.

Der Ritter überlegte sichtlich, ob er es wagen konnte, noch einmal zu sprechen, aber dann schluckte er nur schwer, deutete eine steife Verbeugung an, bei der er umständlich mit seinem federgeschmückten Hut wedelte, und beeilte sich, den Kapitelsaal zu verlassen. Die große Tür war vermutlich zu schwer, um sie hinter sich ins Schloss zu werfen, sonst hätte er es zweifellos getan.

Andrej sah ihm mit unverhohlener Sorge nach. »Ihr traut ihm?«, fragte er, einigermaßen verwundert.

La Valette schüttelte heftig den Kopf. »Ungefähr so weit, wie ich ihn werfen kann«, sagte er. Starkey grinste und beugte sich wieder über seine Aufzeichnungen. Sein Federkiel fuhr scharrend über das Papier. »Keine Sorge«, fuhr La Valette fort. »Mdina wird Verstärkung bekommen. Ich habe den Chevalier d'Argère damit beauftragt, mit dem Großteil der Kavallerie in der Hauptstadt Quartier zu beziehen. Er wird den Adel im Auge behalten und beim geringsten Verdacht auf Verrat mit aller Härte durchgreifen. Er hat außerdem Befehl, von Mdina aus das Vorrücken der Türken zu stören.«

Andrej sagte nichts dazu, aber er dachte sich seinen Teil. Was La Valette als *Großteil der Kavallerie* bezeichnete, war in Wahrheit eine Hand voll Ritter, nicht einmal hundert an der Zahl, die das gewaltige türkische Heer, das in einer ungeschützten Bucht im Osten der Insel gelandet war, allenfalls so lange aufhalten konnten, wie es brauchte, um einfach über sie hinwegzumarschieren.

»Ihr seht so aus, als wolltet Ihr etwas sagen?«, sagte La Valette, als Andrej beharrlich schwieg.

Andrej hob die Schultern. Er glaubte nicht, dass er etwas zu sagen hatte, was den Großmeister in irgendeiner Form interessierte. Er war auch nicht gekommen, um dabei zuzusehen, wie La Valette den Gesandten des maltesischen Adels abkanzelte. Vielmehr war er eher zufällig in das Gespräch hineingeplatzt und mehr als verwundert gewesen, als La Valette ihn mit einer Geste gebeten hatte dazubleiben, aber im Nachhinein war ihm klar geworden, warum der Großmeister des Johanniterordens auf seinem Bleiben bestanden hatte. Er kannte den Ritter nicht, den die Adligen geschickt hatten, um ihr Anliegen vorzubringen, aber es handelte sich zweifellos um einen Mann von hohem Rang, den die Erniedrigung, in Anwesenheit eines Mannes wie ihm zurechtgewiesen zu werden, doppelt hart treffen musste. Er verspürte einen leisen Anflug von Ärger. Er hasste es, benutzt zu werden.

»Nun«, fuhr La Valette in ungeduldigem Ton und mit einem flüchtigen Stirnrunzeln fort, als Andrej immer noch nicht antwortete, »dann seid doch so freundlich, uns den Grund Eures Besuches mitzuteilen, Chevalier de Delãny.«

Andrej verneigte sich leicht und versuchte, den beißenden Spott in La Valettes Stimme zu ignorieren. Ganz gelang es ihm nicht. »Pedro«, erwiderte er.

»Pedro?« La Valette tat so, als müsse er über die Bedeutung dieses Namens nachdenken und nickte schließlich. »Ja, ich erinnere mich. Der Junge, von dem Ihr gesprochen habt, nicht wahr? Was hatte er doch gleich mit Eurem muselmanischen Freund zu tun?«

Andrej sah kurz zu Sir Oliver hin, doch La Valettes Sekretär hatte sich so tief über seine Papiere gebeugt, dass seine Nasenspitze das brüchige Pergament fast zu berühren schien. Seine Feder verursachte unangenehme kratzende Geräusche. »Mein Freund hat sich seiner und seiner Mutter angenommen«, antwortete er gepresst. »Und gegenwärtig ist er auf der Suche nach dem Jungen.«

»Ah ja, ich entsinne mich«, sagte La Valette. »Da war doch diese seltsame Geschichte … Hieß es nicht, er habe sich den freiwilligen Verteidigern der Burg angeschlossen?«

Andrej musste sich beherrschen, um nicht aus der Haut zu fahren. Starkey beugte sich tiefer über seine Papiere und das Kratzen seiner Schreibfeder wurde hektischer, während La

Valette Andrej einen Moment lang vollkommen ausdruckslos anstarrte. Dann setzte er sich mit einem übertriebenen Ächzen in dem hochlehnigen, thronähnlichen Stuhl auf, in dem er den maltesischen Ritter empfangen hatte, und fuhr im selben beiläufigen Ton fort.

»Ich habe meine zuverlässigsten Männer ausgesandt, um nach ihm zu suchen. Es gibt eine Menge Freiwilliger, unter denen ein einfacher Fischerjunge wie er nicht besonders auffällt, doch ich bin sicher, am Ende werden wir ihn finden. Und, was macht Eure Suche nach dem Attentäter, Chevalier?«

Andrej bemerkte zu seinem Erstaunen, wie sich Starkey noch tiefer über seine Papiere beugte. Er konnte dessen Gesicht nicht sehen, aber vor seinem inneren Auge sah er das schadenfrohe Grinsen des Engländers umso deutlicher. »Wir werden ihn finden«, antwortete er gepresst. »Keine Sorge.«

»So, wie wir den Jungen«, pflichtete ihm La Valette bei. Bevor Andrej etwas erwidern konnte, unterbrach er ihn mit einer wedelnden Handbewegung, die im krassen Gegensatz zu den müden Gesten stand, die er bisher gezeigt hatte. »Seid versichert, dass dem Jungen nichts geschehen wird. Sein Leben und seine Gesundheit sind ebenso sicher wie die meine.«

War das eine Drohung?, fragte sich Andrej. Er versuchte vergeblich, in La Valettes Gesicht zu lesen, und kam zu dem Schluss: Ja, es war eine. Was hatte er von einem Mann wie ihm auch erwartet?

»Ich habe Euch rufen lassen, weil ich eine besondere Aufgabe für Euch und Euren Freund habe«, wechselte La Valette das Thema. Er deutete auf eine großformatige Karte der Insel, die vor ihm ausgebreitet lag und einen Gutteil der riesigen Tischplatte einnahm. Gehorsam trat Andrej vor und musterte das Gewirr von dünnen Linien und akribisch gemalten Buchstaben und Worten.

»Die Türken haben uns gleich mit ihrem ersten Schachzug überrascht«, begann La Valette. »Ein schlechter Auftakt für uns. Wir alle hier im Rat haben damit gerechnet, dass sie in der Bucht von Marsascirocco landen würden, um dann unverzüglich mit dem Vormarsch auf unsere Befestigungen am großen Hafen zu beginnen. Dies wäre der schnellste Weg, eine Entscheidung herbeizuführen, und, nebenbei bemerkt, genau die Taktik, die ich gewählt hätte. Fällt der Hafen, so sind der Orden und die Insel verloren. Doch stattdessen bewegt sich die Flotte augenblicklich in südwestlicher Richtung. Chevalier Romegas folgt ihnen mit unseren drei verbliebenen Galeeren, um sie aus sicherem Abstand zu beobachten.« Mit seiner Hand vollführte er kleine, hektische Bewegungen, als wollte er die auf der Karte beschriebenen Manöver nachvollziehen.

Andrej fragte sich, warum La Valette ihm das erzählte. Dies alles waren für ihn keine Neuigkeiten – zu einem nicht geringen Teil stammten die Informationen sogar von Abu Dun und ihm selbst.

»Großmarschall Cocier führt eine Reiterabteilung entlang der Küste, um sie ebenfalls zu beobachten«, fuhr La Valette fort. »Er hätte längst einen Meldereiter losschicken müssen, um uns Bericht zu erstatten. Die verdammten Osmanen wollen mich vielleicht dazu verleiten, Truppen aus unserer Hauptverteidigungsstellung abzuziehen. Wenn sie von Westen her angreifen und zuerst Mdina erobern, haben sie bei einer späteren Belagerung des Hafens keine Feinde im Rücken mehr zu fürchten. Es würde ihnen auch leichter fallen, uns von jedem Nachschub abzuschneiden.« Er schüttelte besorgt den Kopf und seine müden Augen huschten über die Karte. Seinem Blick nach zu schließen, sah er sehr viel mehr als bloß mit Tinte gemalte Linien und Worte vor sich. »Viele unserer Gefährten sind der Meinung, wir sollten in dem Augenblick angreifen, in dem die Türken am verletzlichsten sind – dann, wenn sie versuchen, ihre Truppen an Land zu bringen.« Abermals schüttelte La Valette den Kopf. »Aber sie vergessen all die Kanonen, die auf unsere Küste gerichtet sind. Das Risiko ist einfach zu groß ...«

»Und wenn die Flotte an Malta vorbeisegelt?« Andrej sprach leise, wie an sich selbst gewandt. Auch ihn hatte dieses überraschende Manöver des Sultans verwirrt. La Valette mochte ein alter Mann sein und ein Fanatiker dazu, aber er war ein ausgezeichneter Stratege. »Was, wenn sie uns von Anfang an in die Irre geführt haben? Wenn all die Gerüchte über einen Angriff auf uns einfach nur eine Finte waren?« Er sah La Valette fragend an und der alte Mann begann nervös an seinem Spitzbart zu zupfen. »Was tun wir, wenn die Flotte in Wirklichkeit ein ganz anderes Ziel ansteuert?«

»Es gibt kein wichtigeres Ziel als Malta«, erwiderte der Großmeister entschieden. »Gerade Ihr müsstet das doch wissen, Delãny.«

Sir Oliver hatte aufgehört zu schreiben und beobachtete Andrej nachdenklich. Er schien diesen Gedanken keineswegs abwegig zu finden. »Das Ganze – ein Großangriff – als Täuschungsmanöver?«, fragte er zögernd.

La Valette machte eine ärgerliche Geste. »Unsinn! Ihr habt die geheimen Listen und Pläne gesehen, die Delãny und sein schwarzgesichtiger Freund aus Konstantinopel mitgebracht haben. Glaubt Ihr ernsthaft, Sultan Suleiman lässt eine ganze Flotte spazieren fahren, nur um uns zu täuschen?«

Starkey schüttelte bedächtig den Kopf. »Kaum«, gab er zu. »Es sei denn, die Listen und Pläne waren gar nicht so geheim.«

Andrej verstand. Die Vorstellung war so absurd – und zugleich so nahe liegend –, dass er sich im ersten Moment weigerte, dies auch nur in Erwägung zu ziehen. Dennoch sprach er laut aus, was Starkey angedeutet hatte. »Ihr meint, sie haben gewusst, dass wir kommen?«

Starkey zuckte mit den Schultern. »Ich meine gar nichts«, antwortete er kühl. »Ich stelle mir nur Fragen. Zum Beispiel die, ob es tatsächlich glaubhaft ist, dass es zwei einfachen

Männern nicht nur gelingt, in Suleimans Allerheiligstes einzudringen und seine geheimsten Pläne zu stehlen, sondern hinterher auch noch ohne Mühe zu entkommen und den Rückweg hierher zu schaffen.«

Andrej bedauerte es, Starkey nicht darüber aufklären zu können, wie ihr Abenteuer in Wirklichkeit abgelaufen war. Wären Abu Dun und er gewöhnliche Sterbliche gewesen, so hätte ihre Flucht spätestens unter den türkischen Kanonensalven ein rasches, unrühmliches Ende gefunden. Und dennoch ... da waren die Gestalt in der Sänfte und der vermeintliche Dämon, den Suleiman hergeschickt hatte, um ein Attentat auf La Valette vorzutäuschen. Was, wenn der Sultan von Anfang an nicht nur gewusst hätte, dass sie unterwegs waren, um ihn auszuspionieren, sondern auch, *was* sie waren?

Aber das alles ergab keinen Sinn. Er schüttelte heftig den Kopf.

Bevor er etwas sagen konnte, seufzte La Valette tief und fuhr in verändertem Ton fort: »Wie dem auch sei, wir haben jetzt andere Sorgen. Ihr und Euer Freund werdet nach dem Ordensmarschall suchen. Wir brauchen dringend weitere Informationen.« Er hob die Hand, als Andrej widersprechen wollte. »In der Zwischenzeit werde ich alles in meiner Macht Stehende tun, um den Fischerjungen zu finden. Schließlich weiß ich ja, wie sehr das schwarze Herz Eures Freundes an diesem Kind hängt.«

Andrej gelang es kaum noch, sich zu beherrschen. Starkeys Gesicht war vollkommen ausdruckslos und auch La Valette musterte ihn kühl. Ihm war klar, dass La Valettes Worte alles andere als ein Versprechen waren. Was oberflächlich betrachtet so verbindlich und wohlwollend klang, war in Wahrheit nichts anderes als eine unverhohlene Drohung. Vielleicht, dachte Andrej, sollte er in Zukunft doch auf Abu Dun hören und bei der Auswahl der Menschen, denen er vertraute, vorsichtiger sein.

»Ich … halte es für keine gute Idee, wenn sich Abu Dun und ich zu weit vom Fort entfernen«, wandte er vorsichtig ein. »Da ist immerhin noch …«

La Valette unterbrach ihn mit einer abrupten Geste. Starkey ließ seine Schreibfeder hastig auf eines der Pergamente fallen, wo sie einen hässlichen, großen Fleck verursachte, und klatschte laut schallend dreimal in die Hände. Noch bevor das Geräusch verklungen war, trat ein halbes Dutzend schwer bewaffneter Männer hinter Vorhängen und aus geschickt angebrachten Wandnischen heraus, von deren Anwesenheit Andrej bisher nicht das Geringste bemerkt hatte. Keiner von ihnen sagte auch nur ein Wort. Starkey klatschte noch einmal in die Hände und die Männer verließen lautlos und schnell den großen Saal. Andrej nickte anerkennend in Richtung des Sekretärs – Starkey schien seine Aufgabe, für die Sicherheit des Großmeisters zu sorgen, ernst zu nehmen. Doch der Engländer beachtete ihn gar nicht, sondern blickte mit finsterer Miene auf den Tintenklecks auf seinem Schriftstück herunter. Andrej war zu weit entfernt, um die Schrift entziffern zu können, aber er sah immerhin, dass das Blatt nahezu voll geschrieben war. Jetzt würde Starkey von vorne beginnen müssen.

»Ihr seht, Chevalier«, sagte La Valette, »Eure Sorge um meine persönliche Sicherheit ehrt Euch zwar, ist aber überflüssig.«

Andrej sagte nichts dazu, sondern beließ es bei einem angedeuteten Nicken, doch er teilte La Valettes Meinung ganz und gar nicht. Der unheimliche Attentäter, der Starkey und ihn um ein Haar ausgeschaltet hätte, würde sich auch von einem halben Dutzend Posten nicht aufhalten lassen, ganz egal, wie gut ausgebildet sie auch waren. Er wunderte sich, dass nicht zumindest Starkey das begriff.

»Ganz, wie Ihr meint«, sagte er. »Dennoch ist es ein Fehler. Der Dämon …«

»Jetzt hört endlich mit diesem Unsinn auf!«, fiel ihm La Valette ins Wort. Er klang wütend. Seine Augen blitzten. »Dämon! Ungeheuer! Warum nicht gleich der Teufel persönlich? Ich habe Euch bisher für einen vernünftigen Mann gehalten, Delãny. Seit wann glaubt Ihr an solche Ammenmärchen?«

Seit ich ein Teil davon geworden bin! La Valettes plötzlicher Wutausbruch überraschte ihn, umso mehr, als er die Reaktion des Großmeisters, als er dem Dämon persönlich gegenübergestanden hatte, noch allzu deutlich vor Augen hatte. La Valette hatte *miterlebt*, wie der Attentäter durch ein geschlossenes Fenster im zweiten Stockwerk gesprungen und ohne einen Kratzer davongelaufen war – nach einem Sturz aus dreißig Fuß Höhe auf hartes Pflaster! Aber ein einziger Blick in La Valettes Gesicht – und mehr noch in Starkeys Augen, die ihn mit einem Ausdruck musterten, den er nicht deuten konnte, der aber alles andere als angenehm war – machte ihm klar, wie sinnlos jedes weitere Wort sein musste.

Er wagte es nicht, sich an den Großmeister zu wenden und ihn damit indirekt zu tadeln, drehte sich aber im Hinausgehen noch einmal zu Sir Oliver um und sagte: »Ich verlasse mich darauf, dass Ihr weiter nach dem Jungen sucht, bis wir zurück sind.«

»Ihr habt mein Wort«, sagte Starkey, und La Valette fügte mit ernster Miene hinzu: »Und auch das meine, Delãny – macht Euch keine Sorgen. Das Leben des Jungen ist ebenso sicher wie mein eigenes.«

20. Mai 1565, am frühen Abend in den Küstenfelsen im Süden Maltas

Die Sonne würde in weniger als einer Stunde im Meer versinken, doch sie hatten noch immer keine Spur des Ordensmarschalls oder seiner Reiter gefunden.

Abu Dun hatte unmittelbar vor den Toren der Festung auf

Andrej gewartet, so nahe, wie er ihr nur kommen durfte – und das war sichtlich näher, als es den Wachen am Tor und oben hinter den Zinnen recht war. Trotz allem hatte ihm La Valette nicht erlaubt, das Fort selbst zu betreten, was Abu Dun mit einem noch tieferen Groll gegen den Ordensmeister erfüllte. Es gab niemanden auf der Insel, der nicht wusste, wer Abu Dun war und auf wessen Seite er stand. Doch das änderte nichts daran, dass er ein Muselman war.

Seine ungewöhnliche Körpergröße, seine gewaltigen Schultern, seine Vorliebe für schwarze Kleidung und sein riesiger Krummsäbel machten die Sache auch nicht besser. Andrej hatte es längst aufgegeben, Abu Dun ins Gewissen reden zu wollen. Auch wenn sich der Nubier nur zu oft einen Spaß daraus machte, den Einfaltspinsel zu spielen, so war er doch alles andere als dumm. Er musste wissen, wie seine Erscheinung auf die Männer und Frauen der Insel wirkte. Sie befanden sich in der Situation von Menschen, die ausweglos in einem brennenden Haus eingeschlossen waren und tatenlos zusehen mussten, wie die Flammen näher kamen. Und Abu Dun hatte nichts Besseres zu tun, als mit brennenden Fackeln zu jonglieren.

Auch wenn Andrej La Valettes Entschluss, Abu Dun und ihn fortzuschicken, nach wie vor für ebenso kurzsichtig wie gefährlich hielt, war er auf der anderen Seite doch froh, die Stadt verlassen zu können. Vielleicht brachte die Aufgabe, die der Großmeister ihnen gestellt hatte, Abu Dun für eine Weile auf andere Gedanken. Genau genommen glaubte Andrej aber selbst nicht daran.

Sie waren seit Stunden unterwegs und hätten ihr Ziel – eine der zahlreichen felsengesäumten Buchten, die Malta in eine natürliche Festung verwandelten, wie sie kein Baumeister perfekter hätte entwerfen können – längst erreichen müssen. Aber die schmalen Straßen, über die sie sich bewegten, waren hoffnungslos verstopft. Unzählige Menschen versuchten die

Stadt und damit die Nähe der Johanniterfestung zu verlassen. Pferde und Maultiere schleppten sich vor ihnen dahin, Männer und Frauen, die unter der Last schwerer Bündel und Körbe wankten, in denen sie ihre wenigen Habseligkeiten verstaut hatten, klapprige Eselskarren, auf denen die Alten, Kinder und Kranken hockten. In die Gesichter der Menschen stand die nackte Angst geschrieben. Wohl hundertmal hatte man sie angehalten und gefragt, ob die Türken schon gelandet seien. Hundertmal öfter waren ihnen Blicke begegnet, in denen sich neben Angst auch Vorwürfe oder kaum verhohlener Hass mischten, ein Hass, der nicht nur Abu Dun in seinem schwarzen Mantel und seinem riesigen Turban galt.

Auf manchen Feldern sahen sie Bauern, die mit Sensen das unreife Korn mähten; ein weiterer, in Andrejs Augen aberwitziger Befehl La Valettes. Der Großmeister hatte beschlossen, dass für die Eroberer nicht einmal eine Ähre zurückbleiben sollte. Was immer ihre Truppen auch benötigen mochten, musste so mühsam und langwierig über das Meer herbeigeschafft werden – eine Überlegung, die vom militärischen Standpunkt her durchaus sinnvoll war. Andrej jedoch fand, dass dies töricht und gegen jede Vernunft war. Er glaubte nicht, dass es noch eine Rolle spielte, ob die Türken mitgebrachtes oder auf der Insel gebackenes Brot aßen, wenn sie erst einmal dort gelandet waren. Für die Malteser war dieser Befehl in zweierlei Hinsicht verheerend: Zum einen musste das, was sie auf Befehl des Großmeisters hin taten, für sie wie der pure Hohn wirken. Selbst wenn sie den Angriff der Türken überlebten, so war ihnen im kommenden Winter eine Hungersnot gewiss. Und schlimmer noch: Zumindest einige von ihnen mussten begreifen, dass ihre Verteidiger, die ihnen über Jahrzehnte hinweg versichert hatten, für ihr Leben und die Sicherheit ihrer Familien garantieren zu können, die Schlacht im Grunde schon als verloren werteten.

Andrej verscheuchte den Gedanken, fuhr sich müde mit

dem Handrücken über das Gesicht und versuchte den Schweiß wegzublinzeln, der ihm immer wieder in die Augen lief. Die tief stehende Sonne, die vom Meer wie von einem gewaltigen Spiegel reflektiert wurde, machte es ihm noch schwerer, klar zu sehen.

Sie waren zunächst zur Bucht von Marsascirocco geritten, obwohl es einen Umweg bedeutete, aber Andrej hatte sichergehen wollen, dass dort nicht doch bereits ein Voraustrupp der Türken angelandet war. Die weite Bucht lag jedoch verlassen da. Am Ufer hatten sie lediglich Spuren des Reitertrupps gefunden, nach dem sie suchten, doch sie waren mehrere Stunden alt gewesen. Der Marschall und seine Männer hatten sich dort nicht aufgehalten, sie waren in schnellem Tempo weiter nach Westen geritten.

Andrej und Abu Dun folgten ihnen. Selbst für geübte Reiter wie sie stellte der schmale Pfad, der sich in unzähligen Kehren und Windungen die Klippen hinaufschlängelte, eine Herausforderung dar. Für die Reiter des Marschalls war es eine lebensgefährliche und vollkommen überflüssige Schinderei gewesen, die ihnen Kräfte raubte, die sie später noch bitter nötig haben würden.

Abu Dun hielt plötzlich sein Tier an und deutete schweigend auf den Ozean hinaus. Andrej kniff die Augen zusammen, um gegen das grelle Licht gewappnet zu sein, das ihn erwartete, wenn er in diese Richtung sah. Trotzdem erkannte er zunächst lediglich ein Meer aus gleißendem Licht, auf dem eine Hand voll dunkler, verschwommener Punkte tanzte – die Nachhut der türkischen Flotte. Die Schiffe waren noch eine gute Meile entfernt, dennoch konnte er jetzt, einmal auf sie aufmerksam geworden, das gleichmäßige Schlagen der Trommeln hören, das den Takt für die Galeerensklaven angab. Seidene Fahnen wehten von den Masten, und hin und wieder blitzte Metall im Sonnenlicht auf.

Es war nur die Nachhut und dennoch reihte sich bis zum

Horizont Schiff an Schiff. Schlanke Galeeren sicherten Rücken und Flanken, dazwischen trieben mächtige Karacken, die mit Hunderten von Soldaten beladen sein mussten und nur langsam gegen die Dünung ankamen. Sie waren umgeben von unzähligen kleineren Transportbooten, auf deren Decks sich Fässer, Zeltbündel und Kisten stapelten. Auf einigen der Schiffe konnte Andrej, nachdem sich seine Augen an das grelle Licht gewöhnt hatten, auch Rinder, Schafe und andere Nutztiere erkennen – Proviant für eine lange Belagerung. So viel zu La Valettes Idee, den Belagerern den Nachschub an Lebensmitteln zu verwehren, dachte er bitter.

»Vielleicht sollten wir eine Rast einlegen«, schlug Abu Dun vor. »Die Pferde sind vollkommen erschöpft und der Weg, der vor uns liegt, wird noch anstrengender.«

Andrej musterte ihn überrascht. Normalerweise war *er* es, der den Nubier daran hindern musste, nicht nur seine eigenen, sondern vor allem die Kräfte ihrer Tiere zu überschätzen. Er schüttelte den Kopf. »Wir reiten noch bis Żurrieg«, sagte er. »Vielleicht finden wir ja dort endlich Cocier und seine Männer – oder wenigstens jemanden, der uns sagen kann, wohin sie geritten sind.« Er zögerte kurz. »Von dort aus ist es nicht mehr weit bis zu dem Haus in den Bergen, in das du Julia gebracht hast, nicht wahr?«

»Ja«, antwortete Abu Dun. »Aber falls du vorschlagen willst, dass ich bei ihr zurückbleibe, dann spar dir den Atem.«

Genau das hatte Andrej vorgehabt und er dachte auch nicht, sich so leicht davon abbringen zu lassen. »Es wäre das Klügste«, antwortete er und hob rasch die Hand, als er sah, dass Abu Dun auffahren wollte. »Wenn schon nicht um deinetwillen, dann denk an Julia. Eine Frau, ganz allein in einem kleinen Haus in den Bergen, noch dazu in Zeiten wie diesen ...« Er schüttelte den Kopf. »Ich an deiner Stelle würde mir Sorgen um sie machen.«

Abu Dun lachte bitter auf. »Ich an meiner Stelle«, antwortete er, »würde mir Sorgen um mich machen, wenn ich ohne Pedro zurückkomme und ihr noch dazu erzähle, dass ich die Suche nach ihrem Sohn *dir* überlassen habe.«

»Was überdies gelogen wäre«, fügte Andrej hinzu. Er ließ sein Pferd vorsichtig weiterlaufen. Die beschlagenen Hufe des Tieres erzeugten sonderbare, lang nachhallende Echos auf dem mürben Kalkstein und er konnte spüren, wie vorsichtig der Hengst die Füße aufsetzte. »Es ist vollkommen sinnlos, nach Pedro zu suchen, das weißt du so gut wie ich.«

»Ja«, grollte Abu Dun. »Weil dein Freund ihn irgendwo eingesperrt hat und als Geisel gefangen hält.«

»Dort ist er vermutlich besser aufgehoben als irgendwo sonst auf dieser Insel, sobald der Angriff beginnt«, versetzte Andrej. Ihm war klar, dass sich seine Worte in Abu Duns Ohren wie blanker Hohn anhören mussten. »Solange wir den Dämon nicht gefangen haben, ist der Junge in La Valettes Kerkern sicherer, als er es bei uns wäre.«

»Natürlich«, entgegnete Abu Dun spöttisch. »Und solange wir ...«

Abu Dun verstummte abrupt. Sein Pferd wieherte erschrocken und als Andrej im Sattel herumfuhr, sah er seinen Gefährten gerade noch mit wild rudernden Armen rücklings aus dem Sattel stürzen. Sich überschlagend rollte er den Abhang hinunter, während das Pferd unruhig tänzelnd einen sicheren Stand auf dem schmalen Felsweg suchte. Eine Lawine winziger Steinsplitter löste sich unter seinen Hufen und verschwand raschelnd in der Tiefe.

Mit einem einzigen Satz war Andrej aus dem Sattel. Abu Dun war einige Meter weit den Abhang hinuntergerutscht und fluchend in einem Geröllhaufen gelandet.

»Alles in Ordnung?«, fragte Andrej erschrocken.

»Selbstverständlich«, fuhr ihn der Nubier an. »Ich mache immer einen Salto rückwärts, wenn ich vom Pferd steigen will, das weißt du doch.«

»Zumindest hast du dir nicht die Zunge verrenkt«, erwiderte Andrej, kletterte aber trotzdem schnell, wenn auch mit der gebotenen Vorsicht, hinter Abu Dun her. Auch unter seinen Schritten lösten sich immer wieder kleinere und größere Felstrümmer, von denen etliche zielsicher in Abu Duns Richtung hüpften. Der weiche, von der Brandung und unzähligen Jahren geduldig schmirgelnden Windes zermürbte Stein bot seinen Füßen kaum Halt. Mehr rutschend als laufend landete er schließlich neben Abu Dun, der es sich inzwischen auf dem Geröllhaufen regelrecht gemütlich gemacht hatte. Er hatte lediglich ein paar Kratzer abbekommen, die aber beinahe schon wieder verheilt waren. Als sich Andrej schwer atmend neben ihm auf die Knie sinken ließ, reichte er ihm mit einem breiten Grinsen seine Wasserflasche.

»Na ja, dann machen wir also doch noch Rast«, sagte er. »Trinken wir einen Schluck.«

Andrej schnupperte misstrauisch an der Wasserflasche. »Was ist da drin?«

»Bester maltesischer Wein.« Abu Dun grinste breit.

»Wein?«, vergewisserte sich Andrej. »Wo soll denn auf diesem trostlosen Steinhaufen von einer Insel *Wein* wachsen?«

»Nicht auf der Insel«, antwortete Abu Dun und sein Grinsen wurde noch breiter. »Auf unseren Fischerbooten. Das ist Schmuggelware aus Sizilien. Solcher Wein steht sonst allenfalls auf den Tischen spanischer Offiziere. Etwas Besseres wirst du auch in den Weinkellern deines Ritterordens nicht finden.« Um seine Worte zu unterstreichen, nahm Abu Dun einen so tiefen Schluck, dass ihm der Wein am Kinn herablief und auf seine Brust tropfte. Abermals hielt er Andrej die Flasche hin.

Diesmal tat ihm Andrej den Gefallen und nippte kurz daran. Er machte sich nicht sonderlich viel aus Wein und aus Alkohol überhaupt, was zum Großteil daran lag, dass er nahezu unempfindlich dagegen war. Ein kluger Mann, der nicht wusste, mit wem er sprach, dem es aber Spaß machte, mit seinem Wissen zu prahlen, hatte ihm einmal erklärt, dass Alkohol nichts anderes als Gift und der Zustand des Betrunkenseins nichts anderes als eine – wenn auch höchst angenehme – Art der Vergiftung war.

Und das schien zu stimmen, denn Andrejs Körper tat sein Möglichstes, dem Alkohol seine Wirkung zu nehmen, sodass er schon wahre Unmengen in sich hineinschütten musste, um etwas zu spüren. Unglückseligerweise war er vor den unangenehmeren Folgen des Alkohols nicht gefeit, und so kam es, dass Abu Dun und er zwar mehr Alkohol vetrugen als normale Sterbliche, dafür aber mit dem gewaltigsten Kater der Weltgeschichte bestraft wurden.

Dennoch nahm er einen weiteren Schluck, bevor er mit der Hand über den Verschluss der Flasche fuhr und sie Abu Dun zurückgab. Nachdenklich sah er ihn an. »Was ist los mit dir?«, fragte er.

Abu Dun zog die Augenbrauen zusammen. »Was soll los sein?«

»Du fällst sonst nie vom Pferd«, antwortete Andrej.

»Unsinn«, erwiderte Abu Dun und trank einen gewaltigen Schluck. Anscheinend war er auf einen Kater geradezu versessen. »Ich bin schon öfter vom Pferd gefallen, als du aufgestiegen bist, Hexenmeister. Der blöde Gaul ist ausgerutscht. Was auf diesem Felsen ja auch nicht weiter erstaunlich ist.«

»Irgendetwas stimmt nicht mit dir«, behauptete Andrej. Abu Dun wollte abermals widersprechen, doch diesmal brachte ihn Andrej mit einer raschen Geste zum Schweigen. »In Konstantinopel hätte ich dich fast verloren«, fuhr er fort. »Als uns dann der Dämon angegriffen hat, hätte er dich sicher besiegt, wenn ich nicht eingegriffen hätte. Und jetzt das.« Er schüttelte noch einmal den Kopf, um seinen Worten den gebührenden Nachdruck zu verleihen. »Irgendetwas geschieht mit dir. Ich weiß nicht, was es ist, aber es macht mir Angst.«

Abu Dun verzog nur verächtlich die Lippen. Doch dann erschien ein nachdenklicher Ausdruck auf seinem Gesicht. Andrej konnte sehen, wie es hinter der schwarzen Stirn arbeitete. Er nahm einen weiteren Schluck, verschloss die Flasche sorgfältig und wollte gerade etwas sagen. Dann aber legte er mit einem Ruck den Kopf auf die Seite und schloss die Augen, als lausche er.

»Was?«, fragte Andrej alarmiert.

Im selben Augenblick witterte er es ebenfalls.

Blut. Der Geruch war nur ganz schwach, weniger noch als ein Hauch. Vermutlich hätten sie es gar nicht bemerkt, hätten Abu Duns Sturz und Andrejs Schritte nicht den Staub aufgewirbelt und die Steine durcheinander gebracht. Selbst jetzt dauerte es eine geraume Weile, bis Andrej erkannte, aus welcher Richtung der süßliche, metallische Geruch kam, und ihm seine Sinne und seine Erfahrung die dazu passende Geschichte erzählten. Hier war vor nicht allzu langer Zeit Blut geflossen. Menschenblut.

Geschmeidig stand er auf. Auch Abu Dun erhob sich. Er wirkte plötzlich äußerst angespannt.

Ohne ein weiteres Wort kletterten die beiden das letzte Stück zum schmalen Sandstrand hinab. Die Ebbe hatte ihren tiefsten Stand fast erreicht. Überall zwischen dem schmutzig braunen Sand, der normalerweise vom Meer überspült wurde, ragten Muschelbänke hervor und scharfkantige Felsen, zwischen denen sich winzige Seen gebildet hatten. Der Grund war dunkel gesprenkelt mit Seeigeln und schlaff daliegenden Algen. Der Geruch nach verrottendem Seetang, Muscheln, Fisch und Salz, das mit weißen Rändern die flachen Pfützen auf den Felsen einrahmte, überlagerte fast den Blutgeruch.

Andrej sprang von Stein zu Stein und folgte der unsichtbaren Spur, bis er an den Rand einer breiten Felsspalte gelangte. Und dort lag er: ein junger Mann, sorgsam vor den Blicken eines jeden verborgen, der weiter oben den Pfad entlangritt.

Sein Haar bewegte sich mit den Wellen rings um sein Gesicht. Die Augen, noch im Tod angstvoll aufgerissen, starrten durch das klare Wasser zu Andrej und Abu Dun hinauf, doch ihr Blick war leer. Jemand hatte einen großen Stein auf ihn gerollt, damit das Wasser ihn nicht davontrieb. Das weiße Kreuz auf seinem roten Wappenrock war blutverschmiert, seine Kehle eine einzige klaffende Wunde.

Abu Dun trat rasch einen Schritt zurück und Andrej hörte das scharrende Geräusch, mit dem sein Krummsäbel aus der Scheide glitt. Auch seine Hand wollte zum Gürtel wandern, hielt aber auf halbem Wege inne. Stattdessen ließ er sich auf die Knie herabsinken und streckte die Arme aus, um den Stein von der Brust des Toten herunterzuwälzen. Es gelang ihm nicht. Erst als er behutsam ins Wasser hineinstieg und beide Hände zu Hilfe nahm, gelang es ihm, den Stein zu bewegen. Ein gewöhnlicher Sterblicher hätte ihn keine Handbreit von der Stelle bekommen.

Andrej fluchte lautlos in sich hinein, als er sich die Hand an den nadelspitzen Stacheln eines Seeigels aufriss, der zwischen den Felsen verborgen gewesen war. Die Wunde blutete kurz und verschwand dann wieder, noch bevor er die Hand aus dem Wasser ziehen konnte, doch die wenigen Tropfen färbten das Wasser um den Toten herum rot. Wie von Geisterhand bewegt pendelten die Arme des Jungen in der kaum merklichen Strömung. Das Wasser, das über sein Gesicht hinwegwogte, verlieh den erstarrten Zügen die unheimliche Illusion von Leben. Ohne dass Andrej hätte sagen können, warum, jagte ihm der Anblick einen kalten Schauer über den Rücken.

»Wir sollten ihn liegen lassen«, sagte Abu Dun. »Bei dem, was hier bald geschieht, macht ein einzelner Toter mehr oder weniger keinen Unterschied.«

Andrej sagte nichts dazu, sondern bemühte sich nur umso verbissener, den Felsbrocken vom Körper des Toten herunterzurollen.

Durch den beengten Raum behindert, brauchte er lange, um den Toten aus seiner sonderbaren Lage zu befreien. Nachdem er es endlich geschafft hatte, stieg er wieder auf den Felsen hinauf und zerrte den leblosen Körper, der Zentner zu wiegen schien, ächzend hinter sich her. Abu Dun rührte keinen Finger, um ihm zu helfen, sondern stand mit leicht gespreizten Beinen und halb erhobener Waffe da, obwohl es weit und breit niemanden gab, gegen den er sich hätte verteidigen müssen. Andrej verspürte einen schwachen Anflug von Ärger, verbiss sich aber jede entsprechende Bemerkung. Im Grunde hatte Abu Dun Recht. Wäre es umgekehrt gewesen, hätte er auch nicht anders gehandelt.

»Sieh dir mal sein Gesicht an«, sagte er, nachdem er den Toten vor sich abgelegt und – einem Impuls folgend, den er sich selbst nicht erklären konnte – dessen Arme über der Brust gekreuzt hatte. Abu Dun kam gehorsam einen Schritt näher und beugte sich vor. Andrej hätte direkt in die Sonne blicken müssen, um zu ihm aufzusehen, aber das war gar nicht nötig. Er spürte, wie der Nubier erschrocken zusammenfuhr.

»Als hätte er den Leibhaftigen gesehen«, murmelte Abu Dun.

Andrej wunderte sich zwar ein wenig über die Wortwahl des Nubiers, doch er selbst hätte es nicht treffender ausdrücken können. Unter Wasser war die Miene des Toten nicht richtig zu erkennen gewesen, nun aber sah er, dass dieser noch weitaus jünger war, als es bisher den Anschein gehabt hatte. Er war kaum mehr als ein Kind, keinen Tag älter als Pedro. Der Ausdruck abgrundtiefen Entsetzens, der sich für alle Zeiten in sein Gesicht eingegraben hatte, ging weit über bloße Todesangst hinaus.

»Schau dir seinen Hals an«, murmelte Abu Dun.

Andrej verspürte ein eisiges Frösteln, als sein Blick über die Kehle des toten Jungen tastete. Was unter Wasser, halb verborgen unter spiegelndem Licht, wie eine einzige Wunde ausgesehen hatte, entpuppte sich als vier dünne, tiefe Schnitte, die den Jungen nahezu enthauptet hatten. Die Wunde erinnerte mehr als alles andere an einen Krallenhieb.

Und genau das, dachte Andrej schaudernd, war sie auch.

»Welches Tier hinterlässt solche Verletzungen?«, fragte Abu Dun mit versteinertem Gesicht. Als ob er die Antwort nicht wüsste.

Trotzdem erwiderte Andrej leise: »Ein Bär? Sieht man einmal davon ab, dass es hier keine Bären gibt.« Er zuckte mit den Schultern und seine Stimme wurde noch leiser. »Oder ein Dämon?«

Er bedauerte sofort, das Wort auch nur ausgesprochen zu haben. Manche Dinge blieben besser ungenannt, denn sie gewannen Substanz und Einfluss, wenn man ihnen einen Namen gab.

Abu Dun richtete sich wieder auf und drehte sich einmal um sich selbst. Sein Blick tastete misstrauisch über die zerklüftete Küstenlinie, suchte die Schatten und Felsspalten des Kliffs ab. Andrej tat dasselbe, wenn auch auf andere Weise. Seine Vampyrsinne griffen hinaus in die für Menschen unsichtbare und unfühlbare Welt, suchten nach einem Zeichen, das die Präsenz des anderen verriet, doch sie fanden ebenso wenig wie Abu Dun.

Nach einer Weile gab er es auf. »Hilf mir«, verlangte er.

Zusammen mit Abu Dun, der seinen Säbel nur widerwillig einsteckte und immer nervöser die Küstenlinie über ihnen absuchte, hob er den reglosen Körper auf und trug ihn zurück zu dem schmalen, nur wenige Schritte messenden Sandstrand am Fuße der Steilküste. Behutsam ließen sie ihn dort zu Boden sinken.

Andrej zögerte einen Moment und ließ sich dann neben ihm auf die Knie hinab, um dem Jungen mit einer fast zärtlichen Geste die Augen zu schließen. Er fühlte sich schuldig. Dieser Junge war seinetwegen gestorben. Nicht wegen des Krieges, nicht weil er etwas gesehen hatte, was nicht für seine Augen bestimmt gewesen war, nicht weil er irgendetwas getan hatte. Er war zum Opfer einer erbarmungslosen Kreatur geworden, für die ein Menschenleben weniger zählte als der Schmutz unter ihren Füßen. Ein rasender Zorn überkam Andrej. Ihm war klar, dass das genau das war, was sein Gegner mit diesem grausamen Geschenk hatte erreichen wollen. Er kämpfte seine Wut nieder, denn er wusste, dass ihm Zorn in dieser Situation nur schaden konnte. Dennoch blieb ein Gefühl tiefer Bitterkeit und Leere zurück, eine Hilflosigkeit, die noch schlimmer war als der Schmerz, den er empfunden hatte.

»Er ist hier, nicht wahr?«, stellte Abu Dun fest.

Andrej sah nicht zu ihm hoch, doch er spürte, dass sich der Nubier weiter langsam im Kreis drehte und sein Blick dabei unentwegt die gezackte schwarze Linie absuchte, die die Klippen gegen den strahlend blauen Himmel bildeten. Er konnte den Dämon so wenig spüren wie bisher, aber er wusste, dass er irgendwo in der Nähe war und sie beobachtete.

»Ja«, sagte er knapp. Dann stand er auf, hob in hilflosem Zorn die geballten Fäuste gen Himmel und schrie, so laut er konnte: »Zeig dich! Komm raus, du verdammter Feigling! Oder reicht dein Mut nur, um es mit einem wehrlosen Kind aufzunehmen?«

Er bedauerte seine eigenen Worte schon, bevor er sie ganz ausgesprochen hatte. Natürlich erhielt er keine Antwort. Abu Dun sagte nichts dazu, aber es war ein Schweigen der eher beredten Art, das Andrejs Groll noch weiter steigerte.

»Warum tut er das?«, fragte er hilflos. »Warum kommt er nicht heraus und stellt sich dem Kampf?«

»Vielleicht fürchtet er dich«, erwiderte Abu Dun. Seine Stimme war frei von Spott, doch Andrej schüttelte sofort entschieden den Kopf.

»Nein«, sagte er überzeugt. »Er ist stärker als ich. Ich wäre ihm niemals gewachsen. Vielleicht nicht einmal wir beide zusammen. Also, warum kommt er nicht her und bringt zu Ende, weshalb er gekommen ist?«

»Weißt du denn, warum er gekommen ist?«, fragte Abu Dun.

»Um mich zu töten.«

»Bist du sicher?« Abu Dun riss seinen Blick von dem Kliff los und legte nachdenklich den Kopf auf die Seite. »Vielleicht reicht es ihm nicht, dich zu töten. Vielleicht will er dich leiden sehen.«

»Jetzt komm endlich und kämpf mit mir!«, schrie Andrej noch lauter. Abu Dun schüttelte missbilligend den Kopf. Auch Andrej wusste, wie dumm diese Worte waren. Er hatte schon etliche Kämpfe gewonnen, weil er seine Gegner dazu gebracht hatte, genau das zu tun, was er nun tat – nämlich sich von ihren Gefühlen beherrschen zu lassen und die Fassung zu verlieren. Der Dämon war dort irgendwo. Gar nicht weit entfernt. Ohne leiser zu werden, fuhr er fort: »Ich stelle mich dir allein, hörst du? Abu Dun wird sich nicht einmischen.«

»Wird er doch«, sagte Abu Dun, aber Andrej fuhr mit einer heftigen Bewegung herum und herrschte ihn an: »Nein, das wirst du nicht. Ich verbiete es dir. Das ist allein meine Sache.«

»Der Meinung bin ich nicht«, entgegnete der Nubier ruhig. »Immerhin sind wir …«

»Ganz allein durch meine Schuld in dieser Lage«, unterbrach ihn Andrej. »Es ist genug, Abu Dun. Wir sind seit langem auf der Flucht, wegen etwas, was *ich* getan habe. Also lass es mich auch zu Ende bringen.«

Abu Dun lachte ungläubig. »Du hattest schon immer eine Schwäche für dramatische Auftritte und große Worte, Hexenmeister«, sagte er. »Aber du glaubst doch nicht im Ernst, dass ich dich im Stich lasse.«

»Davon kann nicht die Rede sein«, beharrte Andrej. Seine Stimme wurde leiser, eindringlicher. »Wenn du nicht auf deine Vernunft hörst, Abu Dun, dann bitte ich dich. Nicht um meinetwillen und nicht um deinetwillen, sondern um Julias und ihres Sohnes willen.«

Abu Dun fuhr zusammen, in seinen Augen blitzte es – ein Ausdruck von Ärger erschien darin, der Andrej verriet, dass er auf dem richtigen Wege war.

»Diese Frau bedeutet dir viel, nicht wahr?«, fuhr er fort. »Ebenso wie der Junge. Geh zu ihr. Tu das, was du ihr schuldig bist, und beschütze sie. Bring sie fort von dieser Insel, an irgendeinen Ort weit weg von diesem verdammten Krieg und weit weg von mir. Ich bringe nur Unglück, Abu Dun, hast du das immer noch nicht verstanden?«

Abu Dun versuchte zu lachen, doch es misslang. »Du hast nicht nur eine Vorliebe für dramatische Auftritte, Hexenmeister«, sagte er, »du bist anscheinend auch noch größenwahnsinnig. Gleich wirst du mir erzählen, dass der Sultan diesen ganzen Angriff nur plant, um sich deiner zu bemächtigen.«

»Wer weiß«, antwortete Andrej. Abu Dun verzog abfällig die Lippen, doch Andrej hob rasch die Hand und fuhr in nachdenklicherem Ton fort: »Vielleicht hat ihm jemand eingeflüstert, dass Malta ein reifer Apfel ist, der schon längst hätte gepflückt werden sollen. Jemand, der nicht nur mit Worten umzugehen, sondern auch die Gedanken seines Gegenübers zu verwirren weiß.« Er schüttelte den Kopf. »Aber wahrscheinlich hast du Recht und ich übertreibe jetzt. Das ändert aber nichts daran, dass diese Kreatur hier ist, und wir wissen beide, warum.«

»Dann sollten wir sie suchen und vernichten«, sagte Abu Dun.

Andrej hatte nichts anderes erwartet. »Ich«, verbesserte er ihn. »Ich sollte sie suchen und vernichten oder mich ihr wenigstens zum Kampf stellen.«

»Du willst allein weitermachen?«, fragte Abu Dun grinsend und reckte die Schultern. »Dann wirst du mich vorher umbringen müssen, Hexenmeister.«

Andrej seufzte. »Abu Dun«, sagte er, »du weißt genau, dass ich das niemals tun würde«, und schlug dem Nubier die linke Faust mit aller Gewalt in den Leib. Abu Dun ächzte und kippte nach vorn. Andrej riss sein Knie in die Höhe und rammte es seinem Gefährten mit aller Kraft in das Gesicht, sodass dieser zurückgeschleudert wurde und mit hilflos rudernden Armen so heftig gegen einen Felsen prallte, dass sein Hinterkopf mit einem lauten Knall gegen den Stein schlug. Abu Dun verdrehte keuchend die Augen und sank zur Seite. Blut lief aus seinem Mund und seiner Nase. Der Säbel entglitt seinen plötzlich kraftlos gewordenen Fingern und fiel zu Boden.

Andrej wartete nicht ab, was weiter geschah. Er hatte Abu Dun überrumpelt, aber der Nubier würde nur wenige Augenblicke brauchen, um sich von dem Hieb zu erholen, wieder auf die Füße zu kommen und sehr wütend zu werden. Andrej wusste, dass er in einem fairen Kampf ohne Waffen nicht die geringste Chance gegen den nubischen Riesen hatte.

Doch das brauchte er auch nicht. Er kletterte in Windeseile den gleichen Weg wieder hinauf, den Abu Dun und er vor wenigen Minuten herabgekommen waren. Als er den schmalen Pfad erreichte, auf dem sie ihre Pferde zurückgelassen hatten, hörte er bereits Abu Duns aufgebrachtes Gebrüll unter sich. Er musste sich nicht erst umdrehen, um zu wissen, dass der Nubier damit begonnen hatte, auf dem schnellsten Weg hinter ihm herzuklettern. Abu Duns Größe und Massigkeit hatten schon so manchen Mann darüber hinweggetäuscht, wie behände sich dieser vermeintlich plumpe Gigant bewegen konnte. Als sie sich das erste Mal getroffen hatten, hätte dieser Irrtum Andrej um ein Haar das Leben gekostet, doch Andrej wusste es mittlerweile besser.

Keuchend vor Anstrengung erreichte er sein Pferd, sprang in den Sattel und zwang das Tier mit einer brutalen Bewegung auf der Stelle herum. Der Hengst scheute, als er auf dem wenig mehr als eine Armeslänge messenden Weg wenden musste und sich unter seinen Hufen kleine Stein- und Schuttlawinen lösten, die polternd in der Tiefe verschwanden. Einen Atemzug später drangen wütende Schreie zu ihm herauf, die bewiesen, dass nicht wenige der gemeinen kleinen Geschosse Abu Dun getroffen hatten. Andrej nahm jedoch darauf keine Rücksicht, sondern sprengte los, hielt das Tier mit einem Ruck wieder an, als er neben Abu Duns Pferd angelangt war, und griff nach dessen Zügeln. Der Hengst scheute und versuchte sogar, nach Andrej zu beißen, dann aber bekam dieser die Zügel zu fassen und brach den Widerstand des Tieres mit einem einzigen harten Ruck. So schnell es auf dem schmalen Weg möglich war, zwang er es kehrtzumachen. Gerade als er das geschafft hatte, tauchten Abu Duns Kopf und Schultern keine zehn Meter hinter ihm über der Klippe auf.

»Andrej, was zum Teufel hast du vor?«, brüllte er. »Halt sofort an oder ich schwöre dir, dass ich ...«

Andrej hörte nicht hin. Er rammte seinem Pferd die Stiefelabsätze in die Flanken. Das Tier stieß ein erschrockenes Wiehern aus und schoss wie von der Sehne geschnellt los, zusammen mit Abu Duns Hengst, den Andrej mit eisernem Griff am Zügel festhielt.

Erst als sie den schwierigsten Teil des Weges hinter sich gebracht hatten und eine sichere Distanz zwischen ihm und dem Nubier lag, ritt Andrej wieder langsamer. Schließlich hielt er an und drehte sich im Sattel um.

Abu Dun war ein Dutzend Schritte hinter ihm hergerannt, hatte dann aber die Sinnlosigkeit seines Tuns eingesehen. Zwar vermochte er schneller zu laufen als jeder andere Mensch, aber mit einem gut trainierten Schlachtross konnte er nicht mithalten. Er hatte die Hände wütend zu Fäusten geballt und funkelte Andrej so zornig an, dass dieser es selbst über die große Entfernung hinweg zu sehen glaubte.

»Du bist wahnsinnig, Hexenmeister«, schrie er. »Er wird dich umbringen!«

»Nicht, wenn ich es verhindern kann«, rief Andrej. Er schüttelte den Kopf. »Ich binde dein Pferd in zwei, drei Meilen Entfernung an einen Baum. Folge einfach dem Pfad.«

»Was hast du vor?«, schrie Abu Dun zurück.

»Ich werde ihn suchen«, antwortete Andrej. »Mach dir keine Sorgen um mich. Geh zurück zu Julia und pass auf sie auf. Wir treffen uns dort.«

20. Mai 1565, nach Sonnenuntergang, in der Nähe von Żejtun

Wie er es versprochen hatte, hatte er Abu Duns Pferd am Wegesrand an einen Baum gebunden, allerdings nicht drei, sondern gut sechs Meilen entfernt von der Stelle, an der er den Nubier zurückgelassen hatte. Drei Meilen – das war eine Entfernung, die Abu Dun, ohne sich allzu sehr anzustrengen, in einer halben Stunde zurücklegen konnte. Andrej traute ihm durchaus zu, ihn in seiner Wut sogar noch weiter zu verfolgen. Er an seiner Stelle hätte es vermutlich getan.

Kurz darauf war die Sonne im Meer versunken, aber es war nicht dunkel geworden. Obwohl noch kein Vollmond herrschte, lag ein silbriger Schimmer über dem Land und überall brannten Lichter. Alle Menschen warteten mit angehaltenem Atem auf den ersten Schuss der Schlacht, die nur zu vielen von ihnen den sicheren Tod bringen musste. Jedes Dorf, jedes Haus, jede noch so kleine Hütte schien in dieser Nacht hell erleuchtet zu sein. Selbst auf manchen Feldern brannten Fackeln, die die Menschen dort in den Boden gesteckt und einfach zurückgelassen hatten.

Auch die Straßen des kleinen Dorfes, durch das er vor einer halben Stunde gekommen war, waren voller Menschen gewesen. So wie die Küstenstraße, die von Birġu wegführte, war auch sie voller Wagen, Karren und Vieh. Trotz der späten Stunde waren überall noch Menschen unterwegs, sodass Andrej sein riesiges Schlachtross nur mit äußerster Vorsicht durch die Menge hatte dirigieren können. Er hatte sich eine Decke um die Schultern geworfen, um den prachtvollen Mantel zu verdecken, der ihn als Johanniter und somit Mitglied der Besatzungsmacht verraten hätte, der Malta letzten Endes diese Invasion zu verdanken hatte – eine erbärmliche Tarnung, die aber erstaunlicherweise ihren Dienst zu tun schien. Die meisten Menschen waren viel zu sehr mit sich selbst beschäftigt, um dem Fremden, der an ihnen vorbeiritt, mehr als einen flüchtigen Blick zu schenken. Nur das lange Schwert an seiner Seite hätte ihn verraten können, doch seine Waffe unterschied sich deutlich von den kürzeren und viel breiteren Klingen, die die Johanniter für gewöhnlich trugen.

Hier und da hatte er einzelne Gesprächsfetzen aufgeschnappt. Eine junge Frau hatte lautstark behauptet, der Sultan selbst sei gekommen, um Malta zu erobern und alle Jungfrauen der Insel in seinen Harem verschleppen zu lassen. Ein versprengter Trupp Soldaten, von dem Andrej nicht sicher war, ob es sich nicht eher um Deserteure handelte, die auf eine günstige Gelegenheit warteten, die Insel zu verlassen, hatte lautstark damit geprahlt, wie sie den Türken mit ihren Musketen einen heißen Empfang bereiten würden.

In einer dunklen Nische hatte Andrej ein junges Pärchen in leidenschaftlicher Umarmung gesehen. Vor allem dieses Bild war ihm in lebhafter Erinnerung geblieben, hatte es ihm doch einen tiefen, schmerzhaften Stich versetzt. Es war lange her, dass er eine Frau in den Armen gehalten hatte; zumindest eine, die ihm etwas bedeutete und die er nicht mit Alkohol und Geschenken gefügig gemacht hätte. Nicht, dass es an Gelegenheiten gemangelt hätte. Mit seiner Größe, seinem langen, tiefschwarzen Haar, seiner muskulösen Gestalt und den dunklen, aufmerksamen Augen war Andrej für viele Frauen attraktiv, aber er hatte die Nähe von Frauen, die mehr als Geld oder Geschenke von ihm wollten, fast ängstlich gemieden. Zweimal in seinem langen Leben hatte er eine Frau wirklich geliebt, und beide Male war sie ihm genommen worden. Auch wenn das sehr lange zurücklag, war er doch immer noch nicht sicher, ob er so etwas noch ein drittes Mal verkraften könnte.

Vielleicht fiel es ihm deshalb so schwer, Zeuge von Abu Duns Glück zu werden. Er gönnte dem Nubier seine Liebe zu der jungen Witwe von Herzen, doch er wusste auch, wie schrecklich schnell die glückliche Zeit für seinen Freund vergehen würde. Selbst wenn Julia die bevorstehende Schlacht überlebte und nicht in Gefangenschaft geriet oder verschleppt wurde, so würden Abu Dun und ihr nur wenige Jahre bleiben. Ein Menschenleben war eine Ewigkeit für sie, ging aber für einen Unsterblichen nur allzu rasch vorüber. Andrej wusste aus eigener Erfahrung, um wie vieles länger der Schmerz anhielt als das Glück.

Musik drang an seine Ohren. Andrej fuhr aus seinen Gedanken hoch. Ihm wurde plötzlich klar, dass er die letzten Meilen zurückgelegt hatte, ohne zu registrieren, wohin er ritt oder was rechts und links des Weges lag. Er befand sich auf leicht abschüssigem Gelände, nicht weit von der Steilküste entfernt. Sowohl auf dem Wasser rechts neben ihm als auch vielleicht eine gute Meile entfernt vor ihm brannten Lichter. Er hörte Gelächter, Fetzen einer schrillen, fremd anmutenden Musik, dumpfen Trommelschlag, das Wiehern von Pferden. Andrej erschrak, als er begriff, dass nicht nur La Valettes schlimmste Befürchtungen wahr geworden und die Türken bereits gelandet waren, sondern er nahe daran gewesen war, blindlings in sie hineinzustolpern.

Mit angehaltenem Atem sah er sich um und lauschte. Die Lichter vor ihm mussten die Żejtuns sein, eines kleinen Ortes, von dem er gehofft hatte, dort Marschall Cocier und seine Truppen anzutreffen. Wenn er tatsächlich dort gewesen war, dann war er vermutlich nicht mehr am Leben. Das Dorf war ebenso hell erleuchtet wie alle anderen, durch die er bisher gekommen war, aber die Wort- und Musikfetzen, die an sein Ohr drangen, hatten keinen europäischen Klang. Vermutlich war es reines Glück, dass er nicht längst von einem der Posten entdeckt worden war, die die Türken sicherlich aufgestellt hatten.

Lautlos ließ er sich aus dem Sattel gleiten, band das Pferd an einem verkrüppelten Baum an und legte den Rest der Strecke bis zum Ortsrand zu Fuß zurück.

Seine Vorsicht erwies sich als keineswegs übertrieben. Obwohl die türkischen Soldaten in der Ortschaft lärmten und sich offensichtlich völlig sicher fühlten, war ihr Kommandant doch kein Dummkopf. Schon bald stieß Andrej auf die erste Wache, einen Mann, der in die knorrige Krone eines Olivenbaumes hinaufgestiegen war und einen schwarzen Mantel und einen ebensolchen Turban trug, die ihn in der Dunkelheit hervorragend verbargen. Doch Andrej fiel es nicht schwer, den Posten in sicherem Abstand zu umgehen, sowie es ihm auch gelang, außer Sicht- und Hörweite der anderen Wachen zu bleiben, die die Invasoren in weitem Kreis um den Ort herum postiert hatten. Er konnte ihre Atemzüge hören und ihren Schweiß riechen; wäre der Lärm aus dem Dorf nicht gewesen, hätte er wahrscheinlich das Schlagen ihrer Herzen gehört. Dennoch zollte Andrej dem Kommandanten dieser Männer im Stillen Respekt. Er hatte oft genug erlebt, wie leichtsinnig ein vermeintlich leichter Sieg einen überlegenen Angreifer werden lassen konnte. Ohne seine scharfen Sinne hätte er nicht die Spur einer Chance gehabt, sich dem Ort unentdeckt zu nähern.

Er brauchte nahezu eine halbe Stunde, bevor er im Dorf war und sich behutsam in den Schatten eines der niedrigen, weiß verputzten Häuser presste, um einen aufmerksamen Blick über den kleinen Platz vor ihm schweifen zu lassen. Nach dem Stand der Sterne schätzte Andrej, dass es noch eine Stunde bis Mitternacht war; so blieben ihm höchstens sechs Stunden bis zum Morgengrauen. Er sollte sich besser beeilen.

Auf dem Dorfplatz brannte ein halbes Dutzend großer Lagerfeuer. Von den Einwohnern der Stadt war ebenso wenig zu sehen wie von den Männern, nach denen Andrej eigentlich suchte. Was für Cociers Reiter galt, das galt wohl auch für die Bewohner dieser unglückseligen Stadt, die das Schicksal möglicherweise als Erste getroffen hatte: Sie waren entweder fortgeschafft worden oder tot.

Er erblickte mindestens hundert Janitscharen, die rote und grüne Kaftane trugen, dazu weit geschnittene Hosen und hohe Mützen. Viele der Krieger hatten lange Dolche oder kleine Äxte in ihren geschmückten breiten Gürteln stecken, nur wenige trugen Schwerter. Von seiner Position aus konnte Andrej auf keiner Waffe Blutspuren entdecken; auch seine übermenschlichen Sinne suchten vergeblich nach Anzeichen eines Kampfes. Die Männer saßen in lockeren Gruppen um die Lagerfeuer herum, lachten und warfen sich Scherzworte zu, die Stimmung war entspannt.

Ein leichter Pulvergeruch hing in der Luft und an einer Hauswand lehnte eine Anzahl langläufiger Musketen – Waffen einer Art, die Andrej zwar noch nie selbst gesehen, von denen er aber wahre Schauergeschichten gehört hatte. Ihre Geschosse vermochten angeblich jeden Brustpanzer zu durchschlagen. Seit die Janitscharen angekommen waren, hatten sie jedoch höchstens drei oder vier Schüsse abgefeuert und sie hatten nichts getroffen.

Andrej blieb noch eine geraume Weile in seinem Versteck, kam aber schließlich zu dem Schluss, dass er dort nichts Interessantes mehr entdecken würde. Er wusste nun, dass die Invasion, die La Valette und die anderen Johanniter so mühsam abzuwehren planten, in Wahrheit längst begonnen hatte.

Er entfernte sich ebenso lautlos wieder, wie er gekommen war, schlich dorthin zurück, wo er seinen Hengst zurückgelassen hatte, und verbarg das Tier in einer der zahllosen schmalen Schluchten, die die Küste säumten. Von dort aus war es noch etwas mehr als eine Meile bis zur Bucht von Marsascirocco. Mit großer Wahrscheinlichkeit würde er Cocier und seine Reiter auch dort nicht finden, doch er nahm sich vor, zumindest noch einen Blick auf diesen strategisch wichtigen Punkt zu werfen und dann umzukehren. Wenn er sich sputete (und Abu Dun nicht über den Weg lief), konnte er bis Sonnenaufgang zurück im Fort St. Elmo sein, um La Valette und den anderen von seinen Entdeckungen zu berichten.

Der Weg führte durch unebenes, von kärglichem Gestrüpp und von der Sonne zu schwarzen Skeletten verbrannten Bäumen bedecktes Gelände. Geduckt von Fels zu Fels schleichend, umging Andrej zwei Patrouillen der Türken.

Sein Optimismus, diesen kleinen Ausflug in kürzester Zeit hinter sich zu bringen und endlich zurückkehren zu können, sank mit jedem Schritt, den er sich der Bucht näherte. Der Himmel über dem Meer war rot vom Widerschein zahlloser Feuer und Positionslampen, die an Deck der Schiffe brannten.

Was er schon in Żejtun festgestellt hatte, galt dort umso mehr: Die Türken waren äußerst vorsichtig und ließen sich von ihrer zahlenmäßigen Überlegenheit nicht dazu verleiten, nachlässig zu werden. Überall auf den Felsen rings um die Bucht brannten Feuer, und die Invasoren hatten im Abstand von fünfzig Schritten Posten aufgestellt, die das vermeintlich reglos daliegende Land ringsum aus aufmerksamen, scharfen Augen beobachteten. Andrej musste all sein Geschick und jeden noch so kleinen Trick, den er im Laufe seines langen Lebens gelernt hatte, aufwenden, um ungesehen zwischen ihnen hindurch bis zum Rand der Steilküste zu gelangen.

Sein Herz tat einen erschrockenen Sprung, als er in die Tiefe blickte. Im ersten Moment hatte er das Gefühl, die komplette türkische Flotte sei in der weitläufigen Bucht vor Anker gegangen. Natürlich stimmte das nicht, doch nachdem Andrej seine Überraschung überwunden hatte und die Zahl der als gedrungene schwarze Schatten auf dem Meer daliegenden

Schiffe rasch überschlug, kam er auf weit mehr als hundert. Diese Flotte allein, dachte er schaudernd, wäre mehr als ausreichend, um die Johanniterfestungen auf der anderen Seite der Insel zu erobern. Und das war nur ein Teil der Schiffe, die Suleiman ausgeschickt hatte.

Nahe des Strandes entdeckte er ein besonders großes, prachtvolles Schiff; vermutlich das des Kommandeurs. Dutzende von kleinen Laternen, die an Reling und Masten angebracht waren, tauchten es in fast taghelles Licht. An Deck schien ein Fest gefeiert zu werden. Gelächter und die Fetzen von Flöten- und Trommelspiel wehten über das Wasser zu ihm herauf, Männer in weiten, bunten Röcken tanzten zu einer aufpeitschenden Melodie auf dem Hauptdeck.

Andrej blieb eine geraume Weile reglos und mit angehaltenem Atem in der Dunkelheit liegen und blickte auf das bizarre Schauspiel hinab. Er musste an das Gespräch zwischen La Valette und dem Ritter denken, dessen Zeuge er geworden war. Die Flottenbewegungen vor der südlichen Küste waren tatsächlich nur eine Finte gewesen, um die Verteidiger dazu zu verleiten, einen Teil ihrer Truppen nach Mdina zu schicken, um den dort erwarteten Angriff abzuwehren. Und diese Finte hatte ihren Zweck erfüllt.

Andrej schob sich ein Stückchen weiter nach vorne und erstarrte, als sich unter seiner Hand ein Stein löste und mit einem lang anhaltenden Klicken und Kollern, das in der Dunkelheit übernatürlich weit zu hören zu sein schien, in die Tiefe stürzte und schließlich mit einem Platschen im Wasser verschwand. Er widerstand der Versuchung, sich erschrocken umzusehen, lauschte aber konzentriert und atmete erst nach einigen Augenblicken wieder auf. Niemand hatte sein Missgeschick bemerkt. Die Männer, die hinter ihm Wache hielten, konzentrierten sich offensichtlich auf das Landesinnere. Außerdem mussten Lärm, Musik und Gelächter, die vom Schiff des Kommandeurs heraufwehten, jeden anderen Laut übertönen. Dennoch nahm sich Andrej vor, vorsichtiger zu sein. Wenn man ihn dort entdeckte, war er in ernsthaften Schwierigkeiten. Er fürchtete sich nicht davor, es mit ein paar Wachen oder schlimmstenfalls einer ganzen Abteilung Janitscharen aufnehmen zu müssen, doch er konnte sich kaum mit der gesamten türkischen Armee messen. Aber vielleicht mit einem einzelnen Mann?

Andrej dachte ernsthaft über diese Möglichkeit nach. Niemand ahnte, dass er dort war. Er traute sich ohne weiteres zu, im Schutze der Dunkelheit nicht nur unentdeckt bis zum Strand hinunter, sondern auch an Bord des Schiffes zu gelangen. Die ausgelassene Stimmung dort unten, die Musik und der Tanz würden ihm hinlänglich Schutz bieten. Was, wenn er sich an Bord des Schiffes schlich und den obersten Befehlshaber der türkischen Flotte tötete oder – besser noch – gefangen nahm?

Widerstrebend verwarf Andrej den Gedanken wieder. Seine Aussichten, unbemerkt an Bord des Schiffes zu kommen, waren nicht einmal schlecht; die, sein Vorhaben in die Tat umzusetzen, dafür umso miserabler. Selbst wenn es ihm gelang, den Kommandeur der türkischen Flotte ausfindig zu machen und zu überwältigen, konnte er sich nicht ernsthaft einbilden, mit einem widerstrebenden oder bestenfalls bewusstlosen Gefangenen die Klippe wieder hinauf, an den Wachen vorbei und bis auf die andere Seite der Insel zu gelangen. Ihn zu töten kam nicht in Frage. Andrej hatte längst aufgehört zu zählen, wie viele Männer er im Laufe seines Lebens getötet hatte – und er hatte das düstere Gefühl, dass noch eine gehörige Menge dazukommen würde, bevor der Kampf um Malta vorbei war. Dennoch, er war Krieger, und kein Attentäter oder Meuchelmörder.

Unversehens hatte er das Gefühl, beobachtet zu werden. Andrej erstarrte und hielt den Atem an. Gleichzeitig lauschte er. Da war nichts. Er hörte das leise Geräusch der Brandung, Musik, Gelächter und Stimmengewirr, die vom Schiff heraufdrangen, und dann und wann das entfernte Wiehern eines Pferdes oder gedämpften Hufschlag, doch keiner dieser Laute erscholl in seiner unmittelbaren Nähe. Er spürte auch nichts. Wenn der Dämon tatsächlich dort war und ihn belauerte, dann vermochte sich das unheimliche Wesen perfekt zu tarnen.

Es war nicht das erste Mal, dass er gegen ein Wesen seiner eigenen Art antrat, auch nicht das erste Mal, dass er es mit einem Gegner zu tun bekam, der ihm überlegen war, und doch hatte er noch niemals eine solche ... ja, es hatte keinen Sinn, es zu leugnen: Angst gehabt. Das Bild des toten Jungen erschien erneut vor seinem inneren Auge und ihm wurde klar, dass der Dämon sein Opfer keineswegs willkürlich ausgesucht hatte. Es war kein Zufall, dass dieser bedauernswerte Junge ihn an Pedro erinnerte. Allein dieser Gedanke jagte ihm erneut einen Schauer über den Rücken, bedeutete er in letzter Konsequenz doch nichts anderes, als dass ihr unheimlicher Gegner nicht nur alles über ihn und Abu Dun, sondern auch über ihr Leben auf Malta, ihre Gewohnheiten und Bedürfnisse, und vor allem über die Menschen, die sie kannten und liebten, wusste.

Andrej riss seinen Blick mit Mühe von der hell erleuchteten Galeere los und ließ ihn noch einmal abschließend über die weite Bucht schweifen. In der Nähe des Schiffes des türkischen Kommandeurs lagen etliche große Frachter vertäut. Auf ihnen wurde nicht gefeiert, doch auch sie waren hell erleuchtet. Selbst jetzt, mitten in der Nacht, wurden dort Boote beladen, Ballen und Säcke geschleppt, schwer beladene Netze an wuchtigen Kränen über Bord geschwenkt, damit sie ihre Last in kleinere Ruderboote entluden, deren geringer Tiefgang es ihnen ermöglichte, den schmalen Sandstrand anzulaufen.

Besorgt zog Andrej die Augenbrauen zusammen, als er sah, dass dort unten bereits die ersten, im flackernden Licht der Feuer unheilvoll schimmernden Kanonen ausgeladen wurden. Seine Befürchtungen hatten sich bewahrheitet. Auch wenn bisher nur wenige Zelte aufgeschlagen waren, konnte es keinen Zweifel mehr daran geben, dass die türkische Armee genau diese Bucht zum Ausgangspunkt ihrer Invasion gewählt hatte. Er musste zurück und La Valette und die anderen warnen.

Andrej hatte genug gesehen. Vorsichtig stemmte er sich auf Hände und Knie hoch und wollte gerade kehrtmachen, um sich vom Rand des Steilufers zurückzuziehen, als er einen keuchenden, halblauten Schrei hörte. Der Laut drang nur schwach an sein Ohr, nahezu überdeckt von Musik und fröhlichem Gelächter, und doch lag so große Furcht darin, dass Andrej abermals erstarrte und sich nach kurzem Zögern erneut behutsam nach vorne schob. Diesmal achtete er streng darauf, keinen Stein loszureißen oder sich auf andere Weise zu verraten.

Der Schrei wiederholte sich nicht, doch nur einen Moment später hörte er ein dumpfes, gequältes Stöhnen und der Wind trug den Geruch von frischem, warmem Blut zu ihm herauf. Lautlos bewegte er sich noch ein winziges Stückchen weiter vorwärts, bis er den Bereich des Strandes unmittelbar am Fuße der senkrecht abstürzenden, fünfzig Fuß hohen Steilküste einsehen konnte.

Obwohl er geahnt hatte, welcher Anblick sich ihm bieten würde, sog er scharf die Luft zwischen den Zähnen ein, als er das gute Dutzend schreiend bunt gekleideter Janitscharen erblickte, das direkt unter ihm einen engen Halbkreis um zwei halb nackte Gestalten bildete, die mit auf den Rücken gebundenen Händen im Sand knieten. Man hatte die Männer bis auf einen Lendenschurz ausgezogen, doch Andrej erkannte trotz der großen Entfernung und des schwachen Lichts, dass es sich nicht um Türken und auch nicht um Einwohner Maltas handelte, die nur das Pech gehabt hatten, den Invasoren in die Arme zu laufen. Obwohl er von seinem Aussichtspunkt aus nur ihre gebeugten Schultern und gesenkten Häupter sehen konnte, war er fast sicher, einen der Männer zu kennen: einen Ritter aus dem Gefolge des Großmarschalls.

Der andere war deutlich jünger und schlanker, kaum mehr als ein Knabe auf der Schwelle zum Mannesalter. Vermutlich ein Novize, der noch am Morgen dieses Tages voller Zuversicht und Gottvertrauen in den Sattel gestiegen und seiner ersten Schlacht entgegengeritten war, beseelt von dem Gefühl der Unverwundbarkeit, das man in diesem Alter noch hatte, und auf den trügerischen Schutz des Schwertes an seinem Gürtel vertrauend.

Andrejs Gedanken überschlugen sich, während er alle Möglichkeiten erwog, etwas für diese beiden Unglückseligen zu tun. Doch er wusste, dass es nichts gab, was er tun konnte. Jeder Versuch, den beiden Männern zu Hilfe zu eilen, wäre purer Selbstmord. Sie waren von einem Dutzend Janitscharen umgeben und hundertmal so viele hielten sich in Rufweite am Strand auf. Andrej fühlte sich hilflos auf eine Art, die ihn zornig genug machte, eine gewaltige Dummheit zu begehen.

Doch er beherrschte sich, brachte es aber auch nicht übers Herz umzukehren und den Ritter und den bedauernswerten Novizen ihrem Schicksal zu überlassen. Er hatte das absurde Gefühl, es ihnen schuldig zu sein, wenigstens in der Nähe zu bleiben.

Nicht weit entfernt von der Stelle, an der die beiden Ritter im Sand knieten, ragte eine Felsnase ein gutes Stück über den Strand hinaus – vielleicht fünfzehn Fuß über dem Boden. Wenn es ihm gelang, dorthin zu kommen, mochte er vielleicht belauschen können, was die beiden unter der Folter verrieten. Der Novize wusste mit Sicherheit nicht viel; der andere aber war ein Ritter und möglicherweise in die Pläne La Valettes eingeweiht.

Als hätte es dieses Gedankens bedurft, erinnerte sich Andrej auch wieder an dessen Namen – Chevalier Adrien de la Revier. Andrej hatte ihn nie besonders gemocht – was allerdings auf den größten Teil seiner Ordensbrüder zutraf. La Revier war ein Aufschneider und Draufgänger, doch als rechte Hand Marschall Cociers war er unglückseligerweise bestens über die Verteidigungsanlagen und die Stärke der Besatzung informiert.

Einer der Janitscharen beugte sich über den Novizen. Andrej konnte nicht genau erkennen, was er tat, doch im nächsten Moment wehte erneut ein qualvolles, gepresstes Stöhnen zu ihm herauf, das nur einen Atemzug später zu einem gellenden Schrei wurde. Der Blutgeruch wurde stärker.

Andrej ballte wütend die Hände zu Fäusten, erhob sich lautlos von seinem Platz und schlich nach einem letzten sichernden Blick los. Er musste nur wenige Schritte weit gehen, bis er eine Stelle fand, an der er hinabklettern konnte. Zoll für Zoll hangelte er sich in die Tiefe, hielt immer wieder an, um zu lauschen und mit klopfendem Herzen nach unten zu sehen, und erreichte schließlich – nach einer Ewigkeit, in der die Schreie des Jungen immer wieder zu ihm heraufschallten – den Felsvorsprung. Lautlos wandte er sich um, streckte sich auf dem rauen Fels aus und kroch bis zu seiner Kante vor.

Das schreckliche Bild unten am Strand hatte sich verändert, als er sein Ziel erreichte und aus weniger als drei Manneslängen Höhe auf das blutige Spektakel hinuntersah. Ein Teil der Janitscharen hatte sich zurückgezogen, offensichtlich angewidert vom blutigen Geschäft der Folterknechte. Revier kniete noch immer im Sand und hatte mittlerweile den Kopf gehoben, um trotzig in die Gesichter der Janitscharen zu starren, während der Novize mit angezogenen Beinen auf der Seite lag und leise wimmerte. Sein Gesicht und seine nackte Brust waren blutüberströmt; in seine wimmernden Schmerzlaute mischte sich immer wieder ein Schluchzen, das er nun nicht mehr unterdrücken konnte. Andrejs rechte Hand glitt fast ohne sein Zutun zum Gürtel und schloss sich um den

Schwertgriff. Es kostete ihn enorme Kraft, die Waffe nicht zu ziehen, um den Gräueln ein Ende zu machen.

»Chevalier, ich bitte Euch«, sagte einer der Männer unter ihm. Es war ein junger Janitscharen-Offizier in prachtvollen seidenen Gewändern, mit einem gewaltigen Turban und einem gebogenen, juwelenbesetzten Dolch im Gürtel. Er sprach nahezu akzentfreies Französisch und seine Stimme klang durchaus so, als meine er das, was er sagte, ernst. »Ihr habt Euren Mut zur Genüge bewiesen. Niemand wird Euch einen Feigling nennen, wenn Ihr jetzt redet.«

Revier legte den Kopf mit einem Ruck noch weiter in den Nacken und funkelte den Janitscharen-Offizier trotzig an. Er sagte nichts. Der junge Türke hielt seinem Blick einen Moment lang mit undeutbarem Gesichtsausdruck stand, dann seufzte er tief, straffte die Schultern und gab dem Mann zu seiner Linken einen kaum merklichen Wink. Der Janitschar, ein gedrungener, muskulöser Kerl mit einem brutalen Gesicht, dem man ansah, dass er das, was er tat, im Gegensatz zu seinem Offizier genoss, beugte sich herab, grub die Hand in das kurz geschnittene Haar des Novizen und riss ihn mit einem derben Ruck wieder auf die Knie empor. Der Junge keuchte vor Schmerz und Angst.

»Chevalier, ich beschwöre Euch«, fuhr der Offizier fort. »Wenn Ihr jetzt nicht redet, muss ich den nächsten Grad der Folter befehlen.« Er sprach mit eindringlicher Stimme weiter. »Wir beide sind Krieger, Chevalier. Bitte erspart mir, diesen Befehl geben zu müssen.«

Revier schwieg trotzig weiter und der Folterknecht griff unter seinen breiten Gürtel und zog eine gebogene Zange aus dem Sortiment aufblitzender Marterwerkzeuge, das darin steckte. Mit einem brutalen Ruck drehte er den Novizen um, packte seine auf grausame Weise auf dem Rücken zusammengebundenen Hände und setzte die Zange am rechten Daumen des Jungen an.

Andrejs Hand glitt abermals zum Gürtel, und diesmal zog er sie nicht zurück, als er das kalte Leder des Schwertgriffes spürte. Wahnsinn oder nicht – er konnte nicht tatenlos zusehen, wie dieser arme Junge schlimmer geschunden wurde als ein Tier.

»Chevalier – redet!«, fuhr der Offizier fort. »Er wird dem Jungen den Daumen abschneiden. Er wird nie wieder ein Schwert halten können. Bitte ...!«

Der Novize begann laut zu schluchzen, als der Janitschar den Druck auf die Zange erhöhte. Blut quoll unter den scharf geschliffenen Backen des brutalen Folterwerkzeugs hervor. Andrej spannte sich.

»Es ist die Bastion ... der Kastilier ...«, stammelte der Ordensnovize.

»Schweig!«, schrie La Revier mit sich überschlagender Stimme.

»Nein, Herr ...«, schluchzte der Junge. Tränen liefen über sein Gesicht. Auf einen Wink des Offiziers hin zog der Janitschar seine Zange zurück und richtete sich auf, indes ohne den Kopf des Novizen loszulassen. Er wirkte enttäuscht. »Die Bastion der Kastilier ...«, fuhr der Junge fort.

»Was ist damit?«, fragte der Offizier. La Revier wollte etwas sagen, doch der Türke brachte ihn mit einer herrischen Geste zum Schweigen. Er ließ sich vor dem Novizen in die Hocke sinken. Auf seinem Gesicht erschien ein ebenso teilnahmsvoller wie sanfter Ausdruck, den man ihm allerdings nur dann hätte abnehmen können, wenn er nicht soeben die übelste aller Foltern befohlen hätte – er ließ einen Wehrlosen quälen, um von jemand anderem Informationen zu erpressen.

»Es ... es tut mir Leid, Herr«, schluchzte der Novize. So wie der Janitschar ihn nun gepackt hielt, konnte Andrej sein Gesicht deutlich erkennen. Es war blutüberströmt und zeigte die Spuren schwerer Schläge und schlimmerer Misshandlungen. »Ich ... ich kann das nicht. Bitte, verzeiht mir, Herr. Tötet mich, wenn Ihr wollt, aber ... aber ich halte es nicht mehr aus.«

La Revier verzog verächtlich die Lippen und setzte erneut dazu an, etwas zu sagen. Der Offizier versetzte ihm unbewegt einen Schlag mit dem Handrücken, der seinen Kopf zurückwarf und seine Lippen aufplatzen ließ.

In unverändertem Ton und mit einem fast väterlichen Lächeln fuhr er an den Novizen gewandt fort: »Rede ruhig, mein Junge. Es ist kein Zeichen von Feigheit, vor dem Schmerz zu kapitulieren.«

»Die Bastion der Kastilier«, wiederholte der Novize. »Sie ... sie ist mit den wenigsten Geschützen bestückt und ... und auch der Graben ist dort weniger tief. Sie ... sie ist der schwächste Punkt unserer Verteidigungslinie.«

In seinem Versteck fünfzehn Fuß über dieser Szene runzelte Andrej überrascht die Stirn. Das war eine glatte Lüge. La Valette kannte die schwachen Punkte ihrer Verteidigung und hatte gerade die Bastion, von der der Junge sprach, vor weniger als einer Woche mit einer ganzen Batterie zusätzlicher Geschütze verstärken lassen.

Auch La Revier sah für einen Moment verwirrt aus, hatte sich aber gottlob gleich wieder in der Gewalt.

Der türkische Offizier schien über die Worte des Jungen nachzudenken. Dann griff er unter sein Gewand, zog ein eng zusammengerolltes Pergament hervor, entfaltete es und wendete sich in der Hocke nach rechts um, bis das Licht eines nahen Feuers die Buchstaben auf dem Blatt ausreichend beleuchtete, damit er sie lesen konnte. Seine Finger fuhren lange über das Pergament, doch schließlich nickte er – anscheinend zufrieden – und gab dem Folterknecht einen Wink.

»Er spricht die Wahrheit. Was der Junge sagt, deckt sich mit den Berichten unserer Späher. Verbindet seine Wunden.« Er stand auf und rollte das Blatt wieder zusammen. »Für diese Nacht ist es genug.«

Der Novize brach mit einem erleichterten Wimmern zusammen, als der Janitschar endlich sein Haar losließ.

La Revier maß ihn mit einem eisigen Blick und spie aus. »Möge der Teufel deine Seele holen, du verdammter Verräter«, sagte er. »Das Leben Hunderter deiner Brüder lastet auf deinem Gewissen. Ich hoffe, du brennst auf ewig im Feuer der Hölle.«

Der Offizier drehte sich mit einem Seufzen zu ihm um und sagte etwas, das Andrej nicht verstand. Behutsam zog er sich wieder ein kleines Stück zurück. Er war unschlüssiger denn je, was er tun sollte. Es war unmöglich, die beiden zu retten. Aber die Türken waren nicht unbedingt für die Sanftmut bekannt, mit der sie ihre Gefangenen behandelten. Früher oder später würde der Offizier begreifen, dass ihm der Novize bewusst die Unwahrheit gesagt und ihn damit möglicherweise dazu gebracht hatte, seine Truppen gegen einen vermeintlich schwachen Teil der Befestigungsanlagen zu schicken, aus denen ihnen ein vernichtendes Abwehrfeuer entgegenschlagen würde. Und wahrscheinlich würde dieser tapfere junge Ritter dann einen Preis für seine Loyalität zahlen, der noch ungleich höher war, als er es sich in diesem Moment vorstellen konnte. Dennoch gab es nichts, was er für die beiden Männer tun konnte. Andrej traute sich durchaus zu, mit einem schnellen Satz unter die Janitscharen zu fahren und den Gefangenen zumindest einen schnellen und gnädigen Tod zu gewähren; aber das hätte das Opfer des jungen Novizen jeglichen Sinnes beraubt. Er …

… *spürte* die Präsenz des anderen Vampyrs. Es war wie eine unsichtbare, eisige Hand, die sich von hinten um seine Kehle legte und unbarmherzig zudrückte, sodass er das Gefühl hatte, nicht mehr atmen zu können. Mit einer abrupten Bewegung fuhr er herum, warf den Kopf in den Nacken – und erstarrte.

Über ihm, genau an der Stelle, an der er vorhin seinen Abstieg begonnen hatte, stand eine hoch gewachsene Gestalt. Gegen den dunklen Nachthimmel war sie nur als tiefenloser schwarzer Schemen zu erkennen, ein schweigendes Gespenst, das aus unsichtbaren Augen auf ihn herunterstarrte. Der leichte Wind, der von der See her über die Küste strich, bauschte ihren Mantel auf, sodass Andrej den Eindruck hatte, eine riesige Fledermaus zu beobachten, die ihre Flügel spreizte. Obwohl das Gesicht des Dämons nichts als ein Bereich vollkommener Schwärze war, konnte er den Blick seiner stechenden, unheimlichen Augen wie eine körperliche Berührung spüren. Er war die ganze Zeit über da gewesen, stets in seiner Nähe, lauernd, beobachtend, ein unsichtbarer Begleiter, der jeden seiner Schritte registrierte.

Was willst du?, dachte Andrej. Warum kommst du nicht her und bringst es zu Ende?

Er wusste nicht, ob der andere tatsächlich seine Gedanken lesen konnte oder ob es einfach so leicht war zu erraten, was in ihm vorging. Doch genau in diesem Moment hob der Dämon den rechten Arm und winkte ihm fast spöttisch zu. Dann war er ebenso schnell und lautlos, wie er aufgetaucht war, verschwunden.

Andrej blieb völlig verwirrt zurück. Er wusste, dass der andere ihn ohne Schwierigkeiten längst hätte töten können. Was er schon in La Valettes Gemach gespürt hatte, war nun zur Gewissheit geworden – das Wissen um die Überlegenheit dieses Vampyrs. Er war um ein Vielfaches stärker, entschlossener und grausamer als alle anderen seiner Art, denen er jemals gegenübergestanden hatte. Warum aber erledigte er nicht das, wozu er hergekommen war, tötete ihn und nahm sich seine Seele?

Doch er ahnte bereits die Antwort auf diese Frage. Weil es nicht ausreichte. Es war nicht bloß sein Tod, den der Dämon wollte. Der Fluch, der seit einem Menschenalter auf ihm lastete, wog zu schwer. Er würde ihn töten, aber nicht sofort und nicht zu schnell. Die, die ihn geschickt hatten, wollten, dass er litt. Er hatte zahllose Leben genommen, damals in jener schrecklichen Nacht, in der er die Puuri Dan getötet und ihre gesamte Sippe ausgelöscht hatte. Vielleicht wollten sie, dass er für jedes einzelne Leben auch einzeln bezahlte.

Andrej stand lange reglos in der Dunkelheit und versuchte das Gefühl dumpfer Hoffnungslosigkeit und Betäubung niederzukämpfen, das sich wie ein schleichendes Gift in ihm ausbreitete. Schließlich zog er mit einer müden Bewegung die Hand vom Schwertgriff zurück und machte sich daran, die Klippe wieder hinaufzuklettern.

21. Mai 1565, kurz vor Sonnenaufgang in den Kasematten des Forts St. Angelo

Die gewölbte Kammer war vollständig aus dem natürlich gewachsenen Fels der Insel herausgeschlagen worden und maß nur wenige Schritte. Von der Decke, unter der Andrej kaum aufrecht stehen konnte, hing eine einzelne Laterne aus dickem gelben Glas, die den Raum in ein unangemessen warmes Licht tauchte.

Die Tür zur Pulverkammer auf der anderen Seite des winzigen Raumes bestand aus schwerem Eichenholz, das zusätzlich mit breiten Eisenbändern verstärkt war. Auf ihrer Schwelle standen vier Paar Überzieher aus speckigem grauen Filz, die in dieser Umgebung einen geradezu absurden Anblick boten, angesichts dessen, was sich hinter der Tür verbarg, jedoch überlebenswichtig waren. Es war bei strengster Strafe verboten, das Pulverlager mit gewöhnlichen Schuhen oder gar eisenbeschlagenen Stiefeln zu betreten. Die genagelten Sohlen hätten nur zu leicht einen Funken aus dem steinernen Boden geschlagen, und dann fehlte nur ein wenig verschüttetes Pulver, um eine Katastrophe auszulösen.

Andrej fragte sich, warum man ihn dorthin geschickt hatte.

Er hatte die Küste auf schnellstem Wege verlassen und die schmale Schlucht, in der er sein Pferd verborgen hatte, ohne weitere Zwischenfälle erreicht. Er war geritten wie der Teufel, um noch vor Sonnenaufgang nach Birğu zurückzukommen. Tatsächlich hatte er St. Angelo fast zwei Stunden vor Anbruch der Dämmerung erreicht und sofort mit allem Nachdruck darauf bestanden, La Valette oder Starkey zu sprechen. Doch statt in die Gemächer des Großmeisters hatten ihn zwei grimmig dreinblickende Ritter, die all seine verwirrten Fragen nur mit finsteren Blicken und unbewegtem Gesicht beantworteten, herunter in die Kasematten des Forts gebracht und ihm beschieden, dort auf den Großmeister zu warten.

Genau das tat er nun seit einer guten Stunde. Er hatte zweimal versucht, die Kammer zu verlassen, und war beide Male von denselben Männern, die ihn heruntergeführt hatten, daran gehindert worden – höflich, respektvoll und mit großem Nachdruck. Hätte es auch nur einen Grund für diese Annahme gegeben, Andrej wäre sicher gewesen, dass man ihn als Gefangenen betrachtete.

Endlich erklangen draußen auf dem Gang Schritte. Andrej drehte sich ungeduldig zur Tür herum. Scharrend wurde sie geöffnet und La Valette und Sir Oliver Starkey traten ein, dicht gefolgt von einem der Menschen, die Andrej im Augenblick am wenigsten auf der ganzen Welt zu sehen wünschte: Chevalier de Romegas. Andrej enthielt sich jeden Kommentars, legte aber viel sagend die Stirn in Falten. Zumindest Sir Oliver reagierte mit einem angedeuteten Lächeln darauf. Bevor sich die Tür hinter den dreien wieder schloss, erhaschte Andrej einen raschen Blick auf den Gang hinaus. Zu den beiden Männern, die ihn über eine Stunde geduldig bewacht hatten, hatten sich noch weitere Ritter gesellt. Sein ungutes Gefühl wuchs.

»Chevalier de Delãny«, begann La Valette. Seine Stimme klang müde. Keiner der Männer schien diese Nacht viel Schlaf bekommen zu haben. »Ich hoffe, Ihr bringt gute Nachrichten?«

Andrej musste nicht in die Gesichter der beiden anderen

blicken, um zu wissen, dass das eine reine Floskel war. La Valette interessierte sich nicht im Geringsten für die Antwort auf seine eigene Frage. Er hatte ihn auch nicht dort herunterbringen lassen, um sich seinen Bericht anzuhören. Trotzdem antwortete er, indem er bedauernd den Kopf schüttelte: »Ich fürchte, nein«, sagte er. »Sie sind bereits gelandet. In der Bucht von Marsascirocco, wie Ihr es erwartet hattet.«

»Die ganze Flotte?«, fragte La Valette. Wieso hatte Andrej bloß den Eindruck, dass ihn auch die Antwort auf diese Frage nicht interessierte?

»Nein, aber ein großer Teil. Über hundert Schiffe, schätze ich. Sie haben bereits damit begonnen, die Geschütze zu entladen und Truppen an Land zu bringen.« Er wartete vergeblich auf eine Reaktion auf diese Eröffnung, die sowohl La Valette als auch die beiden anderen im Grunde zutiefst hätte erschüttern müssen, und fuhr dann fort: »Ich fürchte, ich bringe auch keine guten Nachrichten von Marschall Cocier. Ich habe ihn selbst nicht zu Gesicht bekommen, doch die Türken haben wenigstens zwei seiner Begleiter gefangen genommen.« Er berichtete mit knappen, möglichst emotionslosen Worten, was er gesehen und vor allem gehört hatte. Die drei Männer hörten schweigend zu, doch in Starkeys Augen erschien so etwas wie ein Ausdruck flüchtiger Bewunderung, als Andrej erzählte, was der Novize getan hatte.

»Ein tapferer Junge«, sagte er anerkennend, nachdem Andrej zu Ende gekommen war. Von dem Dämon hatte er nichts erzählt. Nicht, solange Romegas im Raum war. »Suleimans Truppen werden eine blutige Überraschung erleben, wenn sie die Festung der Kastilier erstürmen wollen«, sagte Romegas zufrieden. Starkey fügte leise und ein wenig traurig hinzu: »Ja, und dieser mutige junge Bursche wird den Preis dafür bezahlen.«

»Habt Ihr denn nichts getan, um diese beiden aufrechten Männer zu retten?«, wollte Romegas wissen.

Andrej würdigte ihn keiner Antwort, doch Starkey hob rasch die Hand und brachte den Ritter mit einer unwilligen Geste zum Verstummen.

»Das tut jetzt nichts zur Sache«, sagte er. Er tauschte einen raschen, fragenden Blick mit La Valette und fuhr erst fort, als ihm dieser mit einem fast unmerklichen Nicken sein Einverständnis signalisiert hatte. »Das sind schlimme Nachrichten, die Ihr bringt, Chevalier«, sagte er. »Doch wir haben Euch nicht aus diesem Grund hier herunterführen lassen. Bitte verzeiht die ungewöhnlichen Umstände, doch was wir Euch zu zeigen haben, ist nicht für jedermanns Augen bestimmt.« Er deutete auf die verschlossene Tür zur Pulverkammer und ließ sich mit einem nicht ganz unterdrückten Ächzen in die Hocke sinken, um seine Schuhe abzustreifen. Sowohl Romegas als auch La Valette taten es ihm gleich, während Andrej mit einer mühelosen Bewegung aus seinen Stiefeln schlüpfte, die ihm einen weiteren ärgerlichen Blick Romegas' eintrug.

Erneut fragte er sich, was der Edelmann dort tat. La Valette und Starkey respektierten seine Fähigkeiten und sein taktisches Geschick, doch Andrej wusste, dass sie seinen Charakter nicht sonderlich schätzten und ihn für gewöhnlich nicht ins Vertrauen zogen, wenn es um ihre geheimsten Pläne ging. Außerdem war die Feindschaft zwischen Romegas und Andrej allgemein bekannt.

Auf einen Wink Sir Olivers hin schob Romegas den schweren Riegel zurück, der vor der Tür zur Pulverkammer lag, und öffnete sie. Die Tür war nur etwas über fünf Fuß hoch, aber so schwer, dass selbst Romegas seine ganze Kraft brauchte, um sie aufzuziehen. Wäre es nicht Romegas gewesen, hätte Andrej ihm zweifellos geholfen. So sah er mit einem leisen Gefühl alberner Schadenfreude zu, wie sich sein Widersacher mit der schweren Tür abmühte.

Die Kammer, die dahinter lag, war in vollkommene Dunkelheit getaucht. Andrej wusste, dass es in der Decke einige

Lichtschächte gab, die zumindest tagsüber für ein trübes Zwielicht sorgten, nach Sonnenuntergang jedoch wurde es stockdüster. Eine Lampe oder gar eine Fackel dort mit hineinzunehmen, kam nicht in Frage. Nur ein kleiner Bereich unmittelbar hinter der Tür wurde vom blassen Licht der Lampe erhellt, das durch die Öffnung hereinfiel. In der Luft hing der scharfe Geruch von Schießpulver, aber da war noch etwas anderes. Andrej konnte den Geruch nicht sofort einordnen, aber er gab dem unguten Gefühl, das ihn seit seiner Ankunft dort unten plagte, neue Nahrung.

»Wir müssen Euch etwas zeigen, Chevalier«, sagte La Valette und trat hinter Romegas und Starkey gebückt durch die niedrige Tür. Andrej folgte seiner einladenden Geste und betrat als Letzter das Pulvermagazin. Der Geruch nach Schwarzpulver und altem Holz wurde stärker, und dann identifizierte er auch den anderen, bedrohlicheren Geruch. Es war etwas, das er in den letzten Stunden schon viel zu oft gewittert hatte.

Zwei Schritte hinter der Tür, in dem Bereich, den das von draußen hereinfallende Licht beleuchtete, stand ein niedriger Tisch, auf dem ein in eine schmutzige Decke gehülltes Bündel von gut sechs Fuß Länge lag. Romegas stolzierte mit übertrieben gestelzten Schritten um den Tisch herum, streckte die Hand nach der Decke aus, ergriff sie aber noch nicht, sondern sah Andrej aus Augen an, in denen ein böser, nur mühsam zurückgehaltener Triumph leuchtete.

»Die Nachrichten, die Ihr bringt, Delãny«, begann er, »mögen beunruhigend und erschreckend sein. Und doch fürchte ich, dass wir während Eurer Abwesenheit einen noch viel beunruhigenderen und weitaus erschreckenderen Fund gemacht haben.« Er sah kurz zu Starkey hin, als müsse er sich dessen Einverständnis holen, um weitersprechen zu können. »Ich bin zwei Stunden nach Mitternacht von einem Erkundungsritt zurückgekehrt und sofort zu unserem Großmeister geeilt, wie er es mir befohlen hatte. Die Wachen vor seiner Tür waren tot, hinterrücks erschlagen von einem Attentäter, und zwischen ihnen fand ich das da.« Er zog mit einem dramatischen Ruck die Decke zurück.

Andrej konnte ein erschrockenes Keuchen nicht ganz unterdrücken. Unter der Decke kam das erloschene Gesicht eines Toten zum Vorschein, womit er natürlich schon gerechnet hatte. Womit er nicht gerechnet hatte, war, dass er ihn kannte. Es war der Junge, den Abu Dun und er am Strand gefunden hatten.

»Ich sehe, dieser Tote ist Euch nicht unbekannt«, sagte Romegas, dem Andrejs Reaktion ebenso wenig entgangen war, wie den beiden anderen.

»Ich …« Andrej fuhr sich nervös mit der Zungenspitze über die Lippen. Sein Mund war plötzlich so trocken, dass er kaum weitersprechen konnte. »Ich habe ihn schon einmal gesehen«, bestätigte er. »Gestern Abend, am Strand.«

»War er da noch am Leben?«, erkundigte sich Romegas.

»Nein«, erwiderte Andrej. Er sah La Valette an, während er antwortete, nicht Romegas. »Vielleicht sollten wir dieses Gespräch an einem anderen Ort …«

»Ich habe diesen Toten hier heruntergeschafft, damit ihn niemand sieht und neugierige Fragen stellt«, fiel ihm Romegas ins Wort. »Und vor allem, damit niemand *das hier* sieht.« Er zog die Decke noch ein kleines Stück weiter fort.

Andrej musste nicht hinsehen, um zu wissen, was der Ritter meinte. Die schreckliche, tiefe Wunde in der Kehle des toten Jungen hatte längst aufgehört zu bluten. Das Salzwasser hatte sie so sauber ausgewaschen, dass man erkennen konnte, dass der Hieb den Jungen tatsächlich beinahe enthauptet hätte. Andrej erinnerte sich, seine Augen geschlossen zu haben, als er ihn im Sand abgelegt hatte, nun aber standen sie wieder offen. War sein Mörder vielleicht zurückgekommen und hatte das getan, um den Anblick umso schrecklicher wirken zu lassen? Er traute eine solche Ungeheuerlichkeit aber auch durchaus Romegas zu. In ihnen war noch immer derselbe abgrundtiefe Schrecken zu lesen, den Abu Dun und er am vergangenen Abend darin erblickt hatten.

Am Strand, im hellen Licht des Tages und in Abu Duns Begleitung, war ihm der Anblick schon entsetzlich genug vorgekommen. Jetzt, in der Dunkelheit und Einsamkeit dieses Raumes, der etwas vom Vorhof der Hölle hatte, und in Begleitung seines Erzfeindes Romegas und zweier alter Männer, erschien ihm der Ausdruck in den Augen des toten Jungen wie der eines Menschen, der in seinen letzten Augenblicken dem Teufel selbst ins Gesicht geschaut hatte.

»Ihr habt diesen Jungen also am Strand gefunden?«, vergewisserte sich Starkey. »Gestern Abend? Und Ihr habt ihn dort zurückgelassen?«

Andrej nickte stumm.

»Dann stellt sich die Frage, wer ihn hierher gebracht hat, und warum«, fuhr Starkey fort. Seine Stimme war plötzlich gar nicht mehr freundlich, sondern hatte einen kalten, fast schneidenden Ton. Andrej sah ihn überrascht, aber auch alarmiert an. Er antwortete immer noch nicht, warf aber einen Blick in Romegas' Richtung. Starkey schüttelte heftig den Kopf.

»Chevalier de Romegas genießt unser vollstes Vertrauen, Delãny«, sagte er. War es Zufall, dachte Andrej, dass er den *Chevalier* nun plötzlich wegließ? »Er weiß, was geschehen ist, und auch, was Ihr über den Attentäter zu wissen glaubt.«

Diese Wortwahl gefiel Andrej noch sehr viel weniger als das, was Starkey zuvor gesagt hatte.

»Welche Waffe vermag eine solche Wunde zu verursachen?«, fragte Romegas herausfordernd. Er beugte sich vor und wies mit Zeige- und Mittelfinger der linken Hand in Richtung der grässlichen Schnitte. »Welches *Wesen* vermag solche Wunden zu schlagen?«

Bevor Andrej antwortete, wandte er sich noch einmal mit einem ebenso fragenden wie verwirrten Blick an La Valette, doch der Großmeister starrte ihn nur ausdruckslos an. Also gut, dachte er trotzig, letzten Endes war es seine Entscheidung. »Kein Mensch«, sagte er knapp.

Romegas lachte böse, als hätte er genau diese Antwort erwartet. »Kein Mensch, so?«, erwiderte er höhnisch. »Also nehme ich an, Ihr wisst, was es war? Vielleicht ein Gespenst? Ein böser Geist, den uns der Sultan geschickt hat, um unsere Herzen mit Furcht zu erfüllen?«

»Etwas in dieser Art, ja«, antwortete Andrej gelassen.

Romegas lachte noch abfälliger. »Oder vielleicht nur ein geschickter Attentäter, der will, dass wir genau das glauben?«, gab er zurück. Seine Augen leuchteten triumphierend, während er Beifall heischend zuerst La Valette und dann den Engländer ansah. »Ein Attentäter, wie ich hinzufügen möchte, der ganz offensichtlich über hervorragende Ortskenntnisse verfügt – oder einen Verbündeten unter uns hat.«

Andrej konnte sich nicht mehr beherrschen. »Was wollt Ihr damit sagen?«, schnappte er.

»Nichts anderes als das, was es heißt«, erwiderte Romegas trotzig. Seine Hand senkte sich auf den Schwertgriff. »St. Angelo ist eine hervorragend gesicherte Festung. Niemand vermag ohne Hilfe hier einzudringen, und erst recht vermag es niemand, die Leibwache unseres Großmeisters zu töten und wieder zu verschwinden, ohne auch nur eine Spur zu hinterlassen.«

Andrej deutete auf den Toten, wobei er es vermied, direkt in dessen Gesicht zu blicken. »Wenn das keine Spur ist, Romegas«, sagte er verächtlich, »wie nennt Ihr es dann?«

»Die Frage ist eher, wie nennt *Ihr* es?«, wollte Starkey wissen.

»Eine Warnung?«, murmelte Andrej. »Oder eine Botschaft?«

Vielleicht hatte Romegas ja sogar Recht, dachte er düster. Obwohl er es ungern zugab, musste er sich eingestehen, dass der Ritter vollkommen richtig gehandelt hatte, als er den Leichnam des toten Jungen in aller Heimlichkeit fortgeschafft und vor den Blicken der anderen verborgen hatte. Bisher war er ganz selbstverständlich davon ausgegangen, dass alles, was der Dämon tat, *ihm* galt, und dass dieser nur gekommen war, um ihn zu finden und zu töten, aber vielleicht stimmte das überhaupt nicht. Vielleicht lautete sein Auftrag, Furcht in die Herzen der Verteidiger zu säen – und mit einem Anblick wie diesem würde ihm das zweifellos gelingen.

»Ihr wisst mehr darüber, als Ihr zugebt«, behauptete Romegas. »Ihr und Euer schwarzgesichtiger Freund. Wenn es nach mir ginge ...«

»Ihr habt völlig Recht, Chevalier de Romegas«, unterbrach ihn La Valette. Sein Blick tastete über das Gesicht des Jungen und ein nachdenklicher Ausdruck begann sich auf seinen Zügen auszubreiten. Andrej suchte vergeblich nach einer Spur von Mitleid oder auch nur Bedauern in seinen Augen. »Wenn es nach Euch ginge, dann lägen Chevalier de Delãny und sein moslemischer Freund schon längst in Ketten in unserem tiefsten Verlies. Gottlob geht es aber nicht nach Euch.«

Romegas riss erstaunt die Augen auf. Es war nicht zu übersehen, dass er mit einer anderen Antwort gerechnet hatte.

»Aber Ihr habt klug gehandelt, den Toten hier herunterzubringen«, fuhr der Großmeister fort. »Niemand darf ihn sehen. Ihr werdet die Männer, die Euch geholfen haben, auf einen Erkundungsritt ans andere Ende der Insel schicken. Sorgt dafür, dass sie nicht reden. Und sorgt auch dafür, dass sie keinen Kontakt mit der einheimischen Bevölkerung haben.« Sein Ton wurde noch nachdenklicher. »Es scheint, als hätten wir einen Feind, mit dem wir bislang nicht gerechnet haben. Bisher dachte ich, es sei ein Assassine, ein gedungener Mörder, den Suleiman geschickt hat, um dem Orden noch vor Ausbruch der Schlacht sein Haupt abzuschlagen, aber dieser Mann ist mehr als ein bezahlter Meuchelmörder. Er ist ein Meister der Angst.« Er riss seinen Blick vom Gesicht des Toten los und sah erst Andrej, dann Romegas an. »Und dennoch hat er uns einen Dienst erwiesen, ohne es zu wissen.«

»Wieso?«, fragte Romegas verdutzt.

»Wir haben nur einige Hundert Ritter und ausgebildete Soldaten hier auf Malta, Chevalier«, antwortete La Valette, »doch wir haben mehr als *viertausend* einfache Malteser bewaffnet: Fischer, Bauern und Handwerker. Was glaubt Ihr, hätte sich ein Mann von schlichtem Gemüt und einfachem Verstand beim Anblick dieses Toten gedacht?« Er schüttelte entschieden den Kopf, als Romegas antworten wollte, und fuhr, nun zugleich an Starkey und Andrej gewandt, fort: »Immerhin sind wir jetzt gewarnt. Wir müssen diesen Mann finden, bevor er die einfachen Menschen in Panik versetzt. Wenn wir die Unterstützung der Bevölkerung verlieren, sind wir besiegt. Wir müssen ihn finden oder dieser eine Mann könnte für uns gefährlicher werden als die gesamte türkische Armee.«

»Verzeiht, Großmeister«, wandte Romegas ein und begann, vermutlich ohne es selbst zu merken, unbehaglich von einem Fuß auf den anderen zu treten, »doch ich finde, dass Ihr die Gefahr überschätzt. Immerhin haben wir den Toten rechtzeitig gefunden. Wir sind immer noch die Herren des Geschehens.«

»Wenn ich das recht sehe«, sagte Andrej kühl, »hat man Euch diese Leiche vor die Füße gelegt, *damit* Ihr sie findet. Den nächsten Toten könnte man auf dem Marktplatz auffinden oder mit dem Kopf nach unten an die Tür der Kirche genagelt.«

Romegas wollte auffahren und auch La Valette warf ihm einen zornigen Blick zu, wenn auch vermutlich aus anderen Gründen, doch Starkey sagte rasch: »Delãny hat völlig Recht. Es gilt auf jeden Fall, eine Panik zu vermeiden. Wir werden diesen bedauernswerten Jungen in aller Stille und mit dem gebührenden Respekt beisetzen lassen. Verbrennt ihn und erzählt etwas von einem ansteckenden Fieber, das wir auf diese Weise eindämmen.«

»Was für ein hervorragender Plan«, sagte Romegas höhnisch. »Warum erzählen wir nicht gleich, die Blattern seien ausgebrochen?«

»Verbreitet einfach, die Türken brächten sie mit«, antwortete Andrej gelassen, »das hält vielleicht etliche unserer tapferen Verbündeten davon ab, in Scharen zu ihnen überzulaufen.«

Romegas' Gesicht lief vor Wut puterrot an, doch bevor er etwas sagen konnte, hob Starkey abermals die Hand und brachte ihn zum Schweigen. Das zornige Blitzen in seinen Augen galt jedoch im gleichen Maße auch Andrej. »Meine Herren!«, sagte er streng. »Ich befehle Euch, mit den albernen Streitereien aufzuhören! Zumal Ihr in den nächsten Tagen eng zusammenarbeiten werdet.«

Andrej war mindestens ebenso überrascht wie Romegas. »Wie bitte?«, entfuhr es ihm.

»Es wissen schon viel zu viele von diesem schrecklichen Geheimnis«, antwortete Starkey. »Chevalier Romegas und Ihr, Andrej Delãny, werdet diesen Attentäter suchen und unschädlich machen. Nehmt Euch so viele Männer, wie Ihr zu brauchen glaubt, aber so wenige wie möglich. Ich will den Kopf dieses Attentäters auf den Zinnen des Forts aufpflanzen, noch bevor der Angriff beginnt.«

Er wartete einen Moment lang vergebens darauf, dass Andrej oder Romegas etwas sagten oder auf andere Weise reagierten, dann nickte er La Valette fast unmerklich zu und die beiden Männer verließen die Pulverkammer. Romegas schloss sich ihnen an, ohne Andrej auch nur eines einzigen weiteren Blickes zu würdigen. Andrej wartete, bis sie den kahlen Vorraum fast durchquert hatten, bevor er den Engländer noch einmal zurückrief. »Sir Oliver – auf ein Wort, bitte.«

Starkey blieb tatsächlich stehen, drehte sich aber mit allen Anzeichen deutlichen Widerwillens zu ihm um. Auch Romegas zögerte kurz, ging dann aber weiter, als Starkey ihm einen entsprechenden, unwilligen Wink gab. Andrej wartete, bis der Großmeister und Romegas auf dem Gang und außer Hörweite waren.

»Was gibt es denn noch, Delãny?«, fragte Starkey unwirsch. »Wenn Ihr Euch über Eure Zusammenarbeit mit Chevalier de Romegas beschweren wollt, dann spart Euch Euren Atem. Jeder Mann hier weiß, wie Ihr zueinander steht, doch auf solcherlei Empfindlichkeiten können wir keine Rücksicht nehmen.«

»Darum geht es nicht«, erwiderte Andrej. »Es geht um Pedro.«

Starkey runzelte die Stirn. »Pedro? Ah ja, der Junge Eures muselmanischen Freundes, nicht wahr?«

»Der Sohn einer maltesischen Witwe«, korrigierte ihn Andrej sanft. »Habt Ihr ihn gefunden?«

Er hatte fest damit gerechnet, dass Starkey diese Frage rundheraus verneinen würde und sie im Grunde nur gestellt, weil er das Gefühl hatte, es Abu Dun und Julia schuldig zu sein. Zu seiner Überraschung nickte der Brite jedoch. »Ja«, sagte er, »macht Euch keine Sorgen. Es geht ihm gut.«

»Wo ist er?«, fragte Andrej.

»An einem sicheren Ort«, antwortete Starkey. »Ihm wird nichts geschehen.«

»Solange La Valette nichts geschieht«, vermutete Andrej.

Starkeys Augen blitzten zornig auf. »Was erdreistet Ihr Euch, Delãny?«, schnappte er. »Der Junge ist in Sicherheit und ihm wird kein Haar gekrümmt, so oder so.« Seine Stimme wurde eine Spur leiser. »Wofür haltet Ihr unseren Großmeister? Für einen Feigling, der ein Kind als Schild vor sich herträgt?« Er schüttelte heftig den Kopf. »Gewiss nicht!«

»Warum lasst Ihr den Jungen dann nicht frei?«, fragte Andrej, obwohl er spürte, dass er besser beraten gewesen wäre, nicht weiterzureden.

Starkey wurde jedoch nicht wütend, sondern schwieg für die Dauer eines Atemzuges und deutete dann ein Heben der Schultern an. »Nennt es einen ... politischen Schachzug, um uns Eurer Loyalität zu versichern und der Eures heidnischen Freundes. Aber seid gewiss, dass dem Jungen nichts geschehen wird, ganz im Gegenteil.« Er sah kurz auf den Gang hinaus, als müsse er sich davon überzeugen, dass dort draußen tatsächlich niemand stand, der ihnen zuhören konnte, bevor er mit einem leisen Lächeln hinzufügte: »Vermutlich sind die Kerker St. Elmos im Moment der sicherste Platz auf dieser Insel, Delãny. Überstehen wir den Sturm, so wird der Junge unversehrt entlassen und hatte keine größere Unbill zu erdulden als einige Wochen mit schlechtem Essen und in einem dunklen Verlies zuzubringen. Fallen das Fort und die Insel, so sind die Gefangenen in den Kerkern vermutlich die Letzten, die den Zorn der Eroberer zu fürchten haben.«

»Lasst mich mit ihm reden«, bat Andrej. Doch diesmal spürte er, dass er den Bogen überspannt hatte, noch bevor der Engländer antwortete.

»Selbst wenn ich es wollte, könnte ich Euch Eure Bitte nicht erfüllen«, sagte Starkey. »Unser Großmeister hat strengsten Befehl erteilt, dass niemand mit dem Jungen reden oder auch nur zu ihm gehen darf.« Plötzlich lächelte er. »Warum liegt Euch so viel an diesem Knaben? Ihr kennt ihn doch kaum.«

Andrej blieb ihm die Antwort auf diese Frage schuldig – vielleicht, weil er sie selbst nicht wusste. Möglicherweise lag es an dem Toten, den Abu Dun und er an der Küste gefunden hatten und der nun auf dem Tisch im Nebenzimmer lag, möglicherweise auch an der Erinnerung an den weinenden Novizen, die immer wieder vor seinem geistigen Auge auftauchte. Vielleicht aber erinnerte Pedro ihn an einen anderen Jungen, den er vor sehr langer Zeit einmal gekannt hatte. Auch dieser

Knabe war ihm fast fremd gewesen und er hatte ihm seinen Schutz versprochen. Er hatte dieses Versprechen nicht halten können und der Junge hatte für das Vertrauen, das er Andrej schenkte, einen fürchterlichen Preis gezahlt – einen Preis, der tausendmal schlimmer war als der Tod.

»Also gut«, seufzte Starkey, als Andrej nichts sagte und er sein Schweigen möglicherweise falsch deutete. »Wenn es so wichtig für Euch ist, dann werde ich noch einmal mit dem Großmeister sprechen und sehen, was ich für Euch tun kann. Aber ich verspreche Euch nichts.«

22. Mai 1565, zur Mittagsstunde auf der provenzalischen Bastion der Befestigung von Birġu

Es war unerträglich schwül. Schon am Morgen waren Wolken aufgezogen, die sich von Osten her über den Himmel schoben, um ihr staubiges Grau für den Rest des Tages am Firmament zurückzulassen. Dann und wann rollte das Echo eines fernen Donnerschlages über das Meer heran. Zwei-, dreimal hatte Andrej geglaubt, ein fernes Wetterleuchten wahrzunehmen, und tatsächlich war eine Stunde zuvor ein kühler, böiger Wind aufgekommen, doch er hatte nicht lange vorgehalten. Nachdem er wieder erloschen war, war es noch heißer geworden. Es war eine schweißtreibende Hitze, die einem das Atmen schwer und jede noch so kleine Bewegung zu einer überwältigenden Anstrengung werden ließ.

So oder so würde es bald zu einem Gewitter kommen, dachte Andrej düster, während er sich auf den warmen Stein der Brüstung lehnte und den Blick seiner eng zusammengekniffenen Augen über die Hügel schweifen ließ. Wenn auch vielleicht zu einem von Menschenhand erschaffenen.

Die Truppen des Sultans hatten sie abermals überrascht. Selbst Andrej war sicher gewesen, dass das Heer mindestens drei Tage brauchen würde, um die Entfernung zwischen der Bucht von Marsascirocco und Birġu zu überwinden, doch die Invasoren hatten kaum die halbe Zeit benötigt, was gewisse Rückschlüsse auf die Ernsthaftigkeit des Widerstandes zuließ, den ihnen der Malteser Adel mit seinen Truppen entgegengebracht hatte. In den frühen Morgenstunden hatten sie begonnen, ein Heerlager in den Ruinen eines Dorfes am östlichen Ende der Werftbucht einzurichten. Obwohl das Lager selbst ihren Blicken entzogen war, sprachen das ununterbrochene Hämmern, die Hufschläge zahlloser Pferde und das Gemurmel einer immer weiter anwachsenden Menschenmenge hinter den Hügeln eine eigene, sehr beredte Sprache. Bisher war der schlimmste Anblick, auf den Andrej vorbereitet war, ausgeblieben – noch hatten die Türken nicht damit angefangen, ihre Geschütze auf den Hügeln aufzustellen. Die schweren Großkanonen zu bewegen erforderte mehr Zeit, und so mochte vielleicht noch ein Tag vergehen, bis die Truppen endgültig zum Angriff bereit sein würden. Eine kurze Gnadenfrist, die ihnen noch blieb.

Andrej riss seinen Blick von den sanft gewellten Hügeln, die sich hinter der Stadt erhoben, los und ließ ihn über die weitläufigen Befestigungsanlagen der Schwesterstädte Birġu und Senglea streichen. Was er dort sah, gefiel ihm fast noch weniger als das, was ihm die Geräusche und seine eigene Fantasie über das Geschehen auf der anderen Seite der Hügel verrieten. Die beiden Städte waren nicht gerade klein, selbst jetzt noch, nachdem La Valette einen nicht geringen Teil davon hatte niederreißen lassen, um eine Landung von See her zu erschweren, doch die Befestigungsanlagen waren einem ernsthaften Ansturm nicht im Entferntesten gewachsen. Andrej selbst war nicht dabei gewesen, aber er hatte die Ruinen von Rhodos gesehen, aus denen derselbe Sultan, der nun zum Angriff auf Malta ansetzte, die Johanniter zu Beginn seiner Regierungszeit vertrieben hatte. Die Mauern dort waren höher und stärker gewesen, die Verteidiger ungleich zahlreicher und besser ausgerüstet, und doch hatten sie dem Sturm, der über sie hereingebrochen war, nur wenige Tage trotzen können. Wie konnte La Valette ernsthaft glauben, der gewaltigen Armee, die sich auf der anderen Seite der Hügel zusammenzog, standhalten zu können?

Obendrein waren die beiden ummauerten Städte auf den vorspringenden Landzungen, die die Werftbucht umgaben, auch noch von den umliegenden – und sich im Besitz der Türken befindlichen – Hügeln nahezu vollkommen einsehbar, sodass dem Feind nicht einmal die kleinste Bewegung innerhalb der überfüllten Stadtmauern entgehen dürfte. Kurz gesagt: Ihre Lage war aussichtslos.

»Du siehst aus, als würdest du dir Sorgen machen, Hexenmeister«, sagte eine Stimme hinter ihm.

Andrej fuhr herum und blickte erschrocken in Abu Duns Gesicht. Er war so sehr in seine Gedanken vertieft gewesen, dass er die Annäherung des Nubiers nicht bemerkt hatte; eine Nachlässigkeit, die ihm weit mehr zusetzte, als er sich eingestehen mochte.

»Nenn mich nicht so«, sagte er automatisch.

Abu Dun lachte leise und machte eine wegwerfende Handbewegung. »Keine Sorge, Hexenmeister«, antwortete er grinsend und selbstverständlich noch lauter als das erste Mal, »es ist niemand da, der uns hören könnte.«

Das war die Wahrheit. Andrej sah rasch nach rechts und links und stellte fest, dass Abu Dun und er tatsächlich vollkommen allein auf diesem Abschnitt der fünfzehn Fuß hohen Wehrmauer waren – eine weitere Nachlässigkeit, die ihm in Anbetracht der Situation geradezu unglaublich erschien, auch wenn dies ganz und gar nicht seine Schuld war. Genau genommen hatte er mit der Verteidigung der Stadt nichts zu tun.

Gemäß Starkeys Weisung waren Romegas und er dem engsten Stab des Großmeisters zugeteilt worden, was ihnen ganz offiziell das Recht gab, sich überall in der Stadt und im Fort frei zu bewegen, hinter jede Tür zu blicken, jede Frage zu stellen und jeden noch so unsinnig erscheinenden Befehl zu erteilen, ohne dass es jemand gewagt hätte, ihn anzuzweifeln. Genutzt hatte es nichts. Andrej war sicher, dass es mittlerweile auf der ganzen Insel kein Haus gab, in dem er nicht gewesen war, kein Zimmer, das er nicht durchsucht, keine Truhe, in die er nicht einen Blick geworfen hätte. Sie hatten eine Menge interessanter Dinge in Erfahrung gebracht, doch von dem, den sie eigentlich suchten, hatten sie nicht einmal eine Spur gefunden. Wenn der Dämon tatsächlich noch da war, musste er über die Fähigkeit verfügen, sich unsichtbar zu machen. Noch vor ein paar Tagen hätte Andrej über den bloßen Gedanken gelacht, jetzt aber jagte er ihm einen kalten Schauer über den Rücken. Er begann seinem Feind mittlerweile buchstäblich alles zuzutrauen.

»Hübsch siehst du aus, Hexenmeister«, sagte Abu Dun, nachdem er eine Weile schweigend neben ihm gestanden und offenbar vergeblich darauf gewartet hatte, dass Andrej von sich aus etwas sagte. »Zumindest hübsch bunt.«

Andrej schwieg wohlweislich. Abu Dun hatte Recht, auch er selbst fühlte sich alles andere als wohl. Er kam sich vor wie ein herausgeputzter Papagei. Außerdem schwitzte er unter dem Halbharnisch, den er angelegt hatte, erbärmlich.

Es war ein prächtiges, reich geschmücktes Stück aus einer Mailänder Werkstatt, das ihn ein kleines Vermögen gekostet hatte und aus einer schimmernden Brustplatte mit Mittelrippe, in die ein geschickter Graveur das Wappen der Johanniter gestochen hatte, einem Rückenstück sowie lamellierten Arm- und Beinpanzern, die bis zu den Ellbogen beziehungsweise den Knien hinabreichten, bestand. Darunter trug er schreiend buntes, gepolstertes Unterzeug. Dazu kamen noch enge und ebenfalls mit Metall verstärkte Stiefel, und, um das Maß voll zu machen, der schwere Ordensmantel mit dem weißen Kreuz der Johanniter um die Schultern und selbstverständlich der Morion, ein hoch gewölbter Helm mit breitem Metallkamm und einer hinten wie vorn spitz zulaufenden Krempe.

Gegen die meisten Klingen, Waffen und selbst Hakenbüchsen und leichte Musketen würde ihm die schwere Rüstung zuverlässigen Schutz gewähren – vor der Hitze eines erbarmungslosen Mainachmittags schützte sie nicht. Sein gepolstertes Unterzeug war längst durchgeschwitzt und fühlte sich an wie ein mit Wasser gefüllter Sack, der an seiner Haut klebte. Andrejs Erschöpfung wuchs stetig, obwohl er seit einer guten Stunde nichts anderes tat, als reglos an den Zinnen der Bastion zu lehnen.

»Was tust du überhaupt hier?«, fragte er in verärgertem Ton. »Solltest du nicht in den Bergen bei Julia sein?«

»Ich sollte bei Julia sein«, bestätigte Abu Dun. Dann runzelte er die Stirn und für einen Moment trat ein nachdenklicher Ausdruck auf sein Gesicht, bevor er verblüfft die Augen aufriss und Andrej anstarrte, als sei ihm soeben etwas eingefallen. »Wenn ich mich recht erinnere, hast du mich so freundlich überredet, zu ihr zu gehen, dass mir gar keine andere Wahl blieb. Wenn ich ein nachtragender Mensch wäre ...«

»Verdammt, Abu Dun, was tust du hier?«, unterbrach ihn Andrej unwirsch. »Ist dir nicht klar, was bald geschehen wird? Vielleicht noch heute?«

»Ich tue genau das, was du von mir verlangt hast«, erwiderte Abu Dun in hörbar kühlerem, fast distanziertem Ton. »Ich versuche, meine Familie zu beschützen.«

Es dauerte einen Moment, bis Andrej begriff, was Abu Dun damit sagen wollte. »Sie ist hier?«, fragte er. »Hier in Birġu?«

»Ich konnte sie nicht daran hindern«, antwortete Abu Dun. »Du weißt ja, wie Frauen sind, wenn sie sich einmal etwas in den Kopf gesetzt haben.« Nach kurzem Zögern fragte er: »Hast du eine Spur von Pedro gefunden?«

Andrej erwog ernsthaft, ihn zu belügen und sich eine Geschichte auszudenken, die dazu angetan war, Abu Dun und vor allem Julia dazu zu bewegen, die Stadt wieder zu verlassen – falls das überhaupt noch möglich war. Dann aber entschied er sich dagegen. »Ja«, sagte er.

»Wo ist er?«

Es war nicht Abu Dun, der diese Frage stellte. Andrej fuhr abermals erschrocken herum und starrte die dunkelhaarige Schönheit, die unbemerkt die schmale, geländerlose Treppe auf der anderen Seite der Mauer heraufgekommen war, an. Dass er Abu Dun nicht bemerkt hatte, konnte er sich mit einigem guten Willen noch verzeihen, denn der Nubier war ein Meister im Anschleichen und beherrschte mindestens ebenso viele Tricks wie er. Julia aber war ein ganz normaler Mensch, noch dazu eine Frau, die sich in ihrem bisherigen Leben höchstens an ihren Sohn hatte anschleichen müssen, um ihn mit der Hand im Honigtopf zu erwischen.

»Pedro!«, wiederholte Julia ungeduldig. »Wo ist er?«

»Das weiß ich nicht«, antwortete Andrej.

»Aber gerade habt Ihr doch gesagt …«, begann Julia.

»Ich habe gesagt, dass ich von ihm gehört habe«, unterbrach sie Andrej mit lauter Stimme, aber in ruhigem Ton. »Ich habe mit La Valette gesprochen und auch mit Sir Oliver. Macht Euch keine Sorgen. Euer Sohn ist in Sicherheit. Ihm ist nichts geschehen.«

»Ach, und du glaubst diesen Pfaffen?«, fragte Abu Dun. Andrej fuhr zusammen und warf ihm einen raschen, beschwörenden Blick zu. Auch wenn sie allein auf diesem Abschnitt der Mauer waren, sollte sich Abu Dun besser überlegen, was er sagte. So fremdartig und bizarr ihm Malta manchmal noch erscheinen mochte – in gewisser Hinsicht ähnelte diese Stadt jeder anderen, in der er je gewesen war. Auch hier hatten die Wände nur allzu oft Ohren.

»Ich glaube Sir Oliver«, antwortete er, was keine direkte

Antwort auf Abu Duns Frage darstellte. »Er hat mir versprochen, dass dem Jungen nichts geschehen wird. Ganz im Gegenteil. Er befindet sich augenblicklich in größerer Sicherheit als wir.« Er drehte den Kopf und sah Julia an. »Ihr solltet die Stadt verlassen. Noch ist es vielleicht möglich.«

»Sicher«, erwiderte Abu Dun spöttisch. »Wir müssen nur vorher das Fliegen lernen, nicht wahr?«

Andrej schüttelte stur den Kopf. »Nach allem, was ich bisher gehört habe, greifen die Türken Flüchtlinge nicht an.«

Abu Dun wollte antworten, doch Julia kam ihm zuvor. »Ich verlasse die Stadt nicht ohne meinen Sohn«, sagte sie in einem Ton, der Andrej klar machte, wie sinnlos jedes weitere Wort sein musste. Vielleicht gab es auf der ganzen Welt keine Macht, die stärker war als die Sorge einer Mutter um ihr Kind.

Mit einem resignierten Blick wandte er sich wieder an den Nubier. »Dann bring sie wenigstens an einen Ort, wo sie sicher ist, wenn der Angriff beginnt«, sagte er.

»Und wo sollte das sein?«, erwiderte Abu Dun.

Möglichst weit weg von mir, dachte Andrej. Laut antwortete er nichts, sondern hob nur die Schultern.

Hinter den Hügeln vor der Stadt erhob sich plötzlich Lärm: ein helles Scheppern und Klirren, ein gellendes Johlen und das dumpfe Trommeln von Pferdehufen, laute Rufe aus Kehlen, die in fremdartigen Sprachen redeten.

Andrej sah, wie Julia dazu ansetzte, eine Frage zu stellen, hob aber rasch die Hand und wandte seine Aufmerksamkeit ganz nach Osten, genau wie Abu Dun, der dicht neben ihm an die Brüstung herantrat. Aus dem misstönenden Crescendo erhob sich der helle Klang Hunderter und Aberhunderter Zimbeln und kleiner Glöckchen, gefolgt von schmetternden Fanfarenstößen und dem dumpfen Dröhnen großer, in bedächtigem Rhythmus schlagender Kesselpauken. Nahezu schlagartig wurde es still in der Stadt. Überall ringsherum auf den Festungsmauern erstarrten die Männer und blickten in dieselbe Richtung. Auch die Menschenmenge, die sich in den überfüllten Straßen drängte, schien den Atem anzuhalten.

»Geht es los?«, fragte Julia. Ihre Stimme zitterte.

»Ich weiß es nicht«, antwortete Andrej. Das Schlagen der Kesselpauken und die Fanfarenstöße wurden lauter und schneller, aber noch zeigte sich auf der Hügelkuppe nicht die mindeste Bewegung.

»Bring Julia fort«, bestimmte Andrej. »Geht in euer Haus. Es liegt ein gutes Stück abseits der Mauer. Wenn die Festung fällt, versucht zu entkommen und verbergt euch in den Felsen.«

»Auf die Idee wäre ich allein niemals gekommen«, sagte Abu Dun spöttisch. Seine Augen blieben jedoch ernst. »Und du?«

Andrej schüttelte entschlossen den Kopf. »Ich bleibe hier«, antwortete er.

»Weil du diesen fanatischen Rittern so viel schuldest, nehme ich an?«, vermutete Abu Dun höhnisch.

»Weil es ein bisschen zu spät ist um wegzulaufen«, erwiderte Andrej. Er gewahrte aus den Augenwinkeln eine Bewegung und zog besorgt die Brauen zusammen, als er niemand anderen als Chevalier de Romegas erkannte, der, gefolgt von einem halben Dutzend schwer bewaffneter Ritter, den Ordensmeister selbst und Sir Oliver eskortierte. Die kleine Gruppe bewegte sich zielstrebig in ihre Richtung.

»Deine Freunde sind im Anmarsch, wie ich sehe«, bemerkte Abu Dun, der seinem Blick gefolgt war. Andrej fragte sich, woher die Feindseligkeit in Abu Duns Stimme kam. Sicher, sie beide hatten nie viel mit der Kirche zu schaffen gehabt – im Gegenteil, es hatte eine Zeit gegeben, in der er jedem, der den Rock eines Kirchenmannes trug, mit tiefem Misstrauen und Feindschaft begegnet war. Doch mittlerweile hatten Abu Dun und er auf Malta, in der letzten Ordensfestung der Johanniter, so etwas wie eine Heimat gefunden und eine Zeit des Friedens und des Glücks, die sie gar zu lange vermisst hatten.

»Was immer passiert, du solltest Romegas nicht reizen«, sagte er.

»Weil er so ein netter Kerl ist und das nicht verdient hat?«, wollte Abu Dun wissen und legte demonstrativ seine riesige Pranke auf den Griff des Krummsäbels, der aus seinem Mantel ragte. »Oder weil er mir sonst etwas antun würde?«

»Dir vielleicht nicht«, entgegnete Andrej. Abu Dun konnte einen kurzen, erschrockenen Blick in Julias Richtung nicht unterdrücken, doch bevor er etwas sagen konnte, hatte Romegas als Erster der kleinen Gruppe den Wehrgang erreicht. Sein Gesicht verdüsterte sich vor Zorn, als er den Nubier erblickte.

»Was macht dieser muselmanische Spion hier?«, schnappte er. »Delãny! Ich wusste, dass man Euch nicht trauen kann!«

Abu Dun sog hörbar die Luft durch die Nase ein und seine Hand schloss sich noch fester um den Griff seiner Waffe. Andrej trat mit einem raschen Schritt zwischen ihn und Romegas und versuchte zugleich, Starkeys Blick aufzufangen. La Valettes Gesicht war wie üblich nahezu ausdruckslos, sodass es ihm nicht gelang, darin zu lesen, doch in den Augen des Engländers erblickte er schon wieder ein nicht ganz unterdrücktes, amüsiertes Funkeln. Nicht zum ersten Mal fragte er sich, ob er La Valettes Sekretär vollkommen falsch eingeschätzt hatte. »Abu Dun ist hier, weil ich nach ihm gerufen habe«, sagte er.

»So?« Romegas glaubte ihm kein Wort. »Ist es auf diese Weise leichter, die Geheimnisse auszutauschen, die Ihr ausspioniert habt?«

»Romegas, ich bitte Euch«, mischte sich Starkey ein. Seine Stimme klang leicht gereizt. »Wenn das alles hier vorbei ist, dann duelliert Euch meinetwegen mit Chevalier Delãny und mit seinem Freund ebenfalls, wenn Ihr das wünscht. Aber im Moment haben wir wirklich keine Zeit für einen solchen Unsinn.« Er wandte sich direkt an Andrej. »Habt Ihr etwas herausgefunden?«

Statt zu antworten, warf Andrej einen kurzen, bezeichnenden Blick aus den Augenwinkeln zu Julia hin und Starkey verstand. »Chevalier de Romegas«, sagte er in liebenswürdigem Ton, »seid doch so gut und eskortiert diese Dame zu ihrem Haus zurück. Eine Festungsmauer ist kein passender Ort für eine Frau, schon gar nicht, wenn eine Schlacht bevorsteht.«

Romegas' Gesicht verlor deutlich an Farbe. Er ächzte, setzte dazu an, etwas zu sagen, klappte den Mund wieder zu und fuhr auf dem Absatz herum, um La Valette aus weit aufgerissenen Augen anzustarren. Der Ordensmeister begegnete seinem Blick jedoch ebenso kühl und teilnahmslos, wie er gerade Andrej angesehen hatte, und statt etwas zu sagen, trat er an ihnen vorbei an die Brustwehr heran.

»Habt Ihr mich nicht verstanden?«, fragte Starkey.

Andrej war fast sicher, dass nun der Augenblick gekommen war, in dem sich Romegas offen widersetzen würde. Dann aber senkte der Ritter mit versteinertem Gesicht den Blick, entfernte sich rückwärts gehend zwei Schritte und wandte sich dann mit einer abrupten, befehlenden Geste an Julia. Die junge Frau wirkte völlig verstört, doch dann signalisierte ihr Abu Dun seine Zustimmung, und sie wandte sich gehorsam um und verließ, begleitet von Romegas und zwei seiner Männer, den Wehrgang auf dem gleichen Weg, auf dem sie gekommen war.

Andrej blickte ihnen kopfschüttelnd nach. »Manchmal glaube ich, dass wir uns ähnlicher sind, als ich bisher wusste, Sir Oliver«, sagte er. Starkey blickte ihn fragend an, und Andrej lächelte knapp. »Manche behaupten, ich wäre ein Meister darin, mir Feinde zu machen«, sagte er. »Aber mir scheint, von Euch kann ich noch etwas lernen.«

»Vielleicht sogar mehr, als Ihr ahnt, mein Freund«, antwortete Starkey. Dann erlosch sein Lächeln übergangslos. »Was habt Ihr herausgefunden?«

»Nichts«, antwortete Andrej. Starkey zog fragend die linke Augenbraue hoch und wirkte plötzlich misstrauisch. Andrej fuhr mit einem bekräftigenden Kopfschütteln fort: »Wenn sich der Attentäter überhaupt noch auf der Insel befindet, so ganz bestimmt nicht hier in der Stadt. Wir hätten ihn gefunden.«

Das war nicht die Antwort, die Starkey hatte hören wollen. Sein Gesicht verdüsterte sich weiter, doch zu Andrejs Überraschung verzichtete er darauf nachzuhaken, sondern bedachte Abu Dun und ihn nur mit einem sonderbaren Blick und ging dann mit schnellen Schritten zu La Valette hinüber.

»Wovon hat er gesprochen?«, erkundigte sich Abu Dun.

»Von einem gemeinsamen Freund«, antwortete Andrej. »Wir sind ihm bereits begegnet. In La Valettes Privatgemächern. Erinnerst du dich?«

»Der Dämon?«, entfuhr es Abu Dun.

Andrej signalisierte ihm mit einem ärgerlichen Blick, leiser zu reden. Starkey und der Großmeister waren weit genug entfernt, doch zumindest zwei Männer ihrer Leibwache standen in unmittelbarer Nähe und blickten Abu Dun nun gleichermaßen erschrocken und alarmiert an. Bevor er weitersprach, entfernte sich Andrej einige Schritte und wechselte, ohne sich dessen selbst bewusst zu sein, ins Arabische, Abu Duns Muttersprache, die auch er fließend beherrschte. Rasch berichtete er Abu Dun von dem grausigen Fund, den Romegas vor La Valettes Tür gemacht hatte, und dem, was er seiner Meinung nach bedeutete.

»Und du bist sicher, dass du mich wegschicken willst?«, erkundigte sich Abu Dun besorgt. »Wir wissen beide, wozu dieser Mann fähig ist. Du bist ihm allein nicht gewachsen.«

»Ich bin nicht allein«, antwortete Andrej. »Chevalier de Romegas und seine besten Soldaten passen auf mich auf, aber es freut mich, dass du dir Sorgen um mich machst – auch wenn sie überflüssig sind.«

Sein Spott prallte von Abu Dun ab, ohne dass er ihn auch nur bemerkte. »Du hast mir geraten, die Insel zu verlassen, erinnerst du dich?«, fragte er. »Jetzt gebe ich dir denselben Rat. Lass uns Pedro befreien, und dann stehlen wir ein Boot und verschwinden. Sollen sich all diese Narren im Streit um diesen öden Felsbrocken doch gegenseitig die Schädel einschlagen. Was geht's uns an?«

»Nichts«, antwortete Andrej, und das entsprach in diesem Moment tatsächlich dem, was er empfand. Er war den Johannitern zu Dank verpflichtet, aber dieser Dank kannte Grenzen, und wenn er es recht bedachte, hatte er seine Schuld schon mehr als einmal abgegolten. Dennoch schüttelte er den Kopf. »Willst du das wirklich, Abu Dun? Er wird uns folgen, ganz egal, wie weit wir vor ihm davonlaufen. Und er wird uns finden. Hast du den armen Jungen am Strand vergessen? Willst du wirklich, dass noch mehr Unschuldige sterben, nur weil ich nicht bereit bin, mich einem Kampf zu stellen, dem ich am Ende doch nicht entkommen kann?«

»Das hier ist nicht unser Krieg«, erwiderte Abu Dun erregt. »All diese Menschen werden so oder so sterben, ob wir vorher noch ein paar Männer des Sultans niedermetzeln oder nicht. Oder bildest du dir ernsthaft ein, wir beide allein könnten es mit der gesamten türkischen Armee aufnehmen?«

»Darum geht es nicht«, erwiderte Andrej.

Abu Dun fuhr lauter und deutlich schärfer fort: »Worum dann, Hexenmeister? Suchst du den Kampf deines Lebens? Bist du des Wanderns überdrüssig geworden und findest Gefallen an der Vorstellung, mit wehenden Fahnen unterzugehen? Ist es das, was du willst?« Er lachte hässlich. »Wenn du glaubst, du könntest mit dem Schwert in der Hand in einen Kampf ziehen, den du nicht gewinnen kannst, und einen heroischen Heldentod sterben, dann muss ich dich enttäuschen. Der Dämon ist nicht einmal in der Stadt.«

»Woher willst du das wissen?«, fragte Andrej.

»Aus demselben Grund, aus dem auch du es wissen solltest«, antwortete Abu Dun. »Weil ich seine Nähe spüren würde. Ich habe seinen fauligen Geschmack jetzt noch auf der Zunge, von jener Nacht, in der wir ihn gestellt haben. Er würde sich durch seine bloße Anwesenheit verraten, wäre er irgendwo in der Nähe.«

»Dieser Vampyr nicht«, antwortete Andrej. »Er kann sich tarnen, Abu Dun.«

»Unsinn«, widersprach der Nubier.

»Wir spüren seine Anwesenheit nur, wenn er es zulässt«, beharrte Andrej. »Verdammt noch mal – und jetzt geh endlich! Willst du Romegas und seine Männer tatsächlich länger als unbedingt nötig mit deiner Frau allein lassen?«

Natürlich war das, was er mit dieser Frage andeutete, völlig abwegig, aber er sah, dass er Abu Duns wunden Punkt getroffen hatte. Der Nubier starrte ihn wütend an. Dann fuhr er herum und stürmte so schnell davon, dass sich zwei Männer aus La Valettes Wache gerade noch mit einem hastigen Schritt in Sicherheit bringen konnten, um nicht einfach über den Haufen gerannt zu werden. Andrej sah seinem Freund nach, bis er in dem Menschengewühl auf der schmalen Straße verschwunden war. Schließlich drehte er sich langsam um und trat hinter Starkey und den Großmeister.

Der Ordensmeister hatte sich inzwischen ein schweres Fernrohr reichen lassen, mit dem er den gegenüberliegenden Hügelkamm absuchte. Noch immer war dort keine Bewegung zu erkennen, doch der Zimbelklang, das dumpfe Dröhnen der Pauken und die hämmernden Schritte Hunderter und Aberhunderter Füße waren lauter geworden. Andrej wusste, dass es nur Einbildung sein konnte, aber dennoch glaubte er zu spüren, wie der aus schweren Felsquadern gemauerte Wehrgang unter seinen Füßen erzitterte.

»Ich verstehe nicht, worauf sie warten«, sagte La Valette nervös. Er setzte das Fernrohr ab, schob es zusammen und zog es gleich wieder auseinander, um es erneut auf die gegenüberliegenden Hügel zu richten. Noch immer war von den Angreifern keine Spur zu sehen. Die Luft dort drüben war voller Staub. Andrej glaubte zu spüren, wie sich etwas Riesiges, unvorstellbar Starkes heranschob.

Dann, so plötzlich, als seien sie buchstäblich aus dem Nichts aufgetaucht, erschienen die ersten türkischen Soldaten.

Es war beileibe nicht das erste Mal, dass Andrej den Aufmarsch einer Armee beobachtete, doch das Herannahen osmanischer Truppen war immer etwas Besonderes gewesen, und das war es auch an diesem Tag. Die Soldaten waren in Gewänder von unvergleichlicher Farbenpracht gehüllt. So beängstigend der Anblick, der sich ihnen bot, auch war, im ersten Moment sah es aus, als hätten sich die kargen Felshöhen jenseits der Stadt in einen verzauberten Blumengarten verwandelt.

Der Großmeister setzte sein Fernrohr abermals ab, zögerte und reichte es schließlich an Andrej weiter. »Betrachtet den Feind und sagt mir, was Euch auffällt, Chevalier«, verlangte er.

Andrej, dessen Augen zehnmal schärfer als die des Großmeisters waren, hätte das Fernrohr nicht gebraucht, aber er nahm es dennoch entgegen und ließ seinen Blick aufmerksam über die Truppen gleiten, die in einer täuschend langsamen, fast behäbigen Bewegung die Flanke des Hügels hinabzuströmen begannen. Dieser Aufmarsch war tatsächlich sonderbar. Die vordersten Reihen wurden ausschließlich von Männern gebildet, die lediglich lange Leinenhemden oder zerrissene Hosen unter nackten Oberkörpern trugen und praktisch unbewaffnet waren. Vielleicht, dass der eine oder andere ein Schwert im Gürtel trug oder hier und da eine Dolchklinge blitzte. Die meisten Männer jedoch gingen gebeugt unter der Last großer, eilig zusammengezimmerter Sturmleitern und schwerer Reisigbündel, die vermutlich dem Zweck dienten, die Gräben vor der Festungsmauer aufzufüllen. Etliche hatten schwere Hämmer, Spitzhacken oder Schaufeln dabei. Zwischen den Männern drängten sich vereinzelt Musketenschützen und wenige Krieger, die große, offenbar in aller Hast angefertigte Schilde aus Reisig schleppten – ein erbärmlicher Schutz vor dem, was die unglückseligen Soldaten erwartete.

Auch die zweite Reihe war nicht das, womit Andrej gerechnet hätte. Sie bestand aus Kriegern, die mit Speeren, Krummsäbeln und Schilden gewappnet waren. Über ihren Köpfen wehten dreieckige Seidenbanner in schillernden Farben. Diese Männer waren nicht in Lumpen gehüllt, sondern trugen gepflegte Kleidung, die jedoch keinerlei besonderen Schmuck aufwies. Die meisten waren in weite Hosen aus rotem und grünem Tuch gekleidet, dazu in lange Hemden mit aufgebauschten Ärmeln. Nur sehr wenige hatten einen Helm oder gar einen Harnisch. Selbst die Offiziere erschienen ihm so gut wie ungepanzert, schmückten sich dafür aber mit umso auffälligeren Pfauenfedern an den Turbanen, mit goldenen Armbändern und Ketten und breiten Gürteln, in denen goldene Dolche mit emaillierten Griffen steckten.

Andrej ließ das Glas mit wachsender Verblüffung weiterwandern und entdeckte auf dem Hügelkamm schließlich einen alten Mann mit hartem Gesicht. Er war weder besonders groß noch von beeindruckender Statur, und dennoch wusste Andrej sofort, wen er vor sich hatte. Der Mann saß auf einem prächtigen weißen Araberhengst mit rotgoldener Schabracke. Seine Gewänder bestanden aus kostbarer Seide. Allein sein mächtiger weißer Turban, um den Ketten aus Perlen und Smaragden geschlungen waren, mochte den Gegenwert einer voll ausgerüsteten Kriegsgaleere darstellen, von den Edelsteinen an seinen Fingern, um seinen Hals und über der breiten Schärpe, die er anstelle eines Gürtels trug, gar nicht zu reden. Das musste Mustafa Pascha sein, der türkische Heerführer. Andrej hatte von diesem Mann gehört. Man erzählte sich, seine Familie ginge in direkter Linie auf den Standartenträger des Propheten Mohammed zurück. Ob das nun die Wahrheit war oder nicht – Mustafa Pascha war ein Fanatiker und einer der erbarmungslosesten Männer, die jemals gegen die Christenheit gezogen waren; ein Mann, von dem niemand in dieser Stadt Pardon zu erwarten hatte.

»Nun, Chevalier Delãny, was seht Ihr?«, wiederholte La Valette seine Frage.

Andrej setzte das Glas ab. Er wusste nicht, was er erwartet hatte, aber das war ... Irrsinn! »Ich sehe keine Janitscharen«, sagte er zögernd. »Er hält seine besten Truppen noch zurück.«

»Ich würde sagen, er hält seine *Truppen* zurück«, verbesserte ihn Starkey. »Das da sind keine Krieger. Wenn Ihr mich fragt, sind es Sklaven, die sie in Uniformen gesteckt und denen sie die Wahl gelassen haben, auf der Stelle enthauptet zu werden oder mit viel Glück diesen Angriff zu überleben.«

»So ist es«, bestätigte La Valette. Eine steile Falte erschien auf seiner Stirn, und plötzlich wirkten seine Augen nicht mehr trüb und vom Alter gezeichnet, sondern hellwach. »Wahrscheinlich ist das Ganze nur ein Ablenkungsmanöver«, fuhr er nachdenklich fort. »Diese verdammten Hügel! Ich wünschte, wir könnten das türkische Heerlager nur halb so gut einsehen, wie sie unsere Befestigungen. Sie planen irgendetwas.«

Andrej hätte ihm gerne widersprochen, doch er konnte es nicht. Mustafa Pascha wusste, dass die Männer, die er gegen die Festungsmauer schickte, schon so gut wie tot waren.

Die vordersten Reihen der Angreifer waren immer noch mehr als fünfhundert Schritte vom Festungsgraben entfernt. Gegenüber, auf der Bastion der Kastilier, krachten bereits die ersten Musketenschüsse, doch das war reine Munitionsverschwendung. Dennoch marschierten die Männer in den sicheren Tod. Mustafa Pascha war kein Dummkopf. Andrej wusste, wie wenig ihm ein Menschenleben galt, auch wenn es sich um seine eigenen Soldaten handelte, doch er würde nicht eine so große Anzahl von Männern – und seien es tatsächlich nur Sklaven – opfern, ohne dass er sich etwas davon versprach.

»Fanfaren!«, befahl La Valette.

Starkey gab den Befehl mit einem entsprechenden Wink an einen der Männer in ihrer Begleitung weiter. Der Krieger zog ein auffälliges orangerotes Tuch unter seinem Gewand hervor und schwenkte es zweimal hoch über seinem Kopf. Einen Moment später erscholl von den Zinnen des Forts herab ein schmetternder Fanfarenstoß. Das war das vereinbarte Signal für die Geschütze auf der kastilischen Bastion.

Noch bevor der schmetternde, metallische Klang verstummt war, wurden die ersten Kanonen abgefeuert. Weiße Rauchfahnen erschienen zwischen den Zinnen der Bastion und nur den Bruchteil einer Sekunde später rollte der dumpfe Donner des Geschützfeuers heran.

Andrej sah, dass nur jedes dritte Geschütz gefeuert hatte, um die Täuschung, der Mustafa Paschas Truppen offensichtlich tatsächlich erlegen waren, so lange wie möglich aufrechtzuerhalten, doch selbst diese schwache Salve forderte einen grässlichen Blutzoll von den Angreifern. Die Geschosse rissen blutige Schneisen in die dicht gedrängten Reihen der Gegner. Das Dröhnen der Trommeln und die Fanfarenstöße hielten immer noch an, doch wurden sie übertönt vom gellenden Schmerz- und Angstgeschrei aus Hunderten von Kehlen. Andrej schloss mit einem entsetzten Stöhnen die Augen, als er sah, dass La Valette offensichtlich befohlen hatte, Kettenkugeln zu laden – Geschosse, bei denen zwei faustgroße Eisenkugeln durch eine gut einen Schritt lange geschmiedete Kette miteinander verbunden waren, die wie wirbelnde Sägeblätter unter die feindlichen Truppen fuhren. Ursprünglich einmal waren diese Geschosse zur Vernichtung von Schiffstakelagen ersonnen worden. Auf kurze Distanz und auf ein Ziel gerichtet, das weder ausweichen konnte noch über irgendeinen Schutz verfügte, war ihre Wirkung verheerend.

»Noch nicht feuern!«, befahl La Valette. »Die Türken wissen, wie lange wir brauchen, um unsere Kanonen nachzuladen. Wartet so lange.«

Starkey gab seinen Befehl an den Mann weiter, der das orangefarbene Tuch schwenkte, und die improvisierte Signalflagge zeichnete ein neues, kompliziertes Muster in die Luft.

Andrej zählte in Gedanken langsam bis fünfundzwanzig, dann erscholl erneut das dumpfe Krachen einer Kanonensalve, und diesmal war die Wirkung noch katastrophaler. Andrej schätzte, dass allein diesen ersten beiden Salven ein gutes Zehntel der Männer zum Opfer gefallen war, die Mustafa Pascha gegen die Stadt geschickt hatte. Und dabei hatten sie bisher nur einen Bruchteil ihrer wahren Feuerkraft eingesetzt.

La Valette schlug sich mit der Faust in die flache, knochige Hand. »Sie sind tatsächlich darauf hereingefallen«, sagte er. Seine Stimme klang ungläubig, war aber zugleich von einer wilden Hoffnung erfüllt. »Möge Gott der Seele dieses tapferen Novizen gnädig sein, der ihnen die falsche Information gab. Haltet die Geschütze bereit, Starkey! Auf mein Zeichen feuert aus allen Rohren!«

Andrej maß den greisen Großmeister mit einem ungläubigen Blick. Starkey wirkte eher überrascht. Auch für die Augen eines gewöhnlichen Menschen war es inzwischen unübersehbar, dass die Männer, die sich immer noch den Festungsmauern näherten, keine Soldaten waren. Selbst für einen Mann, der weniger von Strategie und Kriegsführung verstand als La Valette, musste überdeutlich sein, dass dieser Angriff einem völlig anderen Zweck diente, als die Mauern der Festung zu erstürmen.

Verwirrt und alarmiert zugleich drehte sich Andrej um und suchte die Spitze des Kirchturmes. Der Glockenturm war das höchste Gebäude in Birġu und selbstverständlich hatte Starkey Späher mit scharfen Augen und guten Fernrohren dort hinaufgeschickt. Sollten sich irgendwo in weitem Umkreis weitere türkische Truppen zeigen, so würde dort sofort eine rotschwarze Signalflagge gehisst werden. Doch auf dem Turm rührte sich nichts.

»Jetzt!«, befahl La Valette.

Der Mann hinter ihm schwenkte sein orangerotes Tuch, und diesmal feuerten sämtliche Geschütze der kastilischen Bastion. Ein ganzer Mauerabschnitt verschwand hinter brodelndem weißen Qualm und aufblitzenden, rot- und orangefarbenen Flammen. Dieses Mal war es keine Einbildung: Der Stein unter ihren Füßen erzitterte tatsächlich leicht.

Nur einen halben Herzschlag später verwandelte sich das Gelände unmittelbar vor der Burgmauer in ein Szenario der Hölle.

Die Geschützsalve schlug mit mörderischer Präzision direkt im Herzen von Mustafa Paschas Truppen ein. Andrej war beinahe dankbar für den dichten Pulverqualm und die gewaltigen Staub- und Erdwolken, die die Geschützsalve aufwirbelte, denn sie ersparten es ihm, einen Großteil der Schreckensbilder zu sehen. Doch er hörte den nicht enden wollenden Chor gellender Schmerz- und Todesschreie, der selbst das Dröhnen der Kanonen und die aufpeitschende Musik aus dem Lager der Türken übertönte und kein Ende nehmen zu wollen schien. Geschundene Körper wurden in die Höhe gewirbelt und wie Spielzeug durch die Luft geschleudert. Blutende Männer mit abgerissenen oder zerfetzten Gliedmaßen taumelten aus dem Pulverdampf hervor, manche stolperten davon, andere schleppten sich wankend weiter auf die Festung zu, wieder andere lagen bereits im Todeskampf.

Diesmal vergingen nur wenige Augenblicke, bevor die Geschütze ein zweites Mal feuerten und erneut Tod und erbarmungslose Vernichtung in den Reihen der türkischen Angreifer säten.

»Gleich noch einmal!«, sagte La Valette. »Sie sollen feuern, bis die Rohre glühen!«

»Ich flehe Euch an, Exzellenz«, stöhnte Andrej. »Macht diesem sinnlosen Morden ein Ende! Das sind keine Krieger!«

La Valette fuhr mit einer wütenden Bewegung herum und funkelte ihn an. »Und was soll ich Eurer Meinung nach tun, Delãny?«, schnappte er. »In aller Ruhe zusehen, wie sie die Mauern stürmen, und hoffen, dass sie sich auch noch daran erinnern, keine Krieger zu sein, wenn sie in der Stadt sind?« Er schüttelte wütend den Kopf und deutete mit einer anklagenden Geste auf die einsame Gestalt auf dem Hügelkamm. »Ihr habt Recht, Delãny. Das ist kein Krieg. Das ist ein Schlachten. Aber ich bin nur der Schlachter. Dieser Mann da ist es, der sie zur Schlachtbank schickt.«

Andrej schwieg. Nicht nur, weil er sich – so grausam ihm der Gedanke auch vorkommen mochte – eingestehen musste, dass der alte Johanniter Recht hatte. Mustafa Pascha hatte genau gewusst, was geschehen würde, und hatte all diese Männer bewusst in den sicheren Tod geschickt. Aber warum?

Bevor er noch etwas sagen konnte, donnerten die Geschütze ein weiteres Mal. Obwohl Staub und Ruß und hochgewirbelter Dreck mittlerweile so dicht über dem Land lagen, als hätten sich die Wolken vom Himmel herabgesenkt, und barmherzig nahezu jeden Blick auf das Schlachtfeld verwehrten, schloss Andrej erneut die Augen und wandte sich mit hilflos geballten Fäusten und einem Stöhnen auf den Lippen um.

In diesem Moment spürte er die Präsenz.

Sie war so deutlich, als stünde der Dämon unsichtbar nur eine Armeslänge hinter ihm. Andrej spürte die Zufriedenheit der unheimlichen Kreatur, einen düsteren, bösen Triumph. Irgendetwas geschah oder würde gleich geschehen …

Andrej fuhr herum, zog das Schwert halb aus der Scheide und sah sich mit wilden Blicken um. Doch der Dämon war nirgends zu sehen. Das Gefühl seiner Gegenwart war so übermächtig, dass es Andrej fast die Kehle zuschnürte. Er spürte genau, dass das grauenhafte Geschöpf ihn beobachtete, jede seiner Bewegungen (und schlimmstenfalls jeden seiner Gedanken) registrierte, aber es hielt sich dennoch nicht in seiner unmittelbaren Nähe auf.

»Was habt Ihr?«, fragte Starkey alarmiert. Auch La Valette riss seinen Blick vom Schlachtfeld los und sah besorgt zu Andrej hoch. Den beiden Männern war seine Reaktion nicht entgangen und sie schienen genau zu spüren, was sie bedeutete.

»Nichts«, antwortete Andrej. »Ich dachte nur ...«

Er sprach nicht weiter, sondern nahm sogar demonstrativ die Hand vom Schwert, aber Starkey runzelte noch besorgter die Stirn und fragte leise: »Er ist hier, nicht wahr?«

Andrej hob zur Antwort nur die Schultern. Starkey setzte dazu an, etwas zu sagen, doch noch bevor er das erste Wort aussprechen konnte, erhob sich überall ringsum auf den Wehrgängen und Türmen ein jubelndes Triumphgeschrei. »*Sie fliehen! Sie ziehen sich zurück!*«

Tatsächlich tauchten immer mehr und mehr flüchtende Männer aus den brodelnden Rauch- und Staubwolken auf, die noch immer vor der Stadt lagen. Obwohl es Hunderte waren, erschien Andrej ihre Zahl doch zugleich entsetzlich gering. Die Geschütz- und Musketensalven hatten einen grauenhaften Blutzoll für diesen vollkommen sinnlosen Angriff gefordert. Viele von ihnen waren verletzt, sie alle hatten ihre Leitern, Reisigbündel und Werkzeuge weggeworfen und versuchten in Panik ihr nacktes Leben zu retten. Andrej sah, wie einzelne Offiziere die Männer mit gezogenen Säbeln aufzuhalten und wieder zurückzuschicken versuchten, doch sie wurden einfach niedergerannt.

Sein Blick suchte den türkischen Befehlshaber. Mustafa Pascha galoppierte auf seinem prächtigen Hengst über den Hügelkamm und rief den Truppen, die in Bereitschaft standen, Befehle zu. Mit fast unheimlicher Präzision, so als stünden sie auf einem Paradeplatz und nicht auf dem Schlachtfeld, bewegten sich ihre Reihen, rückten enger zusammen und bildeten schmale, aber präzise ausgerichtete Gassen, durch die die Flüchtenden hindurchstürmen konnten.

Und dann sah Andrej etwas, das ihm schier das Blut in den Adern gerinnen ließ: Die Kastilier hatten das Tor ihrer Bastion geöffnet und setzten den Flüchtenden nach! Angeführt von einer Schar prachtvoll gekleideter, berittener Ordensritter, stürmten die Milizen, die eigentlich hinter den Festungswällen in Reserve stehen sollten, auf das Schlachtfeld hinaus und verschwanden sofort in den brodelnden Staubwolken.

»Um Gottes willen, La Valette«, flüsterte er. »Ruft sie zurück! Es ist eine Falle!«

Plötzlich war ihm alles klar. So klar, dass er sich vergeblich fragte, wieso er nicht gleich begriffen hatte, was dieses scheinbar so sinnlose und menschenverachtende Manöver sollte.

Auch La Valette wirkte überrascht und sichtlich beunruhigt. Er hatte das Fernglas wieder angesetzt und starrte zu Mustafa Pascha hinüber. Der Ausdruck auf seinem Gesicht wurde mit jedem Herzschlag, der verging, besorgter. Schließlich setzte er das Glas ab und schüttelte den Kopf. »Wenn es eine Falle wäre, hätten uns die Späher gewarnt«, sagte er. »Vom Kirchturm aus kann man das Gelände hinter den Hügeln einsehen.«

Andrej fuhr wie von der Tarantel gestochen herum und starrte zur Kirche hin. Von der schwarzroten Signalfahne, mit der die Männer dort oben die Verteidiger vor einem Hinterhalt einer verborgenen Truppenbewegung oder einem anderen unerwarteten Manöver der Türken warnen sollten, war nichts zu sehen. Und dann – endlich – verstand er.

Andrej machte sich nicht die Mühe, die Treppe hinunterzustürmen. Ohne auch nur einen Gedanken daran zu verschwenden, was sich die Anwesenden dabei denken mochten, sprang er die fünfzehn Fuß bis zur Straße einfach hinunter, rollte sich ab und kam mit einem federnden Satz wieder auf die Beine. Noch im Aufspringen zog er sein Schwert und rannte mit gewaltigen Sätzen los. Er nahm keine Rücksicht mehr, sondern stieß jeden, der ihm nicht schnell genug aus dem Weg ging, einfach beiseite. Binnen weniger Augenblicke hatte er die halbe Entfernung zurückgelegt und schwenkte auf die schmale Hauptstraße ein, die direkt zur Kirche führte.

Auf halbem Wege kam ihm eine rußverschmierte Gestalt entgegen – Romegas. Er war in Schweiß gebadet und vielleicht zum ersten Mal, seit Andrej ihn kannte, blickte er ihn nicht voller Verachtung und Hass an. Seine Augen leuchteten in einem wilden Triumph.

»Romegas, was tut Ihr hier?«, fuhr Andrej ihn an. »Hattet Ihr nicht einen Befehl Sir Olivers?«

Der Spanier wischte seine Worte mit einer unwilligen Bewegung aus der Luft. »Sie fliehen!«, rief er triumphierend. »Sie rennen wie die Hasen! Die jungen Ritter sind nicht mehr zu halten! Und sie haben Recht! Wenn wir jetzt die Gelegenheit nutzen, können wir die Türken bis zu ihren Schiffen zurücktreiben, und wenn sie nicht schnell genug sind, gleich ins Meer!«

»Seid Ihr blind?«, fragte Andrej fassungslos. »Ihr wart doch dort oben! Ihr habt gesehen, wen Mustafa da in den Kampf geschickt hat! Eure tapferen jungen Ritter laufen in den sicheren Tod.«

»Aber ...«, begann Romegas. Er wirkte verunsichert.

»Mustafa Pascha hat diesem armen Jungen nie geglaubt, begreift das doch!«, unterbrach ihn Andrej. »Er wusste genau, dass die Bastion nicht unsere schwächste Stelle war! Er hat den Angriff nur befohlen, um Eure Männer hinter den Mauern hervorzulocken, Ihr Narr!«

Für einen Moment wirkte Romegas vollkommen entsetzt. Das Leuchten in seinen Augen verschwand und Andrej sah ihm an, dass er dicht davor stand, in Panik zu geraten. Dann gab er sich einen sichtbaren Ruck und die wohl bekannte Mischung aus Verachtung und mühsam zurückgehaltenem Hass machte sich wieder auf seinen Zügen breit. »Mit Verlaub, Chevalier Delãny«, sagte er kühl. »Aber Schlachten werden nun einmal mit dem Schwert in der Hand entschieden. Wir sind im Vorteil. Selbst wenn Ihr Recht haben solltet – Mustafas Truppen sind in Unordnung geraten. Der Sieg ist zum Greifen nahe.«

Andrej wollte widersprechen, doch diesmal war es Romegas, der ihn mit einer ärgerlichen Bewegung unterbrach und in schärferem Ton fortfuhr: »Die Malteser und die jungen Ritter sind wie tolle Hunde. Selbst wenn ich wollte, könnte ich sie nicht mehr zurückhalten. Die meisten von ihnen haben zum ersten Mal in einer Schlacht gekämpft. Sie haben Blut geleckt, und sie wollen mehr.«

»Das werden sie bekommen«, versetzte Andrej düster. »Nur fürchte ich, es wird ihr eigenes sein! Könnt Ihr das nicht begreifen, Romegas, oder ist Euer Hass auf mich so groß, dass Ihr das Leben Hunderter Eurer Männer opfert, nur um nicht zugeben zu müssen, dass ich Recht habe?«

Er wandte sich mit einem Ruck um, ließ Romegas einfach stehen und eilte weiter. Insgeheim bedauerte er schon, sich überhaupt auf dieses Gespräch eingelassen zu haben. Selbst wenn er Recht hatte – und vielleicht zum ersten Mal, seit er Romegas begegnet war, hoffte er inbrünstig, dass diesmal *er* sich täuschte und der Ritter Recht behielt –, würde das nichts ändern. Chevalier de Romegas war kein Mann, der einen Fehler eingestand. Schon gar nicht einem dahergelaufenen Emporkömmling gegenüber.

Andrej beschleunigte seine Schritte weiter. Die Straße war so voller Menschen, dass er nicht mehr rennen konnte, doch er brauchte trotzdem nur wenige Minuten, um die Kirche zu erreichen. Das große, mit kunstvollen Schnitzereien verzierte Doppeltor des Gotteshauses stand weit offen. Zahllose Menschen hatten sich in die Kirche geflüchtet und Andrej hörte schon von weitem das monotone Murmeln der Betenden, die sich in ihrer Angst an einen Gott wandten, der sie in Wahrheit schon längst vergessen hatte. Noch mehr Menschen drängten sich auf den steinernen Stufen davor, sodass Andrej tatsächlich Gewalt anwenden musste, um sich einen Weg zur Tür zu bahnen.

Drinnen wurde es noch schlimmer. Schon an einem gewöhnlichen Tag war die Kirche nicht annähernd groß genug, um alle Einwohner Birğus aufzunehmen, die zum Gottesdienst kommen wollten. Nun aber hatte er trotz des Gedränges draußen auf der Straße das Gefühl, dass tatsächlich jeder einzelne Einwohner der Stadt dort sei. Der schmale Mittelgang zwischen den einfachen Holzbänken war so überfüllt, dass Andrej länger brauchte, ihn zu durchqueren, als für den gesamten Weg von der Stadtmauer zur Kirche. Keuchend vor Anstrengung und in Schweiß gebadet, erreichte er die niedrige Tür zur Sakristei, stieß sie mit der Schulter auf und stürmte hindurch.

Dahinter lag die schmale, in engen Windungen nach oben führende Treppe zum Glockenturm. Andrej stürmte die ersten Stufen hinauf, dann blieb er stehen, zog sein Schwert und lauschte mit angehaltenem Atem und geschlossenen Augen in sich hinein. Nichts. Die Präsenz war erloschen. Wenn der Dämon tatsächlich dort gewesen war, war er nun fort.

Oder er tarnte sich und wartete oben am Ende der Treppe auf ihn.

Es gab nur eine Möglichkeit, das herauszufinden. Andrej eilte die Stufen weiter hinauf und hielt erst unmittelbar unter der mit schweren eisernen Bändern verstärkten Bodenklappe an, über der sich der eigentliche Glockenturm erhob. Angespannt lauschte er mit all seinen Sinnen, aber er spürte nichts. Dort oben sollten vier Männer Wache stehen und das umgebende Land mit Ferngläsern nach dem winzigsten Anzeichen eines feindlichen Manövers oder einer Falle absuchen. Er hätte zumindest ihre Atemzüge hören müssen. Doch über ihm herrschte buchstäblich Totenstille.

Als er die Hand nach der Klappe ausstreckte, roch er das Blut.

Es war frisch, noch warm. Das Herz, das es durch die Adern gepumpt hatte, hatte noch nicht lange aufgehört zu schlagen. Andrej wusste, was er sehen würde, als er die Klappe mit den Schultern aufsprengte, die restlichen Stufen hinaufsprang und, das Schwert kampfbereit in beiden Händen haltend, herumwirbelte.

Der Dämon war nicht da. Aber er war dort gewesen. Die Spuren seiner Anwesenheit waren überdeutlich. Etwas lag in der Luft, dem Andrej in dieser Ausprägung noch nie begegnet war. Es war, als sei etwas Totes dort gewesen; etwas, das schon vor sehr langer Zeit gestorben war, seitdem verweste und faulte und sich dennoch bewegte.

Die vier Männer, die Wache gehalten hatten, lagen so ordentlich nebeneinander, als hätte jemand große Mühe darauf verwandt, sie in einer Linie aufzureihen. Ihre Schwerter – jedes einzelne zerbrochen – lagen neben ihnen. Die Arme der Männer waren über der Brust gekreuzt, ihre Köpfe und Schultern lagen in großen, glitzernden Lachen ihres eigenen Blutes. Jemand hatte ihre Kehlen auf die gleiche grausame Weise zerfetzt wie die des Jungen, den er vor drei Tagen am Strand gefunden hatte.

Andrej registrierte aus den Augenwinkeln eine Bewegung und fuhr herum. Sein Schwert kam in einer Bewegung hoch, die zu schnell war, als dass das menschliche Auge ihr folgen konnte, dennoch war er nicht schnell genug. Er spürte den Hieb kommen, bevor er seine Schläfe traf, doch sein verzweifeltes Bemühen, ihm auszuweichen oder ihn abzuwehren, kam zu spät.

Der Schlag löschte sein Bewusstsein mit solcher Plötzlichkeit aus, dass er nicht einmal mehr spürte, wie er auf dem blutbesudelten Boden des Glockenturmes zusammenbrach.

Sein Hals schmerzte, als er erwachte, und er war an Händen und Füßen gefesselt. Als er die Augen öffnen wollte, konnte er es nicht. Jemand hatte ihm eine Augenbinde angelegt. Dafür verrieten ihm seine anderen Sinne, dass er nicht mehr im Glockenturm und auch nicht mehr in der Kirche war. Noch bevor er sich selbst die Frage stellen konnte, wohin man ihn stattdessen gebracht hatte, verriet ihm der scharfe Geruch, der in der Luft lag, die Antwort. Er war wieder in der Pulverkammer. Die harte Unterlage, auf der er erwacht war, war vermutlich derselbe niedrige Tisch, auf dem sie den Leichnam des Jungen aufgebahrt hatten. Vielleicht war sogar das Tuch, mit dem man ihm die Augen verbunden hatte, dasselbe, das dessen Gesicht bedeckt hatte. Unwillig schüttelte er den Kopf und versuchte, es auf diese Weise abzustreifen, doch es gelang ihm nicht; ebenso wenig wie es ihm gelang, die kräftigen Lederriemen zu zerreißen, mit denen seine Hand- und Fußgelenke gefesselt waren.

»Gebt Euch keine Mühe«, sagte eine hämische, wohl bekannte Stimme irgendwo in der Dunkelheit links von ihm. »Ich habe sie selbst gebunden. Nicht einmal ein Ochse könnte diese Riemen zerreißen.«

»Romegas?«, fragte Andrej verständnislos.

Die Antwort bestand aus einem kehligen Lachen, in dem etwas mitschwang, das Andrej einen eiskalten Schauer über den Rücken laufen ließ. »Immerhin erinnert Ihr Euch noch an meinen Namen, Delãny – oder wie immer Ihr auch in Wirklichkeit heißen mögt. Eine erstaunliche Leistung für einen toten Mann.«

»Was soll das heißen?«, fragte Andrej unwirsch. Er versuchte sich aufzusetzen und zumindest das gelang ihm, auch wenn ihm prompt schwindelig wurde und der pochende Schmerz in seinem Kopf zunahm. Als er erwacht war, hatte er unter einer rauen Decke gelegen, die nun von seinen Schultern glitt und raschelnd zu Boden fiel. Die kalte Luft, die über seine Haut strich, machte ihm klar, dass er nackt war.

»Was soll das?«, murmelte er, mehr verwirrt als wütend. Erneut zerrte er an seinen Fesseln. Die fast fingerdicken Lederbänder knarrten hörbar, hielten aber. Trotzdem war Andrej zuversichtlich, sie zerreißen zu können, wenn es sein musste.

»Eigentlich bin ich es, der diese Frage stellen müsste«, antwortete Romegas' Stimme. »Aber ich stelle lieber eine andere – und ich gebe Euch den guten Rat, sie mir zu beantworten. Wer seid Ihr?«

Andrej kramte in seinem Gedächtnis und versuchte sich zu erinnern, was passiert war und wie er dorthin gekommen war. Er wusste es nicht. Er war in den Glockenturm hinaufgestiegen, und dann ... nein. So sehr er sich auch den Kopf zermarterte, seine Erinnerungen hörten an dem Punkt auf, als er die Toten in ihrer sonderbaren Haltung gefunden hatte.

»Nehmt mir diese verdammte Augenbinde ab«, verlangte er. »Ich sehe gern ins Gesicht des Mannes, mit dem ich rede.«

Er hatte nicht damit gerechnet, doch es verging nur ein kurzer Moment, dann trat Romegas heran und riss mit einem Ruck die Binde von seinen Augen. Andrej blinzelte in das gelbe Licht, das durch die offen stehende Tür hereindrang, bevor sich seine Augen umstellten und er mehr als nur Schatten und ineinander fließende Umrisse erkennen konnte. Seine Vermutung war richtig gewesen. Er war wieder in der Pulverkammer und auch der Tisch, auf dem er lag, war derselbe, auf dem der Junge gelegen hatte. Das war sicher kein Zufall.

»Nun, ich habe Euren Wunsch erfüllt, *Chevalier*«, sagte Romegas. Er betonte das letzte Wort auf eine so seltsame Art, dass Andrej ihn nur verwirrt anstarren konnte. »Jetzt seid Ihr an der Reihe, Euren Teil der Abmachung zu erfüllen. Also: Wer seid Ihr wirklich?«

»Ich verstehe nicht, was Ihr von mir wollt«, antwortete Andrej.

»Bis vor einer Stunde habe ich Euch nur für einen türkischen Spion und Verräter gehalten«, erwiderte Romegas.

»Aber ich fürchte, ich muss Euch Abbitte leisten, denn damit habe ich Euch sicherlich Unrecht getan. Ihr seid etwas viel Schlimmeres. Ich weiß nur immer noch nicht genau, was.«

Allmählich begann sich ein ungutes Gefühl in Andrej auszubreiten. Erneut versuchte er sich zu erinnern, was geschehen war, und wieder gelang es ihm nicht.

»Ihr schweigt«, sagte Romegas mit einem Nicken und in einem Tonfall, als hätte er genau diese Reaktion erwartet – oder erhofft. »Nun gut. Aber lasst mich Euch warnen. Ihr mögt ein harter Mann sein, Andrej Delãny, sicherlich der zäheste, dem ich je begegnet bin – doch wir kennen Mittel und Wege, selbst jemanden wie Euch zum Reden zu bringen.«

Statt zu antworten, sah Andrej stirnrunzelnd an sich hinab. Er hatte sich nicht getäuscht: Unter der Decke, die jetzt in einem unordentlichen Haufen auf dem Boden neben dem Tisch lag, war er vollständig nackt gewesen. »Was soll denn das?«, murmelte er, immer noch eher verwirrt und verständnislos als tatsächlich besorgt. Dabei hatte er das sichere Gefühl, dass er allen Grund hatte, besorgt zu sein.

»Oh, das«, sagte Romegas und machte eine wegwerfende Bewegung. »Bitte verzeiht meine Neugier. Ich wollte Euch wirklich nicht zu nahe treten, Chevalier de Delãny. Ich konnte nur einfach der Versuchung nicht widerstehen. Ich wollte mit eigenen Augen sehen, was Ihr unter der Uniform verbergt, die Ihr seit drei Jahren so schamlos besudelt.«

»Wenn Ihr nach Pferdefuß und Schweif gesucht habt«, antwortete Andrej, »dann muss die Enttäuschung wirklich groß gewesen sein.« Er zog ärgerlich die Augenbrauen zusammen und versuchte zugleich, seine Unterarmmuskeln so anzuspannen, dass Romegas es nicht sah. »Es wäre einfacher, wenn Ihr mir schlichtweg die Fragen stellt, die Euch so sichtlich auf der Zunge brennen. Oder seid Ihr nur zornig, weil ich Recht hatte und Euer wahnsinniger Angriff in einer Katastrophe geendet hat?«

»Woher wisst Ihr das?«, schnappte Romegas.

»Ich wusste es nicht«, antwortete Andrej. »Aber Eure Reaktion beweist mir, dass ich Recht hatte. Wie viele Männer habt Ihr verloren? Fünfzig? Hundert?«

»Etwas weniger als fünfzig«, antwortete eine Stimme von der Tür her. Andrej sah sich überrascht um. Romegas fuhr mit einer wütenden Bewegung herum und griff nach dem Schwert an seiner Seite, zog die Hand aber dann erschrocken wieder zurück, als er die beiden Männer erkannte, die unbemerkt hinter ihm eingetreten waren. »Und an die zweihundert wurden verletzt«, fuhr Sir Oliver Starkey ungerührt fort. »Die Hälfte von ihnen so schwer, dass sie wohl die nächste Woche nicht überleben werden.«

»Was geht hier vor?«, fragte La Valette scharf. Er war hinter seinem Sekretär eingetreten, jedoch direkt unter der Tür stehen geblieben. Das gelbe Licht, das vom Vorraum hereinfiel, ließ ihn einen riesigen, monströs verzerrten Schatten werfen, der sich wie eine lautlose Drohung nicht nur über Romegas, sondern auch über einen Teil des Tisches und Andrej legte. »Wer hat Euch befohlen, Chevalier Delãny zu binden und hier herunterzuschaffen? Derselbe, der Euch diesen vollkommen wahnsinnigen Angriff befohlen hat, nehme ich an?«

Romegas rang sichtbar nach Worten, fand seine Fassung aber erstaunlich rasch wieder. Ein Ausdruck von Trotz erschien auf seinem Gesicht. »Immerhin war es ein Sieg«, sagte er. »Wir haben die Türken verjagt. Nach dem, was mir die Männer berichtet haben, waren ihre Verluste dreimal so hoch wie die unseren.«

»Ein Sieg?«, wiederholte La Valette. Andrej konnte sein Gesicht nicht erkennen, aber allein der Klang seiner Stimme verriet, wie mühsam er um seine Fassung kämpfen musste. »Oh ja, zweifellos. Ein triumphaler Sieg. Das Problem ist nur, dass wir uns Siege dieser Art nicht besonders oft leisten können, Chevalier. Auch ich habe mit den Rittern gesprochen. Sie sind in eine Falle gelaufen, die Mustafa Paschas Truppen hinter den Hügeln für sie aufgestellt haben. Der einzige Grund, aus dem überhaupt jemand zurückgekehrt ist, ist der, dass die Türken die Kampfkraft unserer schweren Reiterei offenbar unterschätzt haben. Doch der Fehler wird ihnen kein zweites Mal unterlaufen.«

»Aber …«, begann Romegas und wurde diesmal von Starkey unterbrochen: »Genug! Genug von albernen Ausreden, Chevalier, und genug von diesem unwürdigen Schauspiel! Nehmt Delãny die Fesseln ab und bringt seine Kleider her, und dann wartet draußen auf uns!«

Romegas schluckte ein paar Mal. Sein Blick wanderte mit wechselndem Ausdruck zwischen Starkeys und Andrejs Gesicht hin und her, aber schließlich drehte er sich um, zog seinen Dolch aus dem Gürtel und durchtrennte mit zwei schnellen, wütenden Bewegungen die Lederriemen, die Andrejs Hand- und Fußgelenke fesselten. Dann verließ er ohne ein weiteres Wort die Kammer.

Andrej glitt mit einem erleichterten Seufzer vom Tisch herunter, bückte sich nach der Decke und schlang sie wie einen improvisierten Rock um die Hüften. Ihm wurde leicht schwindelig, da er die Bewegung viel zu schnell ausgeführt hatte, doch er hatte sich gut genug in der Gewalt, dass die beiden anderen es nicht bemerkten.

»Ich muss mich für Chevalier Romegas' unmögliches Benehmen bei Euch entschuldigen«, sagte Starkey. »Es war mein Fehler. Ich hätte wissen müssen, dass er es niemals akzeptiert, mit Euch zusammenarbeiten zu müssen. Nehmt Ihr meine Entschuldigung an?«

»Ich wüsste nicht, wofür Ihr Euch entschuldigen müsstet, Sir Oliver«, antwortete Andrej. Dann lächelte er unsicher. »Um ehrlich zu sein, weiß ich nicht einmal genau, was passiert ist. Romegas hat mich hierher bringen lassen? Warum? Was ist geschehen?«

»Ihr erinnert Euch nicht?«, vergewisserte sich Starkey.

»Nein«, antwortete Andrej. »Ich war oben im Glockenturm, und dann ...«

»Nein«, unterbrach ihn Starkey. »Zumindest wart Ihr das nicht mehr, als Romegas Euch fand. Ihr habt in fünfzehn Fuß Höhe am Glockenseil gehangen. Jemand hat Euch daran aufgehängt. Zumindest behauptet er das – und unglückseligerweise auch ungefähr dreißig oder vierzig andere, die es gesehen haben.«

Andrej starrte ihn ungläubig an. Ganz ohne sein Zutun wanderte seine linke Hand zu seiner Kehle und betastete sie. Die Berührung tat weh. Er spürte keine Wunde, doch es war, als sei etwas darin zerbrochen und noch nicht wieder vollständig geheilt.

»Ich fürchte, Sir Oliver hat Recht«, sagte La Valette. »In jeder Hinsicht. Es war ein Fehler, ausgerechnet Euch mit Romegas eine gemeinsame Aufgabe zu übertragen, aber sehr viele Männer und Frauen haben gesehen, wie man Euch vom Glockenseil geschnitten hat. Und sie alle schwören, Ihr seiet tot gewesen.«

»Das war er auch!« Romegas kam zurück. Er trug ein Bündel unordentlich zusammengelegter Kleidungsstücke über dem linken Arm, in denen Andrej jedoch nicht sein Ordensgewand erkannte, sondern die einfachen, robusten Sachen, in denen er vor drei Jahren auf der Insel angekommen war. Offensichtlich war Romegas nicht untätig gewesen. Als Andrej diese Kleidungsstücke das letzte Mal gesehen hatte, hatten sie auf dem Boden einer einfachen Truhe in seinem Zimmer im Ordenshaus gelegen. »Ich selbst habe ihn abgeschnitten. Sein Herz hat nicht geschlagen. Er hat nicht geatmet.« Er ließ die Kleider achtlos vor Andrejs Füßen auf den Boden fallen und sah sowohl Sir Oliver als auch den Großmeister trotzig, ja, fast herausfordernd, an. »Bei allem Respekt, Exzellenz, doch ich weiß, was ich gesehen habe. Dieser Mann war tot. Sein Genick war gebrochen. Jemand hat ihm den Schädel eingeschlagen. Und nun seht ihn Euch an! Er ist unversehrt. Seine Haut weist nicht einmal einen Kratzer auf.«

»Vielleicht habt Ihr Euch getäuscht«, sagte Starkey. »Manchmal bluten selbst kleine Wunden so schlimm wie eine tödliche Verletzung.«

»Und die Männer oben im Turm?«, beharrte Romegas.

»Ich habe sie nicht getötet«, sagte Andrej ruhig, während er sich nach seinen Kleidern bückte. Umständlich begann er sich anzukleiden. Er musste vorsichtig sein. Bei jeder zu hastigen Bewegung wurde ihm wieder schwindelig, und auch der Schmerz in seinem Hals war noch da. Andrej versuchte sich davon zu überzeugen, dass es Unsinn war – und dennoch verspürte er Angst, eine einzige unbedachte Bewegung könnte ausreichen, sein Genick erneut brechen zu lassen. Plötzlich fühlte er sich verwundbar und das war eine neue und ganz und gar nicht angenehme Erfahrung.

»Nein, natürlich nicht«, erklärte Romegas böse. »Deshalb hattet Ihr es auch so eilig, in den Turm zu kommen, nicht wahr? Hattet Ihr Angst, sie könnten uns vor dem Hinterhalt der Türken warnen?«

»Das ist genug!«, sagte Starkey nunmehr in wesentlich schärferem Ton.

Romegas ließ sich davon jedoch nicht beeindrucken, sondern funkelte ihn nur trotzig an. Anklagend wies er mit dem ausgestreckten Arm auf Andrej. »Dieser Mann war *tot*, Sir Oliver«, sagte er betont. »Ich habe es gesehen und ein Dutzend anderer auch.«

»Umso vorausschauender war es von Euch, ihn hier herunterzubringen«, sagte La Valette. »Dennoch gibt es da gewisse Dinge, die Ihr nicht wisst und auch nicht wissen könnt.«

»Das scheint mir auch so«, erwiderte Romegas ärgerlich. »Bei allem Respekt, Exzellenz: Habt Ihr Euch mit dem Teufel eingelassen?«

Andrej stockte schier der Atem. Er erstarrte mitten in der Bewegung, und auch Starkey riss ungläubig die Augen auf und starrte den französischen Edelmann an.

La Valette jedoch lächelte nur milde und machte eine kleine, besänftigende Geste. »In der Tat würde ich es tun, wenn ich dadurch das Leben so vieler aufrechter Christenmenschen retten könnte«, antwortete er. »Doch glaubt mir, Andrej Delãny und sein Gefährte Abu Dun sind weder mit dem Teufel noch anderen finsteren Mächten im Bunde. Ganz im Gegenteil.«

Flüchtig streifte sein Blick Andrejs Gesicht. Für einen winzigen Moment, kaum die Dauer eines Gedankens, las Andrej etwas darin, das ihn vollends überraschte. Er musste es nicht aussprechen, er brauchte keine entsprechende Frage zu stellen, und schon gar nicht auf eine Antwort, die er sowieso nicht bekommen hätte, zu warten, doch plötzlich war ihm jenseits allen Zweifels klar, dass der Großmeister des Johanniterordens vom ersten Moment an gewusst hatte, wer er war. Was er war.

»Ihr stellt mein Vertrauen in Euch auf eine harte Probe«, sagte Romegas. Er wirkte unsicher, zugleich aber auch eher trotzig als wütend.

»Ich weiß«, antwortete La Valette. »Und ich weiß das Vertrauen, das Ihr mir entgegenbringt, zu schätzen. Ich an Eurer Stelle wäre vielleicht nicht dazu in der Lage. Dafür danke ich Euch.«

Das war nicht die Antwort, die Romegas hatte hören wollen, das konnte Andrej deutlich auf seinem Gesicht ablesen. Zu seiner Überraschung sagte der Edelmann jedoch nichts mehr, sondern starrte den Großmeister an, trat dann steifbeinig zwei Schritte zurück, richtete sich auf und nickte abgehackt. »Ganz wie Ihr befehlt.«

»Nein«, verbesserte ihn La Valette. »Das hier …« Er deutete auf Andrej. »… hat nichts mit der Hierarchie des Ordens zu tun. Ich kann und will Euch nicht befehlen, so zu tun, als hättet Ihr all dies nicht gesehen und gehört. Ich kann Euch nur bitten, uns zu vertrauen. Vielleicht nicht mehr lange.«

Diesmal antwortete Romegas gar nicht. Seine Reaktion bestand abermals aus diesem sonderbar abgehackten, zornig wirkenden Nicken; seine Lippen wurden zu einem dünnen, blutleeren Strich.

»Jetzt geht und sorgt dafür, dass in der Stadt nicht allzu viel Unsinn herumerzählt wird«, fuhr Starkey nach einer Weile fort. Andrej hatte das sichere Gefühl, dass er das nur sagte, um das immer unbehaglicher werdende Schweigen zu unterbrechen. »Mit einem derart übermächtigen Feind vor den Toren und einer Bevölkerung, die ohnehin am Rande einer Panik steht, können wir uns dumme Gerüchte ganz gewiss nicht leisten.«

Romegas nickte steif. »Wie Ihr befehlt, Sir Oliver.« Damit ging er. Andrej blickte ihm nach, bis er den Vorraum durchquert und auch dessen Tür hinter sich geschlossen hatte, dann wandte er sich mit fragendem Gesichtsausdruck an La Valette.

»Ihr habt es die ganze Zeit über gewusst?«

La Valette hielt zwar seinem Blick gelassen stand, antwortete aber nicht. Dafür ließ Starkey ein halblautes, trockenes Lachen hören. »Ihr und Euer riesenhafter Freund, Andrej, seid nicht gerade das, was man als unauffällig bezeichnen würde«, sagte er. »Nein, wir haben es nicht *gewusst*. Aber die Kunde von dem Vampyr, der seit einem halben Jahrhundert Jagd auf andere seiner Art macht, ist selbst an unser Ohr gedrungen, stellt Euch nur vor.«

»Und dennoch habt Ihr mich aufgenommen?«, murmelte Andrej verwirrt. Nach allem, was in den letzten Tagen geschehen war, war er der Meinung gewesen, es gebe nichts mehr, was ihn noch überraschen oder erschüttern könnte, aber das stimmte nicht. La Valette und Starkey waren Vertreter genau jener Menschen, die ihn und seinesgleichen auf der ganzen

Welt am meisten hassen sollten – und dies auch taten, wie er mehr als einmal schmerzhaft hatte in Erfahrung bringen müssen.

»Unser Herr lehrt uns, unseren Feinden zu vergeben«, sagte Starkey ernst. »Und er lehrt uns, nicht vorschnell über andere zu urteilen. Seid versichert, dass wir Euch und Euren Freund sehr genau im Auge behalten haben. Hättet Ihr auch nur einen einzigen Fehler gemacht …« Er ließ den Satz unvollendet in der Luft hängen, was ihn zu einer schlimmeren Drohung machte als alles, was er hätte sagen können.

Andrej nickte. Es war seltsam – aber er glaubte Starkey. Auch wenn er zugleich spürte, dass das, was der Engländer ihm soeben gestanden hatte, höchstens ein kleiner Teil der Wahrheit gewesen war. Da war noch mehr. Noch viel mehr.

»Dann ist es vielleicht besser, wenn Abu Dun und ich Euch jetzt verlassen«, sagte er leise. »Ihr habt Recht, Sir Oliver. Gerüchte über einen Mann, der von den Toten wieder auferstanden ist, sind im Augenblick das Letzte, was Ihr Euch leisten könnt. Sie würden hundertmal mehr Schaden anrichten, als unsere Schwerter Euch nutzen.«

La Valette und der Engländer tauschten einen raschen Blick. Offensichtlich hatten sie genau diese Reaktion erwartet.

»Selbst wenn wir Euch gehen lassen wollten, wäre das im Augenblick wahrscheinlich nicht mehr möglich«, antwortete Starkey schließlich in einem bewusst leichten Ton. »Mustafa Paschas Truppen haben den Belagerungsring geschlossen. Seine Schiffe kreuzen vor der Bucht und seit einer Stunde marschieren mehr und mehr Truppen ringsum auf. Darüber hinaus … seid Ihr nicht der Meinung, Ihr wärt uns für die letzten drei Jahre etwas schuldig? Ganz zu schweigen von dem Dämon, den Ihr hierher gelockt habt.«

»Gerade wegen ihm wäre es besser zu gehen«, erwiderte

Andrej. Er war allerdings sicher, dass er seinen Atem verschwendete. Starkeys und La Valettes Entschluss stand längst fest. Dennoch fuhr er fort: »Er ist meinetwegen hier. Und er wird jeden vernichten, der mir etwas bedeuten könnte oder mir geholfen hat. Wenn er in Erfahrung bringt, dass Ihr mich die ganze Zeit über beschützt habt, dann wird er auch Euch töten.«

»Aber gerade deshalb ist es unabdingbar, dass Ihr bleibt, um uns zu beschützen«, erwiderte Starkey fast amüsiert. »Ihr wollt mir doch nicht erzählen, dass Ihr Angst vor ihm habt? Ihr – ein Mann, der nicht sterben kann!«

»Ich bin ihm nicht gewachsen«, entgegnete Andrej ernst. »Ihr habt es doch gesehen. Er hätte mich dort oben im Glockenturm töten können, wenn er es gewollt hätte.«

»Aber ganz offensichtlich wollte er es nicht.«

»Um mich weiter zu demütigen, ja«, fuhr Andrej fort. »Ihr täuscht Euch, wenn Ihr glaubt, Abu Dun und ich seien tatsächlich unsterblich. Wir verfügen über gewisse …«, er suchte einen Moment vergeblich nach den richtigen Worten, »… Fähigkeiten, das ist wahr. Aber auch wir können getötet werden.«

»Umso wichtiger sollte es für Euch sein, ihn zu finden und zu vernichten«, sagte Starkey. »Möglicherweise habt Ihr Recht, und er wurde tatsächlich geschickt, um Euch zu töten. Doch so, wie es im Moment aussieht, steht er offensichtlich zugleich in Mustafa Paschas Diensten.« Er schnitt den Protest, zu dem Andrej ansetzte, mit einer entsprechenden Handbewegung ab. »Die Gründe, aus denen er das tut, spielen letzten Endes keine Rolle. Er sät Angst in die Herzen der Menschen in dieser Stadt, das allein zählt. Wir *müssen* ihn stellen. Und ich fürchte, Ihr und Euer Freund seid die Einzigen auf dieser Insel, die dazu in der Lage sind.«

22. Mai 1565, zur Abenddämmerung auf der Bastion der Kastilier

Zum ersten Mal seit annähernd drei Jahren trat Andrej nicht im Ordensgewand der Johanniter aus dem Haus, sondern in den Kleidern, in denen er nach Malta gekommen war. An seiner Seite hing nicht das prachtvolle Breitschwert, das La Valette ihm – aus Gründen, die er erst jetzt wirklich verstand – damals zum Geschenk gemacht hatte, sondern seine eigene, vertraute Damaszenerklinge. Andrej trug weder Helm noch Rüstung. Ebenfalls zum ersten Mal seit drei Jahren hatte er sich den Bart abgenommen und trug sein Haar nicht streng zurückgekämmt und zu einem Pferdeschwanz gebunden, sondern ließ es offen bis weit über seine Schultern fallen.

Doch das alles war nur eine erbärmliche Verkleidung. Jeder der Ritter, mit denen er in den zurückliegenden Jahren zusammengelebt und gekämpft hatte, würde ihn spätestens auf den zweiten Blick trotzdem erkennen, aber es war das Beste, was er aufzubieten hatte, und musste genügen. Er würde eben das tun, was er im Laufe seines Lebens schon so oft getan hatte, und auf sein Glück vertrauen. Die hereinbrechende Abenddämmerung und das flackernde rote Licht zahlloser Fackeln, die auf dem Wehrgang aufgestellt worden waren und mit ihren tanzenden Schatten die Wirklichkeit verzerrten, kamen ihm dabei zu Hilfe.

Aus den Straßen der Stadt wehten Gelächter, aufgeregte Stimmen und Musikfetzen zu ihm hoch; Klänge, die nach den Geschehnissen dieses Tages unangemessen, ja, fast schon obszön erschienen. Im Gegensatz zu La Valette und Starkey werteten die Einwohner Birgus – und ein Großteil der Ritter – die zurückliegende Schlacht als Sieg. Für die jungen Ritter und die Milizsoldaten, die zum ersten Mal in den Kampf gezogen waren, *war* es das vermutlich auch gewesen: ein triumphaler Erfolg, bei dem sie wie der leibhaftig gewordene Zorn Gottes unter die flüchtenden Feinde gefahren waren.

Im Laufe des Nachmittags hatten Kundschafter weitere Nachrichten vom Schlachtfeld gebracht. Es schien, als hätten Mustafa Paschas Truppen tatsächlich katastrophale Verluste erlitten. La Valette hatte mit seiner ersten Einschätzung Recht gehabt: Die Angreifer hatten die schiere Wucht, mit der eine Hundertschaft gepanzerter Ritter auf schweren Schlachtrössern angriff, unterschätzt. Die Männer, die unverletzt zurückgekehrt waren, hatten ihre Toten und Verwundeten längst vergessen. Alles, was zur Stunde noch zählte, war, die Türken vertrieben zu haben, diesen übermächtigen Feind, dem der Ruf der Unbesiegbarkeit vorauseilte.

Andrej war sicher, dass Mustafa Pascha einen solchen Fehler kein zweites Mal machen würde, und das ausgelassene Feiern und Tanzen auf den Straßen erfüllte ihn mit Zorn. Weinfässer waren auf die Plätze gerollt worden, überall roch es nach gebratenem Fisch und Fleisch, Musikanten spielten auf, und Possenreißer grölten zotige Witze, während übermütige Söldner ihre Musketen in die Luft feuerten und damit wertvolle Munition verschwendeten, die sie nur allzu bald noch bitter nötig haben würden. Dennoch verzichtete Andrej darauf, etwas dagegen zu sagen. Sollten sie ruhig feiern. Vielleicht war es das letzte Mal.

Das Gefühl, beobachtet zu werden, ließ eine Alarmglocke hinter Andrejs Stirn schrillen. Rasch drehte er sich um und senkte die Hand auf den Schwertgriff, führte die Bewegung aber nicht zu Ende, als er erkannte, dass es weder der Dämon noch jemand anderes war, den er zu fürchten hatte, sondern Sir Oliver. Wobei Andrej insgeheim allerdings keine Wette darauf gehalten hätte, dass ihm der Engländer in Wahrheit nicht vielleicht von allen am gefährlichsten werden könnte.

»Sir Oliver«, sagte er. »Solltet Ihr nicht im Kapitelsaal sein und zusammen mit den anderen beten?«

Starkey kam näher und lächelte dabei flüchtig. Das flackernde rote Licht der Fackeln ließ dieses Lächeln eher wie eine Grimasse aussehen. »Es sind genug da, die beten«, antwortete er. »Wenn Gott unsere Gebete bisher nicht gehört haben sollte, dann macht eine einzelne Stimme wohl auch keinen Unterschied mehr. Aber was macht Ihr hier draußen? Haltet Ihr es für klug, Euch in der Öffentlichkeit zu zeigen?«

»Niemand wird mich erkennen«, behauptete Andrej, selbst ein wenig über die Überzeugung in seiner Stimme verwundert.

Starkey sah ihn einen Moment lang abschätzend an, dann nickte er widerwillig und trat dicht neben ihn an die Brüstung heran. »Vermutlich habt Ihr Recht«, sagte er. »Selbst ich hatte Probleme, Euch zu erkennen. Es ist lange her, dass Ihr diese Gewänder getragen habt.«

Andrej reagierte nur mit einer Mischung aus einem Nicken und einem Achselzucken. Starkey war nicht herausgekommen, um Konversation zu betreiben. Er verbiss es sich aber zu fragen, aus welchem Grund er sich zu ihm gesellt hatte.

Der Blick des Engländers glitt über die Hügel im Osten, die in der hereinbrechenden Dunkelheit mehr und mehr zu verblassen schienen, fast, als höre die Welt außerhalb der Stadtmauern allmählich auf zu existieren. Selbst Andrej fiel es schwer zu glauben, dass jenseits dieser Hügel ein gewaltiges Heer nur darauf wartete, zu einem neuen, um ein Vielfaches schlimmeren Sturm auf die Stadt anzusetzen.

Eine geraume Weile standen sie schweigend nebeneinander. Dann fragte Andrej leise und ohne den Engländer anzusehen: »Darf ich Euch eine Frage stellen, Sir Oliver?«

»Sicher«, erwiderte Starkey. »Wenn Ihr nicht auf meinem Ehrenwort besteht, dass ich sie beantworte.«

»Warum?«, fragte Andrej einfach.

»Es vergeht kein Tag, an dem ich mir diese Frage nicht selbst stelle«, antwortete Starkey.

»Doch nicht nur, weil in der Bibel steht *Liebe deinen Nächsten*«, vermutete Andrej.

Starkey schenkte ihm einen kurzen, amüsierten Blick und wandte sich dann wieder dem Ausblick nach Osten zu. »Nein«, sagte er. »Um ehrlich zu sein – ich weiß es nicht. Und ich glaube, auch der Großmeister könnte Euch keine bessere Antwort geben. Es erschien uns einfach richtig, Euch aufzunehmen und abzuwarten, was geschieht. Und wie sich zeigt, war dieser Entschluss wohl auch nicht der verkehrteste. Ihr habt uns in den letzten Jahren eine Menge wertvoller Dienste erwiesen.«

»Dann ist es wahr?«, erkundigte sich Andrej in ungläubigem Ton. »Ihr habt tatsächlich von Abu Dun und mir gehört?«

»Ihr solltet den Orden niemals unterschätzen, Andrej Delãny«, antwortete Starkey mit sonderbarer Betonung. »Unsere Macht ist vielleicht nur noch ein schwacher Abglanz dessen, was sie einmal war, doch unsere Gemeinschaft ist sehr alt, und wir haben immer noch überall auf der Welt Freunde.«

»Und vor allem Augen und Ohren«, vermutete Andrej.

»Und vor allem Augen und Ohren«, bestätigte Starkey. »Ich werde allerdings keine Frage dazu beantworten, also spart Euch Euren Atem. Doch vielleicht war es kein Zufall, dass Ihr auf der Suche nach einem sicheren Ort ausgerechnet hierher gekommen seid.«

Davon war Andrej schon längst überzeugt. Er hielt sich jedoch an Starkeys Rat und verbiss sich eine entsprechende Frage.

Abermals verging eine geraume Weile, in der der Engländer einfach dastand und schweigend zu den Hügeln hinüberblickte.

Schließlich fragte Andrej: »Worauf wartet Ihr?«

»Vor einer halben Stunde kam eine Botschaft Mustafa Paschas«, antwortete Starkey, ohne den Blick von den mittlerweile nur mehr zu erahnenden Hügeln zu lösen. »Er hat den Großmeister aufgefordert, bei Sonnenuntergang hierher zu kommen. Es würde ein Schauspiel geben, hieß es, das er eigens für den Herrn des Johanniterordens arrangiert hat.«

»Und Ihr seid nicht auf die Idee gekommen, dass es sich um eine Falle handeln könnte?«, fragte Andrej besorgt.

Starkey nickte. »Selbstverständlich. Aus diesem Grund bin ja auch *ich* gekommen und nicht unser Großmeister. Und natürlich«, fügte er in verändertem Ton hinzu, »weil ich mir dachte, dass Ihr die eine oder andere Frage habt.«

»So?«, murmelte Andrej. Intuitiv spürte er, dass Starkey die Wahrheit sagte. Wieso fühlte er sich dann mit jedem Moment unwohler?

»Warum tötet Ihr Geschöpfe Eurer eigenen Art?«, fragte Starkey.

»Tut Ihr das nicht auch?«

Starkey schüttelte heftig den Kopf. »Das ist etwas anderes. Wir töten einander, weil wir an verschiedene Dinge glauben. Aber woran glaubt Ihr, Andrej Delãny?«

»Bestimmt nicht an dasselbe wie der Dämon oder die anderen, die ich getötet habe«, antwortete Andrej heftig.

Er hatte den Eindruck, dass der Engländer genau diese Reaktion erwartet hatte. »Und doch seid ihr euch ähnlicher, als du vielleicht selbst weißt, Andrej.«

Der Wechsel zum vertraulichen *du* ging so beiläufig vonstatten, dass Andrej nun sicher war, dass sich Starkey lange und intensiv auf dieses Gespräch vorbereitet und sich jedes einzelne Wort genau zurechtgelegt hatte.

»Worauf wollt Ihr hinaus?«, fragte er direkt.

»Ich kann mich darauf verlassen, dass dieses Gespräch unter uns bleibt?«, gab Starkey anstelle einer Antwort zurück.

Andrej nickte.

»Du erinnerst dich an die hässliche Szene in der Pulverkammer?«, fragte Starkey. »Ich habe das Entsetzen in deinen Augen gesehen, als du die Worte unseres Großmeisters gehört hast. Dass er sich selbst mit dem Teufel einlassen würde, könnte er auf diese Weise das Leben all dieser unschuldigen Männer und Frauen hier retten.« Er schüttelte mit einem traurigen Lächeln den Kopf. »Nun, das war nicht die Wahrheit. Unser Großmeister würde alles in seiner Macht Stehende tun, um dieses sinnlose Töten zu beenden. Ginge es nur um sein Leben, würde er es zweifellos ohne Zögern opfern. Niemals aber würde er sein Seelenheil dem Teufel verpfänden, egal, um welchen Preis. Ich war selbst erschrocken. Ich glaube, er hat es nur gesagt, weil er sich so maßlos über Romegas geärgert hat.«

»Und Ihr, Sir Oliver?«, wollte Andrej wissen.

»Ich bin niemals in die Verlegenheit gekommen, mir diese Frage allen Ernstes stellen zu müssen«, erwiderte Starkey und hob die Schultern. »Um ehrlich zu sein – ich weiß die Antwort nicht.«

»Und dennoch habt Ihr Euch mit uns eingelassen?«

Zu seiner Überraschung lächelte Starkey. »Oh, das ist mir nicht schwer gefallen. Zumal ich weiß, was ihr wirklich seid, du und dein Freund.«

»Seid Ihr da ganz sicher?«, gab Andrej zurück. Wieder verspürte er ein eisiges Frösteln, das nicht von der kühlen Brise stammte, die der Wind jetzt, nach Einbruch der Nacht, über das Meer herantrug. Er erinnerte sich an etwas anderes, das La Valette unten in der Pulverkammer gesagt hatte. Andrej Delãny und sein Gefährte Abu Dun sind weder mit dem Teufel noch anderen finsteren Mächten im Bunde. Ganz im Gegenteil.

»Unser Orden ist alt. Wir beobachten euch schon lange, Andrej«, fuhr Starkey fort, während er sich wieder nach Osten wandte und in die Richtung blickte, in der die Hügel in der

Nacht untergetaucht waren. »Und vor uns haben es andere getan. Unsere Aufzeichnungen reichen lange zurück, länger, als du dir vielleicht vorstellen kannst.«

»Soll das heißen, Ihr wisst, was mich zu dem gemacht hat, was ich bin?« Andrej verfluchte sich selbst für das Zittern, das deutlich in seiner Stimme zu hören war, aber er war viel zu erregt, um sich noch beherrschen zu können.

»Wer weiß schon alles?«, erwiderte Starkey ausweichend. »Über dich und deinen Freund weiß ich, dass ihr lange vergeblich Nachforschungen angestellt habt. Ihr wollt wissen, wer ihr seid. Warum ihr so seid. Was wäre dir die Antwort auf diese Frage wert, Andrej?«

Andrej starrte ihn an. Er hörte die Worte, aber es gelang ihm nur mit Mühe, ihre volle Bedeutung zu begreifen. La Valette und Starkey – *ausgerechnet sie?* – sollten das Geheimnis kennen, nach dessen Lösung er schon so lange suchte?

»Nun?«, fragte Starkey, als er eine Weile vergebens auf eine Reaktion Andrejs gewartet hatte. »Ich kann dir nicht versprechen, dass ich Antworten auf all deine Fragen habe, doch was wäre dir ein Blick in unsere Aufzeichnungen wert?«

»Was ... verlangt Ihr denn?«, antwortete Andrej mühsam und mit belegter Stimme.

»Dass ihr den Krieg für uns gewinnt, die türkische Armee vernichtet, Mustafa Pascha schlagt, den Sultan tötet und seine Flotte auf den Meeresgrund schickt«, antwortete Starkey. »Für den Anfang würde das schon einmal reichen, über alles andere können wir später reden.«

»Und was wollt Ihr wirklich?«, fragte Andrej. Ihm war noch nie im Leben so wenig nach Scherzen zu Mute gewesen wie in diesem Augenblick.

Starkey sah ihn abwägend an. Das rote Licht der Fackeln, das über sein runzliges Gesicht huschte, schien ihm mit einem Mal seine Menschlichkeit zu nehmen.

Der Engländer hatte gerade von einem Pakt mit dem Teufel

gesprochen, aber Andrej war nicht mehr sicher, wen er damit eigentlich gemeint hatte.

»Tötet den Dämon«, sagte Starkey, »und bringt uns Mustafa Paschas Kopf.«

»Ich bin kein Meuchelmörder«, antwortete Andrej empört, aber seine Entrüstung prallte von Starkey ab.

»Überleg es dir«, sagte er. »Von allen Feinden, gegen die ich je gekämpft habe, ist Mustafa Pascha der grausamste. Selbst seine eigenen Leute fürchten ihn wie den Teufel. Ihr habt gesehen, wozu er fähig ist. Einen solchen Mann zu töten wäre kein Mord, sondern nur die gerechte Strafe, die ihm für all die Gräueltaten zusteht, die er in seinem Leben begangen hat.«

»Und was würde das ändern?«, fragte Andrej. »Ein einzelner Mann, bei so vielen?«

»Möglicherweise alles«, behauptete Starkey. »Mustafa Paschas Kopf, aufgespießt auf einer Lanze, auf dem höchsten Turm unserer Festung ...« Er runzelte die Stirn und schwieg, als müsse er angestrengt über diese Vorstellung nachdenken. »Vielleicht würde das alles ändern, Andrej. Ich bin nicht sicher – aber es könnte das Ende des Krieges bedeuten.«

Andrej vermutete, dass er Recht haben könnte. Dennoch setzte er zu einem Widerspruch an, doch er kam nicht dazu. Ein fremder Laut drang in seine Gedanken und ließ ihn ebenso wie Starkey zu den Hügeln blicken. Es war das dumpfe Dröhnen von Kesselpauken, untermalt vom leiseren, hellen Klang der Zimbeln. Es hörte sich wie die Marschmusik, die das türkische Heer vor seinem Angriff gespielt hatte, an, doch sie wurde weder lauter noch schneller. Dafür erschien ein roter Schein über der Hügelkuppe. Nur einen Moment später marschierten gut zwei Dutzend Fackelträger dort drüben auf.

Andrej unterdrückte ein Stöhnen, als er sah, was die Türken in den letzten Minuten im Schutze der Dunkelheit auf den Hügeln genau gegenüber der Bastion der Kastilier errichtet hatten – und damit genau gegenüber der Stelle, an der die

Christen an diesem Morgen ihren vermeintlichen Sieg errungen hatten.

»Was geht da vor?«, murmelte Starkey misstrauisch. Er hatte kein Fernglas mitgebracht und offensichtlich waren seine Augen zu alt und nicht mehr scharf genug, um zu erkennen, welche Art von *Schauspiel* der türkische Kommandeur für ihn vorbereitet hatte. Dafür sah Andrej es umso deutlicher. »Glaubst du, sie werden bei Nacht noch einmal angreifen? Das entspricht nicht ihrer Art, und ...«

Starkey brach mit einem scharfen Laut ab, als sich seine Augen an das schwache Licht gewöhnt hatten, sodass auch er die mannshohen Pfähle erkennen konnte, die die Türken in den weichen Boden der Hügelkuppe gerammt hatten. Zwischen den Pfählen hingen Gefangene, halbnackte Männer, die man mit weit gespreizten Armen und Beinen dort festgebunden hatte. Hinter jeden Gefangenen trat nun ein Fackelträger. Andrej fürchtete schon, die unglückseligen Opfer sollten mit Feuer versengt werden, aber dann erschien Mustafa Pascha selbst, hob stumm die Hand und die Soldaten rammten ihre Fackeln in den Boden.

»Das sind unsere Männer«, murmelte Starkey. Seine Stimme zitterte. »Die Gefangenen, die sie während des Angriffs heute Mittag gemacht haben.«

Erneut machte Mustafa Pascha eine knappe, befehlende Geste. Die Soldaten zogen lange, biegsame Ruten unter ihren Gewändern hervor und nahmen mit gespreizten Beinen hinter den hilflosen Gefangenen Aufstellung. Andrejs Hände krampften sich um die Brüstung.

Das Klingen der Zimbeln verstummte, und nur einen Augenblick später auch das Dröhnen der Kesselpauken.

Dann begannen die Männer mit den Ruten auf die nackten Oberkörper ihrer Opfer einzuschlagen. Andrej schloss die Augen.

Es hatte fast eine Viertelstunde gedauert, bis die Schreie, die von den Hügeln zu ihnen herabwehten, leiser geworden und schließlich völlig verstummt waren. Andrej war die ganze Zeit über auf der Mauer geblieben und hatte sich gezwungen, dem schrecklichen Schauspiel zuzusehen, schon, weil er das Gefühl gehabt hatte, es diesen bedauernswerten Männern schuldig zu sein. Der Tod war ihm nicht fremd, aber dies war keine Art zu sterben, die er akzeptieren konnte.

Natürlich hatte die Hinrichtung ihre Wirkung nicht verfehlt. Die Gespräche auf den Mauern waren nach und nach verstummt. Die Menschen wirkten eingeschüchtert, blass und sehr verängstigt. Die Hochstimmung über den vermeintlichen Sieg war verflogen, zumindest überall dort, von wo aus das grausame Schauspiel zu sehen gewesen war. Irgendwann hatte Starkey einen Wachsoldaten herbeigewinkt und ihm befohlen, hinunter in die Stadt zu gehen und dafür zu sorgen, dass die Musik lauter spielte. Er wollte nicht, dass die Schreie auch dort gehört wurden. So gut Andrej verstehen konnte, warum er das tat, hasste er ihn doch dafür.

Irgendwann war es vorbei. Der letzte Schrei verstummte, der letzte Soldat ließ seine Rute sinken, die dem Gemarterten die Haut vom Fleisch und dann das Fleisch von den Knochen gerissen hatte, zu erschöpft von der Anstrengung, um die Arme noch einmal zu heben.

Andrej trat ohne ein weiteres Wort von der Brüstung zurück und stieg in die fackelbeleuchteten Gassen Birg̊us hinab. Er registrierte kaum, was rings um ihn herum vorging. Er wusste nicht einmal mehr, was er zu Starkey gesagt hatte, bevor er ihn verlassen hatte. Einmal hob er den Kopf, um zu einer heißblütigen Zigeunerin aufzublicken, die – halb nackt und von grölenden spanischen Söldnern umringt – zum Klang ihrer Kastagnetten auf einem leeren Fuhrkarren tanzte; ein anderes Mal, um einem Ritter in prachtvoller Uniform nachzublicken, der so betrunken war, dass er auf dem Weg von einer Schenke zur nächsten immer wieder hinfiel, dennoch aber mit wässrigem Blick eine Ballade von François Villon rezitierte.

Dumpf vor sich hin starrend, watete er durch die allgemeine Fröhlichkeit wie ein müder Wanderer durch einen klebrigen Sumpf. Ein Teil von ihm wünschte sich regelrecht, dass ihn jemand anrempelte oder auch nur eine dumme Bemerkung machte, die ihm einen Anlass lieferte, diese törichten Kinder anzuschreien, sich zu prügeln, mit der Faust in ihre trunkenen, kichernden Gesichter zu schlagen. Wie konnten sie auch nur einen Moment lang ernsthaft glauben, sie hätten dem vieltausendköpfigen Ungeheuer vor den Mauern ihrer Stadt einen Sieg abgetrotzt? Für jedes Haupt, das sie ihm abgeschlagen hatten, waren bereits zwei neue nachgewachsen, aber jeder Mann, der aus *ihren* Reihen fiel, würde eine Lücke hinterlassen, die sie nicht mehr schließen konnten.

Andrej starrte in die lachenden, verzerrten und vom Wein geröteten Gesichter, doch was er sah, war etwas völlig anderes. Er hatte das schreckliche Gefühl, einen Blick in die Zukunft zu werfen, eine Zukunft, die möglicherweise nur noch Tage, bestenfalls aber Wochen entfernt war. Nicht mehr lange, und jeder Zweite von ihnen würde zum Fraß für die Würmer und Maden geworden sein. Statt des Aromas der schweren, gewürzten Weine Kretas würde betäubender Verwesungsgeruch durch die Gassen ziehen, weil es nicht genug Platz gab, um die Toten zu bestatten. Statt des roten Scheins der Freudenfeuer würde das düsterere Rot brennender Häuser den Himmel erhellen. Wie oft hatte er das schon erlebt …

Irgendwann hielt er den Anblick der fröhlich feiernden Menschen nicht mehr aus. Er ging mit gesenktem Kopf weiter, starrte auf das abgewetzte Straßenpflaster, auf die schiefen Stufen, die aus dem weichen Fels geschlagen worden waren, und die abgewetzten Schuhe, die leichtfüßig an ihm vorübereilten. Er wollte keine Gesichter mehr sehen, kein Lächeln, das vielleicht schon am nächsten Tag für immer von einer Musketenkugel ausgelöscht oder von einem Schwert in ein blutiges Grinsen verwandelt werden würde. Er wollte sich an das alles nicht erinnern!

Ohne dass es ihm selbst bewusst gewesen wäre, hatten ihn seine Schritte zu dem abseits gelegenen Haus geführt, in dem Abu Dun und Julia lebten. Hinter den schmalen Fenstern glomm das gelbe Licht einer Petroleumlampe, und er sah schon von weitem, dass die Tür einen spaltbreit offen stand, doch aus diesem Haus drangen weder Stimmen noch Gelächter, obwohl er spürte, dass zumindest Abu Dun anwesend war.

Auf dem letzten freien Stück, das das Haus am Ende der Straße von der eigentlichen Stadt trennte, beschleunigte er seine Schritte noch einmal. Abu Dun musste seine Annäherung gespürt haben, denn die Tür öffnete sich weiter und sein Gefährte trat ins Freie. Hinter ihm erschien eine zweite, schlankere und kleinere Gestalt.

Noch bevor Abu Dun etwas sagen konnte, drängte sich Julia an ihm vorbei und trat Andrej mit halb erhobenen Händen und einem Ausdruck widersinniger Hoffnung auf dem Gesicht entgegen. »Herr! Habt Ihr etwas von Pedro gehört?«

»Es geht ihm gut«, antwortete Andrej automatisch, obwohl er im Grunde nicht einmal mit Sicherheit sagen konnte, ob der Junge noch am Leben war. »Macht Euch keine Sorgen.«

»Du hast mit ihm gesprochen?«, fragte Abu Dun. In seinen Augen stand keine Hoffnung geschrieben, sondern das sichere Wissen darum, was er von Andrejs Behauptung zu halten hatte.

»Nein«, gestand Andrej. »Aber Sir Starkey und der Großmeister haben mir ihr Wort gegeben, dass ihm nichts geschehen wird.«

»Und du glaubst ihnen natürlich«, spottete Abu Dun.

Andrej nickte nur und versuchte, Abu Dun mit einem verstohlenen Blick zu signalisieren, dass es da etwas gab, das nicht unbedingt für Julias Ohren bestimmt war.

Julia sah ihn so voller Kummer und mühsam unterdrücktem Schmerz an, dass Andrej nicht die Kraft aufbrachte, ihrem Blick standzuhalten. Er begann unbehaglich auf der Stelle zu treten und senkte schließlich den Kopf.

»Bist du nur gekommen, um schlechte Nachrichten zu überbringen?«, grollte Abu Dun.

Die *wirklich* schlechten Nachrichten, dachte Andrej, hatten sich offensichtlich noch nicht bis zu ihm herumgesprochen. Was ihm allerdings Hoffnung gab. Wenn Abu Dun nichts davon gehört hatte, dass man ihn kurz nach der Mittagsstunde erhängt im Glockenturm aufgefunden hatte, dann wusste es vermutlich auch sonst niemand in der Stadt.

In Andrejs Gedächtnis war noch immer bloß ein schwarzes Loch, wo die Erinnerungen an diese Ereignisse sein sollten. Er fragte sich, ob sich tatsächlich alles so abgespielt hatte, wie Romegas erzählte. Vielleicht war er immer noch nicht misstrauisch genug.

Einen Moment lang standen sie in unbehaglichem Schweigen da, dann wandte sich Andrej mit leiser, verlegener Stimme an Julia. »Könntet Ihr uns kurz allein lassen? Ich habe etwas mit Abu Dun zu besprechen.«

Julia wollte gehorsam zurückweichen, doch der Nubier legte ihr seine gewaltige Pranke auf die Schulter und hielt sie fest. »Sie kann alles hören, was du mir zu sagen hast«, sagte er grob. »Wir haben keine Geheimnisse voreinander.«

»Bist du da sicher, Pirat?«, fragte Andrej geduldig. Julia fuhr sacht zusammen und sah Abu Dun verwundert an, was Andrej als Bestätigung dafür nahm, dass der Nubier doch das eine oder andere Geheimnis vor ihr bewahrt hatte. Doch Abu Dun verstärkte den Griff um ihre Schulter eher noch und schürzte trotzig die Lippen.

»Ganz sicher«, sagte er. »Was willst du? Bist du gekommen,

um mich davon zu überzeugen, dass deine neuen Freunde in Wirklichkeit nette Burschen sind, denen ich bitter Unrecht tue?«

Abu Dun schien auf Streit aus zu sein. Andrej verstand den Grund nicht, doch er wusste ja auch nicht, was in den letzten Stunden möglicherweise noch geschehen war.

»Sir Oliver hat mir einen Vorschlag gemacht«, sagte er geradeheraus.

»Lass mich raten«, entgegnete Abu Dun höhnisch. »Er hat versprochen, Pedro jeden Tag einen Finger abzuschneiden, bis wir den Angreifer gestellt haben.«

»Ich muss unbedingt allein mit dir reden«, sagte Andrej. An Julia gewandt und mit einem um Verzeihung bittenden Gesichtsausdruck fügte er hinzu: »Es ist nicht so, dass ich Euch nicht traue. Aber was wir zu besprechen haben …«

»Schon gut«, unterbrach ihn Julia. Mit einer anmutigen Bewegung befreite sie sich aus Abu Duns als schützende Geste getarnter Umarmung und machte einen Schritt zur Seite, um ins Haus zurückzugehen.

Genau dort, wo sie nur einen halben Atemzug zuvor noch gestanden hatte, stürzte ein riesiger, geflügelter Schatten vom Himmel. Stahl blitzte auf und schlug Funken auf dem Straßenpflaster. Julia schrie und Abu Dun fuhr mit einem wütenden Knurren herum und beging einen Fehler, der jeden anderen an seiner Stelle das Leben gekostet hätte, indem er versuchte, seinen Säbel zu ziehen. Bevor seine Hand die Waffe auch nur erreicht hatte, zuckte derselbe Stahl, der Julia um Haaresbreite verfehlt hatte, nach oben und fuhr tief in seine Brust. Abu Dun warf die Arme in die Höhe und taumelte mit einem gurgelnden Schmerzlaut zurück. Endlich überwand auch Andrej seine Überraschung und reagierte blindlings und ohne nachzudenken. Er warf sich einfach nach vorne und rammte dem Angreifer mit aller Gewalt die Schulter in die Seite.

Nicht einmal einem gewöhnlichen Menschen hätte er damit nennenswerten Schaden zugefügt; der Dämon spürte den Schlag vermutlich nicht einmal. Dennoch war die Wucht von Andrejs Ansturm so groß, dass sein Gegner zwei Schritte zurücktaumelte und dabei seine Waffe aus Abu Duns Brust riss. Eine blutige Fontäne sprudelte aus dem schwarzen Gewand des Nubiers heraus. Noch während der Angreifer mit wild rudernden Armen um sein Gleichgewicht kämpfte und sich zugleich zu Andrej umzudrehen versuchte, brach Abu Dun in die Knie, stürzte nach vorn und fing sich mit dem linken Arm ab. Mit der anderen Hand zog er den Säbel aus seinem Gürtel.

»Julia! Lauf!«, schrie Andrej. Gleichzeitig riss auch er seine Waffe heraus und tat das Einzige, was ihm einfiel: Er deckte die unheimliche Gestalt mit einem Hagel wüster Hiebe ein, die diese zwar nicht ernsthaft in Gefahr brachten, sie aber erneut zurückstolpern und fast die Balance verlieren ließen.

Doch das ging nicht lange gut. Andrejs Klinge sauste zum vierten oder fünften Mal herab und schlug Funken aus der bizarr gebogenen Waffe des anderen, als das unheimliche Geschöpf endlich seine Überraschung überwunden hatte, den letzten Hieb dergestalt parierte, dass Andrej um ein Haar das Schwert aus der Hand geschlagen worden wäre, und mit einer blitzartigen Bewegung nachsetzte. Seine Klinge schien sich um die Andrejs herumzuschlingen, als sei der Stahl übergangslos geschmeidig wie eine Peitschenschnur geworden, riss dessen Unterarm vom Handgelenk bis zum Ellbogen auf und fügte ihm im Hinaufschnellen einen zwar nicht gefährlichen, aber äußerst schmerzhaften und heftig blutenden Schnitt im Gesicht zu.

Andrej taumelte zurück. Jetzt war er es, der sich in die Defensive gedrängt sah. So wie seinem Gegner zuvor, gelang es auch ihm irgendwie, die immer schneller und härter kommenden Schläge abzuwehren, sodass er kein weiteres Mal getroffen wurde, doch er spürte, wie rasch seine Kräfte erlahmten.

Wenn auch die Wunden, die ihm der Dämon zugefügt hatte, bereits wieder aufhörten zu bluten, und der Blutverlust und das damit einhergehende Nachlassen seiner Kraft noch nicht bedrohlich waren, wusste er doch, dass er sich nicht viele solcher Verletzungen leisten konnte.

Zu seiner Erleichterung hatte er mittlerweile festgestellt, dass sein erster Eindruck getäuscht hatte. Schatten, die Schnelligkeit der Bewegung und seine eigene Furcht hatten ihm zunächst tatsächlich vorgegaukelt, einer riesigen Fledermaus gegenüberzustehen, doch ihr Gegner hatte menschliche Gestalt. Er war auch nicht vom Himmel gestürzt, sondern vom Dach eines der umliegenden Häuser gesprungen, wobei sich sein Mantel so gebauscht hatte, dass der Eindruck eines riesigen schwarzen Flügelpaares entstanden war. Darüber hinaus war er mindestens doppelt so stark wie Andrej und dreimal so schnell.

Sie tauschten ein weiteres Dutzend funkensprühender Schläge. Dann wurde Andrej erneut getroffen. Diesmal biss die Klinge so tief in seine Seite, dass er aufschrie und sich krümmte. Der Dämon nutzte seine Chance ohne zu zögern aus und führte einen blitzartigen, halbkreisförmigen Hieb gegen seinen Hals. Verzweifelt versuchte Andrej, sein Schwert in die Höhe zu reißen, spürte aber, dass er es nicht rechtzeitig schaffen würde.

Kurz bevor die Waffe des Dämons sein Ziel traf und ihn enthauptete, wuchs Abu Duns riesenhafte Gestalt hinter ihm auf. Sein Säbel bohrte sich so tief in den Rücken des Dämons, dass die Klinge zwei Handbreit weit aus dessen Brust wieder hervortrat, und der Dämon fiel mit einem gurgelnden Laut auf die Knie. Abu Dun riss seinen Säbel heraus, packte ihn mit beiden Händen und suchte breitbeinig festen Stand, um den Dämon zu enthaupten. Aber das Ungetüm ließ sich zur Seite fallen, lenkte Abu Duns Waffe mit der eigenen Klinge ab und trat gleichzeitig mit solcher Gewalt gegen das rechte Bein des

Nubiers, dass Andrej hören konnte, wie dessen Kniescheibe zersplitterte. Diesmal brüllte Abu Dun vor Schmerz so laut, dass es noch auf der anderen Seite der Stadt zu hören sein musste. Er brach wie vom Blitz getroffen zusammen und krümmte sich. Der Dämon sprang mit einer so mühelosen Bewegung auf die Füße, als hätte er sie eigens für einen Augenblick wie diesen einstudiert, um seine Gegner zu verspotten. Andrej wusste mit absoluter Gewissheit: Wenn er es wirklich wollte, konnte er sie beide auf der Stelle töten.

Erstaunlicherweise verzichtete der Dämon darauf. Stattdessen wirbelte er wie ein Derwisch herum, versetzte Abu Dun aus dieser Bewegung heraus einen weiteren harten Tritt vor das verletzte Knie, der den Nubier erneut gequält aufschreien ließ, und parierte zugleich spielerisch den Schwerthieb, mit dem Andrej ihn attackierte. Der Dämon schien sich abermals in einen Schatten zu verwandeln, als er vollkommen lautlos drei, vier Schritte zurückwich und dann wieder stehen blieb.

Vollkommen fassungslos starrte Andrej ihn an. Die Nacht hatte alle Farben ausgelöscht, sodass er das Blut auf dem Gewand des anderen nicht sehen konnte. Doch Abu Duns Stich hatte seinen Mantel zerfetzt und unter dem zerrissenen Stoff schimmerte die bleiche Haut des Dämons vollkommen unversehrt. Dabei waren erst Augenblicke vergangen, seit Abu Duns Schwert diesen Körper durchbohrt und die Lungen, wenn nicht sogar das Herz, zerrissen haben musste.

Aber das ist unmöglich!, dachte Andrej entsetzt. Auch er war schon oft schwer verletzt worden und wusste, wozu der Körper eines Unsterblichen imstande war. Aber er wusste auch, dass so eine Heilung *Zeit* brauchte. Umso mehr Zeit, je schlimmer die Verletzung war. Die Wunden des Dämons jedoch schienen sich genauso schnell wieder zu schließen, wie sie ihm zugefügt wurden. Erschüttert fragte er sich, ob man dieses Geschöpf überhaupt töten konnte.

Neben ihm kam Abu Dun stöhnend auf die Beine. Sein

Knie wollte unter dem Gewicht seines Körpers nachgeben, doch der Nubier zwang sich mit purer Willenskraft, halbwegs aufrecht stehen zu bleiben, und hob sein Schwert.

Auch Andrej richtete sich mit enormer Willensanstrengung wieder auf und tastete mit der linken Hand nach der Wunde in seiner Seite. Sie hatte aufgehört zu bluten, und er spürte, wie zerrissene Muskeln und durchtrennte Sehnen bereits begannen, sich wieder zusammenzufügen. Aber seine Finger waren nass, und sein Hemd hing schwer und warm von seinem eigenen Blut aus dem Gürtel. Noch war der Verlust nicht bedrohlich, doch jede Wunde, die ihm der Dämon schlug, würde ihn weitere Kraft kosten, während ihr unheimlicher Gegner aus seinen Verletzungen eher noch Energie zu schöpfen schien.

Andrej straffte die Schultern, atmete tief ein und lauschte konzentriert in sich hinein. Aber da war nichts. Der Vampyr in ihm gab keinen Laut von sich. Die Luft war schwer und süß vom Blutgeruch, und Gewalt lag wie etwas Greifbares in der Atmosphäre. Er hätte die Bestie schon längst spüren müssen, das lautlose Wüten, mit dem das Ungeheuer an seinen Ketten zerrte und seine Krallen an der Tür des Gefängnisses wetzte, in das er es vor langer Zeit mit so großer Mühe verbannt hatte.

Doch da war nichts. Vielleicht zum ersten Mal in seinem Leben, da er sich mit der Waffe in der Hand verteidigen musste, schwieg der Vampyr. Es war, als spüre der düstere Teil seiner Seele, dass er einem Feind gegenüberstand, dem er nicht gewachsen war, und verkrieche sich zitternd in einer dunklen Ecke seines Gefängnisses. Schlagartig überkam ihn die Gewissheit, dass sich Starkey getäuscht hatte. Er – Andrej – und der Dämon waren nicht von derselben Art. Sie mochten einander in dem ähnlich sein, was sie von anderen Menschen unterschied. In allen anderen Dingen waren sie so verschieden, wie es überhaupt nur denkbar war.

Der Dämon rührte sich immer noch nicht, sondern sah Abu Dun und ihn nur abwechselnd an. Jetzt konnte Andrej sein

Gesicht deutlich erkennen. Was er sah, überraschte ihn. Der Mann sah auf den ersten Blick nicht unbedingt aus wie ein Ungeheuer. Er war nicht einmal eine besonders beeindruckende Erscheinung: höchstens von durchschnittlicher Größe und so schlank gebaut, dass ihn mancher als dürr bezeichnet hätte, hatte er ein schmales, von einem kaum fingerbreiten Schnauzbart beherrschtes Gesicht, dessen mandelförmige Augen und leicht hervorstehende Jochbeine ihm einen asiatischen Einschlag gaben. Seine Finger waren schlank und so dünn, dass sie an Vogelkrallen erinnerten. Was Andrej von seiner Haut erkennen konnte, war unnatürlich bleich. Hinter den schmalen, blutleeren Lippen, die zu einem höhnischen Grinsen gebleckt waren, blitzten zwei Reihen kleiner, strahlend weißer Zähne. Er war unauffällig und vollkommen in Schwarz gekleidet: Hemd und Hose, Stiefel und ein einfacher Umhang, der dem Abu Duns glich. Nur eines war wirklich unheimlich: Als Andrej kurz wegsah, stellte er erschrocken fest, dass er sich nicht an das Gesicht des Dämons erinnern konnte – in dem Moment, in dem sein Blick es losließ, schien es spurlos aus seiner Erinnerung zu verschwinden. »Worauf warten wir noch, Hexenmeister?«, fragte Abu Dun leise.

Andrej antwortete nicht. Er griff an, und im selben Augenblick stürmte auch Abu Dun vor.

Obwohl es nicht häufig nötig war, hatten sie eine gewisse Routine darin, einen einzelnen Gegner gleichzeitig zu attackieren. Während Andrej nach rechts auswich und blitzartig das Schwert in die linke Hand wechselte, lief Abu Dun in die entgegengesetzte Richtung, zwar noch immer humpelnd, aber kaum langsamer als sonst. Sie erreichten ihren Gegner im selben Augenblick und ihre Waffen senkten sich in einer blitzartigen synchronen Bewegung. Der Dämon versuchte nicht, ihnen auszuweichen. In seiner linken Hand lag unversehens, ohne dass Andrej gesehen hätte, wie er ihn zog, ein zweiter Krummsäbel, mit dem er Andrejs Schlag parierte, während seine andere Waffe Abu Duns Klinge zur Seite fegte. Andrej hatte seine ganze Kraft in diesen einen Schlag gelegt, und er spürte, wie die Wucht des Schwerthiebes bis in die letzte Faser seines Körpers hinein vibrierte. Auch Abu Dun hatte mit aller Gewalt zugeschlagen. Dennoch wankte der Dämon nicht einmal.

Stattdessen sprang er in die Höhe und grätschte die Beine. Sein Fuß landete mit furchtbarer Wucht in Andrejs Gesicht. Noch während er zurücktaumelte und mit aller Willenskraft darum kämpfte, nicht das Bewusstsein zu verlieren, stolperte auch Abu Dun zurück und sank mit einer ungeschickten Bewegung auf die Knie, als sein verwundetes Bein nun doch unter ihm nachgab.

Auch Andrej stürzte zu Boden. Es gelang ihm, die schwarzen Schleier, die sein Bewusstsein verschlingen wollten, zurückzudrängen und nicht nur sein Schwert in der Hand zu behalten, sondern die Waffe auch noch schützend über sich zu halten, doch der Angriff, auf den er wartete, blieb aus. Zum zweiten Mal ließ der Dämon eine Gelegenheit, sie zu töten, ungenutzt verstreichen. Er blieb einfach hoch aufgerichtet stehen und sah mit einem dünnen, grausamen Lächeln auf sie herab. Dann drehte er sich bedächtig um und ging auf Julia zu, die angstvoll an die Hauswand zurückgewichen war und völlig erstarrt dastand. Langsam hob der Dämon sein Schwert, und endlich begriff Andrej, dass er gar nicht gekommen war, um *ihn* zu töten.

Da setzte sich Abu Dun in Bewegung, aber er stemmte sich nicht etwa hoch oder sprang auf die Füße, sondern schien sich in einen Schatten zu verwandeln, der in einem Moment hier und im nächsten dort war. Als die Klinge des Dämons herabsauste, warf Abu Dun mit der ganzen Kraft der Verzweiflung seinen mächtigen Körper auf ihn, riss ihn zur Seite und schmetterte ihn mit solcher Gewalt gegen die Wand, dass das

Mauerwerk Risse bekam und Staub und Brocken von herausgesprengtem Putz auf sie herabrieselten. Diesmal stöhnte auch der Dämon vor Schmerz. Er ließ eine seiner Waffen fallen, als Abu Dun ihn packte und sich dessen gewaltige Pranke um sein rechtes Handgelenk schloss und es einfach zerquetschte. Dann aber entschlüpfte er dem Griff des Nubiers mit einer schlängelnden Bewegung, schleuderte ihn wütend von sich und setzte ihm nach, als dieser auf dem Boden aufprallte.

Andrej war zu weit entfernt, um seinem Freund zu Hilfe zu kommen, doch er reagierte trotzdem und warf sein Schwert. Die Bewegung war zu hastig und der Wurf nicht gut gezielt. Statt den Dämon mit der Klinge zu durchbohren, prallte die Waffe mit dem Griff voran gegen seine Schläfe, doch der Hieb war immerhin wuchtig genug, um ihn aus dem Tritt zu bringen. Das Schwert grub eine Handbreit neben Abu Duns Schädel eine fingertiefe Scharte in das Pflaster. Der Nubier reagierte blitzschnell, indem er das Bein ausstreckte und dem Dämon mit dem anderen Fuß in die Kniekehle trat. Der Angreifer geriet prompt ins Stolpern, stieß ein ungläubiges Knurren aus, taumelte mit wild rudernden Armen an Abu Dun vorbei und versuchte verzweifelt, sein Gleichgewicht zu halten.

Diesmal verlor er den Kampf. Auch sein zweiter Säbel schlug direkt neben dem Nubier auf der Straße auf und Abu Dun gab ihm keine Gelegenheit, die Waffe wieder aufzuheben. Mit einer einzigen Bewegung war er über dem Dämon, packte ihn an Hosenbund und Kragen und riss ihn einfach in die Höhe. Der Dämon stieß einen Laut aus, der an das Zischen einer angreifenden Schlange erinnerte, versuchte nach Abu Duns Gesicht zu treten und schlug mit seinen krallengleichen Fingern nach den Augen des Nubiers. Doch während Abu Dun ihn mit ausgestreckten Armen hoch über den Kopf hielt, waren die unvorstellbaren Körperkräfte des Dämons für einen winzigen Moment nutzlos. Und so kurz dieser Moment auch war, für Abu Dun war er lang genug. Laut schreiend vor Zorn, wirbelte er herum, war mit drei, vier gewaltigen Sätzen am Rand des Kliffs – und schleuderte den Dämon in die Tiefe!

Unmittelbar darauf drang das dumpfe Platschen eines Körpers zu ihnen herauf. Kein Schrei, kein anderer Laut.

Andrej eilte sofort zu Abu Dun, der erschöpft auf die Knie gesunken war. Blitzschnell griff er zu, damit sein Freund nicht etwa das Gleichgewicht verlor und ebenfalls in die Tiefe stürzte, versuchte aber zugleich auch einen Blick nach unten zu werfen. Sechzig Fuß tiefer brachen sich die schaumgekrönten Wellen des Meeres monoton und gleichgültig an den schwarzen Klippen. Von dem Dämon war keine Spur mehr zu sehen. Doch Andrej wusste, dass der Sturz ihn nicht getötet haben konnte.

»Ist alles in Ordnung?«, erkundigte er sich.

Abu Dun nickte zwar, aber Andrej war sicher, dass er seine Frage nicht einmal richtig verstanden hatte. Die Bewegung war nur eine Reaktion auf den Klang seiner Stimme, mehr nicht.

Mühsam stand er auf und streckte die Hand aus, um Abu Dun auf die Füße zu helfen. Er war sicher, dass der Nubier das Angebot ausschlagen würde, so wie er es immer tat. Diesmal aber streckte Abu Dun seinen Arm aus und stützte sich so schwer auf ihn, dass Andrej unter seinem Gewicht wankte. Er konnte sich nicht erinnern, den Nubier jemals so erschöpft, geschweige denn einen solchen Ausdruck von Verunsicherung und Furcht in seinem Gesicht gesehen zu haben.

Andrej wartete, bis er sicher war, dass Abu Dun tatsächlich aus eigener Kraft stehen konnte. Der Nubier schwankte zwar noch und hatte sichtlich Schwierigkeiten, sein Bein zu belasten, beantwortete Andrejs fragenden Blick jedoch mit einem zustimmenden Grunzen und nahm den Arm von dessen Schulter. Dann drehte sich Andrej rasch um und ging zu Julia hinüber. Alles war so schnell gegangen, dass ihm nicht einmal Zeit geblieben war, sich davon zu überzeugen, dass sie noch lebte.

Die dunkelhaarige Frau hockte zusammengekauert vor der Wand ihrer Hütte, nur eine Handbreit neben der Stelle, an der das Mauerwerk unter dem Anprall der beiden kämpfenden Giganten geborsten war. Sie hatte die Beine an den Körper gezogen und hielt die Knie mit beiden Armen umschlungen. Das Haar hing ihr in langen Strähnen ins Gesicht, sodass Andrej es nicht genau erkennen konnte. Aber er hörte ihre schnellen, scharfen Atemzüge und das rasende Hämmern ihres Herzens. Er machte einen Schritt auf sie zu und blieb sofort wieder stehen, als sie mit einem Ruck den Kopf hob und scharf die Luft zwischen den Zähnen einsog. Ihre Angst schlug ihm wie eine körperlich fühlbare Woge entgegen.

»Julia«, rief nun auch Abu Dun. »Bist du verletzt?« Er eilte mit drei, vier weit ausgreifenden Schritten auf sie zu. »So sag doch etwas.«

Julia krümmte sich noch weiter zusammen und ein gequältes Wimmern kam über ihre Lippen. Der Vorhang aus Haar vor ihrem Gesicht teilte sich, als sie mit einem entsetzten Ruck den Kopf in den Nacken warf. Die Augen, aus denen sie Abu Dun anstarrte, waren schwarz vor Furcht.

»Aber was ...«, stammelte er hilflos, »was hast du? Hat er dich verletzt?«

Andrej ahnte, dass er die Antwort auf diese Frage bereits kannte. Der Dämon hatte sie nicht verletzt. Seine Klinge hatte sie nicht einmal berührt und Abu Dun hatte ihn zur Seite gerissen, bevor er sein Opfer erreichen konnte. Aber dass er ihren Körper nicht verletzt hatte, bedeutete keineswegs, dass er ihr keinen Schaden zugefügt hatte.

»Rühr mich nicht an!«, keuchte sie. »Komm nicht näher! Bleib ... bleib weg. Bleib weg von mir!«

Julia rutschte ein Stück weit von ihm fort, bis ihr Rücken

gegen den Türrahmen stieß, und versuchte, sich noch enger zusammenzukauern. Ihr Blick flackerte zwischen Abu Dun und Andrej hin und her und das Entsetzen darin schien mit jedem Herzschlag noch weiter zuzunehmen. Aber sie sah nicht in ihre Gesichter. Ihr Blick tastete über ihre zerfetzten Kleider, über die Stelle, an der die Klinge des Dämons Abu Duns Brust durchbohrt hatte, über Andrejs Wange, die noch immer rot von seinem eigenen Blut, darunter aber vollkommen unversehrt war. Andrej wusste mit unerschütterlicher Gewissheit, dass, wenn der Dämon Julia auch nicht getötet hatte, sie doch für Abu Dun für alle Zeit verloren war.

»Julia, ich kann dir das erklären«, sagte Abu Dun beschwörend. »Ich weiß, wie es aussehen muss, aber es ist ...«

»Geh weg«, wimmerte Julia. »Rühr mich nicht an! Geh ... geh fort.«

»Julia – bitte«, bettelte Abu Dun. Seine Stimme zitterte, als könne der Nubier nur mit letzter Kraft die Tränen unterdrücken.

Betroffen wandte sich Andrej ab. Was der Dämon seinem Freund und der jungen Frau angetan hatte, war schlimmer als der Tod.

Und genau das war seine Absicht gewesen.

»Wer ... wer bist du?«, stammelte Julia. »Was bist du?«

Abu Dun senkte den Blick und drehte sich mit einem Ruck weg. Er konnte nicht antworten.

An seiner Stelle fragte Andrej leise: »Würde es etwas ändern, wenn du das wüsstest?«

Julia sagte nichts dazu – wozu auch? Andrej las die Antwort auf seine Frage überdeutlich in ihren Augen. Obwohl er von der Sinnlosigkeit jedes weiteren Wortes überzeugt war, fuhr er leise fort: »Du brauchst keine Angst vor uns zu haben, Julia. Abu Dun würde sich eher in Stücke reißen lassen, bevor er zuließe, dass dir etwas geschieht. Und dasselbe gilt für mich. Wir sind gewiss nicht das, wofür du uns hältst.«

Er bezweifelte, dass Julia die Worte hörte. Sie starrte ihn an, ohne zu blinzeln. Andrej konnte ihr bodenloses Entsetzen fast mit Händen greifen. Sie presste sich mit solcher Gewalt an die Wand, als versuche sie, sich in den Fugen des porösen Mauerwerks zu verkriechen. Andrej blickte sie traurig an, dann drehte er sich mit einer müden Bewegung um und trat an Abu Duns Seite. Der Nubier starrte ins Nichts. Sein Gesicht war völlig ausdruckslos und sein Blick war leer.

»Vielleicht sollten wir besser gehen«, sagte Andrej ruhig.

Abu Dun nickte. Andrej sah, dass er zu einer Antwort ansetzte, doch alles, was von seinen Lippen kam, war ein kaum hörbares Seufzen.

»Wir sollten mit Sir Oliver sprechen«, fuhr Andrej fort. »Ich glaube, wir können ihm einen Vorschlag machen, den er nicht ablehnen wird.«

23. Mai 1565, früher Morgen an den Kais der Werft

Ein leichter Morgendunst lag über dem Wasser und verriet schon jetzt, wie heiß der kommende Tag werden würde. Ein modriger Geruch wehte von den Klippen her über den Hafen – Seetang, den das Meer an der Flutlinie zurückgelassen hatte und der in der Hitze faulte. Obwohl sich die Männer Mühe gaben, leise zu reden und ihre Arbeit möglichst geräuschlos zu verrichten, lag ein geschäftiges Summen und Murmeln über dem weiten Hafenbecken.

Wenn man nach Osten sah und seinen Augen Gelegenheit gab, sich an das gleißend vom Meer reflektierte Licht der gerade erst aufgegangenen Sonne zu gewöhnen, dann konnte man eine Anzahl großer, gedrungener Schatten wahrnehmen, die wie geduldig lauernde Raubtiere auf dem Meer zu hocken schienen: Schiffe und Boote, die die Türken im Laufe der vergangenen Tage, vor allem aber der zurückliegenden Nacht, dort zusammengezogen hatten. Nicht einmal Andrejs scharfe Augen reichten aus, sie auf diese Entfernung und bei dem ungünstigen Licht zu identifizieren, doch er wusste, dass es sich um Suleimans größte und am schwersten bewaffnete Kriegsgaleeren und Karacken handelte; Schiffe, die mit genügend Geschützen bestückt waren, um die Werftanlagen mit wenigen Salven zu zerstören. Warum sie nicht längst damit begonnen hatten, war ihm ein Rätsel.

Andrej löste sich von dem unheimlichen Anblick und beantwortete sich seine Frage selbst: Der Grund dafür waren die Forts St. Angelo und St. Elmo, die sich auf dem weichen Kalkstein erhoben. Die Türken waren nicht die Einzigen, die über Geschütze verfügten. Die beiden Forts waren schwer genug bewaffnet, um jedes Schiff zu versenken, dessen Kapitän den Fehler beging, sich in den Feuerbereich ihrer Kanonen zu bewegen. Die Hafeneinfahrt war so flach, dass schon ein einziges gesunkenes Schiff ein unüberwindliches Hindernis für alle nachfolgenden bilden würde. Doch dieser Gedanke beruhigte Andrej keineswegs. Die Forts mit ihren trutzigen Mauern boten einen beeindruckenden Anblick, aber die Feuerkraft der Türken war gewaltig. St. Elmo und St. Angelo würden die feindliche Flotte Tage, mit ein wenig Glück vielleicht sogar Wochen, aufhalten können, doch letzten Endes war es nur eine Frage der Zeit, bis ihre Mauern unter dem Bombardement der Türken fielen und der Weg nach Malta für die Angreifer frei war.

Ein sonderbares Gefühl der Trauer überkam ihn, als er seinen Blick über die hektischen Aktivitäten im Hafen schweifen ließ. Auf dem fast unbewegt daliegenden Wasser war ein Dutzend flacher, langer Ruderboote vertäut, auf denen sich Versorgungsgüter für St. Elmo stapelten: Fässer mit Pulver, Pyramiden aus Kanonenkugeln, Säcke und Ballen mit Lebensmitteln, große Stapel von gepökeltem Fleisch und ganze Berge von Brot und getrocknetem Obst und Gemüse.

Andrej schätzte, dass sich allein in den wenigen Minuten, die Abu Dun und er die Szenerie beobachtet hatten, an die hundert Männer auf den Booten eingeschifft hatten. Zum größten Teil waren es Söldner in bunt zusammengewürfelten Uniformen, aber auch eine erstaunlich große Anzahl von Ordensrittern in schimmernden Rüstungen und roten Waffenröcken mit dem charakteristischen weißen Kreuz. Eine mindestens noch einmal so große Schar von Männern wartete noch darauf, an Bord der Boote zu gehen und nach St. Elmo hinüberzurudern. Das Fort lag der türkischen Flotte am nächsten, und das bedeutete, dass es als Erstes fallen würde. Er würde nur wenige dieser Männer wiedersehen, vielleicht keinen einzigen.

Ein dumpfer, sonderbar weich anmutender Knall wehte vom offenen Meer herüber, fast unmittelbar gefolgt von einem dünnen und rasch an Lautstärke gewinnenden Pfeifen, mit dem die Kanonenkugel durch die Luft schnitt. Das Geschoss schlug weit vor der Küste ins Meer und richtete keinen größeren Schaden an, als eine Wasserfontäne hochzuwirbeln und ein paar Fische zu erschrecken, und doch war es, als hielte für einen Moment jeder einzelne Mann den Atem an. Auch Andrej fuhr erschrocken herum und sein Herz schlug ein wenig schneller. Die ganze Nacht über hatten die Türken diesen auf den ersten Blick sinnlosen Beschuss fortgesetzt: Drei oder vier Mal in der Stunde gab eines ihrer Schiffe einen Schuss ab, ohne dass die Kanonenkugel der Insel auch nur nahe gekommen wäre. Doch was die meisten Männer für reine Munitionsverschwendung halten mochten, ergab für ihn durchaus einen Sinn. Die Angreifer riefen sich auf diese Weise in Erinnerung und sorgten dafür, dass keine Seele in den Forts und der Stadt ihre Anwesenheit vergaß. Die Kugeln und das Pulver, die sie dabei verschwendeten, mochten keinen wirklichen Schaden anrichten, aber sie zermürbten die zu Untätigkeit und hilflosem Abwarten verurteilten Verteidiger vielleicht mehr, als es ein Angriff gekonnt hätte.

»Da kommen sie«, sagte Abu Dun.

Andrej riss sich endgültig von dem niederschmetternden Anblick der über zweihundert Männer los, die nicht nur sehenden Auges, sondern noch dazu offensichtlich gut gelaunt und voller unbegreiflichen Siegesbewusstseins in den sicheren Tod marschierten, und wandte sich in die Richtung, in die Abu Duns ausgestreckter Arm deutete. Eine kleine Gruppe von Männern kam die aus dem Fels gemeißelte Treppe zum Kai hinunter: La Valette und sein Sekretär, die lediglich von Romegas und vier weiteren Soldaten eskortiert wurden.

Romegas stockte für einen Moment, als er nicht nur Andrej, sondern auch Abu Dun auf der Kaimauer stehen sah, und sein Gesicht verdüsterte sich. Er beschleunigte unwillkürlich seine Schritte, wurde aber dann wieder langsamer, als weder La Valette noch Starkey die geringsten Anstalten machten, es ihm gleichzutun.

Andrej warf einen raschen, besorgten Blick in Abu Duns Gesicht. Sie hatten am vergangenen Abend vergebens versucht, mit dem Großmeister oder zumindest Sir Oliver zu sprechen, doch einer der zahlreichen Adjutanten La Valettes hatte sie für Sonnenaufgang an den Hafen bestellt. Andrej hatte sich bislang keinerlei Gedanken über diesen sonderbaren Treffpunkt gemacht, nun aber fragte er sich, ob das nicht ein Fehler gewesen war. Möglicherweise war ja die Wahl ihres Treffpunktes nicht ganz so willkürlich, wie er bisher angenommen hatte.

Der Gedanke machte ihm klar, wie wenig er im Grunde von Starkey und vor allem La Valette wusste. War er vor lauter Dankbarkeit darüber, für einige Jahre Frieden gefunden zu haben, blind für die wahren Ziele seiner vermeintlichen Wohltäter gewesen?

»Tu mir einen Gefallen und sag gar nichts«, warnte er leise, während La Valette und seine Begleiter näher kamen. »Lass mich reden.«

»Ganz, wie Ihr befehlt, mein Herr und Meister«, antwortete Abu Dun spöttisch.

Andrej schenkte ihm einen bösen Blick, beließ es aber dabei und geduldete sich, bis der Großmeister des Johanniterordens samt seinem Gefolge herangekommen war. La Valettes Blick streifte ihn und Abu Dun nur kurz und glitt dann mit deutlich größerem Interesse über die Boote, ihre Ladung und die Soldaten, die noch immer mit deutlich größerer Hektik als Effizienz darum bemüht waren, möglichst schnell an Bord zu gehen, während er in Starkeys Augen wieder dieses sonderbare, angedeutete Lächeln wahrnahm, das ihm mit jedem Mal, da er es sah, rätselhafter erschien. Dem wütenden Romegas schenkte Andrej gar keine Beachtung.

»Andrej Delãny«, begann Starkey, nachdem sie sich auf drei Schritte genähert hatten und stehen geblieben waren. »Und Euer Freund Abu Dun. Ihr seid pünktlich, wie ich sehe. Eine löbliche Tugend.«

Andrej war nicht nach belanglosem Gerede zu Mute. »Ihr hattet uns für Sonnenaufgang hierher bestellt«, erwiderte er mit einem angedeuteten Nicken in La Valettes Richtung. Das Wort befohlen vermied er bewusst. Er vermied es auch, Starkey danach zu fragen, warum Abu Dun und er nicht schon am vergangenen Abend zu ihm vorgelassen worden waren, obwohl er selbst doch mehr oder weniger offen auf einem solchen Gespräch bestanden hatte.

»Das ist richtig«, sagte Starkey. »Man hat mir ausgerichtet, dass Ihr uns zu sprechen wünscht?«

Andrej war so überrascht, dass er gar nicht antworten konnte. Was für ein Spiel spielte der Engländer mit ihm?

Er spürte, wie sich Abu Dun neben ihm spannte und Luft zu einer Entgegnung holte, die ganz gewiss nicht dazu angetan war, das Gespräch einfacher zu machen, und hob rasch die Hand, um den Nubier zum Schweigen zu bringen.

»Vielleicht wäre es besser, wenn wir …«, begann er, führte

den Satz aber bewusst nicht zu Ende, sondern streifte Romegas und die vier Soldaten in seiner Begleitung mit einem bezeichnenden Blick. Starkey tat zunächst so, als verstünde er nicht, was Andrej von ihm wollte, dann aber wandte er sich mit einem resigniert klingenden Seufzer an Romegas.

»Lasst uns allein«, befahl er.

Bei diesen Worten wich das letzte bisschen Farbe aus Romegas' Gesicht, doch er widersprach nicht, sondern machte eine entsprechende Geste in die Richtung seiner Männer. Die vier Ritter zogen sich gehorsam außer Hörweite zurück, er selbst jedoch blieb stehen und musterte Andrej und Sir Oliver ebenso herausfordernd wie trotzig.

»Ich nehme an, Ihr habt über meinen Vorschlag nachgedacht«, vermutete Starkey. »Und ich bin sicher, ich kenne die Antwort.«

»Wenn Ihr Euch da mal nicht vertut«, grollte Abu Dun. Romegas funkelte ihn an, als sei allein die Tatsache, dass der Nubier das Wort an seinen Herrn gerichtet hatte, schon ein todeswürdiges Verbrechen, und Andrej warf ihm einen geradezu beschwörenden Blick zu, doch Abu Dun fuhr mit einem dünnen, freudlosen Lächeln an La Valette gewandt fort: »Wir sind keine gedungenen Mörder, Exzellenz.« Die Art, wie er das letzte Wort betonte, kam einer offenen Beleidigung gleich. La Valette reagierte so, wie Andrej es erwartet hätte – nämlich gar nicht –, doch Romegas' Hand schloss sich so fest um seinen Schwertgriff, dass das Leder seines Handschuhs hörbar knarrte.

»Was fällt dir ein, Heide, so mit unserem Herrn zu …«, begann er, wurde aber sofort von Starkey unterbrochen.

»Es ist schon gut, Chevalier«, sagte der Engländer scharf. »Dies ist nicht der Moment für höfische Umgangsformen.« Er wandte sich direkt an Abu Dun. »Sprecht einfach so, wie Euch der Schnabel gewachsen ist, Muselman, aber gestattet mir, es mit meiner Antwort ebenso zu halten.«

»Ganz, wie Ihr wollt, Ritter«, erwiderte Abu Dun verächtlich. »Ich kann nicht für Andrej sprechen, doch was mich angeht, so bringe ich Euch Mustafa Paschas Kopf freiwillig. Dieser Mann ist ein Ungeheuer, das es nicht verdient zu leben.«

»Was für eine löbliche Einstellung«, sagte Starkey. »Aber ich nehme doch an, dass Ihr trotzdem die eine oder andere ... Bedingung an Euer großzügiges Angebot knüpft?«

»Lasst den Jungen frei«, verlangte Abu Dun. »Ich will, dass Ihr ihn und seine Mutter von der Insel schafft, solange es noch einen Weg hier heraus gibt. Nicht für den Kopf Mustafa Paschas. Aber für den Dämon.«

Zum ersten Mal schien auch La Valette Interesse an dem Gespräch zu zeigen. Er wandte den Kopf und sah den riesenhaften Nubier nachdenklich und mit einem Ausdruck leiser Überraschung an, doch als er Andrejs Blick spürte, drehte er sich wieder weg und sah erneut dem Treiben im Hafenbecken zu.

Der Engländer musterte Abu Dun stirnrunzelnd, bevor er sich wieder an Andrej wandte. »Euer Freund scheint der irrigen Annahme zu sein, er befände sich in einer Position, in der er Bedingungen stellen könnte«, sagte er.

Abu Dun wollte auffahren, doch diesmal war Andrej schneller. »Vielleicht ist er nur der Annahme, einer schutzlosen Frau und ihrem Kind helfen zu müssen«, sagte er rasch. »Ein törichter Gedanke, ich weiß, aber so sind diese Heiden nun einmal.«

Starkey ignorierte den beißenden Spott in seiner Stimme. »Wie edel«, sagte er lächelnd. »Auf der anderen Seite ... warum eigentlich nicht? Ein bisschen Menschlichkeit ist vielleicht gerade in Zeiten wie diesen besonders angebracht. Ihr würdet uns doch nicht betrügen, oder?«

»Dieses Risiko müsst Ihr schon eingehen«, erwiderte Andrej kühl.

»Nun, das werte ich als Nein«, sagte Starkey. Er tat so, als müsse er angestrengt über Abu Dun und seinen Vorschlag nachdenken, dann hob er die Schultern und wandte sich zu Romegas um. »Schickt einen Mann ins Fort hinauf«, sagte er. »Der Junge soll auf der Stelle freigelassen werden. Sorgt dafür, dass er sicher zu seiner Mutter zurückkehrt.«

Romegas schnappte nach Luft wie ein Fisch auf dem Trockenen. »Aber ...«, begann er.

»Habt Ihr Sir Oliver nicht verstanden, Chevalier?«, mischte sich La Valette ein, ruhig, fast beiläufig, und ohne seinen Blick von dem Geschehen unter ihnen zu wenden. »Der Junge wird unverzüglich freigelassen. Und um sicherzugehen, dass er auch tatsächlich bei seiner Mutter ankommt, solltet Ihr selbst ihn dorthin bringen. Ich werde mich später davon überzeugen, dass es ihm gut geht.«

Romegas wurde kreidebleich, Andrej blickte den Ordensmeister fassungslos an. Selbst Starkey wirkte überrascht.

La Valette drehte sich langsam zu ihnen um und fuhr, weiter an Romegas gewandt, dennoch aber, ohne dass sein Blick den Abu Duns auch nur für den Bruchteil einer Sekunde losließ, fort: »Und sorgt dafür, Chevalier, dass dem Jungen und seiner Mutter auch weiterhin kein Leid geschieht. Ihr haftet mir mit Eurem Leben für die Unversehrtheit der beiden – so lange, bis der Attentäter, den uns Sultan Suleiman geschickt hat, gestellt und unschädlich gemacht worden ist.«

»Aber ...!«, keuchte Abu Dun.

»Das ist mein letztes Wort«, sagte La Valette scharf. »Stellt meine Geduld auf keine zu harte Probe, Heide. Dem Jungen soll die Freiheit wiedergegeben werden und ich verbürge mich persönlich für seine Sicherheit und die seiner Mutter. Aber sie werden hier auf Malta bleiben, bis Ihr Euren Teil der Abmachung erfüllt habt.«

Andrej hätte seine rechte Hand darauf verwettet, dass Abu Dun La Valette allein für diese Worte die Kehle herausreißen würde. Doch etwas Erstaunliches geschah: Der Nubier starrte den weißhaarigen Johanniter zwar einen Moment lang so voller unverhohlenem Hass an, dass Andrej sich darauf vorbereitete, einzugreifen und das Schlimmste zu verhindern. Doch dann nahm er die Hand wieder vom Schwert und trat sogar einen halben Schritt zurück. »Ganz, wie Ihr wollt.«

»Für diese Unverschämtheit werdet Ihr bezahlen, Mohr«, zischte Romegas.

»Täusche ich mich oder hatte Sir Oliver Euch einen Befehl erteilt, Chevalier?«, fragte La Valette kühl.

Die Wut, die in Romegas' Augen aufblitzte, als er sich zu La Valette umdrehte, war kaum geringer als der Hass, mit dem er Abu Dun gemustert hatte. Er presste die Kiefer so fest zusammen, dass Andrej seine Zähne knirschen hörte. Dann wandte er sich ohne ein weiteres Wort um und stürmte davon, um Starkeys Befehl auszuführen. Seine Soldaten blickten ihm verwirrt nach und schienen nicht genau zu wissen, was sie nun tun sollten. Schließlich berieten sie sich kurz und zwei von ihnen folgten dem Ritter, während die beiden anderen zurückblieben und sich alle Mühe gaben, Andrej und den Nubier so finster zu mustern, wie sie nur konnten.

Andrej empfand Verachtung für sie, aber gleichzeitig schämte er sich dieses Gefühles auch. Er wusste nicht im Einzelnen, was diese Männer über ihn dachten, doch um Abu Dun rankten sich seit dem Tag ihrer Ankunft auf Malta die wildesten und zum Teil erschreckendsten Gerüchte. Wenn diese Männer auch vielleicht nicht glaubten, dem Teufel persönlich gegenüberzustehen, so doch sicherlich zumindest jemandem, der gut mit ihm bekannt war.

»Und Ihr, Andrej Delãny?«, fragte La Valette. »Gilt das Wort Eures Freundes auch für Euch oder müssen wir neu verhandeln?«

Andrej war unschlüssig, was er antworten sollte. Er glaubte nicht, dass Sir Oliver seinem Großmeister alles mitgeteilt hatte, was am vergangenen Abend zwischen ihnen besprochen worden war, und aus einem Grund, den er selbst nicht ganz verstand, widerstrebte es ihm, den Engländer in Verlegenheit zu bringen. Schließlich rettete er sich in eine Bewegung, die irgendwo zwischen einem Achselzucken und einem angedeuteten Nicken angesiedelt war.

»Ich bin derselben Meinung wie Abu Dun«, sagte er. »Wir sind keine Meuchelmörder, doch einen Mann wie Mustafa Pascha zu töten, ist für meine Begriffe kein Mord.«

»Und Euer ...« La Valette brach ab. »Und dieser andere Eurer Art?«

»Wenn er noch in der Stadt ist, werden wir ihn finden«, antwortete Andrej ausweichend.

La Valette musste nichts sagen, damit Andrej begriff, dass das nicht die Antwort war, die er hatte hören wollen. Sein Blick verharrte kurz auf Andrejs Gesicht, dann wanderte er über seine Kleider und anschließend über die Abu Duns. Sie hatten einen nicht geringen Teil der letzten Nacht damit zugebracht, die Spuren ihrer Begegnung mit dem Dämon zu tilgen, aber natürlich war es ihnen nicht vollständig gelungen. Abu Dun hatte seinen Mantel geflickt und auch Andrej hatte die Risse in seinem Hemd, so gut es ging, genäht, doch so gut es ging bedeutete nicht zwangsläufig gut. Es war ihm auch nicht gelungen, das Blut vollends aus dem weißen Leinenstoff herauszuwaschen.

»Man könnte fast annehmen, Ihr seid ihm bereits begegnet«, sagte der Johanniter nachdenklich. »Aber dann wäret entweder Ihr nicht mehr am leben oder er. In beiden Fällen wäre dieses Gespräch überflüssig, stimmt Ihr mir zu?«

Wusste La Valette, was in der vergangenen Nacht passiert war? Es war nicht ausgeschlossen, ja, nicht einmal allzu unwahrscheinlich. Es war närrisch, sich einreden zu wollen, dass niemand etwas von dem gemerkt hatte, was vor Julias Haus geschehen war. Zweifellos hatte es Zeugen gegeben, und auch, wenn diese Zeugen nur einen gewöhnlichen, wenn auch erbitterten Kampf zwischen drei Männern beobachtet hatten, so war es doch einigermaßen wahrscheinlich, dass die Kunde davon an La Valettes oder zumindest Starkeys Ohr gedrungen war. Der Engländer war nicht nur La Valettes Sekretär und persönlicher Adjutant, sondern verfügte auch über einen ausgezeichnet funktionierenden Spitzeldienst, der seine Augen und Ohren überall in der Stadt hatte.

»Es fiele uns deutlich leichter, den Attentäter unschädlich zu machen«, sagte Andrej, »wenn wir genau wüssten, womit wir es zu tun haben.«

La Valette warf ihm einen schrägen Blick zu, doch Starkey verstand sofort. »In diesem Punkt können wir vielleicht behilflich sein«, antwortete er.

Andrej sah aus den Augenwinkeln, wie La Valette zusammenfuhr und gerade noch den Impuls unterdrücken konnte, sich überrascht zu seinem Sekretär umzudrehen. Auch Abu Duns Stirnrunzeln vertiefte sich. Keiner der beiden sagte etwas.

»Für die nächsten Stunden stehen noch einige Besprechungen an«, fuhr Starkey fort, »doch ich würde mich freuen, wenn ich Euch nach dem Mittagsgebet in der Bibliothek des Ordenshauses empfangen dürfte.«

Diesmal gelang es La Valette kaum noch, seinen Unmut zu verhehlen. Er sagte jedoch auch weiterhin nichts, sondern deutete nur mit ausgestrecktem Arm auf die Boote und die emsig beschäftigten Männer unter ihnen. »Seht Ihr all diese tapferen Männer, Delãny?«, fragte er. Andrej reagierte nicht, doch damit schien der Johanniter auch nicht gerechnet zu haben, denn er fuhr nach einer kurzen Pause fort: »Ihr wisst, wohin sie unterwegs sind? Und welches Schicksal sie erwartet?«

»Der sichere Tod«, antwortete Abu Dun, bevor Andrej etwas sagen konnte. Andrej wünschte sich, er hätte das nicht getan. La Valette schien begriffen zu haben, was der Nubier meinte, denn er drehte sich langsam zu ihm herum und maß ihn mit einem nachdenklich-verächtlichen Blick.

»So wie die Krieger, die Mustafa Pascha gestern sehenden Auges in das Feuer unserer Geschütze geschickt hat, das wolltet Ihr doch sagen, Heide, nicht wahr?«

»Wer weiß«, erwiderte Abu Dun.

»Ihr könnt ruhig offen reden, mein Freund«, sagte La Valette. »Mir ist klar, dass all diesen tapferen Männern am Ende kein anderes Schicksal bevorsteht. Und doch gibt es einen großen Unterschied.«

»Ich wusste gar nicht, dass es unterschiedliche Arten gibt, tot zu sein«, antwortete Abu Dun.

La Valette lächelte freudlos. »Es gibt sehr wohl einen Unterschied, mein Freund«, sagte er. »Euch mag er gering erscheinen, und doch ändert er alles. Diese Männer dort wissen, was ihnen bevorsteht, doch sie gehen freiwillig und leichten Herzens. Denn ihr Tod hat einen Sinn. Das Schicksal all dieser unglückseligen Männer gestern hatte nur den einen Zweck: uns zu demonstrieren, wozu Mustafa Pascha fähig und wie weit zu gehen er bereit ist. Der Tod dieser Männer rettet vielleicht unzählige Leben hier in der Stadt.«

Andrej fragte sich, warum La Valette ihnen das erzählte – zumal man diesen Gedanken durchaus noch einen Schritt weiterverfolgen und argumentieren könnte, dass sein eigener Tod (oder auch nur seine Kapitulation) vermutlich noch weitaus mehr Menschenleben auf beiden Seiten retten würde.

Starkey räusperte sich. »Verzeiht, Bruder«, sagte er, »aber ich muss Euch an das Gespräch mit dem Gesandten des maltesischen Adels erinnern. Er wartet sicher schon. Und Euch …« Er wandte sich direkt an Andrej. »… erwarte ich nach dem Mittagsgebet im Ordenshaus.« Er zögerte einen Moment, dann fügte er hinzu: »Allein.«

La Valette und er wandten sich zum Gehen, doch Andrej

rief sie noch einmal zurück. »Wir brauchen ein Quartier für Abu Dun«, sagte er.

»Aber ist er denn nicht ...?« Starkey blinzelte überrascht, dann nickte er. »Ich verstehe. Die holde Weiblichkeit. Immer suchen sie sich den schlechtesten Moment aus, nicht wahr?« Er lächelte verständnisvoll und schien zu erwarten, dass Abu Dun oder Andrej auf seinen scherzhaften Ton eingingen, doch was er in den Augen des Nubiers las, ließ sein Lächeln erlöschen. Leiser und in ernsterem Tonfall fügte er hinzu: »Ich kann Euch keinen Unterschlupf im Ordenshaus gewähren, mein Freund, so gerne ich es auch täte. Doch ich will sehen, was sich machen lässt. Dann nehme ich an, Ihr werdet auch nicht zu der jungen Witwe zurückkehren, um dabei zu sein, wenn sie ihren Sohn wieder in die Arme schließt?«

»Das wäre augenblicklich nicht angebracht«, sagte Andrej.

»Ich verstehe.« Starkey machte ein betrübtes Gesicht, schien aber auch verwirrt. »Ihr seid ein rätselhafter Mann, Abu Dun. Es gelingt Euch tatsächlich immer wieder, mich zu überraschen.«

»Wieso?«, fragte Andrej.

Abu Dun schwieg beharrlich weiter.

»Nun«, antwortete Starkey, »aus Euren Worten schließe ich, dass Euer Freund nicht mehr mit dieser jungen Witwe zusammenlebt. Und dennoch ist er bereit, sein Leben zu riskieren, damit ihr Sohn freikommt. Nicht jeder an seiner Stelle würde das tun.« Er seufzte und hob abwehrend die Hand, als Andrej antworten wollte. Vielleicht erwartete er einen Vorwurf in der Art: So wenig, wie jeder ein Kind als Geisel nähme, um seine Ziele zu erreichen. »Was das Problem der Unterkunft angeht, so macht Euch keine Sorgen. Ich gebe dem Hauptmann der Wache Bescheid, damit er sich darum kümmert. Wir mussten für so viele Männer Platz in der Stadt finden, dass wir zwei weitere sicherlich auch noch irgendwo unterbringen werden.«

Sir Oliver Starkey hatte Wort gehalten, in jeder Beziehung – allerdings auch in jeder Beziehung auf eine andere Art und Weise, als Andrej erwartet hatte. Nur eine Stunde nach ihrem Gespräch am Kai und unmittelbar, nachdem das letzte Boot abgelegt und sich auf eine vielleicht nicht lange, aber gefahrvolle Reise gemacht hatte, kam der Hauptmann der Wache zu ihnen und befahl ihnen barsch und ohne Abu Dun eines Blickes zu würdigen, mit ihm zu kommen. Für eine Weile hoffte Andrej, Starkey habe sich doch anders entschieden und ihnen ein Quartier im Ordenshaus oder hinter den sicheren Mauern des Forts zugewiesen, denn sie entfernten sich vom Hafen und bewegten sich zielstrebig auf den trutzigen Schatten der Festung zu. Am Ende jedoch geleitete sie der Soldat zu einem der zahlreichen heruntergekommenen und hoffnungslos überfüllten Gasthäuser Birgus, wo ihnen eine winzige Kammer direkt unter dem Dach zugewiesen wurde. Andrej war nicht angetan von dieser Lösung. Davon abgesehen, dass es sich um ein mit Wanzen verseuchtes Loch handelte, in das kaum Licht drang, in dem es dafür aber umso erbärmlicher stank, gefiel Andrej die Vorstellung nicht, die nächsten Tage unter all den Soldaten und Söldnern zu verbringen, die das Gasthaus füllten.

Abu Dun lebte seit drei Jahren unter den Einwohnern Birgus, sie hatten sich an seinen Anblick gewöhnt und ihn akzeptiert. Darüber hinaus hatte er die meiste Zeit in Julias abgelegenem Haus verbracht, was den Leuten Anlass genug zu heimlichem Getuschel und den wildesten Gerüchten gegeben hatte, aber nicht zu wirklicher Feindseligkeit. Nun stand ein gewaltiges Heer von Männern vor der Stadt, die ebenso fremdartig aussahen wie der Nubier. Sie waren hier auch nicht unter einfachen Fischern und Handwerkern, sondern unter Soldaten, die zum größten Teil erst vor kurzem eingetroffen waren und darauf brannten, den einen oder anderen morgenländischen Schädel einzuschlagen. Abu Dun beruhigte ihn jedoch und gab ihm sein Ehrenwort (was immer das wert sein mochte), sein Quartier nicht zu verlassen, als kurz nach der Mittagsstunde ein weiterer Bote Starkeys zu ihnen kam, um Andrej ins Ordenshaus zu geleiten.

In dem großen, immer kühlen und trotz seiner großzügigen Fenster stets ein wenig düster wirkenden Gebäude herrschte eine nervöse, hektische Atmosphäre. Von irgendwo her drang ein monotoner Sprechgesang an sein Ohr, eine kleine Glocke schlug langsam, aber so regelmäßig wie ein Herz aus Metall. Trotz des hellen Tageslichtes, das durch die Fenster hereinströmte, brannten überall Fackeln, deren Qualm sich mit dem allgegenwärtigen Weihrauchgeruch zu einem Gestank vermengte, der Andrej das Atmen schwer machte.

Diesmal erwartete ihn der Engländer allein. Starkey kniete in einer kleinen fensterlosen Kammer vor einem schlichten Holzkreuz und war offensichtlich ins Gebet versunken, als sie eintraten. Ungewöhnlich genug für einen Mann wie ihn, unterbrach er auf der Stelle sein Gebet, als er das Geräusch der Tür hörte, und stand auf, sagte jedoch kein Wort, sondern wartete mit steinerner Miene, bis Andrejs Führer ging und sie allein waren.

»Du bist also gekommen, um deine Belohnung einzufordern«, begann er.

»Ich dachte, es sei eher ein Angebot von Euch«, erwiderte Andrej verwirrt. »Außerdem meinte ich das, was ich heute Morgen sagte, ernst. Es ist einfacher, einen Feind zu bekämpfen, den man kennt, als einen, über den man nichts weiß.«

Starkey sah ihn auf eigentümliche Weise an. »Vielleicht wirst du in der Tat eine Menge über deinen Feind erfahren«, sagte er, »aber damit auch zugleich über dich. Bist du wirklich sicher, dass du das willst?«

Andrej zögerte. Starkey hatte im Grunde nur dieselbe Frage laut ausgesprochen, die er sich selbst schon unzählige Male gestellt hatte, seit seine mittlerweile mehr als ein Menschenleben währende Suche nach der Wahrheit über sich und seine Herkunft ihren Anfang genommen hatte. Abu Dun hatte einmal zu ihm gesagt, dass es Fragen gebe, die besser für alle Zeiten unbeantwortet blieben. In Momenten wie diesem glaubte er zu verstehen, was der Nubier damit gemeint hatte. Auf der anderen Seite hatte er das sichere Gefühl, dass es niemals zuvor so wichtig gewesen war wie jetzt, diese Antworten zu bekommen. Möglicherweise hingen nicht nur sein und Abu Duns Leben davon ab. Er nickte.

»Dann komm mit«, sagte Starkey.

Sie verließen den Raum und gingen einen langen, trotz der überall herrschenden Betriebsamkeit nahezu menschenleeren Flur entlang, an dessen Ende sich die Bibliothek befand, wie Andrej von seinen zahlreichen Aufenthalten dort wusste. Zu seiner Überraschung ging Starkey jedoch an der Tür des großen mit Pergamenten, Schriftrollen und uralten Handschriften voll gestopften Saals vorbei und blieb vor einer schmalen Pforte an der gegenüberliegenden Wand stehen, die Andrej noch nie weiter aufgefallen war. Umständlich kramte der Engländer einen großen Schlüssel unter seiner Kleidung hervor, mittels dessen er das Schloss entriegelte. Das Geräusch, mit dem sich die Tür öffnete, verriet Andrej, wie schwer sie war, und auch, wie selten die aus wuchtigem Eisen gefertigten Scharniere benutzt wurden, noch bevor sich die Tür weit genug geöffnet hatte, um ihn erkennen zu lassen, dass sie aus beinahe handstarken Bohlen gefertigt war.

»Du wirst niemandem verraten, was du hier drinnen siehst«, sagte Starkey. »Und du wirst mit niemandem über das sprechen, was du hier erfährst. Ich erwarte dein Ehrenwort.«

»Mein Ehrenwort?«, vergewisserte sich Andrej.

»Was überrascht dich so an dieser Bitte?«, wollte Starkey wissen.

»Vielleicht«, antwortete Andrej, »dass Euch das Ehrenwort eines Mannes wie mir etwas gilt.«

»Möglicherweise verstehst du mich besser, nachdem du gesehen hast, was ich dir zeigen werde«, antwortete Sir Oliver geheimnisvoll. Er zog die Tür weit genug auf, dass sie mit einiger Mühe durch den entstandenen Spalt schlüpfen konnten.

Der Raum, in den sie traten, war nur wenig größer als die Gebetskammer, in der er vorhin auf Andrej gewartet hatte, und ebenfalls fensterlos. Unter der Decke befand sich jedoch ein schmaler Spalt, durch den ein eng gebündelter Strahl aus hellem Sonnenlicht hereinfiel. Direkt darunter war ein einfacher kleiner Tisch aufgestellt worden, zu dem ein dreibeiniger Schemel gehörte, bei dessen bloßem Anblick Andrejs Rücken schon zu schmerzen begann. Da das Licht so grell und gezielt auf den Tisch fiel, bestand der Rest des Raumes selbst für Andrejs scharfe Augen aus wenig mehr als Schatten und vagen Umrissen. Immerhin konnte er erkennen, dass es nur ein einziges weiteres Einrichtungsstück gab: einen wuchtigen Schrank mit eisenverstärkten Türen, die kaum weniger massiv aussahen als die Tür, durch die sie hereingekommen waren, und die von einem aberwitzig großen Vorhängeschloss gesichert wurden.

Starkey öffnete ihn mithilfe desselben Schlüssels, den er gerade schon benutzt hatte, zog einen der beiden schweren Türflügel auf und trug ein gewaltiges, in uraltes, steinhartes Leder gebundenes Buch zum Tisch. Es schien so schwer zu sein, dass der schmalschultrige alte Mann unter seinem Gewicht wankte, doch Andrej widerstand dem Impuls, zu ihm zu gehen und ihm zu helfen. Starkey schien das auch nicht erwartet zu haben. Er lud den Band mit einem gewaltigen Knall auf dem Tisch ab, wandte sich um und trug ein zweites und dann noch ein drittes Buch heran.

»Dass du des Französischen mächtig bist, weiß ich ja«, sagte er, während er sich zum vierten Male umwandte, um diesmal mit einem ganzen Arm voll eng zusammengerollter Pergamente zurückzukommen, »und ich nehme an, dass du auch Arabisch lesen kannst. Aber bist du des Lateinischen mächtig?«

»Ein wenig«, nickte Andrej – was eine Untertreibung war. Er beherrschte diese Sprache ebenso fließend wie ein gutes Dutzend anderer, die er im Laufe seines langen Lebens gelernt hatte.

»Dann ist es gut«, sagte Starkey. »Manche dieser Aufzeichnungen sind so alt, dass nicht einmal ich weiß, in welcher Sprache sie verfasst worden sind, aber die meisten sind in Latein, Französisch oder Arabisch geschrieben.« Er ging wieder zum Schrank, schloss die Tür und ließ das gewaltige Vorhängeschloss einschnappen. Dann war er mit zwei Schritten beim Ausgang. »Ich kann dir eine Stunde gewähren«, sagte er. »Nicht mehr.«

»Aber …«, begann Andrej und starrte aus ungläubig aufgerissenen Augen auf den riesigen Stapel aus Büchern und Pergamenten, den Starkey vor ihm auf der Tischplatte aufgehäuft hatte. Es mussten Hunderte von Seiten sein, wenn nicht Tausende!

»Keinen Augenblick mehr«, beharrte Sir Oliver. »Es tut mir Leid, aber das ist alles, was ich für dich tun kann. Und deine Frist läuft. Du verschwendest also besser keine Zeit mit ohnehin nutzlosen Bitten, sondern machst dich an die Arbeit.«

Er selbst ging mit gutem Beispiel voran, verließ die Kammer und zog die Tür hinter sich zu. Nur einen Moment später konnte Andrej hören, wie der Schlüssel von außen im Schloss gedreht wurde. Er war gefangen. Ihm war klar, dass die Tür selbst seinen enormen Körperkräften widerstehen würde. Wenn Starkey nicht zurückkam, um ihn zu befreien, dann saß er dort fest, ohne die geringste Chance, aus eigener Kraft jemals wieder herauszukommen.

Doch das war Unsinn. Wenn Starkey ihn in eine Falle hätte locken wollen, hätte er das weitaus bequemer haben können und mit erheblich weniger Aufwand. Der Engländer hatte Recht. Jeder Moment, den er mit unnötigen Grübeleien vertat, würde ihm später schmerzhaft fehlen. Er setzte sich auf den Hocker, der tatsächlich noch unbequemer war, als er aussah, und nahm das erste Pergament zur Hand. Mutlosigkeit machte sich in ihm breit, als er es entrollte und sah, dass es vermutlich in einem arabischen Dialekt abgefasst war. Zumindest waren die Schriftzeichen arabisch; die Sprache selbst war ihm vollkommen unbekannt. So wie das Pergament aussah, musste sie uralt sein.

Und so ging es weiter. Ein anderer Mann hätte sich vielleicht entmutigen lassen und aufgegeben, denn auch, wenn er die meisten Pergamente und Bücher, die er sich nach und nach vornahm, lesen konnte, so war die Fülle der Informationen, die in ihnen enthalten war, so gewaltig, dass er vermutlich eine Woche brauchen würde, um sich auch nur einen ersten groben Überblick zu verschaffen, und sicherlich ein Mehrfaches dieser Zeit, um wirklich zu verstehen, was er las. Dennoch gab er nicht auf. Und nach einer Weile begann er tatsächlich auf die ersten Spuren dessen zu stoßen, wonach er suchte.

Andrej hätte hinterher nicht sagen können, wann er anfing zu begreifen.

Manches von dem, was er bei seiner eher zufälligen Lektüre, bei der keine andere Wahl blieb, als sich auf sein Glück zu verlassen, fand, war ihm schon bekannt. Anderes waren bloß Mythen und Legenden, in denen wohl ein Körnchen Wahrheit verborgen sein mochte, doch wie sollte er das herausfinden? Vieles war Unsinn und entsprach nicht der Realität, wie er Starkey aus eigener Erfahrung hätte sagen können. Einiges war ihm neu und überraschte oder erschreckte ihn. Aber nach und nach, ganz allmählich, begann sich ein Bild herauszukristallisieren, das so schrecklich – und zugleich so eindeutig – war, dass er sich anfangs schlichtweg weigerte, es zu akzeptieren. Für eine Weile klammerte er sich an die alberne Vorstellung, er hätte das Gelesene falsch verstanden oder Starkey und der Großmeister hätten all das nur arrangiert, um sich einen bösen Streich mit ihm zu erlauben. Doch zugleich wusste er, dass es die Wahrheit war, so als sei dieses Wissen bereits die ganze Zeit über tief in ihm vorhanden gewesen und diese Aufzeichnungen hätten ihm lediglich die Augen geöffnet.

Als Starkey – lange nach Ablauf der vereinbarten Stunde – schließlich kam, um ihn abzuholen, musste er ihn dreimal ansprechen, bevor Andrej seine Anwesenheit wahrnahm.

»Das ... das hättet Ihr mir sagen können«, murmelte Andrej.

Starkey betrachtete ihn kühl, schloss den Schrank wieder auf und begann, die Bücher und Pergamente in der gleichen Reihenfolge zurückzutragen und einzusortieren, in der er sie herausgeholt hatte. Erst nachdem er damit fertig war und die Türen wieder sorgsam verschlossen hatte, wandte er sich zu Andrej um und sah ihn abermals auf die gleiche kühle und mitleidlose Weise an.

»Ich habe niemals behauptet, dass dich freuen wird, was du erfährst«, sagte er. »Im Gegenteil. Wenn ich mich recht entsinne, habe ich dich gewarnt. Wir Menschen sind seltsame Wesen, findest du nicht? Wir behaupten von uns, immer auf der Suche nach der Wahrheit zu sein, aber wenn wir ehrlich wären, würden wir zugeben, dass wir sie nur allzu oft gar nicht kennen wollen.« Er deutete zur Tür. »Deine Zeit ist um. Wir müssen jetzt gehen. Es wäre nicht gut, wenn man uns zusammen sieht, und schon gar nicht hier.«

Andrej erhob sich gehorsam und verließ die Kammer, doch die wenigen Schritte auf den Flur hinaus bereiteten ihm große Mühe. Es war, als drücke die Last dessen, was er gerade erfahren hatte, ihn nieder.

Starkey folgte ihm, schloss die Tür sorgfältig wieder ab und, nachdem sie die ersten Schritte hinter sich gebracht hatten, fuhr er fort: »Mit der Wahrheit ist das so eine Sache, nicht wahr? Sie ist das Einzige, was man nie wieder los wird. Oft wird einem erst viel zu spät klar, dass man sie gar nicht kennen wollte, doch dann ist es zu spät. Du kannst sie verleugnen, die Augen vor ihr verschließen und sie verdrehen. Du kannst dich selbst belügen und dir einreden, sie niemals erfahren zu haben, aber tief in deinem Innern ist sie immer da. Wie ein schleichendes Gift, gegen das es kein Gegenmittel gibt.«

Andrej schwieg dazu. Was hätte er auch sagen sollen? Er fragte sich, warum ihn das, was er nun wusste, eigentlich so erschüttert hatte. Das meiste davon war ihm nicht einmal fremd gewesen, nur dass er es noch nie mit solcher Klarheit und in diesem Zusammenhang gesehen hatte.

Erst als sie das Ordenshaus verlassen hatten und wieder auf die überfüllte Straße hinaustraten, brach Starkey das immer drückender werdende Schweigen wieder. »Ich habe meinen Teil der Abmachung eingehalten«, sagte er. »Werdet ihr den euren jetzt auch erfüllen?«

Streng genommen hatte Andrej nichts gefunden, was ihnen in irgendeiner Weise gegen den Dämon helfen würde, doch das war nicht Starkeys Schuld. Trotzdem ließ er genug Zeit verstreichen, damit ein nervöses Flackern in die Augen des Engländers trat, bevor er mit einem abgehackten Nicken antwortete. »Das werden wir wohl müssen, ob wir nun wollen oder nicht. Der Dämon ist unseretwegen hier.« Er verbesserte sich. »Meinetwegen.«

»Und dein Freund?«

»Abu Dun wird mich nicht im Stich lassen, keine Sorge«, antwortete Andrej. »Ebenso wenig wie ich ihn.«

Starkey schüttelte den Kopf. »Das meine ich nicht«, sagte er. »Wirst du es ihm sagen?«

»Was?«, fragte Andrej bitter. »Dass wir nichts als Missgeburten sind? Nur ein böser Scherz der Natur, den sie sich dann und wann erlaubt und der im Grunde kein Recht hat, zu existieren?«

Starkey wirkte verstört. Offensichtlich hatte er mit einer anderen Reaktion gerechnet. »So siehst du das?« Er klang regelrecht erschüttert. »Das tut mir aufrichtig Leid, Andrej.«

»Habt Ihr eine andere Erklärung?«

»Nein«, gestand Starkey unumwunden. »Aber wer bin ich schon, mir anmaßen zu wollen, über die Schöpfung und die Kräfte der Natur zu urteilen? Ich vermute, gegen dich und deinen Freund bin ich ein junger Mann, doch für einen Menschen habe ich lange genug gelebt, um zu begreifen, dass nichts, was in der Natur geschieht, ohne Sinn ist. Nur, weil wir es nicht verstehen, bedeutet das nicht, dass es keinen Zweck erfüllt. In Gottes Plan ist für jeden von uns eine bestimmte Aufgabe vorgesehen.«

Er schüttelte den Kopf, als Andrej widersprechen wollte, und schien noch mehr sagen zu wollen, doch in diesem Moment drang ein aufgeregter Ruf von der Straße her zu ihnen. Als sich Andrej umdrehte, gewahrte er niemand anderen als Pedro, der sich, so schnell er konnte, einen Weg durch die Menschenmenge zu ihm zu bahnen versuchte. Der Junge wirkte ein wenig abgemagert und seine Kleider und sein Haar starrten vor Schmutz, was nach den Tagen, die er in La Valettes Gefängnis verbracht hatte, nicht weiter verwunderlich war, schien darüber hinaus jedoch unversehrt zu sein. Zumindest bewegte er sich mit erstaunlichem Geschick und noch erstaunlicherer Schnelligkeit durch die überfüllte Straße, wobei er immer wieder Andrejs Namen rief.

Starkey lachte leise. »Siehst du, zumindest diesem Jungen scheint es von großer Wichtigkeit zu sein, dass du da bist. Auch wenn es nur ein einfacher Fischerjunge ist, solltest du das Geschenk der Freundschaft nie unterschätzen.«

Andrej hörte nur mit halbem Ohr hin. Er war einfach nur unsäglich erleichtert, Pedro lebend und allem Anschein nach unverletzt wiederzusehen. Doch mit jedem Schritt, den der

Junge näher kam, wich diese Erleichterung dem Gefühl, dass etwas nicht stimmte. Pedro bahnte sich seinen Weg durch die Menschenmenge mit Händen und Füßen und Ellbogen und Knien und nahm sowohl die derben Knüffe und Fußtritte hin, mit denen sich die Getroffenen revanchierten, als auch den Chor von Flüchen und Verwünschungen, der ihm folgte. So benahm sich niemand, der nur froh darüber war, einen Freund zu treffen.

Starkey schien zu dem gleichen Schluss gekommen zu sein. Andrej wollte dem Jungen entgegeneilen, doch der Engländer hielt ihn mit einer raschen Bewegung zurück und machte zugleich mit der anderen Hand eine Geste zu den Wachen, die rechts und links des Tores aufgestellt waren. Die Männer lösten sich unverzüglich von ihren Plätzen und begannen ihrerseits, eine Gasse für den Jungen zu bahnen. Angesichts der hoch gewachsenen, bewaffneten Gestalten wagte es niemand, Widerstand zu leisten. Binnen weniger Augenblicke hatten sie einen Weg für den Jungen freigemacht. Pedro stürmte mit gewaltigen Sätzen heran und brach unmittelbar vor Andrej und Starkey zusammen. Er war in Schweiß gebadet und so erschöpft, dass er kein Wort hervorbrachte, sondern nur qualvoll nach Atem rang.

»Pedro«, sagte Andrej alarmiert. »Was ist passiert? Wo kommst du her?«

Der Junge konnte immer noch nicht antworten, doch Starkey sagte: »Romegas hat ihn gleich am Morgen freigelassen. Ich habe befohlen, vier Mann zu seinem Schutz abzustellen.« Er runzelte besorgt die Stirn und ließ sich in die Hocke sinken, um Pedro in die Augen sehen zu können. »Das haben sie doch getan, oder? Was ist passiert? Ist etwas mit deiner Mutter?«

»Mutter«, stammelte Pedro atemlos. »Die Soldaten ... sie haben ...« Seine Worte endeten in einem qualvollen Husten.

Andrej griff nach seinen Armen und zog ihn mit sanfter Gewalt auf die Füße. Der Junge zitterte vor Erschöpfung. Andrej konnte spüren, wie sein Herz raste.

»Jetzt beruhige dich erst einmal«, sagte er. »Atme tief ein und aus, dann wird es gleich besser. Und jetzt erzähl. Was ist passiert? Was ist mit deiner Mutter geschehen?«

Pedro nickte. »Die Soldaten …«, keuchte er. »Sie haben …« Wieder verließ ihn seine Stimme. Er hustete erneut, rang krampfhaft und so verzweifelt wie ein Ertrinkender nach Atem. Plötzlich liefen Tränen über sein Gesicht. »Ich … ich wollte sie aufhalten«, stammelte er. »Ich habe es wirklich versucht … aber ich … ich war nicht stark genug. Das … das müsst Ihr mir glauben.«

»Nicht stark genug *wozu*?«, fragte Starkey. »Du willst doch nicht etwa sagen, dass …« Seine Augen wurden groß, und sein Gesicht verlor jegliche Farbe. »Nein«, flüsterte er. »Das kann nicht sein. Das würden sie nicht wagen!«

»Der … der Edelmann«, schluchzte Pedro. Er hatte den Kampf gegen die Tränen mittlerweile aufgegeben. »Er … er hat gesagt … es … es sei in Ordnung. Sie … sie könnten mit der Hexe tun, was immer sie wollten, weil sie sowieso spätestens heute bei Sonnenuntergang auf dem Scheiterhaufen brennen würde.«

»Das glaube ich nicht«, sagte Starkey. »Nicht Romegas.«

»Sie … sie wollten auch mich umbringen«, fuhr Pedro stockend fort. »Sie haben mich niedergeschlagen und ich habe mich tot gestellt. Dann bin ich weggelaufen.«

Andrej hatte genug gehört. Er fuhr auf dem Absatz herum und wollte losrennen, doch Starkey hielt ihn mit einem raschen Griff am Arm zurück.

»Bringt Pferde!«, befahl er den Wachen scharf. »Und sucht nach Chevalier de Romegas! Ich will mit ihm reden, sobald ich zurück bin.«

Sie sprengten so rücksichtslos durch die Menge auf der Straße, dass Andrej sicher war, mehr als nur ein paar blutige Nasen und blaue Flecken bei seinem gnadenlosen Ritt hinterlassen zu haben. Trotzdem brauchten sie für den Weg zu Julias Haus mehr Zeit, als sie an einem normalen Tag zu Fuß nötig gehabt hätten. Die Straßen waren noch immer hoffnungslos verstopft. Der Chor aus Flüchen, Wut- und Schmerzensschreien, der ihnen folgte, als sie auf ihren Schlachtrössern wie lebendig gewordene Abbilder der apokalyptischen Reiter durch die Menge pflügten, hätte die Männer und Frauen vor ihnen vielleicht zurückgetrieben, aber es gab einfach keinen Platz, wohin sie zurückweichen konnten. Als das kleine Haus am Stadtrand endlich vor ihnen auftauchte, hatten sie eine Spur aus üblen Prellungen, Knochenbrüchen und Schlimmerem quer durch die Stadt gezogen. Auch auf Andrejs Hemd prangte ein frischer, hellroter Blutfleck. Später würde er erzählen, es sei nicht sein Blut, und zum Beweis die vollkommen unversehrte Haut darunter vorzeigen. Doch die Wahrheit war, dass jemand in seiner Wut ein Messer gezogen und auf ihn eingestochen hatte, und Andrej konnte es dem Mann nicht einmal verdenken.

Als sie die Hütte erreichten und er aus dem Sattel sprang, noch bevor das Pferd zum Stehen gekommen war, war das Tier schweißbedeckt und so verängstigt, dass es wild um sich biss. Auch sein Herz pochte so schnell, als wäre er die ganze Strecke vom Ordenshaus gerannt. Nur ein paar Sekunden später sprengte Sir Oliver heran. Der alte Mann hatte sich erstaunlich gut gehalten und war kaum um zwei oder drei Pferdelängen zurückgefallen, und das, obwohl er zu allem Überfluss auch noch Pedro mit in den Sattel des Pferdes gehoben hatte, das ihm die eingeschüchterten Wachen gebracht hatten. Obwohl ihn der Ritt ungleich mehr angestrengt haben musste als Andrej, fiel es ihm nicht schwer, zu ihm aufzuschließen und die Hütte fast im selben Moment zu erreichen. Auch Pedro stürmte hinter ihm her, doch Andrej entging nicht, dass er immer langsamer wurde und schließlich stehen blieb, als hätte er Angst vor dem, was er sehen würde, wenn er das Haus betrat.

Andrej zumindest *hatte* in der Tat Angst davor. Genau wie der Junge wurde er immer langsamer, je näher er dem Haus kam, und überließ es am Ende Sir Oliver, die beiden Soldaten, die mit bleichen Gesichtern vor der Tür standen und offensichtlich nicht recht wussten, was sie tun sollten, mit einer unwilligen Geste beiseite zu scheuchen und die Tür aufzustoßen. Ein süßlicher, Andrej nur allzu bekannter Geruch und ein leises Wimmern schlugen ihnen aus dem dunklen Inneren des Hauses entgegen. Andrejs Herz begann zu klopfen, als er gebückt durch die Tür trat.

Der kleine Raum, in dem er noch vor wenigen Tagen mit Abu Dun, Julia und ihrem Sohn zusammengesessen und sich so heimisch gefühlt hatte, war vollkommen verwüstet. Möbel und Geschirr waren zerschlagen, das Gewehr, das Pedro ihm voller kindlichem Stolz gezeigt hatte, in Stücke gebrochen, Kleider lagen zerfetzt auf dem Boden. Das Schluchzen war nun lauter zu hören und drang hinter der nur angelehnten Tür zum einzigen anderen Raum des Hauses hervor. Andrej roch Blut, aber er roch noch etwas anderes, das ihm überdeutlich sagte, was dort geschehen war. Eine Woge blanker Wut stieg in ihm empor. Es gelang ihm, das Gefühl zurückzudrängen, aber es kostete ihn enorme Überwindung.

Starkey betrat auch das nächste Zimmer als Erster und blieb so abrupt stehen, dass Andrej beinahe gegen ihn geprallt wäre. Leise hörte er Pedros Schritte hinter sich, die stockend näher kamen und dann auf halbem Wege anhielten. Sein Herz schlug noch ein wenig härter, als er dem Engländer folgte und einen Schritt zur Seite machte, um an ihm vorbeisehen zu können.

Auch dieses Zimmer war verwüstet. Seine Einrichtung bestand lediglich aus einem großen Bett und einem ebenso wuchtigen Kleiderschrank, den jemand mit großer Akribie zertrümmert und seinen Inhalt in Fetzen gerissen hatte. Andrej konnte nur einen kurzen Blick auf Julia erhaschen, bevor Starkey weiterging, doch das war schon fast mehr, als er verkraften konnte.

Das Bett war ebenfalls ein Opfer blanker Zerstörungswut geworden. Zwei Beine waren abgebrochen, sodass es schräg wie ein gestrandetes Schiff auf einer Sandbank dastand und nur durch ein schieres Wunder noch nicht endgültig auseinander gebrochen war. Das Bettzeug war zerfetzt und mit Blut besudelt. Jemand hatte mit – wie ihm der Geruch verriet, Julias eigenem – Blut das Wort *Türkenhure* an die Wand geschrieben.

Andrej und Sir Oliver waren nicht die einzigen Besucher. Zwei alte, ganz in Schwarz gekleidete Frauen knieten neben dem Bett und redeten mit leiser, beruhigender Stimme auf Julia ein, die sich unter den Fetzen ihrer blutigen Decke zu einem Ball zusammengekrümmt hatte und leise schluchzte. Andrej kannte sie, es waren Frauen aus der Nachbarschaft. Eine der beiden hob den Kopf und sah in ihre Richtung. Ihr Blick blieb gleichgültig, als er über Andrejs Gesicht wanderte – offensichtlich erkannte sie ihn in seiner veränderten Kleidung und mit anderer Haartracht und ohne Bart nicht – und schlug in blanken Hass um, als sie Sir Oliver ansah. Dem Engländer konnte ihre Reaktion nicht entgangen sein, doch er beherrschte sich wie immer meisterhaft und ging mit raschen, aber lautlosen Schritten um das Bett herum. Andrej trat näher, blieb aber wieder stehen, als er Julia zum ersten Mal von nahem sah. Sein Herz zog sich zu einem kalten Ball aus Eis zusammen.

Sie hatten es nicht dabei bewenden lassen, Julias Haus zu verwüsten und ihr Gewalt anzutun. Die Frau war halb totgeschlagen worden. Ihr Gesicht war so verquollen, dass sie kaum noch in der Lage war, die Augen zu öffnen. Soweit Andrej erkennen konnte, hatte sie zwei oder drei Zähne verloren.

Die Knöchel ihrer rechten Hand, die unter der zerrissenen Decke hervorragte, waren aufgeplatzt, Andrej war sicher, dass mehrere ihrer Finger gebrochen waren. Wie es unter der blutgetränkten Decke aussah, wagte er sich nicht vorzustellen.

Mit Mühe überwand er seine Erstarrung und ging weiter. Die alten Frauen starrten ihn böse an, doch Andrej ignorierte ihre Blicke, umkreiste das Bett und ließ sich auf der anderen Seite auf die Knie sinken.

»Julia?«, fragte er leise. »Kannst du mich verstehen?«

Im ersten Moment erfolgte keine Reaktion. Andrej glaubte schon, sie hätte seine Worte gar nicht gehört und setzte erneut dazu an, etwas zu sagen, doch dann drehte sie mühsam den Kopf und zwang ihre angeschwollenen Lider, sich eine Winzigkeit zu heben. Die Augen, die dahinter zum Vorschein kamen, waren trüb vor Schmerz und Verzweiflung, und dennoch las Andrej neben diesem Ausdruck der Qual noch etwas anderes darin, das sich wie die Klinge eines rot glühenden Dolches tief in seine Brust bohrte.

»Geh ... weg!«, stöhnte sie. »Lass mich.«

»Wer hat das getan?«, fragte Andrej. »Bitte, Julia, sag mir, wer dir das angetan hat.«

Es war ihm unmöglich zu sagen, ob Julia nicht antworten konnte oder wollte, doch sie schwieg jedenfalls. Trotz ihres erbarmungswürdigen Zustandes kämpfte sie mit aller Macht um ihre Fassung, aber es war ein Kampf, den sie nicht gewinnen konnte. Ein leises, qualvolles Schluchzen entrang sich ihrer Brust und neue Tränen malten schmierige Spuren in das halb eingetrocknete Blut auf ihrem Gesicht.

Andrej hatte einen harten, bitteren Kloß im Hals. Er schluckte ein paar Mal, um ihn loszuwerden, aber das schien es eher noch schlimmer zu machen. Mit einer enormen Willensanstrengung riss er seinen Blick vom geschundenen Gesicht der jungen Frau los und sah zu der krakeligen Schrift aus Blut auf der Wand über dem Bett empor. Eine Woge heißer

Wut flammte in ihm auf, so plötzlich und unbezwingbar, dass sich seine Hände um das Holz des Bettgestells schlossen und mit solcher Kraft zudrückten, dass es zerbrach. Die alte Frau auf der anderen Seite starrte ihn verblüfft an.

»Wer hat das getan?«, fragte nun auch Sir Oliver. Die Frage war nicht an Julia gerichtet, sondern an die beiden knienden Frauen. Die eine schwieg beharrlich, die andere jedoch sah den Johanniter ohne die geringste Scheu oder gar Ehrfurcht an. Ihre Augen waren so kalt wie polierte Steine.

»Dieser französische Ritter«, sagte sie.

»Chevalier de Romegas?« Starkey schüttelte entschieden den Kopf. »Du musst dich irren, Weib. Das ist unmöglich.«

»Ich bin vielleicht nur ein dummes, altes Weib«, antwortete die Frau in dermaßen verächtlichem Ton, dass sie ebenso gut vor Starkey hätte ausspucken können, »aber ich bin nicht blind, so wenig wie alle anderen hier. Es waren der französische Edelmann und zwei seiner Begleiter.«

»Nur zwei?«, fragte Andrej. Er blickte kurz zum Eingang und erinnerte sich an die beiden Männer, die dort gestanden und ihnen so erschrocken entgegengeblickt hatten. »Aber es waren doch vier Soldaten, oder?«

»Nur zwei«, flüsterte Julia. Ihr zerschlagener Mund machte es ihr schwer zu sprechen. Die Worte waren kaum zu verstehen. Dennoch schüttelte sie den Kopf und wiederholte: »Die beiden anderen ... haben sich geweigert mitzumachen. Der Franzose hat ... hat sie angeschrien und hinausgeschickt, und dann ...« Wieder brach ihre Stimme und sie brachte nur noch ein trockenes, qualvolles Schluchzen hervor.

»Haben sie dir ...« Starkey brach ab und suchte sichtlich nach Worten, bevor er mit einem unbehaglichen Räuspern und ohne Julia direkt anzusehen fortfuhr: »Gewalt angetan?«

Julia antwortete nicht, sondern drehte mühsam den Kopf in ihrem Kissen und schaute zur Tür. Pedro war nicht mit hereingekommen, aber er stand draußen im Wohnraum. Obwohl er es vielleicht nicht wagte, seine Mutter anzusehen, musste er jedes Wort hören, das im Schlafgemach gesprochen wurde.

»Nein«, log sie schließlich.

Starkey wollte nachhaken, doch Andrej schüttelte rasch den Kopf und warf ihm einen beschwörenden Blick zu. Schließlich verstand der Engländer. »Aber du bist wirklich sicher, dass es Romegas war?«, erkundigte er sich noch einmal. »Bitte versteh mich nicht falsch. Ich will dir keine Lüge unterstellen. Aber es fällt mir schwer, dies zu glauben.«

So seltsam es war – Andrej erging es ebenso. Unter allen Menschen auf der Welt gehörte Romegas sicherlich zu denen, die er am meisten verachtete, doch der Ritter war trotz seiner Erbarmungslosigkeit und seines Fanatismus kein Mann, der einer Frau Gewalt antun würde. Romegas hätte keinen Augenblick gezögert, Julia zu töten, wenn er es für notwendig erachten würde, aber so etwas? Nein, in diesem Punkt erging es ihm wie Starkey. Es gelang ihm einfach nicht, es zu glauben. Es ergab auch nicht den geringsten Sinn. Egal, auf welchen verwirrten Pfaden Romegas' Gedanken auch wandeln mochten, ihm musste klar sein, dass er mit dem, was dort geschehen war, sein eigenes Todesurteil gefällt hatte.

»Er war es«, beharrte Julia. »Er und ... zwei seiner Soldaten.«

»Und wo sind sie jetzt?«, fragte Andrej. »Ich meine ...«

»... warum sie mich am Leben gelassen haben?«, unterbrach ihn Julia. Sie versuchte zu lachen, aber es wurde ein qualvolles Husten daraus. Winzige Blasen aus schaumigem Blut traten über ihre Lippen. »Ich weiß es nicht«, flüsterte sie, als sie wieder halbwegs zu Atem gekommen war. »Er hat gesagt, ich ... ich sei es nicht wert, von ihm getötet zu werden. Du ... du wüsstest schon ... was er damit meint.«

Starkey sah ihn fragend und auch ein wenig misstrauisch an, aber Andrej konnte nur die Schultern heben. Er hatte nicht die geringste Ahnung, was der Ritter damit gemeint haben könnte. Schließlich erhob er sich und signalisierte Starkey mit einem Blick, es zumindest für den Augenblick gut sein zu lassen.

»Also gut«, sagte der Engländer. »Wir wollen dich nicht länger quälen.« Er wandte sich mit einer entsprechenden Geste an die beiden alten Frauen. »Kümmert euch um sie, so gut ihr könnt. Ich schicke euch einen Arzt.«

Sie verließen das Zimmer. Starkey schloss sorgsam die Tür hinter sich, bedachte Pedro mit einem raschen, undeutbaren Blick und verließ dann das Haus. Draußen vor der Tür blieb er stehen und wartete, bis Andrej ihm gefolgt war.

»Wird sie es überleben?«, fragte er.

Bevor Andrej antwortete, registrierte er aus den Augenwinkeln, wie einer der beiden Männer, die immer noch wie versteinert rechts und links der Tür standen, erschrocken zusammenfuhr, tat aber so, als hätte er es nicht bemerkt.

»Ich weiß es nicht«, sagte er ehrlich. »Ich hoffe es. Vielleicht kann der Arzt ihr helfen.« Er wandte sich mit einer brüsken Bewegung um und trat auf einen der beiden Soldaten zu. »Was ist hier passiert?«, herrschte er ihn an. »Und sag die Wahrheit, oder ich schwöre dir, ich schneide dir eigenhändig die Kehle durch.«

Seinem Gesichtsausdruck nach zu schließen, schien der Mann ihm zu glauben. Andrej spürte, dass er nicht log, als er antwortete. »Wir ... wir konnten nichts tun, Herr«, sagte er mit bebender Stimme, zwar als Antwort auf Andrejs Frage, aber an Starkey gewandt. »Chevalier de Romegas hat es uns befohlen.«

»Was?«, fragte Starkey. »Die arme Frau zu vergewaltigen und halb totzuschlagen? Oder war die Reihenfolge vielleicht andersherum?«

Der Soldat schien unter seinem Blick noch weiter zusammenzuschrumpfen. »Er ... er hat gesagt, dass ... es wäre das ... was ihr zustünde. Sie wäre die Hure eines türkischen Spions und würde sowieso verbrannt. Und Ihr ... Ihr wüsstet Bescheid und hättet nichts dagegen.«

Starkey keuchte. »Ich?«

»Wir haben es nicht geglaubt«, stammelte der Soldat. »Bitte, Herr, das ist die Wahrheit, glaubt mir! Wir haben uns geweigert mitzumachen und er hat uns angebrüllt und uns gedroht, wir würden ebenfalls auf dem Scheiterhaufen landen. Wir sind hinausgelaufen, aber ... aber wir konnten nichts tun. Er ist doch unser Kommandant.«

»Und keiner von euch ist auf die Idee gekommen, dieser Frau zu helfen?«, fuhr ihn Starkey an. Seine Stimme zitterte vor Empörung. »Dafür werdet ihr euch zu verantworten haben!«

Andrej legte ihm beruhigend die Hand auf den Unterarm. »Lasst es gut sein, Sir Oliver«, sagte er. »Der Mann hat Recht. Was hätte er tun sollen? Romegas ist sein kommandierender Offizier.«

»Niemand, der dieses Gewand trägt, würde so etwas tun«, fauchte Starkey. »Ich werde Romegas eigenhändig dafür zur Verantwortung ziehen, das schwöre ich.«

»Ja, vielleicht«, antwortete Andrej. »Aber zuerst solltet Ihr noch etwas anderes tun.« Er deutete mit dem Kopf in die Richtung der Stadt. »Schickt ein paar Männer zu Abu Dun und ladet ihn unter einem Vorwand ins Fort ein, bevor er erfährt, was hier passiert ist. Denn wenn er es hört, das schwöre ich Euch, geschieht eine Katastrophe.«

Starkey überlegte kurz und nickte schließlich widerwillig. »Wahrscheinlich hast du Recht«, sagte er. »Ihr habt es gehört. Geht und sorgt dafür, dass der Muselman unauffällig fortgebracht wird. Aber krümmt ihm kein Haar!«

Keiner der beiden Soldaten rührte sich. Der Mann, der gerade mit ihnen gesprochen hatte, wurde noch nervöser. Sein Blick wanderte unstet zwischen Starkeys und Andrejs Gesichtern hin und her.

»Worauf wartest du noch?«, fragte Andrej.

Der Soldat fuhr sich nervös mit dem Handrücken über die Lippen. »Aber er ... er war bereits hier«, druckste er.

»Was?!«, keuchte Andrej.

»Euer Freund, Herr«, antwortete der Soldat. »Der Mohr. Er war hier, kurz nachdem der Junge weggelaufen ist. Er war im Haus und hat mit der Frau gesprochen.«

»Und dann?«, wollte Sir Oliver wissen.

»Ich weiß es nicht«, antwortete der Mann. »Er ist einfach hinausgestürmt, ohne ein Wort zu sagen. Wir dachten, er ... er würde uns töten, aber er hat uns nicht einmal beachtet.«

Starkeys Gesicht verlor noch mehr an Farbe. »Großer Gott«, flüsterte er. »Und was tun wir jetzt?«

»Wir müssen ihm folgen«, antwortete Andrej. »Und beten, dass Eure Leute Romegas finden, bevor Abu Dun es tut.«

»Unsinn«, erwiderte Starkey. »Wenn Romegas nicht völlig den Verstand verloren hat, ist er längst im Ordenshaus oder einem der Forts. Dort ist er in Sicherheit. Zumindest vor Eurem Freund«, fügte er grollend hinzu, aber Andrej schüttelte nur abermals den Kopf. »Ihr habt noch immer nicht verstanden, wer Abu Dun wirklich ist, fürchte ich«, sagte er ernst. »Wenn er tatsächlich hier war, Sir Oliver, und Julia ihm gesagt hat, was passiert ist, dann kann nicht einmal mehr Gott selbst Romegas vor seiner Rache schützen.«

Schreie, das Klirren von Waffen, durcheinander rufende Stimmen und das hastige Trappeln von Schritten wiesen ihnen den Weg, schon bevor sie das Ordenshaus auch nur betreten hatten. Gleich hinter dem niedrigen Torbogen hatten sie die ersten Männer gefunden. Einer der beiden jungen Soldaten lag ausgestreckt und mit geschlossenen Augen auf dem Rücken, aber Andrej konnte das gleichmäßige Schlagen seines Herzens hören – er war nur bewusstlos, nicht tot. Der andere lehnte verkrümmt an der Wand und presste mit schmerzverzerrtem Gesicht den rechten Arm gegen den Leib. Geschrei und Waffengeklirr drangen aus dem Gebäude an ihr Ohr und Andrej spürte die rasende Wut, die sich nicht weit von ihnen entfernt entlud.

Dennoch blieb Starkey keuchend stehen und herrschte den Verwundeten an: »Was ist hier passiert?«

»Der Heide, Herr«, stöhnte der Soldat. Sein Gesicht war grau vor Schmerz. »Wir ... wir wollten ihn aufhalten, aber er hat uns ... einfach niedergerannt. Er ist der Teufel!«

Starkey setzte dazu an, ihn in scharfem Ton zurechtzuweisen, aber Andrej stürmte bereits weiter, und diesmal nahm er keine Rücksicht darauf, ob der alte Mann ihm folgen konnte oder nicht.

Er brauchte keinerlei Unterstützung, um Abu Dun zu finden. Die Spur, die der Nubier quer über den Innenhof, den Kreuzgang entlang und dann die Treppe hinauf hinterlassen hatte, war unübersehbar. Andrej hetzte mit weiten Sprüngen an einem Mann vorbei, der stöhnend am Boden hockte und sich den blutenden Schädel rieb. Sein zerborstenes Schwert lag gleich neben ihm. Weitere, zum größten Teil bewusstlose Männer markierten den Weg, den der tobende Riese nach oben in den Kapitelsaal genommen hatte, doch Andrej registrierte zu seiner Erleichterung, dass Abu Dun zwar eine Spur aus geprellten Schädeln und Rippen und auch wohl den einen oder anderen gebrochenen Arm zurückgelassen, aber offenbar niemanden getötet hatte. Das Blut auf einigen der Waffen bewies, dass auch der Nubier nicht ganz unversehrt davongekommen sein konnte.

Der Kampflärm nahm zu, als er die mit bewusstlosen und verwundeten Männern regelrecht übersäte Treppe hinaufstürmte. Er hörte Abu Duns Wutgebrüll, gefolgt von einem Splittern und Knirschen wie von einem zerberstenden Baum. Als er den langen Gang zum Kapitelsaal hinunterstürmte, flog ein kreischender Soldat durch die offen stehende Tür und prallte mit solcher Wucht an die gegenüberliegende Wand, dass er auf der Stelle das Bewusstsein verlor. Irgendwo hinter sich hörte er Sir Oliver rufen, dass er auf ihn warten sollte, aber Andrej beschleunigte seine Schritte nur noch mehr und zog im Rennen sein Schwert. Bisher hatte Abu Dun das Schlimmste vermieden und niemanden getötet, aber er konnte hören, dass der Kampf vor ihm an Heftigkeit zunahm. Wenn Abu Dun in die Enge getrieben wurde und seine ganze gewaltige Körperkraft einsetzen musste, um sich seines Lebens zu erwehren, dann *würde* es Tote geben, und in diesem Fall konnte nicht einmal mehr Starkey ihn retten.

Andrej stürmte durch die Tür und zog instinktiv den Kopf ein, als irgendetwas Großes auf ihn zugeflogen kam und mit einem gewaltigen Krachen an der Wand neben ihm zerbarst. Der Kapitelsaal hatte sich in ein Schlachtfeld verwandelt. Die Einrichtung war so gründlich zertrümmert, als sei ein Wirbelsturm durch den Raum gerast. Fahnen, Wandteppiche und Bilder waren von den Wänden gerissen und zerfetzt, zwei der kostbaren Glasfenster in Stücke zerbrochen.

Ein gutes halbes Dutzend Männer lag verwundet oder bewusstlos am Boden, doch eine mindestens dreimal so große Anzahl Soldaten hatte Abu Dun eingekreist und drang von allen Seiten mit Schwertern, Hellebarden und langen Spießen auf ihn ein. Abu Dun wehrte sich mit verbissener Wut. Jeder seiner Hiebe ließ einen Mann zurücktaumeln oder zusammenbrechen, doch Andrej sah, dass er diesen Kampf trotz allem nicht gewinnen konnte. Die Männer machten immer rücksichtsloser von ihren Waffen Gebrauch, und so viele Lanzen- und Hellebardenspitzen Abu Dun auch beiseite schlug oder gleich kurzerhand abhackte, wurde er doch immer wieder getroffen. Sein Mantel hing in Fetzen und war schwer und dunkel von seinem eigenen Blut; er watete regelrecht durch eine immer größer werdende Pfütze. Es war nur noch eine

Frage der Zeit, bis er schwer genug verletzt wurde, um zu Boden zu gehen, und dann war es um ihn geschehen.

»*Aufhören!*«, schrie Andrej. Er stieß sein Schwert in die Scheide zurück, packte den ihm am nächsten stehenden Mann und schleuderte ihn einfach zur Seite. Einen Moment später folgten ein zweiter und ein dritter, doch der Druck auf Abu Dun wurde immer größer. Gleich zwei Speerspitzen bohrten sich in seine Brust und seinen Oberschenkel. Abu Dun hackte eine der Lanzen mit seinem Schwert ab und schlug aus der gleichen Bewegung heraus auch den zweiten Angreifer nieder – wobei er immer noch darauf achtete, nur mit der Breitseite seiner Waffe zuzuschlagen, sodass es unter den Männern, die ihn attackierten, noch immer keine Toten gegeben hatte. Doch diese beiden Wunden waren selbst für ihn zu schwer, um sie zu ignorieren. Stöhnend sank er auf die Knie und parierte einen weiteren Hieb instinktiv mit seinem Schwert. Dann biss die axtförmige Klinge einer Hellebarde so tief in seine Schulter, dass er mit einem gurgelnden Laut hintenüberfiel.

Andrej ließ sämtliche Rücksicht fahren. Zwei, drei Männer fielen unter seinen wuchtigen Fausthieben, dann hatte er Abu Dun erreicht, nahm breitbeinig vor ihm Aufstellung und zog erneut seine Waffe. »Keinen Schritt weiter!«, drohte er. »Ich töte jeden, der ihm zu nahe kommt!«

Tatsächlich griffen die Soldaten nicht weiter an; einige von ihnen wichen sogar ein kleines Stück zurück. Ein Ausdruck von Unsicherheit, Verwirrung und hier und da möglicherweise Furcht begann sich auf den Gesichtern der Männer auszubreiten. Dennoch machte sich Andrej nichts vor. Die Frist, die er Abu Dun auf diese Weise verschafft hatte, würde vielleicht dazu ausreichen, ihn wieder auf die Beine und zu neuen Kräften kommen zu lassen, aber die Übermacht war einfach zu gewaltig, und es waren keine unerfahrenen Novizen, sondern Männer aus La Valettes Leibgarde, die ihr Handwerk verstanden. Wenn es hart auf hart kam, würden sie Abu Dun und ihn töten, ganz gleich, welchen Preis sie dafür zahlen mussten.

»Hört auf!«, rief eine barsche Stimme von der Tür aus. Andrej wandte mit einem Ruck den Kopf und wollte gerade aufatmen, denn er erwartete niemand anderes als Sir Oliver zu erblicken, dann aber weiteten sich seine Augen und aus dem Gefühl vorsichtiger Erleichterung wurde ein umso tieferes Erschrecken. Es war nicht der Engländer, der hereingekommen war, sondern La Valette, und in seiner Begleitung befand sich niemand anderes als Chevalier de Romegas.

Auch dieser hatte sein Schwert gezogen und deutete mit der Spitze der Waffe herausfordernd auf Abu Dun und Andrej. »Nehmt diese Männer fest! Ich beschuldige sie der Hexerei, der Spionage und der Verschwörung gegen unseren Orden!«

Abu Dun stemmte sich mühsam auf die Ellbogen hoch und tastete mit unsicher wirkenden Bewegungen nach dem Säbel, den er fallen gelassen hatte. Sein Blick wirkte trüb. Andrej stieß die Waffe mit dem Fuß ein kleines Stück davon, allerdings nicht so weit, dass Abu Dun sie im Notfall nicht doch noch erreichen konnte. Die Bewegung veranlasste einen der Männer, seinen Speer in Andrejs Richtung zu schwenken, doch er senkte die Waffe hastig wieder, als Andrej ihn drohend ansah.

»Was geht hier vor?«, mischte sich La Valette in scharfem Ton ein. Romegas wollte etwas sagen, doch der aufgebrachte Großmeister brachte ihn mit einer herrischen Geste zum Verstummen und wandte sich kaum weniger erbost direkt an Andrej. »Chevalier de Delãny! Erklärt Euch! Was hat das zu bedeuten?«

»Müsst Ihr tatsächlich noch fragen, Exzellenz?«, fauchte Romegas.

Irgendetwas an ihm war ... seltsam, fand Andrej. Es war nicht bloß, dass der Ritter außer sich vor Wut war, da war noch etwas, das er nicht in Worte fassen konnte, das ihn aber zutiefst verwirrte. Etwas, das ihm auf eine Weise bekannt vorkam, die nicht sein konnte.

»Ich hatte die ganze Zeit über Recht, seht Ihr das endlich ein? Dieser Heide hat für die Türken spioniert und jetzt ist er hierher gekommen, um Euch zu töten! Ihr habt doch die Männer draußen gesehen, die er niedergeschlagen hat!«

»Ist das wahr?«, fragte La Valette, an Andrej gewandt.

Abu Dun wälzte sich umständlich auf die Knie und griff nach seinem Säbel, allerdings nur, um sich mithilfe der Waffe mühsam in die Höhe zu stemmen. Ein gutes Dutzend Speere und Hellebarden folgte der Bewegung, doch keiner der Soldaten beging den Fehler, Abu Dun zu nahe zu kommen.

Andrej warf dem Nubier einen beschwörenden Blick zu und wandte sich an La Valette. In diesem Augenblick stürmte Sir Oliver herein; das heißt, genau genommen taumelte er mehr, als dass er rannte. Er war in Schweiß gebadet und die Anstrengung, die Treppe herauf- und den langen Korridor entlangzulaufen, war offensichtlich zu viel für ihn gewesen, denn er musste sich am Türrahmen abstützen und einige Augenblicke lang keuchend nach Atem ringen, bevor er auch nur ein einziges Wort herausbekam. »Aufhören!«, japste er. »Sofort!«

»Sir Oliver?«, fragte La Valette stirnrunzelnd. »Aber was ...?«

»Hört auf der Stelle ... damit auf!«, stieß der Engländer kurzatmig hervor. »Nehmt ihn ... fest!«

»Davon würde ich abraten!«, sagte Romegas. »Wir sollten sie auf der Stelle töten! Wer weiß, wozu diese Dämonen fähig sind!«

Starkey löste sich mühsam vom Türrahmen. Seine Knie zitterten so heftig, dass er kaum stehen konnte, und sein Atem wurde von einem leise pfeifenden Geräusch begleitet. »Nein, Chevalier«, sagte er. »Nicht diese beiden.« Er winkte den Soldaten, die Andrej und Abu Dun umstanden und mit jedem

Moment weniger zu wissen schienen, was sie tun sollten, gebieterisch. »Euch! Legt Euer Schwert ab und ergebt Euch, Romegas. Ihr steht unter Arrest.«

Romegas' Augen wurden schmal. Er wirkte nicht erschrocken, sondern höchstens überrascht, zugleich aber auch wütend. »Habt Ihr den Verstand verloren?«, fauchte er. »Was soll das?«

»Das frage ich mich allerdings auch«, mischte sich La Valette ein. »Was geht hier vor, Sir Oliver? Romegas?«

»Zum letzten Mal, Chevalier!«, sagte Starkey. »Legt Eure Waffe nieder!«

Einen Moment lang wirkte Romegas vollkommen unschlüssig, dann jedoch wiederholte Starkey seine befehlende Geste, und gleich drei oder vier Soldaten wandten sich von Abu Dun und Andrej ab und Romegas zu. Romegas brachte sie mit einem einzigen verächtlichen Blick dazu, wieder stehen zu bleiben, schürzte trotzig die Lippen und senkte tatsächlich das Schwert.

Gerade lange genug, damit die Männer sich entspannten und ihre Waffen ebenfalls sinken ließen. Dann war er mit einem einzigen Schritt hinter La Valette, schlang ihm den Arm um den Hals und hielt ihm sein Schwert direkt unter die Kehle. »Einen Schritt weiter und er stirbt!«

Ein entsetztes Keuchen entrang sich La Valettes Lippen.

Einer der Soldaten machte eine hastige Bewegung und erstarrte, als Romegas den Druck auf die Klinge weit genug erhöhte, dass ein einzelner Blutstropfen in einer geraden Linie über La Valettes Hals lief.

Starkey griff mit zitternden Händen nach seinem eigenen Schwert und versuchte es zu ziehen.

Abu Duns Hand verschwand unter seinem Mantel und kam mit einer so schnellen Bewegung wieder zum Vorschein, dass außer Andrej vermutlich niemand auch nur etwas davon sah. Sein Dolch raste wie ein silberner Blitz durch die Luft, durchbohrte Romegas' Hand und riss dessen Arm gleichzeitig nach unten. Der Chevalier schrie vor Schmerz auf und ließ seine Waffe fallen, und noch bevor das Schwert den Boden berührte, hatten sich drei Mann auf ihn gestürzt, ihn von La Valette fortgerissen und zu Boden gezwungen.

Der Großmeister machte einen taumelnden Schritt zur Seite und griff mit der Hand nach seinem blutenden Hals. Starkey war sofort neben ihm und streckte die Arme aus, um ihn zu stützen, was einigermaßen seltsam aussah, da der Engländer sichtlich kaum die Kraft hatte, sich selbst auf den Beinen zu halten.

Danach brach ein Tumult in dem verwüsteten Kapitelsaal los. Einige Soldaten stürzten sich auf Romegas, während andere unschlüssig dastanden; der Rest versuchte Andrej und Abu Dun in Schach zu halten. Schließlich machte sich La Valette mit einer unwilligen Bewegung los und sagte laut: »Genug! Stellt ihn auf die Füße!«

Die Männer, die Romegas mit brutaler Kraft auf den Boden pressten, zerrten ihn noch unsanfter in die Höhe. Einer von ihnen packte zu und riss den Dolch aus seiner Hand, sodass Romegas vor Schmerz aufschrie und dann in den Armen seiner Bewacher zusammensank.

»Und Ihr, Sir Oliver ...«, wandte sich La Valette in einem Ton und mit einem Blick an seinen Sekretär, als gebe er ihm ganz allein die Schuld an allem, was soeben geschehen war, »... hättet jetzt vielleicht die Güte, mir zu erklären, was das alles zu bedeuten hat.«

Und das tat Starkey. Mit wenigen, sehr präzisen Worten erzählte er, was Andrej und er in Julias Haus gesehen und vor allem erfahren hatten.

La Valette hörte mit erstarrtem Gesicht zu, doch sein Blick verdüsterte sich mit jedem Wort, das er hörte, mehr.

»Ihr seht also«, schloss Starkey, »der Muselman ist keineswegs hergekommen, um Euch etwas anzutun, Exzellenz, sondern einzig, weil er Chevalier de Romegas und die beiden Männer, die bei ihm waren, gesucht hat.«

»Ist das wahr?«, wandte sich La Valette an Abu Dun. Der Nubier starrte ihn nur kalt an, aber Romegas keuchte: »Haben die fremden Hexenmeister Euren Geist schon so verwirrt, dass Ihr Wahrheit nicht mehr von Lüge unterscheiden könnt, alter Mann? Seht Ihr denn nicht, dass …«

Weiter kam er nicht. La Valette machte eine fast unmerkliche Bewegung mit der linken Hand und einer der Männer, die Romegas hielten, versetzte diesem einen Faustschlag ins Gesicht, der seine Unterlippe aufplatzen und ihn wieder kraftlos in den Armen seiner Bewacher zusammensinken ließ.

»Dann frage ich Euch«, fuhr La Valette nunmehr direkt an Abu Dun gewandt fort, »hat es sich so zugetragen, wie Sir Oliver behauptet?«

Abu Dun schwieg beharrlich weiter, doch Andrej spürte, wie es hinter dieser Maske in ihm brodelte. Abu Dun konnte sich gerade noch mit letzter Kraft beherrschen, doch am liebsten würde er sich auf der Stelle auf Romegas stürzen und ihm die Kehle herausreißen. Schließlich aber rang er sich zumindest zu einem abgehackten Nicken durch.

»Dann kann ich Euch verstehen«, sagte La Valette. »Und unter diesen Umständen, denke ich, kann ich Euch Euer Eindringen hier – noch dazu mit Waffengewalt – ausnahmsweise verzeihen. Dennoch müsst Ihr begreifen, mein Freund, dass ich es nicht zulassen kann, dass ein Mann, der nicht unserem Glauben angehört, über ein Mitglied unseres Ordens richtet. Doch ich gebe Euch mein Ehrenwort, dass der Gerechtigkeit Genüge getan wird. Chevalier de Romegas und die beiden Soldaten, die bei ihm waren, werden noch vor Sonnenuntergang hingerichtet.« Er wandte sich mit einer befehlenden Geste an die Soldaten. »Bringt ihn hinaus!«

Die Männer zerrten Romegas grob auf die Füße und setzten dazu an, La Valettes Befehl auszuführen, doch Andrej hob rasch die Hand und sagte: »Einen Augenblick noch, bitte.«

»Andrej, lass es gut sein«, sagte Starkey, während La Valette ihn nun kaum weniger zornig anfunkelte als gerade noch Romegas.

Andrej schüttelte aber nur den Kopf, schob mit einer bedächtigen Bewegung sein Schwert in die Scheide und tauschte einen kurzen, aber beredten Blick mit Abu Dun. Einen Moment lang wirkte der Nubier einfach nur verwirrt, dann verstand er und seine Augen weiteten sich.

»Es wäre besser, wenn wir allein mit Romegas reden könnten«, sagte Andrej. »Nur Ihr, Sir Oliver, Abu Dun und ich.«

»Wieso?«, wollte Starkey wissen.

Andrej verfluchte im Stillen den Umstand, nicht offen reden zu können. »Weil Chevalier de Romegas Informationen über den Attentäter hat, den Sultan Suleiman geschickt hat«, behauptete er. Gleichzeitig warf er Starkey und dem Großmeister einen beschwörenden Blick zu, von dem er nur hoffen konnte, dass ihn keiner der anderen bemerkte. Zumindest Starkey schien zu begreifen, was er damit wirklich sagen wollte. Für einen kurzen Moment breitete sich Fassungslosigkeit auf seinem Gesicht aus, dann nickte er nervös.

»Vielleicht hat er Recht, Exzellenz«, sagte er. »Die Männer können draußen vor der Tür warten, bis wir Romegas verhört haben.« Er wandte sich wieder an Andrej und Abu Dun. »Ich nehme an, wir haben Euer Ehrenwort, dass das kein Trick ist, damit wir Euch den Chevalier ausliefern?«

Abu Dun dachte nicht daran, ihm sein Ehren- oder sonst irgendein Wort zu geben, doch Andrej nickte. Da La Valette überhaupt nicht reagierte, machte Starkey schließlich eine entsprechende Bewegung. »Ihr habt es gehört. Lasst ihn los. Wartet draußen, bis man euch ruft.«

Die Männer reagierten nicht sofort. Keinem von ihnen war wohl bei dem Gedanken, ihren Großmeister zusammen mit diesen beiden Fremden und Romegas zurückzulassen, doch schließlich hatten sie einen direkten Befehl erhalten, dem sie sich nicht ohne weiteres widersetzen konnten.

Widerwillig verließen sie den Raum, wobei sie auf einen entsprechenden Wink Starkeys hin die verwundeten und bewusstlosen Männer mitnahmen, die Abu Duns Fäuste niedergestreckt hatten. Romegas sank mit einem kraftlosen Wimmern auf die Knie, als die Männer ihn losließen.

Andrej trat mit einem raschen Schritt zwischen ihn und Abu Dun und zog erneut seine Waffe – wenn nicht, um Romegas in Schach zu halten, so vielleicht, um ihn zu beschützen.

»Also, Andrej, jetzt hoffe ich, du hast eine gute Erklärung«, sagte Starkey. Er klang verärgert. »Was soll das?«

Statt sofort zu antworten, bedeutete Andrej Abu Dun mit einem Blick, seine Waffe einzustecken. Der Nubier gehorchte, was aber nicht viel zu bedeuten hatte – er brauchte keine Waffe, um den Spanier im Bruchteil einer Sekunde zu töten, wenn er es wirklich wollte.

Auch Andrej steckte sein Schwert ein, zerrte Romegas grob auf die Füße und stieß ihn gegen die Wand, wo er ihn mit einer Hand in einer halbwegs aufrechten Position hielt. Abu Dun trat mit langsamen Schritten neben ihn. Seine riesigen Hände öffneten und schlossen sich unentwegt und Andrej konnte die brodelnde Wut in seinem Inneren spüren. Aber er spürte noch mehr.

»Das ... das ist nicht möglich«, murmelte Abu Dun verwirrt. An die Stelle der Mordlust in seinem Blick trat maßlose Verblüffung. »Wie ... wie kann das sein?«

»Wie kann *was* sein?«, fragte Starkey hinter ihnen. »Verdammt, redet endlich! Was geht hier vor?«

Andrej ignorierte ihn. Behutsam tastete er mit seinen übermenschlichen Sinnen nach der Seele des Chevaliers, aber da, wo die reine Flamme menschlichen Lebens sein sollte, war ...

etwas anderes. Romegas war kein Mensch mehr. Und er lebte auch nicht mehr.

»Er ist einer von uns«, bemerkte er leise.

»Was sagt Ihr da?«, entfuhr es La Valette.

Andrej nickte, um seine Worte zu bekräftigen. »Ich weiß nicht, wie das möglich ist. Vielleicht ist der Dämon dafür verantwortlich. Aber er ist ein …« Er sprach nicht weiter. Er hatte sagen wollen, ein *Vampyr,* aber das wäre nicht die ganze Wahrheit gewesen. Was er gespürt hatte, schon vorhin, als Romegas hereinkam – wenn auch nur so schwach, dass schon Abu Duns Gegenwart ausgereicht hatte, das Gefühl nahezu vollkommen zu überdecken –, das war *beinahe* die Präsenz eines anderen Vampyrs. Aber etwas fehlte, das hätte da sein müssen, und etwas anderes, was es nicht hätte geben dürfen, war in ihm. Ein übler Geruch, schwach genug, um ihn nicht sofort wahrzunehmen, doch nicht schwach genug, um ihn gänzlich zu ignorieren. Es war, als hätte ihn etwas durch und durch Verdorbenes berührt, das ihm nun anhaftete.

Der Angriff kam so überraschend, dass Andrej sofort in die Defensive gedrängt wurde. Romegas hatte noch immer nicht die Kraft, auch nur zu stehen, doch das *Ding* in ihm, das die Stelle seiner Seele eingenommen hatte, stürzte sich mit nadelspitzen Zähnen und rasiermesserscharfen Klauen auf Andrejs Geist und versuchte, das Leben aus ihm herauszusaugen. Der Angriff war von vornherein zum Scheitern verurteilt. Es war, als hätte ein Dreijähriger ein Schwert aus Holz genommen und versucht, damit einen gepanzerten Ritter niederzuschlagen, aber Andrej war zunächst einmal einfach zu verblüfft, um sich auch nur zu verteidigen. Als er sich wieder gefangen hatte, schlug er Romegas mit der flachen Hand ins Gesicht und der mentale Angriff brach so abrupt wieder ab, wie er begonnen hatte. Dennoch war Andrej zutiefst verstört. Noch vor wenigen Stunden war Romegas ein ganz normaler Mensch gewesen, dem das Wort *Vampyr* nicht über die Lippen gekommen wäre, ohne dass er sich mindestens fünfmal bekreuzigt hätte. Und nun attackierte er ihn auf die gleiche Art, auf die auch der Dämon seine Opfer angriff.

»Sieh dir seine Hand an«, sagte Abu Dun.

Andrej gehorchte und konnte einen überraschten Laut nicht unterdrücken. So wenig wie Starkey, der neben ihn getreten war und Abu Duns Worte ebenfalls gehört hatte.

Romegas' Hand war mittlerweile unförmig angeschwollen. Die Wunde, die Abu Duns Dolch ihm zugefügt hatte, war so schrecklich, dass man den blanken Knochen unter dem zerfetzten Fleisch sehen konnte. Und dennoch hatte sie bereits aufgehört zu bluten. Hätte es noch eines Beweises für Andrejs Verdacht bedurft – hier hatten sie ihn.

La Valette bekreuzigte sich. Aus seinem Gesicht war auch das letzte bisschen Farbe gewichen. Obwohl Andrej Romegas nach wie vor mit eisernem Griff hielt, wich er zurück. In seinen Augen stand nichts als pures Entsetzen geschrieben. »Gütiger Gott, was bedeutet das?«, fragte er stockend.

Andrej ersparte sich eine Antwort. Er gab Abu Dun einen Wink, Romegas festzuhalten, dann machte er sich daran, dessen Körper gründlich zu untersuchen.

Es verging nur ein Augenblick, bevor er fündig wurde. Abgesehen von seiner durchbohrten Hand wies Romegas Dutzende von Prellungen und Hautabschürfungen auf, wo ihn die Soldaten niedergerungen und offensichtlich auch geschlagen und getreten hatten, doch das war es nicht, wonach er Ausschau hielt. Was er gesucht und gefunden hatte, waren zwei winzige rote Punkte an der linken Seite seines Halses, genau über der Halsschlagader.

»Wollt Ihr uns nicht erzählen, was passiert ist, Romegas?«, fragte er.

Romegas starrte ihn nur trotzig an. »Weil Ihr mich dann laufen lasst, nehme ich an?«, fragte er höhnisch.

»Nein«, antwortete Andrej ruhig, »aber vielleicht, weil wir

dann noch etwas für Euer Seelenheil tun können. Ihr werdet so oder so sterben, aber es liegt bei Euch, ob es schnell geht oder lange dauert. Und es liegt bei Euch, was anschließend mit Eurer Seele passiert.«

Romegas lachte hässlich. »Diese Worte ausgerechnet aus deinem Mund?«

Andrej blieb ernst. »Glaubt mir«, sagte er. »Gerade *ich* weiß, dass es so etwas wie eine unsterbliche Seele gibt. Und die Ewigkeit kann lang sein, wenn man sie in der Hölle verbringt.«

»Jedenfalls wird es mir dort nicht langweilig«, stieß Romegas hervor. »Denn zweifellos werden wir uns wiedersehen.«

Andrej resignierte. Er hatte nicht damit gerechnet, dass sein Erzfeind ihm tatsächlich Rede und Antwort stehen würde. Er war auch nicht sicher, ob es überhaupt in seiner Macht lag, noch etwas für ihn zu tun. Er wusste ja nicht einmal genau, was Romegas zugestoßen war. Vielleicht war er es sich aber selbst schuldig gewesen, es zumindest zu versuchen.

»Gibt es einen Ort hier, an dem Ihr ihn sicher unterbringen könnt?«, wandte er sich an La Valette.

Der Johanniter bekreuzigte sich, bevor er antwortete. »Das wird nicht nötig sein«, sagte er. »Ich werde dafür sorgen, dass er auf der Stelle hingerichtet und sein Körper auf dem Scheiterhaufen verbrannt wird.«

»Nein«, sagte Andrej.

»Nein?« La Valette sah ihn verblüfft, aber auch ein bisschen misstrauisch an. »Was soll das heißen? Ihr wollt, dass er *lebt*?«

»Wir müssen herausfinden, was passiert ist«, antwortete Andrej eindringlich. »Wenn der Dämon wirklich in der Lage ist, aus einem normalen Menschen ein Wesen seiner Art zu machen – und noch dazu eines, das ganz offensichtlich unter seinem Einfluss steht –, dann ist er noch sehr viel gefährlicher, als wir geglaubt haben. Ihr müsst ihn zum Reden bringen.«

»Das dürfte kein Problem sein«, sagte Starkey ruhig.

Andrej unterdrückte ein Schaudern. Er hatte gewiss kein Mitleid mit Romegas – weder mit dem, der er einmal gewesen war, noch mit dem, der er jetzt war –, doch er hatte den Johanniter soeben mehr oder weniger offen aufgefordert, einen Menschen zu foltern, und das gefiel ihm gar nicht. Aber sie hatten keine andere Wahl.

Noch einmal betrachtete er die beiden winzigen Einstiche über Romegas' Halsschlagader. Sie lagen nur wenige Fingerbreit auseinander und erinnerten an zwei Mückenstiche oder die Bissspuren einer kleinen Schlange. Und doch steckte so viel mehr dahinter.

»Dann ist es also tatsächlich so, wie es in den alten Legenden behauptet wird«, murmelte Starkey. Auch er betrachtete Romegas' Hals, aber in seinem Blick war ein eher wissenschaftliches Interesse zu lesen. »Und das habt Ihr nicht gewusst?«

»Nein«, sagte Andrej, denn er verschmähte das Blut seiner Feinde. Er war den Verdacht niemals ganz losgeworden, dass Abu Dun es vielleicht ein- oder zweimal getan hatte, am Anfang, kurz nachdem er selbst zu einem Vampyr geworden war, doch sie hatten niemals darüber geredet. Es war nicht nötig, das Blut eines anderen zu trinken, um ihm seine Lebenskraft zu rauben. Die Vampyre, die es taten, fanden einfach nur Gefallen an diesem grausamen Ritual, dessen einziger Zweck darin bestand, Angst in die Herzen der Menschen zu säen. Zumindest hatte Andrej das bis zu diesem Tag angenommen.

»Dann bringt ihn in eine Zelle«, sagte er. »Lasst ihn gut bewachen. Niemand darf mit ihm reden. Und lasst nach den beiden Männern suchen, die bei ihm waren.«

»Das ist nicht nötig«, sagte Abu Dun. »Sie sind tot.«

Ein kurzer, aber heftiger Ausdruck von Zorn huschte über La Valettes Gesicht, doch er war offensichtlich noch immer viel zu erschrocken, um seiner Wut Ausdruck zu verleihen.

»Bist du sicher?«, fragte er lediglich. »Könnte es nicht sein, dass sie ebenfalls …«

»Nein«, unterbrach ihn Abu Dun ruhig. »Selbst einer von unserer Art stirbt, wenn man ihm das Herz herausreißt.«

Sonderbarerweise wirkte La Valette enttäuscht, aber es dauerte nur einen Herzschlag, bis Andrej klar wurde, warum. Es hatte nur wenig mit Mitleid für die beiden getöteten Soldaten zu tun. Vielmehr hatte der Großmeister vermutlich darauf gehofft, dass auch sie Opfer des Dämons geworden und so nicht wirklich für das verantwortlich gewesen waren, was sie taten. Die Vorstellung, dass zwei Männer, die unter seinem Befehl standen, über eine wehrlose Frau hergefallen waren und somit Schande über den Orden gebracht hatten, musste für ihn so entsetzlich sein, dass ihm der Gedanke, sie an den Teufel persönlich verloren zu haben, noch erträglicher erschien.

Andrej sah noch einmal auf Romegas' Hand hinab. Die Wunde hatte mittlerweile aufgehört zu bluten, und er konnte erkennen, wie sie allmählich zu verschorfen begann. Der Heilungsprozess war nicht einmal annähernd so schnell, wie er es bei Abu Dun oder ihm gewesen wäre, aber doch auffällig schneller, als er bei einem normalen Sterblichen hätte sein dürfen.

»Vielleicht solltet Ihr gehen und eine Zelle für ihn vorbereiten, Sir Oliver«, sagte er. »Mit einer stabilen Tür und festen Ketten an den Wänden.«

»Und dicken Mauern«, fügte Abu Dun kalt hinzu, »damit man seine Schreie nicht hört.«

24. Mai 1565, am späten Nachmittag in Julias Haus

Zum ersten Mal seit einer guten Woche hatte sich der Wind gelegt. Das Meer lag glatt wie ein riesiger kupferfarbener Spiegel da, der das gleißende Licht der Sonne reflektierte und die unbarmherzige Glut des Nachmittags noch zu verstärken schien. Wie so oft an einem besonders heißen Tag kamen Andrej alle Geräusche sonderbar gedämpft vor, als hätte er Wasser in den Ohren. Die Bewegungen der Menschen ringsum erschienen ihm auf seltsame Weise abgehackt und zugleich träge, so, als beobachte er die Vorführung eines nicht besonders talentierten Puppenspielers.

Aber vielleicht lag es auch nur an seiner Müdigkeit.

Andrej hätte nicht sagen können, wann er das letzte Mal geschlafen hatte – ob vor zwei Tagen oder vor dreien oder vor einem Monat. Und wenn er sich nicht konzentrierte, begannen die Ereignisse der zurückliegenden Tage in seinem Kopf durcheinander zu geraten, so, wie sich auch das Bild, das sich ihm von der türkischen Flotte bot, jedes Mal ein bisschen geändert zu haben schien, wenn er blinzelte. Die Anzahl der Schiffe, die vor der Bucht kreuzten, hatte noch weiter zugenommen, doch nicht einmal dessen war er sich vollkommen sicher. Wenn man nur lange genug auf diesen gleißenden Spiegel starrte, dann fing man an, alles Mögliche zu sehen; selbst Dinge, die gar nicht da waren.

Andrej versuchte vergeblich, ein Gähnen zu unterdrücken, fuhr sich mit einer leicht zitternden Hand über die Augen und trat endlich von dem schmalen Fenster zurück, von dem aus er das Meer und das Treiben in dem schmalen Ausschnitt der Straße, der von dort aus zu sehen war, beobachtet hatte. Als er sich umdrehte, war er im ersten Moment fast blind, aber das machte nichts, denn viel zu sehen gab es in dem kleinen Zimmer ohnehin nicht.

Pedro und die beiden Männer, die La Valette zu seinem und vor allem dem Schutz seiner Mutter abkommandiert hatte, hatten das wenige der Einrichtung, das noch zu reparieren war, notdürftig instand gesetzt und den Rest hinausgeschafft, sodass das Zimmer beinahe leer war. Der Geruch von frischer Farbe lag in der Luft. Dort, wo noch vor zwei Tagen die Muskete von Pedros ertrunkenem Vater an der Wand gehangen hatte, prangte nun eine neue und weitaus wertvollere Büchse, die der Großmeister dem Jungen zum Geschenk gemacht hatte. Andrej war nicht dabei gewesen, doch Starkey hatte ihm erzählt, dass Pedro die Waffe nicht einmal eines Blickes gewürdigt hatte. La Valette hatte auch angeboten, die zerstörte Einrichtung durch neues, kostbareres Mobiliar aus dem Ordenshaus zu ersetzen und Julia eine ansehnliche Summe Geldes zukommen zu lassen, um ihr über den erlittenen Schaden hinwegzuhelfen. Julia hatte beides empört abgelehnt. Die einzige Hilfe, die sie angenommen hatte, war die des Arztes, den Starkey ihr geschickt hatte, und selbst das nur, vermutete Andrej, weil sie gar nicht die Kraft gehabt hatte, sich zu wehren.

Durch die Tür zum Schlafzimmer drangen gedämpfte Stimmen: die La Valettes, Sir Olivers und manchmal, leiser, auch die Julias und ihres Sohnes. Andrej machte sich nicht die Mühe hinzuhören. Es war das dritte Mal, dass der Großmeister Julia besuchte, und ihre Gespräche drehten sich nicht nur immer wieder im Kreis, sondern endeten auch stets gleich.

Selbst wenn La Valettes Stolz es nicht zuließ, es offen auszusprechen, so war doch jedermann klar – Julia eingeschlossen –, wie sehr dem Großmeister Romegas' Gräueltat zu schaffen machte. Andrej hatte diese Reaktion zu Anfang überrascht. La Valette war ein Mann, der es gewohnt war, ganze Armeen in den sicheren Tod zu schicken, wenn es sein musste, so berechnend und mitleidlos wie ein Schachspieler die Figuren auf seinem Brett bewegt. Und dennoch hatte ihn Romegas' Frevel zutiefst verletzt. Sein Ordensbruder hatte mit dem, was er Julia angetan hatte, alles besudelt und verraten, woran La Valette jemals geglaubt hatte und wofür er lebte. Sein Bemühen, Wiedergutmachung zu leisten, war nichts anderes als der Ausdruck seines schlechten Gewissens.

Die Tür ging auf und Pedro kam heraus. Der Junge wirkte völlig verstört, doch in seinen Augen glomm trotzdem ein Ausdruck schwacher Freude auf, als er Andrej erkannte. Die beiden letzten Male, als Andrej in Begleitung der zwei Johanniter dorthin gekommen war, war Pedro nicht anwesend gewesen. Andrej vermutete, dass Julia den Jungen weggeschickt hatte.

»Wo ist Abu Dun?«, begann Pedro übergangslos.

Nach dem, was Romegas zugestoßen war, hatte Starkey seine Pläne geändert und Abu Dun und Andrej kurzerhand zu La Valettes persönlichen Leibwächtern erklärt, ohne Rücksicht darauf, was andere davon halten mochten, dass der Großmeister des Johanniterordens von einem riesigen, grimmigen Heiden beschützt wurde. Abu Dun war also ganz in der Nähe. Er wartete draußen und hielt nach dem Dämon oder irgendeinem anderen unglückseligen Opfer Ausschau, das der Vampyr zu seinem willenlosen Werkzeug gemacht haben mochte. Starkey war nicht glücklich darüber gewesen, dass sich Abu Dun so weit von ihnen entfernte, aber er hatte letzten Endes eingesehen, wie unklug es wäre, den Nubier mit ins Haus zu bringen. Schon Andrejs Anwesenheit war fast mehr, als Julia ertrug.

»Er ist draußen«, antwortete er nach kurzem Zögern.

»Er will nicht hereinkommen, oder?«, fragte Pedro traurig.

Andrej schüttelte den Kopf und versuchte, so etwas wie ein Lächeln auf seine Lippen zu zwingen, spürte aber selbst, wie kläglich es misslang.

»Mutter will ihn nicht sehen«, fuhr Pedro fort. »Weißt du, warum?«

»Nein«, log Andrej. »Ich würde es dir sagen, wenn ich es wüsste. Aber ich fürchte, das geht nur die beiden etwas an.«

Er konnte Pedro ansehen, dass der Junge die Lüge durchschaute, aber er stellte zu Andrejs Erleichterung keine weitere Frage mehr zu diesem Thema. »Glaubst du, dass ich mit ihm reden kann?«, erkundigte er sich stattdessen.

»Deine Mutter wird nicht sehr glücklich darüber sein«, antwortete Andrej ausweichend.

»Ich werde es ihr nicht sagen«, versprach Pedro.

Andrej lächelte, zögerte aber zu antworten. Nichts würde Abu Dun mehr Freude bereiten, als den Jungen wiederzusehen. Erst jetzt war Andrej wirklich klar geworden, dass Pedro für Abu Dun die Rolle des Sohnes eingenommen hatte, den er niemals gehabt hatte und niemals haben konnte. Dennoch war er nicht sicher, ob er dem Nubier damit einen Gefallen tun würde. Ihn Pedro ein letztes Mal wiedersehen zu lassen, bedeutete nichts anderes, als das Messer noch einmal in der Wunde herumzudrehen.

Als hätte er seine Gedanken gelesen, fragte Pedro plötzlich leise: »Ihr werdet gehen, nicht wahr?«

Andrej nickte. Antworten konnte er nicht, denn mit einem Male war ein bitterer, harter Kloß in seinem Hals, der ihn zu ersticken drohte.

»Ich werde ... nichts sagen«, versprach Pedro. »Meiner Mutter nicht, und ... und auch Abu Dun nicht. Ich will mich ... nur von ihm verabschieden.«

Das war er dem Jungen schuldig, dachte Andrej, und der Kloß in seiner Kehle wurde noch größer. Er konnte nur nicken und Pedro ging ohne ein weiteres Wort an ihm vorbei und verließ das Haus.

»Ein tapferer kleiner Bursche, nicht wahr?«, sagte Starkeys Stimme hinter ihm.

Immerhin tapfer genug, um von einem Mann wie dir als Geisel benutzt zu werden, dachte Andrej, während er sich umdrehte und den Engländer mit einem kühlen Blick maß. »Ja«, sagte er laut. »Und dabei ist er doch im Grunde nichts weiter als ein Kind, dem man seine Jugend gestohlen hat.«

Falls Starkey begriff, was er ihm damit sagen wollte, so ignorierte er es meisterhaft. »Vielleicht kann ich etwas für ihn und seine Mutter tun«, sagte er nur, »und auch für deinen Freund.«

Andrej legte fragend den Kopf zur Seite, schwieg aber.

Wenn er eines gelernt hatte, dann, dass Geschenke, die der Engländer ihm offerierte, mit Vorsicht zu genießen waren.

Starkey wandte sich um und schloss sorgsam die Tür hinter sich, bevor er weitersprach. »Diese junge Frau ist wirklich sehr hartnäckig«, sagte er, »und so stolz, wie man es von einer Malteserin nur erwarten kann. Ich kann verstehen, dass dein Freund sein Herz an sie verloren hat. Dennoch waren unsere Bemühungen am Ende erfolgreich.«

»Ich verstehe nicht«, sagte Andrej. Zumindest *weigerte* er sich zu verstehen, was Starkey meinte.

»Die strenge Befragung, der ich Chevalier de Romegas habe unterziehen lassen ...«, begann Starkey, wurde aber sofort von Andrej unterbrochen: »Die Folter, meint Ihr?«

»... hat leider nicht sehr viel zu Tage gefördert«, fuhr Starkey ungerührt fort. »Doch immerhin haben wir eines in Erfahrung gebracht. Was dieser armen Frau angetan wurde, war nicht Romegas' eigener Entschluss. Vielmehr hat ihm der Dämon befohlen, es zu tun. Es fiel mir bisher schwer, das zu glauben, doch nun, da ich den Jungen gesehen habe, und vor allem den Ausdruck in deinen Augen, Andrej ...« Er zuckte mit den Achseln. »Man könnte meinen, der Attentäter hätte es gezielt darauf angelegt, deinem Freund und dir Schmerz zuzufügen.«

»Was ihm gelungen ist«, antwortete Andrej.

»Und vielleicht ist das unsere Chance, ihn zu stellen«, sagte Starkey.

»Ihr wollt Julia als Köder benutzen?«, fragte Andrej fassungslos.

»Ich hätte es vorgezogen, ein anderes Wort zu benutzen«, erwiderte Starkey in verletztem Ton. »Aber ja, wenn du so willst. Sie ist damit einverstanden«, fügte er hastig hinzu, als er sah, wie sich Andrejs Gesicht verdüsterte.

»Das mag sein«, antwortete Andrej. »Und ich stelle es Euch frei, Abu Dun diesen Vorschlag zu machen, Sir Oliver. Ich hätte nicht den Mut dazu.«

Starkey deutete mit ungerührtem Gesicht auf die Tür hinter sich. »Unser Großmeister hat ihr den Ernst der Lage klar gemacht«, sagte er. »Wenn der Attentäter Erfolg hat und uns beide und vielleicht auch euch tötet, so wird diese Stadt in wenigen Tagen fallen. Ihr kennt den Ruf, den Mustafa Pascha genießt, Andrej. Er wird innerhalb dieser Mauern keinen Stein auf dem anderen lassen. Niemand wird vor ihm sicher sein, weder Männer noch Frauen oder Kinder. Auch Julia wird sterben oder verschleppt werden, ebenso wie ihr Sohn.«

»Und Ihr glaubt, der Tod des Dämons würde daran etwas ändern?«, fragte Andrej bitter.

»Nein«, antwortete Starkey mit unerwarteter Offenheit. »Doch wir würden Zeit gewinnen. Ich habe ihr das Angebot gemacht, sie und ihren Sohn von hier wegzubringen, wenn sie uns hilft, den Attentäter unschädlich zu machen. Sie ist einverstanden.«

»Abu Dun wird das niemals zulassen«, antwortete Andrej.

»Und genau deshalb brauchen wir deine Hilfe«, sagte Starkey.

»Das würde ...«, begann Andrej, wurde aber sofort von Starkey unterbrochen.

»Überleg es dir«, sagte der Engländer ernst. »Wenn dir dein Freund etwas bedeutet – und diese Frau und ihr Kind –, dann solltest du mit ihm reden. Unser Angebot ist ehrlich gemeint. Noch in derselben Stunde, in der wir den Dämon fassen, wird ein Boot bereitstehen, um die Frau und ihren Sohn von dieser Insel fortzubringen. Und auch euch, wenn ihr das wollt.«

Andrej wollte empört widersprechen, doch stattdessen sah er den Engländer nur einen Moment lang betroffen an. So ungern er es zugab: Starkey hatte Recht. Julias Leben zu retten und einen Weg zu finden, um sie von hier fortzuschaffen, das war vielleicht der letzte Dienst, den Abu Dun und er ihr noch erweisen konnten.

»Ich werde es versuchen«, sagte er. »Aber ich kann nichts versprechen.«

»Mehr erwarte ich auch nicht«, sagte Starkey. »Dann geh hinaus und rede mit deinem Freund. Ich weiß nicht, was zwischen ihm und Julia vorgefallen ist, aber sie will ihn nicht sehen. So wenig wie dich.«

Andrej ignorierte die Frage, die sich hinter diesen Worten verbarg, und folgte Pedro hinaus auf die Straße.

Nach dem Halbdunkel und den trotz allem noch gemäßigten Temperaturen im Inneren des Hauses traf ihn die erstickende Glut wie ein Schlag ins Gesicht. Nachdem der Wind aufgehört hatte, vom Meer her zu wehen, schienen die Temperaturen buchstäblich mit jeder Minute weiteranzusteigen. Das grelle Licht stach ihn wie mit Messern in seine empfindlichen Augen, und die Luft, die er atmete, kam ihm vor wie flüssiges Pech. Selbst das Schwert, das er am Gürtel trug, schien ihm mit einem Male doppelt so schwer zu sein wie noch am Morgen. Wie sich all die Soldaten ringsum in ihren zentnerschweren Rüstungen überhaupt noch bewegen konnten, war ihm ein Rätsel.

Wieder fuhr er sich mit dem Handrücken über die Augen, aber das Brennen wurde eher noch schlimmer. Es war beileibe nicht das erste Mal, dass er mehr als einen Tag lang ohne Schlaf auskommen musste, und normalerweise machte ihm das nicht besonders viel aus. Doch seit sein unheimlicher Verfolger auf dieser Insel aufgetaucht war, schien nichts mehr normal zu sein.

Er entdeckte Abu Dun und Pedro nur wenige Schritte entfernt im Schatten der nächsten Häuser. Abu Dun hatte sich auf das rechte Knie herabgelassen und den Arm locker auf das andere Knie aufgelegt, sodass sich sein Gesicht nun auf gleicher Höhe mit dem des Jungen befand. Obwohl er zu weit entfernt war, um verstehen zu können, worüber die beiden sprachen, spürte Andrej doch den Ernst ihrer Unterredung. Er ging langsam weiter, da er plötzlich das Gefühl hatte, sich nicht in diese Unterhaltung einmischen zu dürfen. Abu Dun und der Junge waren ganz allein. Die Soldaten, die Starkey und den Großmeister begleitet hatten, hatten sich respektvoll ein gutes Stück zurückgezogen, und auch von den Bewohnern der Häuser war nichts zu sehen, wenn die Straße ansonsten auch genauso überfüllt war wie alle anderen in der Stadt.

Andrej machte zwei zögerliche Schritte und blieb wieder stehen. Im selben Moment, in dem Abu Duns Kopf mit einem Ruck in den Nacken flog und er nach seinem Säbel griff, spürte er es auch. Der Dämon war da. Seine Präsenz war so deutlich, als stünde er unmittelbar hinter ihm. Gleich darauf tauchte er tatsächlich wie aus dem Nichts auf – ein Gespenst, das die Schatten ausgespien hatten.

Nur dass er nicht hinter Andrej erschien, sondern unmittelbar vor Abu Dun.

»Abu Dun! Pass auf!«, schrie Andrej. Gleichzeitig riss er das Schwert aus dem Gürtel und stürmte los. Auch Abu Dun sprang mit einer blitzschnellen Bewegung auf die Füße und zog seine Waffe.

Dennoch war er nicht schnell genug. Der Dämon war nicht nur so lautlos und unheimlich wie ein Schatten aufgetaucht, er war auch ebenso schnell. Mit einem einzigen beiläufig wirkenden Hieb schleuderte er Pedro beiseite, packte mit der anderen Hand Abu Duns hochgerissenen Schwertarm und hielt ihn mühelos fest. Dann schmetterte er den Nubier gegen die Wand des Hauses, verdrehte sein Handgelenk mit einem kurzen, harten Ruck, sodass Andrej das Geräusch brechender Knochen hören konnte, und stieß Abu Duns Säbel beiseite, als die Klinge zu Boden fiel. Überall rings um sie herum gellten Schreie auf. Menschen flüchteten in Panik, aber zumindest zwei von Starkeys Soldaten waren kaltblütig genug, ihre Waffen zu ziehen und auf den Dämon und sein hilflos zappelndes Opfer zuzustürmen.

Doch sie würden zu spät kommen. Der Dämon hatte Abu Dun mit der rechten Hand an der Kehle gepackt und drückte ihn so mühelos gegen die Mauer, wie ein Erwachsener ein Kind festgehalten hätte. Abu Dun wand und wehrte sich verzweifelt, doch all seine gewaltige Kraft war gegen diesen unheimlichen Feind nutzlos. Ohne dass dieser seine Gegenwehr überhaupt zur Kenntnis zu nehmen schien, zwang der Dämon Abu Duns Kopf immer weiter in den Nacken, bis Andrej schon glaubte, er wolle ihm das Genick brechen. Stattdessen jedoch riss er den Mund auf und Andrej sah zwei nadelspitze Raubtierfänge aufblitzen, die sich auf Abu Duns Halsschlagader herabsenkten.

Er war nur drei oder vier Schritte entfernt, dennoch wusste er, dass er seinem Freund nicht rechtzeitig zu Hilfe kommen konnte. Er ahnte, dass es nichts mehr nutzen würde, den Dämon von seinem Opfer fortzureißen, sobald sich seine Zähne erst einmal in Abu Duns Fleisch gebohrt hatten, und so setzte er alles auf eine Karte. Mit aller Kraft schleuderte er sein Schwert. Der Wurf war schlecht gezielt und viel zu hastig. Statt sich, wie beabsichtigt, mit der Spitze in den Hals des Dämons zu bohren, drehte sich das Schwert in der Luft und prallte mit dem stumpfen Knauf gegen die Schläfe des Unheimlichen.

Dennoch rettete sein Eingreifen Abu Dun das Leben. Der Wurf konnte ein Wesen wie den Dämon nicht ernsthaft verletzen, aber der Aufprall der schweren Klinge reichte aus, um ihn herumzureißen. Seine tödlichen Fänge verfehlten Abu Duns Hals um Haaresbreite und sein Schädel wurde mit solcher Wucht gegen die Wand geschmettert, dass ein schmieriger Blutfleck auf dem hellbraunen Stein zurückblieb. Sein Griff lockerte sich kurz und mehr brauchte Abu Dun nicht. Mit einem Wutschrei riss er sich los und versetzte dem Dämon einen Faustschlag ins Gesicht, der ihn haltlos zurück- und direkt in Andrejs Arme taumeln ließ.

Andrej beging nicht denselben Fehler wie Abu Dun bei ihrem ersten Zusammentreffen mit dem Dämon. Er versuchte nicht, ihn mit den Armen zu umschlingen und festzuhalten, sondern griff unter seinen Achseln hindurch, verschränkte die Hände in seinem Nacken und drückte den Kopf der unheimlichen Kreatur mit aller Gewalt nach unten. Gleichzeitig trat er dem Dämon in die Kniekehlen, sodass dieser mit einem wütenden Zischen auf die Knie herabsank.

Abu Dun stürmte heran, verschränkte die Hände ineinander und riss beide Hände zu einem Schlag in die Höhe, der selbst diese Kreatur auf der Stelle töten musste. Aber der Dämon warf in einer Bewegung, die ihm nicht hätte möglich sein dürfen, beide Arme in die Luft, verdrehte Schultern und Nacken und war plötzlich frei, so als hätten sich seine Knochen in weiches Tauwerk verwandelt, das er nach Belieben biegen und drehen konnte. Andrej verlor das Gleichgewicht und fiel der Länge nach hin. Er sah aus den Augenwinkeln, wie Abu Dun ins Leere stürmte und ins Stolpern geriet, als der Dämon mit einer fließenden Bewegung wieder in die Höhe kam. Dann traf ihn ein Tritt in den Leib, der ihm fast das Bewusstsein raubte, und auch Abu Dun keuchte vor Schmerz auf. Nur einen Moment später hörte Andrej das dumpfe Geräusch, mit dem sein Freund neben ihm auf dem Boden aufschlug.

Andrej kämpfte gegen eine Ohnmacht an. Nicht etwa weil der Dämon ihn verletzt hätte. Andrej war schon härter getroffen worden und der Fußtritt hatte ihm nicht einmal eine Rippe gebrochen. Es war, als hätte ihn allein die Berührung der Bestie einen Großteil seiner Kraft gekostet. Er fühlte sich leer, so schwach und hilflos wie ein neugeborenes Kind, und das Gefühl wurde immer schlimmer. Was immer der Dämon auch war, seine bloße Berührung hatte eine Wunde in Andrejs Seele aufgerissen, durch die seine Lebenskraft schneller und schneller zu entweichen schien. Nur mit größter Willensanstrengung gelang es ihm, die Dunkelheit niederzukämpfen, die seine Gedanken zu verschlingen drohte, und sich in die Höhe zu stemmen. Alles drehte sich um ihn. Es war schon anstrengend, nur die Augen zu öffnen.

Andrej war davon überzeugt, dass nur wenige Sekunden vergangen sein konnten, doch anscheinend hatte sein Schwächeanfall länger gedauert, denn das Gesicht, das besorgt und erschrocken auf ihn herabblickte, gehörte niemand anderem als Oliver Starkey. Ein Dutzend Soldaten, die mit gezogenen Schwertern einen undurchdringlichen Kordon rings um sie herum bildeten, schirmte sie vor allzu neugierigen Blicken ab. La Valette stand in einiger Entfernung da und blickte mit seinem üblichen, kaum zu deutenden Gesichtsausdruck auf ihn herab.

»Ist alles in Ordnung?«, erkundigte sich Starkey.

Die Frage kam Andrej so grotesk vor, dass er laut gelacht hätte, hätte er nur die Kraft dazu gehabt. Dennoch nickte er. »Abu Dun?«, murmelte er.

»Deinem Freund geht es gut«, sagte Starkey hastig. Sein Gesichtsausdruck schien das Gegenteil zu behaupten und Andrej drehte mühsam den Kopf, doch wie es aussah, hatte Starkey die Wahrheit gesagt. Abu Dun kniete ganz in der Nähe neben etwas, das er nicht genau erkennen konnte, aber er war offensichtlich am Leben.

»Das hätte nicht passieren dürfen«, grollte Starkey. »Verdammt, Andrej, wie konnte er so nahe kommen, ohne dass ihr es bemerkt habt?«

Andrej hätte seine rechte Hand für eine Antwort auf diese Frage gegeben, doch die einzige Antwort, zu der er fähig war, war ein hilfloses Schulterzucken. Der Dämon war in der Lage, seine Gegenwart zu tarnen, aber was hätte es ihm genutzt, Starkey das zu erklären? »Immerhin haben wir ihn vertrieben«, murmelte er schwach. Er hörte selbst, wie lächerlich diese Worte klangen.

»Das hätte einfach nicht passieren dürfen«, beharrte Starkey. »Nicht hier. Zu viele Menschen haben es gesehen.«

»Was?«, murrte Andrej. Allmählich kehrte seine Kraft zurück und er begann sich über die Worte des Engländers zu ärgern. »Wir sind Eure Leibwächter, oder etwa nicht? Und wir haben soeben einen Anschlag auf Euer Leben verhindert. Hätte das niemand sehen dürfen?«

»Niemand«, antwortete Starkey ungerührt, »hätte sehen dürfen, wie zwei Männer, die der Mythos der Unbesiegbarkeit umgibt, von einer Gestalt geschlagen werden, die kaum größer ist als ein Kind! Was glaubst du, was in spätestens einer Stunde in der ganzen Stadt erzählt wird?«

Andrej musste an sich halten, um den Engländer nicht anzuschreien. Was erwartete Starkey? Er war doch dabei gewesen, als sie das erste Mal mit dem Dämon gekämpft hatten, und nach allem, was Andrej in der geheimen Bibliothek erfahren hatte, wusste Starkey vermutlich mehr über den Dämon und seine unheimlichen Fähigkeiten als Abu Dun und er zusammengenommen. Aber er schluckte alles herunter, was ihm auf der Zunge lag. In einem Punkt hatte Sir Oliver Recht: Nach dem, was die Menschen dort gerade gesehen hatten, würde es nicht einmal mehr eine Stunde dauern, bis die aberwitzigsten Gerüchte in der Stadt die Runde machten.

Statt etwas zu sagen, stemmte er sich mühsam in die Höhe, ging hinüber zu dem Haus, vor dem seine Waffe lag, und bückte sich nach dem Schwert. Ein wenig Blut klebte am Knauf der Waffe. Andrej wischte es ebenso angewidert wie vorsichtig an seinem Mantel ab, schob die Waffe in seinen Gürtel zurück und ging zu Abu Dun hinüber.

»Was hast du entdeckt?«, fragte er, als er sich dem immer noch am Boden knienden Nubier näherte. »Kannst du …«

Seine Stimme versagte. Eine eiskalte Hand griff nach seinem Herzen und drückte es langsam, aber unbarmherzig zusammen.

Abu Dun hatte nichts gefunden. Er kniete neben Pedro, der reglos ausgestreckt mit weit offen stehenden Augen auf dem Straßenpflaster lag. Unter seinem Kopf und seinen Schultern hatte sich eine glitzernde dunkelrote Blutlache gebildet, die immer noch größer wurde. Seine Kehle war zerfetzt, als hätte ihn der Prankenhieb eines Raubtieres getroffen.

»Nein«, flüsterte Andrej. »Das ... nicht das ...« Seine Stimme versagte ebenso wie seine Kraft. Haltlos sank er neben Abu Dun auf die Knie herab und streckte die Hand nach Pedros Gesicht aus, ohne dass er es letztendlich wagte, den Jungen zu berühren. Ein Gefühl nie gekannter Verzweiflung und Hilflosigkeit begann sich in ihm auszubreiten. Nicht Pedro! Nicht auch noch der Junge!

»Dafür werde ich ihn töten, Hexenmeister«, sagte Abu Dun. Seine Stimme war nur ein Flüstern und ebenso leer und ausdruckslos wie sein Gesicht und seine Augen. Trotzdem ließ ihr Klang Andrej einen eisigen Schauer über den Rücken laufen. »Bisher war er vielleicht *unser* Feind. Jetzt gehört er mir allein, hörst du? Du wirst ihn mir überlassen!«

Andrej war nicht in der Lage zu antworten. Hilflos hob er den Arm und legte Abu Dun die rechte Hand auf die Schulter, aber der Nubier schüttelte seine Bewegung wütend ab und fuhr ihn an: »Er gehört mir, hast du das verstanden? Ich will dein Wort darauf!«

Andrej nickte. Es war sinnlos, mit Abu Dun reden zu wollen. Später, wenn er sich beruhigt hatte und der erste und schlimmste Schmerz vorüber war, konnte er das immer noch nachholen.

»Er wird dafür bezahlen«, fuhr Abu Dun fort, wieder mit dieser sonderbar kalten, leeren Stimme, deren Klang Andrej mehr erschreckte als alles andere. »Ich weiß noch nicht, wie, aber ich werde einen Weg finden, ihn tausend Jahre lang dafür bezahlen zu lassen.«

Von der anderen Seite der Straße her erscholl ein gellender

Schrei. Andrej und Abu Dun sahen gleichzeitig hoch und erblickten Julia, die aus dem Haus getreten war und nun mit wehendem Haar und weit ausgreifenden Schritten in ihre Richtung rannte. Starkey machte eine rasche Geste, und einer der Soldaten versuchte, sie an der Schulter zu packen und festzuhalten, doch sie riss sich los, stieß einen weiteren Mann so derb aus dem Weg, dass er das Gleichgewicht verlor und stürzte, und fiel mit einem Schrei neben Pedro auf die Knie.

Die nächsten Minuten schienen Andrej ein einziger Albtraum zu sein. Julia brach weinend über ihrem Sohn zusammen, nahm dessen Gesicht zwischen die Hände, streichelte und küsste es und versuchte in schierer Verzweiflung die schreckliche Wunde in seinem Hals mit bloßen Händen zuzudrücken, als könne sie auf diese Weise das Leben daran hindern, aus ihm herauszufließen. Sie schrie und schluchzte abwechselnd, und jeder einzelne Laut bohrte sich wie eine dünne, rot glühende Messerklinge tief in Andrejs Herz.

Andrej war sicher, dass der Dämon den Nubier und ihn auch diesmal wieder hätte töten können, wenn er es nur gewollt hätte, selbst wenn sie von all diesen Männern und Soldaten umgeben waren. Aber ihr Tod reichte ihm nicht. Er wollte, dass sie litten, und es gab keine schlimmere Qual, als diejenigen leiden zu sehen, die man liebte, ohne ihnen helfen zu können. Er dachte an das Versprechen, das er Abu Dun gegeben hatte, und er war nicht sicher, ob er es wirklich halten konnte.

Plötzlich hörte Julia auf zu schluchzen. Sie saß vollkommen reglos da und blickte auf den Leichnam ihres Sohnes hinab, dann schrie sie gellend auf, warf sich herum und begann mit beiden Fäusten auf Abu Duns Brust und Gesicht einzuschlagen. »Was habt ihr mit meinem Sohn gemacht, ihr Ungeheuer?«, schrie sie. »Was habt ihr ihm angetan?«

Einer der Soldaten hinter ihr streckte den Arm aus, um sie von Abu Dun wegzureißen, doch Andrej warf ihm einen so eisigen Blick zu, dass er sich hastig wieder zurückzog. Julias

Fäuste, die rot und nass vom Blut ihres Kindes waren, hämmerten unentwegt weiter auf Abu Duns Gesicht ein, doch der Nubier zuckte nicht einmal mit der Wimper und sah sie nur aus ausdruckslosen Augen an.

»Was habt ihr ihm angetan? Warum musstet ihr ihn mir auch noch nehmen?«

»Julia, bitte«, sagte Andrej leise. »Es war nicht Abu Duns Schuld. Er hat versucht, ihn zu beschützen, aber er konnte das Ungeheuer nicht aufhalten. Niemand kann das.«

Er glaubte nicht, dass Julia seine Worte überhaupt gehört hatte, doch nach zwei, drei weiteren Schlägen hörte sie auf, wie von Sinnen auf Abu Dun einzuschlagen, und drehte sich mit einem Ruck zu ihm herum. In ihren Augen lagen so viel Verzweiflung und Schmerz, dass es Andrej schier das Herz brach.

»Gebt mir meinen Sohn zurück«, schrie sie. »Tötet mich, wenn ihr ein Opfer braucht. Macht mit mir, was ihr wollt, aber gebt mir mein Kind zurück!«

»Julia, es … es tut mir so unendlich Leid«, flüsterte Andrej. »Ich wollte, ich könnte es rückgängig machen. Ich wollte, ich könnte etwas für ihn tun. Ich würde mein eigenes Leben opfern, um ihn zu retten. Aber es geht nicht.«

Andrej hasste sich selbst für diese leeren Worte, die Julia wie der blanke Hohn vorkommen mussten. Doch wahrscheinlich hatte sie sie gar nicht verstanden. Sie starrte ihn weiterhin auf diese unerträgliche Art an, dann beugte sie sich wieder über Pedro und begann leise und krampfhaft zu schluchzen.

Andrej streckte die Hand aus, um sie zu berühren, doch Abu Dun griff rasch nach seinem Arm und hielt ihn fest. Gleichzeitig stand er auf und zwang auf diese Weise auch Andrej, sich zu erheben. Sein Gesicht war noch immer wie aus Stein.

»Ich will, dass der Junge ins Ordenshaus gebracht wird«, sagte er, direkt an La Valette gewandt. »Ihr werdet dafür sorgen, dass er dort aufgebahrt wird und niemand ihn anrührt.«

La Valettes Augen verengten sich. »Was glaubst du, wer du bist, dass du meinst, mir Befehle erteilen zu können, Heide?«, fauchte er.

»Der Mann, der dich töten wird, wenn du meinem Wunsch nicht nachkommst, alter Mann«, entgegnete Abu Dun leise.

La Valette riss ungläubig die Augen auf. Auch Starkey und die umstehenden Soldaten, die Abu Duns Worte gehört hatten, wirkten fassungslos. Schließlich fing sich La Valette wieder und brachte zumindest ein empörtes Krächzen zustande. Aber da hatte sich Abu Dun schon umgedreht und zwei der Soldaten, die ihm im Weg standen, grob beiseite gestoßen, um hoch aufgerichtet und mit schnellen Schritten in der Menschenmenge zu verschwinden.

24. Mai 1565, eine Stunde später, im Ordenshaus der Johanniter

Vor einer halben Stunde hatten die Geschütze, die die Türken im Laufe der letzten Tage auf den Hügeln östlich und nördlich der Stadt in Stellung gebracht hatten, zu feuern begonnen. Bisher waren es nur vereinzelte Salven, die keinen nennenswerten Schaden anrichteten und höchstens das eine oder andere Dach abdeckten oder Steinsplitter aus einer Zinne schlugen. Diese Schüsse gaben den türkischen Geschützmeistern die Gelegenheit, sich einzuschießen und die Positionen ihrer Kanonen zu überprüfen. Soviel Andrej wusste, hatte es in der Stadt bisher weder Verletzte noch Tote gegeben. Und dennoch begann das schwache, aber regelmäßige Feuer bereits Wirkung zu zeigen. Schlimmer als der materielle Schaden, den die Kanonenkugeln anrichteten, war die Botschaft, die das dumpfe Grollen der türkischen Geschütze in die Stadt schickten.

Bisher hatten die Menschen die gewaltigen Geschützbatterien, die der Feind rings um sie herum in Stellung gebracht hatte, höchstens gesehen. Nun *hörten* sie sie, und es gab niemanden, der nicht wusste, dass aus dem dumpfen Grollen eines noch entfernten Gewitters bald das Dröhnen eines apokalyptischen Sturmes werden würde, der so sicher über sie hereinbrechen würde, wie die Sonne jeden Abend unter- und am Morgen wieder aufging.

»Ich begreife nicht, worauf sie warten«, murmelte Starkey. Er stand neben Andrej an einem der großen Fenster des Kapitelsaals und blickte nach Osten. Der Raum lag hoch genug, sodass sie über die Stadtmauer hinwegsehen konnten. Über die große Entfernung hinweg und im klaren, hellen Licht des frühen Abends boten die Furcht einflößenden Geschützbatterien einen herrlichen Anblick, denn die Sonnenstrahlen spiegelten sich auf ihren polierten Rohren wie auf unzähligen blanken Münzen, die ein spielender Riese auf den Hügeln verteilt hatte. Die Janitscharen, die in sicherer Entfernung vor den Geschützen in Stellung gegangen waren, wirkten wie eine Schar bunt gekleideter Kinder. Der Anblick war auf eine so groteske Weise farbenfroh und fröhlich, dass es Andrej schwer fiel, sich vor Augen zu führen, wie tödlich die Gefahr war, die er für die Stadt und jedes Lebewesen innerhalb ihrer Mauern bedeutete.

»Sie ziehen immer noch Truppen zusammen«, beantwortete er mit einiger Verspätung Starkeys Frage. »Erst heute Morgen sind weitere Schiffe in der Bucht gesichtet worden.«

Starkey seufzte. Er hatte die Antwort auf seine eigene Frage ebenso gut wie Andrej gekannt. »Ein Riese, der zum Kampf gegen ein lahmes Kind rüstet und darauf wartet, dass er noch Verstärkung bekommt«, sagte er kopfschüttelnd. »Mustafa Pascha muss uns wahrlich hassen.«

»Hat er nicht allen Grund dazu?«, fragte Andrej.

Starkey warf ihm einen ungehaltenen Blick zu, war aber

klug genug, nicht auf diese Frage zu antworten. Stattdessen schloss er das Fenster und sperrte auf diese Weise, wenn schon nicht die unerträgliche Nachmittagshitze, so doch zumindest einen Teil der gleißenden Helligkeit aus, was wenigstens die Illusion von Kühle schuf.

Auch Andrej drehte sich vom Fenster weg und ließ seinen Blick durch den großen Raum schweifen. Der Kapitelsaal zeigte keine Spuren des wütenden Kampfes mehr, der dort getobt hatte. Alle zerbrochenen Möbel waren hinausgeschafft und durch neue ersetzt, zerrissene Fahnen und Bilder repariert oder ebenfalls ausgetauscht worden. In der Luft lag noch immer der schwache Geruch von Kernseife, mit der die Bediensteten versucht hatten, das Blut aus den Ritzen des Bodens zu schrubben. Angesichts dessen, was der Stadt bevorstand, erschien Andrej die Anstrengung, die auf La Valettes Befehl hin auf die Wiederherstellung dieses Saals verwandt worden war, widersinnig und unnötig.

Das dumpfe Krachen einer weiteren Geschützsalve riss ihn aus seinen Gedanken. Einen Moment später hörten sie einen dünnen, pfeifenden Laut, der rasch näher kam, und dann ein Poltern, das von einem Chor erschrockener Rufe aus der Stadt kommentiert wurde. Eine der Kanonenkugeln hatte ihr Ziel gefunden.

»Warum gebt Ihr nicht auf?«, fragte Andrej geradeheraus.

Starkey warf einen bestürzten Blick auf La Valettes Stuhl, bevor er antwortete. Der Großmeister war soeben hinausgegangen und hatte Andrejs instinktive Bewegung, ihm zu folgen, lediglich mit einem rüden Kopfschütteln kommentiert. Selbst für einen so mächtigen Mann wie La Valette gab es offensichtlich Dinge, die er in aller Abgeschiedenheit erledigen musste. »Aufgeben?«, fragte Starkey, als sei er nicht sicher, Andrej richtig verstanden zu haben.

»Diese Schlacht war bereits verloren, noch bevor der erste Schuss gefallen ist«, antwortete Andrej. »Wenn Ihr wirklich

Männer Gottes seid, wie Ihr selbst von Euch behauptet, warum verhandelt Ihr dann nicht mit dem Sultan? Ihr könntet abziehen und das Leben vieler tausend Menschen auf beiden Seiten retten.«

»Ein solcher Vorschlag könnte dich den Kopf kosten, wenn du ihn in Gegenwart unseres Großmeisters machst«, sagte Starkey ernst. »Weißt du das?«

»Genau deshalb habe ich ja auch gewartet, bis er nicht da ist«, erwiderte Andrej im gleichen Ton. Er lächelte flüchtig.

»Du meinst es also wirklich ernst«, sagte Starkey kopfschüttelnd. Er klang fassungslos. »Hast du nicht selbst bis vor wenigen Tagen unseren Ordensrock getragen?«

»Vielleicht hätte ich ihn schon eher ablegen sollen«, antwortete Andrej und unterbrach Starkeys empörte Gegenrede sofort. »Versteht mich nicht falsch. Ich habe Euch gern gedient. Aber das war etwas anderes.«

»Weil du den Krieg hinausgetragen hast zu unseren Feinden und dich stets in die Sicherheit dieser Mauern zurückziehen konntest?«, fragte Starkey vorwurfsvoll.

Andrej blieb ruhig. »Ich habe gegen Soldaten gekämpft«, sagte er.

»Dazu wirst du auch jetzt reichlich Gelegenheit bekommen.«

»Es waren Krieger, gegen die ich gekämpft habe«, beharrte Andrej. »Soldaten wie ich. Sie wussten, worauf sie sich einließen. Sie hatten die Wahl. Die Menschen hier in der Stadt hatten diese Wahl nie. Und es sind keine Soldaten. Es sind einfache Bauern, Frauen und Kinder.« Er verschränkte die Arme vor der Brust, lehnte sich gegen die Fensterbrüstung und blickte nachdenklich hinaus. »Das hier ist nicht mehr mein Krieg, Sir Oliver. Und auch nicht der Abu Duns.«

»Was genau soll das heißen?«, erkundigte sich Starkey misstrauisch.

»Dass wir ihn nicht länger führen werden«, antwortete Andrej. Er war erstaunt, wie leicht ihm diese Worte über die Lippen kamen. Seit sie Julias Haus verlassen und sich auf den Weg zum Ordenshaus gemacht hatten, hatte er über nichts anderes nachgedacht als darüber, wie er Starkey und La Valette seinen Entschluss mitteilen konnte, ohne neues Unglück heraufzubeschwören. »Keine Sorge – wir stehen zu unserem Teil der Abmachung. Wir werden den Dämon töten und wir bringen Euch Mustafa Paschas Kopf. Aber danach werden wir gehen.«

»Ich habe dich für vieles gehalten, Andrej Delãny«, erwiderte Starkey, »aber nie für einen Feigling.«

»Ihr wisst, dass ich keiner bin«, erwiderte Andrej ruhig. »Ich habe einfach nur zu viele Kriege erlebt, um auf den Anblick einer weiteren brennenden Stadt versessen zu sein.«

Starkey schürzte verächtlich die Lippen und Andrej erkannte an dem Ausdruck hilflosen Zornes in seinen Augen, dass der Engländer wohl niemals vorgehabt hatte, sie gehen zu lassen, nachdem sie ihren Teil der Abmachung erfüllt hatten. Möglicherweise war er trotz allem wieder einmal zu vertrauensselig gewesen und möglicherweise war es auch ein Fehler gewesen, dieses Gespräch ausgerechnet zu diesem Zeitpunkt zu führen.

Die Tür wurde geöffnet und sie wandten sich um, in der Erwartung, La Valette zurückkommen zu sehen. Doch statt des Großmeisters trat ein junger Novize ein, der sehr blass war und sich unruhig im Raum umsah. Andrej spürte seine Angst.

»Was ist los?«, fragte Starkey.

»Es ... es geht um ...«, begann der Novize, fuhr sich mit der Hand über den Mund und setzte noch einmal neu an. »Bitte verzeiht die Störung, Sir Oliver. Ich weiß nicht, ob es wichtig ist, aber ...«

Starkey unterbrach ihn mit einer ungeduldigen Handbewegung. »Red endlich! Was gibt es?«

Der Blick des Novizen tastete nervös über Andrejs Gesicht, bevor er tief einatmete und sich mit etwas festerer Stimme wieder an Starkey wandte. »Es geht um ... den Heiden, Sir Oliver.«

»Abu Dun?«, fragte Andrej. Alarmiert richtete er sich auf und nahm die Arme herunter.

Der Junge nickte nervös. »Er ist hinunter zu dem Gefangenen gegangen.«

Starkey riss die Augen auf. »Chevalier de Romegas?« Als ob es noch einen anderen Gefangenen im Ordenshaus gäbe!

»Ja«, antwortete der Novize. »Vor einer halben Stunde. Gleich nachdem er gekommen ist.«

»Wer hat dir gestattet, ihn zu dem Gefangenen zu lassen?«, fuhr ihn Starkey an.

»Niemand, Sir«, antwortete der Junge hastig. »Aber es hatte auch niemand ausdrücklich verboten. Und er ... er behauptete, in Eurem Befehl zu handeln. Also dachte ich, es habe schon seine Richtigkeit und ...«

Andrej hatte genug gehört. Ohne die nächsten Worte des bedauernswerten Novizen abzuwarten, der einzusehen begann, dass er einen schweren Fehler gemacht hatte, und innerlich vor Angst vermutlich tausend Tode starb, bedeutete er Starkey mit einer Kopfbewegung, ihm zu folgen, und stürmte aus dem Saal.

»Der Großmeister soll nachkommen!«, rief Starkey im Hinausgehen. »Du wartest hier auf ihn.«

Alles in Andrej schrie danach loszurennen, aber er beherrschte sich. Nicht unbedingt aus Rücksicht auf Starkey, sondern vielmehr in dem sicheren Wissen, dass es dort unten in den Verliesen ohnehin nichts mehr gab, was er tun konnte. Der Novize hatte von einer halben Stunde gesprochen, und aus welchem Grund auch immer Abu Dun zu Romegas gegangen war, er hatte sein Vorhaben sicherlich längst in die Tat umgesetzt.

Mit weit ausgreifenden Schritten, aber langsam genug, damit der Engländer nicht zurückfiel, stürmte er den Gang entlang und die Treppe hinunter. Dennoch holte Starkey ihn erst ein, als er vor der wuchtigen Tür anhalten musste, die zu den Verliesen hinabführte. Der dort postierte Soldat weigerte sich, ihn passieren zu lassen, bis Starkey auftauchte und ihn mit einer unwirschen Bewegung dazu aufforderte.

Die Treppe war so steil, dass Starkey sich beim Hinabsteigen mit ausgestreckten Armen an den Wänden rechts und links abstützte und es Andrej überließ, die Fackel zu tragen, die ihm der Posten mitgegeben hatte. Es gab dort unten weder Fenster noch irgendeine andere Öffnung. Die Luft war so unerträglich stickig, dass jeder Atemzug zur Qual wurde und der bestialische Gestank bewies, dass Chevalier de Romegas momentan vielleicht der einzige, aber gewiss nicht der erste Insasse des Kerkers war.

Die Treppe endete in einem niedrigen Gewölbegang, der nur zwei Türen auf jeder Seite und eine weitere an seinem Ende aufwies. Andrej hatte erwartet, dort unten einen weiteren Posten vorzufinden. Offensichtlich erging es Starkey genauso, denn er stockte und sah sich irritiert um, eilte aber dann ohne ein Wort weiter und zog ächzend die schwere Tür am Ende des Ganges auf.

Der Raum dahinter war winzig und so niedrig, dass selbst ein durchschnittlich gewachsener Mann Schwierigkeiten gehabt hätte, aufrecht zu stehen.

Als sie eintraten, erlebte Andrej eine Überraschung. Wie Starkey und er erwartet hatten, befand sich Abu Dun in der Zelle, und wie zumindest Andrej erwartet hatte, kniete er in gebückter Haltung vor dem Mann, der einmal Chevalier de Romegas gewesen war. Aber *anders*, als er erwartet hatte, war Romegas noch am Leben. Er hockte mit untergeschlagenen Beinen auf dem Boden und hatte den Hinterkopf gegen den rauen Stein der Wand sinken lassen. Sein Gesicht sah im flackernden Licht der Fackel sonderbar grau und eingefallen aus.

Seine Augen sprühten vor Hass, als er Starkey und ihn erkannte.

»Was hat das zu bedeuten?«, herrschte Starkey den Nubier an. »Wer hat dir erlaubt, mit dem Gefangenen zu sprechen?«

»Niemand hat es mir ausdrücklich verboten«, antwortete Abu Dun ruhig. »Meinen Glückwunsch, Sir Oliver. Euer Folterknecht muss ein begnadeter Meister seiner Zunft sein. Was immer er getan hat, um diesen Mann zum Reden zu bringen, hat nicht die mindesten Spuren hinterlassen.«

Andrej betrachtete Romegas etwas aufmerksamer. Abu Dun hatte die Wahrheit gesagt. Romegas' Kleider waren zerrissen und starrten vor Schmutz. Man konnte riechen, dass er in seinem eigenen Dreck dasaß. In der Luft lag der unverwechselbare Geruch von Blut und verbranntem Fleisch. Doch die Haut, die er unter Romegas' zerfetzten Kleidern und in seinem Gesicht sehen konnte, war völlig unversehrt.

»Das ist das Praktische an einem eurer Art«, erwiderte Starkey verächtlich. »Man kann ihn foltern, so lange man will. Der Körper heilt sich immer wieder selbst, wenn man es nicht übertreibt.«

»Diese Kreatur gehört nicht zu unserer Art«, erwiderte Abu Dun. »Sie ist etwas, das nicht sein darf.«

Starkeys Blick nach zu urteilen, war er anderer Ansicht, aber er war immerhin klug genug, seine Meinung für sich zu behalten. »Ich wiederhole meine Frage«, fuhr er in scharfem Ton fort. »Was suchst du hier? Was willst du von diesem Mann?«

Abu Dun wandte betont langsam den Kopf, stand auf und stieß sich prompt den Schädel an der niedrigen, gewölbten Decke. »Ich hatte ein paar Fragen an ihn«, antwortete er. »Und er hat sie mir beantwortet. Ohne dass ich ihn foltern musste.«

»Fragen?«, wiederholte Starkey verächtlich. »Glaub mir, Heide, es gibt nichts, was er uns nicht gesagt hätte.«

»Vielleicht habt Ihr aber die falschen Fragen gestellt«, erwiderte Abu Dun lächelnd. Dann wandte er sich zu Andrej um. »Ich brauche deine Hilfe, Hexenmeister.«

»Wozu?«, fragte Andrej misstrauisch, doch Abu Dun schüttelte beharrlich den Kopf.

»Ich will dir etwas zeigen. Es ist höchst interessant. Du wirst verstehen, wenn du es gesehen hast.«

Andrej zögerte. Etwas stimmte nicht, das spürte er genau. Da war etwas in Abu Duns Stimme, das ihn warnte. Aber er konnte das Gefühl nicht in Worte fassen. Widerwillig trat er auf den Korridor hinaus, befestigte die Fackel in einer der dafür vorgesehenen Halterungen an der Wand und ging dann wieder zu Abu Dun und Starkey zurück in die Zelle.

Der Nubier hatte den Augenblick genutzt, um Romegas grob in die Höhe zu zerren und wie eine willenlose Puppe gegen die Wand zu lehnen. Er bedeutete Andrej mit einer Geste, ihn dort festzuhalten, dann beugte er sich herab und bog ohne sonderliche Anstrengung die eisernen Hand- und Fußfesseln auseinander, mit denen Romegas an die Mauer gekettet war.

»Was tust du da?«, keuchte Starkey.

»Seht Ihr das nicht, Ritterlein?«, fragte Abu Dun fröhlich. »Ich befreie ihn.« Klirrend fiel die letzte Kette zu Boden und die Jammergestalt, die einmal ein Ritter und Edelmann gewesen war, brach in Andrejs Armen zusammen. Er fing ihn auf und erschrak, als er spürte, wie viel Gewicht Romegas innerhalb kürzester Zeit verloren hatte. Er war so abgemagert, dass man jeden Knochen unter seiner Haut fühlte, und wog vielleicht noch neunzig Pfund, wenn nicht weniger.

»Und warum?«, fragte nun auch er.

»Weil ich es ihm versprochen habe«, antwortete Abu Dun. Er griff nach Romegas' zum Skelett abgemagertem Arm und legte ihn sich um die Schulter.

»*Was* hast du ihm versprochen?«, fragte Andrej verstört. Das ungute Gefühl in ihm nahm zu.

»Ihm die Freiheit zu schenken«, antwortete Abu Dun. »Und du kennst mich – ich halte stets mein Wort.«

Als Andrej zu Bewusstsein kam, was Abu Dun da gerade gesagt hatte, war es zu spät. Es gelang ihm noch, die Arme hochzureißen, doch Abu Duns gewaltige Faust durchbrach seine Deckung mühelos und traf ihn mit solcher Wucht in den Leib, dass er zurückstolperte und hart gegen die Wand prallte. Noch während er zu Boden sank und zu begreifen versuchte, was gerade geschehen war, stieß Abu Dun auch Sir Oliver unsanft in die Zelle zurück und war mit einem einzigen Schritt draußen auf dem Gang.

»Macht euch keine Sorgen«, sagte er. »Sobald wir draußen sind, schicke ich jemanden, der euch befreit.«

Das war das Letzte, was Andrej hörte. Abgesehen von dem dumpfen Geräusch, mit dem die Tür ins Schloss fiel, und dem unverkennbaren Scharren eines schweren Riegels, der vorgelegt wurde. Die Dunkelheit, die über ihnen zusammenschlug, war vollkommen.

Abu Dun hielt Wort, wenn auch nicht so schnell und auch nicht auf die Art, die sie erwartet hatten.

Es verging eine ganze Weile, bevor sich der Riegel vor der Zellentür wieder öffnete. Andrej hatte inzwischen jegliches Zeitgefühl verloren und konnte nicht sagen, wie lange ihre Gefangenschaft gedauert hatte. Nachdem er seine Überraschung überwunden und sich aufgerappelt hatte, hatte er sich in blinder Wut ein paar Mal mit aller Kraft gegen die Tür geworfen – mit dem einzigen Ergebnis, dass er sich übel die Schulter geprellt hatte und anschließend noch wütender geworden war. Die Tür hatte sich von seinen Anstrengungen höchst unbeeindruckt gezeigt und zu allem Überfluss hatte er sich auch noch abwechselnd Starkeys Vorwürfe und seinen Spott anhören müssen, wobei die Vorwürfe deutlich überwogen.

Die Zelle lag so tief unter der Erde, dass nicht einmal das Dröhnen der türkischen Geschütze an ihr Ohr drang. Eingesperrt in vollkommener Dunkelheit und ohne die geringste Möglichkeit, das Verstreichen der Zeit zu messen, kam es Andrej vor, als brächten sie Stunden in dem winzigen, stinkenden Gelass zu. Seine Gedanken drehten sich hilflos im Kreis. Er stellte alle möglichen Vermutungen darüber an, was Abu Dun bloß zu dieser Wahnsinnstat veranlasst haben mochte. Zum größten Teil waren seine Mutmaßungen blanker Unsinn, der verbliebene Rest erschreckte ihn dermaßen, dass er sich weigerte, genauer darüber nachzudenken. Letzten Endes blieb es dabei, dass er nicht die mindeste Ahnung hatte, was seinen Freund zu dieser Tat bewogen haben könnte.

Starkeys Überlegungen schienen sich in eine ähnliche Richtung zu bewegen. Nachdem sie eine geraume Weile schweigend in der Dunkelheit nebeneinander gesessen hatten, fragte er: »Glaubst du, er hat das von Anfang an vorgehabt?«

Die Frage war so abwegig, dass Andrej eine Weile brauchte, um sie zu verstehen, und noch einmal so lange, bis ihm eine Antwort eingefallen war. »Was? Romegas aus dem Kerker zu befreien? Warum sollte er das tun?«

»Die Frage muss wohl eher lauten«, verbesserte ihn Starkey, »warum *hat* er das getan?« Andrej konnte hören, wie er neben ihm schnaubend Luft aus der Nase blies. »Vielleicht hat ihm der Schmerz um den Verlust des Jungen den Verstand verwirrt.«

Das war eine Möglichkeit, die Andrej bereits ernsthaft in Betracht gezogen, aber auch wieder verworfen hatte. »Abu Dun gehört nicht zu den Männern, die unter Druck zerbrechen«, entgegnete er.

Starkey gab ein undefinierbares Geräusch von sich. »Jeder Mensch zerbricht, wenn der Druck nur groß genug ist«, widersprach er. »Aber vielleicht war es ja auch gar nicht nötig, dass er zerbricht. Vielleicht hatte er das von Anfang an geplant.«

»Um sich an Romegas zu rächen?« Andrej schüttelte abermals den Kopf, so heftig, dass der Engländer es hören musste. »Ich war ja nicht anwesend und möchte auch nichts Genaueres darüber wissen, aber ich glaube nicht, dass Abu Dun ihm noch etwas hätte antun können, was Euer Foltermeister nicht bereits getan hat.« Starkey zog es anscheinend vor, nichts darauf zu erwidern, aber sein Schweigen war Andrej Antwort genug, sodass er fortfuhr: »Vielleicht wäre das der richtige Moment, Sir Oliver, mir zu sagen, was Ihr von Romegas erfahren habt.«

»Bedauerlicherweise nicht sehr viel«, antwortete Starkey. Andrej entnahm dem Klang seiner Stimme, dass er die Wahrheit sagte. »Allem Anschein nach weiß er selbst nicht genau, was ihm zugestoßen ist. Er behauptet, jemand sei durch das Fenster in sein Quartier eingestiegen und habe ihn im Schlaf überfallen – was schwer zu glauben ist. Romegas' Gemächer liegen in der obersten Etage des Turmes und der Zugang durch das Treppenhaus wird streng bewacht. Wer immer sich unbemerkt in sein Zimmer schleichen wollte, der müsste sich entweder unsichtbar machen oder fliegen können.«

Andrej wiegte im Dunkeln nur nachdenklich den Kopf. Mittlerweile traute er dem Dämon sowohl das eine als auch das andere zu. »Und dann?«, fragte er.

»Nichts dann«, antwortete Starkey mit einem Achselzucken, bei dem sein schulterlanges Haar raschelnd über die Kleidung strich. »Er behauptet, er habe nur getan, was nötig wäre. Die Frau sei eine Hexe, die sich mit den Dienern des Teufels eingelassen hätte, und er habe ihr gezeigt, was sie erwartet, wenn sie erst endgültig zu ihrem Herrn heimgekehrt sei.«

»Das waren seine Worte?«, vergewisserte sich Andrej.

»Ja. Am Anfang war ich der Meinung, er würde den Verrückten spielen, um der Folter zu entgehen oder an unser Mitgefühl zu appellieren. Aber glaub mir: Das Verhör war wirklich streng. Niemand hätte das spielen können. Irgendetwas ist mit Romegas geschehen. Ich weiß nicht, was, aber es macht mir Angst. Ich mochte ihn nicht unbedingt, genauso wenig wie du und die meisten anderen hier, aber er war trotz allem ein Mann von Ehre. Er hätte sich eher die Hände abhacken lassen, bevor er etwas getan hätte, was den Regeln unseres Ordens und seinem Glauben widerspricht. Aber was erzähle ich dir das? Wenn es in unserer gemütlichen kleinen Unterkunft jemanden gibt, der wissen müsste, was mit Romegas geschehen ist, dann bist du es, oder?«

Genau das war das Problem. Andrej *hätte* es wissen müssen, aber er wusste es nicht.

»Nein«, sagte er knapp.

Starkey ließ einen Moment verstreichen und Andrej spürte regelrecht, wie er ihn in dieser Zeit durchdringend in der Dunkelheit anstarrte. »Dann haben dir die Dokumente, die ich dir gezeigt habe, nicht geholfen?«, fragte er schließlich. Er klang enttäuscht.

»Zum Teil«, antwortete Andrej ausweichend. »Sagen wir: Ich habe vieles geahnt und Eure Aufzeichnungen wandelten manche dieser Ahnungen in Gewissheit um.«

»Aber du klingst nicht so, als seiest du froh darüber.«

»Jedenfalls scheint Ihr und La Valette mit Eurer Einschätzung vor drei Jahren Recht gehabt zu haben«, erwiderte Andrej bitter. »Falls es Euch ein Trost ist: Wir sind wohl nicht vom Teufel besessen. Möglicherweise ist es nichts anderes als eine Krankheit. Anscheinend weiß niemand so genau, wo sie herkommt, wie man sie sich zuzieht oder was man dagegen tun kann. Es beginnt mit Fieber und Krämpfen. Von tausend Menschen, die sie bekommen, überlebt sie im besten Fall einer. Danach ... ist man so wie wir.«

»Nein«, widersprach Starkey. »Die meisten sind nicht wie du, Andrej. Ich dachte, du hättest die Schriften aufmerksamer gelesen. Die meisten sind wie der Dämon. Vielleicht nicht so stark und nicht so gefährlich, aber ebenso grausam.«

Wie hätte Andrej ihm widersprechen können? Während der langen Zeit, die er zusammen mit Abu Dun durch die Welt gezogen war, war er auf etliche andere seiner Art gestoßen, doch mit Ausnahme des Nubiers waren sie alle so gewesen, wie Starkey behauptete. »Vielleicht werden Menschen nun einmal so, wenn sie keine Angst mehr vor dem Tod haben müssen und wissen, dass sie stärker sind als alle anderen«, sagte er leise.

»Warum seid ihr dann nicht so geworden?«, erkundigte sich Starkey.

»Und wer sagt Euch, dass wir es nicht sind?«, gab Andrej gereizt zurück. »Vielleicht täuscht Ihr Euch ja in uns.«

»Wohl kaum«, antwortete Starkey. »Abu Dun und du, ihr könntet über ganze Länder und Völker herrschen, wenn ihr das gewollt hättet. Stattdessen macht ihr Jagd auf all die, die das versuchen.«

»Vermutlich haben wir einfach schon zu oft gesehen, wie so etwas endet«, antwortete Andrej. Die Worte kamen über seine Lippen, ohne dass er es beabsichtigt hatte. Erst nachdem er sie ausgesprochen hatte, wurde ihm klar, dass sie vielleicht sogar wahr waren. Vielleicht hatte er soeben eine Wahrheit ausgesprochen, derer er sich bisher selbst nicht bewusst gewesen war. Vielleicht bekämpfte er andere Vampyre, weil er tief in seinem Inneren stets gespürt hatte, dass dies der einzige Weg war, nicht selbst so zu werden wie sie.

Er räusperte sich unbehaglich und wechselte das Thema. »Romegas hatte kein Fieber, soviel ich weiß. Und das wirre Zeug, das er manchmal von sich gab, hatte wohl weniger mit einer Krankheit zu tun …«

Starkey lachte leise. »Du siehst es immer noch als eine Krankheit, nicht wahr? Gefällst du dir in der Rolle des Verfluchten oder hat man dir nie gesagt, dass Fieber auch ein reinigendes Feuer sein kann? Vielleicht ist es nur die Pforte, durch die man gehen muss, um zu einer weiteren Stufe zu gelangen. Und es mag sein, dass diese Stufe so hoch ist, dass es nur einem von tausend gelingt, sie zu erklimmen.«

Andrej setzte zu einer Antwort an, doch da hörten sie das erlösende Scharren des Riegels und die Tür wurde kraftvoll aufgezogen. Flackerndes rotes Licht und aufgeregte Stimmen drangen zu ihnen herein.

Andrej sprang hastig auf und erinnerte sich gerade noch im letzten Moment an die baulichen Gegebenheiten, sodass es ihm gelang, den Kopf einzuziehen und nicht gegen die Decke zu stoßen. Nach der Zeit, die sie in völliger Dunkelheit zugebracht hatten, blendete das Licht der Fackeln so sehr, dass er zunächst nur Schemen wahrnahm. Doch er erkannte die Stimme La Valettes, der etwas rief, was er nicht verstand und auch gar nicht verstehen wollte, sowie die von drei oder vier weiteren Männern, die aufgeregt durcheinander redeten. Das Klirren ihrer Waffen verriet ihm, dass es sich um Soldaten handelte.

Andrej half Starkey auf die Füße zu kommen und schob ihn mit sanfter Gewalt als Ersten durch die Tür, bevor er selbst die Zelle verließ. Seine Augen gewöhnten sich rasch an die veränderten Lichtverhältnisse. La Valette war tatsächlich nicht allein gekommen, sondern hatte den jungen Novizen mitgebracht, der vorhin zu ihnen in den Kapitelsaal gekommen war, und dazu noch ein knappes Dutzend Soldaten, bei denen es sich ausnahmslos um Männer aus derselben Truppe handelte, die sie schon zu Julias Haus begleitet hatten. Zumindest, dachte Andrej, hatte der Johanniter genug Weitsicht bewiesen, nicht noch mehr Männer in ihr Geheimnis einzuweihen, das durchaus auch für ihn zu einer tödlichen Gefahr werden konnte, wenn es sich herumsprach.

»Was geht hier vor?«, fuhr La Valette den Engländer und ihn zugleich an. »Wo ist der Heide?« Er trat zur Seite, sodass er an Andrej vorbei in die Zelle hineinsehen konnte, und seine Augen weiteten sich. »Wo ist Chevalier de Romegas? Was hat das alles zu bedeuten?«

Starkey erklärte ihm mit wenigen, merklich um Sachlichkeit bemühten Worten, was Andrej und er erlebt hatten.

La Valette japste hörbar nach Luft. »Also doch!«, keuchte er. »Ich hätte diesem Wilden niemals vertrauen dürfen! Und Euch auch nicht, Sir Oliver. Ihr habt mich dazu gebracht, einem Mörder und Verräter mein Vertrauen zu schenken!«

»Bisher hat er noch kein Verbrechen begangen«, mischte sich Andrej ein, was vielleicht nicht besonders klug war. La Valettes Zorn hatte sich bisher vor allem gegen Starkey gerichtet; nun aber drehte er mit einem Ruck den Kopf und starrte Andrej empört an.

»Er hat diesen Diener der Hölle befreit, reicht Euch das noch nicht?«, zischte er. »Ich frage mich, was er wohl als Nächstes tun wird. Vielleicht ist er ja schon auf dem Weg zu dem Attentäter, um mit ihm darüber zu beraten, wie sie uns am besten erwischen können.«

»Verzeiht, Großmeister«, erwiderte Andrej, wobei es ihm nicht vollständig gelang, den spöttischen Unterton aus seiner Stimme zu verbannen, »doch wenn es nur Euer Tod wäre, den der Dämon im Sinn hat, dann würden wir dieses Gespräch jetzt gewiss nicht mehr führen. Habt Ihr vergessen, was alles passiert ist? Dieses Ungeheuer hat es nicht nötig, einen Hinterhalt zu legen. Wenn es jemanden töten will, ganz gleich ob mich, Abu Dun oder auch Euch, dann spaziert es in aller Seelenruhe zu ihm hin, tötet ihn und geht wieder, und niemand kann es aufhalten.«

Der Zorn in La Valettes Augen nahm weiter zu, doch Andrej vermochte nicht zu sagen, ob das an seinem unverschämten Ton lag oder daran, dass der Johanniter im Grunde genau wusste, dass Andrej nur die Wahrheit sagte.

»Das ändert nichts daran, dass ich meinen Fehler endlich wieder gutmachen und deinen heidnischen Freund auf der Stelle verhaften lassen werde«, sagte er aufgebracht. »Sir Oliver, Ihr werdet dafür Sorge tragen, dass die ganze Stadt nach

Chevalier de Romegas und diesem muselmanischen Spion durchsucht wird! Schickt Eure besten Männer! Ich will sie haben, noch bevor die Sonne untergeht!«

Starkey sah nicht begeistert aus, doch nach einem Moment des Zögerns nickte er schließlich und wollte sich mit einem entsprechenden Befehl an einen der Soldaten wenden, die in La Valettes Begleitung gekommen waren. Da hob Andrej die Hand und deutete zum anderen Ende des Ganges hin.

»Ich glaube, die Mühe könnt Ihr Euch sparen«, sagte er.

La Valette fuhr ungehalten herum. Er war nicht der Einzige, der verblüfft die Augen aufriss und einen ungläubigen Laut ausstieß. Auch Andrej hatte Mühe zu glauben, was er sah.

Am Fuße der schmalen Treppe, die hinauf ins Ordenshaus führte, stand eine ganz in Schwarz gekleidete Gestalt. Das flackernde Licht machte es Andrej schwer, sie zu erkennen. Seine überreizten Nerven suggerierten ihm, es sei niemand anderer als der Dämon, der gekommen war, um dem grausamen Spiel ein Ende zu bereiten. Doch dann erkannte er seinen Irrtum. Der Neuankömmling war viel größer und ungleich breitschultriger als der Dämon und sein Gesicht war ebenso schwarz wie seine Kleidung und der mächtige Turban auf seinem Kopf.

»Abu Dun?«, murmelte Starkey ungläubig.

Die Soldaten zogen ihre Waffen und eilten dem Nubier entgegen, doch alle bis auf einen blieben nach wenigen Schritten wieder stehen, als Abu Dun sie kühl musterte. Dieser letzte brachte zwar noch den Mut auf, sich drohend vor dem Nubier aufzubauen, der auf die kleine Gruppe um La Valette zukam, wich aber im letzten Moment aus und beließ es dabei, ihm – in sicherem Abstand – zu folgen.

»Sir Oliver«, sagte Abu Dun in beschwingtem Ton. »Wie schön, dass es hier zumindest noch einen zu geben scheint, der sich an meinen Namen erinnert.«

»Was hat das zu bedeuten?«, fragte La Valette, der seine Fassung nur mühsam zurückgewann. »Ihr habt tatsächlich die Dreistigkeit, hierher zu kommen? Wo ist der Gefangene? Was habt Ihr mit ihm gemacht?«

»Genau das, was ich ihm versprochen hatte«, antwortete Abu Dun. »Ich habe ihm die Freiheit geschenkt.«

»Bist du völlig von Sinnen?«, keuchte La Valette. »Du wagst es, mir *das* ins Gesicht zu sagen? Ergreift ihn!«

Die beiden letzten Worte galten seinen Begleitern, die nun all ihren Mut zusammennahmen und mit grimmigen Gesichtern und gezückten Waffen auf den Nubier zutraten, wobei sie sich in der Enge des schmalen Ganges allerdings eher gegenseitig behinderten.

»Ich habe ihm nicht nur die Freiheit geschenkt«, fuhr Abu Dun unbeeindruckt fort, während er ebenso unbeeindruckt näher kam. Er machte sich nicht einmal die Mühe, seine Waffe zu ziehen. »Ich habe ihn zu seinem Meister geschickt, damit er ihm etwas von mir ausrichtet. Und ich habe Sorge dafür getragen, dass er es auch tut.«

Starkey hob rasch die Hand und brachte die Männer damit zum Stehen. »Warum?«, fragte er.

Der Nubier schlug die beiden ersten Soldaten, die ihm im Weg standen, mit einer beiläufigen Bewegung zur Seite. Die anderen waren klug genug, es gar nicht erst darauf ankommen zu lassen. Andrej registrierte aus den Augenwinkeln, dass zwei der Männer versuchten, sich unauffällig hinter Abu Dun zu schieben.

»Er wird dem Dämon ausrichten, dass ich heute um Mitternacht auf ihn warte«, fuhr Abu Dun fort. Mit einem Mal klang seine Stimme sehr ernst. Das spöttische Glitzern war aus seinen Augen verschwunden und hatte einer Härte Platz gemacht, die wohl nicht nur Andrej spürte. Selbst La Valette wich einen Schritt vor dem Nubier zurück. »Es ist genug. Ich werde mich diesem Ungeheuer stellen. Ich allein.«

»Und was macht dich so sicher, dass er kommt?«, fragte Andrej.

»Er wird kommen«, antwortete Abu Dun überzeugt. »Ich habe begriffen, wie er denkt. An mir hat er keine große Freude mehr. Er hat mir bereits alles genommen, was er mir nehmen konnte. Er kann mir keinen Schmerz mehr zufügen. Was also hätte er davon, mich weiter zu quälen?«

»Was hättest du davon, dich von ihm töten zu lassen?«, fragte Andrej zurück.

»Wir werden sehen«, antwortete Abu Dun. »Schon viele haben versucht, mich umzubringen. Und bisher ist es keinem gelungen. Ich erwarte ihn heute Nacht zur zwölften Stunde auf dem höchsten Turm des Forts St. Angelo. Er wird kommen, und sei es nur, um uns allen zu beweisen, dass er dazu fähig ist.«

»Und was bringt Euch auf die Idee, dass ich das zuließe?«, fragte La Valette. »Ihr werdet Euch mit niemandem mehr messen, Heide. Ihr könnt doch nicht ernsthaft glauben, dass ich einem gedungenen Mörder die Tore unserer stärksten Festung öffnen würde! Das ist lächerlich!«

»Lächerlich«, antwortete Abu Dun betont, »ist Euer Glaube, dieser Kreatur entkommen zu können, Ritter. Irgendwann wird er des Spieles überdrüssig werden, und dann wird er kommen und Euch holen. All Eure Soldaten und Kanonen werden Euch nicht vor ihm beschützen können. Aber wer weiß – vielleicht hat er ja auch Geschmack an dem gefunden, was er mit Romegas angestellt hat. Wie würde es Euch gefallen, zehn Männer wie ihn in der Stadt zu wissen oder hundert?« Er schüttelte ärgerlich den Kopf. »Wie würde es Euch gefallen, nicht mehr wissen zu können, wem Ihr noch vertrauen könnt und wem nicht? Wer noch der Mann ist, der er am Tag zuvor war?«

Für einen Moment wirkte La Valette so verunsichert, dass er Andrej fast Leid tat. Zum ersten Mal sah er den Johanniter so, wie er wirklich war: ein alter, kranker Mann, der am Ende seines Lebens mit ansehen musste, wie alles, was ihm jemals etwas bedeutet hatte, alles, was er aufgebaut und verteidigt hatte, vor seinen Augen zerbrach. Ein Mann, der panische Angst vor dem Tod hatte. Das war etwas, was Andrej in letzter Zeit immer häufiger außer Acht ließ. Abu Dun und er hatten so lange gelebt, waren dem Tod so oft und in den verschiedensten Formen begegnet, dass er zu vergessen begann, welch gewaltige Angst gewöhnliche sterbliche Menschen vor ihm hatten. Und seltsamerweise schien diese Angst gerade bei jenen am stärksten ausgeprägt zu sein, die zeit ihres Lebens nicht müde geworden waren, vom Leben nach dem Tod und der ewigen Glückseligkeit zu predigen.

»Das lasse ich nicht zu«, beharrte La Valette.

»Dann versucht, mich daran zu hindern«, entgegnete Abu Dun ruhig. Er schlug seinen Mantel zurück und legte die rechte Hand auf den Knauf seiner Waffe. »Hier unten sind genug Männer. Vielleicht gelingt es ihnen ja, mich zu überwältigen.«

»Abu Dun, sei vernünftig«, sagte Andrej. »Wir stehen auf derselben Seite.«

»Du wirst dich nicht einmischen«, sagte der Nubier kalt. »Der Dämon gehört mir.«

»Ihr seid verrückt, wenn Ihr glaubt, dass ich das zulasse«, stammelte La Valette. »Ihr steht unter Arrest, habt Ihr verstanden? Ihr werdet Eure Waffen ausliefern und Euch widerstandslos gefangen nehmen lassen.«

Abu Dun lachte nur verächtlich.

Andrejs Gedanken überschlugen sich. Der Schmerz um Pedros Tod hatte zweifellos Abu Duns Sinne verwirrt, aber letzten Endes war er immer noch sein alter Freund. Sollte La Valette tatsächlich verrückt genug sein, seinen Männern zu befehlen, den Nubier zu überwältigen, dann würde er nicht den Bruchteil einer Sekunde lang überlegen müssen, auf welcher Seite er stand, auch wenn er wusste, dass dies vielleicht ihr letzter gemeinsamer Kampf werden würde. Die Soldaten aus La Valettes Leibgarde waren zweifellos die besten, die dieser hatte finden können, und in der Enge des Ganges würden Abu Dun und er ihre überlegene Schnelligkeit und Reichweite kaum ausspielen können. Doch selbst, wenn sie gewannen, würde es auf jeden Fall ein furchtbares Blutbad werden, das er um jeden Preis vermeiden wollte. Keiner dieser Männer dort war sein Feind, ganz im Gegenteil.

»Ich kann mein Angebot nur wiederholen«, sagte Abu Dun fast mitleidig. »Versucht, mich aufzuhalten, wenn Euch das Leben Eurer Männer so wenig gilt. Oder kommt heute Nacht auf den Turm des Forts. Ich bin sicher, der Dämon hat nichts gegen ein paar Zuschauer einzuwenden. Vielleicht tötet er mich und Ihr könnt Euren Männern erzählen, dass Gott mich für die Unverschämtheit bestraft hat, mich Eurem Befehl widersetzt zu haben. Und sollte das Unwahrscheinliche geschehen und ich ihn töten, könnt Ihr mich hinterher gern verhaften und in den Kerker werfen lassen.«

Mit diesen Worten drehte er sich einfach um und ging.

24. Mai 1565, eine Stunde nach Sonnenuntergang im Vorwerk der Festung St. Angelo

Nachdem die Sonne untergegangen war, hatten die türkischen Schiffe draußen auf dem Meer ebenfalls das Feuer eröffnet. Andrej glaubte nicht daran, dass das Zufall war; so wenig, wie er glaubte, dass auch diese Salven nur durch Zufall oder mangelndes Geschick der Kanoniere so gut wie keinen Schaden anrichteten. Nur wenige der schweren Geschosse trafen die Festung. Die meisten zerbarsten an den massiven Kalksteinklippen, auf denen das Fundament der Kreuzritterburg ruhte, wenn sie nicht schon vorher ins Meer stürzten und allenfalls ein paar Fische erschreckten.

Andrej war dieses sonderbare Verhalten zunächst vollkommen unsinnig vorgekommen. Ganz gleich, wie viel Munition und Schießpulver die Türken auch herangeschafft hatten, es gab keinen Grund, sie zu verschwenden, nur weil sich der Admiral der türkischen Flotte ein hübsches Feuerwerk wünschte. Aber es dauerte nicht lange, bis ihm der Irrtum seiner Überlegung klar wurde. Er begriff es in dem Moment, als auch von der anderen Seite der Bucht Kanonendonner zu ihnen herüberwehte und er das wuchtige Fernrohr ansetzte und in Richtung der Festung St. Elmo schwenkte.

Draußen über dem Meer herrschte vollkommene Dunkelheit. Nach einem Tag, der wolkenlos und so heiß gewesen war, wie man es sich nur vorstellen konnte, hatte sich der Himmel kurz vor Sonnenuntergang mit schweren dunkelgrauen Wolken bezogen, die zwar weder Regen noch Abkühlung versprachen, den Mond und die Sterne jedoch zuverlässig verbargen, sodass der Nachthimmel und das nahezu unbewegt daliegende Meer zu einer einzigen finsteren Masse verschmolzen, in der noch nicht einmal Andrejs scharfe Augen Details erkennen konnten.

Wie um sie zu verspotten, hatten die Türken ihre Schiffe jedoch hell beleuchtet. Nicht nur die Positionslichter an Bug und Heck brannten, die verhindern sollten, dass die gewaltigen Galeeren in der Dunkelheit miteinander kollidierten, auch überall an der Reling und den Masten waren kleine, weiß leuchtende Laternen befestigt worden, sodass es schien, als hätten Himmel und Erde ihren Platz getauscht und die Sterne leuchteten nun unter statt über ihnen.

Sowohl die Schiffe, die ihren bizarren Salut in Richtung St. Angelo feuerten, als auch die, die das Gleiche drüben bei St. Elmo taten, näherten sich der Küste auf dieselbe sonderbare Art: sozusagen im Gänsemarsch, wobei sie eine nicht enden wollende schnurgerade Linie bildeten. Sobald das jeweils vorderste Schiff fast auf Schussweite herangekommen war, gab es einen einzelnen Schuss aus seinem Buggeschütz ab, der nicht die mindeste Chance hatte, der Festung auch nur nahe zu kommen, und drehte dann abwechselnd nach rechts und links ab. Wenn die riesigen Kriegsgaleeren bei ihrem haarsträubend engen Wendemanöver an dem Punkt angelangt waren, an dem sie der Festung am nächsten waren, gaben sie eine volle Breitseite aus ihren Zwölfpfündern ab. Die wenigsten dieser Schüsse trafen den Felsen oder gar die Festung, zumal der Schusswinkel schräg nach oben immer ungünstiger wurde, je weiter sie sich dem Land näherten. Doch wenn sie trafen, erbebte das gesamte Vorwerk jedes Mal wie unter einem Hammerschlag der Götter.

»Sie schießen ihre Kanonen ein«, sagte eine Stimme hinter Andrej. Er wusste, wem sie gehörte, denn er hatte ihren Besitzer bereits am Klang seiner Schritte erkannt. Sie sprach so exakt das aus, was er selbst gerade dachte, dass er den Satz ohne zu überlegen fortführte:

»Das ist die Generalprobe für den großen Angriff.« Der – so schätzte er – spätestens am nächsten Tag beginnen würde.

Pepe di Ruvu hatte Recht: Die Kapitäne der Kriegsgaleeren dort unten wussten genau, was sie taten. Sie gaben ihren Kanonieren Gelegenheit zu einem letzten Probeschuss, hielten ihre Schiffe dabei aber außerhalb der Reichweite der Verteidiger. Was sie erlebten, war allenfalls ein kleiner Vorgeschmack dessen, was in wenigen Stunden über diese Festung hereinbrechen würde. Andrej hatte es aufgegeben, die Schiffe zählen zu wollen, die das Meer vor ihnen in ein Abbild des Sternenhimmels verwandelten. Es waren zu viele, das stand jedenfalls fest.

»Was tust du überhaupt hier, Pepe?«, fuhr er, nunmehr direkt an seinen ehemaligen Geschützmeister von der *St. Gabriel* gewandt, fort. »Sollte ein alter Seebär wie du nicht besser ein gutes Stück Holz unter den Füßen haben und draußen auf dem Meer Jagd auf die Türken machen?«

Pepes Gesicht verdüsterte sich. Andrej konnte trotz der Dunkelheit den Ausdruck von Schmerz in seinen Augen erkennen.

»Das beste Stück Holz, das ich jemals unter den Füßen hatte, liegt jetzt auf dem Grund des Hafenbeckens«, antwortete der Neapolitaner. »Aber ich würde in einem leeren Fass und mit nichts anderem als einer Muskete bewaffnet hinausrudern, wenn man mich nur ließe, Herr.«

Andrej lächelte flüchtig. Was aus dem Mund jedes anderen Mannes wie Aufschneiderei geklungen hätte, entsprach bei Pepe der Wahrheit. Und nach allem, was er mit diesem alten Haudegen in den letzten Jahren erlebt hatte, hätte Pepe vermutlich selbst in einem so ungleichen Duell nicht einmal die schlechtesten Chancen.

»Ich weiß«, sagte er. »Und vergiss den Herrn. Ich bin kein Ritter mehr, wie du siehst.«

Pepes Blick wanderte an seiner Kleidung hinauf und wieder hinab und blieb schließlich an seinem Gesicht hängen. »Wart Ihr das denn je?«

Andrej deutete zur Antwort nur ein Schulterzucken an. Pepe gehörte zu den wenigen Menschen auf Malta, die er als Freund betrachtete. Sie hatten so viel miteinander erlebt und durchgemacht, dass der Unterschied in ihren Rängen am Ende keine Rolle mehr gespielt hatte. Abgesehen von Abu Dun war der Neapolitaner der Mensch, dem er am meisten und am vorbehaltlosesten vertraute. Aber es gab ein paar Punkte, über die sie nie miteinander gesprochen hatten, und das würden sie auch jetzt nicht tun. Er sah Pepe an, dass der seine Frage bereits bedauerte.

»Auch wenn ich kein Ritter mehr bin und erst recht kein Kapitän, der dir befehlen könnte, meine Frage zu beantworten, so wiederhole ich sie doch: Was tust du hier?«

Wenn Pepe di Ruvu eines mit Leib und Seele war, dann Seemann. In einer Festung aus Stein musste er sich so wohl fühlen wie ein Fisch auf dem Trockenen und war vermutlich auch ebenso nützlich.

Pepe machte ein betrübtes Gesicht, als hätte er Andrejs Gedanken gelesen und wollte sie ihm bestätigen. »Sir Oliver hat mich hierher befohlen«, antwortete er, »um die Männer an den Kanonen zu unterweisen.« Er wies mit einer Geste zu den Festungsmauern hinauf. In der Dunkelheit mehr zu erahnen als zu sehen, reckte sich zwischen jeder dritten oder vierten Zinne das geschwärzte Rohr eines Geschützes aufs Meer hinaus.

Pepe zog eine Grimasse und fuhr fort: »Aber es ist sinnlos. Man kann einem Fisch nicht das Fliegen beibringen und einem Vogel nicht das Tauchen. Hätte ich nur zehn Schiffe wie die *St. Gabriel* ...« Er seufzte tief und schüttelte ein paar Mal den Kopf.

Andrej musste lächeln. »Jetzt übertreibst du, mein Freund«, sagte er. »Da draußen sind mehr als hundert Schiffe. Und jedes einzelne ist fünfmal so groß wie die *St. Gabriel.*«

»Wir wären dort draußen jedenfalls hundertmal nützlicher als hier«, erwiderte Pepe stur. »Was nützen die dicksten Mauern? Sie lassen sich nicht bewegen und sie lassen sich auch nicht mit ein paar Brettern und ein wenig Teer reparieren, sind sie einmal eingestürzt! Wir sitzen hier wie die Tontauben auf dem Schießstand.«

Seine Worte versetzten Andrej einen tiefen Stich. Sie waren frei von Vorwurf, und doch hatte er mehr und mehr das Gefühl, Pepe verraten zu haben. Und zugleich auch, selbst im Stich gelassen worden zu sein. Ganz gleich, wie dieser verrückte Kampf, auf den Abu Dun sich eingelassen hatte, ausgehen würde – für den Nubier und ihn endete dieser Krieg an diesem Tag, in dieser Nacht. Entweder würden sie bei dem Versuch sterben, den Dämon unschädlich zu machen, oder es würde ihnen gelingen und sie würden diese Insel verlassen, noch bevor die Sonne aufging. Es gab nur diese beiden Möglichkeiten. Es machte Andrej nichts aus, seine ehemaligen Kameraden zu verlassen, die Menschen auf der Insel, ja, selbst La Valette und den Engländer. Dieser Krieg würde ohne ihn und Abu Dun stattfinden.

Er hatte in den letzten Tagen begriffen, wie groß der Unterschied zwischen ihnen beiden und all den anderen Menschen war. Wenn man ein Leben lebte, das nach Jahrhunderten zählte, so wie das anderer Menschen nach Jahren, dann begannen selbst Menschen, mit denen man Jahre verbracht hatte, letzten Endes nicht mehr zu sein als flüchtige Bekannte. Aber es gab Ausnahmen und Pepe gehörte gewiss dazu; so wie Pedro dazugehört hatte.

»Ihr braucht Euch keine Vorwürfe zu machen«, sagte Pepe unversehens.

»Vorwürfe?«, wiederholte Andrej verwirrt. Sah man ihm seine Gedanken so deutlich an?

»Weil Ihr fortgehen werdet«, antwortete Pepe. »Ich würde dasselbe tun, wenn ich könnte.«

Andrej war fassungslos. »Woher ...?«, begann er verwirrt.

»Ich habe Euren Freund getroffen«, beantwortete Pepe seine nicht zu Ende ausgesprochene Frage.

»Abu Dun?« Andrej spannte seine Muskeln an. »Wann? Wo?«

»Zwei Stunden nach dem Mittagsgeläut unten am Hafen«, erwiderte Pepe. Er klang verwirrt, als sei er ganz selbstverständlich davon ausgegangen, dass Andrej das wusste. »Er hat mich gebeten, ein paar Dinge für ihn hinüber zur Festung zu bringen. Und er hatte ein paar Fragen.«

»Zur Festung?« Andrej sah unwillkürlich zum Turm hinauf, aber Pepe schüttelte den Kopf.

»Nicht hierher.« Er machte eine entsprechende Handbewegung. »Hinüber nach St. Elmo. Er meinte, ich sei der Einzige, der es bei Tageslicht vielleicht schaffen könnte, dort hinüberzusegeln, ohne versenkt zu werden.«

»St. Elmo?«, vergewisserte sich Andrej, plötzlich aufgeregt. »Bist du sicher?«

»Selbstverständlich«, entgegnete Pepe in beleidigtem Tonfall. Er fuhr fort: »Vorher hat er mir allerdings einige sehr seltsame Fragen gestellt.«

»Was für Fragen?«

Pepe hob fast hilflos die Schultern. »Er wollte wissen, wo das Meer tiefer ist, hier oder am Fuße von St. Elmo.«

»Lass mich raten«, vermutete Andrej. »Bei St. Elmo?«

Pepe nickte. »Ja«, antwortete er. »Die Hafeneinfahrt ist flach, aber unmittelbar unter der Festung fällt der Fels lotrecht ab. Ich weiß nicht genau, wie tief das Meer dort wirklich ist. Ich glaube, niemand weiß es. Man hat hundert Faden gemessen, ohne den Meeresgrund zu erreichen.«

»Und was solltest du für ihn auf den Turm bringen?«, erkundigte sich Andrej. Pepe teilte es ihm mit und Andrejs Verwirrung stieg weiter an. Nichts von Abu Duns Wunschliste war außergewöhnlich, aber es war auch nichts dabei, das etwas auf einer Festung zu suchen gehabt hätte, und schon gar nichts, das Andrej im Kampf gegen einen nahezu unverwundbaren Gegner eingesetzt hätte.

Er sah zum Himmel hoch, um an der Position der Sterne die Zeit abzulesen, aber die Wolkendecke war eher noch dichter geworden. Er konnte nur schätzen, dass ungefähr eine Stunde bis Mitternacht blieb, vielleicht etwas mehr.

»Was habt Ihr?«, fragte Pepe. Er klang beunruhigt. Offensichtlich sah man Andrej seine Verwirrung immer stärker an. Zur Überraschung des kleingewachsenen Neapolitaners lächelte Andrej jedoch unerwartet.

»Nichts«, sagte er in amüsiertem Ton. Er musste an Starkey und La Valette denken, und an all die gut getarnt aufgestellten Bogen-, Armbrust- und Musketenschützen, an die Fallen und sorgfältig geplanten Hinterhalte, die die Männer im Laufe der letzten Stunden in der Festung und in jedem Winkel des Turmes vorbereitet hatten, um den Weg hinauf nicht nur für Abu Dun, sondern vor allem für den Dämon in einen wahren Spießrutenlauf zu verwandeln. Selbst hinter jedem Fenster des Turmes hatte Starkey einen Mann postiert, der keine andere Aufgabe hatte als die, unentwegt nach unten zu blicken und jede verdächtige Bewegung sofort zu melden. Nur für den Fall, dass der Dämon an der Außenseite des über hundert Fuß hohen Turmes emporzuklettern versuchte.

»Nichts«, wiederholte er noch einmal. Dann wandte er sich wieder direkt an Pepe. »Hast du mit jemandem darüber gesprochen?«, fragte er. »Außer mit mir jetzt, meine ich.«

»Nein«, antwortete Pepe.

»Das ist gut«, sagte Andrej. »Du bist also bei hellem Tageslicht hinüber nach St. Elmo und wieder zurück gesegelt, ohne dass die Türken dich aufhalten konnten?«

Pepe grinste breit. »Was für eine Frage! Wollt Ihr mich beleidigen? Da müssen schon mehr als ein paar Hundert türkische Kanoniere kommen, um einen Pepe di Ruvu davon abzuhalten, dem Freund eines Freundes einen Gefallen zu tun.«

»Ich habe auch nichts anderes erwartet«, erwiderte Andrej lächelnd. »Und wenn wir schon einmal dabei sind: Würdest du mir vielleicht denselben Gefallen erweisen?«

Kurz bevor sie die Klippe erreicht hatten, war die Wolkendecke dann doch noch einmal aufgerissen, was Andrej nicht nur die Gelegenheit zu einem raschen Blick in den Himmel hinauf gegeben und die erschrockene Gewissheit gebracht hatte, dass nicht mehr viel Zeit bis Mitternacht blieb, sondern das kleine Boot außerdem des einzigen Schutzes beraubt hatte, den es auf seinem Weg quer durch das Schussfeld der türkischen Galeeren gehabt hatte.

Die Kanoniere an Bord der Schiffe machten ihrem Ruf alle Ehre: Mindestens fünf oder sechs feuerten auf das kleine Fischerboot. Und auch wenn die Kugeln allesamt ihr Ziel verfehlten, so kam ihm doch eine nahe genug, dass die aufspritzende Wassersäule sie nicht nur bis auf die Haut durchnässte, sondern das Boot auch gefährlich schwanken ließ. Dann schloss sich die Wolkendecke wieder und die schützende Dunkelheit hüllte sie ein. Die Türken feuerten noch eine weitere, ungezielte Salve in ihre Richtung ab und visierten dann wieder die Steilküste und die Festung an ihrem oberen Ende an, Ziele, die selbst bei der herrschenden, nahezu vollkommenen Dunkelheit nicht zu übersehen waren.

Nur wenige Augenblicke später steuerte Pepe das Boot an den Fuß der schmalen Steintreppe, die direkt in den Fels hineingeschlagen worden war und die gut sechzig Fuß hinauf zum Vorwerk von St. Elmo führte.

Andrej stand in dem schwankenden Boot auf, schüttelte aber den Kopf, als sich Pepe ebenfalls erhob und ihm folgen wollte.

»Bei dem, was jetzt kommt, kannst du mir nicht helfen«, sagte er. »Fahr zurück. In St. Angelo …« Um ein Haar hätte er gesagt *bist du sicher,* aber ihm wurde gerade noch rechtzeitig klar, dass sich das in Pepes Ohren wie ein schlechter Scherz angehört hätte. So zögerte er kurz und fuhr dann fort: »… werden deine Fertigkeiten nützlicher sein als hier.«

Tatsache war jedenfalls, dass St. Elmo aufgrund seiner Lage mit hoher Wahrscheinlichkeit eher fallen würde als St. Angelo.

Pepe zögerte. Ein sonderbarer Ausdruck huschte über sein Gesicht, aber schließlich nickte er, ließ sich wieder auf seinen Platz in dem kleinen Schiff sinken und ergriff mit seinen schwieligen Händen die Riemen. »Ich wünsche Euch viel Glück, Chevalier«, sagte er.

Andrej schüttelte sacht den Kopf. »Nicht Chevalier«, antwortete er. »Einfach nur Andrej.«

Pepe nickte. »Andrej«, wiederholte er. »Leb wohl.«

Andrej beantwortete den Gruß mit einem stummen Nicken, trat auf die unterste Stufe und blieb reglos stehen, bis Pepe das Boot vom Felsen abgestoßen und mit geschickten Bewegungen fast auf der Stelle gewendet hatte. Es verschwand in der Nacht, noch bevor es sich auch nur dreißig Fuß von der Klippe entfernt hatte, und Andrej wusste, dass er den kleinen Neapolitaner niemals wiedersehen würde. Ein bitteres, leeres Gefühl begann sich in ihm auszubreiten. Es gelang ihm, es niederzukämpfen, aber er wusste, dass es lange dauern würde, bevor er diesen Mann vergessen haben würde. Vor langer Zeit schon hatte er sich selbst verboten, Freundschaft zu einem Sterblichen zu entwickeln, und in diesem Moment wurde ihm schmerzlich wieder ins Gedächtnis gerufen, warum.

Er drehte sich mit einem Ruck um und begann mit schnellen Schritten die schmalen Stufen hinaufzusteigen. Schon auf halbem Wege wurde er angerufen. Obwohl er niemanden gehört oder gesehen hatte, war seine Gegenwart sehr wohl bemerkt worden, was für die Wachsamkeit der Männer dort oben sprach. Er blieb stehen, beantwortete den Ruf auf Französisch und ging langsam und mit halb erhobenen Armen weiter. Er wurde kein zweites Mal aufgefordert, stehen zu bleiben, aber er konnte die misstrauischen Blicke, die ihn – vermutlich über die Läufe geladener Musketen hinweg – verfolgten, spüren.

Erst als er oben angekommen war und das niedrige Seitentor des Vorwerks vor ihm lag, sah er die Männer auch: Hinter den schmalen Schießscharten glomm dunkelrotes Licht, weit genug abgedeckt, um schon aus zwanzig Schritten Entfernung nicht mehr sichtbar zu sein und somit gegnerischen Kanonieren oder Scharfschützen kein Ziel zu bieten. Auch hinter den Zinnen darüber bewegten sich Schatten. Mattgraues Licht brach sich auf den schimmernden Läufen der Musketen, die lautlos, aber präzise jeder seiner Bewegungen folgten. Eine winzige Klappe im Tor wurde geöffnet, als er näher trat, und ein misstrauisches Augenpaar spähte zu ihm heraus. Andrej konnte die Überraschung des Mannes spüren, als dieser ihn trotz seiner veränderten Kleidung und obwohl er sich den Bart abgenommen hatte, erkannte.

»Chevalier Delãny?«, murmelte eine verwirrte Stimme.

Er wusste, dass ihm keine Zeit für lange Erklärungen blieb, deshalb beließ er es bei einem Nicken, behielt die Hände aber weiter in Schulterhöhe und blieb vollkommen reglos stehen, während er auf das Scharren des schweren Riegels lauschte und wartete, bis sich die Tür geöffnet hatte – nur einen spaltbreit, gerade weit genug, um hindurchschlüpfen und den schmalen, kaum sechs Fuß hohen Gang zu betreten, der sich daran anschloss.

Ein halbes Dutzend Männer erwartete ihn, alle mit angelegten Waffen und alle ebenso überrascht und verblüfft wie der Soldat am Tor, aber auch keinen Deut weniger misstrauisch.

Andrej unterdrückte mit Mühe den Impuls, den Blick zur Decke zu wenden, in der in regelmäßigen Abständen kleine rechteckige Löcher gähnten. Selbst wenn es einem Angreifer gelungen wäre, das Tor aus handdicken Bohlen einzuschlagen und die Wachmannschaft zu überwältigen, würde der Weg durch den zwanzig Schritte langen Gang für ihn zu einem Spießrutenlauf durch die Hölle werden, denn diese Schächte dienten dazu, im Ernstfall geschmolzenes Pech oder glühend heißen Sand auf jeden Eindringling herabregnen zu lassen, und sie waren so angeordnet, dass es in diesem Tunnel keinen Fußbreit sicheren Boden gab.

»Chevalier Delãny?«, wiederholte der Posten und klang noch verwirrter als zuvor. »Euer Kommen wurde uns nicht angekündigt.«

»Es war auch nicht geplant«, antwortete Andrej in einem genau bemessenen Tonfall, fast entschuldigend, aber auch ein wenig ungeduldig. Dieser Tonfall machte es den Männern völlig unmöglich, sich nach seiner vermeintlichen Verkleidung zu erkundigen. Offensichtlich hatte sich sein neuer Status noch nicht herumgesprochen. Das würde von Vorteil sein. »Ich muss hinauf auf den Turm«, sagte er. »Sofort.«

Diesmal verfehlte sein Ton die beabsichtigte Wirkung. Der Mann widersprach zwar nicht, zögerte aber sichtlich und tauschte dann einen verwirrt-fragenden Blick mit seinen Kameraden. »Davon ... ist uns nichts bekannt«, sagte er zögernd.

»Das ist mir klar«, entgegnete Andrej scharf. »Wäre uns Zeit geblieben, Euch einen Boten zu schicken, hätten wir das sicher auch getan. So habe ich diese Rolle gleich mit übernommen. Der Großmeister und Sir Oliver folgen mir in zwei Stunden. Ihr könnt Euch dann bei ihnen beschweren.«

Er war überzeugt, den Bogen überspannt zu haben, denn etwas im Blick des Mannes änderte sich. Er wirkte alles andere als eingeschüchtert. Dann aber verlor er den Kampf mit seinem eigenen Stolz und senkte demonstrativ die Waffe, die bislang unverrückbar auf Andrejs Brust gerichtet gewesen war. Seine Kameraden taten es ihm gleich.

»Bitte verzeiht, Chevalier«, sagte er, »aber wir haben eindeutigen Befehl ...«

»Ich weiß«, unterbrach ihn Andrej. »Und ich werde dem Großmeister davon berichten, wie zuverlässig ihr Euren Befehlen nachkommt. Doch jetzt lasst mich durch. Es ist von enormer Bedeutung, dass ich noch vor Mitternacht oben auf dem Turm bin. Ich erwarte eine Nachricht.«

Gehorsam trat der Mann beiseite, doch anders als seine Kameraden folgte er Andrej, als dieser sich in Bewegung setzte und mit eiligen Schritten die zweite, nicht weniger massive Tür am anderen Ende des Tunnels ansteuerte.

»Bitte verzeiht, wenn ich Euch beleidigt habe«, sagte der Soldat, »doch hier scheint alles drunter und drüber zu gehen. Erst kam tagelang niemand, dann dieser Fischer mit all seinen Netzen und anderen Dingen, und dann noch die Frau, die ...«

»Welche Frau?« Andrej blieb abrupt stehen und drehte sich halb herum.

»Ich ... ich weiß ihren Namen nicht«, antwortete der Soldat eingeschüchtert. »Sie ist vor einer Stunde gekommen und hat behauptet, sie wäre auf Befehl Eures Freundes hier, des Muselmanen. Aber von einem solchen Befehl ist uns ebenfalls nichts bekannt. Wir wollten deswegen nach St. Angelo hinübersignalisieren, sobald es wieder hell ist, aber ...«

»Wo ist sie?«, unterbrach ihn Andrej.

»Wir haben sie festgenommen«, antwortete der Mann. Sein Blick flackerte unsicher. »War das ... falsch?«

»Nein«, antwortete Andrej rasch. Dann machte er eine befehlende Geste. »Bring mich zu ihr.«

Seine Gedanken überschlugen sich, während er dem Soldaten folgte, der nun ein deutlich schärferes Tempo anschlug. Die Tür wurde geöffnet, als sie sich ihr auf drei Schritte genähert hatten, ein deutlicher Beweis dafür, dass sie auch von der anderen Seite aus aufmerksam beobachtet worden waren. Dann traten sie auf den kleinen Innenhof der Festung hinaus. Sein Führer deutete auf einen winzigen, fensterlosen Verschlag auf der anderen Seite des ummauerten Gevierts. Andrej wedelte heftig und ungeduldig mit der Hand, sodass der Mann die letzten Schritte im Laufschritt zurücklegte und den schweren Riegel vor der niedrigen Tür gar nicht schnell genug zurückziehen konnte.

Obwohl er gewusst hatte, wen er sehen würde, konnte Andrej einen überraschten Laut nur mit Mühe unterdrücken, als Julia gebückt auf den Hof hinaustrat. Es war auch dort so dunkel, dass er ihr Gesicht nur als hellen Fleck erkennen konnte. Das einzige Licht kam von zwei matt glimmenden Kohlebecken, die gerade genug Helligkeit verbreiteten, dass man nicht im Dunkeln gegen eine Mauer rannte oder über eine Stufe stolperte. Aber er spürte Julias Verwirrung und Furcht und ebenso deutlich noch etwas anderes – das Grauen, das sie bei seinem Anblick empfand.

Bevor sie etwas sagen konnte, fuhr er sie an: »Was tust du

hier? Bist du verrückt geworden? Willst du dich mit Gewalt umbringen?«

Julia sah ihn unsicher an, doch als sie antworten wollte, brachte Andrej sie mit einer raschen Geste zum Schweigen, drehte sich zu dem Soldaten um, der ihn dorthin begleitet hatte, und sagte: »Es ist gut. Geh zurück auf deinen Posten. Ich finde den Weg allein.«

Der Blick des Mannes wanderte unstet von seinem Gesicht zu dem Julias und wieder zurück. Er musste nicht erst aussprechen, was er von Andrejs sonderbarem Verhalten hielt. Andrej war sicher, dass er keine zwei Stunden brauchen würde, bis ihm dämmerte, dass weder La Valette noch sein Sekretär tatsächlich auf dem Weg zu ihnen waren, sondern sich mit seinen Kameraden beraten und dann beschließen würde, dieser ominösen Angelegenheit auf den Grund zu gehen. Aber wenn Andrej den Stand der Sterne richtig gedeutet hatte, brauchte er auch nicht mehr allzu viel Zeit.

Endlich verließ sie der Mann. Andrej ergriff Julia absichtlich unsanft am Arm, drehte sie grob herum und zerrte sie neben sich her auf den Eingang des wuchtigen, sechzig Fuß hohen Hauptturmes der Küstenfestung zu. Instinktiv versuchte sie sich loszureißen, aber natürlich reichte ihre Kraft nicht aus. Erst als sie das Gebäude erreicht und die Tür hinter sich geschlossen hatten und nachdem Andrej sich davon überzeugt hatte, dass niemand in ihrer unmittelbaren Nähe war und sie belauschen konnte, ließ er sie los und trat einen Schritt zurück. Im Turm war es heller als draußen. In regelmäßigen Abständen waren Fackeln an den Wänden angebracht worden. Er hörte auch das gedämpfte Murmeln ferner Stimmen.

»Was suchst du hier?«, fragte er noch einmal, wenn auch in eher erschrockenem als zornigem Ton. »Weißt du denn nicht, wie gefährlich es hier ist?«

»Auch nicht gefährlicher als in der Stadt«, antwortete Julia trotzig. »Hierher kommt die Gefahr nur etwas eher.«

»Das ist keine Antwort auf meine Frage«, erwiderte Andrej. »Wie bist du hergekommen?«

»Ich bin die Frau eines Fischers«, erwiderte Julia in einem Ton, als sei das Antwort genug. Sie hatte ihren Schrecken überwunden. In ihren Augen flackerte immer noch diese Mischung aus Angst und Hass, von der sich Andrej gar nicht vorzustellen wagte, wie sehr sie Abu Dun schmerzen musste, traf sie doch ihn schon wie ein Schlag ins Gesicht.

»Also gut«, sagte er, wobei er sich um einen merklich ruhigeren Tonfall bemühte. »Und warum hast du all deine bisher verborgenen Talente ausgenutzt, um hierher zu kommen?«

»Abu Dun hat mich herbestellt«, antwortete Julia, trotzig und entschuldigend zugleich.

»Das weiß ich«, erwiderte Andrej unwillig. »Aber warum?«

»Das hat mir der Mann nicht gesagt, der mir die Nachricht überbrachte«, antwortete Julia. »Nur dass Abu Dun mich hier sehen will, um Mitternacht.« Sie zögerte einen Moment und setzte dann hinzu: »Es hat mit ... Pedro zu tun. Er hat gesagt, er müsse mir etwas über Pedro mitteilen, das sehr wichtig sei. Ich soll hinaufkommen, auf den Turm.«

Andrej schwieg. Er spürte, dass Julia ihm die Wahrheit sagte. Welchen Grund sollte sie auch haben, ihn zu belügen? Doch das ergab alles überhaupt keinen Sinn. Es sei denn ...

Nein! Das war unmöglich. Er sah Julia abschätzend an und schob sich dann in dem schmalen Gang an ihr vorbei, um als Erster die Treppe hinaufzugehen.

Schon nach der ersten Biegung fand er einen bewusstlosen Soldaten. Der Mann lag ausgestreckt auf den steinernen Stufen. Er hatte nicht einmal Zeit gefunden, seine Waffe zu ziehen. Andrej beugte sich über ihn und vergewisserte sich, dass er noch am Leben war.

Hinter ihm sog Julia erschrocken die Luft ein. »War das ...?«, begann sie.

Andrej schnitt ihr mit einem Kopfschütteln das Wort ab.

»Nein«, sagte er. »Wäre es der Dämon gewesen, wäre der Mann tot.«

Sie gingen weiter. Auf dem Weg nach oben fanden sie zwei weitere bewusstlose Männer. Ein vierter lag reglos über der Klappe, die zur Turmplattform hinaufführte, sodass es Andrej einige Mühe kostete, sie zu öffnen.

Ein kühler Wind schlug ihnen entgegen und es war unerwartet hell. An allen vier Ecken der von Zinnen gesäumten Plattform waren Kohlebecken aufgestellt worden, die die Szenerie in ein unheimliches, dunkelrotes Licht tauchten.

Andrej war mit einem einzigen Sprung auf der Plattform und zog in der gleichen Bewegung seine Waffe, obwohl er genau wusste, wie wenig ihm das genutzt hätte, wäre es tatsächlich ihr Widersacher gewesen, der dort oben auf sie wartete. Er drehte sich einmal um die eigene Achse, um nach einem eventuellen Hinterhalt Ausschau zu halten.

Es war nicht der Dämon, der auf sie wartete. Eine riesige, vollkommen in Schwarz gekleidete Gestalt hockte am anderen Ende der Plattform und ließ ein leises, amüsiertes Lachen hören, als er die dramatische Art sah, auf die Andrej dort oben erschien. Neben dem Nubier lehnten gleich zwei gewaltige Krummsäbel griffbereit an der Mauer.

»Ich wusste, dass du nicht Wort hältst, Hexenmeister«, sagte Abu Dun. »Es ist doch immer wieder schön, sich auf Freunde verlassen zu können.«

Andrej wollte antworten, doch in diesem Moment erscholl hinter ihm ein spitzer, entsetzter Schrei. Blitzartig fuhr er herum und hob instinktiv sein Schwert, aber er sah keine Bedrohung, auf die er hätte reagieren müssen. Es war Julia, die geschrien hatte – aber nicht, weil sie angegriffen worden wäre. Der Blick ihrer weit aufgerissenen, entsetzten Augen war starr auf etwas neben Abu Dun gerichtet. Als Andrej abermals herumfuhr und in die gleiche Richtung sah, entfuhr auch ihm ein überraschtes Keuchen.

Er sah erst jetzt, dass Abu Dun nicht allein auf der Turmplattform war. Neben ihm stand eine zweite, kleinere und schmalere Gestalt.

»Pedro!«, schrie Julia. Dann stürmte sie los, stieß Andrej einfach aus dem Weg und war mit drei, vier gewaltigen Sätzen bei dem Jungen, um ihn mit solcher Kraft in die Arme zu schließen, dass sie beide das Gleichgewicht verloren und haltlos gegen die Wand taumelten. »Pedro!«, rief sie immer wieder. »Gott im Himmel, Pedro! Du lebst!«

Andrej starrte den Jungen fassungslos an. Sein Herz begann zu jagen, er spürte, wie seine Hände zitterten. Das war unmöglich. Er hatte gesehen – *sie alle hatten gesehen!* –, dass der Junge tot war. Nicht verletzt, nicht im Sterben liegend, sondern *tot.* Und doch stand er nun vor ihnen und blickte seine Mutter aus dunklen, verwirrten Augen an. Von der schrecklichen Wunde in seiner Kehle, die ihn beinahe geköpft hätte, war nichts weiter zu sehen als vier dünne, parallel laufende weiße Linien, wie uralte Narben einer oberflächlichen Verletzung.

»Abu Dun«, murmelte er. »Was ... was hast du getan?«

Der Nubier erhob sich mit einem Ruck von seinem Sitzplatz und kam auf ihn zu. Ohne ein Wort legte er ihm seine Hand auf die Schulter und drängte ihn mit deutlich mehr als sanfter Gewalt zum anderen Ende der Plattform, wo er ihn derb gegen die Brüstung stieß. »Das, was ich tun musste«, sagte er; grob, aber so leise, dass Julia die Worte auf der anderen Seite des Turmes nicht hören konnte. »Was ich ihr schuldig war.«

»Aber wie ...«, fragte Andrej verwirrt. Seine Gedanken überschlugen sich. Blankes Entsetzen begann sich in ihm auszubreiten. »Wie konntest du nur ... ich meine ... woher ...?«

Abu Dun lachte bitter auf. »Ich hatte genügend Zeit, mich mit deinem Freund Romegas zu unterhalten«, sagte er. »Es ist gar nicht so schwer, weißt du? Ich wundere mich, dass du und ich nicht schon längst von selbst auf die Idee gekommen sind.« Er lachte wieder. »Dabei steht doch sogar in eurer Bibel: *Geben ist seliger denn Nehmen*. Heißt es nicht so?«

Andrejs Verstand weigerte sich zu begreifen, was Abu Dun meinte.

»Du ... du hast ...«

»Wenige Tropfen reichen bereits«, sagte Abu Dun kalt. »In diesem Punkt hattest du Unrecht, Hexenmeister. Seit Unzeiten erzählst du mir, die Sache mit dem Blut sei nur Humbug, nichts als ein barbarisches Zeremoniell, aber das stimmt nicht. Das Geheimnis liegt im Blut. Es ist unser Blut, das uns unsterblich macht. Und andere auch, wenn wir es ihnen geben. Wenigstens für eine Weile.«

»Und du hast ...?«, keuchte Andrej fassungslos. Plötzlich sah er wieder Romegas' Gesicht vor sich. Den lodernden Wahnsinn in seinen Augen und den raschen, unerbittlichen Verfall, der mit diesem bedauernswerten Mann vonstatten gegangen war. »Du hast diesem Jungen ...«

»Mein Blut gegeben, ja«, sagte Abu Dun. Sein Blick wurde hart. »Und etwas von meinem Leben. Das seine wurde ihm um meinetwillen genommen. Hast du das vergessen?«

»Du ... du hast ihn aber nicht zu einem ... der unseren gemacht?«, erkundigte sich Andrej fassungslos. »Er ist nicht ...?«

»Wie wir?«, unterbrach ihn Abu Dun. Er schüttelte den Kopf. »Nein. Noch nicht. Ich fürchte, ganz so einfach wird es nicht werden, aber er lebt, das allein zählt.«

»Und das alles hat dir Romegas verraten?«, fragte Andrej. Er fand seine Fassung allmählich wieder. Aber das Entsetzen wurde nicht geringer. »In den wenigen Augenblicken, die du mit ihm gesprochen hast?«

»Natürlich nicht«, antwortete Abu Dun. »Aber er war recht nützlich. Ich habe ihn gefragt, was der Dämon mit ihm getan hätte. Zu Anfang wollte er nicht so recht mit der Sprache heraus, aber du kennst mich ja. Ich kann mit Engelszungen reden, wenn es sein muss.«

Andrej brachte ihn mit einem bösen Blick zum Verstummen. Es gab Momente, da fand er Abu Duns Humor, der manchmal schwärzer war als sein Gesicht, höchst unangebracht, und dies war einer dieser Momente. Abu Dun zuckte entschuldigend mit den Schultern und fuhr in ernsterem Ton fort: »Er wusste tatsächlich nicht viel, aber das eine oder andere hatte ich schon länger vermutet. Genau wie du auch, nehme ich an. Und manches von dem, was diese Hexe damals mit mir angestellt hat, ergab plötzlich einen Sinn.«

»Die Puuri Dan?«, fragte Andrej.

»Ja. Wenn es wirklich so ist, wie du mir all die Jahre über einzureden versucht hast, und wir nicht Gottes auserwählte Kinder sind, sondern nur die Träger einer üblen Krankheit, dann könnte es doch auch sein, dass diese Krankheit ansteckend ist, oder? Und wie du siehst, ist sie es.«

Wieder sah Andrej zu Julia und dem Jungen hin, bevor er antwortete. Was er erblickte, ließ ihm einen eisigen Schauer über den Rücken laufen. Julia presste den Jungen noch immer mit solcher Kraft an sich, dass er kaum Luft bekam, hatte das Gesicht an seiner Schulter vergraben und weinte herzzerreißend, doch Pedro wirkte sonderbar kalt, fast unberührt. Wenn auf seinem Gesicht überhaupt eine Regung zu erkennen war, dann wirkte er höchstens ... verwirrt.

»Bist du wahnsinnig?«, fragte er verstört. »Weißt du, was du diesem Jungen angetan hast?«

»Ich habe ihm das Leben zurückgegeben«, antwortete Abu Dun.

»Was für ein Leben?«, sagte Andrej. »Großer Gott, Abu Dun. Hast du Romegas vergessen? Willst du, dass der Junge so wird wie er?«

»Romegas wird sterben«, sagte Abu Dun. »Der Dämon hat ihm sein erbärmliches Leben nicht aus Mitleid oder Großherzigkeit geschenkt. Er brauchte ein Werkzeug und er hat es so erschaffen, dass es vergehen wird, nachdem es seinen Dienst getan hat. Falls er es nicht vorher selbst zerstört.«

»Das meine ich nicht«, antwortete Andrej. »Und das weißt du verdammt genau. Hast du nicht gesehen, *was* aus Romegas geworden ist?«

Mit einem Mal wurde Abu Dun wieder sehr ernst. »Doch«, erwiderte er. »Und ich weiß, was du sagen willst. Aber das wird bei Pedro nicht geschehen. Ich werde auf ihn aufpassen. Er wird kein Blut trinken müssen um zu leben. Ich werde ihm mein Blut geben, so lange, bis er gelernt hat, das Ungeheuer in sich zu beherrschen. Ebenso wie du und ich es gelernt haben.«

»Ach ja?«, fragte Andrej böse. »Und du weißt, wie das geht?«

»Nein«, gestand Abu Dun unumwunden. »Aber ich werde es lernen. Ich werde ihn vor sich selbst beschützen, bis er so weit ist, es alleine zu schaffen.«

So wie ich früher dich beschützt habe, dachte Andrej bitter. Auch er hatte einst versucht, einem Kind das Leben zu retten, aber auf eine Weise, die dieses Leben nicht vorsah.

Der Himmel riss auf und Abu Dun legte den Kopf in den Nacken. Sein Blick suchte und fand Sternkonstellationen und die Sichel des Mondes. Dann schloss sich die Wolkendecke über ihnen wieder und die Finsternis kam Andrej noch tiefer vor als bisher; so erdrückend, dass es ihm das Atmen erschwerte.

»Er wird jetzt bald hier sein«, sagte der Nubier. »Du solltest Julia nehmen und gehen.«

»Du glaubst wirklich, ich lasse dich allein gegen dieses ... Ungeheuer antreten?«, fragte Andrej fassungslos.

»Ich habe ein Boot unten zwischen den Klippen versteckt«, fuhr Abu Dun ungerührt fort. »Direkt unterhalb von Julias Haus. Es gibt dort eine kleine Höhle. Pedro kennt sie. Bring die beiden weg von dieser verdammten Insel. Falls ich es überlebe, komme ich nach und finde euch schon irgendwie. Und wenn nicht, dann geht einfach irgendwo an Land und lauft so weit weg, wie ihr nur könnt. Versprich mir das.«

Andrej versprach gar nichts. Er sagte auch nichts, sondern starrte den Nubier nur ebenso verblüfft wie vorwurfsvoll an. Nur allmählich begriff er. »Deshalb hast du Julia hierher bestellt, nicht wahr?«, sagte er langsam. »Nicht, um dich von ihr zu verabschieden, sondern, damit *ich* verschwinde.« Er schüttelte heftig den Kopf. »Wie kommst du auf die Idee, dass mir ihr Leben mehr bedeuten könnte als deines? Sie ist nur eine Sterbliche.«

Abu Dun verzog verächtlich die Lippen. »Spiel nicht den harten Mann, Hexenmeister«, sagte er. »Diese Rolle steht dir nicht. Du wirst dich um die beiden kümmern, sollte ich nicht mehr da sein.«

»Du scheinst ja ziemlich sicher zu sein, dass du den Kampf verlierst«, sagte Andrej.

Abu Dun zuckte mit den Achseln, drehte sich halb herum und stützte sich mit den Unterarmen auf der Brüstung auf. Sein Blick suchte einen Punkt am fernen, unsichtbaren Horizont und fixierte ihn. »Nach allem, was ich herausgefunden habe, ist er *wirklich* unsterblich«, sagte er leise. »Ich glaube nicht, dass es etwas nutzt, ihm das Herz herauszureißen oder ihn zu enthaupten.« Er lachte rau auf. »Du solltest dich geschmeichelt fühlen, Hexenmeister. Unsere ungeliebte Verwandtschaft hat ihren besten Mann aufgeboten, um dich zu erledigen.«

»Wenn du das wirklich glaubst, was tust du dann noch hier?«, fragte Andrej. »Willst du den Heldentod sterben? Das wäre sinnlos. Niemand dichtet Heldenlieder auf Vampyre.«

»Ich habe gewisse Vorbereitungen getroffen«, antwortete Abu Dun, während er sich mit den Händen von seinem Halt abstieß und sich umwandte, um zur anderen Seite der Plattform zu gehen, wo seine beiden Säbel an die Wand gelehnt dastanden. Er vermied es, in Julias und Pedros Richtung zu sehen, schob die beiden Waffen in seinen Gürtel und kam unverzüglich zurück, doch Andrej entging weder der lauernde Blick, mit dem Pedro ihn maß, noch Julias heftiges Zusammenzucken. Sie schloss die Arme noch fester um den Jungen und presste ihn schützend an sich, während sie so weit vor dem Nubier zurückwich, wie es die Mauer in ihrem Rücken zuließ. Auch Abu Dun konnte ihr Verhalten nicht verborgen bleiben, doch er tat so, als hätte er es nicht bemerkt, und kam mit raschen Schritten zu Andrej zurück.

»Es wird jetzt Zeit«, sagte er. »Geh.«

»Und wenn ich mich weigere?«, fragte Andrej.

»Dann würden wir endlich herausfinden, wer von uns beiden wirklich der Bessere ist«, erwiderte Abu Dun mit großem Ernst. »Die Frage interessiert mich schon seit langer Zeit, weißt du?«

Andrej ertappte sich dabei, die Hand um den Schwertgriff in seinem Gürtel zu schließen. Unabhängig davon, wie ernst Abu Duns Drohung gemeint war, entsprachen seine Worte der Wahrheit. Sie zogen nun schon so lange miteinander durch die Welt und hatten ihre Kräfte so oft spielerisch gemessen, und doch hatten sie niemals herausgefunden, wer der bessere Schwertkämpfer war. Zweifellos war Abu Dun Andrej kräftemäßig überlegen, doch Andrej hatte wesentlich mehr Erfahrung.

Mit einem demonstrativen Ruck nahm er die Hand wieder vom Schwert. »Ich wusste immer, dass du ein Dummkopf bist, Pirat«, seufzte er kopfschüttelnd. »Aber erst jetzt ist mir klar geworden, dass du ein *romantischer* Dummkopf bist.«

»Bring sie in Sicherheit«, sagte Abu Dun. »Ich kann ihn besiegen, Andrej. Doch wenn ich versage, dann musst du dich um den Jungen kümmern. Lass nicht zu, dass ihm dasselbe passiert wie Frederic.«

Dieser versteckte Vorwurf war unfair und das wusste Abu

Dun auch. Dennoch wurde Andrej zu seiner eigenen Überraschung nicht zornig. Im Gegenteil. Dass Abu Dun zu einem solchen Tiefschlag ausgeholt hatte, machte ihm klar, wie viel ihm Julia und ihr Sohn bedeuteten. Er sollte Abu Dun für das hassen, was er soeben gesagt hatte, aber er konnte es nicht.

»Also gut«, sagte er. »Dann wünsche ich dir viel Glück, Pirat.«

»Glück«, sagte eine schrille Stimme, die aus dem Treppenschacht hervordrang und von dem Geräusch schwerer, schlurfender Schritte begleitet wurde, »brauchst wohl eher du, Brudermörder!«

Andrej zog sein Schwert und wich gleichzeitig bis zur Mauer zurück, während er sich zu der Luke umdrehte. Die schlurfenden Schritte kamen näher und dann erschien eine geduckte, in blutgetränkte Fetzen gekleidete Gestalt auf der Plattform. Ein gewaltiges Schwert blitzte in ihrer rechten und ein nur unwesentlich kleinerer Dolch in ihrer linken Hand. Eine Art flackernder Schatten folgte ihr auf dem Fuße. Andrej konnte nicht sagen, ob es an dem schwachen Licht lag oder einem geheimnisvollen Zauber, der den Dämon umgab, doch er konnte die Kreatur nicht einmal dann richtig erkennen, als sie weniger als fünf Schritte vor ihm stand.

»Ich wusste, dass man diesem Heidenhund nicht trauen kann«, fuhr das Ding, das einmal Chevalier de Romegas gewesen war, mit einer schrillen, zitternden Altmännerstimme fort.

Diese Stimme passt zu seinem Aussehen, dachte Andrej schaudernd. Er erschrak, als er sah, wie sehr sich der Edelmann in den wenigen Stunden verändert hatte, seit er ihn zum letzten Mal gesehen hatte. Im Verlies war er eine heruntergekommene, bemitleidenswerte Jammergestalt gewesen, in deren Augen das Feuer des Wahnsinns loderte. Mittlerweile sah er aus wie ein Toter, der sich weigerte, in seinem Sarg liegen zu bleiben. Seine Haut war grau wie schmutziges Pergament und auch ungefähr genauso geschmeidig, die Augen waren tief in die Höhlen gesunken und das Fleisch hatte angefangen, sich von seinem Gesicht zurückzuziehen, sodass sein Mund zu einem ewigen, grässlichen Totenkopfgrinsen verzogen war. Die Hände, die seine Waffen hielten, waren die eines mit Papier überzogenen Skeletts.

»Er wird sich nicht einmischen«, sagte Abu Dun, nicht an Romegas gewandt, sondern an den Schatten hinter ihm, der reglos dastand und sie aus unsichtbaren Augen anstarrte. »Nur du und ich. Um den Preis, dass du den Jungen und seine Mutter gehen lässt. Hast du mich gehört, Andrej? Du wirst dich nicht einmischen, ganz egal, was passiert.«

Weder Andrej noch der Dämon antworteten, aber Romegas stieß ein meckerndes Lachen aus und fuchtelte mit seinem Schwert in der Luft herum. Auf der anderen Seite des Turmes presste sich Julia noch enger gegen das Mauerwerk. Andrej konnte das Entsetzen spüren, das die junge Frau ergriffen hatte.

»Wie edel!«, kicherte Romegas. Ein leiser Verwesungsgeruch wehte zu Andrej herüber, als der ehemalige Ordensritter mit albernen Bewegungen auf der Stelle auf und ab zu hüpfen begann und dabei mit seinen beiden Waffen in die Luft hieb. »Aber wer sagt denn, dass *wir* uns daran halten?«

»Ich«, antwortete Andrej. »Ich werde mich nicht einmischen. Aber du wirst es auch nicht tun.«

Romegas machte einen spielerischen Ausfall in Andrejs Richtung, zog das Schwert aber im letzten Augenblick wieder zurück. Andrej zuckte nicht einmal mit der Wimper, obwohl die Klinge kaum eine Handbreit vor seinem Gesicht durch die Luft schnitt.

»Ihr werdet sterben«, kicherte Romegas. »Ihr werdet alle hier oben sterben und mein Meister und ich werden euer Blut trinken und noch stärker werden.«

»Sind wir uns einig?«, fragte Abu Dun. Mit einer bedächtigen Bewegung schlug er seinen Mantel zurück und zog die beiden gewaltigen Säbel. Der Dämon reagierte immer noch nicht, aber sein Schweigen schien Abu Dun Antwort genug zu sein, denn er bewegte sich rasch drei oder vier Schritte weit zurück, bis er genau in der Mitte der Plattform stand.

»Ja, ja«, kicherte Romegas. »Wir sind uns einig. Ich werde mich nicht an dir vergreifen, Heide, und auch nicht an deinem arroganten Freund.«

Es war seltsam – aber mit einem Male war es Andrej nicht mehr möglich, diesen Mann zu hassen. Vielmehr empfand er eine sonderbare Art von gnadenlosem Mitleid. Er hatte Romegas nie gemocht, und in den zurückliegenden drei Jahren hatte es mehr als einen Moment gegeben, in denen er nur auf einen Vorwand gewartet hatte, um ihn herauszufordern und zu töten. Er wusste auch, dass er genau das bald tun musste. Gleichgültig, wie dieser Kampf ausging, er würde das bedauernswerte Geschöpf, in das sich der Chevalier verwandelt hatte, vernichten, bevor er diesen Turm verließ. Und doch wäre es kein Akt der Rache, sondern der Gnade.

Doch er bekam keine Gelegenheit dazu. Romegas hieb weiter blindlings mit seinen Waffen durch die Luft, musterte Andrej mit vom Wahnsinn erfüllten Augen und schrie dann: »Aber ich werde die Witwe und ihren Bastard töten!«

Selbst Andrejs übermenschlich schnelle Reaktion wäre zu spät gekommen. Romegas schien sich in einen Schatten zu verwandeln, so schnell wirbelte er herum und sprang mit hoch erhobenem Schwert auf Julia und ihren Sohn zu. Doch so schnell er auch war – der Dämon war schneller. Andrej sah die Bewegung nicht einmal. Die schattenhafte Gestalt schien zu verschwinden, um im selben Moment auf der anderen Seite des Turmes wieder zu erscheinen und mit der des Ritters zu verschmelzen. Dann ertönte ein trockenes Knacken und Romegas stürzte mit gebrochenem Genick zu Boden. Sein Dolch klirrte auf den Stein; das Schwert fing der Dämon auf und enthauptete Romegas mit einer beiläufigen Bewegung.

Julia schrie so gellend auf, als hätte der Hieb sie getroffen und nicht den Vampyr. Sie presste ihren Sohn noch fester an sich. Andrej stockte der Atem, als der Dämon einen Moment lang vollkommen reglos vor der jungen Frau stand und sie anstarrte. Dann ließ er das Schwert fallen, drehte sich mit einer fast bedächtigen Bewegung um – und stürzte sich lautlos auf Abu Dun!

Diesmal war seine Bewegung womöglich noch schneller als bei seinem Angriff auf Romegas. Andrej nahm sie überhaupt erst wahr, als der Dämon gegen Abu Dun prallte und den nubischen Riesen mit der Wucht seines Angriffs aus dem Gleichgewicht brachte. Keuchend taumelte Abu Dun gegen die Wand. Einer seiner Säbel wurde ihm entrissen und flog in hohem Bogen über die Mauer, um lautlos in der Tiefe zu verschwinden, aber der andere fand – vermutlich durch puren Zufall – sein Ziel. Andrej hörte das Geräusch von reißendem Stoff, dann einen anderen, *weicheren* Laut. Der Dämon taumelte zwei Schritte zurück und fand dann breitbeinig wieder festen Stand. Trotz des düsteren roten Lichtes, das die Kohlebecken verbreiteten, konnte Andrej nicht erkennen, wie schwer Abu Duns Klinge den Vampyr verletzt hatte, aber das unheimliche Geschöpf wirkte irritiert. Der durchdringende Geruch seines fauligen Blutes stieg Andrej in die Nase und erlosch dann rasch wieder.

Intuitiv hob Andrej das Schwert, führte die begonnene Bewegung aber nicht zu Ende. Es war aussichtslos. Schon dieser erste Zusammenprall hatte Andrej gezeigt, wie hoffnungslos Abu Dun seinem Gegner unterlegen war. Vielleicht war dies der unwiderruflich einzige Moment, in dem er eingreifen und den Dämon überrumpeln konnte. Aber er hatte Abu Dun sein Wort gegeben, sich nicht einzumischen, und er fühlte sich an dieses Wort gebunden.

Abu Dun presste die linke Hand gegen das Gesicht und ließ ein leises, schmerzerfülltes Stöhnen hören. Die Klauen des

Dämons hatten seine Wange aufgerissen. Er blutete heftig. Dennoch ergriff er mit der anderen Hand den Säbel noch fester, stieß sich von der Mauer ab und suchte mit leicht gespreizten Beinen festen Stand. Andrej konnte spüren, wie sich jeder Muskel und jeder Nerv in Abu Dun bis zum Zerreißen anspannten. Der Dämon mochte ihm überlegen sein, doch er würde kein leichtes Spiel mit ihm haben.

Möglicherweise begriff der Unheimliche das in diesem Moment auch, denn er drang nicht sofort wieder auf den Nubier ein, sondern begann ihn mit lautlosen, fließenden Bewegungen zu umkreisen, wobei seine Klauen immer wieder blitzartig in Abu Duns Richtung stießen. Der Nubier ließ sich jedoch nicht zu einem unbedachten Angriff verleiten, sondern drehte sich langsam um die eigene Achse und hielt seine Waffe mit beiden Händen gepackt. Als der Dämon dann schließlich heranstürmte, reagierte er so schnell, wie selbst Andrej es noch niemals gesehen hatte. Er nahm bewusst einen furchtbaren Klauenhieb des Angreifers hin, der sein Gesicht von der Schläfe bis zur Halsbeuge hin aufriss, und schlug im gleichen Augenblick mit aller Gewalt zu.

Und etwas ganz und gar Unvorstellbares geschah.

Andrej war später, wenn er die Szene wieder und wieder vor seinem geistigen Auge ablaufen ließ, nicht sicher, ob es sich wirklich so abgespielt hatte. Nicht, weil er an seinen eigenen Sinnen zweifelte, sondern, weil es einfach *unmöglich* war. Er wurde Zeuge, wie Abu Duns Klinge den Hals des Dämons traf und so mühelos durch Fleisch und Knochen glitt wie ein glühendes Messer durch Schnee. Aber die Wunde schloss sich fast schneller, als sie entstanden war! Der Dämon torkelte zurück und ließ einen würgenden Laut hören. Seine Arme ruderten durch die Luft, als müsse er um sein Gleichgewicht kämpfen, und plötzlich war der Gestank seines fauligen Blutes schier unerträglich. Aber er fiel nicht. Abu Duns Schwert hatte ihn enthauptet, doch sein Kopf blieb, wo er war. Andrej glaubte, noch einmal Abu Duns Worte zu hören: *Nach allem, was ich herausgefunden habe, ist er wirklich unsterblich.*

Blankes Entsetzen machte sich in Andrej breit. Keine Macht der Welt vermochte diese Kreatur zu töten, das begriff er jetzt. Weder Stahl noch Feuer. Und wenn der Dämon erst begann, sie mit seinen Vampyrkräften anzugreifen, würde das unweigerlich ihr Ende sein. Die Bestie in Andrej schwieg. Der düstere, uralte Teil seiner Seele, der stets dann erwachte und die Kontrolle über ihn zu übernehmen versuchte, wenn Tod und Blut den Augenblick beherrschten, rührte sich nicht. Andrej konnte spüren, dass er sich zitternd in die hinterste Ecke seines Gefängnisses verkrochen hatte und nichts empfand als unbeschreibliche Angst vor diesem grässlichen Ungeheuer, dessen Nähe er spürte.

Auch Abu Dun war einen Schritt zurückgewichen und starrte den Dämon an. Auch in seinen Augen stand nichts als pures Entsetzen geschrieben.

Mit einem Mal war Andrej nicht einmal mehr sicher, dass es wirklich die Schnelligkeit seines Schlages gewesen war, die ihn den Dämon hatte treffen lassen. Er war ganz im Gegenteil fast sicher, dass der Unheimliche Abu Dun bewusst die Gelegenheit gegeben hatte, ihn zu treffen. Es war nur eine weitere Grausamkeit, ein letzter böser Hohn, um seinem Gegner erneut vor Augen zu führen, wie machtlos dieser die ganze Zeit über gewesen war.

Wie es aussah, war er seines grausamen Spieles nun überdrüssig. So schnell, dass Andrejs Blicke nicht imstande waren, der Bewegung zu folgen, schlug er zu und traf Abu Duns Arm. Der Säbel flog mit solcher Wucht davon, dass er gegen die Mauer prallte und zerbrach. Der Nubier taumelte brüllend vor Schmerz zurück und umklammerte seinen rechten Ellbogen, aus dem der blanke Knochen hervorragte. Ein zweiter Hieb traf seine Brust und zerfetzte den Mantel und das empfindliche Fleisch darunter. Aus Abu Duns Schmerzensschrei wurde ein vergeblich nach Luft ringendes Würgen. Er taumelte zurück und stürzte und entging dadurch dem nächsten brutalen Hieb des Dämons, der ihm ohne Zweifel den Kopf von den Schultern gerissen hätte. Sein Aufprall klang sonderbar weich, denn er fiel auf den kniehohen Stapel, auf dem er bei Andrejs Eintreffen gesessen hatte. Zugleich klirrte etwas.

»Andrej! Jetzt!«, schrie er.

Andrej hob sein Schwert und stürmte los, obwohl er wusste, wie sinnlos es war. Der Dämon wirbelte mit halb ausgebreiteten Armen herum, noch bevor er den ersten Schritt getan hatte, doch Andrej fand in irgendeinem verborgenen Winkel seines Bewusstseins sogar noch die Zeit, sich über Abu Duns Reaktion zu wundern. Trotz allem zweifelte er nicht daran, dass die unheimliche Kreatur sich an den Pakt gehalten hätte, den Abu Dun ihr vorgeschlagen hatte: sein Leben gegen das Julias und ihres Sohnes. Indem er Andrej nun doch aufforderte einzugreifen, verurteilte er die beiden zum Tode.

Andrej zog im Laufen seinen Dolch und überlegte verzweifelt, was er tun sollte. Stahl vermochte dieser Bestie nichts anzuhaben und der Gedanke, sie mit bloßen Händen anzugreifen, war geradezu lächerlich.

Das war dann jetzt also das Ende, dachte er. Er hatte keine Angst. Trotz seiner Unverwundbarkeit war ihm stets klar gewesen, dass dieser Moment irgendwann kommen würde. Er fürchtete den Tod nicht, doch er empfand eine vage Enttäuschung darüber, dass es auf diese Weise geschehen würde. Abu Dun und er würden im Kampf fallen, wie sie es sich insgeheim immer gewünscht hatten, doch es war niemand da, der von ihrem letzten und schwersten Kampf berichten würde.

Hinter dem Dämon stemmte sich Abu Dun mit einer schier unglaublichen Kraftanstrengung in die Höhe. Vielleicht begriff das unheimliche Wesen im letzten Moment, wie sehr es sich in dem Nubier getäuscht hatte, denn obwohl sich ihm

Andrej mittlerweile auf weniger als fünf Schritte genähert hatte, verlor es schlagartig jedes Interesse an ihm und wirbelte so schnell wie ein Derwisch herum, doch diesmal kam seine Reaktion zu spät.

Abu Dun machte eine Bewegung, als ob er sich auf ihn stürzen wollte, doch stattdessen sah Andrej eine Art großen, zerrissenen Schatten durch die Luft fliegen. Dann wankte der Dämon zurück. Ein Zischen wie von einer wütenden Schlange erklang, als er die Arme hochriss und sich zu befreien versuchte, doch alles, was er damit erreichte, war, sich noch tiefer in den Maschen des aus schweren Seilen geflochtenen Netzes zu verstricken, das Abu Dun über ihn geworfen hatte.

Der Nubier schrie triumphierend auf, sprang vollends in die Höhe und warf ein zweites, ebenso stabiles Netz über den Dämon. Die Gestalt taumelte, schlug und hieb wie toll um sich und verstrickte sich immer tiefer in die engen Maschen, aber Andrej machte sich nichts vor. Er konnte hören, wie die fingerdicken Seile rissen. Es konnten nur Augenblicke vergehen, bis sich die Kreatur endgültig befreit hatte.

Augenblicke, die Abu Dun reichten. Mit einem ungeheuerlichen Brüllen stürzte er sich auf den Dämon. Rotes Licht schimmerte auf etwas, das er mit beiden Händen schwang. Andrej konnte sich gerade noch verzweifelt zur Seite werfen, um nicht von der Kette getroffen zu werden, mit der der Nubier nach dem Monstrum hieb.

Diesmal war das Zischen, das der Dämon hören ließ, schmerzerfüllt. Er hörte auf, an den Maschen des Netzes zu zerren, und krümmte sich. Abu Dun schlug ein zweites Mal zu und das Ungeheuer brach in die Knie.

Mit einem peitschenden Knall zerrissen gleich fünf oder sechs der großen Maschen, in die sich der Dämon verstrickt hatte. Eine furchtbare Raubtierkralle tauchte aus dem Wust tobender Schatten auf, in die sich das Ungeheuer verwandelt zu haben schien. Diese Klaue, die nichts Menschliches mehr an sich hatte, schlug nach Abu Dun und fügte ihm eine weitere tiefe Wunde an der Hüfte zu, die den Nubier neben seinem Gegner auf die Knie fallen ließ. Trotzdem riss er die schwere Kette zurück, schlang sie mit einer einzigen wütenden Bewegung um Oberkörper und Arme des Dämons und zerrte ihn mit einer schier unvorstellbaren Kraftanstrengung in die Höhe. Der Hieb, den er dem Dämon versetzt hatte, musste selbst dieses unglaubliche Geschöpf erschüttert haben, denn es wirkte benommen. Abu Dun nutzte diesen Augenblick der Schwäche gnadenlos aus. Die Klauen des Dämons fuhren fort, das Netz in Stücke zu reißen, doch die Kette aus mehr als fingerdicken geschmiedeten Eisengliedern vermochte nicht einmal dieses Ungeheuer so rasch zu zerstören. Aus seinen Schmerz- wurden Wutschreie, als Abu Dun die Kette drei-, viermal um seinen Oberkörper wickelte und dann seine ganze Körperkraft aufbot, um die Arme der Bestie an ihren Leib zu pressen. Ein Fußtritt traf den Nubier. Andrej hörte das Geräusch zerbrechender Knochen und ein dumpfer Schmerzlaut kam über Abu Duns Lippen. Er kippte zur Seite, riss den Dämon aber mit sich. Wieder vollführte die Kette kreisende, klirrende Bewegungen, als er sie blitzartig um die strampelnden Beine des Dämons wickelte und abermals zuzog. Bald lag das Monstrum hilflos, zischend vor Wut und sich windend wie ein grotesker, übergroßer Wurm am Boden.

Abu Dun ließ sich stöhnend zur Seite kippen. Ohne das Ende der Kette, das er noch immer in der Hand hielt, loszulassen, kroch er zu dem Stapel mit Dingen hin, die Pepe am Nachmittag für ihn bereitgelegt hatte. Als er zurückkam, hielt er das größte und massivste Schloss in der Hand, das Andrej je gesehen hatte. Der Dämon, der endlich begriffen hatte, was Abu Dun plante, bäumte sich mit aller Gewalt auf und um ein Haar wäre es ihm gelungen, seine Fesseln zu sprengen. Aber Abu Dun ließ das nicht zu. Rücksichtslos warf er sich mit seinem gesamten Körpergewicht auf den Vampyr, presste ihn zu

Boden und ignorierte die wütenden Kopf- und Kniestöße, mit denen der Dämon ihn malträtierte und die jeden menschlichen Gegner auf der Stelle getötet hätten. Ganz im Gegenteil mobilisierte er noch einmal all seine Kräfte, zog die Enden der Kette enger zusammen und ließ das schwere Vorhängeschloss einschnappen. Dann rollte er sich mit einem erschöpften Keuchen von seinem Gegner herunter, fiel auf den Rücken und schloss stöhnend die Augen.

Behutsam trat Andrej näher, das Schwert in der rechten Hand, obwohl er wusste, wie wenig ihm die Waffe gegen diese Kreatur helfen würde, sollte es ihr gelingen, ihre Fesseln abzustreifen. Und er zweifelte nicht daran, *dass* es ihr gelingen würde. Zwar hatte der Dämon aufgehört, sich gegen die Ketten zu stemmen, mit denen ihn Abu Dun gebunden hatte, aber die Bestie war noch längst nicht besiegt. Andrej dachte schaudernd daran, wie der Dämon am Nachmittag aus seinem Klammergriff entkommen war.

»Das wird nicht lange halten«, sagte er.

Abu Dun öffnete mit sichtlicher Mühe die Augen und sah erst ihn, dann den reglos daliegenden Vampyr an. Er wälzte sich stöhnend so weit herum, dass er sich auf Hände und Knie erheben konnte. Die Wunden, die der Dämon ihm zugefügt hatte, bluteten noch immer heftig und Andrej sah, dass der Nubier vor Schwäche zitterte. Dennoch stemmte er sich weiter in die Höhe.

»Das ... das muss es auch ... nicht«, presste er mühsam hervor. »Hilf mir.«

Andrej legte das Schwert zu Boden und sah Abu Dun fragend an. Irgendwie brachte es der Nubier fertig, sich in eine hockende Position zu erheben, beugte sich vor und schob die Arme unter den gefesselten Dämon. Das Ungeheuer schien zu begreifen, was Abu Dun vorhatte, denn es begann sich heftig zu wehren. Sein Körper wand sich und zuckte unter den Ketten wie der einer Raupe. Es konnte nur mehr Augenblicke dauern, bis es ihm auf diese Weise gelingen würde, seine Fesseln zu lockern.

Doch so viel Zeit gab Abu Dun ihm nicht. Obwohl er vor Schmerz und Erschöpfung halb bewusstlos war, richtete er sich auf, trug den tobenden Dämon auf den Armen zum gegenüberliegenden Rand der Turmplattform – und warf ihn im hohen Bogen in die Tiefe. Die Dunkelheit hatte ihn bereits aufgesogen, als Andrej neben Abu Dun ankam, doch er hörte das Geräusch, mit dem der Körper des Ungeheuers sechzig Fuß tiefer auf den Klippen aufschlug und gleich anschließend das schwere Platschen, mit dem er weitere sechzig Fuß tiefer ins Meer tauchte.

Abu Dun sank mit einem erschöpften Keuchen auf die Knie. Er musste sich an der Wand festhalten, um nicht gänzlich zusammenzubrechen. Die furchtbaren Verletzungen, die ihm der Dämon zugefügt hatte, hörten allmählich auf zu bluten, doch Andrej ahnte, was der Nubier durchmachte. Vermutlich würde es Stunden dauern, bis er sich vollends erholt hatte.

»Ist er ... untergegangen?«, fragte Abu Dun mit einer Stimme, die so schwach und zittrig war, dass Andrej nicht erst hinsehen musste, um zu wissen, dass sein Freund mit aller Macht gegen die Bewusstlosigkeit ankämpfte.

»Ja«, sagte er.

»Das ist gut«, seufzte Abu Dun. »Dann kann ich nur hoffen, dass die ... Ketten so stabil sind, wie mir ... dein Freund versprochen hat.«

»Und was soll das nutzen?«, fragte Andrej traurig. »Er wird trotzdem nicht lange brauchen, um sich zu befreien.«

Abu Dun versuchte zu lachen. Es wurde zwar nur ein gequältes, würgendes Husten daraus, doch über sein verunstaltetes Gesicht zuckte die Andeutung eines spöttischen Lächelns. »Kaum«, antwortete er. »Hast du unsere letzte Schiffsreise vergessen, Hexenmeister?«

Andrej sah ihn verwirrt an.

»Ich bin ertrunken«, erinnerte ihn Abu Dun mühsam. »Bist du schon einmal ertrunken, Hexenmeister?«

Andrej nickte wortlos. Er wusste immer noch nicht genau, worauf der Nubier hinauswollte.

»Das ist kein schönes Gefühl«, fuhr Abu Dun fort. »Wenn er wirklich so ist wie wir, dann ertrinkt er auch wie wir. Vielleicht ein bisschen langsamer und vielleicht wacht er schneller wieder auf, aber danach wird er wieder ertrinken. Und wieder aufwachen. Und wieder ertrinken.« Er lachte erneut dieses schreckliche, hustende Lachen, hob aber abwehrend die Hand, als Andrej nach ihm greifen wollte. »Ich hoffe, es sind wirklich gute Ketten«, murmelte er. »Wer weiß, vielleicht dauert es ja hundert Jahre, bis sie durchgerostet sind. Oder noch länger. Wir sollten die Zeit nutzen, Hexenmeister, und uns etwas wirklich Gutes einfallen lassen. Er wird vermutlich ziemlich wütend sein, wenn seine Ketten irgendwann einmal durchgerostet sind und ihn die Strömung an irgendeine Küste spült.«

Andrej verspürte ein kurzes, aber eisiges Frösteln. Vermutlich hatte Abu Dun Recht. Dem Tod zu trotzen bedeutete nicht, völlig gefeit gegen ihn zu sein. Selbst der Dämon hatte gewankt, als Abu Dun ihm das Schwert in die Kehle gestoßen hatte. Und auch wenn es vielleicht nur Augenblicke waren, die er brauchte, um sich aus seinen Ketten herauszuwinden – das nasse Grab, in das Abu Dun ihn hinabgeschleudert hatte, würde ihm diese Augenblicke nicht lassen.

Wieder lief ihm ein eisiger Schauer über den Rücken. Er sollte Erleichterung verspüren, doch alles, was er fühlte, war eine sonderbare Leere und – ja, fast so etwas wie Mitleid. Dieses Ungeheuer, das irgendwann einmal ein Mensch gewesen war, hatte sein Recht auf Leben schon vor langer Zeit verwirkt. Doch wenn Abu Dun Recht hatte, dann stand ihm ein Jahrhundert der Qualen bevor, gegen die selbst die schlimmste Folter der christlichen Hölle verblasste.

Ein leises Schluchzen ließ ihn aufsehen. Julia hatte sich von ihrem Platz an der Brüstung gelöst und zwei oder drei Schritte in ihre Richtung getan, war aber nun wieder stehen geblieben. Das Schluchzen, das er gehört hatte, kam von ihr, aber ihr Gesicht blieb trocken. Nicht eine einzige Träne rann über ihre Wangen. Sie stand einfach da, am ganzen Leib zitternd, und starrte abwechselnd ihn und Abu Dun an. Ihr Blick glitt über Abu Duns verwundetes Gesicht, das nur langsam heilte, tastete über seinen Arm und den zerfetzten Stoff seines Mantels, unter dem sich zerrissenes Fleisch und geschundene Haut bereits wieder zusammenzufügen begannen. Sie sagte kein Wort, doch das, was Andrej in ihren Augen las, machte das auch überflüssig. Er hatte niemals zuvor einen Menschen gesehen, in dessen Blick ein so abgrundtiefes Entsetzen loderte.

»Julia«, begann Abu Dun mit schwacher, immer noch zitternder Stimme, brach aber wieder ab, als Andrej ihm die Hand auf den Unterarm legte und sanft den Kopf schüttelte. Seine Stimme versagte.

Julia stand noch einige Augenblicke völlig reglos da, bevor sie ihren Blick mit sichtbarer Mühe von Abu Duns Gesicht losriss und sich wieder zu ihrem Sohn umwandte.

Pedro hatte sich die ganze Zeit über nicht gerührt. So sehr sich Andrej auch dagegen wehrte, entdeckte er in den Augen des Jungen doch nichts als die gleiche schreckliche Leere, die er in denen des Chevaliers de Romegas gesehen hatte. Das Flackern des Wahnsinns war nicht da, doch dafür spürte er etwas anderes, Grausameres, das tief am Grunde der Seele des Jungen zu erwachen begann. Er fragte sich, ob Abu Dun es wohl auch spürte, aber zugleich hatte er Angst vor der Antwort auf seine eigene Frage.

Langsam drehte sich Julia um und ging zu ihrem Sohn zurück. Ihr Blick tastete noch einmal über Romegas' kopflosen Leichnam, dann trat sie auf Pedro zu, schloss ihn in die Arme und hauchte ihm einen Kuss auf die Stirn, bevor sie ihren

Blick wieder hob und noch einmal zu Andrej und Abu Dun herübersah. Vielleicht begriff Abu Dun im letzten Moment noch, was dieser Blick bedeutete, doch es war schon zu spät. Er versuchte, den Arm zu heben und ihr etwas zuzurufen, doch für das eine fehlte ihm die Kraft, und zu dem anderen verweigerte ihm seine Stimme den Dienst. Es hätte auch nichts geändert.

Ein trauriges und zugleich auf unerträgliche Art verzeihendes Lächeln erschien auf Julias Gesicht. Dann schloss sie ihren Sohn noch fester in die Arme, drehte sich um und stürzte sich zusammen mit ihm über die Brüstung. Vom Meer her wehte ein Kanonenschuss heran, der das Geräusch ihres Aufschlages verschluckte.

Abu Dun schloss mit einem wimmernden Laut die Augen und sackte endgültig in sich zusammen, während sich in Andrej ein Gefühl schrecklicher Leere auszubreiten begann. Julia war nicht seine Frau gewesen, so wenig wie Pedro sein Sohn, doch hatte er denselben Schmerz, den Abu Dun jetzt verspürte, schon einmal selbst durchlitten, und die Wunde, die er damals tief in seinem Inneren davongetragen hatte, war niemals wirklich verheilt.

Nach einer Weile, die vielleicht nur Minuten währte, in der die Zeit aber jegliche Bedeutung verlor, sodass es ebenso gut Ewigkeiten gewesen sein konnten, war es Andrej, der als Erster in die Wirklichkeit zurückfand.

Abu Dun saß zusammengekauert neben ihm. Er hatte das Gesicht in den Händen vergraben, wie um seine Tränen zu verbergen, doch Andrej hörte nicht den mindesten Laut. Müde hob er den Arm, um seinen Freund an der Schulter zu berühren, doch dafür fehlte ihm letztendlich der Mut. Er zog die Hand zurück und sagte auch nichts. Es gab keine Worte, um den Schmerz zu lindern, den Abu Dun empfinden musste. Was immer er hätte sagen können, es hätte alles nur schlimmer gemacht.

Irgendwann stand er auf, ging zu der Stelle, an der er sein Schwert fallen gelassen hatte, und hob es auf. Obwohl er wusste, dass Abu Dun ihn dafür hassen würde, setzte er seinen Weg fort und beugte sich auf der anderen Seite der Plattform über die Brüstung. Es war noch immer fast vollkommen dunkel, doch er konnte die beiden zerschmetterten Gestalten, die noch im Tod aneinander geklammert auf den Felsen lagen, trotzdem erkennen. Sie rührten sich nicht und als Andrej mit seinen übermenschlichen Sinnen nach dem Jungen suchte, fand er ihn nicht.

Ein bitterer Geschmack begann sich auf Andrejs Zunge auszubreiten. Das Geschenk, das Abu Dun dem Jungen gemacht hatte, hatte nicht lange vorgehalten. Er hatte ihm das Leben zurückgeben wollen, doch stattdessen hatte er ein weiteres Leben genommen – vielleicht das, das ihm auf der ganzen Welt am wichtigsten gewesen war. Andrej kannte den Schmerz, den der Nubier durchlitt. Er kannte ihn nur zu gut. Er selbst spürte ihn seit mehr als einem Menschenalter, und er war in all dieser Zeit niemals auch nur um eine Winzigkeit schwächer geworden.

»Das Boot, von dem du erzählt hast«, sagte er, indem er zwar seinen Blick von den beiden reglosen Körpern unter sich losriss, sich aber nicht zu Abu Dun umdrehte, »glaubst du, dass wir es schaffen, die Blockade damit zu durchbrechen?«

Abu Dun sagte nichts, doch Andrej konnte hören, wie er aufstand. Wieder vergingen endlose Augenblicke. Schließlich sagte Abu Dun leise, bitter, aber ohne dass Andrej auch nur die mindeste Spur von Vorwurf in seiner Stimme hörte: »Warum hast du es mir nicht gesagt?«

»Was?«

»Dass einer von unserer Art niemals eine Sterbliche lieben darf«, antwortete Abu Dun.

»Ich habe es versucht«, erwiderte Andrej. Er kam sich billig bei diesen Worten vor. Er war nicht einmal sicher, ob er es tatsächlich je ernsthaft versucht hatte.

»Ja«, seufzte Abu Dun. »Wahrscheinlich hast du das. Und wahrscheinlich wollte ich dir nicht glauben. Jetzt gehören wir wirklich zusammen, nicht?«

Andrej nickte nur stumm. Nach all der Zeit, die sie gemeinsam durch die Welt zogen, kannte Abu Dun nun auch sein letztes finsterstes Geheimnis. Aber er hätte alles darum gegeben, dieses Geheimnis nicht mit dem Nubier teilen zu müssen. Durch Julias Tat war der Nubier endgültig so geworden wie er: ein Verfluchter. Ein einsamer Mann, der dazu verdammt war, vielleicht tausend Jahre oder mehr durch diese Welt zu ziehen, ohne die geringste Hoffnung, den kostbarsten aller Schätze zu erlangen, der an all die anderen sterblichen, verwundbaren Menschen so überreichlich verschenkt wurde: die Liebe eines anderen Menschen.

»Und wohin segeln wir?«, fragte Abu Dun.

Andrej hob die Schultern und wandte sich mit einer müden Bewegung von der Mauerbrüstung ab. »Spielt das eine Rolle?«, fragte er. »Irgendwohin, wo Frieden herrscht. Falls es einen solchen Ort gibt.«

Als er neben Abu Dun die Treppe betrat, die in den Hof hinunterführte, traf eine besonders gut gezielte oder vielleicht auch nur verirrte Kanonenkugel die Wehrmauer hinter ihnen und sprengte ein fast mannsgroßes Stück aus der Brüstung. Es interessierte ihn nicht mehr.

ENDE DES SIEBTEN BUCHES

Wolfgang und Rebecca Hohlbein

Das Blut der Templer 2

Roman

ISBN 978-3-548-26666-4
www.ullstein-buchverlage.de

Der 19-jährige Sascha und seine jüngere Schwester Charlotte werden von einem Unbekannten vor den tödlichen Schüssen eines Amokläufers bewahrt. Nach langer Suche finden die beiden den geheimnisvollen Retter: Er lebt mit Anhängern einer mysteriösen Ordensgemeinschaft zusammen, der Prieuré de Sion, die beschließt, Sascha zum Schwertkämpfer auszubilden. Aber es kommt anders – an Stelle von Sascha wird seine Schwester bei den Templern eingeschleust.
Wie alles anfing: die spannende Vorgeschichte von *Das Blut der Templer*.

»Was Hohlbein aufschreibt, wird zum Bestseller.«
Bild am Sonntag

»Wolfgang Hohlbein. Der Name für das Unbegreifliche.« *Frankfurter Allgemeine Zeitung*

Esteban Martín/Andreu Carranza

Die dritte Pforte

Thriller

Deutsche Erstausgabe

ISBN 978-3-548-26828-6
www.ullstein-buchverlage.de

Die junge Maria gerät in Barcelona völlig ahnungslos in eine rätselhafte und gefährliche Situation: Angeblich ist sie auserwählt, eine jahrhundertealte Prophezeiung zu erfüllen. Der Schlüssel dazu ist verborgen in Bauwerken des Architekten Antoni Gaudí. Dieser war vor mehr als 100 Jahren bereits in den Fokus einer esoterischen Verschwörung geraten. Maria bleibt nicht viel Zeit, den Hinweisen nachzugehen, die er offenbar für sie verschlüsselt hat. Eine satanische Sekte trachtet ihr nach dem Leben …

»Ein großartiges Leseerlebnis« *El País*

UB465

ullstein

Die Saga geht weiter...
Bisher erschienen:
Am Abgrund:
3-8025-2608-2
Der Todesstoss:
3-8025-2771-2
Der Vampyr:
3-8025-2667-8
Die Wiederkehr:
3-8025-2934-0
DIE CHRONIK DER UNSTERBLICHEN
DIE WIEDERKEHR
WOLFGANG HOHLBEIN
Überall im Buchhandel oder unter www.vgs.de